rororo

Guido Dieckmann, geboren 1969 in Heidelberg, arbeitete nach dem Studium der Geschichte und Anglistik als Übersetzer und Wirtschaftshistoriker. Heute ist er als freier Schriftsteller erfolgreich und zählt mit seinen historischen Romanen, u. a. dem Bestseller «Luther» (2003), zu den bekanntesten Autoren dieses Genres in Deutschland. Im Rowohlt Taschenbuch Verlag erschien bislang «Die Jungfrau mit dem Bogen» (rororo 24566). Guido Dieckmann lebt mit seiner Frau an der Deutschen Weinstraße.

Guido Dieckmann

Die Meisterin der schwarzen Kunst

Historischer Roman

Rowohlt Taschenbuch Verlag

Originalausgabe

Veröffentlicht im Rowohlt Taschenbuch Verlag, Reinbek bei Hamburg, Juni 2009 • Umschlaggestaltung any.way, Barbara Hanke / Cordula Schmidt (Abbildung: Archiv any.way; Christie's Images / Corbis; Ken Welsh / Bridgeman Berlin) • Satz PoliphilusMT PostScript (PageOne) bei Dörlemann Satz, Lemförde • Druck und Bindung CPI – Clausen & Bosse, Leck • Printed in Germany • ISBN 978 3 499 24806 1

Prolog

In der Nähe von Heidelberg, Herbst 1590

Was du da siehst, ist nichts Natürliches. Hier darf man nicht stehen bleiben, sondern muss sehen, dass man weiterkommt und rasch ein Vaterunser betet, damit einem nichts Böses geschieht.

Wie oft hatte Hahns Mutter diese Warnung aussprechen müssen, bevor er sich dazu herabgelassen hatte, sie ernst zu nehmen? Er erinnerte sich nicht mehr, denn als junger Mensch war er einfältig genug gewesen, die Mahnungen der Älteren in den Wind zu schlagen, sie als abergläubisches Geschwätz abzutun. Nun aber, da er selbst das Alter in seinen Knochen spürte, kamen ihm die Worte seiner Mutter wieder in den Sinn, als hätten sie dort genistet und nur darauf gewartet, dass er eine Dummheit beging.

Hahn hatte genug Zeit, darüber nachzudenken, als er an diesem Abend seinen Karren über den Feldweg nach Hause schob. Es war kalt und ungemütlich, ein feiner Nieselregen durchnässte seinen Mantel. Doch nicht nur das Wetter machte ihm zu schaffen; Hahn musste höllisch aufpassen, dass kein Stück seiner kostbaren Habe verloren ging oder im Straßenschmutz landete. Das Ergebnis zäher Verhandlungen auf dem Heidelberger Markt. Verdarben Wolle und Filz, würde es in seiner Werkstatt womöglich wochenlang keine Arbeit geben.

Was du da siehst, ist nichts Natürliches. Hier darf man nicht stehen bleiben. Nicht stehen bleiben, sondern muss sehen …

Hahn versuchte die Worte aus seinen Gedanken zu vertreiben, aber es gelang ihm nicht. Dabei hatte er gar nicht die Absicht anzuhalten, wenngleich eine Ruhepause verlockend war. Bis zu seinem Heimatdorf war es noch weit, er würde sein Haus mit der kleinen Hutmacherwerkstatt vor Einbruch der Nacht nicht mehr erreichen. Aber er und sein Weib konnten doch nicht unter freiem Himmel schlafen. Schon gar nicht bei diesem unwirtlichen Wetter.

Hahn seufzte. Warum mussten ihn seine Kräfte verlassen, ausgerechnet jetzt, wo doch der Nebel immer dichter wurde? Es war schon eine ganze Weile her, dass er etwas zu sich genommen hatte, und der Wunsch nach einem Stück Braten und einem Becher heißem Würzwein wurde immer stärker.

Auf dem Karren hockte sein Neffe, der hin und wieder mit ihm und seiner Frau in die Stadt fahren durfte. Leise summend spielte der Junge mit einer Laterne. Sie spendete ein wenig Licht, doch es reichte kaum aus, um zu sehen, in welche Richtung sie eigentlich marschierten. In Kürze würde der ausgetretene Pfad nicht mehr zu erkennen sein. Hahn, dem das Gesumme des Jungen auf die Nerven ging, war versucht, ihn anzubrüllen, aber er wusste nur zu gut, dass dies keinen Sinn hatte. Der kleine Lutz war ein eigenwilliges Kind und tat nur, was ihm gefiel.

Nicht stehen bleiben, befahl er sich selber streng. Nicht stehen bleiben.

Irgendwo in seiner Nähe hörte er einen Raben krächzen. Das Tier musste sich ganz in der Nähe, auf einem der alten Bäume niedergelassen haben, die rechts und links des Weges standen.

Was du hier siehst, ist nichts Natürliches …

Solange er denken konnte, hatte Hahn den Weg über die abgeschiedenen Hügel der Herrensümpfe gemieden. Mochte man die Erzählungen der Ältesten im Dorf für bare Münze nehmen, so gab es hier draußen manche Stelle, an der das Gras selbst im Winter frisch blieb und nicht verdorrte. Dafür erfüllten grauenvolle Schreie die Nacht.

Es war ein verfluchter Ort.

Ein Ort, über den der Teufel wanderte, um einen neuen Hiob

zu finden, den er quälen konnte, und vor dessen bösem Atem jeder Wanderer zu Recht gewarnt wurde.

Hahn fröstelte; im Stillen sprach er ein Vaterunser und warf, wie man es ihn als Kind gelehrt hatte, Steinchen über die linke Schulter, um Irrlichter und Dämonen zu erschrecken. Dann wandte er sich mit einem schuldbewussten Blick seiner Frau Agatha zu, die wortlos neben ihm einherschritt, den Blick auf den Boden gerichtet, um nicht über Wurzeln und Steine zu stolpern.

Hahn wollte etwas zu ihr sagen, doch er wagte es nicht, sie anzusprechen. Wenn Agatha in dieser Stimmung war, machte man besser einen Bogen um sie. Obwohl sie sich seit ihrem Aufbruch aus der Stadt nicht beklagt hatte, war ihr anzusehen, dass sie Hahn die Schuld dafür gab, bei Nacht und Nebel über den Hügel laufen zu müssen. In der Tat war es seine Idee gewesen, noch eine Schänke aufzusuchen, um sich aufzuwärmen und den Staub des Marktplatzes mit Kräuterbier hinunterzuspülen.

Auf dem Karren begann der Neffe des Hutmachers leise zu wimmern.

«Willst du dem Bengel nicht endlich die Laterne abnehmen, ehe er sie fallen lässt und den ganzen Karren in Brand steckt?», beendete Agatha Hahn ihr Schweigen. Hahn nickte. Er streichelte dem Jungen über das flachsblonde Haar und nahm ihm dann die Laterne aus der Hand.

«Wir werden das Dorf nicht vor Morgengrauen erreichen», sagte er seiner Frau. «Aber wer konnte schon ahnen, dass in Heidelberg so viel Aufregung herrschen würde? Wenn ein Galgenvogel aus seinem Kerker gezerrt und aufs Schafott getrieben wird, drängen sich die Bauern aus den umliegenden Dörfern wie eine Herde Schafe durch die Stadttore und verstopfen Plätze und Gassen, um den Malefikanten zappeln zu sehen.»

Die Hutmacherin schüttelte erbost den Kopf. «Wie scheinheilig ihr Männer doch sein könnt. War es nicht eine Büßerin, die man heute zur Richtstätte führte? Der Teufel soll ihr die Gestalt eines Engels geschenkt und sie mit ihrer hübschen Fratze zum Bösen verführt haben. Wenn sie einen Burschen gehenkt hätten, wären nicht halb so viele Schaulustige herbeigeströmt.»

Ihr Mann hütete sich, darauf etwas zu erwidern. Sie hatten inzwischen den steilen Anstieg hinter sich gebracht. Bei normalen Sichtverhältnissen wären die Lichter, die abends vor dem Dorfgatter brannten, um Wölfe abzuschrecken, bereits von weitem zu sehen gewesen. Aber wenigstens ging es nun bergab, und sie mussten sich mit dem Karren nicht mehr so schinden.

Hahn dachte an die Frau, über die Agatha gesprochen hatte. Eine Ehebrecherin, so hieß es zumindest. Gesehen hatte die Verurteilte jedoch keiner der Wirtshausbesucher, denn aus heiterem Himmel war verfügt worden, die Bestrafung an einem geheimen Ort zu vollziehen. Das war seltsam. Nicht weniger eigenartig war es aber, dass die Sünderin nicht am Galgen hatte baumeln müssen, sondern nur gebrandmarkt worden war, obwohl das Gesetz des seligen Kaisers Karl V. für Ehebruch bei Frauen durchaus härtere Strafen vorsah. Hahn fragte sich, was für ein Zeichen man der Frau ins Fleisch gebrannt haben mochte. Eine Rose mit Dornen? Eine Teufelsfratze?

«Schafft den Bösen fort aus eurer Mitte, steht in der Bibel», stieß Agatha auf einmal hervor. Sie schien gemerkt zu haben, wohin die Gedanken ihres Mannes wanderten.

«Und sondert euch ab von denen, die …»

Die Worte erstarben in ihrem Mund, als Hahn den Wollkarren mit einem Ruck zum Stehen brachte. Er packte seine Frau am Arm und wies auf eine einsame Baumgruppe, deren Wipfel trotz des Nebels noch zu sehen waren. Zwischen den Bäumen befand sich ein verfallenes Gutshaus.

«Dort unten geht etwas vor sich», flüsterte Hahn. «Ich sehe Männer mit Fackeln. Sie zerren einen Sack hinter sich her. Gott steh uns bei, der Sack bewegt sich. Bei Gott, es sieht aus, als würde ein Mensch darin stecken.»

Hahn löschte die Laterne und bedeutete seinem Neffen, sich still zu verhalten. Wer auch immer um das verlassene Haus herumstrich, er brauchte sie nicht zu sehen. So leise er konnte, schob er den Karren hinter dichtes Gestrüpp und winkte seine Frau und den Jungen zu sich. Schweigend verharrten sie dort.

Eine ganze Weile später ging die Tür plötzlich auf, und vier Gestalten verließen das Haus. Aus seinem Versteck heraus konnte Hahn sehen, dass sie dunkle Umhänge und Hüte mit breiten Krempen trugen. Nur einen Augenblick lang streifte der Schein einer Fackel das Gesicht eines der Männer. Dieser blickte sich argwöhnisch um, und für ein paar bange Sekunden verweilte sein Blick auf den Büschen, hinter denen die Hahns kauerten.

Der Hutmacher hielt die Luft an; sein Herz raste vor Aufregung. Dann aber gab der Mann im schwarzen Umhang seinen Begleitern ein Zeichen. Ohne Umschweife schwang sich die unheimliche Schar auf ihre Pferde und preschte davon, ohne sich noch einmal nach dem Haus im Wald umzublicken.

Der Spuk war vorüber.

Erleichtert atmete Hahn auf. Was auch immer die Fremden in dem alten Gutshaus zu tun gehabt hatten, es wäre sicher gefährlich gewesen, sie dabei zu stören.

«Sie haben sich davongemacht», sagte er leise. «Ich denke, wir können die Nacht in dem Haus verbringen.»

Agatha blickte ihn skeptisch an. «Mir ist nicht wohl bei der Sache, aber ein Dach über dem Kopf hätte ich schon gern. Und die Männer sahen nicht aus, als würden sie noch einmal zurückkehren.»

Das Gutshaus war größer, als Hahn angenommen hatte, befand sich aber in einem beklagenswerten Zustand. Das Schindeldach war an mehreren Stellen undicht, und da es auch keine Fensterscheiben oder Holzläden mehr gab, drang die Kälte ungehindert ins Innere. In der Wohnstube gab es einen festgemauerten Kamin, doch es war nicht möglich, ein Feuer anzuzünden; irgendetwas verstopfte den Schlot. Angeekelt betrachtete Agatha den Unrat, der überall herumlag. Ein Fest für die Ratten.

«Der Gestank ist abscheulich», beklagte sie sich. «Ich werde hier kein Auge zumachen.» Sie überließ es Hahn, den Karren zu entladen. Energisch nahm sie Lutz an der Hand und durchquerte mit ihm die Stube. Wenige Augenblicke später hörte Hahn ihren Schrei.

Erschrocken ließ er das Bündel fallen, das er soeben zu den Decken hatte legen wollen, und stürzte auf die Tür zu, durch die seine Frau verschwunden war.

Er fand Agatha in einem kleinen Raum, gleich neben der Wohnstube.

Bleich stand sie neben der Tür, den Blick starr auf den Herrgottswinkel geheftet, aus dem ein leises Wimmern und Stöhnen erklang.

Hahn machte ein paar Schritte auf den Winkel zu. Vor Angst zog sich sein Magen krampfartig zusammen. Was beim heiligen Tisch des Herrn lauerte dort drüben? Im Zwielicht erkannte er einen Berg aus zerknüllten Decken und Fellen, die einen ekelhaften Gestank von verbranntem Fleisch absonderten. Zweige und Blätter verteilten sich um das Lager.

Der kleine Lutz schien als Einziger im Raum keine Angst zu haben. Im Gegenteil, er begann plötzlich zu lachen.

«Kind», krähte der Kleine fröhlich und zeigte mit dem Finger auf die Felle. «Wie Lutz!»

Tatsächlich kam unter der Ansammlung von Decken und Fellen der Kopf eines Mädchens zum Vorschein. Voller Furcht sah sie Hahn und Agatha an. Erst als ihr Blick auf Lutz fiel, wich die Besorgnis aus ihrem kleinen Gesicht. Sie lächelte nicht, schien aber zu begreifen, dass ihr keine Gefahr drohte.

«Gott sei gedankt», entfuhr es Hahn. Auf wackeligen Beinen ging er auf das Kind zu und streckte ihm die Hand entgegen.

«Bleib zurück!», kreischte Agatha schrill.

Das Mädchen zuckte zusammen. Sie war ein wenig jünger als Lutz. Hahn schätzte sie auf etwa drei bis vier Jahre. Ihr langes Haar war wirr und strähnig, und sie roch nicht besser als die Fellstücke, mit denen sie sich zu wärmen versucht hatte. Doch die goldene Spange, die in den rotbraunen Locken des Kindes steckte, war mit winzigen Perlen besetzt und schien kostbar zu sein. Dergleichen Schmuckstücke trugen keine Bauernkinder. Und auch kein fahrendes Volk.

«Diese Männer haben sie ausgesetzt», sagte Agatha. «Das ist ein böses Omen.»

«Herzlose Schufte!»

«Ich weiß nicht recht.» Agatha näherte sich dem Kind, das inzwischen ganz unter dem Deckenberg hervorgekrochen war. «Vielleicht hatten sie gute Gründe, das Mädchen loszuwerden. Lutz, rühr sie nicht an; bleib weg von ihr. Möglicherweise ist sie aussätzig. Es fehlte gerade noch, dass sie uns die Pest bringt.»

Lutz hatte sich im Schneidersitz auf dem Boden niedergelassen und strahlte. Er schien erfreut darüber, ein Kind entdeckt zu haben, das kleiner war als er.

Hahn runzelte die Stirn. Wer würde ein kleines Mädchen allein in einem Haus zurücklassen und danach das Weite suchen, als wäre der Teufel hinter ihm her? Natürlich geschah es alle Tage, dass Kinder ausgesetzt wurden, wenn ihre Eltern zu arm waren, um sie zu versorgen. Oder wenn es sich um die Frucht eines Fehltritts handelte, die man sich klammheimlich vom Halse schaffen wollte. Doch wenn tatsächlich einmal eine Dienstmagd schwanger wurde und ihr neugeborenes Kind aussetzte, geschah das in der Regel bald nach der Niederkunft und nicht erst Jahre später. Diese Kinder waren auch nicht so wohlgenährt, und gewiss trugen sie keine perlenbesetzten Silberspangen im Haar. Das Kleid des Kindes sah ebenfalls kostbar aus, wenngleich das dunkle Tuch feucht und am Saum gerissen war.

Ein heftiges Stöhnen holte Hahn aus seinen Gedanken. Es

kam nicht aus dem Mund des Mädchens, aber unüberhörbar aus dem dunklen Winkel, in dem es gesteckt hatte. Der Hutmacher erstarrte. Agatha schrie entsetzt auf.

«Barmherziger, steh uns bei», rief sie. «Da liegt noch jemand unter den Decken. Ich habe es gewusst, das ist Teufelswerk. Du weißt doch, was man sich über diese Gegend erzählt. Lass uns verschwinden, bevor dieser Wechselbalg uns verhext.»

Das kleine Mädchen kniete sich vorsichtig neben den Decken nieder.

Unschlüssig wanderten Hahns Blicke von seiner Frau zu dem kleinen Mädchen hinüber. Er hatte nie eine Tochter gehabt, glaubte aber nicht, dass von einem derart engelsgleichen Geschöpf etwas Böses ausgehen konnte.

Und doch spürte er, wie ihm der Schweiß auf die Stirn trat.

«Alte Frau», rief Lutz da auch schon. Er klang nicht begeistert, dennoch klatschte er in die Hände.

Ein altes Weib war es nicht, das sich mit Hilfe des Mädchens mühsam aufrichtete, auch wenn ihr verzerrtes Gesicht und die wächsern wirkende Haut diesen Schluss zunächst zulassen mochten. Sie und die Kleine schienen miteinander verwandt zu sein, denn die Frau besaß das gleiche dunkle Haar. Anders als das Mädchen, das einen recht munteren Eindruck machte, war die Frau krank. Schwer krank.

Ihr Gesicht war bleich, die Wangen glühten vor Fieber, und ihre Augenlider zuckten bei der kleinsten Bewegung. Auf ihrem Kittel waren Spuren getrockneten Bluts und Asche auszumachen. Es sah aus, als wäre sie unlängst durch ein Feuer geschritten.

Die Kranke schien kaum bei Bewusstsein zu sein. Erst als das Mädchen ihr etwas ins Ohr flüsterte, schlug sie plötzlich die Augen auf und blinzelte.

«Wer ist da?», brachte sie erschöpft hervor.

«Du brauchst keine Angst zu haben», antwortete Hahn. «Ich bin Hutmacher, auf dem Heimweg von Heidelberg. Aber vielleicht solltest du meiner Frau und mir erst einmal erklären, wer du bist und warum man dich mitten in der Nacht hier draußen ablegt wie eine …»

«Vermutlich, weil sie eben eine solche ist», fiel Agatha ihrem Mann brüsk ins Wort. Mit grimmiger Miene lief sie auf die fiebernde Frau zu, stieß das kleine Mädchen unsanft zur Seite und begann sich am Kleid der Fiebernden zu schaffen zu machen. Dabei kümmerte sie sich weder um deren schwache Gegenwehr noch um das Geschrei des Mädchens.

«Was … machst du da?»

Erschüttert verfolgte Hahn, wie Agatha den Stoff über das Schulterblatt der Frau zog und einen rötlichen Fleck entblößte. Der erwies sich als entzündetes Brandmal, in dem Hahn voller Entsetzen die Konturen einer höhnisch grinsenden Teufelsfratze zu erkennen glaubte. Die Wunde sonderte einen ekelhaften Geruch ab; Spuren gelblichen Eiters verteilten sich auf der Haut. Während Hahn und Agatha das Mal anstarrten, zuckte die junge Frau zusammen und wandte schamhaft ihr Gesicht ab. Ihre Lippen zitterten.

Daran wird sie sich gewöhnen müssen, dachte Hahn bekümmert. Für den Rest ihres Lebens. Mit Gebrandmarkten ging niemand freundlich oder mitleidsvoll um. Wollte ein Gezeichneter seine Schande verbergen, musste er es geschickt anstellen. Doch im Grunde befand er sich auf der Flucht, solange er lebte. Wohin er auch kam, wies man ihm die Tür oder bewarf ihn mit Steinen und faulem Obst. Den Kindern erging es kaum besser.

«Das Weib ist die Ehebrecherin, die heute in der Stadt gerichtet wurde», verkündete Agatha triumphierend. «Darauf hätten wir eigentlich gleich kommen können. Man hat sie nach der Vollstreckung des Urteils mit Ruten aus der Stadt gejagt und hier draußen zwischen all dem stinkenden Unrat abgelegt. Abfall zu Abfall, wie es sich gehört!»

Hahn warf seiner Frau einen mahnenden Blick zu, sich in

Gegenwart des Kindes zusammenzunehmen. Aber die Kleine schien ohnehin nicht verstanden zu haben, was Agatha erregte. Stumm saß sie neben der Gebrandmarkten und strich ihr sanft die schweißnassen Haare aus der Stirn.

«Ich kann sie wieder gesund machen», flüsterte sie unvermittelt. Ein zartes Lächeln glitt über ihr hübsches Gesicht, während sie den Hutmacher aus ihren dunklen Augen erwartungsvoll ansah. «Ich kann sie gesund machen, genau wie mein Kaninchen.»

Hahn ergriff die Hand des Mädchens. Sie fühlte sich warm an. «Wie ist dein Name?», fragte er. Offensichtlich fieberte das Kind und wusste nicht, was es redete. «Sag mir doch, wie du heißt!»

Das Mädchen sah ihn an. «Ich heiße Henrika Gutmeister, mein Herr.»

Ihre Ausdrucksweise überraschte den Hutmacher. Wer auch immer diese Leute sein mochten, sie waren wohlerzogen.

«Und die Frau mit dem roten Mal auf der Schulter», hakte Hahn nach. «Ist das deine Mutter?»

«Ich kann sie wieder gesund machen.»

Agatha, die ihren Mann zunächst hatte gewähren lassen, stieß nun einen Laut der Empörung aus. «Was bezweckst du mit all diesen Fragen?», rief sie. «Merkst du nicht, dass dich der Teufelsbraten zum Narren hält?» Sie machte einen Schritt auf das Kind zu und drohte ihm mit dem Zeigefinger. «Lasterhafte Reden kosten dich die Gunst des Herrn. Nur Gott kann Menschen gesund machen. In seiner Weisheit heilt er diejenigen, die ein braves Leben führen und die, mit denen er noch Großes hier auf Erden vorhat. Deine Mutter gehört weder zu den einen noch zu den anderen.»

Die Kranke rang mühsam nach Atem. Ihre Augen waren geschlossen bis auf einen winzigen Spalt, durch den sie ihre Tochter zu beobachten schien. Zweifellos hatte sie Agathas Ausbruch mit angehört.

«Wir werden dich und deine Mutter mit zu uns nach Hause

nehmen», verkündete Hahn und staunte dabei selbst über seine Worte. Es war ihm völlig gleichgültig, was seine Frau dachte oder sagte. Dieses eine Mal würde er nicht nachgeben.

«Habe ich dich richtig verstanden? Du willst dieses geschundene Pack mit ins Dorf nehmen?» Angriffslustig stemmte Agatha die Hände in die Hüften und funkelte ihn wütend an. «Ich fürchte, mein lieber Hahn, dass du nun völlig den Verstand verloren hast. Niemals werde ich das zulassen. Du setzt nicht nur unseren guten Ruf aufs Spiel, sondern bringst auch unser aller Seelenheil in Gefahr!»

Hahn wollte etwas entgegnen, schwieg aber. Gewiss hätte er versuchen können, Agathas Bedenken auszuräumen, denn obwohl er die Heilige Schrift nicht annähernd so gut kannte wie sie, fiel ihm ein, dass auch der Heiland einst einer Ehebrecherin begegnet war und denjenigen aufgefordert hatte, den ersten Stein auf sie zu werfen, der ohne Sünde war. Aber da Hahn wusste, dass er bei Agatha ohnehin auf taube Ohren stoßen würde, zuckte er nur trotzig mit den Schultern.

Das Mädchen hatte sich vor dem Krankenlager seiner Mutter niedergelassen und fing an, ein Lied zu singen. Es erzählte von einem See, in dem sich wunderschöne Wesen tummelten. Kein Mensch durfte sie jemals sehen, aber sie waren da, um Gutes zu tun, wann immer ihre Hilfe gebraucht wurde. Im Lied des Mädchens versuchten die Geschöpfe des Sees den Fischern in ihren Booten etwas mitzuteilen, doch die Männer stellten sich taub oder verstanden ihre Botschaft nicht. So blieb die Kluft zwischen ihrem Reich und der Welt oberhalb der Wasseroberfläche bestehen, ohne dass sie einander berührten.

Die Melodie des Liedes klang fremdartig, jedenfalls anders als die Musik, die Hahn kannte, doch war sie gleichzeitig so rührend, dass selbst Agatha voller Staunen die Brauen hob. Hahn spürte in seinem Herzen Sehnsucht nach etwas, das er nicht benennen konnte.

Als das Mädchen die Augen schloss und die Hände auf die Stirn seiner Mutter legte, war es um Agathas Selbstbeherrschung geschehen. Sie schrie das Kind an und verlangte, es solle auf der Stelle still sein.

«Aber ich kann sie gesund machen», begehrte das Mädchen noch einmal auf.

«Und ich will nichts mehr von diesem abscheulichen Hexenkram hören!» Agatha Hahn packte die Kleine am Handgelenk und zerrte sie vom Lager der Sterbenden fort. Hahn hätte schwören mögen, dass es während des Gesangs der Kleinen im Raum wärmer geworden war und die graue Haut der Kranken einen leicht rosigen Schimmer angenommen hatte. Doch dies war wohl eine Täuschung gewesen, denn noch immer heulte draußen der Wind unbarmherzig um das alte Gemäuer. Es war finster, und über dem eingefallenen Gesicht der Gebrandmarkten lauerte ein Schatten, der von Moment zu Moment tiefer auf sie herabsank.

«Lasst mich bei ihr bleiben, ihr dürft mich nicht wegbringen», schrie das Mädchen. Ihre Stimme klang so verzweifelt, dass ein kalter Schauer über Hahns Rücken lief. «Ich bin die Einzige, die ihr helfen kann. Lasst mich mein Lied zu Ende singen.» Sie fing an zu weinen.

«Schluss jetzt, du stures Balg.» Agatha verpasste dem Kind mit der flachen Hand eine Ohrfeige. «Ich werde nicht dulden, dass du in meiner Gegenwart … Au …» Ein Tritt gegen das Bein ließ Agatha aufheulen. Doch nachdem sich ihre Verblüffung gelegt hatte, gewann der Zorn wieder die Oberhand. Zeternd schleifte sie das Kind aus der Kammer. Als die Tür unter lautem Wehgeschrei ins Schloss fiel, hob die Fremde auf dem Deckenlager hilflos den Kopf und bat Hahn mit einer schwachen Handbewegung, zu ihr zu treten.

«Sie hat nicht gelogen», erklärte sie mit gebrochener Stimme. «Henrika wurde mit besonderen Gaben geboren, auch wenn ich mir wünschte, sie hätte niemals von diesen Dingen erfahren.

Wahrscheinlich ist es besser, wenn ich meinen Frieden mit Gott mache und Henrika nicht mehr an mich denkt. Aber wenn ich doch nur …» Die Fieberkrämpfe, die ihren schmächtigen Körper erbeben ließen, schienen ihr den Atem zu rauben. Sie brauchte keine Lieder von verwunschenen Seen mehr, so viel stand für Hahn fest. Mit letzter Kraft richtete sie sich auf.

«Werdet Ihr meine Tochter … von hier fortbringen?»

Hahn nickte. «Wir sind einfache Handwerker, aber bei uns im Dorf wird sie es gut haben», versprach er. Er meinte es durchaus ernst und hoffte, dass er die Frau in ihrer letzten Stunde auf Erden von dieser Sorge befreien konnte. Gleichgültig wer sie war und warum sie das Brandeisen verpasst bekommen hatte: Hahn spürte, dass er keinen schlechten Menschen vor sich hatte. Wahrscheinlich war das Leben nicht gut mit ihr umgesprungen, daher verdiente sie es, diese Welt zu verlassen, ohne sich um das Schicksal ihrer Tochter sorgen zu müssen. Gewiss würde es für das Mädchen nicht einfach werden, sich an das karge Leben im Dorf zu gewöhnen. Sie würde keine silbernen Spangen tragen, sondern das grobe Kleid einer Magd, und singen würde sie höchstens Psalmen oder fromme Lieder im täglichen Gottesdienst. Aber sie war jung, und schließlich war es besser, als über die Landstraßen zu ziehen und das Leben einer Ausgestoßenen zu führen.

«Ihr müsst es nicht aus Barmherzigkeit tun. Das würden wir nicht wollen. Nennt es Stolz und verurteilt mich für meine Anmaßung, aber für Henrikas Unterhalt werde ich aufkommen. Versteht Ihr?»

«Wer bist du, und wer ist das Mädchen?», fragte er unsicher. «Du musst es mir jetzt sagen …»

«Einmal im Jahr werdet Ihr Geld erhalten, und zwar so lange, bis … nun, Ihr werdet sehen», wehrte die Sterbende hustend ab. «Es ist gutes Geld. Kein Hurenlohn, sondern Geld, das ihr zusteht. Henrika ist nicht schuld daran, dass sie nicht das Leben führen darf, das ich einmal für sie vorgesehen hatte …»

Hahn horchte auf. Die Gebrandmarkte wollte ihm ihren Namen nicht verraten, aber darauf kam es nicht an. Er würde es herausfinden, sobald er wieder in die Stadt kam. «Und wer wird uns das Geld zukommen lassen?», erkundigte er sich und hoffte, dass seine Frage beiläufig genug klang, um nicht den Verdacht der Habgier zu wecken. «Ich sehe hier nichts, was irgendeinen Wert besäße.»

«Einmal im Jahr, sobald der erste Markt nach dem Winter abgehalten wird, wird ein Mann neben der Heiliggeistkirche auf Euch warten und Euch einen Beutel mit Geld überreichen. Ihr müsst nichts weiter tun, als ihm erklären, dass Ihr in meinem Auftrag kommt, dann wird er keine weiteren Fragen stellen. Weder nach mir noch nach dem Kind. Allerdings … wird er auch auf keine Eurer Fragen antworten, also versucht erst gar nicht, in ihn zu dringen.» Sie atmete nun stoßweise, und ihre eingefallenen Wangen zitterten. Ein letztes Mal suchten ihre dunklen Augen seinen Blick. Hahn sah Erleichterung in ihnen. Und Frieden. Die Frau schien vor dem Tod keine Angst zu haben, und das nötigte ihm Achtung ab, hatte er doch viele fromme Menschen jammernd und klagend sterben sehen.

«Ihr dürft dem Boten niemals folgen», bat sie. «Schwört mir, dass Ihr und Eure Frau sich daran halten werden!»

Für Agatha zu schwören, war in etwa so unmöglich, wie ein festes Haus aus Mehl zu bauen. Aber der Hutmacher versprach, die Worte der Sterbenden zu beherzigen. Als er ihre Hand in der seinen erschlaffen spürte, musste er sich jedoch eingestehen, dass er Angst vor dem hatte, auf das er sich einließ.

War es Gottes Wille, dass er den letzten Wunsch der Sterbenden erfüllte, oder ein unverzeihlicher Fehler?

Als Hahn schließlich die Kammer verließ, überkam ihn die finstere Gewissheit, dass sein Leben nie wieder so sein würde wie vor dieser Nacht.

Mannheim, fünfzehn Jahre später

1. Kapitel

Im Wirtshaus «Zum Grünen Baum» gab es an Donnerstagabenden nur wenig zu tun. Nur ein paar Bauern und Handwerker saßen mit ihren Knechten im Schankraum. Sie wärmten sich am Kaminfeuer, tranken Bier und unterhielten sich leise über den zu frühen Wintereinbruch, der Eis und Schnee gebracht hatte, die neuen Zölle und die anstehenden Hausbesuche des Dorfpfarrers und seiner Gehilfen. Fast jeder der Anwesenden hatte diese Prozedur schon einmal erlebt und wusste etwas darüber zu berichten. Die Kirchendiener durchstöberten bei ihren Kontrollbesuchen rücksichtslos die Häuser und prüften anhand langer Listen, ob etwas aufbewahrt wurde, was dem Gesetz der Kirche nach verboten war.

Gegen einen Hafner war jüngst eine empfindliche Buße erhoben worden, weil die Ältesten der Gemeinde bei ihm eine Anzahl zu freizügiger Weiberröcke gefunden hatten. Dabei war der Eigenbrötler nie verheiratet gewesen. Was er damit trieb, konnte sich jeder denken. Bei seinem Nachbarn hatten sie ein Kartenspiel und drei Würfel entdeckt. Der Bauer war zwar schlau genug gewesen, die bunten Spielkarten in seiner Stube unter ein Tischbein zu klemmen, doch genutzt hatte ihm das nichts. Die Kirchendiener schienen ein untrügliches Gespür für jede Art von Versteck zu haben. Wie der Hafner musste auch der Bauer vor der versammelten Gemeinde Besserung geloben und einen empfindlichen Tadel einstecken.

Nach einer Weile wandten sich die Männer im Schankraum

anderen Themen zu. Im Dorf, so erzählte ein Bauer, waren kurfürstliche Soldaten aufgetaucht. Die Männer seien bewaffnet und trieben sich in der Nähe der Zollschreiberei herum.

Darüber ärgerten sich die Dorfleute. Soldaten waren im Ort nicht besonders beliebt, gleichgültig welches Wappen ihren Harnisch zierte. Zu oft schon waren die Bauern während der letzten Jahre gezwungen gewesen, Hals über Kopf in die Wälder und Sümpfe zu fliehen, wenn bewaffnetes Kriegsvolk durch das Dorf gezogen war und eine Schneise der Verwüstung hinter sich gelassen hatte. Im Heiligen Römischen Reich Deutscher Nation galt zwar seit fast einem Menschenalter Religionsfrieden, doch jedermann wusste, dass der Streit der Mächtigen um den wahren Glauben sich nur eine Atempause gönnte, um danach wieder umso heftiger zu toben.

Eine Schankmagd scheuerte mit griesgrämigem Gesicht den Boden, bis dieser im Licht der einsamen Kerze, die neben dem Zinngeschirr stand, vor Sauberkeit glänzte. Die Wirtin hatte ihre Dienstboten angewiesen, heute nur eine Seite der Schankstube zu beleuchten, denn Kerzen und Lampenöl waren teuer, insbesondere im Winter. Den wenigen Zechern musste das Feuer im Kamin genügen.

Henrika Gutmeister bedachte den kleinen Schankraum mit einem liebevollen Blick. Die mit rötlichem Holz getäfelte Stube mit ihrer niedrigen Decke, der verrußte Kamin und die blauen Tonkrüge waren ihr seit der Kindheit ebenso vertraut wie der Geruch von geräuchertem Schinken, Bier, Schweiß und Kerzenwachs. In dichten Bündeln hingen getrocknete Kräuter von den Balken herab.

Sie hatte sich hier stets zu Hause gefühlt. Die Schänke war ihr Zufluchtsort gewesen, wenn sie von ihrer Ziehmutter gescholten worden war und die Spottverse der Gassenkinder sie verletzt hatten. Mit prüfendem Blick überzeugte sich Henrika, dass die Eichentische in der Stube blank gescheuert und Reste von verschüttetem Bier weggewischt worden waren. Dann wusch sie ihre Hände und rollte die Ärmel ihrer weiten Bluse sorgfältig hinunter. Vorsichtig spähte sie hinüber zu dem letzten Tisch, an dem noch getrunken wurde, aber die Männer nahmen keine Notiz von ihr. Das war auch besser so, denn sie half im Wirtshaus nur aus, um ihrer Tante einen Gefallen zu tun, nicht um den Männern des Dorfes oder deren Frauen Anlass zu geben, sich das Maul über sie zu zerreißen. Sie tat es, ohne etwas dafür zu verlangen, denn nachdem im vergangenen Winter ein Feuer in der Gaststube gewütet hatte, musste Tante Elisabeth den Gürtel enger schnallen. Die Reparaturen hatten ihre Ersparnisse verschlungen und sie darüber hinaus gezwungen, Schulden zu machen. Hinzu kamen die vom Gesetz auferlegten Einschränkungen, welche die strenge Kirchenzucht im Fürstentum verlangten. Sie waren der Grund, warum immer weniger Bauern und Reisende Lust verspürten, ein Wirtshaus aufzusuchen. Regelmäßig musste sich Elisabeth der Büttel erwehren, die sie und das Gesinde streng befragten, ihre Weinvorräte kontrollierten und ihr ins Gewissen redeten, wenn sie in einer Woche zu viel unverdünntes Bier ausgeschenkt hatte. Dazu kamen die wachsenden Abgaben und die Rechnungen der Weinhändler, der Fleischer und Bäcker. Henrika wusste, dass ihre Tante darunter litt, auch wenn sie kein Wort darüber verlor und den wenigen Gästen, die nach wie vor einkehrten, mit gleichbleibender Freundlichkeit begegnete.

«Wenn es für mich nichts mehr zu tun gibt, würde ich gerne nach Hause gehen, Tante», rief sie Elisabeth zu, die mit vor Hitze geröteten Wangen aus der Küche kam.

Elisabeth nickte ihr wohlwollend zu. «Tut mir leid, dass ich dich umsonst geholt habe, mein Kind, aber ich dachte wirklich, es wäre heute mehr los. Und seit meine Beine nicht mehr so recht wollen …»

Henrika winkte verständnisvoll ab. Sie mochte Elisabeth gut leiden und hätte ihr auch dann geholfen, wenn kein einziger Gast zu bedienen gewesen wäre. Elisabeth hatte immer zu ihr gehalten, anders als die meisten Leute im Dorf. Sie hatte niemals über Henrikas Unbeholfenheit gelacht oder ungehörige Witze über ihre Mutter gerissen. Im Gegenteil, die Wirtin hatte die Mägde zur Ordnung gerufen, die es ihr gegenüber an Achtung fehlen ließen, und den Gästen klargemacht, dass Henrika Gutmeister, ungeachtet ihrer zweifelhaften Herkunft, zu ihrer Verwandtschaft gehörte. Da Elisabeths Wort im Dorf Gewicht hatte, wagten die wenigsten, ihr zu widersprechen. So war Henrika schon früh in ihrem Leben zu einer Tante und einem Vetter gekommen, denen sie vertraute, denn auch Lutz, Elisabeths Sohn, hatte sie von Kindheit an als Spielkameradin akzeptiert. Es war daher nicht weiter verwunderlich, dass Henrika jede Gelegenheit nutzte, um ihre Verwandten im Gasthaus zu besuchen. An ihrem Pflegevater hing sie indes mit Dankbarkeit, denn immerhin versorgte er sie mit allem, was sie mit ihren bald zwanzig Jahren zum Leben brauchte. Seit ihrem siebzehnten Geburtstag musste sie nicht mehr gemeinsam mit der griesgrämigen Magd in der Küche schlafen, sondern bewohnte eine winzige Kammer hinter der Werkstatt. Der Hutmacher hatte darauf bestanden und seiner Frau klargemacht, dass es sich nicht ziemte, Henrika den Blicken der Gesellen auszusetzen, die manchmal mitten in der Nacht in die Küche schlichen, um ihre immerzu knurrenden Mägen zu füllen. Henrika mochte Hahn und bedauerte es, dass er sich nur selten dazu bequemte, mit ihr zu reden. Trug er ihr in der Werkstatt eine Arbeit auf, so tat er es mit knappen Worten, ohne sie dabei wirklich wahrzunehmen. Er schien mit seinen Gedanken stets woanders zu sein, und dorthin ließ er keinen anderen Menschen blicken. Henrika erinnerte sich nicht daran, dass er ihr jemals freundlich in die Wange gekniffen oder übers Haar gestreichelt hatte, wie Elisabeth es oft bei Lutz tat. Seit sie erwachsen war, kam es ihr so vor, als wäre er noch schweigsamer geworden. Er ging ihr aus dem Weg und verschanzte sich in seiner Werkstatt zwischen Leim, Filz und Tierhäuten.

Henrikas Pflegemutter Agatha war da schon leichter zu durchschauen. Sie hatte nie einen Hehl daraus gemacht, dass ihr die Anwesenheit des Mädchens in ihrem Haus nicht behagte. Sie lehnte Henrika ab, bemühte sich aber dennoch, sie zu erziehen. Niemand im Dorf sollte ihr nachsagen können, ein Mitglied ihres Haushalts sehe liederlich aus und benehme sich nicht gottesfürchtig. Was Henrikas zweifelhafte Herkunft betraf, so hatte die Meisterin neugierige Fragen anfangs nur mit Trotz beantwortet, doch als die Gemeindeältesten und der Dorfschreiber auf das fremde Kind im Haus der Hahns aufmerksam geworden waren, hatte sie erkannt, dass sie nicht alle ihre Nachbarn mit ein paar dürren Worten abspeisen konnte. Daher hatte sie beschlossen, sich den Ältesten anzuvertrauen und die rührselige Geschichte vom Kind einer Sünderin zu erzählen, der sie eines Abends zufällig im Nebel begegnet waren. War es nicht ihre Pflicht, das Mädchen davor zu bewahren, eines Tages eine Hure zu werden wie ihre gebrandmarkte Mutter? Von dem Geld, das sie jedes Jahr pünktlich vor dem ersten Frost in ihrer Truhe einschloss, hatte sie den Gemeindeältesten nichts verraten. Wozu auch? Die Herren hatten nach ihrem Besuch Tränen in den Augen gehabt, so sehr hatte sie das empfindsame Herz der Hutmacherin gerührt. Und sie hatten ihr hoch und heilig versprochen, niemals ein Wort über die Herkunft der unglückseligen Henrika zu verlieren.

Am nächsten Morgen hatte jedermann im Dorf Bescheid gewusst. Wochenlang war darüber gelästert worden, dass ausgerechnet die Hahns das Kind einer in Schande Gestorbenen bei sich duldeten. Ja, der Hutmacher und seine Frau mussten miterleben, wie sich im Dorf zwei Parteien bildeten. Die einen achteten die Hahns wegen ihrer Güte, die anderen warfen ihnen Dummheit vor. Was beide Gruppen einte, war ihr Misstrauen gegenüber Henrika. Manch eine der Bauersfrauen behauptete, in den dunklen Augen des Kindes ein sonderbares Blitzen, in ihrer Miene einen heimtückischen Zug wahrzunehmen. Man munkelte, dass ein kalter Wind aufkäme, wann immer Henrika an der Hand ihrer Pflegemutter über den Dorfanger lief. Ob sie nun Wäsche wusch, zur Kirche ging oder vor der Werkstatttür des Hutmachers Butter stampfte – im Dorf gewöhnte man sich rasch an, um Henrika einen großen Bogen zu machen.

Elisabeth unterdrückte ein Gähnen; mit einer müden Handbewegung bat sie Henrika, die Gäste zu verabschieden und die Tür zu schließen.

«Heute klopfen meine Füße, als schimpften sie mich aus», klagte sie. «Vor Sonnenaufgang bin ich aufgestanden, um den frischen Most, der gestern geliefert wurde, in kleinere Fässer umzufüllen. Dann erschien der Zollschreiber und ließ mich stundenlang irgendwelche Listen unterzeichnen. Und wofür die ganze Schinderei?»

«Es kommen auch wieder bessere Zeiten», sprach Henrika ihrer Tante Mut zu. Sie rückte Haube und Schürze zurecht und trat mit einem höflichen Lächeln an den Tisch, an dem die Männer vor ihren Bierkrügen saßen.

«Hab ich dich gerufen, Mädchen?», knurrte Wilhelm Bunter, ein untersetzter Mann mit wulstigen Lippen. Im Dorf reparierte er ausgetretene Schuhe, an die Herstellung neuer wagte er sich nicht so recht heran, weshalb er von der Hand in den Mund lebte.

«Bring mir und meinen Freunden noch einen Krug von dem verdammten Gesöff. Ist eine Schande, so etwas überhaupt Bier zu nennen. Aber an die Weinvorräte lässt deine geizige Herrin uns ja nicht heran, also müssen wir uns damit begnügen.»

Die Männer lachten beifällig, aber keiner von ihnen hob den Kopf, um Henrika eines Blickes zu würdigen.

Henrika gefror das Lächeln auf ihren Lippen. Einen Moment lang war sie sprachlos über die Unverfrorenheit, mit der ein Gast ihr in der Wirtschaft der Tante begegnete, dann aber siegte der Ärger über ihre Schüchternheit. Sie war keine Schankmagd, hätte es aber auch nicht geduldet, wenn eines der Mädchen, das für ihre Tante arbeitete, von den Zechbrüdern beleidigt worden wäre.

«Für diese Äußerung wirst du zehn Kreuzer in die Fluchgeldbüchse werfen müssen, Wilhelm», erklärte sie mit einem sanften Lächeln. Dabei deutete sie auf einen Behälter aus Metall, der auf dem Schanktisch stand. «So will es nun mal das Gesetz!»

«Wovon zum Teufel redest du?»

«Nicht vom Teufel, aber von deiner Bemerkung über die Qualität unseres Biers! Aber da du ihn erwähnst: Jetzt schuldest du schon zwanzig Kreuzer.»

Der Flickschuster lachte auf und schüttelte den Kopf. Zweifellos ärgerte es ihn, dass ausgerechnet Henrika ihn im Beisein mehrerer Zeugen beim Fluchen ertappt hatte und er keine Möglichkeit mehr fand, seine Bemerkung zurückzunehmen. Zwar kam es in Wirtshäusern vor, dass Streitigkeiten zwischen den Gästen zu Wortgefechten führten, aber das Gesetz des frommen Kurfürsten sah vor, dass derjenige, der sich dabei einer Gottlosigkeit schuldig machte, auf der Stelle eine Buße zu entrichten hatte. Zur Schadenfreude aller musste er seine Groschen in eine eigens dafür vorgesehene Büchse werfen, auf der hässliche Fratzen mit langen Ohren, krummen Nasen und blöde grinsenden Mäulern den Fluchenden ermahnten, künftig keine Flüche und Schimpfwörter mehr zu gebrauchen. Auf Befehl des Kurfürsten war jeder Wirt verpflichtet, in seinem Schankraum eine Fluchgeldbüchse aufzustellen und sorgfältig darüber zu wachen, dass ihr Inhalt am Monatsende bei der Kirchenvisitation vorgelegt wurde. Bereicherte sich ein Wirt an den Fluchgeldern, musste er selbst mit einer empfindlichen Strafe rechnen.

«Ich fürchte, dir bleibt keine Wahl, als dein Gewissen zu erleichtern», rief nun einer der Männer. «Schließlich hast du mit deinem Fluch nicht nur die zarten Ohren dieses Mädchens verletzt. Aber die zweite Runde spendierst du uns doch trotzdem, oder?»

«Ach, hol dich doch der …» Gerade noch rechtzeitig besann

sich Bunter. Auf der Suche nach Verbündeten blickte er in die Mienen seiner Nachbarn, doch er bemerkte rasch ihre Schadenfreude. Daher wühlte er in seinem Gürtelbeutel, bis er zwei kleine Münzen fand. Mit hochrotem Kopf erhob er sich, trottete zum Schanktisch und warf die Geldstücke in die Büchse. Seine Freunde klopften derweil spöttisch auf den Tisch und rissen Witze über den Pechvogel.

«Ich hoffe, du bist jetzt zufrieden, du Miststück», raunte Bunter Henrika zu, als er an ihr vorüberlief. Sein Gesicht war vor Wut gerötet.

«Warum sollte man für dich eine Ausnahme machen? Das Gesetz sieht vor …»

«Scheinheiliges Luder. Ausgerechnet du willst mich über Gesetze und Gebote unserer heiligen Kirche belehren? Wo doch jeder weiß, dass deine Mutter eine Hure war. Der Apfel fällt nie weit vom Stamm. Du bist nicht besser als eine fahrende Gauklerin, auch wenn das törichte Weib des Hutmachers überall im Dorf herumposaunt, dass ihr Mündel in Samt und Seide zur Welt gekommen ist!» Er verzog den Mund zu einem hässlichen Grinsen, wurde aber gleich darauf wieder ernst. Sein Blick wanderte über Henrikas Dekolleté. «Du hast mich vor meinen Freunden absichtlich bloßgestellt. Vielleicht überlegst du dir schon mal, wie du das wiedergutmachst?»

Henrika erbleichte. Der Flickschuster mit seiner bläulichen, von allerlei Narben zerfurchten Haut und den kalten Augen war ihr zuwider. Als gewalttätig war er nicht bekannt, doch gehörte er zu den Männern, die anderen durch Hinterlist schaden konnten. Henrika überlegte, ob sie nicht einen Fehler gemacht hatte, sich den Zorn des Schuhmachers zuzuziehen. Vielleicht wäre es besser gewesen, sein Schimpfen einfach zu überhören. Die Hahns hatten nie etwas mit Bunter zu tun gehabt, denn sein Lebenswandel war Agatha ein Dorn im Auge. Hartnäckig ging das Gerücht, dass Bunter zuweilen heimlich in seiner Werkstatt Branntwein trinke und danach zu betrunken sei, um seinen Aufträgen nachzukommen.

«Ich hoffe, du hast nicht die Absicht, Ärger zu machen, Wilhelm Bunter», war plötzlich Elisabeths Stimme zu vernehmen. Die Wirtin verschränkte die Arme und warf den Gästen, die unbeweglich am Tisch saßen, einen strengen Blick zu. Murrend erhoben sich die Männer, stülpten ihre Mützen auf und trotteten zum Ausgang. Wilhelm Bunter funkelte Elisabeth ärgerlich an. «Keine Angst, Frau Wirtin, ich werde dafür sorgen, dass dir und deiner kleinen Schankmagd so bald kein Gast mehr Ärger machen wird.»

«Danke, aber auf die Hilfe eines versoffenen Tagediebs pfeife ich. Sieh lieber zu, dass du mein Haus verlässt, sonst melde ich dich dem Schankwächter, sobald er das nächste Mal erscheint!»

«Ich vergraule deine letzten Gäste», sagte Henrika, als alle gegangen waren.

Nach dem Schrecken, den ihr der Schuster eingejagt hatte, war ihr nicht danach, schon nach Hause zu gehen. Stattdessen goss sie mit flinken Bewegungen Wasser in den Spülstein, tauchte schmutzige Becher und Krüge hinein und begann sie so heftig mit der Bürste zu bearbeiten, als hätte ein Dutzend Pestkranker aus ihnen getrunken.

«Nicht so wild, Kind», mahnte die Wirtin. «Ich hab nichts von deiner Hilfe, wenn mein gutes Geschirr nur noch aus Scherben besteht.»

Henrika legte die Bürste aus der Hand und sah ihre Tante an. Sie machte sich wirklich Sorgen.

«Dieser Bunter ist im Dorf zwar nicht sonderlich beliebt, aber wie die Dinge stehen, bin ich es noch weniger. Wenn er seine Drohung wahr macht und die Leute gegen dich aufhetzt, könntest du viel verlieren. Denk an die Schulden, die du machen musstest, um die Weinvorräte aufzustocken.»

Elisabeth winkte ab; sie wollte nichts davon hören. Sie hatte es sich in einem mit Fellen ausgeschlagenen Lehnstuhl gemütlich gemacht und beobachtete versonnen, wie der Widerschein der tanzenden Flammen im Kamin das helle Zinngeschirr zum Funkeln brachte. «Unsinn, mein Kind», sagte sie. «Du glaubst immer, im Dorf würden dich alle mit schiefen Blicken verfolgen, aber ich kenne dich nun schon so viele Jahre und finde, dass dich nichts von den Mädchen deines Alters unterscheidet. Du bist hübsch und klug. Aber immer dann, wenn du es am wenigsten gebrauchen kannst, regt sich in deinem Körper ein Ungeheuer, das dir einredet, du seiest zu hässlich und zu plump, um anderen zu gefallen. Zu hoffärtig, um für fromm zu gelten, und so eigenartig, dass jeder einen großen Bogen um dich macht.»

«Aber die meisten unserer Nachbarn machen doch einen Bogen um mich. Sie finden mich eigenartig, seit ich hierherkam. Und was soll ich davon halten, dass mich der Pfarrer auf die letzte Bank in der Kirche verbannt hat?» An ihrem siebzehnten Geburtstag hatte man Henrika auf eine rot angestrichene Kirchenbank gesetzt, die eigentlich für ausgewiesene Trunkenbolde und fahrendes Volk angefertigt worden war. Weder ihr Protest noch Hahns Spende für den Klingelbeutel hatten daran etwas ändern können. Am liebsten wäre Henrika gar nicht mehr zur Kirche gegangen, doch auch das war verboten und wurde streng bestraft.

«Weißt du, unser Dorf wird seit Generationen von einer Schar einfacher Menschen bewohnt, die morgens mit den ersten Sonnenstrahlen aufstehen und mit den Hühnern schlafen gehen. Das einzige Vergnügen, das sie sich gönnen, ist der Jahrmarkt zu Michaelis und ein Schluck Bier im Wirtshaus. Das heißt, sie taten es, bevor … Nun, das ist eine andere Geschichte. Was die Bauern hier allerdings ebenso hassen wie die schwarzen Blattern sind … Geheimnisse.»

Henrika hob erstaunt die Augenbrauen. Sie verstand nicht

recht, was ihre Tante damit meinte. Hatte nicht jeder Mensch Geheimnisse? Ihre Pflegeeltern verschwiegen den Gemeindeältesten, wie viel Geld sie verdienten. Der älteste Sohn des Schneiders verschwieg seinen Eltern, dass er heimlich die Tochter des Pfarrers liebte, obwohl ihn sein Vater zu Pfingsten mit einem Mädchen aus dem Nachbardorf verlobt hatte. Auch Elisabeth hatte ihre Geheimnisse. Sie hatte ein Recht darauf, selbst wenn der Pfarrer und die Ältesten das vielleicht anders sahen.

«Geheimnisse können gefährlich sein», fuhr Elisabeth fort, «denn das Unbekannte flößt Angst ein. Daher sind unsere Nachbarn misstrauisch gegen alle, die sie nicht durchschauen. Aber du bist ein so liebenswertes Geschöpf, eines Tages werden das alle einsehen.»

Henrika stieß die Luft aus. Die Worte ihrer Tante waren gut gemeint, räumten ihre Zweifel aber nicht aus. Verlangte man von ihr, sich in ihr Schicksal zu fügen und ihre verstorbene Mutter zu verleugnen, dann würde sich an ihrem schlechten Verhältnis zur Dorfbevölkerung vermutlich nie etwas ändern. Dieser Preis war eindeutig zu hoch. Sie hatte nicht vor, den Ältesten Demut und Verständnis vorzuheucheln, während sie grundlos gemaßregelt und erniedrigt wurde. Dass dies wiederum den Argwohn der Leute weckte, die nur darauf warteten, dass sie einen Fehler machte, war ihr ebenfalls klar, doch was würden sie mit ihr tun, wenn sie eines Tages entschieden, nun lange genug gewartet zu haben?

Henrika tauchte den Krug ein letztes Mal in den Stein und trocknete ihn so lange, bis er glänzte.

«Ich hatte immer das Gefühl, nicht hierherzugehören», bekannte sie nach einigem Nachdenken.

«Daran sind nur die Launen meiner törichten Schwester schuld», murmelte Elisabeth kopfschüttelnd. Es klang verbittert. «Wäre sie nicht so dumm gewesen, den Ältesten reinen Wein einzuschenken, könntet ihr hier alle in Ruhe miteinander leben.»

«Aber sie war doch verpflichtet, sich der Kirche anzuvertrauen», versuchte Henrika ihre Pflegemutter zu verteidigen. Obwohl sie stets unter Agatha Hahns harter Hand gelitten hatte, mochte sie es nicht, dass andere schlecht über sie redeten. «Hätte Mutter den Herrn Pfarrer und die Ältesten etwa anlügen sollen?»

«Mir wäre schon eine Ausrede eingefallen, die mir nicht den Schlaf geraubt hätte. Weißt du überhaupt, warum sie geplaudert hat?»

Henrika runzelte die Stirn. «Nun, ich nehme an, sie hatte Angst um ihr Seelenheil. Heißt es nicht, dass Gott uns bereits in diesem Leben zeigt, wer errettet wird und wer zu den Verworfenen gehört? Oder habe ich das falsch verstanden?»

«Calvin vertrat diese Auffassung», gab Elisabeth zu. «Für die Lutheraner und die Katholiken gelten andere Regeln. Frag mich nicht, welche. Ich bin nur eine einfache Schankwirtin und hab genug damit zu tun, während der Predigt nicht einzuschlafen. Meine Schwester hat sich immer dafür geschämt, dass ich nach dem Tod unseres Vaters einen Wirt geheiratet habe.»

«Aber das ist doch nicht verboten.»

Elisabeth hob resigniert die Hand. «Nein, verboten ist es natürlich nicht. Das Schankprivileg wurde im vergangenen Jahr von der kurfürstlichen Kanzlei erneuert. Aber Agatha sieht es nun einmal nicht gern, dass ihre Schwester für durstige Männer Bier zapft.»

Natürlich wusste Henrika, was ihre Ziehmutter von Elisabeths Gewerbe hielt. Umso mehr wunderte es sie auch, dass Agatha ihr erlaubte, der Wirtin zur Hand zu gehen. Es schien ein stilles Einvernehmen zwischen den beiden Frauen zu geben, von dem sie nichts wusste. Geheimnisse.

«Soviel ich weiß, haben die Hahns heute Abend Besuch von den Ältesten der Gemeinde», sagte Elisabeth. «Vielleicht suchen sie einen Mann für dich.»

Henrika ließ den Krug sinken und schaute ihre Tante bestürzt an. Es war das erste Mal, dass sie von einem solchen Ansinnen hörte.

«Vater Hahn will mich verheiraten?», platzte es aus ihr heraus. «An einen Mann aus dem Dorf? Eher friert der Rhein im Juli zu, als dass er mit einem der Bauern handelseinig wird.»

«Mag sein. Aber was ist, wenn seine Wahl gar nicht auf einen Mann aus dem Dorf fällt? Überlege doch einmal, Mädchen. Wenn dich jemand von hier wegbrächte, könntest du einen eigenen Hausstand gründen, eine eigene Familie. Träumst du nicht manchmal davon, deine enge Kammer hinter der Werkstatt zu verlassen?» Elisabeth stand schwerfällig auf und strich die Decke, auf der sie gesessen war, glatt. «Mich wundert nur, dass sich die Hahns mit der Suche nach einem Mann für dich so viel Zeit gelassen haben. Es gibt nicht mehr viele Jungfern deines Alters im Dorf.»

Henrika atmete tief ein. Sie spürte, dass Elisabeth ihr nicht alles sagte, was sie über die Pläne ihrer Schwester wusste, aber so geschickt sie es auch anstellte, es gelang ihr an diesem Abend nicht, der Tante mehr als ein paar Andeutungen zu entlocken. Schließlich gab sie es auf und verabschiedete sich.

2. Kapitel

Auf dem Heimweg dachte Henrika über die Worte ihrer Tante nach. Würde es ihr mit einem Ehemann tatsächlich besser ergehen? Hatte sie kein Verlangen nach einem Gehöft, auf dem sie als Ehefrau das Sagen hatte und nicht nur geduldet wurde? Der Gedanke an eine Heirat hatte gewiss einiges für sich. Auch wenn es in diesem Fall galt, den Hahns und Elisabeth für immer Lebewohl zu sagen, war Henrika davon überzeugt, dass der Sprung ins Ungewisse einem Leben als verachtete Außenseiterin vorzuziehen war.

Trotz der Kälte hatte Henrika es plötzlich nicht mehr eilig, nach Hause zu kommen. Sie träumte selten, denn meistens gab es im Haus der Hutmacher so viel Arbeit, dass ihr keine Zeit blieb, ins Grübeln zu kommen. Nun aber genoss sie es, ihre Gedanken schweifen zu lassen und gemächlich an den Holzhäusern und Scheunen vorbeizulaufen. Das Dorf hatte sich seit Regierungsantritt des Kurfürsten ausgedehnt. Die staubige Straße, die von zwei Gräben gesäumt wurde, reichte nun fast bis an die Felder und Weingärten heran. Neben den Wiesen, die hinter dem Schafgarten lagen, waren eine Hufschmiede, ein Räucherhaus und eine Mühle entstanden. Henrika atmete tief durch. Die Luft, die von den beiden Flussarmen zu ihr heraufstieg, war eisig. Eine Katze strich auf der Suche nach Vögeln durch das dichte Unterholz. Es war seit Tagen frostig. In den Eimern, die an einer Stange über dem Dorfbrunnen hingen, hatte sich eine dicke Eisschicht gebildet.

Als Henrika den Kirchhof überquerte, musste sie an die Frau denken, die sie als kleines Kind Mutter genannt hatte. Nur wenige Erinnerungen waren ihr geblieben, die sich hin und wieder in ihre Träume drängten, wie die an eine zierliche, dunkelhaarige Frau, die sie anlächelte und ihr befahl, ihre Hand nicht loszulassen.

Aber sie hatte die Hand losgelassen, und im Lauf der Jahre war das Bild der Frau in Henrikas Gedächtnis verblasst wie eine Blume, die man zum Trocknen zwischen zwei Holzbrettchen presst. So gern sie sich auch an der Vergangenheit festgehalten hätte, sie erinnerte sich nicht mehr an das Leben, das sie geführt hatte, bevor die Hutmacher sie ins Dorf gebracht hatten. Den Andeutungen der Pflegeeltern entnahm sie, dass sie in einer großen Stadt gelebt hatte, vielleicht in Heidelberg. Schließlich musste es einen Grund dafür geben, dass ihr Pflegevater es stets ablehnte, sie mitzunehmen, wenn er den Markt dort besuchte oder im Schloss Hüte ablieferte. In all den Jahren hatte er ihr nie erlaubt, das Dorf zu verlassen. Fürchtete er etwa, jemand könnte sie in Heidelberg wiedererkennen, weil sie ihrer leiblichen Mutter ähnlich sah?

Es gab Tage, da wünschte sich Henrika nichts sehnlicher, als mehr über die Frau in Erfahrung zu bringen, die ihr das Leben geschenkt hatte. Es musste doch jemanden geben, der etwas über sie sagen konnte. Wenn man ihrer Mutter vorgeworfen hatte, Ehebruch begangen zu haben, so musste sie verheiratet gewesen sein. Aber mit wem? An ihren leiblichen Vater konnte Henrika sich nicht erinnern. Sie war sich ziemlich sicher, dass sie bis zu jenem verhängnisvollen Tag, an dem man sie aus dem Schlaf gerissen und in ein verlassenes Gutshaus gebracht hatte, mit ihrer Mutter allein gelebt hatte. Aber wie schwer wogen schon die Erinnerungen eines kleinen Mädchens? Als sie es vor Jahren einmal gewagt hatte, die Hutmacherin auf ihre Herkunft anzusprechen, war diese so wütend geworden, dass sie es fortan unterlassen hatte, das Thema anzuschneiden. Auch der Pfarrer, der in Heidelberg viele

Gelehrte, Edelleute und sogar einige Hofbeamte des Kurfürsten kannte, zeigte für Henrikas Fragen kein Verständnis. Er hatte sie ermahnt, nicht hochmütig zu werden. Selbst wenn sie in einem herrschaftlichen Haus zur Welt gekommen sei, läge es doch auf der Hand, dass etwaige Vorrechte ihrer Geburt durch die Verbannung ihrer Mutter getilgt worden waren. Der Geistliche hatte Henrika das Versprechen abgenommen, den Hutmacher zu ehren und niemals einen Versuch zu unternehmen, etwas über ihre Vergangenheit herauszufinden, denn schließlich sei ihre Familie durch die Sünde eines Weibes zerstört worden.

Im Hühnerstall des Pfarrers gackerten die Hennen aufgeregt durcheinander. Das taten sie immer, wenn sich jemand der Gartenpforte näherte. Die Tiere verfügten über ein besseres Gespür für Gefahr als jeder Wachhund. Henrika blieb stehen und spähte durch das grobe Dornengeflecht, das den kleinen Kirchhof wie eine schützende Mauer umgab. Es war dunkel, doch im Licht des Mondes konnte sie mühelos erkennen, dass jemand um die Ställe herumschlich. Ein Hühnerdieb? Sie hielt die Luft an, als sie eine Gestalt ausmachte, die eine Kappe aus rotem Filz trug. Die Kappe gehörte Lutz, Elisabeths Sohn, der sie wegen ihrer hübschen roten Farbe abgöttisch liebte und sie niemals absetzte. Manchmal fragte sich Henrika, ob sie gar mit seinem gewaltigen Schädel verwachsen war. Doch obwohl Lutz über einen massigen Körper verfügte, hatte sein Verstand sich doch bereits im zarten Kindesalter entschieden, nicht mit dem übrigen Körper zu wachsen. Lutz zählte zwanzig Jahre, war dem Gemüt nach aber ein Kind, dem die Natur in einer boshaften Laune die Gestalt eines Erwachsenen verliehen hatte. Elisabeth hatte den Schwachsinn ihres Sohnes lange ignoriert, doch irgendwann hatte auch sie sich damit abfinden müssen. Sie tat es klaglos, beinahe trotzig, indem sie den Blicken der Dorfbewohner niemals auswich. Sie hing an ihrem Sohn mit großer Zärtlichkeit. Nie wäre es ihr in den Sinn gekommen, ihn im Haus zu verstecken oder auch nur zu verheimlichen, dass er nicht in der Lage war, ein Handwerk zu erlernen.

Anders als Henrika war Lutz für die Bewohner des Dorfs aber kein Geheimnis, das ihnen Unbehagen einflößte. Schwachsinnige hatte es zu allen Zeiten gegeben, es war nichts Besonderes dabei. In den Städten gab es Narrentürme und Tollhäuser, an deren Türschwellen man fromme Gaben niederlegte. In den Dörfern ließ man sie links liegen. Die Kinder verspotteten sie und bewarfen sie zuweilen mit Steinen, aber ihre Angehörigen verweigerten ihnen selten das Plätzchen hinter dem Ofen oder einen Becher Milch. So war auch der Sohn der Baumwirtin aufgewachsen: verhöhnt und bemitleidet, aber nicht angefeindet. Solange Lutz friedlich blieb, hatte niemand Anlass, sich vor ihm zu fürchten.

Henrika fragte sich, was Lutz wohl zu dieser Stunde noch im Dorf zu suchen hatte. Elisabeth hatte angenommen, er hielte sich in der Stube über dem Schankraum auf. Vermutlich wusste sie nicht, dass er noch einmal hinausgegangen war. Es gab eine kleine Außentreppe, über die man die oberen Räume der Schänke verlassen konnte, ohne die Gaststube durchqueren zu müssen. Lutz hatte unlängst herausgefunden, dass seine Mutter diese Treppe nicht mehr benutzte, da zwei ihrer Stufen gebrochen waren. Ihm machte das nichts aus. Mit seinen langen Beinen konnte er die zerborstenen Stufen mühelos überspringen.

Auch wenn Henrika nicht daran dachte, Elisabeth von den nächtlichen Ausflügen ihres Sohns zu erzählen, war sie doch der Meinung, dass er nach Einbruch der Dunkelheit nicht mehr durchs Dorf schleichen sollte. Die Stimmung im Dorf war wegen der angeblichen Landsknechte, die sich nahe der Rheinfähre herumgetrieben haben sollten, bereits angespannt genug. Vielleicht waren die Männer Späher der Kaiserlichen. Die waren auf den Kurfürsten nicht gut zu sprechen, seit er im Reich die Protestanten unter seinem Banner vereinigt hatte. Henrika musste an die Drohungen des Flickschusters denken. Fehlte morgen auch nur ein einziges Huhn im Stall oder wurde ein Garten niedergetrampelt, so bestand die Gefahr, dass sich die Bauern voller Zorn zusammenrotteten, um sich am schwächsten Mitglied der Dorfgemeinschaft schadlos zu halten.

«Lutz, bleib hier», zischte Henrika der Gestalt mit der roten Filzkappe hinterher, die zwischen den mächtigen Kornspeichern des Zollhauses verschwunden war. Seufzend folgte sie dem Wirtssohn. Was um alles in der Welt hatte Lutz hier bei den Scheunen verloren? Sie gehörten zum kurfürstlichen Grundbesitz; hier wurden Waren gestapelt und gewogen, und die Bauern der Umgebung lieferten in den zum Zollhaus gehörenden Gebäuden ihre Pachterträge ab. Henrika untersuchte die Flügeltüren, über deren Querbalken das Wappen Kurfürst Friedrichs hing. Beide Türen waren gesichert. Wer auch immer sie außer an den dafür vorgesehenen Zoll- und Zehnttagen öffnete, musste mit schweren Strafen rechnen.

Auf Zehenspitzen schlich Henrika um die größere der beiden Scheunen herum, doch sie konnte in der Dunkelheit beim besten Willen keinen Durchschlupf finden, der groß genug gewesen wäre, dass Lutz sich hätte hindurchzwängen können. An der westlichen Bretterwand, etwa fünfzehn Fuß über ihrem Kopf, fand sie eine kleine Fensteröffnung. Sie erinnerte sich, dass diese Öffnung vom Heuboden aus leicht zu erreichen war. Aber von außen? Ohne eine Leiter? Unmöglich.

Ratlos blickte sich Henrika um, erwog einen bangen Moment sogar, zum Haus des Pfarrers zu laufen und ihn um Hilfe zu bitten. Aber vermutlich machte das die Sache nicht besser. Der alte Mann würde einen Heidenlärm veranstalten, wenn man ihn aus dem Schlaf riss.

Als Henrika zur Nachbarscheune lief, sah sie mit Schrecken, dass die Tür nur angelehnt war. Das Schloss lag auf der Erde.

Henrika starrte fassungslos auf die Tür. Wenn man sie und Lutz hier erwischte, steckte sie in der Klemme. Niemand würde ihr glauben, dass sie nur Elisabeths Sohn gefolgt war. Man würde sie beschuldigen, die Tür aufgebrochen zu haben, um etwas zu stehlen, was dem Kurfürsten zustand. Mit klopfendem Herzen betrat sie den dunklen Raum. Als sich ihre Augen an die Finsternis gewöhnt hatten, erkannte sie die Umrisse der Waage und einiger Kisten und Truhen, die vermutlich in den nächsten Tagen abgeholt und zum Schloss nach Heidelberg geschafft werden würden.

Von Lutz war nichts zu sehen. Allmählich begann sie an ihrem Verstand zu zweifeln. Sie hatte die rote Kappe doch eindeutig erkannt. Machte er sich einen Spaß daraus, sich hinter einem Balken oder oben, auf dem Heuboden, vor ihr zu verstecken? Jeden Augenblick würde er mit seinem üblichen breiten Grinsen hervorspringen, sie bei beiden Händen packen und mit ihr durch die Scheune tanzen. Plötzlich drang ein Rascheln an Henrikas Ohr. Sie blickte hinauf zum Boden und entdeckte eine Leiter. Also hatte sie sich nicht getäuscht. Wut erfüllte sie.

«Lutz, du Taugenichts, ich warne dich! Wenn du nicht auf der Stelle diesen Unfug lässt, wird deine Mutter dir das Fell gerben, auch wenn sie dir nur bis zu den Schultern reicht!»

Ein verhaltenes Lachen drang durch die Scheune. Es klang dumpf und tief. Ehe Henrika ausmachen konnte, wo es herkam, traf etwas Schweres ihren Kopf und riss sie zu Boden. Sie schrie auf. Staub drang in ihre Kehle, dazu kam Panik, als sie bemerkte, dass sie sich kaum bewegen konnte. Sie zappelte verzweifelt, doch der Kampf gegen die Gewichte, die auf ihren Armen und Beinen lagen, war aussichtslos. Je mehr sie strampelte, desto weniger konnte sie sich rühren.

Ein Fischernetz, erkannte sie, und ihr Entsetzen wuchs. Jemand musste gewartet haben, bis sie die Leiter erreicht hatte, um ihr von oben ein Netz über den Kopf zu werfen.

Während sie an den Maschen zerrte, die sich immer fester um ihren Leib schnürten, hörte sie Schritte auf der Leiter. Dann blies ihr ein Mann seinen nach Bier riechenden Atem ins Gesicht. Trotz der Dunkelheit erkannte Henrika den Flickschuster. Nach ihm stiegen noch weitere Männer die Leiter herunter.

Bunter packte sie derb und zwang sie, ihm in die Augen zu sehen, die vor Genugtuung leuchteten.

«Nun, Täubchen, hast du dir inzwischen überlegt, wie du mich milde stimmen kannst?», raunte er ihr zu.

«Du Mistkerl! Du hast das Schloss aufgebrochen und mich in die Scheune gelockt.»

Bunters Freunde lachten hämisch. Auf einen Wink des Schusters begab sich einer von ihnen zum Tor, um Wache zu stehen.

«Ich würde an deiner Stelle nicht schreien», sagte Wilhelm Bunter hämisch. «Wenn du es tust, werden vier ehrbare Männer bezeugen, dass sie dich auf ihrem Heimweg vom Wirtshaus dabei ertappten, wie du die Zollhaustür aufgebrochen hast, um zu plündern. Du weißt hoffentlich, wem hier Glauben geschenkt wird, oder? Mein alter Freund Ulrich, der gerade die Tür bewacht, sitzt sogar im Ältestenrat der Kirche.»

Henrika wandte den Kopf. Bunter würde mit seinen Lügen durchkommen, während man sie für einen Einbruch zur Rechenschaft ziehen würde, den sie nicht begangen hatte. Sie war ihm und seinen Freunden auf Gedeih und Verderb ausgeliefert.

«Was habt ihr mit Lutz gemacht?», fragte sie mit erstickter Stimme. «Er hat dir seine Kappe gewiss nicht freiwillig gegeben, um mir eins auszuwischen. Also, wo ist er?»

«Ach, das hässliche Ding meinst du?» Bunter nahm die Mütze vom Kopf und warf sie Henrika mit einem boshaften Grinsen vor die Füße. «Ich hatte eine ganz ähnliche zu Hause. Hab sie allerdings nie getragen. Wer will schon im Dunkeln mit einem Schwachkopf verwechselt werden?»

Der Flickschuster imitierte Lutz, indem er die Augen verdrehte und in die Hände klatschte. Seine Kameraden prusteten vor Lachen los, verstummten jedoch sofort, als Bunter ihnen mit einem strengen Blick bedeutete, leise zu sein.

«Mir war sogleich klar, dass die feine Henrika, der Schutzengel der geistig Armen, es nicht übers Herz bringen würde, ihren Freund zu später Stunde allein durchs Dorf irren zu lassen», höhnte er.

Henrikas Wangen brannten vor Scham. «Also schön, ihr habt euren Spaß gehabt. Befreit mich jetzt aus diesem Netz, es tut mir weh. Außerdem wird meine Mutter das ganze Dorf nach mir absuchen, wenn ich zu spät nach Hause komme.» Es war eine Lüge der Verzweiflung, denn im Ort wusste jeder, dass Agatha Hahn nicht im Traum daran gedacht hätte, auf der Suche nach Henrika nachts durch die Kälte zu streifen.

Bunter starrte sie triumphierend an. Er schien es zu genießen, die Tochter der Gebrandmarkten hilflos zu seinen Füßen liegen zu sehen.

«Der Spaß beginnt erst, Täubchen», erklärte er. Dann gab er den Männern ein Zeichen. Sie nickten Bunter zu und zogen ihre dicken Wämser aus.

In einem Winkel der Scheune stand ein dreibeiniges Kohlenbecken. Während einer der Bauern mit zwei kleinen Reibsteinen und einer Zunderbüchse ein Feuer entfachte, machte sich ein anderer an einem Sack zu schaffen. Henrika konnte nicht erkennen, was er ihm entnahm. Als ihr ein feiner Brandgeruch in die Nase stieg, überfiel sie eine lähmende Angst. Sie wollte aus vollem Halse schreien, doch dann erinnerte sie sich an die Warnung des Flickschusters. Er hatte keine Skrupel, sie wusste, dass er sie und alle, die ihr im Dorf etwas bedeuteten, ins Unglück stürzen würde. Als Kind hatte sie einmal ein paar Frauen am Brunnen davon erzählen hören, wie es war, wenn Frauen gezwungen wurden, Männern zu Willen zu sein. Die alte Federhändlerin, die aus dem Osten stammte, hatte es in ihrer Jugend selbst erlebt.

Fremdes Kriegsvolk war durch ihr Dorf gezogen. Doch vor der Schlacht hatten die Kriegsknechte genug Zeit gefunden, gegen die wehrlosen Frauen Krieg zu führen. Gegen all jene, die nicht rasch genug in den Wald hatten fliehen können. Die alte Federhändlerin war in einer Nacht mehrere Male geschändet worden, ehe sie mit letzter Kraft hatte fliehen können. Im Dorf galt sie als wunderlich. Sie träumte von brennenden Sternen, die zur Erde fielen, und sah die Flüsse, an denen das Dorf lag, gefüllt mit Blut. Seit Henrika die Unterhaltung mit angehört hatte, wusste sie, dass es für eine Frau nichts Schrecklicheres gab, als einer Rotte von Männern in die Hände zu fallen, die ihr Übles wollten.

«Wenn du es wagst, mich anzurühren, wird dir kein Mensch mehr glauben, dass du mich bei einem Raubzug ertappt haben willst», fauchte Henrika den Flickschuster an. «Ich habe nichts getan, und es war meine Pflicht, das Geld für die Fluchgeldbüchse von dir zu verlangen.»

Bunter blieb stumm. Mit verbissener Miene griff er in die Maschen des Netzes und schleppte Henrika einige Schritte quer über den Scheunenboden. Dabei wirbelte er so viel Staub und Stroh auf, dass Henrika nach Atem ringen musste. Plötzlich wurde das Netz über eine Seilwinde hinaufgezogen; sie verlor den Boden unter den Füßen und schaukelte nur wenige Augenblicke später an einem Haken drei Fuß über dem Lehmboden. Schmerzhaft schnitten die Maschen in ihr Fleisch.

«Fertig», ließ sich die Stimme des Mannes am Kohlenbecken vernehmen. «Das gute Stück glüht so rot wie der Schwanz des Leibhaftigen!»

Wilhelm Bunter lachte gehässig. Er bohrte Henrika die Spitze seines Schuhs in die Rippen, damit sie die Augen öffnete und ihn anschaute. «Deine Mutter war doch eine Gebrandmarkte, nicht wahr? Man hat ihr wegen Unzucht und Ausschweifung ein Schandmal verpasst und sie anschließend mitsamt ihrem Balg aus der Stadt getrieben.»

Henrika schwieg. Erst als Bunter sie mit weiteren Tritten traktierte, rang sie sich ein trotziges Nicken ab.

«Hast du dich nicht oft gefragt, was sie fühlte, als das glühende Eisen ihren Nacken liebkoste und mit ihrer Haut verschmolz?»

Henrikas Herz klopfte vor Angst gegen die Rippen, als suche es einen Ausgang aus ihrem Leib.

«Du wirst gleich das Vergnügen haben, dieses Gefühl kennenzulernen», sagte Bunter. «Eine Hurentochter, die dreist genug ist, Männer im Wirtshaus zu beleidigen, sollte einen Denkzettel erhalten, der sie ihr ganzes Leben lang daran erinnert, was sie in den Augen unserer Gemeinde wert ist. Nämlich weniger als der Dreck unter meinen Nägeln.»

Henrika hörte die Stimme des Flickschusters nur noch wie aus der Ferne. Ihre Gedanken überschlugen sich. Der Heuboden über ihrem Kopf schien zu schwanken. Auch die Wagenräder, die an Ketten befestigt von der Decke herabhingen, bewegten sich. Das zertretene Stroh auf dem Fußboden wurde von einem heftigen Windstoß erfasst, und die Halme wurden in einem Sog durch die Luft gewirbelt, sodass sie ihr fast den Atem raubten. Henrika hätte schwören können, dass die Halme rot glühten.

Hunderte, nein tausende winziger Brandmale.

Wilhelm Bunter zog ein Messer aus seinem Gürtel und trennte einige Maschen des Netzes auf. Dann packte er Henrikas Arm und zerriss den dünnen Stoff ihres Ärmels, ohne sich um den Widerstand des Mädchens zu kümmern. Kurz hielt er inne und besah sein Werk.

Henrikas rechte Schulter lag entblößt vor ihm.

Worauf wartet er denn noch, dachte Henrika hasserfüllt. Dass ich ihn um Gnade anflehe? Sie hob den Kopf, so weit sie konnte, um jede Bewegung des Mannes mit den Augen zu verfolgen.

Nein, diesen Gefallen wollte sie ihm nicht tun. Niemals. Ihre Mutter hatte sich einst ihrem Schicksal gefügt, und so würde sie es auch machen. Henrika stellte sich vor, wie die Mutter dem vermummten Scharfrichter einen Gruß entboten hatte. Das entsprach dem Brauch. Aber einen Kniefall hatte sie gewiss nicht vor ihren Anklägern gemacht. Doch als sie sah, wie Bunter das Brandeisen zur Hand nahm, auf die Glut starrte und sich dann langsam zu ihr niederbeugte, hätte sie ihren Vorsatz beinahe vergessen. Es war nicht der Schmerz, den sie fürchtete. Auch nicht das Wundfieber, wenngleich es ihre Mutter einst getötet hatte.

Sie wand sich, während Bunter ihr ein schmutziges Tuch über das Gesicht stülpte, und stieß einen schrillen Schrei aus, als er ihre Haut mit dem Eisen berührte. Die Männer brachen in hämisches Gelächter aus. Sonderbarerweise brannte der kurze Schmerz, den sie an ihrem Hals spürte, nicht nach, sondern klang sogleich ab und hinterließ in ihr lediglich das Gefühl von Ohnmacht und Demütigung. Als Bunter das Tuch von ihrem Gesicht nahm, spürte sie, wie einige Tropfen an ihrem Hals hinabliefen.

Bunter hielt das glühende Eisen in der rechten, einen Eiszapfen in der linken Hand. Einer seiner Freunde musste ihn ihm unbemerkt gereicht haben.

Der Flickschuster grinste boshaft, während er die Glut des Brandeisens in einem Wasserfass löschte. Henrika begriff, dass die Männer ihr einen grausamen Streich gespielt hatten. Am liebsten wäre sie vor Erleichterung in Tränen ausgebrochen.

Feuer und Eis. Wie ähnlich sich die beiden Elemente doch anfühlten.

«Das wird dir hoffentlich eine Lehre sein», sagte Bunter gönnerhaft. Er machte sich nicht die Mühe, Henrika aus dem Netz zu befreien. Stattdessen beugte er sich über sie und berührte ihren Hals erneut mit dem Rest des Eiszapfens.

«Wir hätten uns auch auf andere Weise amüsieren können, das weißt du doch. Ich habe es dir angeboten. Aber du musstest ja unbedingt die hochmütige Jungfer spielen.» Unvermittelt wurde sein Blick hart. «Wenn ich dir in Zukunft etwas befehle, erwarte ich …»

Ein Aufschrei vom Eingang der Zollscheune ließ Bunter verstummen. Er wandte sich um und sah, wie sein Freund sich stöhnend den Kopf hielt und gegen die Wand taumelte.

«Wer zum Teufel ist das?», rief Bunter. Aus dem Schatten neben dem Eingang löste sich die Gestalt eines Mannes, der nicht mehr jung, aber kräftig aussah. Er war wie ein Edelmann gekleidet; um seinen Hals hing eine Schnur, an der eine Tabakspfeife befestigt war.

Drohend richtete der Fremde seinen Säbel gegen den Schuster.

«Wer seid Ihr?», wiederholte Bunter, der sich wieder ein wenig gefangen hatte. «Was habt Ihr hier zu suchen?»

«Da ich meine Hand nur mühsam davon abhalten kann, meinen Säbel durch deinen Wanst zu stoßen, steht es mir zu, Fragen zu stellen», entgegnete der Fremde gelassen. Mit einem einzigen Blick kontrollierte er den Bestand der Truhen und Fässer. Als er Henrika in ihrem Netz entdeckte, hob er erstaunt die Brauen.

«Ich bin im Auftrag seiner Durchlaucht, unseres gnädigen Kurfürsten, hier», gab der Fremde schließlich Auskunft. «Die höfische Kanzlei vermutet seit langem, dass in den Orten entlang des Rheins Zollgelder und beschlagnahmte Handelsware gestohlen oder zumindest veruntreut werden.» Er deutete auf Henrika. «Wer ist dieses Mädchen, und warum habt ihr es so zugerichtet?»

«Eine Diebin, gnädiger Herr», erwiderte Bunter. «Eine dreiste Einbrecherin, die wir dabei ertappten, wie sie ins Zollhaus eingestiegen ist. Meine Freunde und ich konnten sie überwältigen.»

«Was du nicht sagst.» Ohne Bunter aus den Augen zu lassen, trat der Edelmann an das Netz heran und betrachtete Henrika durch die Maschen.

«Ist es wahr, was dieser Mann behauptet?» Der Fremde blickte Henrika auffordernd an. Seine Stimme klang streng. Mit den Beamten der höfischen Kanzlei, so viel wusste Henrika, war nicht zu spaßen.

«Ich werde dich später zu diesem Einbruch befragen, nicht jetzt und auch nicht im Beisein dieser Männer.»

«Wir wollten doch nur eine Diebin überführen», beeilte sich der Flickschuster zu versichern. «Diese Frau ist im Dorf als Unruhestifterin bekannt. Ihre Mutter war ein Hurenstück. Sie wurde in Heidelberg verurteilt und gebrandmarkt.»

«Bist du taub, Mann», knurrte der Fremde wütend. «Ich habe doch eben gesagt, dass ich den Fall untersuchen werde. Sollte das Mädchen schuldig sein, wird es bestraft.» Er deutete mit dem Knauf seines Säbels zur Tür, vor der Bunters Freund kauerte. Sein Auge war geschwollen, auf der Wange klebte Blut. Unter verhaltenem Wehklagen machte sich der Mann davon. Seine Freunde folgten ihm. Keiner hatte Lust, sich noch länger in der Gegenwart des Hofbeamten aufzuhalten, der offensichtlich nicht nur die Schreibfeder, sondern auch den Säbel zu führen verstand.

«Na, dann wollen wir dich mal aus dieser misslichen Lage befreien», sagte der Mann, nachdem Bunter und seine Kameraden verschwunden waren. Mit der scharfen Schneide seines Säbels zerteilte er die Maschen, als bestünden sie nur aus welkem Gras. Galant fing er Henrika auf und half ihr auf die Füße.

Noch während Henrika sich bedankte, fragte sie sich, ob sie etwas zu ihrer Verteidigung vorbringen sollte. Bunter hatte sie als Einbrecherin bezeichnet, und für den kurfürstlichen Hofbeamten war sie nur ein Dorfmädchen mit zerrissenem Kleid und staubigen Haaren, das sich widerrechtlich in dem Gebäude aufhielt.

«Vielleicht möchtest du wissen, wem du deine Rettung zu verdanken hast?» Die Stimme des Fremden nahm einen spöttischen Unterton an, der gut zu dem fröhlichen Aufblitzen seiner Augen passte. «Mein Name ist Barthel Janson, und tatsächlich führt mich ein Auftrag des Kurfürsten hierher ins Dorf. Allerdings …»

Henrika hob irritiert die Augenbrauen. «Allerdings?»

«Allerdings gehen mich weder Zölle noch Abgaben der Dorfbevölkerung etwas an. Ich bin weder Büttel noch Amtmann, sondern ein einfacher Festungsbaumeister. Mein Auftrag lautet, in dieser Gegend die Beschaffenheit des Bodens zu untersuchen und Messungen unten am Flussufer vorzunehmen.»

Henrika hatte keine Ahnung, wovon der Beauftragte des Kurfürsten sprach. Aber wenn er nicht zu den Bütteln des Kurfürsten gehörte, hatte er vermutlich auch kein Interesse daran, sie wegen des vermeintlichen Einbruchs zu belangen. Hoffnungsvoll atmete sie auf, während sie sich die wund gescheuerten Gelenke rieb.

«Der Schuster hat mich in eine Falle gelockt», erklärte sie schließlich. «Ich glaubte wirklich, er und seine Freunde würden so weit gehen, mich ...»

«Dich zu brandmarken?» Barthel Janson schnaubte. «Reizende Leute gibt es hier, das muss ich schon sagen. Dann kam ich also gerade rechtzeitig. Ich habe beobachtet, wie einer dieser Burschen einen langen Eiszapfen vom Fenster brach. Das hat mich zugegebenermaßen stutzig gemacht.»

«Dann habt Ihr also seelenruhig mit angesehen, wie ich in diesem verflixten Netz zappelte und vor Angst halb wahnsinnig wurde? Und Ihr habt nicht eingegriffen?»

«Habe ich den Mistkerl, der Wache schob, außer Gefecht gesetzt oder nicht?» Barthel Janson seufzte und machte eine entschuldigende Geste. Dann bot er ihr an, sie nach Hause zu begleiten. Aber davon wollte Henrika nichts hören. Dankend lehnte sie ab und verließ die Scheune. Eilig schlug sie den mit Büschen und Sträuchern dicht bewachsenen Pfad ein, der gleich hinter dem Kirchhof begann und dann am Rheinufer weiterverlief. Sie war nur wenige Schritte weit gekommen, als sie bemerkte, dass der Fremde ihr folgte. Mit einer Laterne beleuchtete er den Weg, um nicht auszurutschen.

Brüsk blieb Henrika stehen. «Warum verfolgt Ihr mich?»

«Du sprachst eben von deiner Mutter.»

«Na und?»

«Der fette Kerl, dieser Schuster, hat behauptet, deine Mutter sei wegen Ehebruchs gebrandmarkt und aus der Stadt getrieben worden. Also nehme ich an, dass sie nicht diejenige ist, zu der du gerade unterwegs bist.»

Henrika verfluchte Bunters Schwatzhaftigkeit; unter Barthels Blicken fühlte sie sich wie ein in die Enge getriebenes Kaninchen. Wieso musste er ihr ausgerechnet jetzt mit seinem Fragen zur Last fallen? Merkte er nicht, dass sie am Ende ihrer Kräfte war und nur noch den Wunsch hatte, ungesehen nach Hause zu gelangen, um ihren Kopf unter dem Kissen zu vergraben? Ihr ganzer Körper schmerzte, außerdem fror sie.

Oh Gott! Das Schultertuch. Sie musste es in der Scheune verloren haben. Vermutlich würde morgen das halbe Dorf vor der Hutmacherwerkstatt aufmarschieren und die dreiste Diebin, die auch noch dumm genug war, ihr Tuch am Ort des Geschehens zu verlieren, an den Haaren auf die Gasse ziehen.

Doch Henrikas Befürchtung zerrann, denn als hätte Barthel ihre Gedanken lesen können, reichte er ihr das Tuch mit einer spöttischen Verbeugung. Es musste es gefunden und an sich genommen haben.

«Eure Leute sollten das gute Stück nicht bei den kurfürstlichen Zollhäusern finden, nicht wahr?», bemerkte er mit einem verschmitzten Lächeln.

Henrika nickte erleichtert. Rasch legte sie sich das Wolltuch um die Schultern und schwieg. Nur das Rauschen der tiefschwarzen Wellen war zu hören. Wiederum hatte der Fremde ihr geholfen. Er schien es doch gut mit ihr zu meinen. Schließlich dankte sie ihm ein weiteres Mal und hatte plötzlich das Gefühl, ihm eine Erklärung schuldig zu sein.

«Die Angelegenheit ist ein wenig kompliziert.»

«Nur zu, mein Kind», ermunterte er sie.

Diesmal konnte Henrika ein Lächeln nicht unterdrücken. Auf eigentümliche Weise fühlte sie sich zu dem Gesandten des Kurfürsten hingezogen und beschloss, das Wagnis einzugehen und ihm zu vertrauen. In knappen Worten erzählte sie ihm, wie sie hieß und was sie einst in dieses Dorf geführt hatte. Barthel Janson hörte ihr aufmerksam zu, ohne sie auch nur ein einziges Mal zu unterbrechen.

«Weder für mich noch für die Familie des Hutmachers, der mich aufgenommen hat, ist es leicht», beendete sie ihren Bericht. Sie warf einen düsteren Blick auf den Fluss. Bei Dunkelheit besehen, hatte die nahe Flussschleife, in der sich in dieser Nacht weder Mond noch Sterne spiegelten, jedoch etwas Bedrohliches an sich.

«Dann stimmt es also», sagte Barthel nachdenklich. «Deine Mutter trug ein Schandmal auf ihrem Leib. Das Mal einer Schwindlerin, die man nicht mehr dulden wollte.» Er sprach nicht weiter; aus den Augenwinkeln betrachtete er ein Stück Treibholz, das herangeschwemmt wurde und sich einige Male im Kreis drehte, bevor es verschwand.

«Ich nehme an, deine Mutter ist nicht mehr am Leben?», stellte er nach einer Weile fest. Freudlos lachte er auf. «Nein, natürlich nicht. Sie ließ ihr Kind hier zurück, bei diesen freundlichen, gottesfürchtigen Menschen.»

Henrika senkte den Kopf. Nun, ganz so war es nicht gewesen, aber das konnte der Fremde nicht wissen. Ihre Mutter hatte das Dorf niemals gesehen. Ihr Grab befand sich irgendwo außerhalb, inmitten der einsamen Sümpfe. Die Hahns hatten sie zwar unter die Erde gebracht, behaupteten jedoch, sich nicht mehr an die genaue Stelle erinnern zu können.

Die Fragen des Fremden begannen Henrika immer mehr zu beunruhigen. Was ging diesen Mann das Schicksal ihrer Mutter an? War es Neugier? Sie musste es sich gefallen lassen, dass Barthel ihr mit seiner Laterne ins Gesicht leuchtete und sie anschließend von Kopf bis Fuß musterte; mit den Gedanken schien er dabei an einem anderen, weit entfernten Ort zu weilen, und wenngleich er sich auch bemühte, Henrika keinen Einblick in sein Innerstes zu gewähren, ließ sein bleiches Gesicht doch nur die Schlussfolgerung zu, dass ihr Anblick ihn betroffen stimmte.

«Kann das möglich sein?», flüsterte er kopfschüttelnd. «Ausgerechnet hier und nach all diesen Jahren? Gebe Gott, dass ich mich nicht täusche.»

Henrika blinzelte nervös. Der Schein der Laterne blendete sie. Als sie sich endlich durchrang, den Fremden um eine Erklärung für sein sonderbares Verhalten zu bitten, fuhr die Erkenntnis auch schon wie ein Blitz auf sie nieder: Nicht sie war ihm bekannt, es war ihre Mutter, an die er sich erinnerte. Natürlich, so musste es sein! Hatte der alte Hutmacher nicht manchmal behauptet, Henrika gleiche mit ihrer zierlichen Figur, den wilden rotbraunen Haaren und der milchweißen Haut ihrer toten Mutter auf erschreckende Weise?

War es das, was den Fremden aus der Fassung brachte?

Henrika schätzte den Festungsbaumeister auf etwa fünfzig Jahre. Wie alt wäre ihre Mutter? Vierzig? War es möglich, dass nach so langer Zeit jemand hier auftauchte, der Licht in das Dunkel ihrer Herkunft bringen konnte?

Noch bevor Henrika den Mund öffnen konnte, um etwas zu sagen, hob Barthel Janson abwehrend die Hand. Sein Gesicht hatte einen verschlossenen Ausdruck angenommen.

«Hat deine Mutter dir etwas anvertraut, bevor sie starb?»

«Etwas anvertraut?», fragte sie verwirrt. «Was sollte sie mir denn anvertraut haben?»

«Keine Ahnung.» Barthel packte Henrika bei den Schultern und schüttelte sie. Nicht grob, aber drängend, als brenne ihm plötzlich der Boden unter den Füßen. «Hat sie dir vielleicht ein paar Zeilen hinterlassen? Eine Botschaft oder ein paar Verse? Ein Lied vielleicht?»

Henrika schluckte. Hinterlassen hatte sie ihr nichts. Zumindest nichts Schriftliches. Aber es gab da tatsächlich etwas, das sie mit ihrer Mutter verband. Ein Lied. Als Kind hatte sie es manchmal gesungen, wenn Agatha Hahn sie ausgeschimpft hatte. Sie erinnerte sich dunkel, dass es eine hübsche, wenngleich traurige Melodie hatte, doch die Verse waren ihr längst entfallen. Ihre Pflegeeltern hatten das Lied nicht gemocht, so wie sie alles ablehnten, was sie an Henrikas früheres Leben erinnerte. Sie hatten ihr aufgetragen, Psalmen aus der Bibel zu lernen. Jeden Abend einen neuen Psalm, und Agatha hatte sie auf dem kalten Lehmboden niederknien lassen, bis sie die Verse ohne Fehler aufsagen konnte.

Mit der Erinnerung an ihre Mutter war auch das Lied allmählich verblasst, bis es allmählich ganz aus ihrem Gedächtnis verschwunden war.

«Ich war noch klein, als meine Mutter am Wundfieber starb», sagte Henrika schließlich. «Ich durfte nicht einmal bei ihr sein, als es zu Ende ging. Aber warum sagt Ihr mir nicht endlich, was Ihr mit dieser ganzen Fragerei bezweckt. Wer seid Ihr wirklich, und warum wollt Ihr …»

«Geh nach Haus, Mädchen», erwiderte er schroff. «Ich will nichts mehr hören.»

«Aber …»

«Hast du nicht gehört? Du sollst verschwinden und mich in Ruhe lassen. Ich habe alle Hände voll zu tun, um den Auftrag des Kurfürsten zu erfüllen, und keine Zeit, sie mit rachsüchtigen Flickschustern und … Dorfhuren zu vergeuden.»

Dorfhuren? Henrika zuckte zusammen, als hätte er sie geschlagen. Wie betäubt lief sie davon, vorbei an den winterlich kahlen Kirschbäumen, die den Eingang zum Fischergässchen markierten. Von fern hörte sie, wie sich seine Schritte knirschend entfernten, drehte sich aber nicht mehr nach ihm um. Sie stürzte in so großer Eile den Weg entlang, dass der Morast in alle Richtungen spritzte, und erst als sie den Zaun erreichte, der das kleine Gemüsegärtchen vor der Hutmacherei umgab, gönnte sie sich einen Moment zum Verschnaufen. Ihre Hand bebte, als sie sich die Tränen von den Wangen wischte. Wie dumm zu heulen, schalt sie sich, brachte es aber nicht fertig, ihr wild hämmerndes Herz zu beruhigen.

Barthel Janson hatte ihre Mutter gekannt, so viel stand für sie fest. Er hatte sich an sie erinnert, und die Erinnerung hatte ihm nicht gefallen. Im Gegenteil, sie hatte ihm Angst eingeflößt. Oder ein schlechtes Gewissen. Hatte er womöglich etwas mit ihrem tragischen Schicksal zu tun?

Henrika versuchte sich an die Männer zu erinnern, die sie und ihre Mutter damals aus der Stadt gebracht hatten, aber ihr Gedächtnis gab nicht mehr preis als undeutliche Schemen, die Geräusche von Pferdehufen auf hartem Grund und ein paar heisere Männerstimmen, die inmitten dichten Nebels miteinander zu streiten schienen.

War Barthel Janson einer dieser Männer gewesen? Möglich war es, aber sie würde es nie erfahren, wenn sie den Fremden nicht irgendwie zum Reden brachte.

Barthel hatte nie an die Vorsehung geglaubt, denn er sah sich als einen Mann der Wissenschaft. Mit einigen der gelehrtesten Männer Europas hatte er sich unterhalten, Hunderte von Briefen geschrieben und ganz Europa bereist. Doch die Begegnung mit dem Mädchen fernab des glanzvollen Hofes von Heidelberg, an dem er ein und aus ging, erschien selbst dem Zweifler in ihm wie ein Fingerzeig Gottes.

Allerdings hatte er die Sache gründlich verpatzt. Er hatte sie zuerst erschreckt und dann beleidigt. Wütend trieb er sein Pferd an, obwohl es viel zu dunkel war, um schnell zu reiten. Er würde sich noch den Hals brechen, wenn er weiter so ungestüm dahingaloppierte.

Aber was zählte sein Leben in diesem Augenblick? Die Kleine hatte den Braten gerochen, nur daran konnte er denken, und daran, dass es seiner Ungeschicklichkeit zu verdanken war, wenn sie begann, sich Gedanken zu machen und Fragen zu stellen. Wie hatte er nur so dumm sein und sich nach ihrer Mutter erkundigen können? Es war zum Verzweifeln.

Henrika Gutmeister nannte sie sich. Ein hübscher, unauffälliger Name. Er fand, dass er zu ihr passte. Ein trockenes Lachen quoll aus seiner Kehle. Es schwoll an und tönte durch die Nacht wie das Geheul eines hungrigen Wolfs, der auf Beute aus war.

Nun galt es, schleunigst etwas zu unternehmen. Versäumte er es, seine Pflicht zu tun, würde seine Seele für alle Ewigkeit im Höllenfeuer braten. Daran gemahnte ihn jedes Schlagloch, über das sein Pferd stolperte.

Das Bauernhaus, in dem er einige Tage zuvor Quartier bezogen hatte, lag außerhalb des Dorfes, etwa eine halbe Meile vom Rhein entfernt. In der Wohnstube brannte noch Licht. Der Sergeant der kurfürstlichen Schlosswache, den man ihm als Begleitung zur Verfügung gestellt hatte, hockte auf einem Schemel und wichste mit gerümpfter Nase seine Stiefel. Als er den Festungsbaumeister abgekämpft und erhitzt durch die Tür treten sah, sprang er auf und neigte ergeben den Kopf.

«Ist Euch nicht wohl, Herr?» Die Miene des jungen Mannes verriet Besorgnis.

«Schon gut. Ich brauche …»

«Ich werde sogleich eine Kanne Bier holen und Euer Lager vorbereiten», versprach der Sergeant dienstbeflissen. «Dem Bauernvolk habe ich befohlen, diese Nacht in der Scheune zu schlafen. Niemand wird Euch hier stören.»

Barthel Janson atmete tief durch. Das Bauernvolk, dachte er grimmig. Will mir der Kerl etwa weismachen, dass seine eigene Wiege nicht ebenfalls unweit der Jauchegrube stand? Aber er sagte nichts. Eigentlich war er froh darüber, das Haus für sich allein zu haben, auch wenn dessen Bewohner die spontane Einquartierung verfluchen mochten. Vermutlich wünschten sie ihm die Pest an den Hals, doch damit musste jeder leben, der in kurfürstlichen Diensten stand.

Er löste den Riemen seines Brustharnischs und ließ diesen achtlos zu Boden fallen. Dann nahm er die Tabakspfeife ab und legte sie mitsamt der Lederschnur auf den Tisch. Er putzte sie, bis der Sergeant mit Brot und Bier zurückkehrte.

«Ihr müsst etwas essen», meinte der Bursche zaghaft, aber Barthel schüttelte nur den Kopf. Er wollte jetzt nichts zu sich nehmen, schon gar kein Bier, denn er brauchte einen kühlen Kopf. An Schlaf war ebenfalls nicht zu denken.

Er hatte das Mädchen davongejagt wie eine Dirne. Es tat ihm leid, denn sie hatte das nicht verdient. Aber ihm war keine andere Wahl geblieben. Sie fragte zu viel, und ihre Fragen waren klug. Vielleicht veranlasste sie sein barsches Benehmen, ihm vorerst aus dem Weg zu gehen. Er brauchte Zeit zum Nachdenken. Depeschen mussten geschrieben, Vorkehrungen getroffen werden. Aber so einfach wie früher ließen sich die Dinge heutzutage nicht mehr regeln. Der Kurfürst verlangte Rechenschaft über jede seiner Unternehmungen. Andererseits galt es, bald zu handeln, sonst kam ihm womöglich noch ein Schwachkopf aus dem Dorf zuvor, der Henrika nachstellte.

Barthel befahl dem Sergeanten, den Bierkrug wegzustellen und ihm stattdessen Schreibfeder und Papier aus seinem Kasten zu bringen. Dann setzte er sich an den Tisch und überlegte, womit er seinen Bericht an den Kurfürsten beginnen konnte.

Es dämmerte bereits, als er den Brief beendet hatte. Er versiegelte ihn mit seinem Ring und weckte dann den jungen Sergeanten, der in einer Ecke neben der Feuerstelle eingeschlafen war. Auf dem Hof krähte ein Hahn. Die Morgenröte färbte den Himmel über den Wäldern, als hätten Engel ihn bemalt.

«Du wirst diese Depesche nach Heidelberg bringen», befahl Barthel mit gedämpfter Stimme. «Am besten brichst du gleich nach dem Frühstück auf. Aber pass auf, dass du den Brief nicht verlierst. Es könnte dich den Kopf kosten.»

3. Kapitel

«Was könnte Kurfürst Friedrich dazu bewogen haben, einen Festungsbaumeister in unser Dorf zu schicken?», fragte Henrika, als sie am nächsten Morgen Valentin Hahn in der Hutmacherei half.

Sie sah bleich aus, weil sie kaum geschlafen hatte. Ihre Arme und der Rücken taten weh, dennoch zwang sie sich, munter zu klingen, um den Hahns keinen Anlass zum Argwohn zu geben.

Hahn hob überrascht den Kopf und bedachte seine Frau, die in einem Winkel der Werkstatt Hüte säumte, mit einem forschenden Blick. Der Besuch des Heidelberger Marktes stand bevor. Nach dem Mittagsläuten wollte Hahn seinen Karren mit den schönsten Erzeugnissen seiner Werkstatt beladen, um diese in der Stadt zu verkaufen. Seit Wochen schon sprach man im Hause Hahn kaum noch von etwas anderem. Henrika war die Einzige, die nicht ahnte, dass sich hinter Hahns Reise noch ein weiterer Zweck verbarg.

«Im Ältestenrat habe ich von diesem Mann gehört», gab Hahn nach kurzem Zögern zu. «Wie es aussieht, spielt unser gnädiger Kurfürst mit dem Gedanken, in der Nähe des Dorfes eine wehrhafte Festung mit Schanzen zu errichten. Die Lage am Fluss ist günstig. Ich fürchte nur, dass er sich mit diesen Plänen bei seinen Untertanen nicht beliebt machen wird.»

«Warum das?», wollte Henrika wissen.

Agatha Hahn rutschte mit ihrem Schemel über die Dielenbretter. «Weil das Land zwischen Rhein und Neckar seit Urzeiten uns Bauern und Handwerkern gehört», rief sie. «Ich begreife nicht, warum der Kurfürst sich in den Kopf gesetzt hat, ausgerechnet hier eine Zitadelle anzulegen. Er wird Fremde in unser Dorf schicken. Ausländische Baumeister, Zimmerleute und ein Heer von Arbeitern, das den Boden umpflügt. Sie werden unsere Weingärten niedertrampeln, um Schanzen auszuheben. Vielleicht sind es dieselben Arbeiter, die zurzeit die alte Heidelberger Burg in einen Götzentempel verwandeln, nicht besser als der Palast, in dem der römische Papst haust! Und sobald sie ihr Werk vollendet haben, rücken Soldaten an, die tagsüber die Kasematten und Wachhäuser bevölkern und dann nachts in den Schänken saufen und huren! Elisabeth wird die Einzige im Ort sein, die sich darüber freut.»

«Nun hör schon auf», mahnte Hahn erschrocken. Er wusste, dass Agatha nur schwer zu beschwichtigen war, wenn sie sich erst einmal in Rage geredet hatte. Und es war nicht gerade weise, die Entscheidungen des Landesfürsten in Frage zu stellen. Auch im Dorf gab es genügend Lauscher, die nicht davor zurückschreckten, einen Nachbarn wegen Schmähreden gegen den Hof ans Messer zu liefern, um sich beliebt zu machen. Davon abgesehen tat sie dem Regenten unrecht. Das Heidelberger Schloss hatte durch die Umbauarbeiten gewonnen. Seit der Friedrichsbau mit seinen wundervollen Ornamenten und den in Stein verewigten Ahnen des Fürsten in der Fassade entstanden war, fühlten sich auch die Kurfürstin und ihre Kinder wohler in Heidelberg. Dem tristen alten Bau waren neue, gemütlichere Räumlichkeiten für die Hofdamen angegliedert worden, außerdem ein Prunksaal für die Hofhaltung und eine Schlosskapelle, die nicht zugig und feucht war wie jene, in der bisher die Andachten und Gottesdienste gefeiert worden waren.

Eine Festung, die leicht verteidigt werden konnte, war das Schloss auf dem Berg allerdings nicht. Für Hahn war es daher verständlich, dass sich der Kurfürst und seine Berater einen strategisch sicheren Ort in der Nähe der Stadt wünschten.

«Kurfürst Friedrich ist ein frommer Mann», erklärte er seiner Frau. «Ohne ihn hätte sich die Lehre Calvins niemals in der Unteren Pfalz durchgesetzt. Er hat dafür gesorgt, dass neue Bücher gedruckt wurden und dass die Magister, die unter seinem gottlosen Vorgänger vertrieben worden waren, heute wieder in Heidelberg lehren und predigen dürfen. Hast du vergessen, wie es in unserer Jugend zuging, als der Vater Seiner Durchlaucht sich plötzlich Martin Luthers Ideen zuwandte? Kein Gelehrter, der das Abendmahl im Sinne der Reformierten feierte, durfte im Land bleiben. Wir wurden gezwungen, den Glauben des Kurfürsten anzunehmen, als ob wir selbst nicht denken könnten. Und zu allem Überfluss bekamen wir einen lutherischen Prediger vor die Nase gesetzt, der uns als üble Ketzer beschimpfte und uns einreden wollte, wir hätten vor seiner Ankunft in geistiger Verblendung und Finsternis gelebt.»

«Aber wir haben den Kerl zum Teufel gejagt», rief Agatha triumphierend. Ihre Augen sprühten, wie immer, wenn sie sich an die alten Zeiten erinnerte. «Der wahre Glaube hat gesiegt. Und nun, da sich sogar der Landgraf von Hessen durchgerungen hat, sein Land im Sinne Calvins zu reformieren, können uns auch die Truppen des Kaisers nicht mehr ernsthaft gefährlich werden. Er wird dem Kurfürsten Waffenhilfe leisten, falls es dem Habsburger einfallen sollte, noch einmal gegen die protestantischen Reichsgebiete zu Felde zu ziehen.»

Henrika hielt sich aus dem Gespräch heraus, denn sie verstand zu wenig von den religiösen und politischen Wirren, die das Reich seit einem halben Jahrhundert in Aufruhr versetzten. Die Fronten zwischen den katholischen Anhängern des Kaisers und den protestantischen Untertanen des Landesfürsten schienen ansatzweise geklärt. Man hatte sich daran gewöhnt, dem anderen mit Misstrauen zu begegnen. Dennoch spürte sie, dass schon ein Funke genügen würde, um das Pulver des Zorns zu entzünden. War es daher wirklich weise, auf Reichsboden, unter den Augen des Kaisers, eine Festung zu errichten? Henrika hätte gerne gewusst, was der Baumeister wohl dazu sagen würde, doch sie wagte nicht, ihn in Agathas Gegenwart noch einmal zu erwähnen. Stattdessen sah sie zu, wie ihre Pflegemutter einen der Hüte aufhob und ihn in die Kiste neben der Werkstatttür legte. Er war besonders gelungen.

«Beeil dich mit den Kappen, anstatt deinem Vater mit deinen Fragen zuzusetzen», verlangte Agatha. «Was geht es dich an, ob hier ein Baumeister des Kurfürsten seine Zeit vergeudet. Bei uns im Dorf wird er auf harte Rinde beißen. Keiner unserer Nachbarn wird auch nur auf einen Acker verzichten, damit die hohen Herren eine neue Festung anlegen können.»

Henrika widersprach nicht, auch wenn sie Agathas Meinung nicht teilte. Die Hutmacherin fürchtete sich einfach nur vor Veränderungen, aber weder sie noch die Gemeindeältesten würden die Pläne des Fürsten aufhalten. Sie machte sich wieder an die Arbeit und half Hahn, dessen Hände während der Wintermonate immer zittriger geworden waren, beim Aufspannen gezupften Biberhaars auf zwei große Bögen. Diese wurden einmal am Tag zum Schwingen gebracht, um eine flaumige Schicht zu erzeugen, die dann alsbald in eine Form gebracht und durch Filzen und Zufuhr von Wärme und Feuchtigkeit weiter verarbeitet werden konnte.

Als die Kirchturmuhr die Mittagsstunde einläutete, erschien Roland. Er gehörte zu den Knechten, die im Nebenraum der Werkstatt mit dem Walken und Rollen der Filzmasse beschäftigt waren. Als er verkündete, dass der Karren auf dem Hof zum Aufladen bereitstehe, half ihm Henrika, die Kiste mit Hüten und Filzkappen hinauszutragen.

«Ich wünschte wirklich, du würdest mir erlauben, dich heute zu begleiten», sagte sie zu Hahn, nachdem sich das Gesinde vor der Werkstatt eingefunden hatte, um sich vom Hausherrn zu verabschieden.

Hahn zögerte. Einen Moment lang sah es so aus, als wollte er Henrika über das Haar streicheln, doch dann bemerkte er Agatha in der Werkstatttür und zog rasch die Hand zurück. Mit ernster Miene schüttelte er den Kopf. «Ich brauche keine Hilfe, mein Kind. Außerdem ist das Getöse in der Stadt nichts für ein Mädchen wie dich. Ich verstehe nicht, warum du das Dorf verlassen willst.»

Henrika senkte den Kopf. Nun, ein, zwei Gründe fielen ihr bestimmt ein. Aber sie hatte beschlossen, den heimtückischen Angriff des Flickschusters ebenso für sich zu behalten wie ihr Gespräch mit Barthel Janson und den Verdacht, er könnte ihre Mutter gekannt haben. Beim Waschen und Brotbacken hatte sie dafür gesorgt, dass Agatha die blauen Flecke auf ihren Armen und Schultern nicht bemerkte. Wem half es schon, wenn ihre Pflegeeltern sich unnötig aufregten oder den Flickschuster anklagten? Der Festungsbaumeister hatte ihm eine Lektion erteilt, und Bunter würde sich hüten, über seine Niederlage auch nur ein Wort zu verlieren.

«Du bleibst hier», sagte Hahn leise. «Deine Mutter braucht jetzt jede helfende Hand. Außerdem weißt du, dass in Heidelberg vor einiger Zeit die Pest gewütet hat.»

Henrika rang sich ein Lächeln ab, denn solange sie denken konnte, benutzte ihr Pflegevater dieselbe Ausrede. Dabei hatte die Seuche, von der er sprach, seit Jahren schon keine Opfer mehr gefunden. Nein, ihr Pflegevater wollte nicht, dass sie in die Stadt reiste. Er würde es ihr nie erlauben. Und das musste sie wohl oder übel akzeptieren.

«Übermorgen bin ich zurück», sagte Hahn an seine Frau gewandt. Agatha war auf der Treppe stehen geblieben und wischte sich die Hände an ihrer Schürze ab. Sie erwiderte seinen Gruß mit einem knappen Nicken und sah zu, wie er seinen Karren durch das Tor auf die Gasse schob.

«Ich habe Angst, dass ihn seine Kräfte im Stich lassen», sagte

Henrika, als das Geräusch der Wagenräder verklungen war. «Warum überlässt er es nicht Roland, die Hüte in der Stadt abzuliefern? Er könnte doch zu Hause bleiben. Das Zittern in seinen Händen wird von Tag zu Tag schlimmer. Und was ist, wenn es schneit? Machst du dir denn keine Sorgen um ihn?»

Agatha warf ihr einen scharfen Blick zu. «Er hat seine Gründe, selbst zu gehen», herrschte sie ihre Pflegetochter an. «Komm mit ins Haus. Wir müssen den Knechten eine Mahlzeit vorsetzen!»

Hahn konnte nicht abstreiten, dass er Heidelberg mochte und sich gern in der Stadt aufhielt. Er war voller Bewunderung für die prächtigen Kirchen, die stattlichen Hallen der Kaufmannsgilden und die mit bunten Wimpeln geschmückten Zunfthäuser um den Marktplatz herum. Das Schloss, oben auf dem waldreichen Berg, jagte ihm jedes Mal, wenn er es sah, einen Schauer der Ehrfurcht über den Rücken. Staunend schob er seinen Karren über das Pflaster, vorbei an den einladenden Wirtshäusern, die müde Reisende aufforderten, sich mit einem Humpen kühlen Biers den Staub der Landstraße aus der Kehle zu spülen.

Hahn beeilte sich, seine Hüte abzuliefern. Bevor der Abend hereinbrach, war er erschöpft. Das Geschrei der Marktfrauen, der Klang der Glocken und das Geplauder seiner Kunden hallten in seinen Ohren. Doch dafür klimperte ein hübsches Sümmchen im Beutel an seinem Gürtel. Agatha würde zufrieden sein.

Sooft Hahn in der Stadt war, nahm er sich eine Kammer in einem alten, von wilden Weinranken bewachsenen Haus, das abseits vom Lärm des Marktes in einer ruhigen Seitenstraße gelegen war. Im Erdgeschoss befand sich eine Küferei, und die Frau des Küfers kannte den Hutmacher seit vielen Jahren. Sie war froh, ein Zimmer vermieten und Hahn gleichzeitig mit allerlei Neuigkeiten aus der Stadt versorgen zu können. Mit gerührter Stimme berichtete sie davon, dass der Kurfürst unlängst entschieden habe, seinen Ältesten, den von allen vergötterten Prinz Friedrich, fortzuschicken. In Sedan sollte er eine höfische Erziehung erhalten, die ihn dazu befähigte, eines Tages mit Weisheit über die ausgedehnten Landesteile der Pfalz zu herrschen. Die Heidelberger Bürger, so schwärmte die Küferfrau, verehrten den Prinzen, während sie mit dem alten Fürsten nicht mehr so gut auskämen. In der Stadt munkelte man von nächtlichen Trinkgelagen und Wutausbrüchen, die sich auch gegen die Kurfürstin richteten. Die Ärmste umgebe sich fast nur noch mit Vertrauten aus ihrer niederländischen Heimat, weil sie den Hofschranzen und Lakaien ihres Gemahls nicht mehr über den Weg traute.

Hahn lauschte der Frau des Küfers in der Stube bei einem Becher Wein, hatte jedoch bald genug von Klatsch und Tratsch. Außerdem mochte er es nicht, wenn geringschätzig über den Fürsten geredet wurde, selbst wenn die Geschichten der Wahrheit entsprachen. Er entschuldigte sich wortkarg und zog sich in seine Kammer zurück. Bevor er Heidelberg verließ, hatte er noch eine Pflicht zu erfüllen, die er nicht versäumen durfte. Die jährliche Verabredung mit dem Mann an der Heiliggeistkirche stand bevor. Hahn durfte nicht zu spät aus den Federn kommen.

Als er früh am nächsten Morgen erwachte, war es draußen noch stockfinster. Er fühlte sich kaum ausgeruhter als am Vorabend, sein Kopf schmerzte, und er hätte sich am liebsten noch einmal auf dem Lager umgedreht. Aber er verbot sich, dieser Verlockung nachzugeben. Wenigstens wollte er sich die Morgenandacht ersparen und das Haus seiner Wirtsleute verlassen, ehe der Küfermeister die Lampen anzünden und seine alte Familienbibel aufschlagen konnte.

Auf dem Weg über den Marktplatz sah er nur ein paar streunende Katzen, die sich um Fischgräten stritten. Er vernahm das Plätschern des Marktbrunnens und das Meckern einiger Ziegen, die in einem Verschlag darauf warteten, auf den Viehmarkt getrieben zu werden. Die Luft war feucht und kalt; morgendlicher Nebel waberte durch die schmalen Gassen.

Hahn konnte nicht umhin, sich an den Tag zu erinnern, an dem er der sterbenden Frau sein Versprechen gegeben hatte, sich um Henrika zu kümmern. Er erinnerte sich, wie schrecklich er damals gefroren hatte. Und nicht anders erging es ihm jetzt.

Vor dem alten Marktkreuz blieb er kurz stehen, um zu verschnaufen. Hinter den bunten Scheiben des prächtigen Tuchhändlerhauses sah er Kerzenlicht aufflackern. Er blickte die Fassade empor, bis zu dem geöffneten Fenster, wo zwei Frauen sich mit ausgebreiteten Armen wuschen. Schamvoll wandte er sich ab, dem Portal der Kirche zu. Er hoffte, dass der Mann bereits auf ihn wartete, ihm den Beutel in die Hand drückte und verschwand. Er fühlte sich nicht wohl genug, um lange auf ihn zu warten. Jedes Mal, wenn er dem Mann begegnet war, rührte sich das beklemmende Gefühl in seiner Brust, etwas Verbotenes zu tun. Sein Unbehagen wuchs, als er sich der Kirche näherte. Er mochte die Kirche nicht; sie schüchterte ihn ein und erinnerte ihn daran, dass er in ihrem Schatten um Henrikas Zukunft feilschte. Er hoffte daher, das Geschäftliche rasch erledigen und die Stadt nach einem kräftigen Schluck Bier und einem Teller Brühe wieder verlassen zu können.

Für gewöhnlich war der Fremde pünktlich. Und er sprach so gut wie nie mit ihm. Kein einziges Mal war es vorgekommen, dass er sich nach dem Mädchen erkundigt hatte, das er oder sein Auftraggeber so großzügig unterstützte. Aber Hahn konnte das im Grunde gleichgültig sein. Für ihn zählte allein das Übereinkommen, und er war stets bereit gewesen, sich an die Regeln zu halten, um es nicht zu gefährden.

Frierend rieb Hahn seine Hände. Obwohl allmählich die Sonne aufging, war es doch keinen Deut wärmer geworden. Wo steckte der Bursche nur? Warum ließ er ihn ausgerechnet heute warten, wo es ihm nicht gutging? Mit wachsendem Verdruss beobachtete er, wie eine Schar schwatzender Magister auf das Portal der Heiliggeistkirche zuhielt. Die jungen Männer unterhielten sich in Latein und sahen nicht einmal in seine Richtung. Sie strömten an ihm vorbei in das Gotteshaus; dann fiel die schwere Tür mit einem dumpfen Geräusch ins Schloss.

Hahn begann auf und ab zu gehen, um die Kälte aus seinen Gliedern zu vertreiben. Vom Neckar zog erneut eisiger Wind herauf. Irgendetwas stimmte nicht. Hatte der Mann ihn etwa vergessen? Zum ersten Mal nach fünfzehn Jahren? Er konnte es nicht glauben und beschloss, dem Boten weitere zehn Minuten zu geben. Aus der Kirche drang inzwischen feierlicher Gesang. Die Magister hatten einen Choral angestimmt; sie sangen dreistimmig, aber ohne Begleitung, denn eine Orgel gab es in der Heiliggeistkirche nicht. Die letzte hatte Kurfürst Friedrichs Vater entfernen lassen, da er fürchtete, Musikinstrumente würden das Volk von der Predigt ablenken. Daher waren sie ebenso verpönt wie Bilder, Kreuze an den Wänden oder mit Blumen und Zierrat geschmückte Altäre. Schlicht sollte der Kirchenraum sein. Schlicht, kahl und rein. Gesäubert vom Schmutz der Welt und vom gottlosen Prunk, den die Papsttreuen bevorzugten. So hatte Agatha es ihm jedenfalls erklärt.

Die Musik gefiel Hahn, die Klänge ließen ihn einige wenige Augenblicke vergessen, dass sein Magen knurrte und seine Gliedmaßen schmerzten. Plötzlich hörte er, wie ein Fensterladen aufgestoßen wurde. Erschreckt durch das quietschende Geräusch der Angeln, hob Hahn den Kopf. Eine Frau musterte ihn mit einer Mischung aus Zweifel und Neugier. Sie mochte in Henrikas Alter sein, wirkte jedoch mit ihrem aufgedunsenen Gesicht und dem strähnigen Haar, das keine Haube verdeckte, wesentlich älter. Als die Frau bemerkte, dass Hahn sie ansah, kreuzte sie ihre Arme vor der Brust und bedeckte ihre nackten Schultern mit den Händen. Offensichtlich war sie noch nicht vollständig bekleidet, und es war ihr sichtlich unangenehm, dass ein fremder Mann sie so zu Gesicht bekam.

«Wenn Ihr Euch hier mit jemandem verabredet habt, empfehle

ich Euch, nach Hause zu gehen», rief die Frau Hahn zu. «Der, den Ihr erwartet, wird sich heute bestimmt nicht mehr blicken lassen!»

Hahn runzelte die Stirn. Er verspürte wenig Neigung, sich mit der Frau am Fenster zu unterhalten, aber notgedrungen tat er es doch.

«Woher wollt Ihr wissen, auf wen ich warte?»

«Weil vorhin ein junger Bursche mit käsigem Gesicht hier aufkreuzte, einen Stein gegen meinen Fensterladen warf und mich bat, nach Tagesanbruch hinunter auf die Gasse zu schauen», gab sie schnippisch zurück. «Außer Euch sehe ich niemanden, also müsst Ihr derjenige sein, nach dem ich Ausschau halten sollte.»

Hahn sog die schwere Morgenluft ein, ließ die Frau aber weiterreden.

«Der Kerl hat mir einen Gulden durchs Fenster geworfen, aber ein Meisterschütze wird aus dem wohl kaum noch werden, auch wenn er wie ein Soldat aussah. Hat meinem armen Mann mit der Münze eine hübsche Beule am Kopf verpasst.»

Auf die Bemerkung hin schien sich in der Stube leiser Widerspruch zu regen, der jedoch mit einem strengen Blick der Frau im Keim erstickt wurde.

«Nun, jedenfalls soll ich Euch ausrichten, dass die Lieferungen künftig ausbleiben werden. Ihr braucht nicht mehr wiederzukommen, verstanden? Aber Ihr sollt Euch trotzdem auch weiterhin an die Abmachung halten und keine dummen Fragen stellen! Könnt Ihr damit etwas anfangen?»

Eine Antwort wartete die Frau nicht mehr ab. Flink schlug sie ihren Laden zu und ließ Hahn auf der Gasse stehen.

Wütend kämpfte sich Hahn durch das Gedränge in den Straßen. Der Bote hatte ihn genarrt und warten lassen wie einen Bettler. Dann hatte er ihn abserviert. Das war unerhört.

Wie konnte der Kerl es wagen, so mit ihm umzuspringen? Er hatte es nicht einmal für nötig befunden, ihm persönlich mitzuteilen, dass die Zahlungen für Henrika fortan ausbleiben würden. Stattdessen warf der Bursche sein Geld durch das Fenster eines verschlafenen Weibsbildes. Nach allem, was Hahn für Henrika getan hatte, wurde er nun einfach beiseitegeschoben.

Hahn atmete zunehmend schwer; ein Schwindelgefühl überkam ihn und bremste seine Schritte. Die Menschen wichen kopfschüttelnd vor ihm zurück, als hätten sie einen Aussätzigen vor sich. Nun ja, er war fremd in der Stadt, und Seuchen lauerten dieser Tage allerorts. Kein Wunder, dass die Leute Abstand hielten. Das Geld würde also von heute an ausbleiben, überlegte er und dankte Gott dafür, dass er ein Haus und ein Stückchen Land besaß. Die Werkstatt lief nicht schlecht; auf Almosen waren sie nicht angewiesen.

Nicht im Moment jedenfalls.

Was aber würde geschehen, wenn das Zittern, das er zuweilen in seinen Händen spürte, stärker wurde? Wenn es für ihn bald zu mühsam wäre, Filz zu formen und mit dem Karren Hüte auszuliefern? Seinen Knechten traute er nicht über den Weg. Das faule Gesindel, allen voran Roland, würde auf Wanderschaft gehen und ihn sitzenlassen, kaum dass sie den Zehrpfennig von ihm eingesteckt hatten. Würde er auch dann noch behaupten, dass ihn Henrikas Kostgeld nicht interessierte?

Und Agatha? Hahn konnte nicht leugnen, dass seine Familie gut von der Summe gelebt hatte, die er alle zwölf Monate aus Heidelberg nach Hause brachte. Seine Frau hatte sich schnell an die Annehmlichkeiten gewöhnt, die der bescheidene Wohlstand mit sich brachte. Sie verstand ihn als Hinweis darauf, dass ihre Sippe zu den vom Herrn zur Seligkeit Erwählten gehörte und nicht zu den Verdammten, die es im Leben zu nichts brachten. Würde sie Verständnis dafür haben, wenn er nun ohne den erwarteten Betrag im Beutel vor der Tür stand?

Hahn presste die Lippen aufeinander; der Schmerz in seinen Eingeweiden raubte ihm den Atem. Henrika war wie eine Tochter für ihn, und daran würde sich auch in Zukunft nichts ändern. Wer jagte schon sein Kind vor die Tür, nur weil es ihm kein Geld einbrachte? Nur ein herzloser Schuft würde solche Gedanken hegen. War es nicht überhaupt Sünde in den Augen des Herrn, einen Menschen gegen schnöden Mammon aufzuwiegen? Immerhin hatte er einer Sterbenden ein Versprechen gegeben, das er halten musste.

Als Hahn wieder in dem kleinen Kämmerchen saß und den Geräuschen lauschte, die aus der Küferei heraufdrangen, kam ihm ein Gedanke. Womöglich war der unbekannte Bote der Meinung, dass Henrika sein Geld gar nicht mehr benötigte. Sie war schließlich erwachsen. Die meisten Mädchen in ihrem Alter lebten nicht mehr im Elternhaus, sondern hatten geheiratet und eigene Familien gegründet. Der Fremde hatte ein Kind unterstützt, eine erwachsene Frau ging ihn nichts mehr an. Die sollte sehen, wie sie sich allein durchs Leben schlug.

Mit einem bitteren Lachen schlug Hahn auf das pralle Lederkissen seines Stuhls. Wer auch immer für Henrikas Unterhalt aufgekommen war, er machte sich kein Bild von dem, was der Hutmacher alles für sie getan hatte, welche Schwierigkeiten er auf sich genommen hatte. Er, Valentin Hahn, hatte das Mädchen ernährt und gekleidet. Er hatte es zu einem gottesfürchtigen jungen Menschen erzogen und dafür gesorgt, dass es die Eigenheiten ihrer Kindheit abgelegt hatte. Doch genutzt hatte das nicht viel. Im Dorf war Henrika heute nicht beliebter als damals, und gewiss würde es in diesen Zeiten schwer werden, einen passenden Ehemann für sie zu finden. Die Gemeindeältesten, um deren Besuch Agatha gebeten hatte, hatten bei diesem Thema mitleidig mit den Schultern gezuckt und sich bald darauf aus dem Staub gemacht. Obgleich Agatha angedeutet hatte, dass Henrika eine großzügige Mitgift erwarten durfte, war keiner der Männer bereit gewesen, an eine Verbindung zwischen Henrika und einem ihrer Söhne auch nur einen Gedanken zu verschwenden.

«Dann eben nicht», murmelte Hahn. «Henrika ist ohnehin zu schade für einen dieser verbohrten Bauernschädel.»

Als die Frau des Küfers eine Weile später mit einer Portion Brot und Räucherfisch die Kammer betrat, saß Hahn noch immer auf dem Stuhl und grübelte vor sich hin. Er hob kaum den Kopf und signalisierte, dass er nicht zu einem Schwätzchen aufgelegt war.

«Meine Güte, Hahn», rief sie aus. «Du bist bleich wie die Wand. Ist dir nicht wohl? Soll ich einen Bader rufen, der dich schröpft oder zur Ader lässt?»

Unwillig schüttelte Hahn den Kopf. Was er benötigte, war kein Bader. Er hatte Fragen und brauchte Antworten.

Und die würde er sich auch verschaffen. Auf der Stelle. Er sprang an der verdutzten Meisterin vorbei und polterte die Stiege hinunter. Wenn man ihn schon auf diese Weise abspeiste, war er auch nicht mehr an das Versprechen gebunden, das er Henrikas Mutter und dem Geldboten gegeben hatte. Zum ersten Mal seit Jahren fühlte sich Hahn so unternehmungslustig wie ein junger Mann. Er würde eine weitere Nacht in der Stadt verbringen und die Zeit nutzen, um Nachforschungen anzustellen. Wenn er auch diesmal nicht mit dem ersehnten Geld ins Dorf zurückkehrte, so doch hoffentlich mit dem Namen des Mannes, der ihn vor der Kirche hatte warten lassen. Vielleicht half es Henrika ja, wenn er ihr Näheres über ihn oder seine Auftraggeber berichten konnte. Irgendjemand in Heidelberg musste sich doch an Henrikas Mutter und ihr Schicksal erinnern. Möglicherweise hatte das Mädchen sogar noch Verwandte in der Stadt, und er wusste auch schon, wo er seine Suche beginnen würde.

Das Stadtgericht war in einem tristen Gebäude nicht weit von der Straße zum Schlossberg untergebracht. Die beiden Soldaten, die das Portal bewachten, ließen ihn mit einem müden Nicken passieren. In der Amtsstube wurde er von einem bleichen Schreiber empfangen, dem die Lustlosigkeit anzusehen war. Hahn konnte das verstehen, denn in der Stube war es furchtbar kalt, im Kamin lag nur erkaltete Asche. Es musste eine Ewigkeit her sein, seit jemand zum letzten Mal Feuerholz nachgelegt hatte. Der Schreiber sah kränklich aus; er war klapperdürr und hatte sich zum Schutz vor der Kälte in eine wollene Decke gewickelt.

«Was wollt Ihr hier?», fuhr er Hahn mit kratziger Stimme an. «Ich stecke bis zum Hals in Aktenarbeit. Wenn Euch also jemand ein Huhn gestohlen hat, so …»

Hahn hob beschwichtigend die Hand. Bevor der Gerichtsschreiber ihm die Tür weisen konnte, trat er vor und schob einen Silberpfennig unter das Schriftstück, das vor dem Mann lag. Diese Sprache schien er zu verstehen, denn seine Miene hellte sich augenblicklich auf. Schniefend fegte er die Münze mit dem Ärmel seines Hemdes in eine geöffnete Lade, in welcher dem Geräusch nach schon eine stattliche Anzahl von Pfennigen lag. Mit einem gnädigen Nicken gab er Hahn zu verstehen, dass er ein paar Minuten seiner kostbaren Zeit für ihn opfern würde.

«Ich bin nicht gekommen, um jemanden zu verklagen», erklärte Hahn. «Ich brauche eine Auskunft vom Herrn Stadtrichter. Sie betrifft einen Prozess, der vor einigen Jahren hier geführt wurde. Damals wurde in der Stadt der Michaelismarkt gefeiert.»

Der Schreiber hob verblüfft die Augenbrauen. «Vor einigen Jahren, sagt Ihr? Nun, der Stadtrichter ist nicht hier. Er berät sich mit dem Kanzler Seiner Durchlaucht des Kurfürsten. Das kann ein paar Stunden dauern. Schließt bitte die Tür, wenn Ihr geht.»

«Möglicherweise könnt Ihr mir ebenso gut weiterhelfen», sagte Hahn, der sich nicht so rasch abwimmeln lassen wollte. «Bewahrt der Stadtrichter nicht hier im Haus Akten und Schriftstücke auf, die auch über lange zurückliegende Prozesse Auskunft geben? Gewiss braucht Ihr nicht die Erlaubnis des ehrenwerten Herrn Richter, um einen Blick in die Untersuchungsprotokolle längst abgeschlossener Fälle zu werfen.»

Angesichts dieser Bemerkung lächelte der Schreiber geschmeichelt. «Führt Euch ein persönliches Interesse hierher?», fragte er schließlich. «Seid Ihr in den Fall verstrickt?»

Hahn antwortete nicht gleich. Ihm war nicht besonders wohl dabei, einem Gerichtsschreiber Einblick in Henrikas Geschichte zu gewähren. Doch er konnte es wohl kaum vermeiden, ihm reinen Wein einzuschenken. Er war auf seine Hilfe angewiesen. Vermutlich ließ den hochnäsigen Burschen ein weiterer Silbertaler zum Abschied rasch vergessen, dass Hahn jemals bei ihm gewesen war.

Stöhnend plagte sich der junge Schreiber auf die Füße und trottete zu einer Tür, über der das kurfürstliche Wappen an die Wand gemalt worden war. Soweit Hahn erkennen konnte, führte sie in einen schlauchartigen Zwischenraum, der wiederum den Blick in eine größere, holzgetäfelte Amtsstube erlaubte. Diese sah mit ihren silbernen Kerzenhaltern, dem Wandteppich und dem kostbaren Schreibtisch um einiges behaglicher aus als die kärgliche Schreibkammer des Gerichtsschreibers.

«Welches Jahr?»

Hahn beobachtete, wie der Schreiber einen mächtigen Schrank öffnete, in dessen Laden und Fächern sich Akten und Bücher stapelten. Die Gerichtsbücher waren in rotes Leder gebunden und verströmten einen Geruch von Alter und Wichtigkeit.

«Nun, es geschah vor fünfzehn Jahren, zu Michaeli», antwortete Hahn. Er wartete geduldig, bis der Mann mit einem der Bücher zurückkehrte und es vorsichtig auf einem Stehpult niederlegte.

«Könnt Ihr lesen?», erkundigte sich der Schreiber, während er sich mit dem Hemdsärmel über die gerötete Nase rieb. Als Hahn unsicher mit den Schultern zuckte, nickte er. «Das dachte ich mir.» Er schlug das Buch auf und begann darin zu blättern, wobei er mit einer ehrfurchtsvollen Geste über das raue Papier strich.

Dummer Wichtigtuer, dachte Hahn. Er bemühte sich, wenigstens ein paar Buchstaben zu entziffern, gab sich jedoch bald geschlagen. Der Schreiber hatte recht. Die Schrift war schwer zu lesen.

«Welcher Prozess interessiert Euch denn genau?»

«Zu Michaeli wurde eine Frau wegen Ehebruchs verurteilt», sagte Hahn. «Sie wurde mit dem glühenden Eisen gebrandmarkt und anschließend aus der Stadt getrieben. Ich möchte wissen, wer die Frau war, woher sie stammte und wer den Fall zur Anzeige gebracht hat.»

«Ein Ehebruch? Seid Ihr sicher?» Der Gerichtsschreiber überflog die Protokolle, dann befeuchtete er einen Finger und blätterte die Seite um. «Nach der Carolina stehen auf den böswilligen Verstoß gegen das siebte Gebot härtere Strafen als die von Euch beschriebene. Hier ist zum Beispiel die Prozessakte einer gewissen Maria Sabina Taschenlaub, Ehefrau des Fleischers Jakob Taschenlaub aus dem Ort Ziegelhausen. Sie wurde drei Monate vor der von Euch angegebenen Zeit wegen schwerer Unzucht mit dem Schwert hingerichtet. Ich habe auch schon Fälle erlebt, wonach Weiber lebendig in der Erde begraben wurden. Aber soweit ich mich erinnere, sieht das Gesetz nicht vor, ihnen ein Schandmal einzubrennen und sie dann der Stadt zu verweisen. Das ist eine Strafe für reuelose Huren.» Er schlug das Buch zu und schüttelte den Kopf. «Nein, Ihr müsst Euch irren. Im Jahre des Herrn 1590 wurde in Heidelberg kein Weib gebrandmarkt. Daher findet sich weder Anklageprotokoll noch Urteilsspruch.»

Hahn wurde bleich. «Aber … Wie ist das möglich?», stammelte er. «Ich habe die Frau doch mit meinen eigenen Augen gesehen. Sie muss einer vornehmen Familie entstammen. Könnte es nicht sein, dass diese Leute …»

«Wollt Ihr damit andeuten, unsere Protokolle seien fehlerhaft? Oder der Stadtrichter ließe sich bestechen, um die Bücher zu fälschen?»

Hahn dachte an den Silbergroschen, ohne den sich der Schreiber nicht einmal von seinem Stuhl hatte erheben wollen, zog es aber vor, den verärgerten Mann nicht zu reizen.

«Nein, das behaupte ich ja gar nicht. Ich frage mich nur, warum der Prozess nicht in den Akten zu finden ist.»

«Er wurde nicht aufgezeichnet, weil er nicht stattfand. Geht das nicht in Euren Bauernschädel?»

«Sagt Euch dann wenigstens der Name Gutmeister etwas?», wagte Hahn einen letzten Versuch. «Henrika Gutmeister? Vielleicht ist das Mädchen nach seiner Mutter benannt worden.»

«Gutmeister? Bedauere, nie gehört. Ich glaube nicht, dass es innerhalb der Stadtmauern eine Familie dieses Namens gibt.» Der Schreiber legte die Hand auf das Prozessbuch, als wolle er verhindern, dass Hahn sich ihm noch einmal näherte.

«Allerdings habe ich meine Tätigkeit erst vor drei Jahren aufgenommen. Ich kam mit dem neuen Richter in die Stadt. Sein Vorgänger starb anno 1597 an der Pest. Damals wurden etliche Gerichtsbücher geschlossen und hinauf ins Schloss gebracht.»

«Aber vielleicht kennt Ihr ja jemanden, der die Seuche überlebt hat und sich an die Frau erinnert? Was ist mit dem Scharfrichter, der das Urteil vollstreckte?»

Der Schreiber warf Hahn einen verächtlichen Blick zu. Scharfrichter galten überall im Reich als unehrlich und wurden nach Möglichkeit gemieden.

«Ich kann Euch nicht helfen», erklärte der junge Mann kalt. Er hustete. «Wenn Ihr mich nun entschuldigen möchtet. Mir brummt der Schädel, und ich habe Wichtigeres zu tun, als Prozessen nachzuspüren, die nie geführt wurden. Euch möchte ich raten, die ganze Sache zu vergessen und die Toten in Frieden ruhen zu lassen.»

Niedergeschlagen verließ Hahn die Amtsstube. Mochte der eingebildete Kerl doch an seinem Silbergroschen ersticken. Die Worte des Schreibers hallten indessen noch lange in seinen Ohren nach. Einen Prozess gegen Henrikas Mutter hatte es also nicht gegeben. Nicht in Heidelberg. Aber das war unmöglich; der Schreiber musste lügen. Hahn war doch Zeuge gewesen, wie sie …

Falsch, mahnte er sich selbst, denn plötzlich fiel ihm ein, dass er der Vollstreckung des Urteils auf dem Marktplatz gar nicht beigewohnt hatte. Ein paar Männer hatten sich im Wirtshaus darüber unterhalten. Alles Weitere hatten er und Agatha sich zusammengereimt, nachdem sie die Sterbende und ihr Kind entdeckt hatten. Hatten sie den Trubel, der damals in der Stadt geherrscht hatte, vielleicht nur falsch gedeutet? War alles Lug und Trug gewesen? Ein heimtückischer Streich des Teufels, der sie genarrt und ihnen auf heimtückische Weise seine Brut untergeschoben hatte?

Der Hutmacher schüttelte gereizt den Kopf. Der Teufel bezahlte nicht fünfzehn Jahre lang mit klingender Münze. Außerdem hatte Hahn das Brandmal auf der Schulter von Henrikas Mutter mit eigenen Augen gesehen. Er versuchte sich zu erinnern, was die Frau am Fenster ihm zugerufen hatte. Irgendetwas an ihrem Bericht stimmte ihn nachdenklich, weil es nicht recht zusammenpasste.

Als er seinen Karren aus dem Hof des Küfers schob, ging es ihm auf. Bestürzt fasste er sich an den Kopf, verärgert, dass er nicht sogleich daran gedacht hatte. Die Frau hatte den Boten als Milchbart beschrieben, der auf sie wie ein Soldat gewirkt habe. Der Mann, mit dem er sich sonst immer getroffen hatte, war aber nicht mehr jung. Im Lauf der letzten fünfzehn Jahre war sein Bart grau, sein Gesicht faltig geworden. Auf Hahn hatte er nie wie ein Landsknecht oder auch nur wie ein Stadtwächter gewirkt.

Hahn ließ den Karren los und blickte verstört zum wolkenverhangenen Himmel empor, wo ganze Schwärme von schwarzen Vögeln ihre Kreise zogen. Dann eilte er weiter und schlug den Weg ein, der zum Stadttor führte.

4. Kapitel

Barthel Janson stand breitbeinig an der Uferböschung und starrte auf den Fluss. Es regnete bereits seit Stunden, und ein eisiger Wind drang durch sein Wams und das Hemd. Aber er spürte die Kälte nicht.

Ein Lächeln umspielte Barthels Lippen, als er an seine Jugend dachte, die er in den Niederlanden verbracht hatte. Dort oben im rauen Norden gewöhnte man sich rasch an unwirtliches Wetter. Barthel hatte die reine Luft geliebt, die Stürme, welche die Bäume zum Rauschen und das Meer zum Grollen brachten. Nur widerwillig hatte er seine Heimat verlassen, um der Kurfürstin Juliane von Oranien-Nassau, die wie er aus dem Land an den Deichen stammte, nach Heidelberg zu folgen. Dort war es ihm innerhalb kurzer Zeit gelungen, sich bei Hof einen Namen zu machen. Die Kurfürstin hielt große Stücke auf ihn und seinen Rat als Künstler und Baumeister. Ihrer Empfehlung war es zu verdanken, dass ihr Gemahl ihn mit diesem wichtigen Auftrag aufs Land geschickt hatte. Sie hatte nicht wissen können, was ihn hier erwartet hatte.

Barthel ließ seine Blicke über die Auen streifen. Die Lage war einfach ideal für den Bau einer Festung. Durch den Zusammenfluss beider Ströme würden ihre Mauern von Wällen aus Wasser umgeben sein. Eine vorgelagerte Insel, die sich heute nur grau und schemenhaft vor der schwarzen Oberfläche des Flusses abzeichnete, bildete einen günstigen Vorposten, ideal, um Wachtürme mit einer Geschützplattform zu errichten.

Zufrieden wandte sich Barthel den umliegenden Feldern zu. Sie waren flach, zum Strom hin nur leicht abfallend und erstreckten sich jenseits des Dorfangers bis ins Landesinnere. Lediglich in östlicher Richtung bildete ein Wald die natürliche Grenze. Die dunkle Erde der Rübenäcker war vor Einbruch des Winters umgepflügt worden, vereinzelt zierten Strohpuppen und beschriftete Steine die Grundstücke. Hier könnte eines Tages eine Stadt entstehen, dachte Barthel.

Der Bursche, den er mit seiner Depesche nach Heidelberg geschickt hatte, war nicht zurückgekommen. Angeblich war er am Sumpffieber erkrankt. Dafür hatte die kurfürstliche Kanzlei ihm drei Soldaten geschickt, die ihn dauernd überallhin begleiten wollten und ihm somit mächtig auf die Nerven fielen. Barthel hasste jegliche Form von Kontrolle, selbst wenn sie seinem Schutz diente. Er hatte die Männer mit harten Silbergulden bestechen müssen, damit sie ihn allein hinunter zum Fluss hatten gehen lassen. Nun saßen sie in der Schänke beieinander, tranken Bier, und er hatte seine Ruhe. Er war lieber allein mit seinen Gedanken, insbesondere wenn er über bedeutungsschwere Dinge nachsann.

Eine halbe Stunde später war die Entscheidung gefallen. Er würde dem Kurfürsten vorschlagen, die Zitadelle in diesem Dorf zu errichten und ihm von seinem Traum erzählen, hier eine befestigte Stadt zu gründen. Der Kurfürst war neuen Ideen gegenüber nicht abgeneigt, außerdem konnte Barthel mit der Unterstützung seiner Gemahlin rechnen, wenn er ihr versprach, die neue Siedlung im Baustil ihrer niederländischen Heimat zu entwerfen.

Einer der Soldaten kam auf Barthel zu. Sein Gesicht war vor Kälte gerötet. «Braucht Ihr uns noch, Herr?», fragte der Mann. «Ansonsten würden wir gerne ins Wirtshaus gehen.»

Barthel seufzte. Einen Moment lang überlegte er, sie dorthin zu begleiten, doch dann entschied er sich anders. Vorerst war es besser, so wenig wie möglich mit den Dorfbewohnern zu tun zu haben. Konnte er den Auftrag Seiner Durchlaucht des Kurfürsten ausführen, so würde er vermutlich ohnehin bald einer der am meisten gehassten Männer zwischen Rhein und Neckar sein. Die Dorfbewohner kamen ihm hier besonders widerborstig und argwöhnisch vor. Sie verfolgten seine Anwesenheit im Ort mit einer ähnlichen Begeisterung wie für wilde Eber, die nachts aus den Wäldern brachen und Äcker verwüsteten. Widerwillig musste er über den Vergleich schmunzeln. Nicht anders würden es die Leute hier empfinden, sobald er erst einmal ganze Arbeiterscharen mit Hacken und Spaten anrücken ließ, um Gräben auszuheben, Fundamente zu legen und Schanzen zu errichten. Dabei ging es nicht um den Bau einer Bauernscheune oder eines Stalls. Um eine Festung mit Verteidigungsanlagen zu errichten, war es unumgänglich, Häuser abzureißen, Wälder zu roden und Felder einzustampfen. Nicht einmal fruchtbares Ackerland durfte verschont werden. Für die Bauern würde dies natürlich einen herben Verlust bedeuten, das musste er unumwunden einräumen. Aber auch die Dorfbewohner würden eines Tages einsehen, dass ihnen das Bürgerrecht einer befestigten Handelsstadt bessere Möglichkeiten bot als ein paar Wiesen rund um einen unbedeutenden Ort.

Barthel schickte den Wachsoldaten mit einer zustimmenden Handbewegung zu seinen fröstelnden Kameraden zurück. Noch brauchte er den Schutz der Männer nicht. Noch konnte er sich frei im Ort bewegen, ohne Angst vor Steinwürfen oder schlimmeren Gewalttaten haben zu müssen.

Das weitaus größere Problem bestand für ihn darin, dass er nun, da er sich dafür entschieden hatte, hier eine Festung zu erheben, kaum noch eine Möglichkeit finden würde, Henrika Gutmeister aus dem Weg zu gehen.

Als er an das Mädchen mit dem rotbraunen Haar, der schlanken, grazilen Gestalt und dem kleinen Grübchen am Kinn dachte, krampfte sich sein Magen zusammen. Einen kurzen Moment lang sah er ihre Mutter so deutlich vor sich, dass es wehtat. Doch er verdrängte das Bild sogleich. Gewiss hatte der Mann, der Henrika damals aufgenommen hatte, inzwischen erfahren, dass der Geldstrom versiegt war. Barthel fragte sich, wie er darauf reagieren würde.

«Was soll das heißen, der Kerl war nicht an der verabredeten Stelle? Hast du die Verabredung etwa verschlafen? Hat dich das gottlose Weib des Küfers mit seinem dummen Geschwätz abgelenkt?»

Agatha Hahn stand an der Herdstelle, unter der ein munteres Feuer brannte, und kratzte mit einem Schaber zu dunkel gewordene Zwiebelringe aus einer Bratpfanne. Dichte Qualmwolken brachten sie zum Husten, dennoch unterbrach sie ihre Arbeit nicht.

Die Sonne war bereits untergegangen, doch das Essen stand noch nicht auf dem Tisch. Mit mürrischer Miene versetzte Agatha Lutz, der auf einer Bank nahe dem Spülstein hockte und lächelnd an einem Holzstück herumschnitzte, einen Stoß. Der junge Mann blickte überrascht auf.

«Dein Onkel und ich haben etwas miteinander zu besprechen», fuhr sie den Sohn ihrer Schwester barsch an. «Mach, dass du verschwindest, geh nach Hause!»

Hahn blickte mitleidig zu dem jungen Mann, der sich traurig erhob und zur Tür trottete. Doch er war viel zu müde, um sich mit Agatha anzulegen.

«Richtet Henrika aus, dass ich zwei Stunden auf sie gewartet habe», bat Lutz.

«Du warst gerade mal zehn Minuten hier.»

Lutz, der kein Gefühl für die Zeit besaß, lächelte nur. Das Gekeife seiner Tante schien an ihm abzugleiten wie Öl. Hahn beneidete den Jungen darum. Stumm blickte er ihm nach und wünschte sich, er könnte ihm folgen, doch der strenge Blick seiner Frau nagelte ihn förmlich auf seinem Schemel fest. Erschöpft legte er seinen Hut auf den blank gescheuerten Küchentisch und hielt seine kalte Hand über die wärmende Kerzenflamme.

«Was willst du noch hören?», begann er nach einem Moment des Schweigens. «Der Kerl ließ mir bestellen, dass fortan niemand mehr für Henrikas Unterhalt aufkommen werde. Die sieben fetten Jahre sind vorüber, die mageren haben begonnen. Damit müssen wir uns eben abfinden.»

«Damit kann ich mich nicht abfinden. Das Geld steht uns zu. Wir haben das Mädchen hier aufgenommen, obwohl wir ihm gegenüber keine Verpflichtung hatten. Ja, ja ich weiß, du warst so töricht, der Ehebrecherin dein Wort zu geben. Dafür haben wir auch gebüßt. Fünfzehn lange Jahre habe ich das Gefühl ertragen, einen Fehler begangen zu haben, aber irgendwann muss auch damit Schluss sein.» Sie blickte auf die Brotscheiben. «Oder glaubst du, es war für mich ein Vergnügen, mit anzuhören, wie sich die Bauersfrauen hinter meinem Rücken die Mäuler zerrissen?»

«Aber Henrika hat sich zu einer hübschen jungen Frau entwickelt», warf Hahn ein. «Sie ist klug, fleißig und gottesfürchtig. Nun gut, hin und wieder schwänzt sie die Predigt, aber das haben wir als junge Leute auch manchmal getan.»

«Und unsere Strafe dafür bekommen!»

«Na und? Wichtiger ist für mich, dass sie ein gutes Herz hat und man sich auf sie verlassen kann. Als deine Schwester Hilfe im Gasthaus brauchte, hat Henrika keinen Augenblick gezögert, ihr unter die Arme zu greifen. Und du musst zugeben, dass sie ihre Pflichten im Haus trotzdem nie vernachlässigt hat. Sie ist eine Tochter, auf die jeder Vater zu Recht stolz sein kann.»

Agatha zuckte die Achseln. Sie reichte ihrem Mann das Brett mit den Brotscheiben und sorgte dafür, dass er sich das größte Stück nahm. Zweifellos hatte er seit gestern nichts Vernünftiges mehr zwischen die Zähne bekommen. Agatha entging nicht, wie schlecht er aussah, schob es aber auf den anstrengenden Marsch über die Felder. Er war nicht mehr der Jüngste, wollte dies aber nicht wahrhaben.

«Henrika ist nicht unsere Tochter», entgegnete sie nach einigem Zögern. «Gott weiß, wie gern ich dir gesunde Kinder geschenkt und nach Recht und Gesetz erzogen hätte. Aber bedauerlicherweise wurde mir dies verwehrt.»

«Das stimmt nicht, und das weißt du auch.» Hahn sprang hastig auf und warf das angebissene Brot zurück auf die Holzscheibe. «Ich habe mich schon hundertmal verflucht, dass ich mich damals von dir habe beschwatzen lassen, und wenn ich es ungeschehen machen könnte, so …»

«Ich möchte, dass Henrika unser Haus verlässt», sagte Agatha ruhig. «Die Zeit ist gekommen, auch wenn du nichts davon hören willst.»

«Du willst sie dir doch nur vom Hals schaffen, weil sie dir als Erwachsene lästig geworden ist», warf er ihr vor. «Deine Angst vor den Nachbarn wird dich eines Tages noch ins Grab bringen!»

«Kannst du es mir verdenken? Ich hasse es, meine Seele mit Dingen zu belasten, über die ich nicht einmal mit dem Pfarrer reden darf. Geheimnisse sind ein Gräuel in den Augen des Herrn. Seit wir das Mädchen ins Dorf gebracht haben, fühle ich mich, als sei ich die Mitverschworene einer Sünderin. Haben wir nicht lange genug mit Geheimnissen gelebt? Ich habe geglaubt, ich müsste Henrika aufziehen, um Buße für meine Sünden zu tun, damit meine Familie am Jüngsten Tag zu den erwählten Gläubigen gezählt wird, aber das war ein Irrtum. Gott lässt sich nicht verspotten, und so einfach ist es nicht, ein Unrecht aus der Welt zu schaffen.»

Hahn wollte etwas darauf erwidern, aber er schwieg, als er Henrika die Küche betreten sah. Sie trug ihr langes Haar unbedeckt, lediglich ein Lederband, das sie aus der Werkstatt stibitzt haben musste, verhinderte, dass ihr die braunen Strähnen ins

Gesicht fielen. Auf den rosigen Wangen des Mädchens glitzerten Tropfen. Vermutlich war sie auf dem Weg vom Wirtshaus durch den Regen gelaufen. In der Hand hielt sie einen Tonkrug, den sie neben der Tür auf den Boden stellte.

«Da bist du ja endlich», rief Agatha mürrisch. «Zieh deine schrecklichen Holzpantinen aus, bevor du den ganzen Fußboden verschmutzt.»

Als Henrika ihren Ziehvater am Tisch stehen sah, lächelte sie erfreut. «Wann bist du denn zurückgekommen, Vater?», fragte sie. «Niemand hat mir etwas gesagt, sonst wäre ich heute nicht zu Elisabeth gegangen. Konntest du alle Hüte in der Stadt verkaufen? Auch den hübschen mit dem prächtigen Federschmuck?»

Hahn erwiderte ihr Lächeln unbeholfen. Er hatte es nie verstanden, mit ihr zu scherzen, wie ein Vater es zuweilen mit seinen Kindern tun sollte. «Wie soll sich ein müder alter Mann alle diese Fragen auf einmal merken?», brummte er. «Aber wie du siehst, ist mir nichts geschehen. Einen rauen Hals hat mir die Kälte gebracht, aber den wird deine Mutter mit getrockneten Kamillenblüten auskurieren. Morgen früh sitze ich schon wieder in der Werkstatt und forme Filz.»

«Setz dich endlich. Sprich dein Gebet und iss dein Brot!» Agatha wies auf die lange Ofenbank, auf der Henrika es sich bei gemeinsamen Mahlzeiten bequem machte. Nur wenn reisende Gesellen im Haus waren, wurde sie auf einen niedrigen Schemel verbannt und musste ihre Schüssel auf den Knien balancieren. Agatha öffnete ein Fenster, dann ließ sie sich ebenfalls nieder, um ihr Abendbrot zu verspeisen. Nachdem Hahn das Gebet gesprochen hatte, herrschte Schweigen in der rauchgeschwängerten Küche. Auf der Gasse erklangen die Geräusche von Pferdehufen und einem Fuhrwerk.

«Dein Vater möchte mit dir reden», sagte Agatha schließlich. «Er hat von Dingen erfahren, die uns … etwas verwundert haben.»

Henrika schluckte den letzten Bissen ihres Brotes herunter und wandte sich erwartungsvoll ihrem Ziehvater zu, der nervös auf seinem Stuhl herumrutschte.

«Was gibt es, Vater?»

Hahn seufzte, es fiel ihm sichtlich schwer, mit der Sprache herauszurücken. «Nun, vielleicht ist es wirklich besser, wenn wir es dir nicht länger verschweigen. Ich habe mich in den letzten Jahren in Heidelberg mit einem Mann getroffen, der mir Geld für deine Aussteuer und deinen Unterhalt gegeben hat. Als ich aber dieses Jahr auf ihn wartete, ließ er sich nicht blicken. Danach sprach ich mit einem Gerichtsschreiber, der auf meine Bitte hin alte Protokolle und Akten aufgeschlagen hat. In keinem fand sich ein Hinweis auf deine ... die Frau, die dich zur Welt gebracht hat. Es scheint beinahe, als habe sie nie gelebt. Und nun fürchten deine Mutter und ich, dass wir möglicherweise gutgläubige Opfer eines Betrugs geworden sind.»

Henrika schaute Hahn erschrocken an. Plötzlich erschienen er und Agatha ihr wie Fremde. Nichts in der Küche mit ihren niedrigen Deckenbalken, dem gemauerten Herd und den rot angestrichenen Truhen für Töpfe, Kessel und Holzlöffel machte auf sie einen vertrauten Eindruck. In ihrem Gesicht spiegelten sich Empörung, Wut und Trauer.

«Nun weiß ich, warum ich dich nicht nach Heidelberg begleiten durfte», sagte sie mit tonloser Stimme. «Ich sollte nicht mitbekommen, wie du auf dem Markt um mich feilschst wie um eine Milchkuh!»

Agatha fuhr auf. «Du sollst Vater und Mutter ehren. Ungezogene Reden werden dir nicht weiterhelfen, auch wenn ich verstehen kann, dass diese Neuigkeit dich überrascht. Mich traf sie ebenfalls unvorbereitet.»

«Ja, weil du nun kein Geld mehr für mich bekommst.» Henrika kämpfte mit den Tränen. Nach der furchtbaren Nacht in der Zollscheune und den aufdringlichen Fragen des Festungsbaumeisters hatte sie nicht erwartet, dass sie so rasch wieder etwas würde erschüttern können. Nun aber verspürte sie eine Furcht, die das Entsetzen jener Nacht unbedeutend machte.

Barthel Janson, schoss es ihr durch den Kopf. Er war ihre einzige Hoffnung, den Knoten zu lösen, der ihren Verstand zu umschlingen drohte. Sie musste ihn auf der Stelle aufsuchen. Ohne zu zögern, stand sie auf und schob die Bank zurück.

«Ich brauche frische Luft», erklärte sie den Hahns, die mit verkniffenen Mienen auf die Tischplatte starrten. Als sie sich jedoch an Agatha vorbeidrängen wollte, packte diese sie grob am Arm und zerrte sie zurück. Ihrem bleichen Gesicht war anzusehen, dass in ihrer Brust widerstreitende Gefühle tobten. «Frische Luft haben wir wohl alle nötig. Aber zuerst wirst du zuhören, was wir dir noch zu sagen haben.»

Henrika schüttelte Agathas Arm ab. Sie konnte es nicht ertragen, dass die Frau sie berührte. Als sie an all die kränkenden Worte dachte, mit denen sie Agatha im Laufe der Jahre bedacht hatte, wurde ihr übel.

«Natürlich enthebt uns das Ausbleiben des Geldes nicht unserer Verantwortung für dich», verkündete Agatha schließlich. «Wir haben genug, um es mit dir zu teilen. Aber im Dorf will das Gerede über dich nicht verstummen. Im Gegenteil, es wird lauter und lauter.»

Henrika dachte an die hämischen Worte des Flickschusters und wie unverfroren er sich ihr in der Scheune genähert hatte, um seinen Spott mit ihr zu treiben. War es das, was Agatha mit Gerede meinte? Unwillkürlich legte sie ihre Hand über das sittsam eingeschnürte Dekolleté. In den letzten Jahren hatte ihr Körper die knabenhafte Dürre verloren, die ihr früher so oft Kopfzerbrechen bereitet hatte. Ihre Hüften hatten sich gerundet, die Brüste waren fest und straff geworden. Sie empfand sich selbst nicht als schön, und die sehnsüchtigen Blicke, mit denen die Burschen ihr nachsahen, wenn sie über den Dorfplatz ging oder sich im Wirtshaus über die Tische beugte, waren ihr unangenehm. Aber war es ihre Schuld, wenn Körper und Geist allmählich zum Leben erwachten und die Männer bei ihrem Anblick auf dumme Gedanken kamen?

«Dein Vater und ich sind der Meinung, dass du einen braven Handwerker heiraten solltest», sagte Agatha, wobei sie ihrem Mann einen beschwörenden Blick zuwarf. «Einen Mann, der dich versorgt und sich nicht an deiner Herkunft stört.» Agatha holte tief Luft. Fürchtete sie, dass Hahn sich einmischen würde, so war ihre Angst jedoch unbegründet. Der Hutmacher starrte noch immer mit derselben ausdruckslosen Miene vor sich auf den Tisch.

«Heiraten? Einen braven Handwerker?» Henrika schüttelte den Kopf. «Elisabeth hat bereits eine Andeutung gemacht. Sie behauptet, ihr hättet die Dorfältesten eingeladen, um mich bei ihnen oder einem ihrer Söhne anzupreisen. Aber deiner Miene entnehme ich, dass keiner von ihnen angebissen hat?»

«Einer Frau mit einer derart spitzen Zunge mag auch kein ordentlicher Mann die Tür öffnen», schimpfte Agatha. Vor Aufregung bildeten sich rote Flecken auf ihren Wangen. «Aber glücklicherweise gibt es dennoch einen Bewerber, der dich nehmen würde. Es ist Wilhelm Bunter, der Flickschuster.»

Henrika war, als öffnete sich der Boden unter ihren Füßen. Sie konnte nur hoffen, sich verhört zu haben. Ausgerechnet Bunter? Der Mann, der sie in eine Falle gelockt und gequält hatte, trug sich mit dem Gedanken, sie zu heiraten? Das konnte nur ein Scherz sein. Ein grausamer Scherz, um die Hahns zu ärgern. Bunter hatte keinen Hehl daraus gemacht, dass er Henrika verachtete. Er hatte sie als Hurenkind beschimpft, und selbst wenn er und seine Kumpane sie in der kalten Zollscheune nur genarrt hatten, war Henrika doch klar geworden, dass der Flickschuster Frauen nur dafür missbrauchte, um an ihnen seinen Hang zur Gewalttätigkeit auszuleben.

«Wilhelm Bunter ist gewiss kein braver Handwerker, sondern ein Ungeheuer», stieß sie keuchend hervor. «Niemals könnte ich die Frau eines solchen Halunken werden. Wie um alles in der Welt kommst du auf die Idee, dass er es ernst meinen und mich vor Gott und der Welt zu seiner Ehefrau machen würde?»

«Der Leinenweber, der in der Glockengasse wohnt, hat mich zur Seite genommen und erzählt, dass sein Freund dich nehmen würde», antwortete Agatha. «Er bat mich, nach Rückkehr deines Vaters über den Antrag nachzusinnen.»

«Lieber würde ich mein Leben als Dienstmagd eines Viehhirten beschließen, als die Frau dieses Grobians zu werden», rief Henrika.

«Dein Hochmut wird dir vergehen, sobald du mittellos auf der Straße stehst», keifte Agatha ungerührt. «Du wirst dich entweder unseren Wünschen fügen oder das Haus verlassen. Entscheide dich, aber sei dir auch darüber klar, dass dein Weg dieses Mal keine Umkehr zulässt. Er wird endgültig sein.»

Henrika schaute zu Hahn hinüber, der sich über den Tisch beugte, als kämpfe er gegen einen Krampf an. Sein Gesicht war totenbleich, seine Lippen zitterten, doch noch immer ging er auf die wütenden Drohungen seiner Frau mit keinem Wort ein. Hatte er nicht gehört, was sie gesagt hatte? Wie konnte er nur erlauben, dass sie so mit ihr umsprang und ihn einfach überging? Gewiss würde er gleich aufstehen, Agatha zurechtweisen und ihr mit ruhiger Stimme zu verstehen geben, dass er ihren ungeheuerlichen Vorschlag nicht ernst nehmen konnte. Er würde sich mit ihr auf die Ofenbank setzen und andere Möglichkeiten bezüglich ihrer Zukunft erörtern. Schließlich gab es auch für eine unverheiratete Frau Arbeit im Dorf. Elisabeth konnte sie im Wirtshaus beschäftigen; vielleicht durfte sie es eines Tages ja selbständig führen. Oder Hahn vererbte ihr seine Hutmacherwerkstatt.

Aber warum sagte Hahn kein Wort? Warum starrte er seine Frau an, als sähe er ihr kantiges Gesicht heute zum ersten Mal?

Henrika wartete mit wachsender Verzweiflung. Quälende Augenblicke verstrichen. Als sie bereits geschlagen den Kopf sinken lassen wollte, richtete sich Hahn plötzlich auf.

«Henrika, geh hinaus, ich muss mit deiner …» Mitten im Satz brach er ab. Seine Augen vergrößerten sich. Er öffnete den Mund; seine Zunge quoll hervor, als stecke ihm etwas im Halse.

Agatha kreischte auf, als sie ihren Mann mit ausgestreckten Armen auf sich zutaumeln und dann wortlos zusammenbrechen sah. Sie stürzte zu ihm, ließ sich auf die Knie nieder und bettete Hahns Schädel in ihrem Schoß. Die bläulich verfärbten Lippen des Hutmachers bewegten sich noch ein paar Mal, dann stieß er einen letzten, qualvollen Seufzer aus und verstummte. Sein Kopf fiel auf die Seite.

Henrika stieß scharf die Luft aus. «Wir müssen Hilfe rufen», sagte sie. «Ich laufe rasch zu Tante Elisabeth. Oder besser hinunter zum Fluss? Der Baumeister hat behauptet, dass er die Naturwissenschaften studiert hat. Vielleicht versteht er auch etwas von der Heilkunde.»

«Es ist zu spät, er atmet nicht mehr.» Behutsam schloss Agatha ihrem Mann die Augen, faltete seine Hände über der Brust und sprach ein stilles Gebet. Als sie sich schließlich erhob, blickte sie Henrika aus kalten Augen an. «Ich erwarte, dass du seinen letzten Wunsch respektierst und dich davonmachst!»

«Was?»

«Du hast mich sehr wohl verstanden! Seine letzten Worte galten nicht mir, seiner Frau, sondern dir. Ihm blieb nicht einmal Zeit, sein Gewissen zu erleichtern. Dafür befahl er dir hinauszugehen. Also sieh zu, dass du aus meinem Haus verschwindest!»

Fassungslos wich Henrika zurück, bis der Riegel der schweren Tür sich in ihren Rücken bohrte. Ihr Herz raste, so entsetzt war sie über die Worte ihrer Ziehmutter. Es war zwecklos, mit Agatha zu streiten. Sie war zu aufgeregt, um die letzten Worte ihres Mannes richtig zu deuten. Ein Schluchzen drang aus Henrikas Kehle. Der einzige Mensch, der sie in diesem Haus freundlich behandelt hatte, war nicht mehr am Leben. Henrika biss sich auf die Lippen, um nicht laut aufzuschreien. Dann flüchtete sie aus dem Haus, in dem sie ihre Kindheit verbracht hatte, ohne ihre Habseligkeiten mitzunehmen oder sich nach Agatha umzublicken. Unfähig, einen klaren Gedanken zu fassen, rannte sie durch den peitschenden Regen, stolperte durch Wasserlachen und über Äste, die der Sturmwind von den Bäumen gerissen hatte. Unter ihren Füßen gab der schlammige Boden nach, als versuche er, sie ins Erdreich zu ziehen. Ein Blitz zuckte durch den schwarzen Himmel.

Als sie endlich die Schänke erreichte, war sie bis auf die Haut durchnässt. «Heiliger Jesus», rief Elisabeth erschrocken aus. «Welcher Teufel hat dich geritten, bei diesem Wetter vor die Tür zu gehen? Willst du dir den Tod holen?» Rasch ergriff sie ein Tuch, um es Henrika zu reichen, doch das Mädchen warf sich ihr so ungestüm in die Arme, dass ihr nichts weiter übrig blieb, als ihr begütigend über das klitschnasse Haar zu streichen und sanft auf sie einzureden. Sie musste annehmen, das Unwetter habe sie aus der Fassung gebracht.

Betäubt ließ sich Henrika von Elisabeth durch einen Vorhang führen, der die Schankstube von ihren eigenen Räumen trennte. Die neugierigen Blicke der wenigen Gäste, die bei einem Humpen Schwarzbier auf das Ende des Sturmregens warteten, kümmerten sie nicht. Sie bemerkte auch nicht, wie ein hochgewachsener Mann sich erhob und Anstalten machte, auf sie zuzugehen, von Elisabeth jedoch mit einem energischen Kopfschütteln daran gehindert wurde.

Von Weinkrämpfen geschüttelt, sank Henrika auf das Bett der Wirtin nieder und vergrub ihren Kopf zwischen den Kissen und Decken. Doch es gelang Elisabeth nicht, ihr auch nur ein Wort zu entlocken. Als endlich der Morgen graute, verkündete der Klang der Totenglocke, dass ein Mitglied der Dorfgemeinschaft zu beklagen war.

«Agatha hat wahrhaftig keine Zeit verloren», sagte Elisabeth, als sie gegen Abend ihren Witwenschleier aus der Kleidertruhe holte. «Als ich ihr mein Beileid aussprach, waren die Läden der Hutmacherwerkstatt bereits zugenagelt. Zum Zeichen der häuslichen Trauer hat sie Stroh auf die Gasse vor dem kleinen Hof streuen lassen. So fordert es der Brauch. Auf diese Weise werden die Geräusche von Pferdehufen oder Karren auf dem Pflaster gedämpft. Agatha hat ihren Mann vielleicht nicht immer so geachtet, wie eine Ehefrau es sollte, aber sie ist dennoch untröstlich.»

Henrika hob den Kopf und blickte ihre Tante mit verweintem Gesicht an. Nach der durchwachten Nacht fühlte sie sich völlig erschöpft, ihr Kopf war schwer wie ein irdener Krug und schmerzte dumpf. Neben dem Bett stand eine Schüssel Mehlsuppe, doch obwohl Henrikas Magen knurrte, brachte sie keinen Bissen herunter.

«Hat sie von mir gesprochen?», fragte Henrika zwischen Hoffen und Bangen. «Sie muss doch etwas gesagt haben?»

Elisabeth zuckte mit den Schultern und machte ein unglückliches Gesicht. «Sie suhlt sich in ihrer eigenen Selbstgerechtigkeit. Glaub mir, ich habe mir die Zunge wund geredet, um sie davon zu überzeugen, dass sie dich nicht vor die Tür setzen darf. Aber sie wollte einfach nicht auf mich hören. Stattdessen hat sie dem Dorfpfarrer erzählt, Hahn habe dich aus dem Haus geworfen, nachdem du dich geweigert habest, den Antrag des Flickschusters anzunehmen.» Sie lachte rau. «Ausgerechnet Bunter, den ich selbst aus dem Haus jagen musste, weil er freche Reden in meiner Schankstube geführt hat. Weißt du, was ich glaube, mein Kind? Der Kummer hat der armen Agatha den Verstand geraubt, sonst würde sie sich nicht so aufführen.»

Henrika dachte daran zurück, mit welch gefasster Miene Agatha neben ihrem Mann gekniet hatte. Nein, die Hutmacherin gehörte nicht zu den Frauen, denen der Verlust eines Angehörigen graue Haare bescherte. Gewiss barg ihr Herz zu dieser

Stunde Wut und Verbitterung, daher fand sie es einfacher, Henrika die Schuld für alles in die Schuhe zu schieben. Dessen ungeachtet konnte Henrika jedoch nicht glauben, dass der plötzliche Schlag ihren Verstand verwirrt hatte. Zu berechnend hatte Agatha die Situation ausgenutzt, um sich noch in der Todesstunde ihres Mannes auch ihres verhassten Mündels zu entledigen. Nun herrschte sie allein über den Hof und die Werkstatt.

«Aber wenn ich nicht mehr nach Hause zurückdarf, wo soll ich dann hin?», fragte Henrika leise.

Peinlich berührt schlug Elisabeth die Augen nieder. «Nun, natürlich kannst du fürs Erste bei mir bleiben und weiterhin in der Schankstube aushelfen. Ich fürchte nur, dass wir uns auf längere Sicht etwas anderes für dich einfallen lassen müssen.»

Henrika spürte einen bitteren Geschmack im Mund. Die Wirtin wagte nicht, offen auszusprechen, was sie dachte. Dass sie sich davor fürchtete, sie für immer in ihrem Haus aufzunehmen.

«Es ist ja nicht nur wegen der Gäste», erklärte Elisabeth zögerlich. «Die werden sich wieder beruhigen. In ein paar Wochen kümmert es keinen mehr, wer ihnen das Bier vor die Nase stellt. Aber ich muss auch an Lutz denken, verstehst du?»

Henrika verstand nicht. Was hatte Lutz damit zu tun, dass sie obdachlos geworden war? Der Junge war vor Freude über ihre Anwesenheit völlig aus dem Häuschen. Er hatte ihr bereitwillig die Suppe nach oben gebracht und dann wieder mit seinem stets gleichbleibenden Lächeln vor der Tür Platz genommen, um an einem Stück Holz herumzuschnitzen.

«Lutz ist kein Kind mehr», sagte Elisabeth. «Er mag mit den Dorfkindern Schmetterlinge sammeln und den Hanswurst spielen. Aber das ändert nichts daran, dass auch in ihm gewisse … Triebe schlummern.»

«Ich habe ihm niemals Anlass gegeben …»

«Natürlich nicht.» Elisabeth schüttelte verärgert den Kopf. «Aber ich bin auch nicht dumm. Seit geraumer Zeit beobachte ich, wie Lutz dich anschmachtet, wenn er glaubt, ich bemerke es nicht. Er ist wie von dir verzaubert.»

«Ich verstehe», sagte Henrika mit tonloser Stimme. Sie versuchte zu lächeln, um eine Entschlossenheit vorzuheucheln, die ihr fehlte. Auch wenn sie sich von dieser Neuigkeit noch so überrumpelt fühlte, Elisabeth durfte nichts davon merken.

Eine Stunde später begab sich Henrika auf wackeligen Beinen hinunter in die Schankstube. Es behagte ihr zwar nicht, sich den Dorfleuten zu zeigen, aber sie hielt die Einsamkeit der kleinen Kammer nicht mehr aus. Da war es doch besser, sich nützlich zu machen und das Geld, das Elisabeth ihr zustecken würde, ehe sie das Haus verließ, durch ehrliche Arbeit zu verdienen. Vielleicht fühlte sie sich danach ein wenig besser. Mit schwerfälligen Bewegungen räumte sie die Tische ab und trug die schmutzigen Becher und Krüge zum Spülstein. Wie so oft war die Wirtsstube fast leer. Nur ein Krämer hatte sich neben dem Kamin die Schuhe abgestreift. Seine Zehen sahen im Schein der züngelnden Flammen rot und geschwollen aus. Henrika unterdrückte ihren Ekel und brachte dem Mann einen Krug Dunkelbier.

«Habt ihr auch noch etwas zu beißen?», nuschelte der alte Mann.

Henrika versprach, sich in der Küche nach etwas Essbarem umzuschauen. Sie hatte gerade ein Stück fettes Schweinefleisch vom Bratspieß gestreift, als sie aus der Schankstube die Stimmen zweier Männer vernahm. Beide schienen zornig zu sein.

«Auf unsere Einwilligung könnt Ihr warten, bis die Hölle zufriert», hörte Henrika einen Mann rufen, als sie mit einem Teller Braten aus der Küche trat. Er klang wütend.

«Solltet Ihr unser Land nehmen, rufen wir das Reichskammergericht an.» Henrika blieb stehen. Vor dem Tisch, der dem Eingang am nächsten stand, erkannte sie Joseph Litter, den Schultheiß. Litters Büttel, ein ehemaliger Landsknecht, der vor vielen Jahren im Dorf sesshaft geworden war, bemühte sich vergeblich, ihn zu beschwichtigen. Seine düstere Miene verriet, dass er nicht übel Lust verspürte, mit der Faust auf den Tisch zu hauen.

Hinter dem Tisch standen Barthel Janson, der alte Ortsgeistliche und ein weiterer Mann, der Henrika vage als Zollschreiber im Dienste des Kurfürsten bekannt war. Barthel ließ die Vorwürfe der Dorfleute mit stoischer Ruhe über sich ergehen. Er erhob nicht einmal die Stimme, um Litters Wutausbruch etwas entgegenzusetzen. Als Barthel jedoch Henrika bemerkte, die abwartend mit dem Teller in der Hand dastand, machte er eine auffordernde Handbewegung.

«Bring uns Wein, Mädchen, wir haben einiges zu besprechen!»

«Mit Euch und Eurem Sündenzöllner trinken wir nicht», rief der alte Pfarrer mit einem giftigen Seitenblick, der Henrika galt. «Ihr habt gehört, was unser Schultheiß gesagt hat. Das Land zwischen Rhein und Neckar gehört uns. Unsere Rechte sind verbrieft und gesiegelt. Natürlich werden wir uns hüten, das Gericht des Kaisers anzurufen …»

«Davon möchte ich Euch auch dringend abraten», unterbrach Barthel Janson den Geistlichen. «Solltet Ihr versuchen, den Kurfürsten bloßzustellen, wird Euch das teuer zu stehen kommen.» Er nahm Henrika, die sich vorsichtig zum Tisch durchgekämpft hatte, ein Glas aus der Hand und trank gierig.

«Noch steht Ihr unter dem Schutz meines Herrn, aber das kann sich ändern», sagte der Zollschreiber. «Kurfürst Friedrich IV. ist einer der vornehmsten protestantischen Herrscher im Reich. Unter seinem Oberbefehl stehen Tausende von Landsknechten, die Eure kostbaren Äcker und Sümpfe im Ernstfall gegen die kaiserlichen Heere verteidigen. Natürlich könnte er auf den Gedanken kommen, dass eine Festung überflüssig sei. In diesem Fall müsste er natürlich für seine Truppen neue Unterkünfte finden.»

Der Schultheiß verzog abschätzend den Mund. «Neue Unterkünfte?»

«Er meint Einquartierungen, mein Freund», erklärte Barthel lächelnd. «Ich hoffe, Euren Frauen macht es nichts aus, wenn eine fröhliche Schar Soldaten in ihren Wohnstuben Quartier nimmt und sich auf Eure Kosten verpflegen lässt.»

«Ihr wagt es, uns zu drohen, Fremder?» Der Pfarrer warf Barthel einen hasserfüllten Blick zu. «Hütet Euch vor dem Zorn Gottes, bevor er Euch wie eine reife Pflaume zermalmt.»

Litter murmelte etwas in seinen Bart, das aber im nun einsetzenden Stimmengewirr unterging. Ungerührt nahm Barthel Janson Platz, breitete einen Bogen Papier aus und zog ein Futteral mit Schreibfeder und Tintenhorn aus seiner Tasche. Er begann zu schreiben, ohne die Männer, die ratlos und rot vor Zorn vor ihm standen, noch eines Blickes zu würdigen. Erst als sie die Schankstube verlassen hatten, legte er die Feder aus der Hand.

«Ich fürchte, es wird nicht ganz einfach werden», sagte er wie zu sich selbst.

Der Zollschreiber nickte. Er sah ängstlich aus, als befürchtete er einen Angriff. «Ihr habt die Männer aber auch gereizt. War es nötig, ihnen mit Einquartierungen und dem Zorn des Kurfürsten zu drohen? Sie könnten uns sehr schaden.» Barthel Janson blickte einen Moment lang schweigend auf das Schriftstück, das er gerade aufgesetzt hatte. Dann zerbrach er mit einem ärgerlichen Laut die Schreibfeder in seiner Hand.

«Soll ich Seiner Durchlaucht lieber schreiben, dass ich den passenden Ort für seine Festung zwar gefunden habe, mich aber nicht mit dem Schultheiß des Dorfes und einem altersschwachen Pfaffen einigen konnte? Ihr kennt Kurfürst Friedrich nicht so gut wie ich. Schlechte Nachrichten sind ihm in jeder Form verhasst. Ich sehe es als große Ehre an, dass sein Kanzler, der ehrenwerte Graf zu Solms, mir diesen Auftrag erteilt hat, und ich werde gewiss nicht versagen, weil ein paar Einfaltspinsel um ihre Äcker klagen. Hier wird eine Stadt entstehen.»

Der Zollschreiber zuckte zusammen. «Eine Stadt? Wir sprechen doch nur von einer Bastion, die zum Schutz der Zollschreiberei errichtet werden soll.»

Barthel Janson lächelte versonnen. Als er Henrikas fragenden Blick wahrnahm, winkte er sie herbei: «Du hast mit angehört, was deine Nachbarn so aufregte, nicht wahr?»

«Jawohl, Herr, Ihr habt schließlich laut genug gesprochen.»

«Was hältst du vom Ansinnen des Fürsten, dein armseliges Dorf zur Stadt zu erheben? Einer befestigten Stadt mit breiten Straßen und großen Plätzen, auf denen man nicht mehr bei jedem zweiten Schritt in Kuhmist und Schlammlöcher tritt?»

Henrika war bereit, es sich vorzustellen, aber da sie nie zuvor in einer großen Stadt gewesen war, fiel es ihr schwer. Ein wenig störte es sie auch, wie abfällig er sich über das Dorf äußerte, in dem ihr Pflegevater gestorben war

Plötzlich kam ihr ein Einfall. «Unsere Kirche St. Sebastian ist alt», platzte sie heraus. «Der Glockenturm wurde vor Jahren durch einen Blitzschlag beschädigt und wird nun von einem Gerüst notdürftig gehalten. Die Ziegel auf dem Dach rutschen bei jedem Sturm auseinander.»

Der Zollschreiber zwirbelte verständnislos seinen Schnurrbart. «Wovon redet die Schankmagd eigentlich?» Er hob die Hand, um Henrika wie eine lästige Stubenfliege zu verscheuchen, doch Barthel hielt ihn zurück.

«Lasst unsere Kirche wieder aufbauen», empfahl sie schüchtern. «Vielleicht könntet Ihr auch die Mauern des Kirchhofs und das alte Tor erneuern lassen. Das wird das Misstrauen gegen Euch zwar nicht völlig besiegen, aber es wäre ein Anfang. Und ein Zeichen des guten Willens, das gewiss nicht übersehen wird.»

«Der Vorschlag des Mädchens ist gar nicht so dumm.» Barthel Janson klopfte dem Zollschreiber, der immer noch skeptisch dreinblickte, aufmunternd auf die Schulter. «Ich werde einen Brief an das Konsistorium in Heidelberg aufsetzen und es davon in Kenntnis setzen, dass die Kirchen im Dorf und allen umliegenden Orten, die eine eigene Pfarre bilden, gründlich restauriert werden sollen. Wenn nötig, bezahle ich es aus eigenem Beutel.»

Der Zollschreiber zwängte seinen beachtlichen Bauch hinter dem Tisch hervor und erhob sich. «Ihr habt Euch entschieden, und als treuer Diener unseres Fürsten muss ich mich Euren Wünschen fügen. Doch in Eurer Haut möchte ich nicht stecken.» Er schenkte Barthel noch einen bekümmerten Blick, dann verneigte er sich knapp und verließ die Schänke, ohne sich noch einmal umzudrehen.

Barthel lachte. «Er ist erbost, weil die fetten Jahre für ihn nun vorbei sind und er in der Zollschreiberei nicht mehr schalten und walten kann, wie es ihm beliebt. Ich habe beschlossen, dort einzuziehen, solange ich an den Festungsbauplänen arbeiten und die Ländereien vermessen muss. Vielleicht wünscht der Kurfürst ja auch, dass ich die Arbeiten beaufsichtige, nachdem er den ersten Spatenstich gesetzt hat.»

In Henrikas Kopf wirbelten die Gedanken durcheinander. So bald schon rechnete der Festungsbaumeister damit, mit den Arbeiten an der Festung und der neuen Stadt zu beginnen? Das bedeutete, dass die Veränderungen ihren Lauf nahmen. Dort, wo gestern noch kleinliches Dorfgeplänkel stattgefunden hatte, würden morgen schon die ersten Gräben ausgehoben werden.

«Ich danke dir für deinen Vorschlag, Henrika», riss Barthels Stimme sie aus ihren Überlegungen. «Insbesondere, nachdem unsere erste Begegnung etwas unglücklich endete. Das tut mir übrigens leid, ich meinte nicht wirklich, was ich dir an den Kopf warf.»

«Wenn Ihr Euch im Zollhaus einrichtet, braucht Ihr doch gewiss jemanden, der das Haus in Ordnung hält und für Euch kocht?» Henrika biss sich auf die Zunge. Hatte sie das tatsächlich gesagt? Sie sah, wie Barthel erstaunt die Augenbrauen hob. «Du bist mir direkt unheimlich, Mädchen. Aber ich brauche in der Tat einige Bedienstete.»

«Im Dorf werdet Ihr niemanden finden. Vielleicht eines Tages, wenn die Leute ihr Misstrauen überwunden haben. So lange allerdings …»

«Muss ich wohl mit dir vorliebnehmen, nicht wahr?» Seine Stimme klang sachlich, nicht der leiseste Hauch von Spott lag in seiner Bemerkung. Umso erleichterter war Henrika, dass er ihr Angebot nicht als unverschämt zurückwies. Außerdem hoffte sie, in Barthels Haus herauszufinden, ob er tatsächlich mit ihrer Mutter bekannt gewesen war.

«Also abgemacht.» Barthel leerte sein Glas und verstaute sein Schreibzeug wieder in seinem Futteral. «Du wirst gleich morgen ins Zollhaus ziehen und dafür sorgen, dass der Schreiber, dieser Gauner, bei seinem Auszug nichts mitgehen lässt. Ich werde inzwischen nach Heidelberg reiten und veranlassen, dass alles hergeschafft wird, was ich brauche, um mich vernünftig einzurichten. Du wirst merken, dass ich nicht ganz einfach zufrieden zu stellen bin. Aber wenn du meinen Anordnungen folgst, wird es dir bei mir nicht schlechter ergehen als bei den Hahns.»

Henrika nickte, blieb aber skeptisch. Wie es ihr im Haus der Zollschreiberei ergehen würde, blieb abzuwarten. Aber immerhin hatte sie erreicht, dass sie in Barthels Nähe sein konnte, und sie war sicher, dass sie ihm so sein Geheimnis eines Tages würde entlocken können.

5. Kapitel

«Nein, das kommt überhaupt nicht in Frage. Dass sich dieses Mädchen nicht schämt.»

Agatha hatte es sich in Elisabeths Kaminstuhl bequem gemacht und tupfte sich mit einem Tuch den Schweiß von der Stirn. Elisabeth stand ihr gegenüber und bedachte sie mit einem Blick, der erkennen ließ, wie wenig Sympathie sie für ihre ältere Schwester empfand. Das hochgeschlossene dunkle Kleid mit dem strengen Kragen, das die Hutmacherin angelegt hatte, wirkte ebenso düster wie der Schankraum, der nur von einer einsamen Kerze beleuchtet wurde. Doch trotz der gedrückten Stimmung konnte sich Elisabeth des Gefühls nicht erwehren, dass Agatha ihren jüngst erworbenen Witwenstand genoss.

«Ich dulde nicht, dass Henrika unseren guten Namen beschmutzt, indem sie allein in das Haus eines fremden Mannes zieht.»

«Was geht dich das noch an?», wandte Elisabeth gereizt ein. «Solltest du nicht froh sein, dass du dich nicht mehr um sie kümmern musst? Vergiss nicht: Du hast Henrika vor die Tür gesetzt.»

Agatha reckte trotzig das Kinn. «Das habe ich nicht. Mir war völlig klar, dass du sie bei dir aufnehmen würdest. Habe ich mich jemals beschwert, weil sie dir im Schankraum half?»

«Nein, denn ich steckte ihr ja oft genug etwas zu. Apfelwein, Schinken, Käse oder frischgebackenes Brot.»

«Wie kleinlich, jetzt darauf herumzureiten. Egal. Ich werde nicht zulassen, dass ein Kind, das in meinem Haus aufgewachsen ist und in meiner Werkstatt gearbeitet hat, mich im Dorf lächerlich macht, indem es die Hure eines dahergelaufenen Baumeisters wird. Hast du einmal gesehen, was sich der Mann alles zum alten Zollhaus bringen lässt?»

Elisabeth ließ sich widerstrebend auf einer der Bänke nieder. Ihre Schwester hatte recht. Seit einigen Tagen holperten schwer beladene Fuhrwerke über den Anger. Zu Beginn hatten sie nur Reisigkörbe geladen, Kisten, Kannen aus Kupfer und hölzerne Zuber, Dinge, die man in einem Haushalt benötigte. Einige Knaben, die beim Abladen helfen durften, berichteten aber auch von sonderbaren Flaschen aus grünem Glas, die sie in die Kellergewölbe tragen mussten. Bei der nächsten Fracht fanden sich kunstvoll gedrechselte Möbelstücke. Während der alte Zollschreiber recht bescheiden gelebt und seine spartanisch eingerichtete Kammer mit rußigen Öllampen beleuchtet hatte, standen an den Fenstern nun Kandelaber aus ziseliertem Silber. Man erzählte sich, der Festungsbaumeister speise von goldenen Tellern, benutze nur feines Silberbesteck und schmücke seine Räume mit Gemälden, weichen Teppichen und flämischen Wandbehängen.

«Wir müssen sie aus dem Zollhaus holen, bevor ihr Ruf dahin ist», schimpfte die Hutmacherin weiter. «Warum musstest du ihr auch die Tür weisen?»

«Ach, jetzt bin ich also schuld?», fragte Elisabeth kühl. «Ich durfte nicht zulassen, dass Lutz sich nach ihr verzehrt. Der arme Junge lungert trübselig in der Stube herum und schnitzt Holzfiguren, die Henrika ähnlich sehen. Es ist besser, er schlägt sie sich aus dem Kopf, ehe noch ein Unglück geschieht.»

«Das wäre gegen Gottes Gebote», gab Agatha zu. «Aber die Leute im Dorf werden es nicht so einfach hinnehmen, dass eine der Ihren Verrat begeht und einem Fremden, der sich unser Land unter den Nagel reißen will, den Haushalt führt. Falls das alles ist, was sie für ihn tut.»

Elisabeth schloss die Augen, damit sie das Gesicht ihrer keifenden Schwester nicht mehr sehen musste. Ihr zuzuhören war anstrengend genug. Ein plötzlicher Schmerz begann in ihren Schläfen zu wühlen; er machte ihren Kopf schwer wie Blei. Henrika war nie eine von uns, überlegte sie. Und in der Zollschreiberei fehlte es ihr an nichts. Das Mädchen hatte gelernt, auf sich aufzupassen, und der gutaussehende Fremde war kein lüsterner Landsknecht, sondern ein vornehmer Edelmann vom Hof des Kurfürsten, dem man den Wohlstand bereits aus der Ferne ansah. Als Elisabeth an das feine Silbergeschirr, an die bequemen Sitzbänkchen und schweren Ölbilder dachte, empfand sie zum ersten Mal im Leben einen Hauch von Neid auf Henrika. Ihr war bewusst, dass das ungerecht war, aber sie konnte sich nicht dagegen wehren. Henrika und Lutz hatten es beide schwer im Dorf; beide waren sie Außenseiter und hatten sich früh daran gewöhnen müssen, herumgestoßen zu werden. Aber Henrika würde von nun an in einem vornehmen Haus wohnen, während Lutz auf einer Strohschütte hinter dem Schankraum schlief.

Elisabeth presste die Lippen aufeinander. Aber der Schmerz in ihren Schläfen ließ nicht nach.

Barthel Janson kam erst zwei Wochen später wieder ins Dorf.

Er hatte Henrika von dringenden Geschäften erzählt, die keinen Aufschub duldeten, doch Henrika hegte den Verdacht, dass es ihn einfach nicht in seine neue Unterkunft zog, solange diese noch karg und unbehaglich war. Zu ihrer Überraschung stellte sie fest, dass es ihr Freude machte, Vorhänge zu nähen, leere Wände mit Behängen zu schmücken, Tische und Bänke blank zu polieren und Lehnstühle mit weichen Kissen zu polstern. Barthel ließ ihr freie Hand, hatte ihr jedoch genaue Anweisungen darüber erteilt, wie sie die verschiedenen Kammern des Hauses einrichten sollte. Im unteren Teil des Hauses ließ sie auf seinen Befehl hin einen Raum mit Stroh auslegen, die Tür zum Innenhof auswechseln und eine Futterkrippe aufstellen, weil Barthel darauf bestand, sein Pferd nicht in einem der abgelegenen Ställe unterzubringen. Gleich neben dem Schuppen sollte ein geräumiger Vorratskeller für Bier- und Heringsfässer, Stangen für Würste sowie ausreichend Platz für Stapelware eingerichtet werden. Ein vernünftiger Vorschlag, denn hier unten war die Luft frisch und kühl. Henrika erhielt ein Protokollbuch nebst Ermahnung, jedes Krümelchen Käse, das durch die Pforte getragen wurde, peinlichst genau zu notieren.

An den Keller schloss sich eine Waschküche an, in der Henrika zu ihrer Freude eine kupferne Wanne sowie eine Vielzahl von Eimern, Bütten und Schöpfkellen vorfand. Im Haus der Hahns hatte sie einmal im Monat Dutzende von Eimern mit heißem Wasser in die Stube tragen müssen, doch Agatha hatte ihr erst erlaubt, selbst in den Zuber zu steigen, nachdem sie, ihr Mann und die Gesellen ihre Waschungen beendet hatten. Angewidert rümpfte Henrika die Nase, als sie daran zurückdachte.

Eine breite Treppe führte zu den Wohngemächern und zur Küche. Vor dieser stand ein Schrank aus Eichenholz, in den Henrika Bett- und Tafelwäsche eingeordnet hatte. In der Küche gab es Kannen und Krüge, Gewürzdosen, Teller aus Zinn für feierliche Anlässe und gewöhnliches Tongeschirr für einsame Mahlzeiten. Der Küche gegenüber befand sich der Raum, in dem der Zollschreiber seine Akten gewälzt und Abgaben berechnet hatte. Sein Fenster bot eine hübsche Aussicht auf den Fluss mit seinem Stapelplatz und einen Teil des Dorfangers. Henrika verstand, warum sich Barthel Janson dieses und kein anderes Zimmer für seine Studien ausgesucht hatte. Sie versah den sonnigen Raum sogleich mit einem geschnitzten Pult und einem Schrank für Bücher und Zeichnungen. In einer der Truhen, die Barthel sich aus Heidelberg hatte schicken lassen, stieß sie auf sein Siegel sowie auf Ledermappen mit Dokumenten und Zeichnungen, die sich mit der Baumeisterei befassten. Hastig zu Papier gebrachte Skizzen klärten über Fallbrücken und Rampen auf oder verdeutlichten die Vorzüge diverser Festungsgräben. Am Rand einiger Zeichnungen hatte Barthel kurze Bemerkungen angebracht, die Henrika nicht entziffern konnte. Persönliche Unterlagen oder gar Briefe hatte sie nicht gefunden und die Mappen wieder zurück in die Truhe gelegt.

«Du hast Geschick und Geschmack bewiesen», lobte Barthel, als sie ein paar Tage später mit seinem Frühstück ins Kabinett trat. «Soweit ich es überblicken kann, ist alles dort, wo es hingehört. So lässt es sich selbst in der wüstesten Einöde leben.»

Henrika überhörte die letzte Bemerkung mit einem säuerlichen Lächeln. In der Tat hatte sie sich viel Mühe gegeben, aus dem sonnigen Raum ein Quartier zu machen, in dem ihr neuer Herr ungestört seiner Arbeit nachgehen konnte.

Barthel gähnte vor dem Frühstückstablett, offensichtlich hatte er kaum geschlafen, zu sehr nahmen ihn seine Berechnungen und Skizzen in Anspruch.

Henrika stieß das Fenster auf und ließ frische Luft in das Kabinett. Dann trat sie an das Pult; sie wollte sehen, was Barthel gezeichnet hatte. Seine Pläne interessierten sie weitaus mehr als die Hausarbeit, und zuweilen, wenn Barthel guter Laune war, nahm er sich die Zeit, um ihr seine Vorstellungen auseinanderzusetzen.

«Habt Ihr Euch schon für ein Festungsmodell entschieden, Herr?», erkundigte sie sich zaghaft.

Barthel blickte auf. «Was wir zunächst brauchen, sind Unterkünfte für die Arbeiter und die Soldaten», sagte er im ungeduldigen Ton eines Schulmeisters. «Wir können die Männer kaum im Dorfgasthof unterbringen.» Er faltete eine Landkarte auseinander und deutete auf einen winzigen markierten Punkt. «Hier unten am Waldrand wird eine Siedlung für die Arbeiter entstehen. Ich denke, fürs Erste werden dreißig oder vierzig Hütten genügen. Die Krämer und Marketenderinnen, die auf die Baustelle kommen, müssen ihre eigenen Zelte aufschlagen oder Buden bauen. Kurfürst Friedrich hat mir außerdem versprochen, bewaffnete Männer zu schicken, die meine Ausrüstung und die bereits angelegten Gräben bewachen.»

Henrika sah ihn bestürzt an. Rechnete Barthel wirklich mit Auseinandersetzungen zwischen der Dorfbevölkerung und den Arbeitern?

«Ich würde mich wesentlich wohler fühlen, wenn Eure Soldaten schon hier wären», gestand sie nach einigem Zögern. «Was geschieht, wenn man uns hier angreift? Dieses Haus ist nicht gerade eine Festung.»

Barthel unterdrückte ein Gähnen. «Die sollen nur kommen, dann lernen sie meine Muskete kennen. Komm, ich will dir mein Festungsmodell zeigen.»

Henrika versuchte, Barthels Erklärungen zu folgen, aber ihre Gedanken schweiften ab. Warum weigerte er sich nur so beharrlich, ihr zu sagen, wie er ihre Mutter getroffen hatte? Wenn die Zeit gekommen sei, vertröstete er sie, würde sie erfahren, was nötig war. Bis dahin solle sie sich in Geduld üben. Da sie Barthel nicht zwingen konnte, mit ihr zu reden, blieb ihr wohl keine andere Wahl.

6. Kapitel

In der folgenden Nacht fand Henrika keine Ruhe. Immer wieder schreckte sie aus ihrem leichten Schlaf auf, weil sie das Geräusch knarrender Dielenbretter oder zuschlagender Türen im Haus gehört zu haben glaubte. Das war eigentlich nicht möglich, denn vor dem Schlafengehen hatte sie sich zweimal versichert, dass alle Eingänge verschlossen und die Läden vor die Fenster geschlagen waren. Schließlich gab sie den Versuch, wieder einzuschlafen, auf und starrte benommen in die Dunkelheit.

Ihrem Bett gegenüber hing ein hübsches Kleid aus flaschengrünem Brokatstoff mit aufgesetzten Stickereien, das Barthel für sie aus der Stadt mitgebracht hatte. Es passte wie angegossen, ein Umstand, über den Henrika sich nur wundern konnte, denn noch nie hatte ein Schneider ihre Maße genommen. Bislang hatte sie stets nur Agathas abgelegte Röcke und Schnürkittel getragen. Hatte der Festungsbaumeister heimlich mit den Augen Maß genommen, oder gab es eine Frau in seinem Leben, die zufällig Henrikas Statur besaß? Sie fand keine Antwort darauf. Hinweise auf eine Liebschaft hatte sie bislang nicht entdecken können, auch wenn Barthel hin und wieder nach Heidelberg ritt und dann erst spät in der Nacht zur Zollschreiberei zurückkehrte. Was er in Heidelberg tat, mit wem er sich traf, konnte Henrika nicht sagen, denn wie ihr Pflegevater Hahn lehnte auch Barthel es ab, sich von ihr begleiten zu lassen.

Henrika streckte die Hand aus, um das kostbare Tuch zu berühren. Es war weich und fühlte sich kühl und glatt an. Am liebsten hätte sie es auf der Stelle angezogen.

Als die Turmuhr zum vierten Mal schlug, beschloss Henrika aufzustehen. Trotz ihrer Müdigkeit war sie froh, die frühen Morgenstunden für sich allein zu haben, denn Barthel verlangte für gewöhnlich erst spät nach seinem Frühstück.

Das Treppenhaus lag stockfinster vor ihr, allein das fahle Licht des Mondes, das durch eines der spitz zulaufenden Fenster ins Haus drang, warf einen schmalen Schein vor ihr auf die Stufen. Vor Barthels Kabinett blieb sie stehen und lauschte, doch aus der Stube war kein Laut zu hören. Wenigstens geht er hin und wieder schlafen, dachte sie. Barthel stand ein ebenso anstrengender Tag bevor wie ihr. Eine Abordnung vom Heidelberger Hof hatte sich angekündigt, die nach allen Regeln der Gastfreundschaft bewirtet werden musste. Die Offiziere und Beamten des Kurfürsten wollten Barthels Pläne begutachten und sich anschließend von ihm durchs Dorf führen lassen.

Henrika hatte bis in die Nacht hinein Kuchen und Pasteten gebacken, Tafelwäsche ausgebessert und die Dielen gescheuert. Nun spürte sie, wie hungrig sie selbst war. Als sie in der Küche nach einem Kupferkessel greifen wollte, wurde sie plötzlich von einem Geräusch aufgeschreckt. Es kam aus einem der höher gelegenen Stockwerke und hörte sich an wie zerspringendes Glas. Fröstelnd lief sie auf den Flur hinaus und starrte zur Treppe hinüber, deren Holzstufen sich in der Dunkelheit verloren.

Dem Geräusch zerspringenden Glases folgte ein weiteres. Und es kam nicht aus Barthels Schlafkammer. Irgendjemand schlich draußen ums Haus und gab sich nicht einmal Mühe, leise zu sein. Lautlos schob Henrika den Laden des Fensters ein wenig auseinander, sodass sie hinausspähen konnte. Dort war nichts zu sehen; ein sanfter Wind bewegte die Äste der hohen Ulmen, die auf dem Zollhof neben der alten Waage standen. Gleich dahinter erhob sich die niedrige, von Geißblatt bewachsene Mauer des Zollhofs, auf der eine einsame Laterne flackerte. Barthel hatte den

Zollknechten befohlen, dieses Licht aufzustellen und während der Nächte brennen zu lassen.

Eine Laterne vermochte noch keinen Eindringling abzuwehren, aber Barthel war davon überzeugt, dass niemand es wagen würde, sich der Zollschreiberei oder ihren Nebengebäuden zu nähern, solange er hier wohnte. Offensichtlich hatte er sich jedoch geirrt, denn plötzlich bemerkte Henrika, wie einige Gestalten an der Scheunenwand vorüberhuschten.

Rasch verließ sie die Küche und eilte die Stufen hinauf. Sie musste Barthel wecken, bevor die Leute ins Haus eindrangen. Er hatte Waffen und wusste sie zu gebrauchen. Gewiss würde es ihm gelingen, die frechen Burschen abzuwehren.

Noch bevor sie den Treppenabsatz erreichte, zerbarst das hohe Spitzbogenfenster über ihrem Kopf mit einem hässlichen Geräusch. Und damit begann der Aufruhr. Steine schossen mit den Scherben des zerbrochenen Glases ins Innere und regneten auf sie herab. Henrika schrie vor Schreck auf. Mit einem verzweifelten Sprung rettete sie sich vor dem Scherbenregen, der klirrend auf die Treppenstufen schlug. Von draußen hörte sie Rufe, denen dumpfe Schläge gegen das Tor und die Fenster der Küche folgten. Der Hofhund schlug nun doch an, doch sein wütendes Gebell erstarb nach wenigen Tönen.

So schnell sie konnte, floh Henrika ins Kabinett ihres Herrn, das eine Verbindungstür zu seinem Schlafgemach besaß. Dabei sandte sie ein Stoßgebet zum Himmel, Barthel möge nicht zu betrunken sein, um den Ernst der Lage zu begreifen. Im Kabinett war es eiskalt, denn auch hier waren die Scheiben zerbrochen, und durch die beiden Fenster wehte ein rauer Wind.

Henrika duckte sich, da noch immer Steine geworfen wurden. Manche prallten von der Hauswand ab, doch einige fanden ihr Ziel und landeten in der Stube. Unter den Absätzen ihrer Holzpantinen knirschten Splitter. Als sie zum Fenster blickte, sah sie den Schein brennender Fackeln und eines größeren Feuers. War das Stroh, das auf dem Karren im Hof lag, in Brand gesetzt worden? Auf dem Weg zu Barthels Schlafkammer gelang es Henrika gerade noch, einer Pechfackel auszuweichen, die plötzlich an ihrem Kopf vorbeischoss und das Pult ihres Dienstherrn traf. Entsetzt sah Henrika, wie die Flammen nach den Büchern und Dokumenten griffen.

Vor dem Haus wurde das Geschrei lauter, und das Geklapper unzähliger Dreschflegel zog durch die Nacht. In Henrikas Ohren klang es wie ein Schwarm hungriger Krähen, der den Himmel schwärzte. Sie glaubte, ihren Namen zu hören.

Sie wollten sie. Ihretwegen waren sie gekommen.

Aus den Augenwinkeln sah sie die Silhouetten einiger Burschen, welche die Mauer des Zollhofs erklommen. Außer sich schrie Henrika nach Barthel, während sie mit einer Decke auf die Flammen einschlug, die sich einen Weg zum Stehpult gebahnt hatten.

«Verdammt, warum stehst du hier herum wie ein Holzpfahl, anstatt diese Fackel zu löschen, bevor sie alle meine Aufzeichnungen in einen Haufen Asche verwandelt?» Barthel stand plötzlich hinter ihr; er war außer sich vor Zorn. Sein Atem roch nach Wein, das Haar stand ihm widerborstig vom Kopf ab. Sein Oberkörper war nackt und glänzte im Schein des Feuers verschwitzt. Mit bloßen Füßen eilte er zur Waffentruhe, öffnete sie und entnahm zwei Pistolen, Lunten sowie eine Pulverflasche.

«Vorsicht, Herr», warnte Henrika. «Der Fußboden ist voller Scherben. Zerschneidet Euch nicht die Füße.» Während sie mit dem Tafeltuch auf die Flammen einschlug, beobachtete sie, wie Barthel den Hahn der Pistole senkte und ihren Pfannendeckel zurückschob. Schließlich drückte er ihr eine der Waffen in die Hand und befahl ihr, hinter ihm den Raum zu verlassen.

«Sie versuchen, die Tür einzuschlagen», zischte er. «Aber das wird ihnen schlecht bekommen!» Er befahl Henrika, auf dem oberen Treppenabsatz zu bleiben und auf ihn zu warten, während er die Eindringlinge zurückschlug.

Henrika spürte erneut, wie sich ihr Magen vor Angst verkrampfte. Sie hatte noch nie eine Pistole angerührt. Barthel hatte ihr den schweren Kolben in die Hand gedrückt, aber nicht erklärt, wie sie ihn handhaben sollte. Der Gedanke, das Ding könnte plötzlich in ihren Händen explodieren und sie in tausend Stücke zerreißen, trieb ihr kalten Schweiß auf die Stirn.

Die Schläge gegen die Tür verstummten. Hatten die Leute den Rückzug angetreten?

Henrika blickte hinunter in die Eingangshalle. Alles war ruhig. Mit gedämpfter Stimme rief sie nach ihrem Dienstherrn. Aber sie bekam keine Antwort.

«Herr Baumeister?» Er hatte ihr eingeschärft, oben auf ihn zu warten. Auf keinen Fall durfte sie die Treppe hinuntergehen, um nach ihm zu suchen. Aber was geschah, wenn er nicht zurückkehrte?

«Gnädiger Herr?» In der angespannten Stille klang ihre Stimme beunruhigend laut und schrill. Von fern glaubte sie nun ein Stöhnen zu hören.

Warum antwortete Barthel ihr nicht? War er wirklich so unvorsichtig gewesen, das Haus zu verlassen? Vielleicht lag er dort unten in seinem Blut und wartete darauf, dass sie ihm half. Vorsichtig setzte Henrika einen Fuß auf die erste Treppenstufe. Das Eichenholz der Stiege knarrte wie zum Protest unter ihrem Gewicht. Vor ihr lag nichts als abweisende Dunkelheit. Es war ein Fehler gewesen, kein Licht zu entzünden. Das Feuer, das oben einige entsetzliche Augenblicke lang gewütet hatte, war inzwischen erloschen und hatte nichts als Rauch zurückgelassen.

Henrika tastete sich vorwärts, den Rücken gegen die Wand gedrückt, um im Dunkeln nicht auszugleiten. Ihr Herz klopfte so heftig, dass ihr fast schwindlig wurde.

«Barthel, seid Ihr da?» Sie konnte die Tür sehen, die zu

den Kellerräumen hinabführte. Sie stand eine Handbreit offen. Anscheinend hatte der Festungsbaumeister den Weg durch den Keller genommen, um die tobende Menge zu überraschen und sie mit seiner Muskete zu vertreiben. Aber wenn er den Angreifern nachstellte, bedeutete das auch, dass sie hier im Haus völlig schutzlos war.

Ein leises Knirschen lenkte ihre Aufmerksamkeit wieder auf das Kabinett. Es klang so, als schreite jemand langsam über die Scherben hinweg.

Henrika umklammerte den Griff der Waffe. Vermutlich hatte einer der Männer nur gewartet, bis Henrika das Feuer gelöscht hatte und der Raum wieder im Dunkeln lag. Mit einer Leiter war es nicht schwer, durch das Fenster einzusteigen.

Als die Tür langsam aufschwang und ein Mann in den Flur trat, glaubte Henrika, ihr Herz müsste zerspringen. Doch als das Mondlicht auf das Gesicht des Mannes fiel, der sich mit schwerfälligen Bewegungen auf den Treppenabsatz zubewegte, hätte sie am liebsten laut aufgelacht. Es war Lutz, Elisabeths Sohn. Er schien sie zu suchen. Henrika atmete auf. Lutz war kräftig genug, um jeden, der sich ihr zu nähern versuchte, die Treppe hinunterzustoßen.

«Du hast mich beinahe zu Tode erschreckt», sagte Henrika und wunderte sich, dass ihre Stimme ihr gehorchte. «Aber ich war noch nie so glücklich, dich zu sehen.»

Sie lächelte vor Dankbarkeit und Erleichterung. Aber der junge Mann lächelte nicht zurück. Zum ersten Mal, seit Henrika ihn kannte, war sein Gesicht hart und verschlossen. Als er sie berührte, bemerkte Henrika, dass er blutete. Vielleicht hatte er sich an einem Glassplitter verletzt.

Henrika blickte ihn mitfühlend an, doch sogleich kehrte die Sorge um Barthel zurück.

«Ich werde deine Hand verbinden, sobald mein Herr zurückgekehrt ist. Er hat in seinem Keller ein paar ausgezeichnete Salben und Heilkräuter. Hast du ihn gesehen, Lutz? Bitte sag mir, ob die Leute aus dem Dorf ihm etwas angetan haben.»

In den Augen des Jungen blitzte auf einmal Misstrauen auf, und seine Mundwinkel zuckten nervös.

Irgendetwas stimmte nicht mit ihm. Solange Henrika zurückdenken konnte, war Lutz ihr Freund und Verbündeter gewesen. Als sie vor vielen Jahren in dem verlassenen Gutshaus unter einem Bündel von schmutzigen Decken in ihr neues Leben gekrochen war, hatte sein Lachen sie ins Licht gelockt. Sein kindliches, aber stets glückliches Gestammel war ihr auch später noch oft ein Trost gewesen.

Als er jedoch hier vor ihr stand, kam er ihr fremd vor. Hatte Elisabeth nicht behauptet, dass Lutz ihre Gegenwart nicht länger ertragen könne?

«Du bist doch durchs Fenster gestiegen, um nach mir zu sehen? Du wolltest nicht zulassen, dass die Schreihälse mir etwas antun?»

Lutz lächelte abwesend. Es verging eine ganze Weile, bis sie ihm eine Antwort entlocken konnte. Doch es war nicht die Antwort, die sie erhofft hatte.

«Sie sagen, du wärst eine Hure, die böse Dinge treibt», stieß er hervor. «Ich weiß, was eine Hure macht. Sie wohnt bei fremden Männern und putzt und kocht für sie.»

«Sie putzt und kocht?» Henrika fand diese Beschreibung so absonderlich, dass sie beinahe aufgelacht hätte. Doch ihr war klar, wem sie seinen Argwohn zu verdanken hatte. Agatha und der Dorfpfarrer mussten viel Mühe aufgewendet haben, ihn gegen sie aufzuhetzen.

«Du wolltest nicht bei Mutter und mir bleiben, weil du lieber mit diesem fremden Mann zusammen bist. Die Leute sagen, dass du nur über mich lachst, während du mit dem Fremden ins Bett steigst.» Seine Augen füllten sich mit Tränen der Enttäuschung.

«Lutz, du bist mein Vetter ...»

«Nein, bin ich nicht.» Er schüttelte heftig den Kopf. «Die Hutmacherin hat dich nicht zur Welt gebracht, das weiß ich. Sie hat dich in einem Teufelshaus gefunden, wo du versucht hast, deine tote Mutter durch Zauberei wieder zum Leben zu erwecken.»

«Nein», rief Henrika. Sie lehnte die Muskete gegen die Wand und machte ein paar Schritte auf ihn zu. «Ich habe niemandem im Dorf jemals etwas getan. Du darfst die Lügen nicht glauben, die sie über mich erzählen.»

Sonst bin ich verloren, fügte sie in Gedanken hinzu.

Lutz zögerte. Er rang offenkundig mit sich, doch seine Zweifel hatten sich bereits tief in sein Gemüt gegraben. Zu tief.

«Wartest du auf den Mann?», fragte er voller Misstrauen. «Die Bauern haben ihn auf den Hof gelockt, um ihn wie einen wilden Hund zu erschlagen.»

Henrika wurde blass. «Das dürfen sie nicht. Die Soldaten unseres Kurfürsten würden sie für dieses Verbrechen vierteilen.»

Über das Gesicht des Jungen legte sich ein breites Grinsen, als habe Henrika etwas Spaßiges gesagt. Ohne Vorwarnung packte er sie und zog sie an seine Brust. «Mach dir keine Sorgen, Henrika. Ich werde nicht erlauben, dass sie dich umbringen. Ich weiß ein gutes Versteck im Wald, dort wird dich niemand finden. Nur ich kenne den Weg dorthin. Dort darfst du für mich putzen und kochen und alles tun, was eine Hure sonst so macht.»

Henrika wollte protestieren, doch bevor sie ein Wort sagen konnte, legte Lutz ihr seine Hand auf den Mund und zwang sie vor sich die Treppe hinunter. Henrika wand sich verzweifelt in seinem Griff, aber es war zwecklos.

«Sie werden mir sicher erlauben, dich zu heiraten, nachdem du in der Kirche Buße für deinen Hurendienst abgelegt hast.»

Um die Tür zum Hof zu öffnen, musste Lutz sie loslassen, aber ein drohender Blick gab ihr zu verstehen, dass sie sich nicht vom Fleck rühren sollte. Vorsichtig steckte der junge Mann den Kopf hinaus.

«Keiner mehr da», sagte er kichernd. «Alle weg. Bestimmt versenken sie den Mann gerade unten im Rhein.» Sein Gelächter ließ Henrika erschaudern. Dann packte sie blinde Wut. Barthel durfte nicht tot sein, sie durften ihn nicht anrühren. Er wusste, woher sie kam, wer ihre Mutter gewesen war. Mit beiden Fäusten schlug sie auf Lutz ein und schaffte es tatsächlich, ihn zur Tür hinauszudrängen. Doch Lutz schob seinen Fuß in den Türspalt, während sich Henrika bemühte, den Riegel vorzulegen. Mit einem wütenden Aufschrei warf er sich gegen die Tür.

Henrika wurde von der Wucht des Aufpralls zu Boden geschleudert. Sie schlug mit dem Kopf gegen eine Holztruhe. Benommen richtete sie sich auf, während Lutz sie anstarrte. Dann hob er sie vom Boden auf, als wäre sie ein Bündel Schafwolle, und wankte mit ihr auf den Eingang zu, ohne ihre Gegenwehr zu beachten. Als er zur Tür treten wollte, stolperte er jedoch überrascht zurück. Ein Mann stand auf der Schwelle und funkelte ihn grimmig an.

«Barthel», krächzte Henrika schwach. In ihren Adern pulsierte das Blut, und mit jedem Herzschlag schien sie einer Ohnmacht näher zu kommen, doch beim Anblick ihres Dienstherrn fasste sie wieder Mut. Der Festungsbaumeister kniff die Augen zusammen, während er auf den schwachsinnigen Jüngling zulief. Sein Gesicht war von Schlägen gezeichnet, seine bloßen Füße schienen in Blut zu schwimmen. «Lass sie auf der Stelle runter, oder ich schieße dich über den Haufen.»

«Nein», riefen Lutz und Henrika wie aus einer Kehle.

«Ich werde nicht zulassen, dass du das Mädchen aus meinem Haus entführst.»

Lutz sah aus, als überlege er. Dann setzte er Henrika unsanft ab. Während Lutz die Arme ausbreitete, bedeutete Barthel Henrika mit einer knappen Handbewegung, sich zur Treppe zu begeben, doch diesen Augenblick der Unachtsamkeit nutzte Lutz aus, um sich nun auf den Festungsbaumeister zu stürzen. Brüllend versuchte er, ihm die Waffe zu entreißen. In dem anschließenden Gerangel hielt sich Barthel wacker, wenngleich sich rasch herausstellte, dass er Lutzens Bärenkräften nicht gewachsen war. Er musste Hieb um Hieb einstecken, bis er aus zahlreichen Wunden blutete. Seine zerschnittenen Füße mussten ihm höllische Schmerzen bereiten. Lutz gelang es mit seiner Pranke, ihm die Pistole aus der Hand zu schlagen. Als Barthel sich nach ihr bückte, streckte Lutz ihn nieder und ließ sich auf seinen Brustkorb fallen. Fassungslos musste Henrika mit ansehen, wie er Barthel die Luft abschnürte.

Das Gesicht des Baumeisters lief blau an. Seine Augen traten aus den Höhlen, und seine Beine zuckten wie die eines Gehenkten.

«Hör auf, Lutz, du bringst ihn um!» Henrika faltete die Hände und warf ihre Arme um den Hals ihres Jugendfreundes, um ihn von Barthel wegzuziehen. Aber ihre Kraft reichte nicht aus. Barthel darf nicht sterben, dachte sie voller Verzweiflung. Dass der Kurfürst das Dorf wegen des feigen Mordes an seinem Gesandten dem Erdboden gleichmachen lassen würde, war eine Sache. Doch wenn Barthel starb, nahm er auch das Geheimnis ihrer Mutter mit ins Grab. Sie durfte das nicht zulassen. Rasch nahm sie die Pistole, die Lutz achtlos liegen gelassen hatte, vom Boden auf und richtete sie auf den Wütenden.

«Lutz, du wirst den Mann auf der Stelle loslassen.»

Wie in einem Rausch wandte er den Kopf und streifte sie mit einem Blick, aus dem Verständnislosigkeit sprach. Als er die Waffe in ihrer Hand bemerkte, zog er Barthel ein Stück in die Höhe, ließ ihn jedoch nicht los, sondern schmetterte seinen Kopf mit Wucht auf den ausgetretenen Stein. Blut spritzte auf.

Im selben Moment löste sich der Schuss. Mit einem Schrei brach Lutz zusammen.

Henrika kämpfte sich auf die Füße und torkelte auf wackeligen Beinen auf ihn zu. Ein kurzer Blick auf den verwundeten Mann überzeugte sie davon, dass er weder für sie noch für Barthel eine

Gefahr darstellte. Die Kugel hatte ihn getroffen, aber noch war er am Leben. Er atmete.

Rasch eilte sie in die Küche, holte einige Tücher und presste sie so fest sie konnte gegen die Wunde. Mit einem Streifen aus ihrem Nachtgewand band sie die Tücher fest, sodass sie nicht verrutschen konnten. Der Druck würde die Blutung einstweilen aufhalten. Da sie im Augenblick nicht mehr für Lutz tun konnte, wandte sie sich Barthel Janson zu. Ein eisiger Schreck durchzuckte ihren Körper, als ihr Blick auf das wächserne Gesicht des Mannes fiel. Verzweifelt sah sie sich in der Halle und in der Küche um, aber außer weiteren Tüchern fand sie nichts, was ihr hätte helfen können. Wenn sie nicht sogleich etwas unternahm, würde sein Herz aussetzen. Einen Moment erwog sie, zum Wirtshaus zu laufen und Elisabeth zu holen, die sich besser auf die Heilkunst verstand als sie. Aber sie verwarf den Einfall gleich wieder. Elisabeth würde noch früh genug erfahren, was sich hier ereignet hatte. Sie würde ihr kaum helfen, den Baumeister zu retten, während Lutz in seinem Blut auf dem Boden lag. Davon abgesehen war es möglich, dass draußen noch immer einige der Männer lauerten, die das Haus mit Steinen beworfen hatten.

Mit einem stummen Gebet auf den Lippen ergriff sie Barthels Handgelenk. Sein schwacher Puls erinnerte sie an den zaghaften Flügelschlag eines Schmetterlings. Obwohl der Festungsbaumeister flach atmend vor ihr lag, überkam sie plötzlich die Gewissheit, dass er nicht sterben würde, solange sie nur seine Hand nicht losließ. Bewegungslos verharrte sie, bis sich ihre Lippen wie von selbst öffneten. Dann hörte sie einen leisen Gesang, doch es dauerte eine Ewigkeit, bis sie begriff, dass die Töne aus ihrem eigenen Mund kamen. Die Melodie war dieselbe, die sie als Kind gekannt, jedoch verloren geglaubt hatte. Plötzlich fielen ihr auch die Verse wieder ein. Es war, als hätten sie nur darauf gewartet, dass Henrika sie endlich wieder zitierte.

Sie sang weiter, gönnte sich keine Pause und wiegte dabei ihren Körper hin und her, bis die Zeit nicht mehr als ein Raunen und die kalte Halle nur noch ein Meer von gelbem Licht war, das sie einhüllte. Sie fühlte sich dabei auf eigenartige Weise geborgen, als liefe sie bei Sonnenschein durch ein Weizenfeld. Der Steinboden büßte seine Kälte ein; unter Henrikas Füßen wurde er weich wie frisches Moos. Während sie das Lied von neuem anstimmte, beendete die Finsternis ihre Herrschaft über die Nacht und wich einer zarten Morgenröte, die den Himmel hinter den Bäumen des Zollhofes mit roter Farbe überzog.

Das Zwitschern der Vögel verkündete einen neuen Tag.

Als Henrika ihre Augen öffnete, war sie so erschöpft, dass sie ihre Glieder kaum bewegen konnte. War sie eingeschlafen, während sie neben Barthel gewacht hatte? Nein, unmöglich. Sie hatte doch alles ganz deutlich vor sich gesehen. Als sie ihre Hand von der warmen Brust des Baumeisters nahm, bemerkte sie, dass er die Augen geöffnet hatte. Er blickte sie an, ein sanftes Lächeln umspielte seinen Mund.

«Du hast mir … das Leben gerettet. Aber wie? Ich verstehe das nicht.»

Er sprach leise, doch seine Stimme klang kräftig. Henrika schüttelte bekümmert den Kopf. «Ich hasse und verachte mich dafür, dass ich auf meinen Vetter geschossen habe. Aber …»

«Du wolltest verhindern, dass er mir den Hals umdreht.» Er lachte und wurde sogleich mit einem trockenen Hustenreiz dafür bestraft. «Das meine ich nicht. Was du getan hast, um mich zurückzuholen. Ich wusste, dass du es kannst.» Er winkelte vorsichtig die Beine an und warf einen prüfenden Blick auf seine zerschundenen Füße. Sie waren blutverkrustet, doch als Barthel sie bewegte, verzog er nicht einmal das Gesicht. Verblüfft betrachtete Henrika den Hals des Mannes, aber so genau sie ihn auch untersuchte, sie fand kein Würgemal.

Ich kann sie gesund machen, hörte sie plötzlich eine Stimme in ihrem Innern. Es war die Stimme eines verängstigten Kindes, aber sie klang hoffnungsvoll.

Ich kann sie gesund machen.

Barthel Janson blieb noch einen Augenblick lang ruhig auf dem Rücken liegen, dann richtete er sich langsam auf. «Ist er tot?», krächzte er mit einem Seitenblick auf den reglosen Lutz.

Henrika zuckte die Achseln. Die Kraft, die während der letzten Stunde durch sie geflossen war, ließ sich mit Worten nicht beschreiben. Sie vermutete, dass der heilende, längst vergessen geglaubte Strom nicht nur Barthel, sondern auch Lutz vor dem Tod bewahrt hatte.

«Hilf mir hinauf in meine Kammer, ich möchte mich waschen und ankleiden. Bevor die Abordnung aus Heidelberg kommt, sollte ich vielleicht ein wenig ruhen. Ich fühle mich ein wenig schwach auf den Beinen.»

«Ein wenig ruhen?» Henrika hob die Arme. «Ihr könnt heute niemanden mehr empfangen. Dankt lieber Gott, dass Ihr noch am Leben seid.»

«Also schön, ich werde ihm danken, sobald die Gesandten des Kurfürsten meine Skizzen begutachtet haben. Falls überhaupt noch etwas von ihnen übrig geblieben ist.»

Henrika starrte den Baumeister an. Sein Eifer für die Festungsanlage grenzte an Besessenheit. Wie konnte er schon wieder an seine Skizzen denken?

«Du brauchst übrigens keine Angst zu haben, wenn du Geräusche aus dem Keller hörst», erklärte Barthel knapp. «Ich habe mir euren Schultheiß und seinen Großknecht geschnappt und sie zu den Fässern mit eingelegtem Hering gesperrt. Daraufhin hat sich der Pöbel verzogen. Leider scheinen nicht alle von ihnen verstanden zu haben, wie ernst es mir war, sonst hätte dieser verrückte Kerl es gewiss nicht gewagt, in mein Haus einzudringen und über dich herzufallen.»

Er meinte Lutz, der noch immer auf dem Boden lag und keinen Laut von sich gab. Henrika musste ihm helfen, das war sie Elisabeth schuldig. Ihr graute zwar bei der Vorstellung, wie die Frau, die sie fast ihr ganzes Leben lang wie eine Verwandte behandelt hatte, reagieren würde. Aber schließlich hatte Henrika in höchster Not und in der berechtigten Angst um das Leben eines Menschen gehandelt. Ihr war keine Wahl geblieben. Ob Elisabeth das verstehen würde? Sie bezweifelte es.

«Wie lange wollt Ihr den Schultheiß hier festhalten?», erkundigte sie sich, während sie mit Barthels Hilfe Lutz' Wunden verband. «Wenn Ihr dem Kurfürsten berichtet, welchen Aufruhr die Bauern heute früh angezettelt haben, wird er ein schreckliches Strafgericht abhalten.»

«Du meinst, ich sollte die Sache auf sich beruhen lassen?», fragte Barthel. Es klang skeptisch. «Ausgerechnet du wagst es, mir einen solchen Vorschlag zu unterbreiten?»

«Sie waren meinetwegen hier, nur mich wollten sie bestrafen.»

«Rede keinen Unsinn, Mädchen. Ihre Absicht war, mich einzuschüchtern. Ich sollte es mit der Angst zu tun bekommen, damit ich meine Sachen packe und bei Nacht und Nebel verschwinde.»

«Mich halten die Leute für die Wurzel allen Übels», beharrte Henrika. «Das tun sie, seit meine Mutter ...» Sein Blick ließ sie jäh verstummen. Aber im Augenblick war nicht die Zeit, über diese Dinge zu reden. Sie musste Elisabeth verständigen, damit Lutz abgeholt wurde. Barthel war jedoch dagegen, dass sie in die Schänke ging. «Wir dürfen nicht riskieren, dass dich jemand auf dem Weg dorthin abpasst und dir seine Forke in den Leib rammt.»

Henrika musste ihm zustimmen, auch wenn es ihr nicht behagte. «Aber ich muss meiner Tante erklären, warum ich auf den armen Lutz geschossen habe», sagte sie. «Sie darf es nicht von einem Fremden erfahren.»

«Deine Beweggründe dürften sie momentan kaum interessieren. Aber glaube mir, eines Tages wird sie dir dankbar sein.»

«Ach ja? Wofür?»

«Vielleicht dafür, dass du nicht besser zielen konntest. Vielleicht aber auch für … das andere.» Er dachte kurz nach, dann nahm er seine Muskete vom Boden und sagte: «Ich weiß, wie wir es machen. Komm mit.»

Sie folgte ihm die Treppe hinab, die zu den Kellerräumen führte. Hinter einer der Türen waren aufgebrachte Stimmen zu hören. Barthel entriegelte die Tür und spähte in das Gewölbe, das mit Fässern und Kisten vollgestopft war. Ein scharfer Geruch von Branntweinessig schlug ihm entgegen. Nur durch eine winzige, vergitterte Luke drang ein wenig Licht in den kalten Raum. Zwei Männer hockten auf einer länglichen Kiste. Ihre Mienen zeugten von ihrem Zorn darüber, dass der Festungsbaumeister sie hier unten eingesperrt hatte. Als sie Barthel erkannten, sprangen sie auf und gingen ihm entgegen, aber der Baumeister zwang sie mit seiner Waffe dazu, Abstand zu halten.

«Nun, Schultheiß?», richtete er das Wort an den Mann. «Habt Ihr über meinen Vorschlag nachgedacht?»

«Was hat das Mädchen hier zu suchen?» Der Bürgermeister hatte Henrika an seiner Seite entdeckt. Er warf ihr einen feindseligen Blick zu. «Ich verhandle nicht mit Euch im Beisein einer Hure. Sie ist eine Verräterin an den Menschen, die sie aufnahmen.»

«Ich denke, Ihr wollt meine Gastfreundschaft nicht überstrapazieren, oder?»

Litters Knecht hustete. Offensichtlich hatte er die Zeit genutzt, um sich an den in Salzlake eingelegten Heringen gütlich zu tun, denn zu seinen Füßen lagen abgenagte Fischskelette.

Der Schultheiß verzog das Gesicht, verzichtete aber auf eine Antwort. «Ich wusste nichts von dem Aufruhr», beteuerte er.

«Nein, Ihr wart nur sogleich zur Stelle, um nach dem Rechten zu sehen. Der Angriff auf einen Beamten des Kurfürsten ist ein schweres Vergehen. In wenigen Stunden werden Soldaten das Dorf umzingeln. Entweder Ihr empfangt sie an meiner Seite und bei bester Laune, oder Ihr zeigt ihnen vom Galgen aus strampelnd Eure Zunge. Ganz wie es Euch beliebt. Aber fällt Eure Entscheidung rasch, ich habe noch zu tun.»

Henrika blickte Barthel erleichtert an. Offensichtlich zeigte er sich versöhnlich und hatte nicht vor, das Dorf bluten zu lassen. Das beruhigte sie, denn auch wenn man ihr das Leben hier nicht selten zur Hölle gemacht hatte, zitterte sie doch bei dem Gedanken, Familien könnten aus ihren Häusern vertrieben, Äcker verwüstet und Vieh beschlagnahmt werden.

«Nun gut, Ihr habt gewonnen», sagte Litter. «Ich nehme Eure Bedingungen an und werde lachen, auch wenn mir zum Heulen zumute ist.»

Barthel lächelte milde. «Wir bekommen nicht immer, was wir uns wünschen.»

«Aber wir bekommen, was wir verdienen! Fragt Eure Dienerin.»

Barthel ignorierte die Bemerkung. In wenigen Worten erklärte er den Männern, was er von ihnen sowie den Schöffen des Dorfes erwartete. Ein Vertrag, abgefasst von einem Notar, dem Ortsgeistlichen und einem unabhängigen Zeugen, und gesiegelt von drei Beamten der kurfürstlichen Kanzlei, sollte die Höhe der Entschädigung festlegen, die dem Ort als Gegenleistung für seine Äcker, Weingärten und Wiesen ausgezahlt würde. Dem Schultheiß kam die Pflicht zu, für die Einhaltung sämtlicher Vertragsbedingungen zu sorgen. Nahm er seine Verantwortung ernst, sollte er im Amt bleiben und zudem von sämtlichen Vorwürfen freigesprochen werden.

Barthel und Henrika begleiteten die Männer die Treppe hinauf. Inzwischen war die Sonne aufgegangen, deren warme Strahlen sich in den noch heilen Scheiben brachen und wie mit einem unsichtbaren Pinsel kleine, tanzende Kreise auf den glatten Steinboden malten. Auf dem Hof erklang das Gackern des aufgescheuchten Federviehs.

«Der Bursche hat einen Streifschuss abbekommen», erklärte Barthel, als die Männer Lutz entdeckten. «Er hat sich die Verletzung selbst zuzuschreiben, denn er griff zuerst Henrika Gutmeister an, dann mich.»

«Der Sohn der Baumwirtin hat so wenig Verstand wie mein leerer Schweinetrog», bestätigte Litter nickend. Er blickte Henrika vorwurfsvoll an. «Konntest du ihn nicht zurückhalten? Auf dich hörte er doch sonst!»

Ehe Henrika zu einer Erklärung ansetzen konnte, befahl Barthel Litters Knecht, den Bewusstlosen auf den mit Stroh beladenen Karren auf dem Hof zu legen.

«Vergesst nicht, dass Ihr mir vor Zeugen einen heiligen Eid geschworen habt», rief er dem Schultheiß zum Abschied hinterher. «Wenn Ihr wollt, dass das Dorf aufblüht, werdet Ihr ihn halten. Wenn Ihr es brennen sehen wollt, könnt Ihr versuchen, mich zu täuschen.»

Litter stapfte davon. Den Karren mit Lutz ließ er von seinem Knecht schieben.

«Ich habe schon bei unserer ersten Begegnung vermutet, dass dir das Schicksal eine erstaunliche Gabe anvertraut hat», sagte Barthel einige Stunden später.

Er hatte es sich in seinem mit rotem Samtpolster ausgeschlagenem Sessel bequem gemacht und die Beine auf ein Fußbänkchen gelegt. In der Hand hielt er einige Skizzen, auf die er jedoch nur hin und wieder einen flüchtigen Blick warf. Stattdessen sah er Henrika zu, die mit einem Reisigbesen Steine, Scherben und Reste von Asche zusammenfegte. Sie hatte das zerschlagene Glas aus den Fensterrahmen entfernt und die Vorhänge ausgeklopft. Das Feuer im Kamin schaffte es zwar nicht, die Kälte aus dem Raum zu vertreiben, doch dem Baumeister schien das nichts auszumachen. Er hatte angekündigt, die Gäste der kurfürstlichen Residenz nur kurz in sein Kabinett zu bitten. Das Gastmahl sollte in der Halle abgehalten werden, deren Fensterscheiben wie durch ein Wunder heil geblieben waren.

Henrika hob den Kopf und schnupperte. Noch immer lag ein feiner Brandgeruch in der Luft, als hätten die Bauern ganz in der Nähe das Frühlingsfeuer angezündet, um den Winter aus dem Dorf zu vertreiben. Der Geruch würde bis zum Nachmittag nicht völlig verschwunden sein.

«Könntest du deinen verflixten Besen wenigstens für zwei Minuten aus der Hand legen», beklagte sich Barthel. «Ich rede nicht gern mit mir selbst. Außerdem ersticke ich gleich an dem Staub, den du aufwirbelst.»

«Wenn ich mich nützlich mache, muss ich wenigstens nicht daran denken, dass ich beinahe gesteinigt worden wäre. Vielleicht vergesse ich sogar, dass der arme Lutz Euch mit bloßen Händen erwürgen wollte und ich auf ihn geschossen habe.» Sie hielt inne und blickte auf den Besenstiel. «Ich wüsste so gern, wie es um ihn steht.»

«Die Wirtin wird sich schon um ihren Sohn kümmern. Er sollte zufrieden sein, dass ich ihn nicht aufs Rad flechten oder zumindest ins städtische Tollhaus bringen lasse. Der Bursche ist gemeingefährlich.»

«Ist er nicht!»

«Natürlich ist er das», rief Barthel. «Wenn die Abdrücke auf meinem Hals und die Wunde an meinem Kopf nicht wie von Zauberhand verschwunden wären, könnte ich dir sogar beweisen, wie gefährlich er ist.» Er nahm den Zinnbecher mit heißer Molke, den Henrika ihm zubereitet hatte, und trank so gierig, dass die dicke Flüssigkeit über sein stoppeliges Kinn rann. Während der vergangenen Stunde hatte er sich erstaunlich gut erholt. Er war in saubere Kleider geschlüpft, hatte sein strähniges Haar gebürstet und einen spitzen Kragen um den Hals gebunden.

Allein sein mörderischer Durst und der raue Ton, der in seiner Stimme mitschwang, erinnerten an das, was er durchgestanden hatte. Trotz der Unordnung und des Brandgeruchs schien er sich in seinem Kabinett am wohlsten zu fühlen.

«Ich denke, wir beide wurden Opfer unserer Einbildung», sagte Henrika. «An mir ist nichts Besonderes, daher solltet Ihr nicht zu viel Aufhebens um die Sache machen. Falls im Dorf auch noch das Gerücht umgeht, ich sei mit finsteren Mächten im Bunde, werdet nicht einmal Ihr mich schützen können.»

«Mach dich nicht über mich lustig, Mädchen», fauchte Barthel ungehalten. «Und stell endlich den lächerlichen Besen weg. Du bist genauso wenig zur Magd geboren wie ich oder unser Kurfürst.» Er nahm einen weiteren Schluck aus seinem Becher, ehe er fortfuhr: «Du hast dir auch nichts eingebildet. Solche Dinge geschehen, es gibt besondere Kräfte und Fähigkeiten, obwohl heute nur noch wenige Männer und Frauen leben, die sie zu nutzen verstehen. Aber es sind keine Hexen, jedenfalls nicht im Sinne törichter Einfaltspinsel, die überall eine Verschwörung des Teufels wittern. Allerdings bin auch ich der Ansicht, dass wir über das Geschehene schweigen müssen, denn viele Menschen, welche die Gabe des Heilens besitzen, wurden noch vor dem Jahrhundertwechsel gnadenlos gejagt und getötet.»

«Vor dem Jahrhundertwechsel?» Henrika hob erstaunt die Augenbrauen.

«Auf meinen Reisen begegnete ich gelehrten Männern, die der Zahl 1600 eine besondere Bedeutung zuschreiben. Sie behütet alle, die über die Gabe des Heilens oder des Sehens verfügen. Zählst du eins und sechs zusammen, so kommst du auf sieben.»

«Ja, und?»

«Es gibt sieben Schöpfungstage, aber auch sieben Todsünden», murmelte Barthel. «Jedenfalls wurden die Heiler vielerorts der schwarzen Magie verdächtigt. Damals, als ich in meiner niederländischen Heimat auf der Flucht vor den spanischen Soldaten war, begegnete ich einer Frau, die auf die gleiche Weise heilte, wie du es getan hast. Sie versteckte sich auf dem Gehöft eines Freundes. Als es herauskam, konnte sie zwar fliehen, doch ihn schleppten die Inquisitoren vor das Haus und ließen ihn foltern.»

«Blieb er am Leben?»

Barthel nickte flüchtig. «Eine Weile später, nachdem seine Familie ihn in Sicherheit gebracht hatte, erzählte er mir von der Melodie und den Versen, die er gehört zu haben glaubte, bevor er das Bewusstsein verlor. Er schwor, dass die Melodie seine Wunden verschlossen hätte wie eine kühlende Salbe. Im Lauf der Jahre versuchte er viele Male, die Noten des Liedes zu Papier zu bringen. Er war sehr musikalisch und spielte Laute und Sackpfeife besser als die meisten Musikanten Flanderns. Aber sosehr er sich auch abmühte, er fand keinen einzigen Takt. Auch an die Worte, welche die Heilerin gesprochen hatte, konnte er sich nicht mehr erinnern. Vermutlich gäbe er sein letztes Hemd her, um dem Lied nur noch einmal zu lauschen. Das wünsche ich ihm jedoch nicht, denn gewöhnliche Sterbliche hören die Verse nur, wenn ihr Leben am seidenen Faden hängt.» Er zögerte, ehe er hinzufügte: «Damals konnte ich nur ahnen, was mein Freund erlebt hat, heute weiß ich es. Dafür danke ich dir.»

«Und was geschah mit der Frau?», wollte Henrika wissen. «Wurde sie getötet, oder konnte sie ihren Verfolgern entkommen?»

Barthel zuckte mit den Schultern. «Wer weiß. In Flandern wurde sie jedenfalls nie wieder gesehen. Mein Freund hat beschlossen, sein Leben in den Dienst der Wissenschaft zu stellen. Er studierte Medizin, Theologie und Astrologie. Wilhelm von Oranien, der Vater unserer gnädigen Kurfürstin, ließ sich von ihm die Sterne deuten. Bei der Suche nach dem Ursprung der rätselhaften Verse hatte mein Freund jedoch leider keinen Erfolg, obwohl es nicht an Überlieferungen mangelt. Einige Gelehrte behaupten, sie gehen auf die Worte zurück, mit denen der Teufel Eva im Garten Eden umgarnte. Andere Legenden verbinden sie mit den steinernen Gebotstafeln, die Moses zerbrach, als er sah, wie die Kinder Israels um das Goldene Kalb tanzten und Abgötterei trieben.»

In Henrikas Kopf begann es zu summen, als habe sich in ihm ein Stock Hummeln eingenistet. Sie erinnerte sich nur noch undeutlich daran, wie sie gesungen hatte. Es war, als habe ihr Geist, gelockt und begleitet von der Melodie, ihren Körper verlassen, um sich mit einem Meer aus unterschiedlichen Tönen und Geräuschen zu vereinigen.

All das war aufwühlend gewesen, verstörend und fremdartig, aber gleichzeitig auch erhebend und hoffnungsspendend.

«Willst du mir nicht sagen, wer dir die Verse und die Melodie beigebracht hat?», drängte Barthel. «Du musst dich mir anvertrauen, nur so kann ich dich beschützen.»

Henrika stieß scharf die Luft aus. Ausgerechnet er forderte von ihr Vertrauen. Das war ungeheuerlich. War nicht er es gewesen, der ihr verboten hatte, ihn mit Fragen über ihre Mutter und deren Schicksal zu behelligen, solange er an seinen Skizzen arbeitete? Ihre Gabe, wenn es eine solche denn war, schien ihn nicht zu erschrecken, wie sie eigentlich erwartet hatte. Vielmehr schien er lange nach jemandem gesucht zu haben, der sie besaß und an dem er sie studieren konnte. Er vermutete, in ihr eine jener Hüterinnen der Verse gefunden zu haben, nach denen sein Freund offenbar schon sein Leben lang suchte.

Henrika verschränkte fröstelnd die Arme. Sie hatte nicht damit gerechnet, dass die Erinnerungen, die Agatha ihr mit verbissener Strenge ausgetrieben hatte, eines Tages in ihr Gedächtnis zurückkehren würden, wenn auch nur für wenige Augenblicke. Ihr Kopf war leer, und wenn man sie auch gefoltert hätte wie Barthels flämischen Freund, sie konnte sich an kein einziges Wort, an keine Note der Melodie erinnern. Sie konnte nicht einmal sagen, ob sie die Verse jemals wieder aussprechen wollte.

«Ich fürchte, ich muss Euch enttäuschen», sagte sie schließlich. «Möglich, dass ich die Verse als kleines Mädchen aufgeschnappt habe, aber ich weiß nichts darüber.»

«Dann hat dir nie jemand gesagt, dass dein Gesang heilende Kräfte hat?»

Nein, niemand hatte mit ihr darüber gesprochen, aber das war auch nicht nötig gewesen. Insgeheim spürte sie, dass die Verse von der Stunde ihrer Geburt an in ihr lebendig gewesen waren und ihr Leben beherrscht hatten. Barthel schien dies auch zu ahnen, denn als sie die Augen niederschlug und sich abwandte, sah er ein, dass er sie nicht mit weiteren Fragen quälen durfte. Für den Moment hatte er vermutlich ohnehin genug gehört, er würde viel Zeit brauchen, das Erlebte zu verarbeiten. Er war ein Mann der Wissenschaft, und sie bewunderte ihn dafür. Gewiss würde sie ihn davon überzeugen können, dass er sich im Irrtum befand. Welche Gabe auch immer in ihr wohnen mochte, heilende Hände hatte sie nicht, und die Annahme, sie könnte durch den Vortrag eines Liedes Wunden schließen, klang für sie ebenso unglaublich wie die Behauptung, Menschen könnten eines Tages über den Mond spazieren.

Ich kann sie gesund machen. Ich kann sie heilen.

«Vermutlich wollte ich mich als Kind einfach nicht damit abfinden, dass meine Mutter starb und mich allein zurückließ», sagte sie unsicher. «Vielleicht bildete ich mir nur ein, etwas dagegen unternehmen zu können oder ein Geheimnis zu hüten, um nicht zugeben zu müssen, wie hilflos ich in Wirklichkeit war.»

«Der Bursche hat mir beinahe den Hals zerquetscht, aber ich spüre weder Schmerz noch Heiserkeit.»

«Dann hat er vielleicht gar nicht so kräftig zugedrückt, wie Ihr glaubtet. Vielleicht sollten wir es besser dabei belassen, dass wir uns in der Aufregung Dinge eingebildet haben, die nicht existieren.»

«Wie du meinst», erwiderte er kurz angebunden. «Lassen wir die Sache auf sich beruhen und bereiten uns auf den Besuch vom kurfürstlichen Hof vor.»

Henrika nickte erleichtert, doch sie bezweifelte, dass die Angelegenheit damit für Barthel erledigt war.

7. Kapitel

Es war bereits früher Nachmittag, als drei prunkvoll geschmückte Wagen auf der Landstraße gesichtet wurden.

Ein paar Knaben rannten mit aufgeregten Mienen neben ihnen her und schwenkten ihre Kappen, wofür sie mit Kupfermünzen, Früchten und Süßigkeiten belohnt wurden, die aus den Fenstern der Karossen auf die Gasse geworfen wurden. Eifrig klaubten die Burschen so viel auf, wie sie in ihren Händen tragen konnten. Sie störten sich nicht an den missbilligenden Blicken ihrer Eltern und Nachbarn, die vor den Häusern oder an der Mauer des alten Kirchhofs standen und beobachteten, wie die Kutschen auf das Tor des Zollhofs zuhielten.

Henrika hatte das feine Kleid mit den Spitzenärmeln angezogen, das Barthel ihr aus der Stadt mitgebracht hatte. Verzweifelt bemühte sie sich, ihr Haar mit Bürstenstrichen zu glätten. Zu ihrem Leidwesen roch es nach Verbranntem. Da sie keine der Frauen im Dorf um Hilfe bitten konnte, war das Ergebnis nicht ansehnlich, doch Barthel war mit seinen eigenen Angelegenheiten zu beschäftigt, um Henrika kritisch zu begutachten.

«Originell», war seine einzige knappe Bemerkung, als Henrika die Treppe zur Halle hinunterlief, und ob das Urteil ihrem Aussehen oder einer seiner Skizzen galt, blieb ungeklärt.

Angesichts der Edeldamen, die in wundervollen bestickten Roben und umhüllt von zarten Seidenschleiern in einer der Karossen saßen, fühlte sich Henrika trotz des neuen Kleides schäbig. Am liebsten hätte sie auf der Schwelle kehrtgemacht und wäre in die Küche gelaufen, um den Bratspieß zu drehen oder Brotteig zu kneten, aber Barthel verbot es ihr.

«Du hast lange genug wie eine Dienstmagd im Haus geschuftet», sagte er zu ihr, während er von der Treppe aus zuschaute, wie Pagen den Edelleuten beim Aussteigen behilflich waren. «Von nun an wird mein Heidelberger Gesinde deine Pflichten übernehmen.»

«Und wer soll sich Eurer Meinung nach um das Gastmahl kümmern?», fragte sie. «Wollt Ihr kochen, während ich Eure Gäste mit meinen Versen unterhalte?»

«Wäre doch mal etwas anderes, oder?»

Barthel lachte, dann ließ er sie stehen und ging mit ausgebreiteten Armen einem graubärtigen Mann entgegen, der sich mit Hilfe eines Gehstocks unsicher bewegte. Der Greis war ganz in schwarze Seide gekleidet und trug um den Hals eine breite goldene Kette mit einem hübsch eingefassten Rubin, der ihm bei jedem Schritt gegen die Brust schlug. Barthel begrüßte ihn herzlich, dann gab er seinem Diener zu verstehen, dass er sich nun entfernen dürfe. Er selbst wollte sich um den hohen Gast kümmern.

«Darf ich dir meinen guten alten Freund Graf Otto zu Solms vorstellen», rief er, als Henrika den Männern mit einem Begrüßungstrunk entgegenkam.

«Er steht seit vielen Jahren im Dienst des Kurfürsten, und man darf wohl ohne Übertreibung behaupten, dass Friedrich keine Meinung höher achtet als die seine.»

Der Mann drohte Barthel scherzhaft mit dem Finger. «Seit wann verstehe ich etwas von Festungen oder davon, wie man aus einem Bauerndorf eine Residenzstadt macht? O nein, das ist allein Eure Spezialität, mein Freund. Mir fällt lediglich die Pflicht zu, den Festungsbau zu beaufsichtigen.» Er unterzog Henrika einer flüchtigen Musterung; vermutlich fragte er sich, was sie eigentlich an Barthels Seite zu suchen hatte. Barthel hatte sie dem Grafen vorgestellt, auf weitere Erklärungen jedoch verzichtet. Sie errötete bei dem Gedanken, der alte Mann könnte sie für die Geliebte des Baumeisters halten. Das teure Kleid, das sie trug, schien an ihrem Körper zu verblassen.

Barthel machte sie mit seinen anderen Gästen bekannt. Fast alle gehörten der kurfürstlichen Kanzlei an und behandelten sie von oben herab. Henrika konnte sich keinen der langen Namen merken, und die meisten hielten es auch für unter ihrer Würde, ihn zu nennen. Lediglich der kurfürstliche Rat Johann Gernandt, ein breitschultriger Mann mit Brille, und der junge Bauschreiber Wormser winkten sie zu sich, um einen weiteren Humpen Bier zu bestellen.

Als sie geknickt die Halle verlassen wollte, hörte sie hinter sich plötzlich ein Lachen. Verwundert blickte sie sich um und sah ein junges Mädchen, das Barthel stürmisch auf beide Wangen küsste. Das Mädchen war hochgewachsen, schlank und schien nur wenig älter als Henrika zu sein. Ihr Gesicht war frisch, wenngleich ein wenig zu spröde, das vorspringende Kinn zu stark gebaut, um wirklich hübsch zu sein. Doch dafür besaß sie die hellste und reinste Haut, die Henrika jemals gesehen hatte. Noch anziehender waren ihre Augen, die vor Lebensfreude sprühten. Von tugendhafter Zurückhaltung schien die Unbekannte wenig zu halten, denn jedes Mal, wenn Barthel etwas sagte, legte sie den Kopf in den Nacken und lachte herzlich. Ihre Heiterkeit veranlasste schließlich auch die drei blassen Mägde, die sie ins Haus begleitet hatten, in ihre Taschentücher zu kichern.

Barthel bewahrte Haltung. Seine Freude über das Auftauchen der jungen Frau in seinem Haus schien sich in Grenzen zu halten. Graf zu Solms, dem die Diener einen Sessel gebracht hatten, konnte dagegen ein Lächeln nicht unterdrücken.

«Ich weiß, dass Ihr es nicht mögt, wenn Eure Verwandten Euch auf dem Land besuchen, aber die Jungfer von Neufeld hat mich so lange bestürmt, sie mitzunehmen, bis mein Widerstand zusammenbrach wie die Mauern von Jericho.»

«Und das sagt ein alter Soldat, der sogar unter dem berühmten hugenottischen Admiral Gaspard de Coligny gefochten hat», murmelte Barthel. Es klang nicht gerade heiter. «Gebe Gott, dass meine Mauern hier nicht so schnell einstürzen wie die Euren, alter Freund.»

Er winkte Henrika herbei. «Das ist meine Nichte Anna von Neufeld. Sie ist eigentlich die Tochter einer entfernten Verwandten. Es war mir ja nicht vergönnt, mit Geschwistern aufzuwachsen.»

«Jedenfalls gibt es keine, von denen Ihr Kenntnis habt», sagte der Graf vergnügt. «Aber wie man sich erzählt, soll Euer Vater kein Kind von Traurigkeit gewesen sein. Er war anders als die schwarz gekleideten, stets finster dreinblickenden Calvinisten, die im niederländischen Norden leben. Die würden lieber ein Pferd verschlingen, als auch nur einmal das Tanzbein zu schwingen.»

«Eure Scherze sind so alt wie der Wein in meinem Keller, mein Bester. Seitdem die Spanier meine Heimat mit Feuer und Schwert unterdrücken, haben meine Landsleute nur wenig Grund zum Lachen. Ihr solltet dafür Verständnis aufbringen, denn schließlich wart auch Ihr gezwungen, Eure Ländereien zu verlassen, weil Ihr nicht so beten wolltet, wie der Papst es vorschreibt. Davon abgesehen finde ich es nicht lustig, wenn Ihr meinem verstorbenen Vater eheliche Untreue unterstellt.» Er warf Anna von Neufeld einen warnenden Blick zu. «Was dich angeht, meine Liebe, so hoffe ich, dass dein plötzliches Interesse am Landleben nicht bedeutet, dass dir irgendein dahergelaufener Lump ein Kind gemacht hat.»

Barthels Verwandte errötete, fing sich aber sogleich. «Ich bin sicher, dass es nicht in Graf Ottos Absicht lag, Euch zu beleidigen, Onkel», sagte sie. «Davon abgesehen ist Eure Sorge um meinen guten Ruf unbegründet. Falls ich ungelegen komme oder meine Anwesenheit Euch stört, werde ich in die Kutsche steigen und nach Heidelberg zurückkehren. Ich hoffte nur, ich könnte

Euch und Eurer Haushofmeisterin nützlich sein, solange Ihr hier unter Bauern und Viehhirten leben müsst.»

Der schmeichelnden Stimme des Mädchens konnte Barthel sich nicht entziehen. Er schüttelte kurz den Kopf, dann gab er sich geschlagen. «Ach was, bleib hier, wenn du unbedingt willst. Die Zollschreiberei ist groß genug. Jungfer Henrika wird schon ein Plätzchen für dich finden. Gehören all diese Truhen vor dem Haus dir? Unglaublich. Was zum Teufel schleppt ihr Frauenzimmer nur mit euch herum?»

«Nichts, was Euch bei Eurer Arbeit für Seine Durchlaucht stören wird», antwortete Anna von Neufeld. Sie schenkte Henrika ein Lächeln, das um Verständnis für die Nöte einer Frau auf Reisen warb, zuckte jedoch zusammen, als ihr Blick auf deren Kleid fiel. Sie schien es wiederzuerkennen. Henrika begriff und wurde vor Scham rot. Na warte, Barthel, dachte sie verstimmt. Du hast mein Kleid nicht von einem Schneider anfertigen lassen, sondern dich aus den Truhen deiner Nichte bedient.

«Wir werden miteinander auskommen, Jungfer Henrika», sagte Anna von Neufeld munter. «Das Hofleben mag seine Annehmlichkeiten haben, aber es ist zuweilen auch ermündend. Seit die Kurfürstin ihre Frömmigkeit entdeckt hat und täglich die Andacht in der Schlosskapelle besucht, gibt es für Mädchen unseres Alters kaum noch Zerstreuung. Am liebsten sähe es die Fürstin, wenn wir alle nur schwarze Kleider trügen, unser Haar bedeckten wie alte Weiber und von morgens bis abends den Psalter studierten.»

«Dann muss ich dir wohl Asyl gewähren, bevor du zu fromm wirst», sagte Barthel ungerührt. Damit war die Angelegenheit für ihn erledigt, und Anna von Neufeld durfte bleiben.

Henrika eilte mit fliegenden Röcken den sich abwärts windenden Pfad zum Rheinufer hinunter, bis sie einen verwitterten Holzsteg fand, auf dem sie sich niederlassen konnte. Ihr Herz klopfte wild, so schnell war sie gelaufen. Aber sie war froh, ein wenig allein zu sein. Das hochherrschaftliche Gastmahl in Barthels Halle war noch in vollem Gange, aber niemand schien besonderen Wert auf ihre Anwesenheit zu legen. Auch Barthel nicht.

Die Herren sprachen dem Moselwein und dem Burgunder zu, zwei junge Mägde trugen verzierte Silberplatten mit Bergen von gebratenen Rebhühnern und gebackenen Fischen auf. Die Mädchen waren im Gefolge der Gäste gekommen und sollten bis auf weiteres im Dorf bleiben. Henrika ärgerte sich über Barthel, denn er hatte sie mit keinem Wort darauf vorbereitet, dass sich künftig eine ganze Schar von Dienstboten in dem einsamen Haus am Zollhof tummeln würde. Die erste, mit der Henrika hatte Bekanntschaft machen müssen, war eine alte Vettel, die sich Köchin schimpfte und in der Küche ihr Quartier aufgeschlagen hatte. Sie hatte Henrika mit einem griesgrämigen Blick aus der Küche gejagt, als sie nach den Speisen sehen sollte, die sie eigenhändig zubereitet hatte. Sie war so unverschämt gewesen, ihren Zuckerkuchen in den Abfalleimer zu werfen, jedoch nicht, ohne vorher davon zu kosten und angewidert die Nase zu rümpfen.

«Im Haus des edlen Grafen zu Solms würden wir so einen Kuchen nicht einmal an die Schweine verfüttern», beschied sie. Henrika presste die Lippen zusammen, ließ sich jedoch nicht auf einen Streit ein. Sollte die Alte ihren Willen bekommen, wenn es sie glücklich machte. Sie selbst würde jedenfalls so schnell keinen Fuß mehr in den Küchentrakt setzen. Mochte Barthel zusehen, wer ihm künftig die Speisen servierte.

Auch die neuen Hausmägde, ein dürres Mädchen namens Wanda und eine dicke Kugel, die Meta gerufen wurde, machten nicht den Eindruck, als ob sie mit Henrikas Anwesenheit im Haus einverstanden wären. Aufgrund ihrer Stellung hatten die beiden es zwar noch nicht gewagt, Henrika zu widersprechen, aber es lag auf der Hand, dass sie die Frau, der Barthel aus unerfindlichen Gründen die Verwaltung des Hauses übertragen hatte, nicht mochten.

Im Stall war Henrika auf zwei Burschen gestoßen, Brüder, wie sie annahm, von denen der ältere die Pferde striegelte, während der jüngere mit einer Forke frisches Stroh auf dem Boden verteilte. Beide sahen Henrika misstrauisch an, sodass sie den Stall nach einer Weile wieder verließ, ohne sich mit den Männern zu unterhalten.

Nun saß sie auf dem Steg, der zu ihren Lieblingsplätzen am Rhein gehörte, und warf Steinchen in den Fluss. Im Unterholz knackte es; Vögel flatterten umher; ein Schwan umkreiste mit majestätisch gestrecktem Hals einen altersschwachen Kahn, der unterhalb des Stegs vertäut lag. Henrika versuchte sich zu entspannen, aber so recht mochte es ihr nicht gelingen. Sie überlegte, was sie eigentlich noch in der Zollschreiberei hielt. Als hart arbeitende Magd hatte sie den ihr zustehenden Platz gekannt. Sie war stolz darauf gewesen, dass Barthel sie ins Vertrauen zog und ihr so viele Freiheiten ließ. Aber nun, da Barthel ihr fast alle Dienste verboten und sie über ihren eigentlichen Stand erhoben hatte? Was bedeutete sie ihm? Er war ihr nie zu nahe getreten, dennoch spürte sie in jeder Faser, dass er sie nicht gehen lassen würde. Nicht solange er der Meinung war, dass sie über besondere Gaben verfügte, die für ihn wichtig zu sein schienen.

Aber sie wollte ja auch gar nicht gehen. Sie wollte in seiner Nähe bleiben, und das machte alles so unendlich schwierig.

Henrika war so tief in ihren Gedanken versunken, dass sie nicht bemerkte, wie das Gestrüpp, das sie umgab, mit einem Rascheln geteilt wurde. Ein Räuspern erklang. Da war jemand. Erschrocken sprang Henrika auf.

Vor ihr stand Anna von Neufeld. Wie hatte das Mädchen sie hier draußen im Dickicht aufgespürt? War sie ihr gefolgt?

Annas Wangen waren vom Laufen zart gerötet, ihr Haar saß unter einem mit Goldfäden durchwirkten Kopfputz.

«Verzeiht, ich wollte Euch nicht erschrecken», rief sie, als sie Henrikas angespannte Miene bemerkte. Sie kam ein paar Schritte näher und ließ ihre Blicke über die Uferböschung schweifen. Ein Stück weiter flussabwärts konnte man die Umrisse der alten Getreidemühle erkennen, deren Flügel sich langsam im Wind bewegten.

«Ein hübscher Platz, den Ihr Euch ausgesucht habt, um der stickigen Luft in der Stube zu entkommen. Darf ich Euch Gesellschaft leisten?»

«Bitte, warum nicht?»

«Es gefällt mir, wie Ihr die Zollschreiberei eingerichtet habt. Ihr verfügt über einen guten Geschmack. Ich kenne Barthel und weiß, dass es nicht leicht ist, seine Wünsche zu erfüllen.»

Henrika errötete.

«Nein, nein, ich spreche nicht von dem, woran Ihr nun vielleicht denkt», sagte Anna lächelnd. «Außerdem glaube ich, dass wir Frauen diesbezüglich erfinderischer sind als Männer.» Sie lachte so übermütig, dass Henrika ihre Zurückhaltung ablegte. Die Fröhlichkeit des Mädchens wirkte ansteckend. Henrika betrachtete Anna genauer und befand, dass sie Barthels Nichte mochte. Als Hofdame der Kurfürstin gehörte sie einem Stand an, dessen Vertreter Henrika und ihresgleichen für gewöhnlich nur ansprachen, wenn es darum ging, ihre Stiefel zu putzen oder sie auf andere Weise zu bedienen. Anna hingegen behandelte Henrika nicht von oben herab, sondern wie eine Freundin, mit der man plauderte, während die Herren im Kabinett ihren Geschäften nachgingen. Dem Heidelberger Hofleben schien sie nicht nachzutrauern.

«Darf ich fragen, ob der Herr Festungsbaumeister Euer Vormund ist?», erkundigte sich Henrika, nachdem sich Anna neben ihr auf dem Holzsteg niedergelassen und die Beine ausgestreckt hatte. Sie beschloss, es der selbstbewussten Anna gleichzutun und ebenso freimütig mit ihr zu sprechen.

Anna entfernte einen winzigen Käfer von ihrem Kleid. «Meine Mutter, die Gräfin Margaret von Neufeld, ist ein wenig …» Sie umschrieb den Zustand, indem sie sich respektlos mit dem Finger gegen die Stirn tippte.

«Das tut mir aber leid», sagte Henrika mitfühlend.

«Oh, und mir erst. Als Kind versprach sie mir andauernd etwas, hatte es aber kurz darauf schon wieder vergessen. Wenn ihr Vetter, ich meine Barthel Janson, nicht eines Tages in Heidelberg aufgetaucht wäre, hätte meine Mutter irgendwann sicherlich auch vergessen, dass sie eine Tochter hat.»

Henrika witterte plötzlich eine Gelegenheit, mehr über Barthel in Erfahrung zu bringen. «Könnt Ihr Euch erinnern, wann er nach Heidelberg kam? Und aus welchem Grund?»

Annas Augen blitzten auf; wider Erwarten spiegelten sich in ihnen einen Atemzug lang Argwohn und Vorsicht, dann aber zuckte sie die Achseln und sagte: «Das muss etwa fünfzehn Jahre her sein, vielleicht auch etwas mehr. Keine Ahnung, warum er seinen Wohnsitz nach Heidelberg verlegte. Ich nehme an, er fiel in seiner flämischen Heimat in Ungnade. Ein paar Jahre zuvor hatten Rebellen die Union von Utrecht ausgerufen. Wer sich ihr anschloss, sagte sich von Spanien los, aber die südlichen Provinzen beschlossen, nicht nur dem katholischen Glauben treu zu bleiben, sondern auch der spanischen Krone. Damals haben viele Menschen Flandern verlassen. Mein Glück war, dass sich auch Barthel dazu entschied. Ich hätte mein Leben ansonsten unter den Küchenmägden fristen dürfen. Mein Vater war nämlich zu dieser Zeit bereits gestorben.»

«Und seitdem kümmert sich Barthel um Euch?»

«Als letzter männlicher Verwandter verwaltet er das Vermögen meiner Mutter. Täte er es nicht, hätte sie ihre Zofe vermutlich schon längst mit Juwelen behängt und würde dem Kammerdiener morgens das Frühstück ans Bett bringen. Ich sagte ja schon, dass sie ein wenig … merkwürdig ist.»

Nach einer Weile verließen die beiden Mädchen den Steg, weil ihnen zu kalt wurde. In der Zollschreiberei empfing sie ein gut gelaunter Barthel. Seine Skizzen waren vom Grafen zu Solms und dem kurfürstlichen Rat begutachtet und sehr gelobt worden. Die Männer versprachen, sie dem Kurfürsten zu empfehlen, was eine reine Formsache war, da Friedrich IV. die Festung persönlich in Auftrag gab.

Die Männer bestürmten den Festungsbaumeister mit allerlei Fragen, doch Bedenken gegen sein Vorhaben regten sich keine. Barthel sah erleichtert aus. Vergnügt gab er der rundlichen Magd ein Zeichen, ihm und seinen Gästen die Becher noch einmal zu füllen.

Schließlich brach er gemeinsam mit dem Grafen zu Solms, dem kurfürstlichen Rat und dem jungen Schreiber auf. Die Männer wollten die Ländereien am Fluss und das alte Dorf kennenlernen, auf dessen Grund und Boden die Festungsanlage entstehen sollte. Barthel lag viel daran, die Unterzeichnung der Verträge mit den Schöffen des Dorfes nicht länger aufzuschieben.

Die Hofdamen bestiegen ihre Karosse. Sie luden Anna und auf deren Bitte hin auch Henrika ein, sich zu ihnen zu gesellen.

Die Karosse folgte zunächst der Dorfstraße, dann schlug der Kutscher den Weg ein, der über den kleinen Anger hinauf zum Kirchplatz führte. Neben dem Rathaus, einem schmucklosen Fachwerkhaus, wurden die Pferde gezügelt.

Henrika blickte sich um und sah in die mürrischen Gesichter ihrer früheren Nachbarn, die sich bereits auf dem Platz eingefunden hatten und warteten. Spitze Pfähle waren in den Boden gerammt worden, an denen Laternen hingen. Auf dem Kirchplatz stand der Bürgermeister in Gesellschaft seiner Schöffen und des Pfarrers. Er trug ein Gewand aus grobem Tuch, das von einem Ledergürtel mit silberner Schnalle gehalten wurde, und auf dem Kopf einen breitkrempigen Hut. Henrika erkannte ihn auf Anhieb wieder und erinnerte sich voller Wehmut daran, dass der alte Litter ihn erst im vergangenen Jahr von ihrem Pflegevater hatte anfertigen lassen. Sie selbst hatte das Futter eingeschlagen und den Filz geglättet. Als sie sich inmitten der Hofdamen langsam auf die Kirche zu bewegte, wichen die Bauern vor ihr zurück wie vor einem Gespenst. Einige der Dorffrauen blickten weg, andere verzogen abfällig das Gesicht und spuckten auf den Boden.

Elisabeth befand sich nicht in der Menge, dafür sah sie Agatha. Die Hutmacherin hockte auf einem Schemel unter einer hohen Linde und hatte die Hände sittsam über der steifen weißen Schürze gefaltet. Sie betete leise, doch als sie Henrika sah, zischte sie: «Dann hast du deine Wahl also getroffen, Teufelskind? Hast dich auf die Seite der Gottlosen geschlagen! Beim Blut des Herrn, wie siehst du nur aus? Schämst du dich nicht, hier so aufzutauchen? Herausgeputzt wie eine Dirne? In dem grünen Fetzen könnte man dich für einen Frosch halten.»

«Du irrst dich, Mutter Hahn, ich hatte niemals eine Wahl. Außerdem sehe ich lieber aus wie ein Frosch, der hüpfen gelernt hat, als einer, dem man die Zunge herausschneidet, damit er verhungern muss.»

Hahns Witwe schnappte nach Luft. «Deine Zunge wird dir eines Tages zum Verhängnis werden, das prophezeie ich dir. Meinen armen Hahn hast du schon unter die Erde gebracht. Er könnte heute noch in seiner Werkstatt sitzen, wenn er sich aus Dingen herausgehalten hätte, die ihn nichts angingen. Dinge, an die niemand rühren sollte.»

«Du redest von meiner Herkunft, nicht wahr?»

Der Hutmacherin fiel es offensichtlich schwer, ihre Wut zu bändigen. «Deine Herkunft, deine Herkunft. Offensichtlich bist du dem Wahn verfallen, du müsstest königlicher Abstammung sein. Darunter kommt für dich gar nichts mehr in Betracht. Und das nur, weil ein elender Hanswurst es sich aus einer Laune heraus einfallen ließ, dafür zu bezahlen, dass wir dich bei uns aufnahmen. Wir haben uns Mühe gegeben, aus dir einen gottesfürchtigen Menschen zu machen, aber Undank ist ja bekanntlich der Welt Lohn.»

Henrika hatte genug von dem Genörgel der Alten. Ohne auf das beifällige Murmeln zu achten, das einige von Agathas Nachbarinnen von sich gaben, wandte sie der Hutmacherin den Rücken zu und beeilte sich, die höfische Gruppe einzuholen.

Anna von Neufeld winkte ihr zu und sorgte dafür, dass die Wachen, die sich in ihren blau-gelben Brustharnischen um ein aus stabilen Balken gezimmertes Podest verteilten, Henrika nicht den Weg mit ihren Lanzen versperrten. Sie sah sich um. Die Stufen, die zu der gezimmerten Tribüne führten, waren mit Kirschbaumzweigen geschmückt, deren Blüten rosa schimmerten. Als Henrika neben Anna ihren Platz gefunden hatte, sah sie auf dem Eichentisch mehrere Mappen mit Urkunden, welche die Übertragung der Ländereien auf den Kurfürsten besiegeln würden. Merkwürdig, dachte Henrika. Ein paar Federstriche und einige Tropfen Wachs genügten, um ein ganzes Dorf auszulöschen, in dem die Menschen über Jahrhunderte ihre Äcker bestellten. Der Kurfürst würde es niederreißen müssen, um den benötigten Platz für seine neue Siedlung zu erlangen.

Anna, die ein unterhaltsames Schauspiel erwartete, beugte sich zu ihr und flüsterte: «Die Männer, die gerade die Stufen hinaufschreiten, haben im Dorf etwas zu sagen, nicht wahr?»

«Sie gehören zu den Schöffen», bestätigte Henrika. «Barthel hat sie beschworen, sich den Entscheidungen des Kurfürsten zu fügen und nichts gegen den Bau der Festung zu unternehmen. Ich kann nur hoffen, dass sie sich daran halten.»

«Es wäre besser für sie. Schau nur, wie viele Gardesoldaten aufmarschiert sind!»

Schweigend beobachteten die Mädchen, wie sich zwei Reiter aus den Sätteln schwangen, während die Wachen den Kirchplatz mit Seilen absperrten. Brutal drängten sie einige der Schaulustigen zurück hinter die Mauer und das Tor. Auch Agatha wurde von ihrem Platz unter dem Baum vertrieben. Wütende Stimmen waren zu vernehmen, die auf die Männer des Kurfürsten schimpften. Ein paar junge Burschen bückten sich sogar, um Steine vom Boden aufzuklauben.

O nein, bitte nicht, dachte Henrika besorgt. Doch dann wurde ihre Aufmerksamkeit durch den Klang eines Jagdhorns auf das Podest gelenkt. Barthel Janson und der Graf zu Solms hatten sich mit zwei weiteren Hofbeamten auf das Podest begeben und öffneten die erste Dokumentenmappe, die ein vielfach gesiegeltes Schriftstück enthielt. Otto von Solms humpelte, auf einen Stab aus Elfenbein gestützt, bis zum Rand der Plattform. Dort wartete er, bis Ruhe eingekehrt war, und rief dann mit lauter Stimme: «Einwohner von Mannheim, hört, was ich zu sagen habe! Seine Durchlaucht, unser gnädiger Kurfürst Friedrich, nach Gottes Weisheit rechtmäßiger Erbe der pfälzischen Lande und Pfalzgraf bei Rhein, Herzog in Bayern und Truchsess des Heiligen Römischen Reiches, entbietet euch und dem gesamten Amtsbereich, für den wir Vollmacht haben, seinen huldvollen Gruß und versichert euch alle seiner Wertschätzung in Christus Jesus.»

«Amen, amen», echoten die Gardisten im Chor mit den geistlichen Würdenträgern und Abgesandten des Hofes. Die Dorfbewohner blieben stumm.

«Wie ihr vernommen habt, wurde unserem weisen Herrscher von anderen Fürsten des Reiches eine schwere Bürde auferlegt, die er dennoch klaglos trägt. Da die gespannte Lage es erforderlich macht, das Waffenbündnis zwischen den protestantischen Fürsten und Städten, das einst von den Truppen des Kaisers Karl V. zerschlagen wurde, von neuem zu beleben und allen reformierten Landeskindern Schutz zu gewähren, braucht unser Fürst Stützpunkte und blühende Handelsstädte in seinem Herrschaftsbereich.»

«Aber warum ausgerechnet hier bei uns?», ertönte nun eine Stimme aus der Menge. «Kann er nicht sein prächtiges Schloss zur Festung machen und unsere Ländereien in Ruhe lassen?»

Als hätten sie nur darauf gewartet, brachen Wachsoldaten durch die Umzäunung und schoben sich mit gezückten Schwertern und erhobenen Lanzen durch die Menge, um nach dem Unruhestifter zu forschen. Dabei gingen die Männer nicht gerade sanft mit denen um, die ihnen im Weg standen. Einige Frauen schrien erschrocken auf, als die Soldaten auf sie zustürmten. Doch im Getümmel war der Mann, der die Rede unterbrochen hatte, nicht auszumachen.

Die wenigen Bauern, Fischer und Handwerker des Dorfes, die nicht hinter die Mauer verbannt worden waren, rückten nun ihrerseits enger zusammen. Sie schienen nicht gewillt zurückzuweichen. Zuletzt aber war es der Schultheiß, der beschwichtigend die Hand hob und seine Nachbarn zur Ruhe mahnte. Graf zu Solms gab einem der Bewaffneten den Befehl, den Schultheiß reden zu lassen. Die Leute sollten einsehen, dass ihm und den Schöffen nichts an einem Aufruhr seiner Mitbürger lag.

«Die Stadt Heidelberg ist nicht geeignet, eine Festung zu beherbergen», fuhr der alte Graf fort, nachdem sich die Unruhe auf dem Platz gelegt hatte. «Auch wenn die kurfürstliche Residenz auf einer dicht bewaldeten Anhöhe erbaut wurde, ließe sie sich im Ernstfall viel schlechter verteidigen als eine wehrhafte Festung am Zusammenfluss zweier Ströme. Hier gibt es Wasser und freies Land. Aus diesem Grund werden wir heute nach dem Willen des Kurfürsten einen Vertrag unterzeichnen, der diejenigen von euch, die Acker- und Weideland für die Festungsanlage hergeben müssen, großzügig abfindet. Kurfürst Friedrich bietet dem Ort, der auch künftig den Namen Mannheim tragen soll, Stadt- und Marktrechte sowie eine Reihe von Zollprivilegien an, sobald der Grundstein zur Festung gelegt wurde. Ihr werdet von Frondiensten freigesprochen und müsst auf Güter, die auf dem Rhein verschifft werden, von nun an keine Zölle mehr zahlen. Ein Stadtrat soll eingerichtet werden, und alle Bürger, die sich innerhalb der Mannheimer Tore ansiedeln, werden auf Befehl des Kurfürsten für zwanzig Jahre von allen Steuern und Abgaben befreit.»

Litter wischte sich den Schweiß von der Stirn. Er hatte den Grafen nicht unterbrochen. Erst nachdem der alte Mann seine Rede beendet hatte, schickte er noch einige Worte nach. «Ich war nicht davon angetan, als dieser Festungsbaumeister in unser Dorf kam», erklärte er. «Aber wir müssen uns den Anordnungen des Kurfürsten beugen. Die Kirche lehrt, dass der Obrigkeit Gehorsam geleistet werden muss, was immer sie auch von uns verlangen mag. Daher fordere ich alle Einwohner auf, hervorzutreten und ihre Namen oder Zeichen unter dem meinen auf das Papier des Hofkanzlers zu setzen. Aber vergesst nicht, Freunde, dass ein Wortbruch schwere Folgen nach sich zieht. Ab heute werden Soldaten ihr Lager in Mannheim aufschlagen, die jeden mit Waffengewalt zur Rechenschaft ziehen, der es wagen sollte, die Hand gegen den Baumeister, sein Gesinde oder die Handwerker und Arbeiter zu erheben oder sich an Werkzeugen, Baugeräten und Vorräten zu vergreifen.»

Diesmal fiel das Gemurmel weniger stark aus. Die Dorfbewohner hatten begriffen, dass sie sich dem Kurfürsten nicht widersetzen durften. Nachdem der Graf zu Solms schließlich die Urkunde unterzeichnet und einige Körner Löschsand über die Tinte geworfen hatte, stiegen auch die Schöffen und dann die Bauern und Handwerker auf das Podest und übertrugen dem Kurfürsten alle Rechte an ihrem Grund und Boden zur dauernden Nutzung. Einige taten es mit wütender Miene, die meisten jedoch blieben gefasst. Am Fuße des Podests wartete bereits eine von drei Söldnern bewachte Truhe, welcher der Bauschreiber alsbald Lederbeutel entnahm. Sie enthielten ein großzügig bemessenes Abfindungsgeld.

«Wie rasch sich Schreie der Empörung doch in Rufe des Entzückens verwandeln können», bemerkte Anna spitz, als sie zur Zollschreiberei zurückfuhren. Henrika atmete tief durch. Sie war froh, dass die Unterzeichnung des Vertrags ohne Blutvergießen vonstattengegangen war. Aber sie musste Anna beipflichten. Wohin sie auch sah, tauchten zufriedene Gesichter auf. Frauen standen beisammen und winkten den vorbeifahrenden Karossen zu. Kappen wurden geschwenkt.

Die zukünftigen Stadtbürger waren nunmehr bester Laune. Mit einem Beutel harter Gulden in der Tasche sah die Zukunft nicht mehr ganz so düster aus, wie sie der Pfarrer in seiner letzten Predigt heraufbeschworen hatte. Singend und plaudernd setzte sich ein Zug von Männern und Frauen, Greisen und Kindern in Bewegung.

Mit dem Frühlingsbeginn schlug das Wetter um, und der Himmel sandte einen garstigen Regen über das Land. Grimmige Kälte verbannte Mensch und Vieh in die Stuben und Ställe. Dennoch rückten die kurpfälzischen Hofbeamten nicht von ihrem Termin für die feierliche Grundsteinlegung der Festung ab, denn der Kurfürst war ein vielbeschäftigter Mann und ließ sich von ein paar Tropfen nicht davon zurückhalten, dem Dorf persönlich seinen Besuch abzustatten.

Henrika und Anna hatten bereits Tage vor der Ankunft des Fürsten alle Hände voll zu tun.

Würde Friedrich von der Pfalz auch die Zollschreiberei besuchen? Musste Henrika ihm dann aufwarten, oder nahm er seine Diener und Pagen auf Reisen mit? Sie hoffte Letzteres, denn sie hatte keine Ahnung, wie man sich einem Fürstenpaar gegenüber verhielt.

Dessen ungeachtet bedeutete Annas Anwesenheit im Haus für Henrika eine gewisse Erleichterung. Kein einziges Mal hatte die Nichte des Festungsbaumeisters ihr mit Fragen über ihre

Beziehung zu Barthel zugesetzt, ein Umstand, für den Henrika der jungen Adeligen dankbar war. Anna hatte eine geräumige Kammer im oberen Stockwerk des Hauses bezogen und sie ohne Umschweife zu ihrem Reich erklärt. Das Zimmer verfügte über ein großes Fenster, durch das die Sonne schien, und vor dem Bett hingen die prächtigsten Vorhänge, die Henrika jemals gesehen hatte. Manchmal lud Anna sie ein, neben ihr auf der Bank Platz zu nehmen. Während Nebelschleier um die Bäume auf dem Hof strichen und der Frühlingsregen gegen die Fenster trommelte, unterrichtete Anna sie in höfischem Gesang oder brachte ihr Gedichte und ein paar Worte Latein bei. Henrika revanchierte sich dafür, indem sie Barthels Verwandte in die Kunst des Garnspinnens einweihte, aber diese Beschäftigung ermüdete Anna meist rasch, und Henrika gewann bald den Eindruck, dass ihre Freundin sich nur aus Höflichkeit daran versuchte. Umso lieber erzählte sie Henrika vom Leben am kurfürstlichen Hof, von der Kurfürstin und ihrer großen Kinderschar. Sie schien alle zu kennen und so vertraut mit ihnen zu sein, als wäre sie ihnen ebenbürtig.

«Wenn es im Land nur friedlich bleibt und kein Krieg ausbricht.» Henrika stand auf und blickte aus dem Fenster. Der anhaltende Regen hatte die Straße, die zum Tor führte, in ein dunkelbraunes Moor verwandelt. Einer der Pferdeknechte stapfte mit so schnellen Schritten durch die Pfützen, dass das Wasser bis zu den Knien aufspritzte. Vermutlich kam er aus der Scheune, denn er trug einen Holzbohrer und einige Bretter bei sich, mit denen er vermutlich eine Reparatur durchgeführt hatte. Barthel vermutete, Kurfürst Friedrich werde die Grundsteinlegung für Festung und Stadt zum Anlass nehmen, auch seine Zollhäuser zu besichtigen. Davon abgesehen sollten beide Scheunen hergerichtet werden, damit sie Arbeitern als trockene Unterkunft dienen konnten, solange die geplante Siedlung mit neuen Häusern und Stallungen noch unvollendet war.

Ein heftiger Wind, der schon seit Tagen über das Land brauste, hatte jedoch zu Verzögerungen geführt, und das war sehr ärgerlich für den Baumeister, denn jeder Tag, der ungenutzt verstrich, kostete den Kurfürsten ein Vermögen. Dabei gab es vor der Grundsteinlegung noch jede Menge zu tun. Der Festungsvorplatz sollte mit Pflastersteinen belegt, Schanzgräben und Baugruben für zehn Türme sollten ausgehoben werden. Solange aber die hierfür angeworbenen Männer ihre Arbeit nicht fortsetzen konnten, verbrachten sie ihre Tage und Nächte müßig im Wirtshaus, um mit den kurfürstlichen Pikenieren Karten zu spielen, zu würfeln und zu bechern. Die Wachsoldaten, denen es töricht erschien, dabei zuzusehen, wie sich halb ausgehobene Gräben mit Schmutzwasser füllten, ließen sich nur zu gern überreden, den Arbeitern Gesellschaft zu leisten. An den Tischen hörte man bald nicht mehr nur das Klappern der Würfel, sondern auch deftige Geschichten und Flüche.

«Ach, du solltest das Gerede vom Krieg nicht so ernst nehmen», riss Annas Stimme Henrika aus ihren Gedanken. «Inzwischen sollten unsere Fürsten gelernt haben, auf welchem Betschemel sie sich niederknien sollen.»

Henrika beobachtete, wie Annas Sticknadel über das steife Tuch tanzte, dann sagte sie: «Ich habe neulich den Handwerkern zugehört, welche die Gattertore für die neue Siedlung herstellen. Sie kommen von weither, nicht nur aus den pfälzischen Gebieten, sondern aus Ungarn und anderen entlegenen Teilen des Reiches. Die Männer sind vor Unruhen und Auseinandersetzungen in ihrer Heimat geflohen, die von Jahr zu Jahr heftiger werden. Wenn ihre adligen Grundherren sich aus religiösen Gründen befehden, lassen sie zunächst die Gehöfte und Dörfer ihrer Nachbarn von Landsknechten plündern und die Bauern vertreiben. Barthel ist der Ansicht, dass es im Reich schon lange keine wahre Ordnung und keine Gesetze mehr gibt, die allen Untertanen unabhängig ihres Glaubens Schutz gewähren. Kaiser Rudolf würde seinen

Einfluss liebend gern auch auf die einzelnen Fürstentümer ausdehnen, aber noch hat er kein eigenes Reichsheer hinter sich, das ihm helfen könnte, seine Ansprüche durchzusetzen. Söldner waren schon immer teuer. Die Stände widersetzen sich seinen Wünschen, vor allem die böhmischen Protestanten bereiten ihm Kopfzerbrechen.»

«Solange der alte Kaiser im Reich nicht mehr zu sagen hat als euer Schultheiß im Dorf, brauchen wir uns vor ihm nicht zu fürchten», erwiderte Anna mit blitzenden Augen. «Die pfälzischen Schützen und Pikeniere sind bekannt für ihre Waffenkünste. Sie würden die bunt zusammengewürfelte Schar Kaiser Rudolfs das Fürchten lehren, falls sie uns tatsächlich angreifen.»

Henrika wurde nachdenklich. Da sie nur wenig von der Politik des Kaisers und der Reichsstände verstand, fiel es ihr schwer, die Lage richtig einzuschätzen. Bewies nicht der Umstand, dass dem Kurfürsten so viel am Bau der Festungsanlage lag, dass ein bewaffneter Konflikt mit dem Kaiser auf Dauer eben nicht auszuschließen war? Der Kurfürst verfügte als Truchsess des Reiches über Macht und Ansehen, doch genau das brachte ihn in eine schwierige Lage. Er konnte sich aus dem Konflikt mit dem Kaiser nicht einfach heraushalten, sondern musste Stellung beziehen. Graf zu Solms selbst hatte gesagt, dass Friedrich IV. bereits Verhandlungen über ein neues Bündnis der protestantischen Reichsstände führte. Musste das in den Augen des Kaisers nicht wie Verrat aussehen? Henrika fühlte sich unbehaglich. Obwohl sie selbst keinen Krieg miterlebt hatte, ahnte sie, dass ein bewaffneter Konflikt zwischen den kaiserlichen Truppen und den Soldaten der verbündeten Fürsten für das gesamte Reich, besonders aber für das Kurfürstentum verheerende Folgen haben würde. Sie konnte nur hoffen, dass der Sturm nicht über sie hereinbrechen würde, bevor die Arbeiten an der Festungsanlage abgeschlossen waren. Erst dann würde sich zeigen, ob die Wälle, die auf Barthels Reißbrett entstanden waren, Schutz vor anrückenden Truppen mit Kanonen und Sturmgeschützen boten. Henrika hätte gern genauere Auskünfte über die Verhandlungen des Kurfürsten eingeholt, aber nach der Abreise des Grafen zu Solms hatten nur noch vereinzelt Kurierreiter ihren Weg ins Dorf gefunden. Über das, was sie berichteten, schwieg sich Barthel aus. Henrika wunderte sich darüber. Ein Vorhaben wie der Bau einer neuen Stadtfestung musste doch im Reich heftig diskutiert worden sein. Warum erfuhren sie nichts darüber, was man am Hof des Kaisers von Kurfürst Friedrichs ehrgeizigen Plänen hielt?

Am Tag der Grundsteinlegung war es stürmisch. Die Pfützen, die auf den Straßen und Feldwegen an die lange Regenzeit erinnerten, waren von den Bauern mit Stroh gefüllt worden, das nun vom Wind durch die Straßen geweht wurde. Ein schlechtes Omen, munkelten viele.

Seit Wochen redeten die Frauen an den Brunnen von nichts anderem mehr als dem nahenden Besuch des Kurfürsten. Das Gerücht ging um, sein ganzer Hofstaat würde geschlossen anreisen. In der Siedlung wurde fleißig gearbeitet. Bis in die Nacht hinein hörte man die Geräusche von Sägen und Hämmern. Junge Männer turnten auf den Dachbalken der kleinen Häuser herum, beschmierten sie zum Schutz vor der Feuchtigkeit mit Pech, während Strohschneider und Kalkbrenner ihre Fuhrwerke über die Baustelle holpern ließen. Die Mühle hatte Barthel ebenso wie den Schafgarten und die Zollgebäude mit Zäunen und dichten Hecken umgeben lassen.

Als Henrika an Annas Seite über die breiten Holzbohlen ins Dorf lief und sich das Ergebnis der Arbeiten betrachtete, spürte sie, wie ihre Hände trotz des rauen Wetters vor Aufregung feucht zu werden begannen. Das Dorf war wahrhaftig kaum wiederzuerkennen. Wohin man auch blickte, sah man neu angelegte, ordentlich mit hohen, behauenen Markierungssteinen versehene Wege. Natürlich würde es einige Zeit dauern, sie alle zu pflastern, aber im Geiste konnte sich Henrika schon vorstellen, wie vornehme Kutschen über die breiten Straßen rollten.

Barthel hatte Anna und sie am Abend vor dem großen Ereignis in sein Kabinett gerufen, um ihnen seine Planung bezüglich der Stadt zu erklären. Er hatte eine Karte auseinandergefaltet, auf der eine verwirrende Anzahl von Quadraten zu sehen war, die andeuteten, dass auf ihrem Grund eines Tages mehrstöckige Bürgerhäuser entstehen sollten.

Henrika hatte die Karte und die Skizzen studiert und versucht, bekannte Wege oder Plätze wiederzufinden, doch mit Ausnahme der Kirche von St. Sebastian, des Rathauses und der Zollgebäude hatte sie nichts erkennen können, was auch nur entfernt an das Dorf ihrer Kindheit erinnerte.

«Dort, wo heute noch der alte Dorfbrunnen steht, will Barthel ein Handelszentrum errichten», erklärte Henrika Anna, als sie die Straße überquerten. Die beiden mussten sich vorsehen, damit sie mit ihren langen Röcken nicht zwischen die Einspänner und Sänften gerieten, die sich durch den Sturm zum Vorplatz der künftigen Friedrichsburg kämpften. Im Osten des Festungsplatzes waren offene Feuerstellen aufgeschichtet und runde Zelte aufgeschlagen worden, in die sich der Hofmarschall und die Angehörigen des kurfürstlichen Hofstaats zurückziehen konnten, um Gespräche zu führen oder zu ruhen. Das Lager, das sich die pfälzischen Musketiere und Pikeniere teilten, lag ein wenig abseits, dennoch witterten Krämer und Marketender auch in ihrer Nähe gute Geschäfte. Mit beredten Worten streiften Hökerweiber und Händler mit Bauchläden durch die Menge, schwatzten bald mit diesem, bald mit jenem, und boten den Menschen farbenfrohe Brusttüchlein an, die an langen Stangen im Wind flatterten. Aber auch bestickte Börsen, Schuhe, Federhüte und Strumpfbänder wechselten den Besitzer. Kleine Dorfmädchen kämpften sich mit Körben durch das dichte Treiben. Der anregende Geruch ihrer in Schmalz gewendeten Gebäckstücke öffnete so manche Geldbörse. Ein Stück weiter trieben dunkeläugige Wahrsagerinnen und närrisch gekleidete Possenreißer ihr Unwesen; Erstere lockten ihre Kunden mit Amuletten und magischen Sprüchen, die jedem Söldner versprachen, ihn gegen Kugeln und Schrapnelle unverwundbar zu machen, während die Akrobaten unter dem Beifall der Umstehenden Jungfrauen kleine Münzen aus den Ohren zogen, bis die mit schamvoll geröteten Wangen ihr Heil in der Flucht suchten.

In einem Winkel des Festungsplatzes fand Henrika Elisabeth, die es sich offensichtlich nicht hatte nehmen lassen, ebenfalls ihr Glück zu versuchen. Ihr Ausschank bestand lediglich aus zwei bemalten Weinfässern, die das Gewicht einer länglichen Planke trugen. Auf dem Brett standen rund zwanzig Tonbecher, eine geringere Anzahl Krüge und sogar ein paar grünlich glänzende Gläser für höhergestellte Gäste. Neben den Weinfässern hatte die Wirtin einen hölzernen Trog zum Eintauchen der Becher und Gläser aufstellen lassen.

Henrika kam gerade rechtzeitig, um zu beobachten, wie Elisabeth zur Freude der wenigen Gäste ihres Ausschanks mit zwei geschickten Schlägen das Spundloch eines Fasses öffnete. Als der rote Wein, den sie für gewöhnlich auch im Wirtshaus ausschenkte, in den Krug schwappte, huschte ein zufriedenes Lächeln über das Gesicht der Frau.

Entschlossen blieb Henrika stehen und berührte Anna, die sie verwundert anblickte, sanft am Arm. «Würdest du ohne mich weitergehen? Ich habe noch etwas zu erledigen.»

«Du willst doch hoffentlich keinen Wein an einem derart erbärmlichen Ausschank kaufen?» Anna schüttelte sich. «In der Stadt kommen Weinpanscher an den Pranger. Aber hier im Dorf? Lass uns lieber die Buden mit den hübschen Tüchern anschauen oder gleich zur Tribüne hinaufsteigen. Das Parademanöver hat bereits begonnen, aber wenn es stärker stürmt, werden sie es abbrechen.»

Auf den feuchten Rheinwiesen hatten Landsknechte unter dem Kommando eines Offiziers eine befestigte Artilleriestellung aus Palisaden und Flechtwerk errichtet, die zur Unterhaltung der Menge im Sturm genommen werden sollte. Trommler und Pfeifer marschierten über den Platz, auf dem die Festung entstehen sollte, und warben unter den Schaulustigen für das militärische Spektakel, während ihr Kommandant die Stellung besichtigte und seine Untergebenen beschimpfte.

«Die Frau, die das Fass angezapft hat, ist meine Verwandte», erklärte Henrika, die Mühe hatte, sich inmitten des Getöses verständlich zu machen. «Ich muss mit ihr reden. Allein, wenn du nichts dagegen hast. Und keine Sorge, ich werde die Grundsteinlegung nicht versäumen.»

Anna winkte ab. Fasziniert von dem bunten Treiben, nickte sie Henrika zu und lief dann mit einem breiten Lächeln weiter, ohne sich noch einmal nach Henrika oder Elisabeths Stand umzuschauen.

Als Henrika sich dem Ausschank näherte, war die Wirtin damit beschäftigt, einer der Mägde Faulheit und Unzuverlässigkeit vorzuhalten. Wie es aussah, hatte sich das Mädchen davongeschlichen, um mit einer Schar Musketiere herumzutändeln. Die Männer boten in ihren gefütterten roten Überwurfmänteln, den blauen Kniehosen und den mit gelben Seitenschleifen verzierten Strümpfen einen beachtlichen Anblick, das musste auch Henrika zugeben. Als sie an ihnen vorbeilief, schwenkten die Burschen zum Gruß ihre Federhüte.

«Du träumst ja, Mädchen», hörte Henrika ihre Verwandte klagen. «Während du das eitle Mannsvolk bewunderst, tränkt mein guter Moselwein den Boden.»

«Ich helfe dir, Tante», schlug Henrika, ohne zu zögern, vor. Tatkräftig nahm sie der verdutzten Magd den vollen Becher aus der Hand, nahm sich eines der Tücher, die auf dem Fass lagen, und säuberte den Rand mit einer geübten Bewegung.

Elisabeth starrte sie mit offenem Mund an. Sie schien eine Weile zu brauchen, bis sie Henrika in ihrer Aufmachung wiedererkannte. Das Brokatkleid mit dem zierlichen Schleier, das Henrika zur Feier des Tages angelegt hatte, passte auch eher zu einer Hofdame als zu dem Mündel eines einfachen Dorfhutmachers. Zu allem Überfluss hatte Anna darauf bestanden, Henrikas Haar mit einer glühenden Brennschere in kunstvolle Locken zu verwandeln und es mit samtenen Bändern zu schmücken, die Henrika hinter den Ohren kitzelten.

Elisabeth musterte sie von Kopf bis Fuß. Dann entschied sie sich dafür, ihr Gesicht durch ein vorsichtiges Lächeln aufzuhellen.

«Henrika, mein Kind. Ich hoffte, dass ich dich heute hier sehen würde. Du hast mir gefehlt.» Sie kam hinter dem Schanktisch hervor, schubste die gaffende Magd zur Seite und hauchte Henrika einen flüchtigen Kuss auf die Wange.

«Warum hast du dich so lange nicht bei mir blicken lassen?», fragte sie, nachdem sie Henrikas Kleid einer kritischen, aber wohlwollenden Musterung unterzogen hatte. «Hat dein Dienstherr dir verboten, uns zu besuchen?»

Umständlich begann Henrika zu erklären, dass ihre Pflichten in den Gebäuden der Zollschreiberei ihr nur wenig Zeit für Besuche in der Nachbarschaft ließen. Sie war heilfroh, dass Elisabeth es dabei bewenden ließ. Sie stellte keine Fragen, erlaubte aber auch nicht, dass Henrika ihr am Schanktisch half. Mit einer abwehrenden Geste trieb sie das Mädchen zurück.

«Schlag dir das aus dem Kopf, Henrika. Du würdest dein hübsches Kleid ruinieren. Und diese Ohrringe. Sind das echte Perlen?»

Henrika lächelte schief. Den Schmuck hatte Anna ihr aufgedrängt. Ihr selbst wäre es nicht im Traum eingefallen, Barthel darum zu bitten. Aber natürlich hatte Anna ihren Protest nicht gelten lassen. Keine Edeldame, so hatte sie behauptet, erschien zu solch einem feierlichen Anlass ohne Geschmeide. Schon gar nicht, wenn die Möglichkeit bestand, dem Kurfürsten und seiner Gemahlin zu begegnen. Aber Henrika war keine Edeldame, sondern spielte eine Rolle, die man ihr aufzwang und über deren Bedeutung sie sich noch immer nicht im Klaren war.

«Wie steht es um Lutz?», fragte sie schließlich vorsichtig, nachdem sie Elisabeth Zeit gelassen hatte, die glänzenden Perlen an ihren Ohren gehörig zu bestaunen. «Ich habe oft an den armen Jungen gedacht und Gott gebeten, dass er das Wundfieber übersteht.»

Elisabeths eben noch heitere Miene gefror bei Henrikas Worten zu einer Maske. Mit glasigen Augen starrte sie in die Ferne

«Tante …»

«Lutz ist wohlauf», antwortete Elisabeth. Unvermittelt war sie in die Wirklichkeit zurückgekehrt und schenkte Henrika das Lächeln der geschäftstüchtigen Händlerin. «Mach dir keine Gedanken um ihn, Unkraut verdirbt nicht.» Mit einem Tuch tupfte sie ein paar Tropfen Wein vom Schankfass.

«Erinnerst du dich an Meister Priem, den blinden Wirt, dem die Schänke an der Krummen Brücke gehört? Nicht? Das dachte ich mir. Ist auch kein Ort für junge Mädchen. Eher eine Räuberhöhle, in der Karten gespielt und gewürfelt wird. Aber das Haus ist wenigstens sicher, denn dort hackt keine Krähe der anderen ein Auge aus. Der blinde Priem fragt keinen Gast, ob er auf der Flucht vor der Obrigkeit ist. Ich habe Lutz zu ihm gebracht, damit er sich fernab des Dorfes erholen kann. Meister Priem versteht mehr von der Heilkunst als ich. Er hat sogleich ein Torffeuer geschürt, Lutz Umschläge mit Branntwein und Eselsmilch verabreicht und ihm geriebenen Rettich auf die Fußsohlen gelegt. Der Rettich soll das Fieber senken und das Gift der Bleikugel aus dem Körper ziehen.»

Henrikas Augen weiteten sich. «Du hast ihn von einem Blinden behandeln lassen?»

«Du scheinst zu vergessen, wie schnell ein Bursche am Galgen baumeln kann, der es wagt, ins Haus eines kurfürstlichen Gesandten einzubrechen», erwiderte Elisabeth kühl.

«Das hätte ich niemals zugelassen!»

Elisabeth zuckte die Achseln. «Schultheiß Litter hat mir alles erzählt. Lutz wollte diesem Festungsbaumeister an die Kehle. Gott allein weiß, welcher Teufel ihn dazu trieb. Ich hielt es für das Beste, nicht darauf zu warten, bis die Büttel des Kurfürsten vor dem Wirtshaus stehen, um ihn mitzunehmen.» Sie wischte ihre Hände an der Schürze trocken. «Geschehen ist geschehen. Ich muss deinem Herrn Barthel vermutlich dankbar sein, dass er darauf verzichtet hat, Lutz vor das Blutgericht zu stellen. Seine Wunde verheilt, auch wenn er nie mehr richtig wird laufen können. Aber das ist Gottes Strafe für seinen Übermut und sollte von uns nicht beklagt werden.»

Henrika schoss vor Scham das Blut in den Kopf. Die Wirtin haderte nicht mit ihrem Schicksal. Sie war Barthel noch dankbar, weil sie annahm, dass er so großmütig gewesen war, Lutz laufen zu lassen.

«Ich habe den Schuss auf Lutz abgegeben.»

Henrikas Satz hallte wie ein Peitschenknall über den Stand. Nun war es heraus und ließ sich nicht mehr zurücknehmen. Sie atmete tief durch und sah, wie sich die Stirn ihrer Verwandten in Falten legte. Es dauerte eine Weile, bis die Wirtin begriff. «Was hast du gesagt?»

«Ich habe den Schuss abgegeben, Tante», antwortete Henrika wahrheitsgemäß. «Ich wollte es dir schon lange beichten, bereits am Tag, als es geschah, und ich fühle mich schuldig, dass ich es nicht getan habe. Aber ich hatte zu große Angst davor.»

«Und warum sagst du es mir jetzt?»

Elisabeths Reaktion auf das Geständnis fiel anders aus, als Henrika erwartet hatte. Ihre Miene war undurchsichtig, ihre Stimme bis auf ein kaum wahrnehmbares Zittern ruhig und kräftig, und dennoch fühlte Henrika, dass es im Innern der Frau brodelte. Das war kein Wunder. Henrika fühlte sich schuldig, durfte nun aber nicht zurückweichen.

«Lutz hatte vor, mich aus Barthels Haus zu entführen. Ich habe versucht, ihn zu beruhigen, aber er war wie von Sinnen. Barthel überraschte ihn dabei, wie er mich auf den Hof zerren wollte. Es ist wahr, dass Lutz sich auf den Baumeister stürzte. Und wenn ich den Schuss nicht abgegeben hätte, wäre Barthel jetzt vermutlich tot.»

Elisabeth starrte sie einen Moment lang an, dann nickte sie. Sie nahm ein Tuch und begann geschäftig, Becher blank zu reiben. «Vermutlich hattest du keine Wahl», sagte sie so unbeteiligt, als unterhielte sie sich mit einer Bäuerin über die bevorstehende Ernte. «Manchmal müssen wir Entscheidungen treffen, die uns wehtun. Ich habe dich nicht in der Schänke behalten, weil ich fürchtete, es könnte Lutz schaden, wenn du dich zu oft in seiner Nähe aufhältst. Hätte ich ihn nur früher aus dem Dorf geschafft, wäre uns dreien einiges erspart geblieben.»

«Der Festungsbaumeister hat die ganze Angelegenheit längst vergessen», beruhigte sie Elisabeth. Sie deutete in Richtung der Anhöhe, auf der sich die Tribüne mit dem thronartigen Sessel des Kurfürsten sowie eine kleine Rüstkammer und die Zelte der Hofbeamten, Quartiermeister und Offiziere befanden. Barthel und der alte Graf zu Solms, beide in glänzenden schwarzen Samtmänteln, diskutierten mit energischen Gesten, wobei der Festungsbaumeister einige Male auf die Papierrolle zeigte, die er mit sich herumtrug. Henrika hatte keine Ahnung, um was es sich bei dem Streit handelte. Doch sie hatte bereits zu Hause bemerkt, dass ihr Dienstherr um die Papiere ein großes Geheimnis machte und sie nicht einen Moment aus den Augen ließ.

«Wie du siehst, ist Barthel viel zu sehr mit seinen Pflichten beschäftigt, um an etwas anderes zu denken.»

Die Wirtin rang sich ein Lächeln ab, das nicht preisgab, ob sie den Baumeister gesehen hatte oder nicht. «Dein Wort in Gottes Ohr», sagte sie. «Aber heute ist ja auch ein großer Tag für ihn und seinen Fürsten, nicht wahr? Ein Triumph.» Sie stieß einen tiefen Seufzer aus. «Es wäre schön, wenn einige der hohen Herrschaften mir ein paar Becher Wein abkauften, bevor sich der Tag dem Ende zuneigt.»

Henrika wünschte es ihrer Tante von ganzem Herzen. Als sie sich verabschiedete, erklangen auch schon Fanfaren und Jagdhörner, denen ein Hagel von Salutschüssen und Jubelrufe folgten. Die Menschen überquerten winkend den Platz und schlugen den Weg ein, der zum Ufer führte. Dort glitt das Prunkboot, das den Kurfürsten und seine engsten Vertrauten zur Grundsteinlegung beförderte, geschmeidig durch die grünlich glitzernden Wellen. Unter Beifall bahnte es sich seinen Weg in den Hafen der zukünftigen Festungs- und Handelsstadt.

Anna von Neufeld hatte die Unterhaltung zwischen Henrika und der Wirtin aus einiger Entfernung beobachtet. Für gewöhnlich fiel es ihr leicht, an den Gesichtern der Menschen abzulesen, wie sie zueinander standen. Ob sie einander mochten, vertrauten oder verabscheuten. Doch hier war es ihr nicht gelungen, denn die Frau verbarg ihre wahren Gefühle hinter einem aufgesetzten Lächeln.

Henrika zu durchschauen war da schon einfacher; sie machte einen betroffenen Eindruck, ihre unsicheren Gesten und der niedergeschlagene Blick rochen geradezu nach schlechtem Gewissen.

Ein Lächeln glitt über Annas Lippen; wenigstens hier versagte ihr Spürsinn nicht. Henrika fühlte sich eindeutig schuldig und hatte sie vorausgeschickt, um bei der Frau in irgendeiner Form Abbitte zu leisten.

Sie wartete geduldig, bis Henrika gegangen war, um mit den anderen Schaulustigen der Ankunft der kurfürstlichen Barkasse beizuwohnen. Dann schlenderte sie auf den Ausschank zu. Sie nahm sich vor, keine Zeit mit langen Reden zu vergeuden, und kam dann auch ohne Umschweife zur Sache.

«Ihr habt Euch gerade mit Henrika Gutmeister unterhalten, nicht wahr?»

Elisabeth, die gerade mit der Reinigung eines grünlich schimmernden Glaspokals beschäftigt war, blickte die Fremde argwöhnisch an, besann sich aber sogleich auf die guten Sitten. «Das ist richtig, Jungfer. Möchtet Ihr einen Schluck Wein? Er stammt aus dem Moseltal.»

Anna lächelte. Sie betrachtete das Angebot der Gastwirtin mit vorgetäuschtem Interesse, schüttelte dann aber den Kopf. «Eine Auskunft wäre mir lieber, gute Frau. Ich möchte, dass Ihr mir verratet, worüber Ihr eben mit Henrika gesprochen habt.» Voller Befriedigung beobachtete sie, wie sich die Mundwinkel der Wirtin senkten. Sie sah aus, als hätte sie Anna am liebsten davongejagt. Doch sie konnte es sich nicht erlauben, in aller Öffentlichkeit unangenehm aufzufallen. Einer Person höheren Standes schuldete sie Respekt.

«Henrika Gutmeister ist die Pflegetochter meiner Schwester. Aber seit sie im Haus dieses Festungsbaumeisters lebt, habe ich sie nicht mehr gesehen. Sie kam nur an den Stand, um mich zu begrüßen.»

«Um Euch zu begrüßen? Das ist ja interessant. Ich glaube, nun dürft Ihr mir doch ein Glas Eures vorzüglichen Moselweins anbieten.»

Während Elisabeth ihr den Rücken zukehrte, um mit zittrigen Fingern einen neuen Krug zu füllen, öffnete Anna ihre Tasche und entnahm ihr ein paar gelbe Körnchen, die sie mit einer flinken Geste in den bereits gespülten Glaspokal rieseln ließ. Elisabeth bemerkte nichts davon. Als sie das Glas füllte, blieben die winzigen Körner unsichtbar.

«Ihr wolltet mir mehr über Eure Nichte erzählen», bemerkte sie, während sie den Pokal aus Elisabeths Hand entgegennahm.

«Und es wäre besser für Euch, wenn Ihr gar nicht erst versuchtet, mir etwas zu verheimlichen. Es kann gefährlich werden, sich mit mir anzulegen.»

«Ihr täuscht Euch, über meine sogenannte Nichte habe ich Euch nichts zu sagen. Und ich bekomme noch sechs Kreuzer von Euch, für den Wein.» Elisabeth verzog den Mund. «Hoffentlich schmeckt er Euch. Der Mundschenk Seiner Durchlaucht bietet bei Hofe gewiss andere Rebsorten an. Aber wir sind ein Volk, das gelernt hat, bescheiden zu sein.»

«So bescheiden, dass Ihr nicht davor zurückschreckt, Eure Kunden zu vergiften?»

Mit eisiger Miene stellte Anna das Glas auf das Schankbrett zurück. Elisabeth hob die Augenbrauen, schlug dann aber mit einem entsetzten Aufschrei die Hand vor den Mund. Ihre Mägde, die ein wenig abseits des Schanktisches mit zwei Bauernburschen geplaudert hatten, blickten neugierig zu ihr herüber.

Auf der Oberfläche des Weins schwamm ein milchiger Schaum.

«Der Wein war in Ordnung, als ich das Fass öffnete, das schwöre ich beim Blut des Heilands», jammerte Elisabeth. Anna konnte die Furcht der Wirtin spüren, denn schließlich zählte Giftmischerei zu den Verbrechen, die mit einem grausamen Tod bestraft wurden. Als Elisabeth nach dem verräterischen Glas greifen wollte, hielt Anna sie am Arm fest.

«Ich habe Euch beobachtet, als Ihr mit Henrika gesprochen habt. Ihr habt etwas gegen sie in der Hand, nicht wahr?»

«Lasst mich los», schimpfte die Wirtin. Ihre Miene zeigte nun Todesangst. Hastig drehte sie sich um und vergewisserte sich, dass keiner der Wachsoldaten aufmerksam geworden war. Dann wandte sie sich wieder Anna zu.

«Henrika hat meinen Sohn Lutz mit einer Pistole niedergestreckt und glaubt nun, ich könnte das so einfach vergeben und vergessen. Das einfältige Ding. Als ob ich jemals vergessen könnte, dass sie sich in der Stunde höchster Not gegen uns gewandt hat. Meine Schwester, die Hutmacherwitwe, hat mich vor ihr gewarnt, aber ich stellte mich taub, weil mir das arme Waisenkind leidtat. Was konnte sie schon für die Sünden ihrer Mutter? Heute aber weiß ich es besser. Henrika ist eine Gefahr. Für uns und unser Dorf, das habe ich endlich erkannt.»

«Aber Henrika sah erleichtert aus, als sie sich von Euch trennte.»

«Ich ließ sie in dem Glauben, dass ich ihr verzeihe, damit sie mich nicht länger behelligt. Was habe ich schon davon, wenn sie mich um Verzeihung bittet?» Ängstlich blickte Elisabeth auf die Weinfässer. «Aber ich würde niemanden vergiften. Das müsst Ihr mir glauben. Hat sie Euch zu mir geschickt? Glaubt sie, dass ich mich auf diese Weise an ihr rächen will?»

Anna griff nach dem Glas, leerte seinen Inhalt zu Boden und schaufelte mit der Spitze ihres Schuhs Sand über den schneeweißen Schaum, bis nichts mehr davon zu sehen war. Sie hatte erfahren, was sie wissen wollte.

«Haltet Euch in Zukunft von Henrika fern, verstanden? Und sorgt auch dafür, dass keiner Eurer Bauernfreunde sich ihr nähert. Ich will nicht, dass sie noch mit irgendjemandem im Dorf verkehrt. Alle müssen sie meiden, hört Ihr? Alle.»

Elisabeth gab einen zustimmenden Laut von sich. Ihr war anzumerken, dass sie nie zuvor eine so große Angst ausgestanden hatte. Doch als Anna ihr das leere Glas in die Hand drückte, fing sie sich so rasch, dass Barthels Nichte nicht umhinkonnte, ihr Bewunderung zu zollen. Normalerweise dauerte es nicht so lange, andere Menschen einzuschüchtern und ihnen ihren Willen aufzuzwingen. Vor allem bei Frauen hatte sie meist ein leichtes Spiel. Diese Wirtin aber war stärker als die Püppchen, die sie vom Heidelberger Hof kannte. Es würde ihr zwar nichts nützen, sich weiter mit ihr zu befassen, aber möglicherweise war es amüsant. Kam die Alte ihren Plänen jedoch in die Quere, würde sie schon Mittel und Wege finden, sie unschädlich zu machen.

«Ich werde über die Qualität Eures Weines kein Wort verlieren, Wirtin. Aber dafür solltet Ihr mir in Zukunft etwas mehr entgegenkommen.»

«Was wollt Ihr denn noch von mir?» Elisabeth gab sich keine Mühe, ihre Abneigung gegen das Edelfräulein zu verheimlichen.

«Ich verspreche Euch, dass ich kein Wort mehr mit Eurer teuren Henrika wechseln werde», sagte sie mit grimmiger Miene. «Ihr braucht meinem Wein also kein Gift mehr beizumischen, um mich einzuschüchtern. Seid Ihr nun zufrieden? Bei Gott, ich hätte nie gedacht, dass Henrika so weit gehen würde. Mir so eine Furie auf den Hals zu hetzen.»

«Natürlich bin ich zufrieden, meine Liebe. Und meine Freundin wird es ebenfalls sein, wenn ich ihr von unserer kleinen Unterredung berichte. Nur eine letzte Frage habe ich noch.» Sie blickte Elisabeth kalt an. Es fühlte sich herrlich an, wenn man einen Menschen in die Enge getrieben hatte.

«Ich möchte wissen, wer außer Euch im Dorf noch Gründe dafür haben könnte, Henrika Böses zu wünschen.»

8. Kapitel

Die Grundsteinlegung für die Festung Friedrichsburg war ein denkwürdiges Ereignis, von dem noch lange geredet wurde. Eine Flut von Druckschriften warb für die neue Stadt, die den alten, engen Städten des Reiches den Rang abkaufen sollte. Mit jedem Tag, der im Lauf des Sommers verging, wurde der Strom der Schaulustigen größer, die es sich nicht nehmen lassen wollten, den Fortschritt der Baumaßnahmen zu betrachten oder einmal über eine der neuen breiten Straßen zu spazieren, die Barthel und seine Männer angelegt hatten, um der Stadt das Gefühl von Weitläufigkeit und Größe zu verleihen.

Der Ort war von Betriebsamkeit erfüllt, wohin man auch blickte wurde gemauert, gehämmert und gesägt. Zimmermeister errichteten Gerüste, damit der baufällige Turm der St. Sebastiankirche ausgebessert werden konnte, das alte Rathaus erhielt einen Anbau für die Stadtschreiberei und Amtsstuben, außerdem einen Dachreiter und einen zierlichen Erker mit Bleiglasfenstern, die im Sonnenschein herrlich funkelten.

Rund um den großzügig angelegten Marktplatz erwarben wohlhabende Kaufleute Grundstücke. Sie ließen die Bauernkaten abtragen und gaben stattdessen Bürgerhäuser mit geräumigen Kellergewölben für Waren aller Art in Auftrag. Zahlreiche Heidelberger Bürger entschieden sich, der Einladung des Kurfürsten zu folgen und ihre Kontore in die neue Stadt zu verlegen, deren Lage zwischen Neckar und Rhein einen schwungvollen Warenverkehr versprach.

Auch an die Schar kurpfälzischer Soldaten, die nun regelmäßig auf dem Weg zum Exerzierplatz über die noch ungepflasterten Straßen ritten oder marschierten, gewöhnten sich die Leute schnell. Manch einer der Bauernsöhne hatte die Gelegenheit genutzt, sich den kurfürstlichen Musketieren anzuschließen, und war ins Feldlager gezogen. Dieses Leben versprach größere Abenteuer, als sein Dasein hinter dem Pflug oder im Stall zu fristen.

Henrika beobachtete die Veränderungen, die den Anbruch einer neuen Zeit versprachen, mit Begeisterung. Obwohl Barthel viele Stunden auf den Baustellen der Festungsanlage verbrachte, nahm er sich abends nun öfter die Zeit, mit ihr zu plaudern. Doch nicht nur das. Zu Henrikas Freude fand er sich bereit, sie auch in einigen Wissensgebieten zu unterrichten. Lesen und Schreiben hatte sie zwar von einem Dorfschullehrer gelernt, doch mehr Bildung hatten die Hahns ihr nicht zugestanden. Sie hatten die Auffassung vertreten, es genüge völlig, wenn ein Mädchen die Bibel und den Heidelberger Katechismus lesen könne. Alles Weitere verführe nur zu Hochmut und Eitelkeit.

Barthels Bücher erschlossen ihr dagegen eine neue und aufregende Welt. Seine Bibliothek umfasste nicht nur Werke über Geometrie und Astronomie, sondern auch über Pflanzen und Heilkunde, Berichte über die Neue Welt und Abhandlungen zu Poesie, Philosophie und Musik. Barthel ließ Henrika bei ihren Studien freie Hand, achtete aber darauf, dass ihr Lehrplan so viele Wissensgebiete wie möglich berührte. Fand er ein wenig freie Zeit, so setzte er ihr die Geschichte des Reiches und Fragen der Religion auseinander und erklärte, inwieweit sich der alte katholische Glaube von den Ansichten der Reformatoren unterschied.

Henrika saugte die Ausführungen ihres Dienstherrn auf wie ein Schwamm. Sie genoss die Aufmerksamkeit, die er ihr zukommen ließ, auch wenn ihr vieles, über das er sprach, Kopfzerbrechen bereitete. Lateinische Verben zu konjugieren empfand sie als mühsam, auch mit Zirkel und Lineal stellte sie sich nicht so geschickt an, wie Barthel erwartet hatte. Zu seiner Überraschung stellte sie ihn jedoch im Rechnen rasch zufrieden. Nachdem sie jahrelang nichts anderes getan hatte, als Wein auszuschenken oder die Werkstatt der Hahns auszufegen, kam Henrika der Gebrauch ihres Verstandes wie eine Erlösung vor. Sie war Barthel dankbar, dass er ihr Unterricht erteilte, konnte sich jedoch nicht erklären, warum er sich plötzlich so viel Mühe mit ihr gab.

Anna von Neufeld nahm an ihren gemeinsamen Stunden nicht teil. Sobald es Zeit für Henrika war, mit ihren Büchern an die Tür des Kabinetts zu klopfen, warf sie sich mit einer unmissverständlichen Geste einen Umhang über die Schultern und brach zu Spaziergängen auf. Niemals verriet sie auch nur ein Sterbenswörtchen darüber, wohin sie ging und was sie unternahm, wenn sie stundenlang ausblieb. Die Dienerschaft stellte keine Fragen, und Barthel zuckte lediglich mit den Achseln und erklärte, dass Anna schon immer sehr eigenwillig gewesen sei. Sie lebe zwar unter seinem Dach, was ihn in gewisser Weise für sie verantwortlich mache, doch solange Anna sich nichts zuschulden kommen ließe, kümmerten ihn ihre Ausflüge nicht.

Für Henrikas Wissensdurst und ihre plötzlich erwachte Liebe zu Büchern hatte Anna nur Spott übrig. Sie selbst verfügte über die Bildung eines Edelfräuleins, das im Schloss aufgewachsen war; sie ritt mit geradem Rücken und meisterte an Barthels Tafel die schwierigste Konversation. Sogar ein paar Worte Französisch und Niederländisch sprach sie.

Eines Nachmittags machte sich Henrika mit einem Buch auf den Weg zum Kirchhof, um dem Lärm des Gesindes und dem mürrischen Gesicht der Köchin wenigstens für einige Stunden zu entfliehen. Es war ein heißer Tag, und die drückende Schwüle ließ erahnen, dass mit einem Gewitter zu rechnen war.

Henrika suchte sich einen Platz, von dem aus sie das Geschehen auf der Straße beobachten konnte. Sie sah, wie ein paar Zimmergesellen miteinander wetteiferten, wer am schnellsten das Gerüst vor einem der neuen Häuser erklomm. Ihnen gegenüber hatte ein Kaufmann ein schattiges Gewölbe bezogen; seine Knechte schleppten Ballen um Ballen schweren Tuches die schmalen Stufen hinab. Henrika beneidete die jungen Männer nicht und war froh, dass sie ihre Pflichten in der Zollschreiberei für heute bereits erfüllt hatte. Die erst wenige Wochen zuvor gewählten Ratsherren konnten es offenbar gar nicht erwarten, dass ihre Stadt aufblühte. Bürgermeister Litter ritt beinahe täglich durch die neuen Siedlungen, um die Handwerker anzutreiben. Die Brennöfen der Ziegelei, die jenseits der Rheinpforte rauchten, konnten den Bedarf an Steinen nur noch mit Mühe decken. Die Knechte des Ziegelmeisters plagten sich von früh bis spät in der prallen Sonne, während in den Steinbrüchen der Umgebung manchmal bis spät in die Nacht hinein tonnenschwere Brocken aus den Felswänden herausgebrochen, zu Blöcken zurechtgeschnitten und dann mit Ochsengespannen zum Fluss hinabbefördert wurden. Der kleine Hafen am Rhein, in dem am Tag der Grundsteinlegung das Boot des Kurfürsten gelandet war, hatte sich bereits zu Beginn des Sommers in einen Umschlagplatz für Güter und Waren verwandelt. Werkzeuge, Bauholz, Quadersteine und Fässer mit Pökelfleisch, Salz, Essig und dünnem Bier zur Verpflegung der Garnison, aber auch Pelze, Garne, Tuch und Leder wurden auf dem Wasserweg in die neue Stadtsiedlung geschafft.

Aus Heidelberg war ein Arzt gekommen, der in seinem Haus nicht nur gebrochene Beine schiente und Wunden wusch, sondern sich auch auf die Behandlung innerer Krankheiten verstand. Sein Ziel war die Eröffnung einer Apotheke, was zwar den heftigen Widerstand des alten Dorfbaders heraufbeschwor, von Barthel aber, der selbst Interesse an der Heilkunst hatte, befürwortet wurde.

Henrika beobachtete eine Weile, was sich am Rheinufer tat. Die Fährleute hatten alle Hände voll zu tun, um Karren und Soldaten von einem Ufer zum anderen zu befördern, und schwitzten unter der stechenden Sonne aus allen Poren. Während die Pferde der Männer die Barkassen schwimmend begleiteten, lenkten die Fährleute sie mit Hilfe langer Stangen geschickt an der Sandbank vorbei, die sich inmitten des Rheins aus dem Wasser erhob. Die winzige Insel war auf Barthels Vorschlag hin mit einer Mauer und einem schindelgedeckten Türmchen versehen worden, das etwa tausend Fuß hoch war und einem Wächter als Ausguck über Stadtsiedlung, Festungsanlage und das weite Binnenland diente. An der erweiterten Anlegestelle schaukelte ein Langboot.

Schließlich betrat Henrika den Kirchhof und ließ sich auf einer Bank nieder. Träge schlug sie die erste Seite ihres Buches auf, verspürte aber plötzlich keine Lust mehr zu lesen. Stattdessen beobachtete sie, wie drei Männer die Kirche verließen. Sie schienen nicht aus der Gegend zu stammen. Der älteste war ungefähr dreißig Jahre alt und so beleibt, dass er beim Gehen schwankte, als bewege er sich über das Deck eines Schiffes. Sein Gesicht leuchtete feuerrot und glänzte vor Schweiß. Sein eng anliegendes Wams aus kupferrotem Tuch schien ihm auf der Haut zu kleben. Als der Dicke Henrikas Blick bemerkte, neigte er mit einem freundlichen Lächeln den Kopf und kam auf sie zugestapft. Seine beiden Begleiter, die einige Jahre jünger und wesentlich schlanker waren, folgten ihm.

«Ein wirklich heißer Tag», sagte der Mann. Seine Stimme klang hoch und überschlug sich beinahe. Ihm war anzusehen, dass die Sonne ihm zusetzte. «Könnt Ihr mir vielleicht weiterhelfen? Ich suche den niederländischen Festungsbaumeister Barthel Janson. Der Pfarrer meinte, ich fände ihn auf der Baustelle. Aber schaut Euch nur um, die ganze Stadt ist eine einzige Baustelle.»

Henrika klappte ihr Buch zu und stand auf. «Ich weiß, was Ihr meint, Herr. Aber ich kann Euch weiterhelfen. Zu dieser Stunde trefft Ihr den Baumeister im Zollhof an. Ich begleite Euch gern dorthin. Es ist nicht weit.»

Der Fremde wollte ablehnen, aber Henrika bedeutete den

Männern mit einer Geste, ihr zu folgen. Ein wenig Zerstreuung war genau das, was sie jetzt brauchte.

«Wir haben uns noch nicht vorgestellt», keuchte der Fremde, dem es offensichtlich schwerfiel, mit Henrika Schritt zu halten. In regelmäßigen Abständen blieb er stehen, um sich den Schweiß von der Stirn zu tupfen. «Mein Name ist Johannes Carolus und ich komme aus Straßburg. Ich besitze eine Buchdruckerei. Die beiden schweigsamen Burschen an meiner Seite sind meine Gesellen Laurenz und David.»

Henrika neigte höflich den Kopf. Sie hätte zu gern gewusst, was die Straßburger zum Baumeister führte, zügelte aber ihre Neugier. Es stand ihr schließlich nicht zu, Gäste des Baumeisters mit Fragen zu belästigen.

In der Zollschreiberei wurde der Druckermeister von einem hocherfreuten Barthel in Empfang genommen und sogleich eingeladen, in seinem Kabinett bei einem Becher Wein Platz zu nehmen. Henrika erhielt den Auftrag, in der Zwischenzeit die Gesellen des Mannes zu versorgen.

«Herr Carolus hat in Straßburg meine Schriften verlegt und gebunden», raunte der Baumeister ihr auf der Treppe zu.

«Verlegt? Ihr meint, er findet sie nicht mehr?»

Barthel lachte sie aus. «Er hat sie gedruckt, mein Kind. Habe ich deine Neugier damit einstweilen befriedigt? Dann kannst du ja jetzt der Köchin Beine machen. Die Herren bleiben selbstverständlich zum Essen.» Mit diesen Worten stieg er die Treppe hinauf, um seinen Gast nicht länger warten zu lassen.

Bei einer Erfrischung, die Henrika in der Stube reichte, erfuhr sie, dass Laurenz und David Schlüssel Brüder waren und seit frühester Jugend in Meister Carolus' Diensten standen.

Beide Männer hatten dunkles, glänzendes Haar, das in leichten Wellen über ihre Schultern fiel, eine frische, gesunde Gesichtsfarbe und kräftige Körper. Sie schienen gern an der frischen Luft zu sein und sich vor langen Fußmärschen nicht zu fürchten, was für Drucker, die doch tagaus, tagein in einer stickigen Werkstatt standen, ungewöhnlich war. Doch damit hörten die Gemeinsamkeiten zwischen den beiden auch schon auf.

Während Laurenz, der Ältere, Henrika in der Tafelstube mit fröhlichem Geplauder unterhielt und mehrere Male zum Lachen brachte, machte sein Bruder den Mund nur auf, um sich dicke Scheiben vom frisch gebackenen Weizenbrot, gepökelten Schinken und fetten Aal in brauner Tunke einzuverleiben. Er sah schwermütig aus, was seinen dunklen Augen mit den langen Wimpern zwar einen zauberhaften Ausdruck verlieh, andererseits aber auch recht bedrückend wirkte. Dazu vermied er es geflissentlich, seine Gastgeberin auch nur einmal anzusehen. Nach einer Weile gab Henrika es auf, ihn in das Gespräch mit einzubeziehen, und sie fragte sich, warum sein Meister einen so schweigsamen Gesellen überhaupt mitgenommen hatte. Als das Abendläuten einsetzte, schob er den Teller von sich, hielt sich den Magen und stand auf.

«Ich werde mich noch ein wenig in dem zugigen Dörfchen umschauen, das die Leute hier so kühn Stadt nennen», erklärte David lustlos. «Meister Carolus wird einen Lagerschuppen brauchen, wenn er mit dem Baumeister handelseinig wird.» Der junge Mann musterte Henrika misstrauisch, gab aber keine weitere Erklärung ab.

Laurenz winkte gelangweilt ab. «Wie ich den Alten kenne, wird er noch Stunden mit seinem Freund plaudern. Du kannst also schon einmal allein losziehen und dich umschauen. Es wäre eine Sünde, eine so hübsche Jungfer einfach sich selbst zu überlassen, nachdem sie so höflich war, uns die Zeit zu vertreiben. Also, amüsiere dich gut.»

Henrika errötete, aber es freute sie, dass der gutaussehende Mann ihre Gesellschaft einem Spaziergang durch die Siedlung vorzog. In Abwesenheit seines Bruders, der ihr mit seiner abweisenden Schweigsamkeit ohnehin auf die Nerven ging, konnte sie sich gewiss besser mit ihm unterhalten. David schien ihre Gedanken zu erraten. Einen Moment lang starrte er seinen Bruder empört an, dann zuckte er die Achseln und verließ die Tafelstube.

«Nehmt es dem Jungen nicht übel», sagte Laurenz. «Seit unsere Eltern tot sind, ist er nicht mehr derselbe. Beide wurden vor einigen Jahren auf dem Rückweg von einer Dorfkirchweih nach Straßburg von Räubergesindel überfallen und erschlagen.»

«Das ist ja entsetzlich», sagte Henrika mitfühlend und schalt sich gleichzeitig dafür, dass sie den Schmerz in den Augen des Jungen nicht richtig gedeutet hatte.

«Ist ja schon lange her», sagte Laurenz. Er lächelte, aber seine gespielte Fröhlichkeit konnte Henrika nicht täuschen. Auch er litt unter dem, was seiner Familie zugestoßen war. «David war damals noch ein Knabe, der die Lateinschule besuchte. Er musste mit ansehen, wie mein Vater ausgeplündert und an einem Baum erhängt wurde. Aber er konnte nichts ausrichten, weil ihm einer der Straßenräuber einen Prügel über den Kopf zog. Nun, wenigstens hat er überlebt, aber seit dieser Zeit schaut er jeden schief an, der seinen Weg kreuzt. Er vertraut niemandem mehr. Es bereitete ihm nicht einmal Genugtuung mitzuerleben, wie das Gesindel wenig später erwischt und vor den Toren Straßburgs aufs Rad geflochten wurde. Mögen sie in der Hölle braten bis zum Jüngsten Gericht.» Ein Schatten huschte über das Gesicht des jungen Druckers, doch er wich sogleich, als Henrika ihm voller Anteilnahme zulächelte.

«Genug von düsteren Erinnerungen. Was geschehen ist, kann keine Macht der Welt rückgängig machen. Wir sind hier, um unserem eigenen Leben einen Sinn zu geben, bevor Gevatter Tod auch an unsere Tür klopft. Und die Ohren einer Jungfer sollten keine trübseligen Geschichten hören, sondern Musik, Gedichte und zärtliche Worte. Warum versteckt Euch Euer Vater in diesem muffigen alten Gebäude? Weiß er denn nicht, dass blühende Rosen Sonnenschein brauchen?»

«Wenn Ihr mich mit einer Rose vergleicht, muss ich Euch warnen. Eure Rose hat spitze Dornen.» Sie zögerte kurz. «Vielleicht würdet Ihr Euch nur stechen, wenn ich Euch verriete, dass ich gar nicht die Tochter des Festungsbaumeisters bin.»

Laurenz Schlüssel blickte sie überrascht an. «Wie? Ihr seid nicht Barthels Tochter?»

«Barthel hat mich aufgenommen, nachdem mein Vormund gestorben war und niemand sonst mich haben wollte. Seitdem lebe ich unter seinem Dach. Ich führe sein Hausbuch, zähle seine Weinfässer im Keller und die geräucherten Schinken in der Vorratskammer und sorge dafür, dass die Dienerschaft ihn in Ruhe lässt, wenn er Berechnungen anstellt und seine Skizzen anfertigt. Als Gegenleistung lässt er mich lesen, was ich will, und bringt mir bei, wie eine Jungfer aus ehrbarem Haus sich zu benehmen hat.»

«Und das mit beachtlichem Erfolg, soweit ich es beurteilen kann.» Laurenz Schlüssel lächelte nicht, als er vorsichtig Henrikas Hand nahm, und dafür war sie ihm dankbar. Sein warmer Atem streifte die Haut ihrer Finger und beschlug den schmalen Silberring, den sie trug. Eine vertrauliche, beinahe zärtliche Geste, die ein Band schuf, das Henrikas Herz wie ein warmer Mantel umhüllte.

«Wisst Ihr, was ich mir in diesem Augenblick wünschte?», flüsterte er ihr zu.

Henrika ahnte es, denn sie hegte denselben Wunsch. Sie wollte den jungen Drucker gern wiedersehen und hoffte aus ganzem Herzen, dass Barthel es erlauben würde.

«Ich wünschte mir, Ihr könntet uns nach Straßburg begleiten.» Er lehnte sich zurück und verdrehte schwärmerisch die Augen. «Straßburg würde Euch gefallen. Die Stadt ist groß und voller Leben, ganz anders als diese … diese Baustelle.»

«Mag sein, aber ich werde wohl hier bleiben, bis ich alt und grau bin», erwiderte Henrika bekümmert. «Bis die Festung fertig ist, können viele Jahre vergehen, und so lange werden die Dienste des Baumeisters benötigt.»

Laurenz runzelte die Stirn. «Ihr habt eben selbst zugegeben, dass Ihr weder seine Tochter noch eine Verwandte seid. Er lässt Euch für sich arbeiten wie eine Magd. Das ist kein Leben für eine junge Frau. Lasst doch eine andere seine Schinken zählen. In Straßburg könnte ein ehrbares Mädchen wie Ihr …»

Henrika hob abwehrend die Hand; sie wollte nicht, dass er sie noch mehr in Versuchung führte. Was er ihr vorschlug, war einfach unmöglich. Sie wusste nichts über den jungen Mann, außer dass sein Lächeln sie auf sonderbare Weise berührte. Das aber reichte kaum aus, um sich von Barthel loszusagen, dessen Fürsorge ihr trotz seiner Launen immerhin ein Gefühl von Sicherheit gab. Mit seiner Hilfe hatte sie gelernt, die höhnischen Bemerkungen zu überhören, die häufig hinter ihrem Rücken erklangen, wenn sie auf den Markt ging. Davon abgesehen konnte sie sich nicht mehr vorstellen, ein Leben ohne Bücher zu führen. Barthel verlangte von ihr nichts, was sie ihm nicht bereitwillig gab. Er bestand lediglich darauf, dass sie in seiner Nähe war, wenn er sie sehen wollte.

Und er kannte ihr Geheimnis.

«Überlegt es Euch», sagte Laurenz mit einem abschätzenden Blick. «In Straßburg ereignen sich bald bedeutende Dinge, und es wäre schade, wenn ein wissenshungriger junger Mensch wie Ihr sie verschliefe.»

«Wovon redet Ihr?»

«Der Stadtrat hat unserem Meister das Privileg erteilt, eine Gazette zu drucken.» Er beugte sich vor. Noch immer hielt er Henrikas Hand fest. «Diese Gazette wird die Welt verändern. Sie wird Lichter anzünden, wo bislang nur Dunkelheit herrschte. Sie wird eine ganz neue Zeit einleiten.»

«Eine Gazette?» Henrika zuckte ratlos mit den Schultern. Sie hatte das Wort noch nie gehört. «Was um alles in der Welt ist das?»

«An manchen Orten nennt man es auch Zeitung», erklärte Laurenz nicht ohne Stolz. «Ihr könnt es mit einem Buch vergleichen, einem sehr dünnen Buch, das aus nur wenigen bedruckten Seiten besteht und von Krämern in der ganzen Stadt für ein paar Kreuzer verkauft wird. Auf diesen Seiten findet Ihr jedoch nicht die Erkenntnisse alter Gelehrter, sondern Neuigkeiten, alles, was gerade irgendwo passiert. Die neuesten Nachrichten aus dem gesamten Heiligen Römischen Reich, aber auch aus anderen Ländern. Entdeckungen und Erkenntnisse gebildeter Männer und Mitteilungen von den Höfen der Fürsten. Kurz, alles, was Ihr Euch nur in Euren kühnsten Träumen vorstellen könnt.»

Henrika wurde hellhörig; sie zwang sich, das stürmische Herzklopfen, das Laurenz' Nähe ihr bescherte, zu ignorieren, und bat ihn um weitere Einzelheiten. Was er erzählte, klang wie Musik in ihren Ohren.

«Die Zeiten werden immer unsicherer», fuhr Laurenz fort. «Die Menschen fürchten sich vor einem neuen Krieg, der uns alle ins Unglück stürzen könnte. Daher sind Nachrichten wertvoller als Gold geworden. Stellt Euch nur einmal vor, ein Kaufmann möchte einen Handelszug hinauf ins Böhmische ausrüsten. Da sollte er doch wissen, ob er seine Wagen durch Landstriche lenken muss, die er besser meiden sollte, weil dort Unruhen herrschen. In den Städten sind die Patrizier dankbar für jede noch so unbedeutende Neuigkeit, die vom Hof des Kaisers in Prag zu ihnen dringt. Der alte Kaiser Rudolf verkriecht sich ängstlich in seiner Burg, während ihm sein Bruder die angestammten österreichischen Länder streitig macht. Ruhm oder Niederlage eines Fürsten hängen davon ab, wie gut er informiert ist, bevor er eine politische Entscheidung für sein Land trifft. Die hohen Herren haben natürlich ihre Gesandten, die sie ausschicken. Aber die Neuigkeiten, die diese Männer von ihren Reisen nach Hause bringen, sind manchmal schon so alt, dass sie eigentlich keiner Erwähnung mehr wert sind. Davon abgesehen haben die Männer, die persönliche Boten bezahlen, kein Interesse daran, ihre kostbaren Nachrichten mit dem gemeinen Volk zu teilen. Auf der anderen Seite brauchen aber auch die Städte zuverlässige Kuriere, denn wenn erst mal der Feind vor den Stadtmauern steht, ist es meist zu spät, um Vorkehrungen zu treffen. Die Welt verändert sich, heute zählen Geschwindigkeit und Ausdauer mehr als verstaubter Adelsstolz. Euer Baumeister scheint das auch begriffen zu haben.»

Henrika hörte aufmerksam zu. Was Laurenz berichtete, klang einleuchtend.

«Demnach sammelt Euer Meister so viele Nachrichten wie möglich und druckt sie in seiner Werkstatt, damit jeder lesen kann, was sich im Reich tut? Ist er deshalb nach Mannheim gekommen? Um über den Bau der Festung und die Anlage der Stadt in seiner Zeitung zu schreiben?»

Laurenz bremste Henrika mit einer Handbewegung; ihr plötzlich erwachter Eifer schien ihn zu belustigen.

«Nun, im Moment bereiten uns ein paar andere Dinge mehr Kopfzerbrechen als Eure Festungsanlage», sagte er. «Das Privileg hat Meister Carolus zwar in der Tasche, und die meisten Ratsherren haben sich auf seine Seite gestellt. Aber leider gibt es immer noch Männer, die ihm Steine in den Weg legen. Einflussreiche Männer, die vor nichts zurückschrecken, um sein Vorhaben zu vereiteln. Zu allem Überfluss gibt es zwei Familien im Straßburger Rat, die miteinander aufs Blut verfeindet sind. Gewinnt man die eine, kann man sich des Zorns der anderen sicher sein. Die Zeitungsgründung ähnelt daher dem Tanz eines Blinden über einen Haufen roher Eier.»

Henrika dachte an Barthels Schwierigkeiten mit dem Schultheiß und den Schöffen des Dorfs zurück. Wenn man dem Straßburger Druckereibesitzer in ähnlicher Weise das Leben schwer machte, war er wirklich zu bedauern. Sie hoffte inständig, dass sich Johannes Carolus durch die Feindseligkeiten einiger seiner Mitbürger nicht in seinem Vorhaben beirren lassen würde.

«Die Zeitung muss doch nicht nur in Straßburg erscheinen, oder?», fragte sie, einer plötzlichen Eingebung folgend.

«Worauf wollt Ihr hinaus?»

«Unser Landesherr hat der neuen Stadt zahlreiche Privilegien zugestanden. Barthel könnte nach Heidelberg reiten und ihn bitten, ebenfalls die Veröffentlichung einer Zeitung zu genehmigen …»

«Gar kein so übler Einfall, Jungfer.» Laurenz ergriff seinen Becher und nahm einen kräftigen Schluck. «Die Sache hat aber leider einen Haken. Meister Carolus hängt an seiner Straßburger Werkstatt. Sein Vater war Geistlicher und hochgeachtet. Außerdem hat Meister Carolus lange mit den Ratsherren verhandeln müssen, bis sie ihm entgegenkamen. Falls er sich nun davonmacht, waren alle seine Mühen um das kostbare Privileg umsonst. Ein anderer würde es ihm vor der Nase wegschnappen, noch bevor er mit seinem Wagen durchs Stadttor gefahren wäre. Nein, Jungfer, die Zeitung wird in Straßburg erscheinen oder gar nicht.» Er überlegte kurz, ehe er hinzufügte: «Das soll aber nicht heißen, dass wir helfende Hände zurückweisen würden. Eine Gazette zu drucken, verschlingt ein Vermögen, das wir nicht haben. Boten und Kurierreiter wollen bezahlt werden, außerdem Nachrichtensortierer, Schreiber, Setzer, Drucker und Krämer. Ihr glaubt ja gar nicht, wie viele Menschen sich täglich in unserer Werkstatt tummeln. Wir brauchen zuverlässige Männer, die sich auf den Marktplatz oder vors Münster stellen und unsere Schriften anpreisen, und wir brauchen ein nicht allzu teures Lager oder wenigstens einen trockenen Schuppen, in dem man weitere Druckerpressen unterstellen kann. Meister Carolus möchte einige

Geräte in Italien oder Flandern kaufen und rechnet dabei mit der Hilfe Eures Baumeisters, weil der doch aus den Niederlanden stammt und gewiss über gute Kontakte verfügt.»

«Barthel wird ihm bestimmt helfen», sagte Henrika, ohne zu zögern, schließlich war ihr nicht entgangen, wie herzlich der Baumeister seinen Freund willkommen geheißen hatte.

Zum Mittagsmahl fanden sich Gäste und Hausbewohner im oberen Stockwerk ein. Henrika hatte den Mägden eingeschärft, den Tisch mit dem guten Tafeltuch zu decken und für eine besonders schmackhafte Mahlzeit zu sorgen. Die Männer dankten es ihr mit Appetit und fröhlichen Trinksprüchen. Besonders der Druckermeister langte zu, sooft die Hausmagd die Platte mit geschmortem Spanferkel, Hühnchen, Blutwürsten und goldgelbem Käse auftrug.

Henrika lächelte zufrieden. Dass der Straßburger kein Kostverächter war, hatte sie schon geahnt, als sie ihn zum ersten Mal gesehen hatte. Aber auch Laurenz und der schweigsame David, der nichts von den Eindrücken, die er bei seinem Rundgang durch die betriebsamen Siedlungen gewonnen hatte, preisgeben wollte, ließen es sich schmecken. Die Männer hatten eine anstrengende Reise über den Rhein hinter sich und beabsichtigten, die Stadt im Morgengrauen wieder zu verlassen, um nach Straßburg zurückzukehren. Meister Carolus erklärte mit vollem Mund, er könne seine Werkstatt nicht zu lange im Stich lassen. Seiner Miene nach war er mit seinen geschäftlichen Vorschlägen bei Barthel auf offene Ohren gestoßen.

Auch Anna nahm an dem Gastmahl teil, begegnete den Gästen ihres Verwandten aber distanziert. Sie schien weder den dicken Druckermeister noch die beiden jungen Gesellen sonderlich zu mögen, auch wenn sie Laurenz einer ausgiebigen Musterung unterzog. Schließlich zog sie sich mit der Begründung, unter Kopfschmerzen zu leiden, in ihre Kammer zurück. Zu ihrem Bedauern beendete Annas Unwohlsein auch Henrikas Abend. Die

Schicklichkeit ließ es nicht zu, dass sie mit drei Männern in der Stube sitzen blieb. Obwohl sie gern noch weitere Einzelheiten über Carolus' Pläne erfahren hätte, verabschiedete sie sich und verließ den Raum.

9. Kapitel

Am nächsten Morgen passte Barthel Anna ab, bevor sie das Haus verlassen wollte, und bat sie in sein Kabinett. Anna wunderte sich darüber, denn es war noch nie vorgekommen, dass ihr Verwandter sie allein hatte sprechen wollen. War ihm etwas zu Ohren gekommen? Hatte sich die Wirtin an ihn gewandt, um sich über sie zu beschweren? Nein, das war abwegig. Die Frau hatte gezittert vor Angst. Sie würde gewiss nicht wagen, in die Zollschreiberei zu kommen. Außerdem hatte die Wirtin nicht den Eindruck gemacht, als lege sie Wert darauf, Henrika noch einmal über den Weg zu laufen.

«Mach die Tür hinter dir zu, es muss nicht gleich das ganze Gesinde hören, was ich mit dir zu besprechen habe!» Barthel lief zu seinem Schreibpult und nahm einige Papiere, die er mit dem Handballen glättete, bevor er sie mit einem Tintenhorn beschwerte.

Anna schloss folgsam die Tür, bevor sie sich mit einem vorsichtigen Lächeln zu ihrem Verwandten umdrehte. Schweigend wartete sie, bis er bereit war, sich mit ihr zu befassen.

«Du hast Freundschaft mit Henrika geschlossen?»

Anna hob die Augenbrauen. So war das also. Es ging nicht um sie, sondern wieder einmal um Henrika. Anna spürte, wie Wut in ihr hochstieg. Dennoch antwortete sie betont höflich.

«Aber ja, Onkel. Wir sind im Lauf der letzten Monate gute Freundinnen geworden.»

«Nun, immerhin verbringt ihr eine Menge Zeit miteinander in

deiner Dachkammer. Ich möchte zu gern wissen, worüber ihr euch dort oben unterhaltet.»

Anna machte eine gleichmütige Handbewegung, die dem Festungsbaumeister deutlich zu verstehen gab, dass ihre Gespräche für Männer uninteressant waren. Barthel räusperte sich. «Ich habe nicht verlangt, dass du mir eure Frauengeheimnisse enthüllen sollst. Mir geht es darum, Henrika Gutmeister in guten Händen zu wissen. Sie ist ... ein ganz besonderer Mensch. Ein Mensch, der im Leben schon viel Leid erlebt hat. Verstehst du?»

Anna kochte innerlich, es kostete sie äußerste Selbstbeherrschung weiterzulächeln, denn sie merkte, dass ihre Maske zu zerspringen begann wie ein Tongefäß. Worauf wollte Barthel hinaus? Hatte er vor, sie zu Henrikas Kammerjungfer zu machen?

«Warum wolltet Ihr mich sehen?»

Barthel wies auf eines der Papiere vor ihm auf dem Schreibpult. «Ich möchte, dass Henrika etwas Bestimmtes übereignet wird, ein kleines Landgut mit Wäldern, das an einem See liegt. Deine Mutter ist einverstanden, dass du meine Verfügung mit deiner Unterschrift bezeugst.»

«Meine Mutter ist geistig umnachtet. Wollt Ihr mir weismachen, Ihr hättet mit ihr darüber gesprochen?» Anna holte tief Luft. Es war ihr unangenehm, an ihre Mutter erinnert zu werden.

«Dieses Landgut gehört doch zur Hinterlassenschaft meines Vaters.»

«Irrtum, meine Liebe, es befindet sich im Besitz deiner Mutter, aber früher gehörte es einer anderen Familie.»

«Und warum verschenkt Ihr es dann an Henrika?» Anna gab sich keine Mühe mehr, ihren Unmut zu verbergen.

«Henrika hat ein Anrecht darauf. Das ist momentan alles, was du wissen musst.» Der Festungsbaumeister warf dem Mädchen einen Blick zu, der ihr riet, ihn nicht mit weiteren Fragen zu bedrängen. Doch damit stieß er bei Anna auf Granit. Statt zu unterschreiben, hob sie entschlossen den Saum ihres Kleides und rauschte zur Tür.

«Wenn du dich weigerst, das Dokument zu unterzeichnen, wird deine Mitgift sehr gering ausfallen», sagte Barthel mit scharfer Stimme. «Du willst doch einen annehmbaren Ehemann heiraten, oder nicht? Das Vermögen deiner Mutter wird auf Wunsch des Kurfürsten und seiner Gemahlin von mir verwaltet. Ob es dir passt oder nicht, Anna: Ich habe darüber zu befinden, ob du dein Erbe eines Tages antreten oder weiterhin Kammerzofe der Fürstin bleiben wirst.»

Anna blieb stehen und stieß überrascht die Luft aus. Offensichtlich war sie nicht die Einzige, die sich darauf verstand, anderen zu drohen. Sie hatte Barthel immer für einen melancholischen Träumer gehalten. Für einen Säufer, der nur seinen Mann stehen konnte, wenn es galt, langweilige Mauern und Gebäude zu planen. Was mochte in ihn gefahren sein, dass er nun so energisch auftrat?

Hatte Henrika ihn verhext?

Was den Besitz anging, den Henrika bekommen sollte, so erinnerte sich Anna nur undeutlich an die Gegend. Sie war nie dort gewesen, aber ihre Mutter hatte das Haus als hässlich und den See als trostlos beschrieben. Sicher war es kein allzu stattlicher Besitz, der ihr durch die Lappen ging, sondern ein bescheidener Gutshof, der gerade genug abwarf, um das Bauerngesindel durchzufüttern, welches das Vieh versorgte und den Gemüsegarten hackte. Anna lag nichts an einem Bauernhaus im Wald, aber sie hatte etwas dagegen, dass Barthel so leichtfertig über ihren Besitz verfügte. Vermutlich bildete das Landgut lediglich den Anfang einer Reihe von Schenkungen, und was dann noch für sie übrig blieb, ließ sich an den Fingern einer Hand abzählen.

In diesem Moment traf Anna den Entschluss, Barthel aufzuhalten.

Es musste einen Weg geben, ihm sein Vorhaben auszureden. Fand sie ihn nicht, so musste sie wenigstens herausfinden, warum ausgerechnet Henrika diesen Flecken im Wald erhalten sollte.

«Also gut, so wichtig ist die Sache für mich ohnehin nicht», sagte sie und ließ sich von Barthel zunächst Feder und Tintenfass, dann die Streusandbüchse reichen. «Wenn Henrika ein Anrecht auf den Grundbesitz hat, unterzeichne ich Euer Dokument von Herzen gern.»

Zufrieden blickte ihr der Baumeister über die Schulter. «Brav, Mädchen, du wirst es nicht bereuen.»

Nein, lieber Onkel, dachte Anna mit einem süffisanten Lächeln. Das werde ich bestimmt nicht.

Noch in derselben Nacht wartete Anna voller Ungeduld, bis im Haus Stille eingekehrt war. Als sie sich davon überzeugt hatte, dass Barthel schlafen gegangen war, zog sie sich an und stieg so leise sie konnte die schmale Stiege hinunter. Auf Zehenspitzen schlich sie durch den Gang, der zum Kabinett des Baumeisters führte, und stahl sich in den dunklen Raum.

Was sie vorhatte, war ein Wagnis. Barthel mochte sie nicht. Überraschte er sie beim Spionieren, würde er sie ohne viel Aufhebens aus dem Haus werfen. So einfach war das für ihn. Aber er unterschätzte sie, so schnell ließ sie sich nicht verjagen.

Durch das Fenster warf der Mond seinen silberglänzenden Schein in die Stube. Er schien hell, aber nicht hell genug für das, was sie vorhatte. Unschlüssig blickte sie sich um. Wo konnte Barthel das Dokument versteckt haben? Auf dem Pult lagen nur einige zerknitterte Blätter herum. Anna trug sie ans Fenster, um wenigstens etwas davon entziffern zu können.

Wie nicht anders zu erwarten, handelte es sich um Skizzen, langweilige Entwürfe, dazu Randbemerkungen in unleserlicher Schrift, die zweifellos von ihrem Verwandten stammten. Barthel verfasste die meisten seiner Briefe in niederländischer Sprache.

Am liebsten hätte Anna den überflüssigen Kram zerrissen, aber das durfte sie nicht. Trotz ihrer Auseinandersetzung hegte Barthel nicht den leisesten Verdacht gegen sie. Auch Henrika vertraute ihr blind wie ein Schaf, auch wenn sie in letzter Zeit etwas vor ihr zu verbergen schien. Sie hatte Geheimnisse, über die zu reden sie sich weigerte. Seit dem Besuch des fetten Druckers und der beiden Milchbärte, die er mit ins Dorf gebracht hatte, ging das schon so.

Anna setzte ihre Suche fort. Die Urkunde musste doch irgendwo sein. Zunächst nahm sie sich den Eichenschrank vor, fand in diesem jedoch zu ihrer Enttäuschung nur Bücher in lateinischer und niederländischer Sprache sowie verschiedene Instrumente, die Barthel für seine Arbeit als Baumeister brauchte: ein Senkblei, Gewichte in einer mit Samt ausgekleideten Schatulle, gespitzte Kohlestifte und Zirkel an langen Messschnüren. Nichts als wertloser Plunder, der ihr wenig weiterhalf.

Als sie jedoch den Zwischenraum hinter den Büchern abtastete, stieß sie auf eine Papierrolle, die mit einem schwarzen Seidenband umwickelt war. Sie fühlte sich zwar nicht an wie die gesuchte Urkunde, erregte aber ihre Neugier. Leise zog sie die Rolle hervor, nahm sie mit ans Fenster und löste das Band. Sie musste wichtig sein, sonst hätte Barthel sie wohl kaum hinter seinen Büchern verborgen. Anna glättete das vergilbte Papier und vertiefte sich in die Zeilen, bis es ihr gelang, die ersten Sätze zu entziffern. Je mehr Anna las, desto unglaublicher erschien ihr die Entdeckung. Was Barthel auf dieser Rolle niedergeschrieben hatte, klang für sie so abenteuerlich wie ein Schauermärchen, das von alten Weibern am Kaminfeuer erzählt wurde, um Kindern den Übermut auszutreiben. War es möglich, dass die Schrift echt wahr, oder hatte Barthel das alles nur erfunden? Nein, sie musste echt sein.

Anna schnappte nach Luft. Ratlos starrte sie auf das Papier. Nun wusste sie, warum Henrika den kleinen Landbesitz mit dem

See bekommen sollte. Doch bevor sie das zuließ, würde die Hölle einfrieren.

Nach einer Weile rollte sie das Schriftstück wieder zusammen und legte es zurück an den Ort, wo sie es gefunden hatte. Ihr Herz klopfte schnell, als ihr bewusst wurde, dass sie nun das Mittel zur Hand hatte, um sich an Barthel für seine Unverfrorenheit zu rächen. Nur seine Hure konnte ihr noch gefährlich werden. Was hatte die überhaupt noch hier zu suchen? Jedermann im Ort verabscheute sie, fürchtete ihren Blick. Die Tochter einer gebrandmarkten Übeltäterin galt als Unglücksbotin.

Als Prophetin des Unheils, die niemand haben wollte.

Lautlos stahl sich Anna aus der Zollschreiberei und durchquerte den verwaisten Hof. Der Schein einer Laterne zauberte ihren Schatten auf den staubigen Boden, aber sie kümmerte sich nicht darum. Eilig lief sie durch die menschenleeren Straßen der schlafenden Stadt, ließ Kirche und Rathaus links liegen und schlug den mit Kies aufgeschütteten Weg zur Neckarpforte ein, der in die neue Siedlung zum jungen Busch führte. Die Beschreibung, die ihr die Wirtin gegeben hatte, war zutreffend; Anna fand das Haus, das sie suchte, auf Anhieb. Es war nicht kleiner als die benachbarten Gebäude, wirkte jedoch schäbiger. Langsam schritt sie auf das kleine Haus zu. Aus einem angrenzenden Schuppen, vor dem eine kleine Hobelbank stand, drang ein wütendes Fauchen. Anna stockte. Noch einmal glitt ihr Blick über die Neckarpforte, hinter welcher der Fluss vor sich hin murmelte. Zweige knackten; ein Nachtvogel schrie auf. Anna biss sich auf die Unterlippe, bis sie Blut schmeckte. Sie verspürte zwar keine Angst, aber das Gefühl, eine Torheit zu begehen, ließ sie zögern.

Hatte die Baumwirtin ihr das richtige Haus beschrieben? Sie konnte nur hoffen, dass die Frau ihre Drohung verstanden und ihr keinen Unsinn erzählt hatte. Niemand antwortete auf ihr Klopfen, aber die Tür war nicht verriegelt. Der Bewohner des

Hauses schien sich wenig um seinen Besitz zu scheren, vielleicht, weil es hier nichts zu holen gab, was einen Dieb interessierte.

In der Stube roch es nach fauligem Stroh, schalem Bier und ungewaschenen Leibern. Neben heruntergebrannten Kerzen, Lederstreifen und Brotkrümeln stapelte sich schmutziges Holzgeschirr. Zwei Becher und eine Kanne aus Ton deuteten ferner darauf hin, dass der Mann, der hier wohnte, noch vor kurzem einen Gast bewirtet haben musste. Die Herdstelle, hinter der sich eine von Ruß geschwärzte Schräge mit einem Kamin erhob, war zwar erkaltet, aber auf dem breiten Sims flackerte eine Tranfunzel, die den Raum in ein fahles Licht tauchte.

Annas Blick fiel auf ein Kastenbett, das zur Hälfte von einem zerrissenen Vorhang verdeckt wurde. In dem Bett schnarchte ein Mann. Anna schlug den Kragen ihres Umhangs hoch, dann trat sie an das Bett und beugte sich über den Schlafenden. Als sie die Hand ausstreckte, um ihn an der Schulter zu berühren, schlug der Mann die Augen auf. Im selben Augenblick schnellte seine rechte Hand hoch und packte Anna hart am Kragen. «Wer zum Teufel bist du, und was hast du hier zu suchen?», stieß er hervor.

Anna war zu verblüfft, um sich zu wehren. Mit einem erstickten Laut ließ sie sich von ihm ins Helle ziehen. Als er sah, dass er eine Frau vor sich hatte, gab er ihr einen Stoß, der sie unsanft auf den Fußboden beförderte.

«Hol mich der Teufel», keuchte er und blies Anna eine Wolke sauren Atems entgegen. «Könnt ihr Weiber denn nie von mir genug kriegen? Grade eben strampelte doch noch die kleine Magd vom Hirsemüller auf meinem Laken.»

Vor Wut knirschte Anna mit den Zähnen. Sie konnte sich kaum vorstellen, dass eine Frau freiwillig dieses Loch betrat, aber vielleicht hatte der Kerl das Mädchen mit Versprechungen in sein Haus gelockt. Nun, das war unwichtig. Mochte sich der Kerl in seiner Behausung mit hundert Huren vergnügen, das ging sie nichts an. Solange er das tat, was sie ihm auftragen würde.

«Bist du der Dorfschuhmacher Bunter?»

Der Mann musterte Annas schlanke Gestalt, dann schnaubte er und stapfte auf bloßen Füßen über den Eichenboden. Neben der Feuerstelle ergriff er einen Krug mit Wasser und leerte ihn prustend über seinen Kopf.

«Willst du mir nicht antworten?», sagte Anna gereizt. Auch wenn der Schuhmacher nicht mehr so streng roch wie zuvor, wollte sie ihren Besuch in seiner schäbigen Unterkunft nicht länger als nötig ausdehnen.

Der Mann wies gähnend auf einen Winkel, in dem ein Durcheinander von Lederstücken, Sohlen, Leisten und Nähzeug zu sehen war.

«Na klar bin ich Bunter, hier im Dorf, ich meine, in der Stadt, kennt mich jede Sau.»

Anna rümpfte die Nase. «Das glaube ich dir aufs Wort. Wie es hier riecht, bin ich überzeugt, dass du eine Menge Zeit mit den hübschen Tierchen verbringst.»

Er lachte meckernd. «Und mit wem habe ich das unverhoffte Vergnügen zu später Stunde? Ich hoffe, du hast mich aus einem guten Grund geweckt. Wenn du alt und hässlich wärst, hättest du gleich wieder gehen können.»

Anna reckte provozierend ihr Kinn. Der Schuster entsprach genau dem Bild, das sie sich von ihm gemacht hatte: bullig, verwahrlost und durchtrieben. Einer jener Männer, von denen man im Wirtshaus abrückte, falls sie nicht großzügig die nächste Runde Bier bezahlten. Ein Prahlhans, der große Reden schwang, um seine Nachbarn davon abzulenken, dass er ein Versager war. Die Stadtgründung hatte einige Bauern und Krämer zu reichen Männern gemacht. Zu Männern, die heute am Marktplatz wohnten und nur ungern an die Bauernhäuser zurückdachten, in denen sie noch vor zwei Wintern mit ihrem Vieh gehaust hatten. Wilhelm Bunter gehörte nicht zu ihnen, und der bescheidene Winkel, in dem er Sohlen flickte und Leder zurechtschnitt, erweckte keineswegs den Eindruck, als würde er es jemals zu etwas bringen. Doch genau dieser Umstand machte ihn für Anna interessant. Bunter stand in dem Ruf, geldgierig und ehrgeizig zu sein.

Die Wirtin hat nicht zu viel versprochen, ging es ihr durch den Kopf. Prüfend warf sie einen Blick über die Schulter und vergewisserte sich, dass sie nicht vergessen hatte, beim Eintreten die Tür hinter sich zu schließen. Dann schlug sie den Kragen herunter und nahm den Umhang von ihren Schultern. «Bist du nun zufrieden?»

Bunter bedachte sie mit einem Blick, aus dem Gier und Argwohn sprachen. «Ich kenne Euch», rief er, während er die beiden benutzten Becher mit Branntwein füllte. «Ihr wohnt auch bei diesem Kerl in der Zollschreiberei. Der Bursche treibt es also in seinem Haus mit zwei Weibern. Alle Achtung, das hätte ich dem alten Knochen gar nicht zugetraut.»

«Man erzählt sich, der alte Knochen habe dir einmal empfindlich das Fell gegerbt. Ich kann dafür sorgen, dass deine Erinnerung daran wieder erwacht.»

Bunter hob drohend die Hand, aber er wagte nicht, Anna anzurühren. In diesem Viertel hatten die Wände Ohren, und wenn sie die Nachbarschaft zusammenbrüllte, war er letztendlich der Dumme, den sie an den Pranger ketteten.

Anna wich nicht vor ihm zurück. «Wie ich hörte, hast du die Gutmeisterin nicht sonderlich ins Herz geschlossen?»

Bunter bemühte sich, gleichgültig zu wirken, aber Anna konnte förmlich hören, wie es in seinem Gehirn arbeitete. Er war überrascht, schien jedoch zu begreifen, dass der nächtliche Besuch einer Frau, die unter normalen Umständen niemals einen Fuß über seine Schwelle setzen würde, ihm nützlich sein konnte. Sie schien etwas von ihm zu wollen. Sein Trieb reizte ihn, sie auf sein Bett zu werfen, doch sein Verstand mahnte ihn zur Vorsicht. Schließlich rang er sich durch, ihr eine Antwort zu geben. «Ihr meint das Mündel des Hutmachers? Nein, die kann ich nicht ausstehen, diese Hexe. Glaubt, sie sei etwas Besseres, dabei lässt sie nicht einmal mehr ihre Pflegemutter ins Haus. Hat sie dem Festungsbaumeister noch keine schönen Augen gemacht? Das wird noch kommen. Vor mir hat sie sich schon mal entblößt, hat darum gebettelt, dass ich sie mit dem glühenden Eisen quäle. Weiß der Teufel, warum der Kerl sie duldet.»

«Ihr redet von meinem Onkel», sagte Anna streng. Sie nahm Bunter den Becher aus der Hand und schnupperte. Der scharfe Geruch des Branntweins wirkte belebend auf ihre Sinne. Der erste Schluck brannte ihr noch in der Kehle wie ein loderndes Torffeuer, doch schon der nächste spülte den letzten Rest an Skrupeln fort, die sich noch in ihr regten; nun erschien ihr nicht einmal mehr die Stube des Schuhmachers so abstoßend.

«Dann seid Ihr also nicht scharf auf den Baumeister? Verzeihung, Euren Onkel?»

«Unsinn. Schweig jetzt, du Idiot, und hör mir zu. Mein Verwandter will Henrika Gutmeister ein wertvolles Geschenk machen. Sie wird reich werden, vielleicht sogar einflussreich. Mächtig genug, um sich an alle zu erinnern, die ihr hier im Dorf jemals übel mitgespielt haben.»

«Glaubt Ihr, ich habe Angst vor dem kleinen Biest?», brummte Bunter böse.

Anna lächelte. «Gewiss nicht. Aber sicher wirst du nichts dagegen haben, dir ein paar Gulden zu verdienen. Ich werde den Baumeister daran hindern, sein Vorhaben in die Tat umzusetzen. Doch dafür brauche ich die Hilfe eines Mannes, der schweigen kann und sich nicht fürchtet.»

Skeptisch schüttelte der Schuhmacher den Kopf. «Ihr kennt mich doch gar nicht. Woher wollt Ihr wissen, ob Ihr mir vertrauen könnt, und wie soll ich wissen, dass Euch nicht die Gutmeisterin, dieses nachtragende Biest, schickt, um mir das Leder zu gerben? Zum Teufel, es war doch nur ein Spaß, damals in der Zollscheune. Hat sie Euch das nicht erzählt?»

Anna runzelte die Stirn. Der Kerl stank nicht nur wie ein Ziegenbock, er war auch noch begriffsstutzig. Aber das allein war nicht weiter tragisch; sie kannte ein Mittelchen, das selten versagte. Es anzuwenden, würde sie bei Bunter einige Überwindung kosten, aber wenn er tat, was sie von ihm verlangte, würde sie das für jede Unannehmlichkeit entschädigen. Hastig leerte sie den Becher, dann begann sie mit flinken Bewegungen die Schnüre ihres Mieders zu lösen.

10. Kapitel

Henrika fühlte sich seit Tagen nicht wohl. Das erschreckte sie, denn sie war seit ihrer Kindheit nicht mehr krank gewesen. Seit der Abreise der Straßburger litt sie unter quälenden Kopfschmerzen und einer sonderbaren Unruhe, die ihre Glieder schwer machte und sie abends vollkommen erschöpft ins Bett fallen ließ.

Die Nächte waren jedoch kaum friedvoller als die Tage. Sie lauschte auf die Schläge der Kirchturmuhr und betete um Schlaf, der aber ausblieb. Morgens quälte sie sich aus den Federn und wankte ermattet die Treppe hinunter. Schließlich gestand sie sich ein, was sie bereits seit langem vermutete: Es war keine körperliche Krankheit, die sie plagte.

Sie hatte sich verliebt. Ja, so musste es sein. Immer wieder geisterte das Bild des lachenden Laurenz Schlüssel durch ihren Kopf. Bei dem Gedanken, wie er ihre Hand genommen und sie angesehen hatte, drohte ihr Herz jedes Mal beinahe zu zerspringen.

Barthel reagierte auf die Veränderungen, die er an Henrika beobachtete, mit Besorgnis und ermahnte sie, sich mehr Ruhe zu gönnen. Doch letzten Endes war er viel zu beschäftigt mit dem Bau der Festung, um sich mit ihr zu befassen. Henrika indessen traute sich nicht, ihm zu erklären, wie aufregend sie die Arbeit des Druckermeisters fand. Auch fehlte ihr der Mut, ihn um Erlaubnis zu bitten, sie nach Straßburg reisen zu lassen, damit sie die Entstehung der neuen Zeitung aus der Nähe verfolgen konnte. Barthel kannte ihren Eifer und förderte ihren Wissenshunger nach Kräften. Doch diesen Wunsch würde er ihr nicht erfüllen.

Es war unmöglich. Besser, sie schlug sich die Idee gleich wieder aus dem Kopf.

Barthel hatte ein Fachwerkhaus an der Neckarbrücke gemietet. Dort oben konnte er die Arbeit am Mauerwerk der Zitadelle besser beaufsichtigen als von der abgelegenen Zollschreiberei aus, und er war rascher zur Stelle, wenn es darum ging, sich mit Handwerksmeistern über Probleme zu beraten. Die Räume des Brückenanwesens waren zudem ideal für die Lagerung der Güter, die Meister Carolus aus Flandern anliefern ließ. Wenig später fand eine funkelnagelneue Druckerpresse ihren Weg in das Haus auf der Brücke.

Henrika freute sich, dass Barthel sein Versprechen gehalten hatte, die Straßburger zu unterstützen. Es wurde auch höchste Zeit, denn inzwischen war die Stadt von einem heftigen Wintereinbruch überrascht worden. Innerhalb weniger Tage lag der Schnee so hoch, dass die Festungsarbeiter sich mit Schaufeln ihren Weg zu den Baustellen bahnen mussten. Die kurfürstlichen Soldaten fluchten auf den Straßen, die mit einer spiegelglatten Eisschicht überzogen waren. Allein die Kinder freuten sich; auf den verschneiten Wiesen vor der Stadt herrschte ein munteres Treiben mit Schlittenfahrten und Schneeballschlachten.

Henrika kümmerte die plötzliche Kälte wenig. Barthel hatte dafür gesorgt, dass der Vorratskeller in der Zollschreiberei mit Mehl, Bohnen, Erbsen und getrocknetem Obst gefüllt wurde, sodass niemand befürchten musste, während des grimmigen Winters Not zu leiden. Dennoch machte sich im Haus eine bedrückende Stimmung bemerkbar. Anna schien etwas auszubrüten; sie verließ ihre Schlafkammer nur noch selten. Der Baumeister wartete auf Nachrichten vom kurfürstlichen Hof, die aber des schlechten Wetters wegen ausblieben. Übellaunig vertiefte er sich in seine Arbeit.

Um sich von den Gedanken an Laurenz im fernen Straßburg abzulenken, verbrachte Henrika viele der düsteren Wintertage im unteren Stockwerk des kleinen Hauses, um sich mit Johannes Carolus' Druckerpresse vertraut zu machen. Dabei genoss sie das sanfte Plätschern des Wassers, das tief unter ihr gegen die Brückenpfeiler klatschte, und betrachtete zuweilen die Schneeflocken, die vor dem Fenster herumwirbelten.

Eines Abends war Henrika noch zu später Stunde im Brückenhaus beschäftigt. Sie wollte nicht allein nach Hause gehen, sondern auf Barthel warten, der noch im oberen Stockwerk zu arbeiten hatte. Ein Steinmetz polterte mit schweren Schritten die Treppe hinunter und griff nach der Laterne, die er beim Eintreten auf eine Truhe neben dem Fenster gestellt hatte. Als er die Tür öffnete und ihm die Kälte entgegenschlug, verzog er missmutig den Mund. «Ein Schneesturm zieht auf», teilte er Henrika mit, die sich die Hände am Feuer wärmte. Sie hatte es geschürt, um einen Kessel mit Kräuterbier zu erhitzen, aber die schwachen Flammen reichten nicht aus, um dem feuchten Raum Behaglichkeit zu verleihen.

«Ihr solltet dafür sorgen, dass der Herr Festungsbaumeister den Weg nach Hause findet, bevor er dort oben in seiner Stube noch zu Eis erstarrt», sagte der Steinmetz. «Im Augenblick können wir ohnehin nur abwarten, bis sich das Wetter bessert. Es lohnt sich nicht, unfertige Torbögen anzustarren. Das allein setzt keinen Schlussstein ein. Ich habe die Arbeiter jedenfalls nach Hause geschickt, bevor sie krank werden.»

Henrika musste dem Steinmetz zustimmen. Der ältere Mann hatte schon viele Häuser gebaut und wusste, wovon er sprach. Höflich bot sie ihm einen Becher heißes Kräuterbier an, aber der Meister lehnte dankend ab. Er wollte lieber zu seiner Familie, bevor man die Gassen nicht mehr passieren konnte, und verabschiedete sich. Henrika verstand das nur zu gut, denn ihr stand der Heimweg auch noch bevor. Sie sank auf einen Hocker und überließ sich wieder ihren Gedanken. Das Knarren der Tür hörte sie nur noch undeutlich. Versonnen blickte sie in die Flammen und versuchte sich vorzustellen, wie erfahrene Straßburger Drucker die Presse in Gang setzten. Ihr selbst war das trotz einiger heimlicher Versuche noch nicht gelungen. Eine Weile betrachtete sie den hohen Aufbau der Druckerpresse, die bald nach Straßburg geliefert werden sollte, dann schloss sie die Augen und überließ sich ihren Träumen. Straßburg. Ob es dort wohl auch schneite? Barthel hatte nur die Achseln gezuckt, als sie ihn danach gefragt hatte. Er war mit seinen Gedanken wie üblich auf der Baustelle, doch sie mochte schwören, dass er ihren Vorschlag, die Presse für Meister Carolus auf ihrem Weg nach Straßburg bewachen zu lassen, zumindest in Betracht zog. Vielleicht ließ er sie ja mitreisen.

Auf ihrer Zunge lag ein bitterer Geschmack, der vermutlich von dem Kräuterbier herrührte. Was brauchten die Straßburger noch, um eine Gazette zu drucken? Wie kostspielig mochte es sein, Kuriere in alle Herren Länder auszusenden oder ständige Korrespondenten vor Ort zu unterhalten? Wurden die Nachrichten, welche die Kuriere einkauften, einfach wahllos auf die Presse gelegt, oder gab es jemanden, der sie vorher abschrieb oder nach Bedeutung und Herkunft sortierte? Fügte der Meister seinen Neuigkeiten Kommentare aus seiner eigenen Feder hinzu, oder überließ er es den Käufern der Zeitung, sich eine Meinung über die Geschehnisse im Reich zu bilden? Wurden Kupferstiche verwendet, und wenn ja, wer stellte sie her? In Straßburg, so hatte sich Henrika sagen lassen, stand die Kunst des Kupferstechens in höchster Blüte. Allmählich entspannten sich ihre Glieder, und ein wohliges Gefühl von Wärme und Müdigkeit wanderte durch ihren Körper. Sie konnte sich nicht dagegen wehren. Wenig später sank sie in einen tiefen Schlaf, aus dem sie erst erwachte, als ihre Zähne unkontrolliert zu klappern begannen. Benommen richtete sie sich auf und blinzelte in die Flamme der Lampe. War sie tatsächlich eingeschlafen? Schwerfällig stand sie auf, und ein stechender Schmerz fuhr durch ihren verspannten Nacken. Sie erinnerte sich dunkel, geträumt zu haben. Verworrenes Zeug, dessen schaler Beigeschmack sie auch nach dem Erwachen nicht loslassen wollte.

Das Bild eines grünen Waldsees spukte durch ihren Kopf, auf dem Schlingpflanzen und weiße Blüten trieben. Noch immer hatte sie einen länglichen Kahn vor Augen, der sanft über die leicht bewegte Wasseroberfläche glitt. Sie hatte sich selbst in dem Kahn gesehen. Sich und eine hübsche Frau. Obwohl sie sich beide angestrengt hatten, rudernd vorwärtszukommen, gelang es ihnen nicht, das nahe Ufer zu erreichen. Die Böschung war hoch, und außerdem leckte der Kahn wie ein angezapftes Weinfass. Ihre Füße standen bis zu den Knöcheln im Wasser. Es stieg unaufhörlich und sprudelte nach einer Weile nicht mehr grün, sondern blutrot. Henrika fuhr sich mit der Hand über die Stirn. Sie erinnerte sich an ihre Angst und an die warme Stimme der Frau, die ihr eine Melodie ins Ohr gesummt hatte, um sie zu beruhigen.

Die Melodie, schoss es ihr durch den Kopf. Die Verse. Das Lied vom grünen See.

Der bittere Geschmack in Henrikas Mund wurde unerträglich. Was war nur los mit ihr? Wurde sie ernstlich krank? Verwirrt blickte sie zur Stubendecke empor und lauschte. Aber aus dem oberen Stockwerk war nichts zu hören außer dem Geräusch von Wassertropfen, die monoton in eine Pfütze auf dem Steinboden klatschten.

War Barthel ebenfalls eingeschlafen, oder grübelte er wieder über seinen Berechnungen und hatte die Zeit vergessen? Wie auch immer, es war spät. Sie musste ihn davon überzeugen, nach Hause zu gehen, bevor er sich das Lungenfieber holte. Sie hatte sich bestimmt eine Erkältung eingefangen, warum sollten ihre Füße sonst so unangenehm kribbeln und die Handflächen schwitzen?

Das Feuer unter dem Kessel war bereits nahezu heruntergebrannt, es mussten Stunden vergangen sein, seit der alte Steinmetz sich von ihr verabschiedet hatte.

Henrika ging zur Treppe. «Herr, ich möchte nach Hause

gehen. Es ist spät.» Doch der Baumeister antwortete nicht. Eine plötzliche Unruhe überkam sie. Irgendetwas stimmte dort oben nicht. Warum hatte sie ausgerechnet jetzt von der sonderbaren Melodie geträumt? War das Lied eine Warnung gewesen?

Als sie ihren Fuß auf die erste Stufe setzte, fiel ihr ein dicker Tropfen mitten auf die Stirn. Verfluchte Feuchtigkeit. Sie wischte ihn mit dem Handrücken ab und verharrte in ungläubigem Entsetzen. Was an ihren Fingerspitzen klebte, war kein Wasser, sondern Blut. Und es tropfte auch nicht durch eine undichte Stelle im Dach, sondern durch eine Bodenritze der oberen Kammer. Henrika blickte hinunter auf die Dielen, und ihr Verdacht bestätigte sich. Eine dunkelrote Blutlache breitete sich auf dem Fußboden aus. Henrika war hindurchgeschritten und hatte auf den Stufen der Treppe rote Abdrücke hinterlassen.

Panik stieg in ihr hoch. Henrika rannte die Treppe hinauf und stürzte in die Stube. Dort bot sich ihr ein grässliches Bild. Barthel kniete in einer Blutlache vor seiner mächtigen Büchertruhe, in der fast sein gesamter Oberkörper verschwand. Das heißt, Henrika nahm an, dass er es war, denn sie erkannte seinen purpurnen Hausmantel mit der goldenen Kordel, den er oft zum Schutz vor der Kälte in der Brückentorstube trug. Seine Arme hingen schlaff herunter.

Henrika schlug beide Hände vor den Mund; mühsam unterdrückte sie einen Schrei. Wie betäubt lief sie um die Truhe herum und sah, dass Barthels Hinterkopf zerschmettert war. Sein Mörder musste sich herangeschlichen und den eisenbeschlagenen Deckel der Truhe zugeschlagen haben, als sich der Baumeister über sie gebeugt hatte. Der Aufprall hatte erst sein Genick, dann seinen Schädel gespalten. Überall an der Truhe klebten Haare und Hautfetzen; Blut und graue Hirnmasse waren über den Fußboden gespritzt.

Barthel war tot. Kein Lied, keine Melodie würde ihn ins Leben zurückrufen.

Zitternd zog Henrika den leblosen Körper aus der tödlichen Falle. Sie tat es mechanisch, glaubte, in einem Traum gefangen zu sein, aus dem sie jeden Augenblick erwachen musste. Vorsichtig berührte sie Barthels Kopf und stellte fest, dass er nur noch aus einer einzigen breiigen Masse bestand. Als sie das Gesicht mit einem Teil des Hausmantels bedecken wollte, löste sich der Schädel von den Sehnen, die ihn noch am Rumpf gehalten hatten, und polterte mit einem dumpfen Geräusch zu Boden.

Henrika stieß einen heiseren Schrei aus. Entsetzen schüttelte sie beim Anblick des abgetrennten Körperteils, das sich vor ihren Augen wie ein Kreisel drehte. Sie erwachte aus ihrer Starre, doch der Albtraum ließ sich nicht abschütteln.

Barthel schien arglos gewesen zu sein und den heimtückischen Angriff nicht vorausgeahnt zu haben, denn seine Augen, die aus tiefen Höhlen zum Deckengebälk emporstarrten, drückten Verwunderung aus.

Henrika wandte sich ab, stolperte zum Fenster, erreichte es jedoch nicht rechtzeitig. Ihr Körper krümmte sich; sie erbrach sich über den Fußboden. Erst als der Würgereiz sich gelegt hatte, bemerkte sie, dass ein ganzes Bündel von Barthels Papieren unter ihren Füßen raschelte. Die Blätter lagen verstreut im ganzen Raum herum. Wer auch immer hier eingedrungen war, um Barthel zu töten, musste etwas gesucht haben. Eine Skizze der Festung? Einen Brief aus der Kanzlei des Kurfürsten?

Henrika sank auf die Knie und ließ ihren Tränen freien Lauf. Barthel war gestorben, während sie von dem Lied und seinen wundersamen Versen geträumt hatte. Warum war sie nur nicht früher aufgewacht? Warum hatte sie überhaupt geschlafen? Ihr Kopf war noch immer schwer wie Blei. Dazu kam der stechende Schmerz.

Der Eindringling musste sie gesehen haben, als er sich durch die Stube zur Treppe schlich. Warum hatte er sie am Leben gelassen? Musste er nicht damit rechnen, dass sie erwachte und ihn ertappte? Barthel hatte nicht nach ihr gerufen, und selbst wenn, sie hatte ihn nicht gehört. Vielleicht war er einem spontanen Angriff zum Opfer gefallen, der nach einem Streit erfolgt war. Aber auch davon hatte sie nichts mitbekommen. Warum nicht? Sie konnte sich nicht erklären, was geschehen war, und doch lag nur wenige Schritte von ihr entfernt der enthauptete Leichnam eines Mannes, der wie ein Vater für sie gesorgt hatte. Barthel hatte mehr über ihre Vergangenheit gewusst, als er ihr verraten hatte. Eines Tages, daran hatte sie sich stets geklammert, hätte er sein Schweigen gebrochen. Doch nun war es zu spät. Es gab kein *eines Tages* mehr. Nicht für sie. Alles war so sinnlos geworden.

Henrikas Körper brannte wie im Fieber, als sie über den Fußboden kroch und einige der Papiere zusammenklaubte. Sie wusste nicht, warum sie das tat, fühlte aber, dass sie es Barthel schuldig war, seine Berechnungen und Aufzeichnungen nicht einfach hier oben liegen zu lassen. Zuletzt nahm sie Barthels Pfeife an sich. Sie hatte ihn niemals Tabak rauchen sehen, dennoch hatte ihn das geschwungene Röhrchen so oft begleitet, dass sie es nicht übers Herz brachte, es auf den Dielen liegen zu lassen. Dann kämpfte sie sich auf die Füße und wankte benommen die Stiege hinunter. Sie musste von hier verschwinden, jemanden zu Hilfe rufen. Weit konnte der Mörder bei diesem Wetter nicht gekommen sein. Das Schneetreiben hielt schon seit Stunden an.

Als sie vorsichtig die Tür öffnete und ihr gehetzter Blick über die schmale Brücke wanderte, rechnete sie fast damit, dass jemand dort draußen auf sie lauerte. Doch es war niemand zu sehen. Kein Mond erhellte die Nacht, und die Dächer der Häuser, die jenseits der Brücke standen, verschwanden hinter dicken Flocken, die sich in ihre Wimpern setzten und auf ihrer Nase schmolzen. Rasch trat sie die Tür hinter sich zu und hastete, ohne auf rechts oder links zu achten, über die Brücke. Beinahe glitt sie aus und konnte sich gerade noch am Torbogen festhalten. Die Schneeböen zerrten wie mit Klauen an ihr, während sich ihre Lungen schmerzhaft mit der eisigen Luft füllten. In ihrer Aufregung hatte Henrika ihr wollenes Schultertuch und die Lampe im Brückentorhaus zurückgelassen.

Keuchend stapfte sie durch den drei Fuß hohen, knirschenden Schnee und hoffte inständig, einem spät von der Arbeit kommenden Bürger über den Weg zu laufen. Doch sie begegnete niemandem, weder ein Soldat noch ein Nachtwächter ließ sich bei diesem Wetter auf der Straße blicken. Sie blickte sich um, denn sie hatte in dem Schneetreiben fast die Orientierung verloren. Doch schließlich fand sie heraus, wohin sie gelaufen war. Sie stand vor Elisabeths Wirtshaus. Hinter den vereisten Scheiben lag der Schankraum dunkel und verlassen da. Elisabeth hatte sich längst zur Ruhe begeben und die Lichter gelöscht.

Einer plötzlichen Eingebung folgend, hämmerte Henrika gegen die Tür. Die Tante war ihre Rettung. Sie würde sie nicht abweisen, mit ihr würde sie diesen entsetzlichen Albtraum überstehen.

Doch im Haus rührte sich nichts. Henrika trat zurück und legte den Kopf in den Nacken; ihre Blicke folgten den schneebeladenen Weinranken, die sich bis zu einem Dachfenster schlängelten. Dort befand sich Elisabeths Schlafkammer. Erneut klopfte Henrika. Plötzlich sah sie im oberen Stockwerk ein Licht. Eine Luke wurde aufgestoßen, und eine Frau spähte vorsichtig hinunter auf die Gasse. Es war die Wirtin.

«Was soll dieser Lärm bedeuten?», rief sie mit gedämpfter Stimme. «Das Wirtshaus ist geschlossen, also packt Euch, bevor ich den Dorfbüttel … ich meine den Stadtknecht zu Hilfe rufe!»

«Tante Elisabeth.» Henrika winkte. «Ich bin es, Henrika. Du musst mir die Tür öffnen, es ist etwas Furchtbares geschehen.»

Doch die Wirtin machte keine Anstalten, sich zu rühren. Abwartend beugte sie sich aus der Luke, die rechte Hand schützend vor die Flamme ihres Lichts haltend. Henrika konnte sehen, wie der Schatten einer zweiten Frau hinter ihr auftauchte. Diese legte ihr eine Hand auf die Schulter und versuchte, sie von der

Luke wegzuziehen. Als der Schein der Lampe auf ihr Gesicht fiel, sah Henrika, dass es Agatha war. Sie stöhnte innerlich auf vor Enttäuschung. Ausgerechnet Agatha. Von der alten Hutmacherin erwartete sie keine Hilfe. Tatsächlich machte die Wirtin ihr mit einem ergebenen Nicken Platz und verschwand dann selbst in der Dunkelheit ihrer Kammer.

«Was suchst du hier, Henrika?», wollte die Hutmacherin wissen. Es klang nicht gerade erfreut. Das verkniffene Gesicht der Frau, das jede Fröhlichkeit vermissen ließ, wirkte noch länger und spitzer als sonst, was wohl an dem schwarzen Schal lag, den sie sich um den Kopf gewunden hatte. «Wenn du glaubst, dass wir dir die Tür öffnen, hast du dich getäuscht. Also sieh zu, dass du verschwindest.»

«Ein Mörder schleicht durch die Stadt, Mutter Hahn», schrie Henrika verzweifelt gegen den Sturm an. Sie konnte spüren, wie ihre Kräfte sie verließen. Eine neue Welle aus Angst und Benommenheit überfiel sie. Aber auch Wut regte sich in ihr. Was suchte die alte Hutmacherin ausgerechnet in dieser Nacht bei Elisabeth? Hatte sie ihr Haus aufgeben müssen und vorübergehend Zuflucht bei ihrer Schwester gefunden? Möglich war es.

«Man hat den Festungsbaumeister erschlagen. Unten, im Brückentorhaus …»

Agatha Hahn winkte ab. «Also musste der arme Narr nun auch dran glauben, weil er dir die Tür geöffnet hat», sagte sie betont gleichmütig. Sie warf einen Seitenblick in die Stube, wo die Wirtin offensichtlich noch stand und abwartete, welchen Entschluss Agatha fasste. Plötzlich hielt diese einen Stab in der Hand, den sie wie eine Fahnenstange aus der Dachluke schob. Henrika erkannte den Stab auf Anhieb. Er hatte dem Hutmacher gehört. Für jede Meile, die er einst als Geselle zurückgelegt hatte, hatte er eine Kerbe ins Holz geschnitzt.

«Wir wollen mit deinen Scherereien nichts zu tun haben, Henrika», erklärte Agatha mit kalter Stimme. «Wer auch immer heute

Nacht gewaltsam ins Wirtshaus eindringen will, wird Bekanntschaft mit Hahns Stab machen, verstanden?»

Henrika sah ein, dass von den Frauen im Wirtshaus keine Hilfe zu erwarten war. Sie wartete nicht ab, bis Agatha die Fensterluke zuschlug, sondern machte kehrt und rannte die Straße hinunter. So schnell sie konnte, überquerte sie den Kirchhof und stieß das angelehnte Tor auf, das auf den Hof der Zollschreiberei führte.

Anna hatte sich noch nicht zum Schlafen gelegt. Sie empfing Henrika stickend in der Tafelstube, legte ihre Handarbeit aber sofort zur Seite, als sie das durchgefrorene Mädchen über die Schwelle stolpern sah. Jäh sprang sie von der Ofenbank auf. Ein spitzer Schrei entfuhr ihrer Kehle.

«Wo hast du nur so lange gesteckt? Und was ist mit deinen Kleidern geschehen? Hattest du einen Unfall?» Sie deutete auf Henrikas Rock und ihren Schnürkittel. Henrika senkte den Blick. In der Aufregung war ihr entgangen, dass Blut und Schmutz an ihrer Kleidung und an ihren Händen klebten. Zitternd wich sie zurück. Sie musste Anna zu Tode erschreckt haben, aber das ließ sich nicht ändern. Stockend berichtete sie von Barthels gewaltsamem Tod und wie sie sich durch den Sturm zum Zollhof gekämpft hatte. Sie hatte kaum geendet, als sich vor der Stube Stimmen regten. Die alte Köchin Greta klopfte an und steckte den Kopf durch die Tür. «Euer Pferd wurde versorgt, Herrin. Habt Ihr noch einen Wunsch, bevor …» Sie verstummte mitten im Satz, als ihr Blick auf Henrika fiel. Dann kreischte sie schrill auf und riss die Arme in die Höhe. «Jesus, heiliger Jesus!»

Von dem Gebrüll angelockt, tauchten nun auch die Hausmägde und die beiden Knechte auf. Sonderbarerweise schien keiner von ihnen geschlafen zu haben. Obwohl es schon spät war, waren sie angekleidet; ihre Augen blitzten erwartungsvoll. Henrika verstand nicht, was die Knechte ausgerechnet zu dieser Stunde in den privaten Gemächern ihres Herrn zu suchen hatten.

Die Gesindestuben befanden sich auf der anderen Seite des Zollhofes, über den Kellergewölben, und nach Einbruch der Dunkelheit hielt sich das Gesinde nur noch selten im Haus auf. Einzig die Köchin, die neben dem warmen Herd schlief, blieb im Haus. Als Henrika zur Tür schaute, blickte sie in Gesichter, die Fassungslosigkeit, aber auch stille Genugtuung widerspiegelten.

«Sei still», schrie Anna die immer noch kreischende Köchin an und drohte ihr mit dem Finger. Augenblicklich verstummte die Frau. Anna stemmte die Hände in die Hüften und maß das Gesinde mit dem strengen Blick einer Herrin, die es gewohnt ist, faule oder geschwätzige Diener zurechtzuweisen. Dann sagte sie, an die beiden Stallknechte gewandt: «Ich habe soeben erfahren, dass euer Herr tot ist. Der Ärmste wurde hinterrücks erschlagen. Einer von euch beiden läuft sofort zur Brückentorstube, um bei dem Toten zu wachen. Er soll eine Kerze anzünden, Gebete sprechen und niemanden hinein- oder hinauslassen. Der andere verständigt sofort den Stadtrichter oder wenigstens den Gerichtsschreiber. Er soll veranlassen, dass die Glocke geläutet wird.»

«Und was geschieht mit der Mörderin?» Die Köchin warf Henrika einen feindseligen Blick zu. «Seht ihr denn nicht das Blut an ihren Händen? Sollten wir nicht auch ein paar Wachsoldaten rufen und die Gutmeisterin einsperren, bis sie hier sind?»

Henrika sank wie betäubt auf einen Sessel und starrte auf die Wand, an der Barthels Säbel hing. Wen nannte die boshafte Alte hier Mörderin? Das Weib verdiente eine Maulschelle. Ohne es zu wollen, warf sie den Kopf zurück und begann zu kichern. Rasch schlug sie die Hand vor den Mund, aber es war zu spät. Ihr Lachen hallte von den Wänden der Stube wider, bis es in ein langes Schluchzen überging.

«Sie hat ihn umgebracht, die Hexe!» Der ältere der beiden Stallburschen ballte die Fäuste. «Die Gutmeisterin hatte Streit mit unserem Herrn. Ich hab's gehört. Sie wollte nach Straßburg ausreißen, um diesem fetten Druckermeister bei der Veröffentlichung seines Teufelsblatts zu helfen. Hat sich wohl in seinen Gesellen verguckt, in diesen Schönschwätzer mit seinen weiten Pluderhosen. Vermutlich wollte sie unserem Herrn Geld abschwatzen oder ihm davonlaufen …»

«Was fällt dir ein, so etwas zu behaupten?», rief Henrika wütend. «Bist du verrückt geworden?»

Der Knecht musterte Henrika abschätzig. «Es wird sich noch zeigen, wer von uns beiden wahnsinnig ist, du Hure. Von nun an hält kein Baumeister mehr seine schützende Hand über dich.»

Anna griff sofort ein, um die Dienstboten zu beschwichtigen, doch sie gab es rasch auf. Zu tief saß das Misstrauen gegen Henrika. Sie war der Dienerschaft vom ersten Tage an suspekt vorgekommen. Ihre bevorzugte Stellung im Haus des Baumeisters und ihre Leidenschaft für seine Bücher hatten ihr den Neid der übrigen Hausbewohner eingebracht. Ehe Henrika zu Wort kam, rannten die beiden Knechte schon die Treppe hinunter, um die Stadt Mannheim vom Tod des Baumeisters und der Schuld seiner Mörderin in Kenntnis zu setzen. Auch die Köchin und die Hausmägde entfernten sich eilig.

«Was geschieht hier?» Henrika warf Anna einen angstvollen Blick zu. «So wie du mit dem Gesinde gesprochen hast, musste es ja denken, dass ich etwas mit der Sache zu tun habe. Aber das ist nicht wahr. Ich habe nichts verbrochen, und mein Rock ist nur deshalb voller Blut, weil ich Barthel gefunden und mich über ihn gebeugt habe. Jemand musste doch nachschauen, ob er noch atmete.»

«Und? Atmete er noch?» Anna starrte mit düsterer Miene aus dem Fenster. Nur wenige Augenblicke vergingen, als vom Stadtinneren der Klang einer Totenglocke über den einsamen Zollhof hallte.

«Unwichtig!» Anna wandte sich um und maß Henrika mit einem durchdringenden Blick. «Leider warst du heute als Einzige bei meinem Onkel am Brückentor. Verzeih mir, wenn ich so unverblümt daherrede, aber mit deinem Ruf hier im Ort steht es nicht zum Besten. Viele sehen in dir eine … nun, du weißt schon, und würden dich am liebsten aufs Schafott steigen sehen. Wärst du doch wenigstens heute wie ich zu Hause geblieben. Du musst raus aus der Stadt. Sie dürfen dich nicht finden, wenn sie kommen, um dich zu holen.»

Henrika schüttelte entgeistert den Kopf. «Der Baumeister wurde ermordet, aber er starb nicht durch meine Hand. Wenn ich mich aus dem Staub mache, wird keiner an meine Unschuld glauben. Auch die Richter nicht. Dann sucht niemand mehr nach dem wahren Täter.»

«Die Leute werden sich damit zufriedengeben, wenn du in Ketten geschmiedet auf die Folter durch den Heidelberger Henker wartest», sagte Anna kopfschüttelnd. «Weil du nämlich alles gestehen wirst, sobald man dir erst die Daumenschrauben angelegt hat.»

Henrika erschrak. Sie hatte die Nacht nicht vergessen, als die streitbare Menge vor dem Haus getobt hatte. Damals war sie dem Zorn des gemeinen Pöbels, der sie für die Veränderungen im Dorf verantwortlich gemacht hatte, mit Mühe entkommen. Nun aber war alles noch viel schlimmer gekommen. Barthel war tot. Er konnte sie nicht mehr schützen.

«Du musst fort», drängte Anna. «Auf der Stelle. Sie dürfen dich hier nicht finden.»

«Vermutlich hast du recht. Aber wo soll ich hin? Draußen tobt ein Schneesturm. Ich werde erfrieren, bevor ich das nächste Dorf erreicht habe.»

Anna seufzte, doch schon im nächsten Moment hellte sich ihre Miene auf. Ein listiges Lächeln umspielte ihre Lippen. «Vom Zollhof führt doch ein kleiner Pfad über die Felder, hinaus zum Schafgarten. Gibt es dort nicht auch einen Unterschlupf für das Vieh? Warte da auf mich. Ich werde dir Kleidung, Geld und etwas zu essen bringen.»

Henrika kannte die Hütte von früheren Streifzügen durch die Gegend. Es handelte sich um einen zugigen Verschlag mit Strohballen und einer Futterkrippe, der am Rande des Schafgartens lag, eines Geländes, das mit seinen unübersichtlichen Hecken, Bäumen und Büschen ein ideales Versteck zu bieten schien. Die Hütte stand leer, denn die Schafe waren vor dem ersten Schnee in die Stadt getrieben worden.

Henrika schauderte bei dem Gedanken, sich dort hinaus, in die Finsternis, zu begeben, aber sie sah ein, dass ihr keine andere Wahl blieb. Vorsichtig spähte sie auf den Flur, und als von draußen nichts mehr zu hören war, floh sie aus dem Haus.

Der Pfad, den sie einschlug, endete vor einer dicht verschneiten Hecke. Henrika kämpfte sich durch das Unterholz. Die spitzen Zweige zerkratzten ihr die Hände. Doch das war unwichtig, wenn es ihr nur gelang, den Schafgarten zu erreichen, ohne jemandem in die Arme zu laufen. Als sie die Schäferhütte erreichte, klopfte ihr Herz, als wollte es sich nie wieder beruhigen. Verzweifelt blickte sie sich um. Neben der Tür fand sie neben Hacken und Schaufeln auch eine Lampe und etwas Zunder sowie Decken aus grob gewobener Wolle, die der Schäfer offensichtlich nicht mehr hatte haben wollen. Den Grund dafür fand Henrika schnell heraus, als sie sich darin einhüllte. Die Decken stanken entsetzlich und waren zu allem Überfluss voller Ungeziefer. Doch falls der Schneesturm ihre Flucht weiter verzögern sollte, würde das Stroh allein sie nicht vor dem Erfrieren retten. Henrika hielt den Atem an und grub sich so tief sie konnte in das weiche Stroh ein. Ihr ganzer Körper schmerzte, jeder Atemzug schien ihren Brustkorb zu sprengen. Unablässig drehten sich ihre Gedanken im Kreis, und wenn es ihr einmal gelang, die Augen zuzumachen, sah sie Barthels übel zugerichtete Leiche, die in einem See aus Blut schwamm. Die Erinnerung an seine starren, kalten Augen hatte sich tief in ihr Bewusstsein gegraben. Sie würde sie niemals abschütteln können, nicht solange noch ein Atemzug in ihr war.

Der Sturm brauste weiter; ungestüm rüttelte er an der Tür des Schäferverschlags. Von fern drangen Glockenschläge an Henrikas Ohr. Wann kam Anna endlich, um ihr Kleider und Essen zu bringen? Sie konnte sie doch nicht in der Kälte ihrem Schicksal überlassen.

Wieder stiegen Zweifel in ihr auf. Sah ihre Flucht nicht wie das Eingeständnis von Schuld aus? Doch so, wie das Gesinde auf ihr blutverschmiertes Kleid reagiert hatte, traute man ihr offensichtlich alles zu. Auch einen heimtückischen Mord. Dass die Leute ausgerechnet sie für die Mörderin ihres Gönners halten konnten, war jedoch einfach lächerlich. Abgesehen von ihrer Kleidung, deutete nichts auf sie als Täterin hin. Sie konnte erklären, dass sie Barthels Leichnam entdeckt und berührt hatte, aber das half ihr nicht weiter. Man würde ihr den Prozess machen, wie Anna gesagt hatte. Henrika wurde übel vor Angst. Gleichzeitig begann sie sich zu fragen, wer Barthel nach dem Leben getrachtet haben könnte. Der bittere Geschmack in ihrem Mund machte sich wieder bemerkbar, reizte ihren Magen.

Das Kräuterbier, fiel ihr ein. Es hatte so merkwürdig geschmeckt.

Die Erkenntnis erschütterte sie so sehr, dass sie aufsprang und sich mit hastigen Bewegungen die Strohhalme von der Kleidung klopfte. Aber natürlich, das war es.

Der Albtraum, der sie zu Barthels Todesstunde gequält hatte. Ihre Schläfrigkeit. Ja, es passte zusammen; urplötzlich ergab alles einen Sinn. Sie hatte nichts von alldem mitbekommen, was sich in der Brückentorstube ereignete, weil sie betäubt gewesen war. Jemand musste dem Bier ein Mittel beigemischt haben, bevor sie es im Kessel erhitzt hatte. Ein Mittel, das unter all den anderen Kräutern nicht gleich aufgefallen war. Dieser Jemand war so verschlagen gewesen, sie gezielt eine Weile außer Gefecht zu setzen.

Trotz ihrer Aufregung zwang sich Henrika, ruhig nachzudenken. Wer kam für so eine abscheuliche Tat in Frage? Hatte sie vor dem Brückenturm Fußspuren im Schnee gesehen? Es war wie verhext, sie erinnerte sich beim besten Willen nicht. Abgesehen davon lagen ihre eigenen Spuren inzwischen unter einer dichten Schicht Neuschnee verborgen. Nein, das war es nicht. Etwas anderes ging ihr im Kopf herum. Etwas, das sie unterwegs, auf ihrem Irrgang durch den Ort, gesehen hatte? Eine Bemerkung, die gefallen war?

«Denk nach, Henrika», befahl sie sich verzweifelt. «Du musst darauf kommen, du musst dich erinnern.»

Als sie sich erhob, bemerkte sie, dass etwas in ihrem Kleid steckte. Barthels Aufzeichnungen. Sie entsann sich wieder, einige Papiere aufgehoben und in ihrem Mieder versteckt zu haben. Nun aber zog sie die zerknitterten Seiten hervor und starrte sie an. Im Verschlag war es zu dunkel, um etwas entziffern zu können, daher öffnete sie die Tür und trat hinaus ins Freie. Der stetig rieselnde Schnee hatte ihre Spuren noch nicht völlig überdeckt, doch es würde nicht mehr lange dauern, bis sie verschwunden waren. Ohne auf die Kälte zu achten, lehnte sich Henrika gegen die Wand und vertiefte sich in die Zeilen des ersten Blattes. Es handelte sich um einen Brief. Er war im Sommer des Jahres 1607 in niederländischer Sprache geschrieben worden und an einen gewissen Quinten Marx van Oudenaarde gerichtet. Henrika runzelte die Stirn. Quinten Marx van Oudenaarde. Der Name klang interessant, sagte ihr aber nichts, und die wenigen Wörter Niederländisch, die sie von Barthel gelernt hatte, reichten bei weitem nicht aus, um sich zusammenzureimen, was er dem Mann hatte mitteilen wollen. Allerdings schien er ihm etwas über sie geschrieben zu haben, denn im letzten Absatz fand sie zu ihrer Bestürzung ihren eigenen Namen neben dem Wort *bloeddochter,* was entweder blöde Tochter oder Bluttochter heißen mochte.

Henrika starrte auf die zerknitterte Seite und strich sie mit den Fingern glatt, als könne sie dadurch das Rätsel lösen. Was um Himmels willen war eine *bloeddochter*? Sie nahm sich das nächste Papier vor, hob aber erschrocken den Kopf, als unvermittelt ein

Geräusch an ihr Ohr drang. Es hörte sich an wie das Schnauben eines Pferdes. Rasch steckte sie die Briefe in ihr Mieder und zog sich wieder in den Verschlag zurück. Durch einen Spalt in der Tür spähte sie nach draußen.

Von der hellen Schneedecke hob sich die dunkle Silhouette eines einzelnen Reiters ab. Sein Tier kam nur langsam voran, hielt aber zielstrebig auf die Schäferhütte zu. Es war nicht Anna.

Henrika schloss die Tür und blickte sich voller Angst nach einer Fluchtmöglichkeit um. Ihr Herz pochte wild gegen die Rippen. Als hätte die aufsteigende Panik ein Siegel gebrochen, jagte nun eine schreckliche Erkenntnis durch ihren Kopf. Siedend heiß fiel ihr ein, was sie in der Zollschreiberei stutzig gemacht hatte. Es ging um eine Bemerkung, welche die alte Köchin gemacht hatte, als sie die Tafelstube betreten hatte.

«Euer Pferd wurde versorgt, Herrin. Habt Ihr noch einen Wunsch, bevor …»

Anna besaß kein Pferd; sie pflegte sich eines aus Barthels Stall auszuleihen, wenn sie in die Stadt wollte. Ihr gegenüber hatte sie jedoch mit keiner Silbe erwähnt, dass sie bei diesem garstigen Wetter ausgeritten war. Im Gegenteil, sie hatte behauptet, die Zollschreiberei nicht verlassen zu haben. Wer außer ihr aber sollte ein Pferd aus dem Stall genommen haben, um trotz des fürchterlichen Schneesturms in die Stadt zu reiten?

Anna von Neufeld, dachte Henrika, benommen vor Angst und Enttäuschung. Sie hatte das Kräuterbier mit einem Schlafmittel versetzt und war zu Barthel gegangen, nachdem Henrika eingeschlafen war.

Es blieb ihr nur noch Zeit, eine der dreigabeligen Forken zu ergreifen und sich mit ihr unter einer Strohschicht zu begraben, als auch schon Hufgetrappel und das Geräusch von Schritten im knirschenden Schnee zu hören waren. Die Tür schwang quietschend auf, und eine dick vermummte Gestalt schob sich ins Innere der Hütte.

Henrika hörte ein Keuchen. Zwischen den Strohhalmen konnte sie sehen, dass es sich um einen Mann handelte, aber es war weder der Schäfer noch der Verwalter. Beide Männer waren klein, mager und von eher schmächtiger Statur. Dieser Mann verfügte über einen stattlichen Leibesumfang und war so groß, dass er seinen Kopf einziehen und sich ducken musste, um sich nicht am Dachgebälk zu stoßen.

«Henrika», drang nun eine tiefe Flüsterstimme durch die Hütte. Sie klang tückisch. Der Mann bewegte sich lautlos wie eine Katze über den festgestampften Lehmboden, bis er mit dem Stiefelabsatz gegen die Decke stieß, die Henrika in ihrer Eile fallen gelassen hatte. Mit einem leisen Lachen ging er in die Hocke und hob sie mit Daumen und Zeigefinger auf.

«Was sollen diese Spielchen, Henrika», sagte er, als rüge er ein ungezogenes Kind. «Ich weiß natürlich, wie gern du mit mir spielst. Erinnerst du dich an die Nacht in der Zollscheune, als du in meinem Netz gezappelt hast wie ein Hering? Damals war es genauso ungemütlich frostig wie heute, nicht wahr? Spürst du noch das Eis auf deiner nackten Schulter?» Er seufzte. «Ich fürchte nur, dieses Mal wirst du nicht so leicht davonkommen, denn es gibt keinen Festungsbaumeister mehr, der dir beistehen kann. Der ist mausetot.»

Henrika presste die Lippen aufeinander; ihre Hand umklammerte den Stiel der Forke so fest, dass die Haut ihrer Fingerknöchel zu platzen drohte.

Wilhelm Bunter. Ausgerechnet der Dorfschuhmacher hatte sie in ihrem Versteck aufgestöbert. Woher wusste er … Anna, natürlich. Sie hatte nie vorgehabt, Henrika zu helfen. Stattdessen hatte sie Bunter verraten, wo sie steckte.

«Deine Freundin Anna von Neufeld lässt dich grüßen», sagte Bunter plötzlich, als habe er ihre Gedanken erraten. «Leider können wir nicht riskieren, dass du einfach davonläufst und dich dem Lauf der Gerechtigkeit entziehst. Ganz Mannheim wird morgen früh darüber sprechen, dass du deinem Liebhaber im Streit den Schädel gespalten hast. Aber keine Angst, Kindchen …» Bunter ergriff eine Schaufel, die in der leeren Futterkrippe lag, und begann damit ins Stroh zu stoßen, das zu drei großen Haufen geschichtet fast ein Drittel der Hütte einnahm.

«Du wirst das Richtschwert des Heidelberger Henkers nicht zu spüren bekommen, das verspreche ich dir. Ich bekomme eine Menge Geld, wenn ich dir die Folter erspare und verhindere, dass du Dinge ausplauderst, die unangenehm werden könnten. Was meinst du, ist das nicht ein gutes Angebot? Vorher könnten wir noch ein wenig Spaß haben. Das wird dir besser gefallen, als wenn dein alter Festungsbaumeister dir die Schenkel spreizt.»

Bunter begann, Stroh von einem der Haufen auf den Boden zu schaufeln. Als er Henrika nicht fand, wandte er sich dem nächsten zu. Strohhalme, Staub und Schafdung wirbelten in hohem Bogen durch die Luft. Zwischen seinen Füßen erklang ein erschrockenes Fiepen. Mäuse suchten aufgescheucht das Weite. Der Schuhmacher hustete keuchend, ließ sich aber nicht beirren; mit Wucht stieß er seine Schaufel in den dritten und letzten Haufen. Henrika spannte sämtliche Muskeln ihres Körpers an. Sie sah die scharfe Kante der Schaufel näher kommen und sandte ein Stoßgebet zum Himmel. Wenn sie liegen bliebe, würde er sie aufspießen wie ein Brathuhn. Ihre einzige Chance war, sich zur Seite zu rollen.

Die Schaufel verfehlte ihre Brust um weniger als eine Handbreit, doch ihr Stöhnen verriet Bunter, dass er sie aufgestöbert hatte. Es half nichts, sie musste es wagen, ihm die Stirn zu bieten. Mit einem wilden Schrei schnellte sie empor und zielte mit ihrer Forke. Damit hatte der Mann nicht gerechnet. Auch nicht damit, dass sie ausholte und ihm einen Schlag versetzte, der ihn taumeln ließ. Schreiend hetzte sie zur Tür und rüttelte an ihr.

Bunter ging fluchend in die Knie, gab sich aber nicht geschlagen. Bevor Henrika ins Freie stürzen konnte, traf die Schaufel sie zwischen den Schulterblättern; hart schlug sie gegen den hölzernen Türrahmen. Einen Augenblick blieb ihr die Luft weg; Sterne tanzten vor ihren Augen. Der Schmerz war so heftig, dass er ihr die Tränen in die Augen trieb. Als sie sich umwandte, sah sie, wie Bunter mit geballten Fäusten auf sie zustapfte.

«Jetzt habe ich endgültig die Nase voll von dir», keuchte er mit verzerrtem Gesicht. «Ich werde meinen Spaß mit dir haben, das schwöre ich. Aber anschließend schnür ich dir die Luft ab, du Biest. Wenn ich nach Mannheim zurückkehre, werde ich es als reicher Mann tun oder gar nicht.»

Die Angst ließ Henrika den Schmerz vergessen. Sie verlor keine weitere Zeit und stürzte aus der Hütte. Schneeflocken tanzten vor ihrem Gesicht und kühlten ihre erhitzten Wangen. Aus einiger Entfernung hörte sie den Atem des Schuhmachers. Er hatte die Verfolgung aufgenommen. Doch aus irgendeinem Grund benutzte er dafür nicht das Pferd, mit dem er in den Schafgarten geritten war, sondern setzte ihr zu Fuß nach.

Während sie rannte, merkte Henrika, dass ihr etwas warm den Rücken hinunterlief. Blut? Hatte die Schaufel sie so stark verletzt? Der Schmerz begann sich in ein taubes Gefühl zu verwandeln, dennoch blieb sie nicht stehen. Sie wusste, dass sie sonst verloren war. Mechanisch setzte sie einen Fuß vor den anderen, den Blick starr nach vorne gerichtet, bis sie eine dicht verschneite Hecke erreichte. Sie bildete die Grenze des Schafgartens. Auf der anderen Seite beschrieb der Weg eine Biegung, die den Hang hinunter zum Fluss führte.

Da das kleine Gattertor zu weit von der Schäferhütte entfernt war, kämpfte sich Henrika durch das Dornengestrüpp; ihre Sinne waren schon so getrübt, dass sie gar nicht merkte, wie ihr Haar sich in dürren Zweigen verfing. Ihr einziger Gedanke war, dass sie Bunter entkommen musste, wenn sie nicht sterben wollte.

Während sie den Hang hinuntertaumelte, riskierte sie einen kurzen Blick über die Schulter, doch alles, was sie sah, war ein von dichten Bäumen und Büschen gesäumter Weg. Von dem Schuhmacher war weit und breit nichts zu sehen. Am Anfang hatte er noch gelegentlich geflucht und ihr befohlen, stehen zu bleiben, doch nun war alles still. Gespenstisch still. Nicht einmal ein Tier regte sich im Unterholz. Tief unter ihr gurgelte der Fluss. Er war nicht zugefroren, obwohl tagelang in der Stadt darüber geredet worden war, dass es nun wohl bald so weit sei. Schlotternd eilte Henrika durch die Nacht. Konnte es möglich sein, dass Bunter die Verfolgung aufgegeben und nach Mannheim zurückgekehrt war, um Verstärkung zu holen? Nein, das war unwahrscheinlich. Um seinen Triumph auszukosten, hatte er ihr gegenüber zugegeben, dass seine Auftraggeberin nicht wünschte, sie lebend wiederzusehen. Er hatte eine Hetzjagd begonnen und würde diese erst beenden, wenn er sein Wild erlegt hatte.

Henrika überlegte, ob sie sich zwischen den Büschen verstecken sollte, doch sie verwarf den Gedanken. Nicht nur, dass es viel zu kalt dafür war; sie musste die Stadtgrenzen auch hinter sich gelassen haben, bevor der Morgen graute. Ihre einzige Chance war der Fluss. Unterhalb ihrer Lieblingsstelle, dem verwitterten Steg, lag noch immer ein alter Kahn. Jedenfalls hatte Henrika ihn im letzten Sommer im Schutz herabhängender Zweige einer Weide gesehen und festgestellt, dass er einigermaßen seetüchtig war. Natürlich war es ein ungeheuerliches Wagnis, mitten in der Nacht im Schneegestöber einen Kahn zu besteigen, doch eine andere Möglichkeit, Mannheim zu verlassen, gab es nicht. Das nächste Bauerndorf war etliche Meilen entfernt; zu Fuß und aus mehreren Wunden blutend, würde sie es niemals schaffen.

Henrika verließ den Hangweg und lief durch ein kleines Waldstück. Hier fühlte sie sich sicherer als auf der Straße. Von fern glaubte sie ein Licht durch die Äste der Bäume scheinen zu sehen und Hundegebell zu hören. Hoch über ihrem Kopf sandte ein Käuzchen seinen unheilvollen Ruf durch die Nacht. Durchsuchte man bereits den Wald nach ihr?

Endlich erreichte sie den Fluss. Sie stieß einen Seufzer der Erleichterung aus. Länger hätten ihre zu Eis erstarrten Füße sie nicht getragen. Jeder Schritt bereitete ihr Qualen. Vorsichtig blickte sie sich um. Im Winter sah hier alles so anders aus. Kahl, leblos und bedrohlich. Jenseits des aufgeschütteten Walls ging es steil die Böschung hinab. Zu ihren Füßen zog der mächtige Strom schwarz wie Tinte an ihr vorüber. Bei dem Gedanken, hinaus aufs Wasser zu müssen, wurde Henrika so übel, dass sich ihre Glieder verkrampften. Zu allem Überfluss kehrte nun auch noch die Erinnerung an ihren Traum von dem See und ihren verzweifelten Bemühungen, das Ufer zu erreichen, zurück.

Der See und das Lied. Anna, die sie an den Schuhmacher verraten hatte. Barthels tote, leere Augen und das Geheimnis ihrer Mutter. Ihre Gedanken schienen wie kleine spitze Messer auf sie einzustechen.

Henrika biss die Zähne zusammen; mit Händen und Füßen kroch sie die Böschung hinunter. Der alte Steg unter den Bäumen konnte nicht mehr weit sein. Tatsächlich fand sie ihn bereits nach kurzem Suchen. Auch der Kahn war noch dort, mit einem dicken Seil an einem der Stützpfähle vertäut, die das Gewicht des Stegs trugen. Henrika hauchte ein paar Mal über ihre steifen Finger, dann legte sie sich auf den Bauch und robbte vorsichtig vor. Sie musste sich mit einer Hand am Pfahl festhalten, um nicht das Gleichgewicht zu verlieren, während sie mit der anderen versuchte, den Knoten zu lösen. Dies schien unmöglich, denn der Knoten war mit einer Eisschicht überzogen und so hart, dass er sich nicht bewegen lassen wollte, so heftig Henrika auch an ihm zerrte. Vor Enttäuschung begann sie zu schluchzen. Früher hatte sie die Vertäuung viele Male gelöst und sich anschließend im Kahn tagträumend durch das seichte Gewässer des Altrheinarms treiben lassen. Nun aber bewegte sich nichts. Der Knoten saß fest. Um ihn zu lösen, benötigte sie eine Axt oder wenigstens ein Messer. Doch sie besaß weder das eine noch das andere.

Gerade wollte sie sich auf den Steg schwingen, um dort nach etwas Brauchbarem zu forschen, als plötzlich eine schwere, kalte Hand niederfuhr, sie im Genick packte und wie eine junge Katze auf den Steg zog. Der Schmerz in ihrem Rücken schoss wie ein Pfeil bis hinauf in ihre Stirn und ließ sie aufschreien.

«Ein schlauer Plan, mit einem alten Kahn über den Rhein zu flüchten», hörte sie Wilhelm Bunters heisere Stimme ganz nah an ihrem Ohr.

«Aber leider wirst du ihn begraben müssen. Jungfer Anna war so freundlich, mir einige Orte zu verraten, wohin du dich flüchten könntest. Sie ist ziemlich gewitzt, findest du nicht auch? Hat deine Gewohnheiten genau beobachtet.»

Er schleuderte sie in den Schnee wie einen leeren Mehlsack, dann stemmte er seinen Stiefel auf ihren Leib und grinste sie höhnisch an.

«Eigentlich nicht schlecht, dass ich dich hier erledigen kann. Im Schafgarten hätte ich erklären müssen, warum ich dich getötet und nicht in die Stadt zurückgebracht habe, damit du dem Richter vorgeführt werden kannst. Nun wirst du eben bei deinem vergeblichen Fluchtversuch daran glauben müssen. Niemand wird mir einen Vorwurf machen, weil ich nicht verhindern konnte, dass sich eine mörderische Hexe in den Fluss gestürzt hat.»

Henrika versuchte ruhig zu bleiben, aber als Bunter mit einem Stock ihren Rock bis über die Knie hochschob, entfuhr ihr vor Ekel ein Schnauben. Der Schuhmacher schien fest entschlossen, über sie herzufallen und ihr Gewalt anzutun, bevor er sie in den Rhein warf. Der anhaltende Schnee schien ihm nichts auszumachen. Henrika spürte die Kälte schon lange nicht mehr, im Gegenteil, sie ließ sie den ziehenden Schmerz in ihrem Rücken vergessen und verhinderte, dass sie die Besinnung verlor.

«Hast du den Festungsbaumeister umgebracht?», fragte sie. Sie musste versuchen, Zeit zu gewinnen. «Nun komm schon. Wenn mein Tod beschlossene Sache ist, dann kannst du mir auch sagen, wer es war und warum Anna dich dafür bezahlt, mich umzubringen.»

Einen Herzschlag lang schien Bunter mit sich zu ringen, aber dann zuckte er die Achseln. «Soweit ich weiß, war der vornehmen Dame die enge Beziehung zwischen dir und diesem Kerl ein Dorn im Auge. Sie will, dass du verschwindest.»

Bunter schleifte sie bis zum Rand des Wassers. Henrika schmeckte Schneeflocken auf ihren Lippen und sah zu ihrem Entsetzen die eisige Flut, die unter ihrem Kopf gegen die groben Steine des Ufers schlug. Bunter ließ sich vor ihr auf die Knie nieder, schob ihre Beine mit einer groben Bewegung auseinander und nestelte dann an seinem Gürtel herum. «Nun ist Schluss mit dem Palaver», sagte er, während er Henrikas Schultern zu Boden drückte. «Stell dich bloß nicht an, sonst friert mir der Arsch ab, und du verreckst am Fieber, bevor ich unser Stelldichein genießen konnte.» Rücksichtslos warf er sich auf sie, seine Hände griffen nach ihrem Mieder, kneteten ihre Brüste.

Henrika wehrte sich aus Leibeskräften. Sie strampelte schreiend mit den Beinen, trat und schlug um sich, sah aber bald ein, dass sie gegen den kräftigen Mann nicht die geringste Chance hatte. Ihre Gegenwehr erlahmte, und die Hoffnung verflog. Als sie sich in das Unvermeidliche fügen wollte, sauste ein Stein an ihrem Kopf vorbei. Sie konnte den Lufthauch spüren und hörte, wie er klatschend im Fluss versank. Sie schrie entsetzt auf und spuckte, als das aufspritzende eisige Wasser ihr Gesicht benetzte. Dann hörte sie wie durch einen Nebel Bunter, der laut fluchte. Der Druck auf ihrem Körper ließ ein wenig nach. Weitere Steine schlugen rechts und links von ihr in den Schnee oder fielen ins Wasser. Oben, an der Uferböschung, stand eine schwarz vermummte Gestalt und stemmte mit beiden Händen einen großen Stein in die Höhe. Schwungvoll schlug der Brocken neben Bunter auf.

Bunter rollte sich mit einem ärgerlichen Knurren zur Seite und sprang auf die Füße. Lauernd starrte er in die Nacht, begriff aber nicht, woher der Stein gekommen war. Das nächste Geschoss traf ihn mit Wucht am Kopf. Ein markerschütternder Schrei durchbrach die Stille der Winternacht.

«Aufhören, du Teufel», brüllte Bunter. Seine Stimme überschlug sich vor Angst und Wut. Blutiger Speichel rann aus seinem Mund. Er taumelte durch den Schnee.

Henrika kroch auf allen vieren rückwärts, um sich in Sicherheit zu bringen, denn sie fürchtete, dass die Steine des schattenhaften Angreifers auch sie treffen könnten. Doch ihre Furcht erwies sich als unbegründet. Wer auch immer dort oben stand, er schien nicht vorzuhaben, sie absichtlich zu verletzen. Seine Wut galt einzig und allein dem Schuhmacher.

Er wurde vor ihren Augen gesteinigt.

Der Mann schrie erneut auf. Er reckte den blutverschmierten Hals und bemühte sich mit letzter Kraft, auf die Beine zu kommen und ins eisige Wasser zu springen, um sich unter den hervorragenden Brettern des alten Stegs in Sicherheit zu bringen. Doch es war zwecklos. Die Gestalt auf der Anhöhe schleuderte Stein um Stein auf ihn, bis er schließlich zusammenbrach und sich nicht mehr rührte.

Endlose Momente verstrichen, bevor Henrika begriff, was gerade geschehen war. Aus Furcht vor weiteren Steinen wagte sie nicht, sich vom Fleck zu rühren. Doch es wurden keine mehr geworfen. Sie beobachtete, wie ihr Retter mit wehenden Gewändern die Böschung hinunterstieg, und bemerkte zu ihrer Verblüffung, dass dieser kein Mann, sondern eine Frau war. Eine ältere Frau, deren Haar unter der Last der Jahre grau geworden war. Der Wind, der die Schneeflocken herumwirbelte, bauschte ihre unförmigen schwarzen Witwenkleider wie das Segel eines Schiffes auf. Als sie die Faust öffnete, den letzten Stein prüfend in der Hand auf und ab springen ließ und ihn schließlich in den schwarzen Fluss warf, versteifte sich ihr magerer Körper.

«Mein Gott», entwich es Henrika.

«Ein Mann, der eine Jungfrau auf freiem Feld packt und sich zu ihr legt, ist ein Gräuel in den Augen des Herrn», zitierte die Frau Ehrfurcht gebietend. «Er hat sein Leben verwirkt und soll von der Hand der Gerechten gesteinigt werden. So steht es geschrieben, als Warnung für alle, die die Gebote des Herrn missachten.»

Trotz ihrer Schmerzen begannen Henrikas Mundwinkel zu zucken. Dann brach es aus ihr heraus wie Wasser aus einer geöffneten Schleuse. Sie schluchzte und lachte gleichzeitig. Ausgerechnet Agatha hatte ihr das Leben gerettet. Agatha Hahn, die sie verabscheute und mehr als einmal verwünscht hatte.

Die Miene ihrer Pflegemutter blieb zunächst unbeweglich. Erst als sie die Hand ausstreckte, um Henrika vom Boden aufzuhelfen, glaubte diese einen Funken von Mitgefühl in den Augen der alten Frau zu sehen. Agatha ließ ihr indes keine Zeit, darüber nachzusinnen. Mit fester Stimme trug sie ihr auf, nach dem Kahn zu sehen, während sie einen Haufen Schnee zusammenraffte, um den leblosen Körper des Schuhmachers darunter verschwinden zu lassen. Dabei blieb sie so gelassen, als säße sie in ihrer Werkstatt und säumte Federhüte.

Ein Schauder durchfuhr Henrika, während sie die Frau dabei beobachtete. Obwohl Agathas beherztes Eingreifen ihr das Leben gerettet hatte, konnte sie nicht verbergen, dass sie sich vor ihr fürchtete. Hatte Agatha ihr nicht noch vor wenigen Stunden vorgehalten, dass sie in ihren Augen eine Verworfene war? Eine Sünderin, welche das Feuer des Himmels verzehren würde? Nicht einmal die Tür des Wirtshauses hatte sie ihr öffnen wollen.

«Warte hier auf mich», sagte Agatha, nachdem sie sämtliche Spuren der Steinigung beseitigt hatte. «Ich muss nach dem Pferd sehen.»

«Welchem Pferd?»

Die Alte bleckte ungeduldig die Zähne. «Ich habe den Gaul dieses Unholds hinter der Hütte am Schafgarten entdeckt und losgebunden. Er wird dir nichts nützen, denn man würde die Spuren im Schnee entdecken. Aber wenigstens befinden sich in den Satteltaschen noch ein paar brauchbare Dinge.»

«Wieso tust du das alles für mich?» Henrika machte einen Schritt zurück. «Mag ja sein, dass du nicht mit ansehen wolltest, wie der Schuhmacher mich ... Aber ich verstehe trotzdem nicht, wie du hierherkommst. Als ich vor Tante Elisabeths Haus stand, habt ihr mich nicht einmal anhören wollen.»

Agatha Hahn sah ihr einstiges Mündel eindringlich an. «Elisabeth wird von diesem Satansbraten, mit dem du lieber deine Zeit verbringen wolltest als mit gottesfürchtigen Menschen, unter Druck gesetzt. Wegen Lutz. Ich beobachte dieses Weibsstück schon eine ganze Weile, aber ich durfte nicht wagen, etwas gegen sie oder gegen Elisabeths Willen zu unternehmen. Schließlich hat sie mich aufgenommen. Nachdem du heute Abend vergeblich um Einlass gebeten hattest, wartete ich, bis Elisabeth schlief, dann lief ich hinüber zur Zollschreiberei. Dich habe ich dort zwar nicht mehr erwischt, dafür aber ein aufschlussreiches Gespräch zwischen dem Schuhmacher und dieser schrecklichen Person mit angehört. Es war nicht schwer, Bunters Spuren zu folgen. Aber nun müssen wir verschwinden, bevor uns doch noch jemand aus der Stadt entdeckt. Du wirst nämlich gesucht.»

Henrika nickte. Auch wenn sie so erschöpft war, dass sie am liebsten nicht mehr aufgestanden wäre, wusste sie doch, dass sie hier nicht länger verweilen durfte. Agatha verschwand und kehrte eine Weile später mit zwei verschnürten Ledertaschen zurück. Henrika würgte einen Kloß in ihrer Kehle hinunter, als ihr Blick auf sie fiel. Die Taschen hatten Barthel gehört. Getrieben von einer rätselhaften Unrast, hatte der Baumeister stets dafür Sorge getragen, dass seine Satteltaschen mit allem ausgerüstet waren, was für eine unvorhergesehene Reise nötig war. Henrika fand es nicht richtig, sie einfach an sich zu nehmen, aber da es um ihr Leben ging, öffnete sie eine von beiden. Sie entdeckte ein kleines Messer, mit dem sie die Vertäuung des Kahns lösen konnte. «Also dann, nichts wie fort von hier», brummte Agatha. Zu Henrikas Überraschung bestand Agatha Hahn darauf, sie zu begleiten.

Die beiden Frauen vergewisserten sich hastig, dass das kleine Boot während der vergangenen Monate tatsächlich nicht leck geschlagen war, dann ließ Henrika die Hutmacherin einsteigen, stieß sich mit letzter Kraft vom Pfahl des verwitterten Stegs ab und nahm das Ruder zur Hand. Sie musste aufpassen, damit sie in Ufernähe blieb und nicht hinaus, in die Mitte des Stroms, abgetrieben wurde.

Der kleine Kahn tanzte alsbald auf den schwarzen Wellen wie eine Nussschale, und wenig später lag die Uferböschung hinter ihnen. Die Strömung trieb sie flussabwärts. Agatha, die einen gehörigen Respekt vor dem nassen Element hatte, seufzte tief. Sie klammerte sich mit beiden Händen am Sitzbrett fest und murmelte unablässig Gebete und Psalmen vor sich hin, während Henrika es sich nicht verkneifen konnte, einen letzten Blick auf die Mauern der Stadt zu werfen, die sie nun endgültig verließ.

Das Schneetreiben hatte nachgelassen. Trotz der Dunkelheit konnte Henrika die Umrisse einiger zerfallener Türme erkennen. Sie gehörten zur alten Eichelsheimer Burg, in deren Nischen im Frühling Rauchschwalben und Dompfaffen ihre Nester bauten. Gemeinsam mit Lutz war sie so manchen Sommer zwischen den zerklüfteten Mauervorsprüngen herumgeklettert. Doch das lag eine Ewigkeit zurück. Die Vögel würden wieder zurückkehren, sie nicht. Gemächlich glitt der Kahn an den Flügeln der Kornmühle vorbei. Das Flämmchen einer Öllampe flackerte in einem der Fenster, um Fischern und Flussschiffern den Weg zu weisen.

Henrika verspürte das Bedürfnis, am Ufer anzulegen. Ihr Magen knurrte, und der Schwindel in ihrem Kopf drohte sie wieder zu ergreifen. Doch sie wusste, dass dies ein unverzeihlicher Leichtsinn gewesen wäre, für den Agatha sie nur gescholten hätte.

Nachdem etwa eine halbe Stunde vergangen war, zupfte Agatha sie schließlich am Ärmel. «Siehst du die lange Baumreihe und dahinter die Zäune?»

Henrika runzelte die Stirn, zuckte aber nur mit den Schultern. Sogleich tauchte sie das Ruder ein.

«Dort drüben, an der krummen Brücke, da kannst du anlegen.»

Henrika riss überrascht die Augen auf. Als sie der Richtung folgte, in die Agatha gezeigt hatte, sah sie nicht weit vom Ufer entfernt einen Hof. Er war von einer Mauer aus grauen Feldsteinen umgeben und bestand aus einem windschiefen Fachwerkhaus mit Heuschober und einer Hütte. Hinter der Mauer lag ein Garten.

«Dort wohnt Priem. Ein merkwürdiger Kauz, aber gutherzig», erklärte Agatha. «Er wird dich aufnehmen, bis du in der Lage bist weiterzureisen.»

Meister Priem? Henrika hatte den Namen schon einmal gehört, aber es dauerte eine Weile, bis sie sich daran erinnerte, dass ihr Elisabeth von ihm erzählt hatte. Er war blind und besaß eine Schänke, in der angeblich lichtscheues Gesindel verkehrte.

Mit vereinten Kräften gelang es den Frauen, den Kahn ans Ufer zu manövrieren und an einem Pflock zu befestigen. Als sie endlich festen Boden unter den Füßen spürte, schossen Henrika vor Erleichterung die Tränen in die Augen, auch wenn ihr die Vorstellung, Zuflucht in der Behausung eines blinden Schankwirts zu suchen, nicht eben behagte. Sonderbarerweise schien Agatha, die in Mannheim selbst Elisabeths Gasthaus nur widerwillig betreten hatte, ihre Vorbehalte nicht zu teilen. Entschlossen schulterte sie eine der Satteltaschen, drückte Henrika die andere in die Hand und durchquerte dann mit schnellen Schritten den verschneiten Hof.

Henrika blickte sich verstohlen um, während sie durch den Schnee auf das Haus zustapfte. Drinnen schien niemand ihr

Kommen bemerkt zu haben. Henrika fragte sich, ob Meister Priem allein lebte oder eine Frau hatte. Von Dienstboten, die sich um die Schänke des blinden Wirts kümmerten, war weder etwas zu sehen noch zu hören. Das kam ihr eigenartig vor. Immerhin hatte Elisabeth erwähnt, der Alte verfüge über ein beachtliches medizinisches Wissen und sei bei der Behandlung von Wunden und verschiedener Gebrechen geschickter als so mancher Baderchirurg.

Auf Agathas Klopfen öffnete ein kräftiger Mann, der auf Henrika den Eindruck machte, er sei aus einem der wuchtigen Bäume am Flussufer geschnitzt. Seine Haut, die das welke Fleisch seines Gesichts bedeckte, hing schlaff die Wangen herunter und war von so tiefen Furchen durchzogen, dass sie an die Rinde einer uralten Eiche erinnerte. Außer einigen dünnen Strähnen hatte er keine Haare mehr auf dem Kopf, dafür wucherte weißes Brusthaar aus dem Kragen seines Hemdes. Seine erloschenen Augen bedeckte ein Binde, die gewiss seit dem letzten Sommer keinen Waschtrog mehr gesehen hatte. Der Mann schien nicht viel von Wasser zu halten, was den strengen Geruch erklärte, der von ihm ausging.

Agatha begrüßte den Blinden betont höflich und bat ihn um ein Schlafquartier, eine warme Mahlzeit und seinen heilkundlichen Rat. Nur wenig später brodelte ein Topf mit dicker Hafersuppe über der Feuerstelle; ein würziger Duft nach Kräutern vertrieb den muffigen Geruch aus der Kammer.

Der Raum sah nicht wie eine Wirtsstube aus. Zum Schutz vor der Kälte hatte der Besitzer weiße und braune Schaffelle an die Wände genagelt. Über der Herdstelle, die einen trichterförmigen Abzug besaß, hing ein hölzernes Regal, auf dem verschiedene Glasbehälter mit getrockneten Kräutern und geschabten Rindenstücken standen. Es gab im ganzen Raum keinen Schanktisch mit Bechern und Krügen, wie Henrika es von Elisabeths Gasthaus gewohnt war, dafür zwei sauber abgehobelte Tische, einige Schemel und eine gepolsterte Ofenbank, auf der eine schwarz-weiße Katze schlief. Mühelos bewegte sich Priem an den Möbeln vorbei zum Herd, um noch ein Scheit nachzulegen.

«Nun wollen wir uns mal deine Wunde ansehen», verkündete der Blinde, nachdem die beiden Frauen gegessen hatten. Draußen auf dem Hof krähte ein Hahn, doch es war immer noch dunkel. «Das heißt, sehen können wir sie beide nicht. Du nicht, weil du auf dem Rücken keine Augen hast, und ich nicht, weil ich überhaupt keine mehr habe.» Er lachte heiser auf. «Dafür fühle ich recht gut.»

Henrika musste sich auf die Ofenbank legen, während Agatha die blutdurchtränkten Fetzen ihres Schnürkittels entfernte. In der Wärme des kleinen Raumes machten sich die durch Kälte und Anspannung unterdrückten Schmerzen wieder bemerkbar. Henrika war einer Ohnmacht nahe. Mit aller Kraft biss sie auf das Stück Holz, das Meister Priem ihr in den Mund geschoben hatte. Sie fürchtete sich vor den Berührungen der spinnenartigen Finger und hätte den Blinden und Agatha am liebsten hinausgeschickt, um ihr Lied zu singen. Sie hatte keine Ahnung, ob sie sich selbst durch die Kraft der Melodie heilen konnte, aber da sie wusste, wie strikt ihre Pflegemutter diese Art des Heilens ablehnte, wagte sie nicht einmal, daran zu denken. Zu ihrer Überraschung waren die Hände des alten Mannes warm und trocken.

«Stell dich nicht so an», knurrte Agatha, als der Blinde die Wunde zwischen ihren Schulterblättern wusch und anschließend eine streng riechende Salbe gleichmäßig auf dem Rücken verteilte. Glücklicherweise hatte sie nicht viel Blut verloren.

«Ein wenig Gänsefett mit Ringelblume und Lilienblättern, vermischt mit persischer Schalotte», murmelte Meister Priem vor sich hin. Er schnüffelte, als entstiegen seinem Tiegel die Wohlgerüche des Morgenlandes. «Das bekämpft die Entzündung im Leib, ein Aderlass wird also nicht nötig sein. Stattdessen werde ich der Kleinen noch einen Sud aus Weidenrinde brauen. Er hilft gegen das Fieber.» Er verschwand hinter einem Vorhang, der in den Nebenraum führte. Dort konnte Henrika ihn mit Töpfen hantieren hören.

«Was hast du da?» Agathas scharfe Augen hatten Barthels Briefe entdeckt. In der ganzen Aufregung hatte Henrika nicht mehr an sie gedacht.

«Die Aufzeichnungen gehörten meinem Dienstherrn. Wie es scheint, wollte Anna von Neufeld um jeden Preis verhindern, dass Barthel mich bei sich behielt. Warum, weiß ich nicht, aber ich vermute, dass er deswegen sterben musste.»

«Dann klebt Blut an den Briefen», entschied die Hutmacherin grimmig. «Du darfst sie auf keinen Fall behalten, wenn du nicht willst, dass dich dein ganzes Leben lang Todesdämonen verfolgen.» Kurz entschlossen schnappte sie sich die Blätter und lief mit ihnen zur Herdstelle. Henrika rollte sich mit schmerzverzerrtem Gesicht zur Seite und hob die Hand, doch ehe sie es verhindern konnte, hatte Agatha die Briefe auch schon in die Flammen geworfen.

«Du wirst mir eines Tages dankbar sein», sagte sie leise.

«Du hattest kein Recht, diese Aufzeichnungen zu verbrennen!» Henrika merkte, wie ihr Tränen über die Wangen liefen. «Sie waren Barthels Vermächtnis an mich. Wie soll ich nun herausfinden, was er über meine Herkunft wusste?»

«Überhaupt nicht, wenn du mich fragst.» Agatha nahm einen Schürhaken und schob das bereits lodernde Papier tiefer in die Glut. Die Flammen knisterten. «Als du klein warst, hattest du immer nur dieses … dieses Lied des Teufels im Sinn. Du hast es gesungen, während du die Hühner füttertest und meinem Mann in der Werkstatt halfst. Ja, sogar in der Kirche hast du nicht davon abgelassen, bis die Ältesten dich als Störenfried bezeichneten und auf eine eigene Bank setzten, weil du der Gemeinde unheimlich geworden warst. Ich wollte stets, dass du ein ehrbares Dorfmädchen wirst, das die Not niemals kennenlernen muss. Allein aus diesem Grund habe ich meinen guten Hahn ermuntert, den Beutel mit Geld anzunehmen, der einmal im Jahr für dich übergeben wurde.»

«Von dem Geld habe ich nie etwas zu sehen bekommen.»

Agatha deutete auf eine der beiden Satteltaschen, die sie auf den Tisch gelegt hatte. «Viel ist nicht mehr übrig, aber ein paar rheinische Gulden habe ich zurückbehalten. Sie gehören dir.»

Henrika verschränkte die Hände hinter ihrem Kopf und blickte hinauf zur Decke, durch deren Flechtwerk sich ein hässlicher Wasserfleck fraß. Sie war todmüde, und ihr schwirrte der Kopf von all den neuen Eindrücken, die sie erst einmal verarbeiten musste. Zudem konnte sie sich beim besten Willen nicht erklären, warum Agatha ihr eigenes Leben riskiert hatte, um sie zu Meister Priem zu begleiten. Die Alte hatte nie einen Hehl daraus gemacht, dass sie Henrika nicht mochte. Was um alles in der Welt mochte sie also umgestimmt haben?

«Wohin wirst du gehen?», fragte Agatha nach einer Weile. «Ich werde tun, was ich kann, um in Mannheim den Verdacht gegen dich zu zerstreuen. Aber wenn man mir nicht glaubt, fürchte ich, dass sie dir auch den Tod des Schuhmachers anlasten werden. Dann kannst du nie wieder nach Mannheim zurückkehren.»

«Keine Sorge, Mutter, das habe ich auch nicht vor.» Henrika bewegte vorsichtig die Schultern. Die ranzige Salbe des Blinden wirkte Wunder, der Schmerz, der von der Schnittverletzung herrührte, war schon erträglicher geworden. Sie nahm den einfachen Bauernkittel, den Agatha ihr reichte, dankbar entgegen und ließ ihn mit erhobenen Armen über ihren Oberkörper gleiten. Das Tuch fühlte sich auf ihrer Haut weich an und duftete schwach nach Heublumen, getrockneter Minze und Kamille.

«Allerdings habe ich auch nicht die Absicht, Anna von Neufeld einfach so davonkommen zu lassen», erklärte sie danach. «Sie hat Barthel umgebracht oder Bunter angestiftet, es für sie zu erledigen. Ich muss herausfinden, warum Barthel und ich ihr so gefährlich wurden.»

Henrika zog die Schnüre des weiten Kittels über ihrer Brust straff und nahm sich dann eine Decke, die sie sich vorsichtig um die Schultern legte. Sie fragte sich, ob die Kälte, die sich in ihren Knochen eingenistet hatte, jemals wieder weichen würde.

Agatha räusperte sich. «Es steht dir nicht zu, dich an dieser Anna zu rächen», sagte sie. «Das ist allein Gottes Vorrecht. Wenn es seinem Willen entspricht …»

Henrika unterbrach sie.

«Wer hat den Schuhmacher unter einer Steinlawine begraben? War es Gottes Hand oder deine?»

Agathas Gesicht wurde rot. Sie erhob den Zeigefinger und öffnete den Mund, um etwas zu entgegnen, doch in diesem Augenblick kehrte Meister Priem in die Stube zurück. Umständlich öffnete er den Deckel einer Spanschachtel, der ein würziger Duft entstieg. «Mein heißer Sud wird das Fieber von dir nehmen und dir stattdessen ein paar hübsche Träume bescheren, Kindchen», sagte Meister Priem nicht ohne Stolz. Dann kicherte er. «Hab doch gleich gemerkt, dass du eine von ihnen bist. Ich fühle das mit meinen Händen.»

«Eine von ihnen?», entfuhr es Henrika verdutzt. Sie blickte Agatha an, die mit verdrießlicher Miene den Kopf schüttelte.

«Aber ja doch, Kindchen. Du kannst sehen …»

«Und ich kann hören, dass du Blödsinn redest, alter Mann.» Agatha nahm Meister Priem den Kräuterbehälter aus der Hand und stellte ihn auf den Tisch. «Meine Tochter ist in Schwierigkeiten, weil man sie fälschlich einer Bluttat verdächtigt. Ich habe sie zu dir gebracht, damit du ihre Wunden versorgst, bevor sie weiterreisen kann, nicht um mir gottlose Reden anzuhören.»

Der Blinde lächelte nachsichtig. «Warum hilfst du ihr, wenn du nicht an sie glauben kannst?»

Darauf fand selbst Agatha keine Antwort. Priem stieß wieder sein heiseres Lachen aus. Er legte seine knochige Hand auf Agathas Schulter und zwang sie mit sanfter Gewalt, auf einem Sessel aus Binsengeflecht Platz zu nehmen, der Kratzspuren scharfer Krallen aufwies. Ermattet bedeckte die alte Frau ihr Gesicht mit beiden Händen.

«Ich hasse nun einmal Geheimnisse», sagte sie nach einer Weile.

«Es ist wegen deines Sohnes, nicht wahr?»

Agatha fuhr auf und starrte den Blinden voller Angst an.

«Wäre es nicht an der Zeit, dein Gewissen zu erleichtern und dich dem Mädchen anzuvertrauen?», fragte Meister Priem. Er nahm die Kräuterdose vom Tisch, ohne auch nur einmal danebenzugreifen, und lief mit ihr hinüber zum Feuer, um seinen Trank zuzubereiten.

«Wovon redet der Mann?» Henrika stand von der Ofenbank auf und versetzte der schlafenden Katze, die sich zu ihren Füßen zusammengerollt hatte, aus Versehen einen Stoß. Fauchend sprang das Tier zu Boden und verschwand beleidigt in einem Winkel der Stube.

«Hast du dich jemals nach etwas so sehr gesehnt, dass du an nichts anderes mehr denken konntest und dein Körper allein beim Gedanken daran erbebte? Du wünschst dir nichts mehr, als die Qual zu beenden, die mit deinem Sehnen einhergeht, aber andererseits bist du nicht gewillt, auch nur auf einen Moment des Glücksgefühls zu verzichten, das deine Sinne durchdringt, wenn du dir das Ziel deiner Wünsche vorstellst.»

Henrika schlug verwirrt den Blick nieder. Sie konnte nicht abstreiten, dass sie diese Gefühle kannte. Seit Johannes Carolus den Baumeister aufgesucht hatte, wünschte sie sich nichts sehnlicher, als nach Straßburg zu gehen, um Laurenz wiederzusehen. Sie wollte alles über die Zeitung lernen, welche die Männer dort druckten, und sie wollte herausfinden, warum eine bestimmte Melodie ihr Leben beherrschte.

«Als ich ein junges Mädchen war, hörte ich zum ersten Mal von der Lehre der Vorherbestimmung», fuhr Agatha nach einigem Zögern fort. «Ich hoffe, du kannst dich noch an die Predigten unseres alten Dorfpfarrers erinnern?»

«Natürlich kann ich das, schließlich bin ich damit aufgewachsen. Johannes Calvin lehrt, dass nicht alle Menschen mit der gleichen Bestimmung erschaffen werden. Die einen werden dem ewigen Leben, die anderen der ewigen Verdammnis zugeordnet.»

Agatha nickte eifrig. «So ist es, mein Kind. Meister Calvin selbst nannte es eine furchtbare Entscheidung Gottes, die wir aber nie in Frage stellen dürfen. Insbesondere deshalb nicht, da kein Mensch wissen kann, ob er zu den Erwählten oder zu den Verdammten gehört. Die Heidelberger Gelehrten haben zwar darauf verzichtet, diese Lehre in ihren Katechismus aufzunehmen, mir aber hat in meiner Jugend ein Prediger enthüllt, dass ich zu den Erwählten gehöre.»

«Vater Hahn und du habt immer nach Erfolg gestrebt, um den Beweis hierfür zu erbringen. Das ist doch auch auf Calvin zurückzuführen, nicht wahr? Diejenigen, die es im Leben zu etwas bringen und deren Geschäfte gut gehen, dürfen damit rechnen, zu den Erwählten zu gehören.»

Meister Priems Kichern hallte schaurig durch die rauchgeschwängerte Stube. Der Alte mochte blind sein, aber dafür verfügte er über ein erstaunlich gutes Gehör. Sein Gelächter verriet Henrika indes, dass er nicht viel von der calvinistischen Lehre hielt, der seine Nachbarn anhingen.

«Wir Menschen legen es so aus, weil wir die Wahrheit nicht ertragen können», sagte die Hutmacherin leise. «Wir beobachten ängstlich, wie wir uns entwickeln, welche Entscheidungen unsere Geldkisten füllen, ob wir ein gutes oder ein schlechtes Jahr hatten und ob unsere Kinder den Geboten des Himmels folgen. Aber im Grunde sind wir machtlos wie Schafe, weil die wahre Entscheidung über unser Schicksal nicht hier, sondern im Himmel getroffen wird, noch bevor es uns gibt.» Agatha sog scharf die

Luft ein. Mit einem Mal wirkte sie auf Henrika verletzlich wie ein junges Mädchen, das soeben von seinem Liebsten verlassen wurde.

«Ich setzte alles daran, zu den Erwählten zu gehören, das war mein einziges Ziel. Schau dich doch einmal um, wie es um die Mächtigen bestellt ist. Kaiser Rudolf streitet mit seinem eigenen Bruder um die Macht im Reich. Die Frage des wahren Glaubens spaltet die Fürsten. Ich sehe einen Krieg auf uns zukommen, der alles in den Schatten stellen wird, was wir bisher erlebt haben. Nur der Himmel kann uns davor behüten, und wenn er es nicht tut, dann nur, weil wir den Verlockungen des Satans nachgegeben haben.»

«Was hast du getan, Mutter Hahn?»

Agatha stand auf und wanderte unruhig umher. Dann blieb sie plötzlich stehen und drehte sich zu ihrer Pflegetochter um. Ihre Lippen zuckten nervös. «Lutz ist nicht Elisabeths Kind», sagte sie. «Er ist mein Sohn, mein eigen Fleisch und Blut. Mein Mann wusste es, aber er hat mir meinen Fehltritt verziehen. Er wollte Lutz sogar bei uns aufnehmen, aber ich lehnte das ab, weil ...»

«Weil Lutz von Geburt an geistesschwach ist», beendete Henrika den Satz. Sie war fassungslos über Agathas Geständnis. Mit diesem schrecklichen Geheimnis hatte die Hutmacherin all die Jahre gelebt. Sie hatte ihr Kind ihrer Schwester überlassen, weil sie gefürchtet hatte, verstoßen zu werden, falls jemand etwas von ihrem Fehltritt erfuhr. Nicht nur verstoßen von der Dorfgemeinschaft, die jede Sünde unbarmherzig anprangerte, sondern auch vom Himmel, an den sie sich mit jeder Faser ihres Körpers klammerte. Nun verstand Henrika auch, warum sie im Haus des Hutmachers auf so wenig Wärme gestoßen war. Das Kind einer Gebrandmarkten aufzunehmen, musste die alten Wunden wieder aufgerissen und Agatha der Gefahr ausgesetzt haben, dass ihr Geheimnis irgendwann doch noch ans Licht kam.

«Ich habe Schuld auf meine Seele geladen», klagte die Frau. «Eine Schuld, die ich an Lutz nicht wiedergutmachen kann. Und auch an dir nicht.»

Henrika trat zu Agatha und berührte sie zum ersten Mal, seit sie sie kannte, sanft an der Schulter. «Lutz hat es nie an etwas gefehlt. Elisabeth hing mit großer Liebe an ihm und behandelte ihn wie ein eigenes Kind. Außerdem fühlte er sich in Vater Hahns Haus ebenso wohl wie in der Schänke. Ich glaube nicht, dass er etwas vermisst hat.»

Agatha nahm Henrikas Hand und blickte sie mit tränenverhangenen Augen an. «Aber was ist mit dir? Ich habe dir doch verboten, dich mit deiner wahren Herkunft zu beschäftigen. Keine Stunde ist es her, da verbrannte ich die Briefe dieses Baumeisters, weil ich Angst vor ihnen hatte. Angst ist ein schlechter Tröster.»

Und der Weg ins Himmelreich ist voller Dornen, dachte Henrika. Sie entzog der Frau ihre Hand und lief hinüber zur Herdstelle. Der Blinde hörte sie kommen und lächelte ihr aufmunternd zu. Sein Kessel begann zu brodeln.

«Ich habe zwei der Männer wiedererkannt, die dich damals als kleines Kind in dem verlassenen Bauernhaus aussetzten», rief ihr Agatha unvermittelt hinterher. «Dich und deine Mutter.»

Henrika erschauderte. «Wen hast du erkannt? Bitte sag es mir!»

«Nun, es ist schon lange her, und es ging damals alles so schnell. Die Männer schwangen sich auf ihre Pferde und verschwanden in der Nacht, als wäre der Teufel hinter ihnen her. Aber ich möchte schwören, dass einer von ihnen dein Festungsbaumeister war. Ich vermute, dass er dich ebenfalls erkannte, als er ins Dorf kam, und aus diesem Grund darauf bestand, dich zu sich zu nehmen. Den anderen habe ich einige Zeit später wiedergesehen. An dem Tag, als der Vertrag zwischen dem Kurfürsten und dem Dorf geschlossen wurde. Der Mann hat die Urkunden verlesen.»

«Der Graf zu Solms?» Henrika erinnerte sich an den weißhaarigen Edelmann, der einige Male Gast in Barthels Haus gewesen war. Otto von Solms gehörte zu den engsten Vertrauten des Kurfürsten. Aber sie hatte niemals damit gerechnet, dass er einer der Verschwörer sein könnte, die ihre Mutter damals zum Sterben in das einsame Gutshaus gebracht hatten. Kalte Wut stieg in ihr auf. Diese Männer hatten sie um ihr Leben betrogen, sie waren schuld an ihrem Unglück. Sie und Anna von Neufeld.

Agatha entging die Veränderung nicht, die in Henrika vorging. Beschwichtigend hob sie die Hand. «Mach nicht den gleichen Fehler wie ich damals», riet sie, «indem du Zorn und Verbitterung in dein Herz lässt. Weil sie nämlich dort für immer wohnen werden.»

Henrika strich sich das Haar aus der Stirn. Sie verspürte nicht die geringste Lust, Agathas Weisheiten anzuhören, auch wenn die ausnahmsweise einmal nicht aus der Bibel stammten.

«Selbst wenn ich mich rächen wollte, was könnte ich schon ausrichten? Etwa nach Mannheim zurückkehren, Anna von Neufeld auf den Kopf zusagen, dass ich ihre Intrigen durchschaut habe? Sie würde mich auslachen und die Büttel rufen. Ich könnte auch nach Heidelberg gehen und den Grafen zu Solms bitten, mich zu empfangen. In Kürze wird die Nachricht von Barthels Tod auch ihn erreicht haben. Sicher wird er nicht begeistert sein, wenn ich ihm vorwerfe, dass er und ein paar seiner Spießgesellen eine Sterbende aus der Stadt geschleift haben, nachdem sie ihr mit dem Brandeisen einen Beweis ihrer Achtung verpasst haben.»

«Kurz vor seinem Tod hat Hahn in Heidelberg Nachforschungen angestellt, weil der Mann, der ihm jedes Jahr Geld für dich überbrachte, nicht auftauchen wollte», sagte Agatha. «Hahn behauptete, es sei damals niemand in der Stadt mit dem Brandeisen bestraft worden. Es sei alles nur Gerede gewesen.»

«Das kann nicht wahr sein», rief Henrika. «Meine Mutter trug ein rotes Schandmal auf der Schulter. Das weiß ich genau.

Sie starb am Wundfieber, ehe ich ihr helfen konnte. Hast du vergessen, dass ich im Dorf von frühester Kindheit an wie eine Aussätzige behandelt wurde, weil man in mir nur das Kind der Hure sah? Die Frauen haben mich gemieden oder jeden meiner Schritte mit Argwohn verfolgt, und die Männer haben mir lüsterne Blicke zugeworfen. Öfter als jedes andere Mädchen musste ich mir die Ermahnungen des Pfarrers anhören, wenn er unser Haus besuchte. Und nun behauptest du allen Ernstes, meine leibliche Mutter sei nie gebrandmarkt worden? Habe ich mir am Ende alles nur eingebildet?»

Agatha zuckte die Achseln und schwieg. Dafür sagte Meister Priem: «Zieht ihr nicht einmal in Erwägung, dass ihr beide recht habt?»

«Wie meint Ihr das?»

Der Blinde nahm mit einem geübten Griff den Kessel vom Haken, rührte seinen Sud mit einer Schöpfkelle um und gab ein wenig von der dampfenden Flüssigkeit in einen Tonbecher.

«Nun, wenn der Hutmacher die Wahrheit sagte und nicht getäuscht wurde, fand zu der Zeit, von der ihr redet, keine öffentliche Urteilsvollstreckung in Heidelberg statt. Aber dennoch wurde deiner Mutter ein Mal ins Fleisch gebrannt. Fragt sich nur, wer es tat und warum er diese Gerüchte ausstreute.»

«Seid Ihr sicher, dass meine Mutter nicht auf ein Schafott steigen musste?», hakte Henrika nach. Sie war immer noch skeptisch.

Meister Priem wurde schlagartig ernst. Stumm fuhr er sich mit der Hand über den fleckigen Fetzen, hinter dem er seine erloschenen Augen verbarg. Dann erklärte er: «Ich bin mir absolut sicher, Mädchen, denn wenn die Frau vor etwa zwanzig Jahren in Heidelberg bestraft worden wäre, müsste mir das bekannt sein. Aber ich erinnere mich an keinen derartigen Fall. Ihn vor mir zu verheimlichen, wäre gegen die Carolina gewesen, die geltende Strafordnung, die Kaiser Karl V. einst erlassen hat.»

«Vor Euch? Wieso vor Euch?» Henrika starrte den hageren

Mann verwirrt an. Doch dann begann sie allmählich zu begreifen. «Ihr seid kein gewöhnlicher Gastwirt. Ihr seid …»

«Nein, Mädchen.» Meister Priem lachte heiser. «Ich *war* der Henker von Heidelberg!»

Der Sud aus Weidenrinde bescherte Henrika einen tiefen Schlaf, aber sie träumte nicht. Als sie endlich zu sich kam, waren zwei Tage vergangen. Dafür fühlte sie sich frischer und ausgeruhter als zuvor. Die Verletzung zwischen den Schultern bereitete ihr keine Schmerzen mehr, nur ein dumpfes Ziehen erinnerte an die Stelle, an der sie Bunters Schaufel getroffen hatte. Die Arznei des Henkers hatte wahre Wunder gewirkt.

Langsam richtete sie sich auf und strampelte die Wolldecke von ihren Beinen. Sie war allein in der Kammer, wenn man von der Katze absah, die es sich wieder zu ihren Füßen bequem gemacht hatte. Henrika beugte sich über sie und streichelte ihr weiches Fell, bis sie sich mit einem freundlichen Schnurren für die Liebkosung bedankte.

Du hast dich nicht von deinem warmen Platz vertreiben lassen, dachte Henrika. Ihr Herz wurde schwer, als sie an das dachte, was vor ihr lag. Ehe der Tag zur Neige ging, musste sie sich auf den Weg machen. Nicht als unbescholtene Reisende, sondern als Flüchtling, der auf der Hut sein musste. Sie durfte auf keinen Fall zu lange im Haus des Blinden bleiben. Nach dem, was er und Agatha ihr erzählt hatten, suchten häufig Menschen auf der Flucht Unterschlupf bei ihm oder ließen sich von ihm verarzten, wenn sie einen Schwerthieb eingesteckt hatten. Meister Priem schien es gleichgültig zu sein, wer bei ihm unterkroch, solange ihm dessen Geschichte gefiel. Seit er keinem Ratsherrn und keinem Stadtrichter mehr verpflichtet war und das Richtschwert aufgrund seiner Erblindung nicht mehr schwingen konnte, durfte er es sich erlauben, wählerisch zu sein und zu entscheiden, wen er bei sich aufnahm und wem er die Hilfe verweigerte.

«Fühlst du dich ausgeruht genug, um deine Reise fortsetzen?», fragte Meister Priem, als er einige Zeit später durch die Tür schlüpfte. Sein Gesicht war gerötet und glänzte, als hätte er es mit Schnee abgerieben.

Agatha, die seine Stimme gehört haben musste, trat aus der Arzneikammer, in der sie geschlafen hatte. In der Hand hielt sie Hahns Wanderstab. Henrika war gar nicht aufgefallen, dass die Hutmacherin ihn unterwegs im Boot bei sich gehabt hatte. Agatha strich mit dem Daumen liebevoll über das glatte Holz, dann drückte sie Henrika den Stab in die Hand.

«Hahn hätte gewollt, dass du ihn bekommst», sagte sie. «Er hat dich geliebt wie sein eigenes Kind. Aber nun spute dich. Meister Priem hat recht, es wird höchste Zeit, dass du dich auf den Weg machst. Wenn sie dich hier aufspüren und in Ketten in die Stadt schleppen, kann dir niemand mehr helfen.»

Henrika schluckte. Natürlich war es riskant, sich noch länger in der heruntergekommenen Schänke aufzuhalten, aber als sie die Tür öffnete und den kniehohen Schnee vor dem Haus sah, sank ihr Mut. Am liebsten hätte sie in der gemütlichen Stube den Winter verbracht und die Stunde ihres Aufbruchs bis zu den ersten Strahlen der Frühlingssonne hinausgezögert.

Doch das war unmöglich.

Agatha begleitete sie bis zur Straße. Sie fragte nicht, wohin Henrika gehen wollte, sondern berührte sie zum Abschied nur kurz am Arm. Als Henrika sich vor einer Biegung noch einmal nach der Schänke «Zur krummen Brücke» umblickte, war ihre Pflegemutter nicht mehr zu sehen.

Straßburg

11. Kapitel

Die Sitzung in der Ratsstube des Straßburger Rathauses dauerte bereits zwei Stunden, aber noch immer war kein Ende abzusehen.

David Schlüssel hatte sich immer für einen geduldigen Mann gehalten, doch heute rutschte er auf der harten Holzbank hin und her und wünschte sich sehnlichst in die Werkstatt zurück. Er hasste es, seinen Meister ins Rathaus zu begleiten, und konnte nur schwer ertragen, dass man ihn dort warten ließ wie einen Schuljungen. Mit wachsendem Unmut beobachtete er, wie der Ratsschreiber Hermann Seidenberg einen Stapel Urkunden sortierte. Vor ihm lag das schwere Amtssiegel der Stadt, das er im Auftrag des Stettmeisters verwalten durfte, eine Ehre, der er sich bewusst war. Von Zeit zu Zeit ergriff er seine Schreibfeder, um mit geschäftiger Miene eine Bemerkung oder einen Beschluss zu notieren. Alle Mitglieder des Straßburger Rats, Kaufleute und Angehörige der Handwerkszünfte und Gilden saßen bereits seit dem Mittagsläuten um die Tafel versammelt, um über Angelegenheiten der Stadt zu diskutieren, die David nichts sagten. Schon bald verlor er das Interesse an den Gesprächen der alten Männer.

Gelangweilt beobachtete er seinen Meister, der schweigend neben ihm saß. Die Augen des Mannes waren geschlossen.

Zum wiederholten Mal fragte sich David, ob die Ratsherren seinen Meister absichtlich so lange warten ließen oder ob sie einfach nur einen ungünstigen Zeitpunkt gewählt hatten, um ihr Anliegen vorzubringen. Die Männer schienen es jedenfalls nicht eilig zu haben. Sie erweckten nicht den Eindruck, als wollten sie den einzigen Antragsteller, der sich zur heutigen Sitzung in der Ratsstube eingefunden hatte, an ihre Tafel laden.

Johannes Carolus schlug die Augen auf. Sein Blick heftete sich auf die rotbraune, mit Schnitzereien versehene Täfelung der Ratsstube. Über dem Lehnstuhl, auf dem der Stettmeister wie ein Fürst thronte, hing eine Tafel mit Inschrift, welche die Bitte um himmlischen Beistand zum Inhalt hatte.

Eine frische Brise drang durch die geöffneten Fenster, die jedoch auch dem Lärm des Münstermarktes ungehinderten Zutritt verschafften. David hörte das derbe Lachen der Fuhrknechte und Krämer, deren Karren über das Pflaster holperten, und das Geschrei der Marktweiber, die auf dem Münsterplatz ihre Waren sortierten. Am liebsten wäre er aufgestanden und hätte sich aus dem Fenster gelehnt, um sich ein wenig zu zerstreuen, aber unter den Blicken der Ratsherren wagte er es nicht, auch nur einen Mucks von sich zu geben. Er konnte froh sein, dass man ihn nicht aufgefordert hatte, wie ein Diener vor der Tür auf seinen Meister zu warten.

Carolus saß trotz der zermürbenden Wartezeit aufrecht und würdevoll neben ihm. Er hatte im Morgengrauen sein bestes Gewand angezogen, das nachtblaue Wams aus Samt mit der steifen gefältelten Halskrause. Obwohl er kein Wort über die endlosen Debatten an der Ratstafel verlor, entging David nicht, dass sich auch in ihm allmählich Wut aufstaute. Mit zusammengekniffenen Augen verfolgte der Drucker jede Bewegung der Ratsherren. Einige von ihnen, wie der alte Waldemar Zorn, dessen Familie seit Jahrhunderten zum Patriziat der Stadt gehörte, trugen hüftlange Pelzmäntel und hohe Lederstiefel. Auch die Vertreter der Zünfte zeigten sich, wenngleich ein wenig bescheidener, so doch in ihren besten Kleidern. Schließlich wollten auch sie hinter den Patriziern nicht zurückstehen. Zu hart hatten sie für ihre Rechte im Rat der Stadt kämpfen müssen.

David gähnte verstohlen, trotzdem zog er sofort die missbilligenden Blicke der beiden Diener auf sich, die auf leisen Sohlen um die Ratstafel herumliefen und die Humpen der Herren mit Wein füllten. Die Münsterturmuhr schlug bereits zum vierten Mal, und noch immer unterhielten sich die Männer über den gestiegenen Getreidepreis, den neu einzuteilenden Brandwachtdienst in den Gerbervierteln am Fluss und die Klagen der Metzgerzunft über einige Bauernkrämer aus Dörfern der Umgebung, die sich trotz mehrmaliger Ermahnung nicht davon abhalten ließen, auf dem Münsterplatz und dem Markt vor St. Peter Bratenstücke zu niedrigeren Preisen anzubieten. Der Protest der Metzger führte zu einer erbitterten Kontroverse im Rat; mehrmals musste Hermann Seidenberg die Glocke schwingen, um den durcheinanderredenden Männern Einhalt zu gebieten. Dass der Besitzer einer Druckerei wie ein Bittsteller auf die Entscheidung des Rates warten musste und darüber wertvolle Arbeitszeit vergeudete, kümmerte die Ratsherren nicht im Geringsten. Nur hin und wieder warf einer der jüngeren Mitglieder David einen abschätzenden Blick zu.

David kannte ihn. Auch er gehörte der einflussreichen Familie der Straßburger Zorns an, doch war sein Vater mit dem alten Waldemar und dessen Zweig seit langem verfeindet. Über die Fehde der Patrizier war ganz Straßburg im Bilde, auch wenn niemand sich mehr so recht erinnern mochte, womit sie ihren Anfang genommen hatte. Da die verfeindeten Verwandten seit Generationen ihre Plätze unter den Ratsherren der Stadt hatten, keiner dem anderen beim Betreten der Ratsstube aber den Vortritt lassen wollte, benutzten die Zorns verschiedene Eingänge. Ungeachtet seines eisgrauen Haars, erklomm der alte Waldemar die steile Treppe, während sein junger Verwandter das Haus über den schattigen Hof betrat. So begegneten sich die Vertreter der Zorns meistens erst in der Ratsstube, wo sie jedoch niemals auch nur ein Wort miteinander wechselten.

«Nun, wenn sich Eure Fragen hinsichtlich der Salzabgaben

erschöpft haben, bliebe nur noch ein letzter Punkt des Protokolls zu besprechen», verkündete schließlich der Ratsschreiber Hermann Seidenberg mit tiefer Stimme. Ohne jede Begeisterung blickte er in die Runde, doch da er bei den Herren auf keinen Widerspruch stieß, fuhr er fort: «Der Druckermeister und Buchbinder Johannes Carolus aus der Kruggasse ist mit der Bitte an den Straßburger Rat herangetreten, Zeitungskrämer in seine Dienste nehmen und diese außerhalb der Stadtmauern seine Erzeugnisse verkaufen lassen zu dürfen. Im Protokoll, das ich für ihn aufnahm, gibt er eine Anzahl kleinerer Städte an, auf deren Märkten er seine neue Gazette anbieten möchte, sofern deren Vertreter es ihm erlauben, und er bittet den Rat um Beistand. Ferner ersucht er um die Erlaubnis, Kurierreiter nach eigenem Gutdünken auszusuchen und in fünf ausgewählte Städte entsenden zu dürfen.»

Aller Augen richteten sich auf Carolus, der sich umständlich von der harten Bank erhob, ohne dass ihn jemand dazu aufgefordert hatte. Auch David stand auf. Nervös zupfte er am zerknitterten Kragen seines Kittels und wünschte sich plötzlich, er hätte sich noch einmal umgezogen, bevor er seinen Meister in die Ratsstube begleitete.

Ratsherr Waldemar Zorn schüttelte mit gerunzelter Stirn den Kopf. Sein wallender Bart rauschte über seine schmale Brust.

«Wenn ich mich richtig entsinne, haben wir Euch unlängst das Privileg erteilt, Eure Gazette in Straßburg zu drucken und in der ganzen Stadt anzupreisen.»

«Das habt Ihr, Ratsherr», antwortete Carolus mit einer höflichen Verbeugung. «Und ich bin Euch dankbar für das Vertrauen, das Ihr in mein Werk setzt.» Der Drucker sprach leise und vermied es, dem streitbaren Waldemar Zorn ins Gesicht zu blicken. Die Haltung seines Meisters ließ David erahnen, wie aufgeregt dieser war. Er konnte es ihm nicht verdenken. Auch er sprach nur ungern mit den Vertretern der Stadt. Nicht, weil er sich vor ihnen fürchtete, schließlich entstammten er und sein Bruder einer achtbaren Familie von Straßburger Weinhändlern. Nein, er vermied es, sich mit den Patriziern einzulassen, weil er ihre Redegewandtheit und Spitzfindigkeit kannte, selbst jedoch nur schwer die richtigen Worte fand, um andere mit der Begeisterung für seine Arbeit anzustecken. Oftmals verfing er sich in langen Erklärungen, denen seine Zuhörer kaum folgen konnten. Aus diesem Grund hasste er selbst Botengänge und ließ sich lieber von Laurenz begleiten, wenn es galt, wichtige Angelegenheiten zu besprechen. Laurenz war redselig und schaffte es mit seinem entwaffnenden Lächeln immer wieder, die Leute um den Finger zu wickeln. Eine Fähigkeit, um die ihn David beneidete. Dass der Ältere es mit der Wahrheit nicht immer so genau nahm, konnte David zwar nicht billigen, aber er verzieh es ihm. So wie er ihm jede Dummheit verzieh, die Laurenz sich oder der Druckerei einbrockte. Warum Meister Carolus ausgerechnet heute nicht seinen wortgewandten Bruder, sondern ihn gebeten hatte, mit ins Rathaus zu kommen, war dem jungen Mann schleierhaft.

«Lieber Carolus, mit Vertrauen in Euer Werk hat das nichts zu tun», winkte Waldemar Zorn ab. «Wenn ich vertrauensselig genug wäre, diese Ratsstube ohne einen Dolch im Gürtel zu betreten, würde ich vermutlich längst nicht mehr unter den Lebenden weilen.» Er warf seinem jungen Verwandten einen so feindseligen Blick zu, dass dieser erst erbleichte, dann erbost von seinem Stuhl schnellte.

«Seidenberg», rief er dem Schreiber zu, «sagt diesem Herrn, dass ein krummer Rücken und eine Reihe fauler Zähne im Maul keine Entschuldigung für schlechtes Benehmen sind. Wenn der alte Zorn schon so umnachtet ist, dass er selbst hier um sein armseliges Leben zittert, wäre es besser, er hockte sich mit einer Schale warmer Milch hinter den Ofen seiner Kammer und überließe das Regieren jüngeren Männern.»

Waldemar Zorn rang empört nach Luft. Hastig griff er nach dem Amulett aus Bernstein, das an einer breiten Kette um seinen

Hals hing, als müsste er sich mit seiner Hilfe eines bösen Geistes erwehren.

«Seidenberg, wenn dieser unverschämte Grünschnabel glaubt …»

Eine scharfe Handbewegung des Stettmeisters ließ den alten Mann mitten im Satz verstummen. Waldemar Zorn setzte sich wieder, doch ihm war anzusehen, dass er die Beleidigung nicht vergessen würde. Das bekam auch Meister Carolus zu spüren, auf den sich der Unmut des Alten, der so brüsk zum Schweigen gebracht worden war, nun richtete.

«Wir sind Eurer ständigen Eingaben und Bittgesuche allmählich müde», sagte der Ratsherr und rieb sich demonstrativ die Augen. «Ihr braucht doch wieder Geld aus dem Stadtsäckel, nicht wahr? Wie viel darf es denn diesmal sein?»

David erschrak. Er wusste, dass sein Meister nicht vorgehabt hatte, die Rede so schnell auf die Schulden zu bringen, die das weitere Erscheinen der Zeitung bedrohten. Aber es entsprach der Wahrheit. Carolus brauchte dringend ein Darlehen; sein eigenes Vermögen reichte bei weitem nicht aus, um die Gläubiger zufrieden zu stellen, die ihm seit Martini mit ihren Forderungen im Nacken saßen. Die Kosten für Materialien waren gestiegen, ferner warteten Drucker und Buchbindergesellen, Boten und Nachrichtenkrämer seit Wochen auf ihren Lohn. Die zusätzliche Druckerpresse, die Carolus in den südlichen Niederlanden gekauft hatte, stand noch immer unbezahlt im Lagerhaus der neugegründeten Stadt zwischen Rhein und Neckar. Sie alle warteten ungeduldig darauf, dass man die Presse endlich von dort nach Straßburg bringen würde, in die neuen Räume, die Carolus in der Kruggasse gemietet hatte. Doch zu ihrer Bestürzung waren die Briefe des Meisters an den Festungsbaumeister bislang unbeantwortet geblieben. Keiner von ihnen konnte sich vorstellen, was Barthel Janson dazu bewogen haben könnte, von seinem großzügigen Angebot zurückzutreten. Laurenz, den ganz andere Interessen nach Mannheim zogen, hatte sich erboten, sich auf den Weg zu machen und den Baumeister noch einmal eindringlich an die versprochene Unterstützung zu erinnern, aber dann hatten die anhaltenden Schneestürme sein Vorhaben vereitelt. Außerdem gab es in der Druckerei so viel zu tun, dass Carolus seinen begabtesten Gesellen nur ungern auf Reisen schicken wollte. So galt es, bis zum Frühjahr abzuwarten.

«Der Straßburger Rat kann Eure Geschäfte nicht für Euch führen, Meister!» Es war Seidenberg, der Davids Gedanken wieder auf das Geschehen an der Tafel lenkte.

«Wir können Empfehlungsschreiben ausstellen, die Ihr Euren Zeitungskrämern mitgeben dürft, falls sie Eure Gazette außerhalb der Stadtmauern anpreisen, aber selbst das wird Euch etwas kosten. Ein Darlehen können wir Euch im Interesse aller Bürger nicht mehr gewähren, da müsst Ihr Euch schon an Eure Zunft wenden.»

Carolus blickte unglücklich von dem alten Zorn zu Ratsschreiber Seidenberg. Die Absage traf ihn hart, denn er wusste, dass die Zunft der Straßburger Buchbinder und Drucker, der er seit vielen Jahren angehörte, ihm nicht unter die Arme greifen würde. Der Zunft gehörten inzwischen an die hundert Handwerker an, die mühevoll ihr Auskommen suchten. Zwar war die Stadt Straßburg berühmt für ihre Buchdrucker – selbst Gelehrte kamen von nah und fern, um Bücher und Schriften zu kaufen oder drucken zu lassen – aber dennoch hießen nicht alle Mitglieder der Zunft Carolus' ehrgeizige Pläne gut. Die Schatulle im Zunfthaus zu beleihen war für Carolus daher ebenso aussichtslos, wie Gold aus dem Rheinwasser zu waschen.

«Und was die Frage nach Kurieren angeht, so sollte erst darüber beraten werden, ob es dem Wohl der Stadt zuträglich ist, wenn ein Handwerksmeister sie auf eigene Faust aussendet», wandte der alte Waldemar Zorn ein. «Wir könnten in Verruf kommen, ja uns sogar dem Verdacht der Spionage aussetzen, wenn Straßburger mit Billigung ihrer Ratsherren in den Angelegenheiten anderer Städte herumschnüffeln. Was das für Folgen haben kann, brauche ich wohl nicht auszuführen. Die Situation im Reich ist angespannt genug, seit Kaiser Rudolf gedrängt wird, den böhmischen Protestanten Zugeständnisse zu machen.» Er sah Meister Carolus skeptisch an. «Reichen Eure geschäftlichen Beziehungen nicht bis ins Kurfürstentum der Pfalz und sogar in die Niederlande?»

Carolus' Halsschlagader begann unter dem steifen Rundkragen heftig zu pochen; seine Haut rötete sich und juckte unangenehm, was oft vorkam, wenn er sich aufregte. Wie, um Himmels willen, konnte ausgerechnet der alte Zorn davon Wind bekommen haben? Irgendjemand musste ihm von der Druckerpresse und seinen Briefen an den Festungsbaumeister berichtet haben. Es war kein Geheimnis, dass die beiden verfeindeten Zorn-Sippen ihre eigenen Kundschafter bezahlten. Mit deren Hilfe spionierten sie sich gegenseitig aus, wann immer sich eine Gelegenheit bot. Sie schnappten einander einträgliche Geschäfte vor der Nase weg, reichten Klagen ein und taten alles, was in ihrer Macht lag, um den Verwandten zu schaden. Im Laufe der Jahre hatten die streitlustigen Familien es sogar geschafft, unter Handwerkern und Patriziern Verbündete zu werben und Parteien zu bilden, wovon auch der Rat nicht unbeeinflusst blieb. Niemand, nicht einmal der Stettmeister, mochte es sich mit den Zorns verderben. Doch die Entscheidung, welcher der beiden Linien man nachfolgte, war nicht leicht zu fällen und führte oft zu Zerwürfnissen innerhalb anderer Familien.

Carolus hatte immer großen Wert darauf gelegt, sich auf keine der beiden Seiten ziehen zu lassen, daher war es ihm unbegreiflich, wieso sich Waldemar Zorn so sehr für ihn und seine geschäftlichen Belange interessierte. Hoffte der Ratsherr, dass sein Unternehmen scheiterte? Befürchtete er etwa, Macht einzubüßen, wenn die Gazette erst einmal ihren Siegeszug durch Straßburg angetreten hatte? Nun, Carolus hatte es mit vielen Gegnern aufnehmen müssen, seit er das Rathaus vor drei Jahren zum ersten Mal als Antragsteller betreten hatte. Das Privileg, das man ihm schließlich nach zähen Verhandlungen mit Brief und Siegel erteilt hatte, war auch nicht gerade dem Einlenken des alten Waldemar zu verdanken gewesen, sondern vielmehr einem Fieberanfall, der den Alten ganz plötzlich aufs Krankenlager geworfen hatte. Böse Zungen behaupteten, das Fieber sei wie gerufen gekommen, was Carolus mit Sorge erfüllte. Glücklicherweise hatte er einige Freunde in der Stadt, die für seinen guten Namen bürgten. Niemals hatte jemand offen den Verdacht geäußert, der Drucker oder ein Angehöriger seiner Familie könnte mittels eines Giftes oder gar magischer Beschwörungen nachgeholfen haben, um sich des unbequemen Ratsherren zu entledigen. Wenn überhaupt, so hatte man diesen Verdacht den missgünstigen Verwandten gegenüber gehegt.

«Antwortet dem Ratsherrn!» Seidenbergs mahnende Stimme riss Meister Carolus aus seinen Gedanken. Doch bevor er etwas sagen konnte, ergriff auch schon David das Wort. Er konnte seine Wut über die Behandlung, die man seinem Freund und Gönner in dieser Runde angedeihen ließ, kaum noch zügeln.

«Meister Carolus hat in Flandern eine Druckerpresse kaufen lassen. Sie wurde von einem Geschäftsfreund, der in der Nähe von Heidelberg den Bau der neuen Festung am Rhein beaufsichtigt, finanziert», erklärte er. «Ist das etwa verboten? Muss ein Kaufmann neuerdings die Erlaubnis des Rats einholen, mit wem er Geschäfte abschließt und mit wem nicht? Dann könnte er sich ja gleich von der nächsten Brücke in die Breusch stürzen, denn gegen so viele Angehörige der Kaufmannsgilde oder der städtischen Zünfte, wie sie im Rat vertreten sind, könnte er niemals ein Gesuch durchsetzen.»

«Was erlaubt sich dieser Grünschnabel?», ereiferte sich Waldemar Zorn. Auch andere Ratsherren gaben Unmutsbekundungen von sich oder verlangten, den Gesellen des Druckers hinauswerfen zu lassen. Nur Jeremias Zorn lächelte. Zweifellos freute es den jungen Ratsherrn, dass jemand es gewagt hatte, seinem greisen Verwandten die Stirn zu bieten. Doch das würde David wenig nützen. Und noch weniger dem armen Carolus, der hilflos die Hand hob, um die schimpfenden Ratsherren zu beschwichtigen.

«Es ist doch noch gar nicht gesagt, ob uns die Gazette des Druckers Ärger bringt», erklärte Jeremias Zorn schließlich, nachdem der Ratsschreiber für Ruhe gesorgt hatte. «Vor drei Jahren waren wir immerhin der Meinung, dass eine Zeitung Straßburg gute Dienste erweisen könnte, ansonsten hätten wir dem Drucker kein Privileg erteilt.»

«*Ich* habe niemals meine Zustimmung gegeben», rief Waldemar Zorn erbost.

«Auf die kam es damals schon nicht an, und daran hat sich auch nichts geändert.» Jeremias Zorn übersah die drohende Faust, die gegen ihn erhoben wurde, und wandte sich dem Bürgermeister zu. «Ich wäre geneigt, dem Ersuchen von Meister Carolus stattzugeben und ihm zu erlauben, seine Kuriere zu entsenden, wohin er möchte. Allerdings nur, solange er ihnen einschärft, dass sie nicht im Auftrag der Stadt Straßburg reisen, sondern allein auf sich gestellt sind. Das heißt, ohne beglaubigte Papiere und, was wichtiger ist, ohne Bewaffnete, die das Wappen der Stadt auf ihrer Brust tragen. Erreichen die Männer ihr Ziel, sind sie verpflichtet, sich aus den Angelegenheiten anderer Städte herauszuhalten und auch in Gefahr nicht zu verraten, in wessen Diensten sie stehen.»

«Die Niederlande befinden sich seit Jahren im Krieg gegen die Habsburger», warf Ratsschreiber Seidenberg besorgt ein. «Es wäre ein Wagnis, sich dort einzumischen. Aber nicht nur im Norden, auch bei uns brodelt es in allen Ecken des Reiches. Da gebe ich dem ehrenwerten Ratsherrn Waldemar Zorn recht. In welche Städte sollen die Kuriere des Druckers denn nun entsandt werden?»

Carolus holte tief Luft, dann antwortete er nicht ohne Stolz: «Ich möchte meine Kuriere nach Rom, Venedig, Prag, Wien, Köln und Antwerpen schicken.»

Nach der Ratssitzung gingen Carolus und David noch ein Stück weit gemeinsam. Erst auf dem Münsterplatz würden sich ihre Wege trennen. Den Drucker zog es nach Hause, er wollte seinen Gehilfen vom Ergebnis der Verhandlungen berichten und danach einen Bericht verfassen, der die Großzügigkeit und die Weisheit des Straßburger Rats betonte. So etwas konnte nicht schaden. Im Grunde durfte er mit den Entwicklungen des Tages zufrieden sein. Auch wenn der alte Waldemar Zorn gegen seinen Antrag gestimmt hatte, würde sich der Straßburger Rat dafür einsetzen, dass die Gazette auch außerhalb der Stadt verkauft werden durfte. Nun stand auch der Entsendung der Kurierreiter nichts mehr im Weg.

«Du hast mir vorhin einen großen Schrecken eingejagt», sagte er zu David, als sie am alten Zollhaus vorbeiliefen. Er versuchte, ein strenges Gesicht zu machen, doch wirklich böse konnte er dem jungen Mann nicht sein. «Überlass es das nächste Mal mir oder deinem Bruder Laurenz, mit den Ratsherren zu verhandeln. Du hast noch nicht genug Erfahrung im Umgang mit diesen Männern. Ich denke, sie haben deinen anklagenden Ton überhört, weil du so jung bist, aber ein weiteres Mal werden sie dir so etwas gewiss nicht durchgehen lassen, und ich möchte dann nicht den Schaden davontragen.»

Carolus wandte sich einem Stand zu und kaufte einer dürren Marktfrau ein köstlich duftendes Stück Schmalzgebäck ab. Mit Heißhunger biss er hinein. Kauend trug er David noch einige Besorgungen auf, der nur allzu gern einwilligte, um Carolus sein Auftreten vor den Ratsherren vergessen zu lassen. Außerdem freute er sich, nach dem stundenlangen Herumsitzen in der stickigen Ratsstube ein wenig durch die Gassen streifen zu dürfen.

Kaum hatte sich David von seinem Meister verabschiedet und

war ein paar Schritte gegangen, da stellte sich ihm auch schon ein hochgewachsener, schlanker Mann in den Weg. Es war Jeremias Zorn. Der junge Ratsherr hatte offensichtlich auf ihn gewartet.

«Hast du deinen Meister verloren?», fragte er freundlich, während er mit flinken Blicken die enge Gasse absuchte. Doch außer einigen Mädchen, die schwatzend auf den Stufen eines Fachwerkhauses saßen und Hühner rupften, war niemand zu sehen. Es roch nach Abfällen, Moder und Fisch.

David schüttelte den Kopf. Er fragte sich, was der junge Zorn ausgerechnet von ihm wollte. Im Rat hatte er sich für Meister Carolus verwendet, aber dass er sich dazu herabließ, mit einem Handwerksgesellen zu reden, erstaunte David. Am liebsten hätte er sich an dem Ratsherrn vorbeigedrückt, doch dies hätte Zorn mit Recht verärgert.

«Es tut mir leid, dass der Rat nicht für die Boten deines Meisters aufkommen will», erklärte Zorn mit einem Lächeln, das sein sommersprossiges Gesicht mit dem rötlichen Bart spitzbübisch wirken ließ.

«Dabei halte ich eure Idee für ausgezeichnet. Venedig und Köln sind Städte des Fernhandels, in Rom ballt sich die Macht des Papstes. Es wäre durchaus vorteilhaft für uns, wenn wir regelmäßig erführen, was der Heilige Stuhl und seine verfluchte Jesuitenschar gegen uns im Schilde führen.»

«Diese Überlegungen haben Meister Carolus und mein Bruder auch angestellt, Ratsherr», sagte David vorsichtig. «Aber bis auf weiteres werden wir es uns ohnehin nicht leisten können, sie dorthin zu schicken. Es würde zu lange dauern, bis sie mit Nachrichten zurückkehren. Sie müssten ja in den entsprechenden Städten erst einmal vertrauenswürdige Personen finden, denen sie Nachrichten abkaufen können. Um den Wahrheitsgehalt zu bestätigen, würde ihnen keine Zeit bleiben.»

Zorn nickte ernst. «Ich möchte dir ein Geschäft vorschlagen, mein Freund.»

«Ein Geschäft? Ich verstehe nicht, was Ihr meint, Ratsherr. Warum wendet Ihr Euch nicht an Meister Carolus oder an meinen Bruder Laurenz?»

Die Mädchen auf den Treppenstufen begannen, einander mit Federn zu kitzeln. Lautes Gekicher hallte von den feuchten, bemoosten Steinmauern der Häuser wider. «Nicht hier, Junge», flüsterte Jeremias Zorn. Mit einem Blick, der keinen Widerspruch zuließ, forderte er David auf, ihm in einigem Abstand zu folgen.

Zorn steuerte wieder auf den Münsterplatz zu, doch die Kathedrale war nicht sein Ziel. Er betrat die Apotheke «Zum goldenen Hirschen», ein prächtiges Patrizierhaus, das, wie David wusste, einem mit Zorn befreundeten Ratsmitglied gehörte. David war schon einige Male dort gewesen, um für die Werkstatt persische Tinte zu kaufen. Der Apotheker war bekannt für sein Geschick, Heilmittel auch nach arabischen Rezepten herzustellen.

Im Verkaufsraum war es kühl und dunkel. David sog den Geruch auf; er mochte den Duft von herben Kräutern. Doch Jeremias Zorn ließ ihm wenig Zeit zu verweilen; mit raschen Schritten hielt er auf einen kirschroten Vorhang zu, teilte ihn und forderte David mit einer verschwörerischen Handbewegung auf einzutreten. Der Ratsherr schien im Haus des Apothekers ein und aus zu gehen, wie es ihm beliebte.

«Nun komm schon, ich habe nicht den ganzen Tag Zeit.»

«Das trifft sich gut, Herr, denn auch meine Zeit ist begrenzt.» David warf einen Blick auf die mit farbenfrohen Flüssigkeiten und Kristallen gefüllten Glaskolben, die auf mannshohen Regalen standen. Zeichnungen mit seltsamen Formeln und Symbolen hingen an den Wänden, Bücher lagen hoch aufgestapelt herum. Unter anderen Umständen hätte David gern eine Weile hier verbracht, um sich die Kammer des Apothekers genauer anzuschauen, doch inzwischen empfand er nur noch Unbehagen und wünschte sich, dem Ratsherrn nicht in die Arme gelaufen zu sein. Er war doch nur einfacher Geselle, mittellos und nicht in der Lage,

Geschäfte für seinen Meister zu tätigen. Als Vertreter der Stadt musste Jeremias Zorn das wissen. Dennoch wollte er seinen Vorschlag ihm und keinem anderen unterbreiten.

«Willst du dich nicht setzen?» Jeremias Zorn deutete auf einen Stuhl, auf dem ein zerschlissenes Polsterkissen lag, aber David schüttelte den Kopf.

«Also schön, ich möchte dich nicht überrumpeln. Du scheinst ein kluger Kopf zu sein, der aber ganz im Schatten seines älteren Bruders steht. Ich beobachte euch beide schon eine ganze Weile. Laurenz Schlüssel mag ein hervorragender Drucker sein und die Geschäfte seines Meisters zu dessen Zufriedenheit führen, aber darüber hinaus interessieren ihn nur Würfel und Weiber. Jawohl, ich habe Erkundigungen über euch eingeholt. Ihr entstammt einer achtbaren Familie, doch ihr seid Waisen und habt bis zur Mündigkeit deines Bruders unter der Vormundschaft der Stadt gelebt. Beide habt ihr das Druckerhandwerk erlernt und wurdet anno 1605 von Meister Carolus angestellt, der selbst nie den Meisterbrief der Druckerzunft erworben hat.»

«Carolus ist Sohn des Pfarrers von Jung St. Peter und gelernter Buchbinder, aber die Druckerei in der Kruggasse gehört ihm», sagte David. Er war schockiert darüber, wie genau sich der Ratsherr mit seinen Lebensumständen beschäftigt hatte.

«Es wird schwierig für Carolus, das Geld für seine Kuriere aufzubringen. Ich würde vorschlagen, ihr errichtet in den betreffenden Städten Kontore mit zuverlässigen Mitarbeitern, deren Aufgabe es sein wird, wöchentlich Nachrichten zu sammeln, um sie an die Kuriere zu übergeben. So verlieren diese keine Zeit damit, durch die Stadt zu streifen und an Türen zu klopfen.»

David runzelte die Stirn. «Aber es gibt doch bereits Postmeister. Hat nicht das Haus von Taxis ein kaiserliches Privileg, Nachrichten zu befördern?»

«Sich mit den kaiserlichen Postmeistern einzulassen, wäre reiner Selbstmord», rief Jeremias Zorn. Es klang erschrocken, als habe

David in ein Wespennest gestochen. «Die kaiserlichen Postreiter sind bereits viel zu mächtig für euch und würden euch zerquetschen wie eine Weintraube, müssten sie befürchten, dass ihr ihnen in die Quere kommt. Es ist bereits vorgekommen, dass sich die Taxis sogar gegenseitig Privilegien abjagten. Der alte Leonard Taxis hat beispielsweise seinen Sohn an Kaiser Rudolfs Hof geschickt. Dort sollte er um die Konzession einer enteigneten Posthalterfamilie bitten. Und was geschah? Der missratene Sprössling erbat und bekam das Privileg. Aber er behielt es für sich, während sein alter Herr das Nachsehen hatte.»

David hob beeindruckt die Augenbrauen. Er hatte zwar schon davon gehört, dass das Postgeschäft kein Zuckerschlecken war, aber so richtig bewusst wurde ihm die Gefahr, der sich Carolus mit seinem Unternehmen aussetzte, erst jetzt. Nachdenklich blickte er den jungen Ratsherrn an. Zorn war nicht nur wohlhabend und einflussreich, sondern auch bestens informiert. Meister Carolus dagegen war trotz seines Geschicks und seiner guten Einfälle immer ein Träumer und Zauderer geblieben.

Und Laurenz?

Es schmerzte David, dass Zorn seinen Bruder, den er wie keinen anderen Menschen verehrte, einen unzuverlässigen Weiberheld nannte, aber wenn er ehrlich war, so hatte der Ratsherr nicht ganz unrecht mit seiner Einschätzung. Während David und Carolus nicht selten bis spät in die Nacht in der Druckerwerkstatt saßen, über Probleme des Schriftsatzes oder die Formulierung einzelner Nachrichtenteile brüteten, machte sich Laurenz meistens aus dem Staub, indem er vorgab, noch wichtige Gespräche führen zu müssen. Gespräche, die den älteren Bruder meist in eine billige Schänke oder eine Badestube lockten?

«Ich werde dir das nötige Geld für den Aufbau privater Nachrichtenkontore in fünf Städten zur Verfügung stellen», unterbrach Ratsherr Zorn Davids Überlegungen.

«Und darüber hinaus werde ich auch die Kosten für die

Kuriere deines Meisters übernehmen. Für Pferde, Zaumzeug, Übernachtung in ordentlichen Herbergen sowie für Waffen und Verpflegung, solange die Männer unterwegs sind.»

«Aber Carolus wird kein Geld von Euch annehmen, Ratsherr», wandte David ein. Er war hin- und hergerissen. Einerseits erkannte er, welch großartige Möglichkeiten dieses Angebot für die Druckerei eröffnete, andererseits befürchtete er, seinen Dienstherrn zu hintergehen, wenn er eigenmächtig Geschäfte mit einem Angehörigen des Hauses Zorn abschloss. Selbst wenn diese Geschäfte der Zeitung nutzten. Hatte man ihm nicht immer wieder eingeschärft, dass es nur Ärger brachte, sich auf die Seite einer der sich befehdenden Patriziersippen ziehen zu lassen? Nun aber war genau dieser Umstand eingetreten.

«Er muss ja nichts davon erfahren», redete Jeremias Zorn ihm mit leiser Stimme zu. «Es wäre mir sogar lieb, wenn kein schriftlich abgefasster Vertrag auf mich und mein Handelshaus als heimliche Geldgeber hindeutete. Dessen ungeachtet habe ich in nahezu allen Städten, von denen wir sprechen, vertrauenswürdige Geschäftsfreunde, die mir noch den einen oder anderen Gefallen schuldig sind. Auf meine Bitte hin werden sie Carolus' Boten Schuldbriefe ausstellen und es mit der Rückzahlung ihrer Kredite nicht so genau nehmen. Weil sie ihr Geld nämlich von mir bekommen.»

«Warum tut Ihr das alles, Herr?» Nachdenklich fuhr David mit der Hand über das Leder eines Buches, das vor ihm auf einem Tisch lag. Es fühlte sich kühl und trocken an. «Was wollt Ihr von mir?»

Jeremias Zorn fixierte den Druckergesellen einen Moment, als wolle er sich davon überzeugen, nicht seinerseits einen Fehler zu begehen, indem er den jungen Mann ins Vertrauen zog, dann zuckte er mit den Schultern und erklärte: «Mein ehrenwerter Verwandter Ratsherr Waldemar Zorn vom Spiegel ist nicht so töricht zu glauben, die Straßburger Zeitung aufhalten zu können. Noch beschäftigt er eigene Avisenschreiber, die ihn mit Nachrichten versorgen, aber ich weiß aus sicherer Quelle, dass er gern ebenfalls ein Zeitungsblatt drucken möchte. Es wäre mir daher eine Genugtuung, deinen Meister zu unterstützen, denn wenn seine Gazette sich durchsetzt, wird das nicht nur Straßburg nützen, sondern dem alten Zorn zeigen, dass er nicht alles bekommt, was er will.»

David sah die ausgestreckte Hand des jungen Ratsherrn vor sich, und nach kurzem Zögern schlug er ein.

«Na, siehst du? Das war doch gar nicht so schlimm, oder?»

«Ich nehme Euer Angebot an», sagte David leise. «Aber nur, wenn Ihr uns bei der Wahl der Kuriere und der Zusammenstellung der Gazette freie Hand lasst.»

Der junge Zorn versprach es lächelnd.

Davids Wangen glühten. Immer wieder sagte er sich, dass es keinen Grund gebe, sich Sorgen zu machen, schließlich hatte er weder einen Vertrag unterzeichnet noch im Beisein von Zeugen einen heiligen Eid geleistet. Auch stand Jeremias Zorn in dem Ruf, ein Ehrenmann zu sein, zumindest solange man die Leute befragte, die nicht auf der Seite des alten Ratsherrn Waldemar standen.

David warf einen zweifelnden Blick zurück auf das hohe Patrizierhaus, vor dem ein kunstvoll geschmiedetes Schild das Apothekerhandwerk pries. Er war drauf und dran, umzukehren und dem Ratsherrn zu sagen, er habe es sich anders überlegt. Aber er fand nicht den Mut. Außerdem brauchte Carolus das Darlehen, auch wenn er niemals erfahren durfte, wer der Mann war, der ihm so großzügig unter die Arme griff.

David musste es für sich behalten, auch wenn die Last der Verantwortung, die er plötzlich zu tragen hatte, ihm nicht behagte. Plauderte er das Geheimnis aus, verlor er nicht nur seine Arbeit und seine Kammer im Haus des Druckers, auch der langwierige Kampf um das Zeitungsprivileg wäre umsonst gewesen. Er konnte sich gut vorstellen, wie der alte Waldemar Zorn triumphieren würde, wenn er von dieser Niederlage erfuhr.

Nein, das durfte er nicht zulassen. Dann war es vermutlich besser, sich irgendeine Geschichte einfallen zu lassen, um bei Meister Carolus gar nicht erst einen Verdacht aufkommen zu lassen. David atmete tief durch. Der hohe Turm des Münsters schien vorwurfsvoll auf ihn herabzublicken. Warum hatte er dieser Versuchung nachgegeben? Würde er auch den Einflüsterungen des Teufels so leicht nachgeben, wenn dieser ihn eines Tages verführte?

David ließ sich auf einem kantigen Mauervorsprung nieder, in dessen Nähe eine Schar farbenfroh gekleideter Gaukler die Bürger mit Glückstöpfen und Kunststücken unterhielt, und vergrub den Kopf zwischen den Armen. Das Lachen und Johlen der Menge berührte ihn nicht. Erst als eine Bettlerin mit Wanderstab ihn schüchtern am Ärmel zupfte, kam er wieder zu sich. Er griff nach seinem Gürtelbeutel und atmete erleichtert auf, als er das kühle Leder spürte. Gerissene Beutelschneider gab es auf dem Münsterplatz jede Menge. Meistens gingen sie so geschickt zu Werk, dass die Bestohlenen den Verlust ihrer Habe erst viel später bemerkten.

Das Mädchen, das vor ihm stand, schien jedoch nicht zum Volk der Taschendiebe zu gehören. Aber was wollte sie dann von ihm? Für eine Dirne war ihre Kleidung zu unauffällig und sie selbst viel zu schmutzig.

«Ich habe kein Geld», sagte David schroff. «Setz dich vors Münster wie die anderen Bettler und lass mich in Ruhe.»

«Aber …»

«Hörst du schlecht? Ich habe gesagt, du sollst deine schmutzigen Pfoten nicht an meinem Wams abwischen!»

Das Mädchen fuhr erschrocken zurück. David sah ihre dunklen Augen ärgerlich aufblitzen. Als sie wortlos auf dem Absatz kehrtmachte und hocherhobenen Hauptes auf das Münster zu marschierte, stutzte er. Hatte er das Mädchen nicht schon einmal gesehen? Er beschloss, ihr zu folgen, doch sie lief so schnell, dass er sie erst am Nordportal des Münsters zu fassen bekam.

«He, warte mal, kenne ich dich nicht irgendwoher?»

Das Mädchen war mager und etwas verwahrlost, schien aber noch nicht lange auf der Straße zu leben. Sein knöchellanges Kleid roch streng, bestand aber aus gutem Tuch und wies einen ordentlichen Schnitt auf. Offensichtlich hatte es einen weiten Weg zurückgelegt.

«Ich darf den feinen Druckergesellen nicht anrühren, aber er ist so dreist, seine Hände an meinem Ärmel abzuwischen», sagte das Mädchen vorwurfsvoll. «Vielleicht bist du so freundlich und reißt ihn mir nicht völlig vom Kleid. Ich besitze nämlich kein anderes mehr und würde ungern nackt ins Münster gehen, um meine Gebete zu sprechen.»

David errötete. Gehorsam ließ er das Mädchen los und machte einen Schritt zurück. «Du bist Jungfer Henrika aus Mannheim, nicht wahr?», fragte er, als er sich ein wenig gefangen hatte. «Du hast uns in der Zollschreiberei bewirtet und das Gesinde befehligt. Damals glaubte ich, du wärest das Mündel des Festungsbaumeisters. Kannst du mir erklären, wieso du nun in dieser Aufmachung durch die Stadt läufst?»

David blickte sie forschend an. «Wo steckt der Festungsbaumeister? Er wird dich doch nicht allein nach Straßburg geschickt haben?» Bevor Henrika antworten konnte, erklangen auf dem Platz Pfiffe, die von ärgerlichen Rufen begleitet wurden. Der Unmut galt einem mageren Mann, der sich von bewaffneten Bütteln durch die murrende Menge der Marktbesucher und Krämer schieben ließ. David kannte ihn. Die Ratsherren hatten ihn erst im vorigen Winter zum Marktaufseher ernannt. Mit ausdrucksloser Miene gab er seinen Männern den Befehl, den Karren der Gaukler zu umzingeln, die eben ihre Vorstellung beendet hatten. Das Mädchen mit dem Geldkorb packte er am Arm. Sogleich kam es zwischen ihm und den Fahrenden zu einem hitzigen Wortwechsel.

Ein Weib aus der Menge kreischte: «Na endlich, wurde auch Zeit, dass ihr das liederliche Volk vor die Tore treibt!»

Henrika machte einen Schritt zurück und schob das Tuch, das sie sich um den Kopf geschlungen hatte, tiefer in die Stirn. Das Geschrei des Marktaufsehers verunsicherte sie. Ängstlich spähte sie hinüber zu den Bütteln, die ihre glänzenden Spieße drohend auf die Gauklerschar richteten. David begriff, dass sich Henrika in ihrer Aufmachung nur ungern dem Verdacht aussetzen wollte, zu dem fahrenden Volk zu gehören. Kurz entschlossen nahm er sie am Arm und zog sie wie ein kleines Kind neben sich her.

«Komm mit, wir gehen ins Münster, dort brauchst du vor den Bütteln keine Angst zu haben.» Er stutzte. «Du hast doch nichts ausgefressen, oder?»

Henrika verneinte, doch ihre Empörung erschien David halbherzig, zumal sie sich noch mehrere Male verstohlen umblickte, bevor sie vor ihm durch die mächtige Tür ins Innere der Kathedrale schlüpfte.

«Ein wunderschönes Bauwerk», bemerkte sie, während sie an der Seite des jungen Druckers über die Steinplatten schritt. Vor ihr ragte der Lettner mit seinen sieben spitzen Bögen auf, daneben der Altar, auf dem eine Anzahl Wachskerzen brannte. Rechts erhob sich die prächtige Marienkapelle mit einer Tribüne für Edelleute.

«Ich kann verstehen, warum die Menschen in früheren Zeiten so große Gotteshäuser errichteten», flüsterte Henrika. «Hier fühlt man sich so fern von allen Sorgen und Nöten. Dort, wo ich herkomme, sind die Kirchen meist viel kleiner und haben nicht solch herrlich bunte Glasfenster.»

«Wo du herkommst, müssen Kirchen erst noch gebaut werden», brummte David ungeduldig. «Aber du hast recht, das Münster ist ein Gebäude, in dem man die Allmacht Gottes spüren kann. Die Reformatoren, die Straßburg vor siebzig Jahren mit der gereinigten Lehre des Evangeliums beschenkten, verboten im

Gegensatz zu euch Calvinisten, Kirchen zu plündern, um wertvolle Kunstschätze zu zertrümmern.» Als er Henrikas betroffenes Gesicht sah, wiegelte er schnell ab: «Ich besuche mit der Familie meines Meisters die Gottesdienste in der Kirche von St. Peter, aber ich komme ebenso gern zum Münster, wenn mich Sorgen drücken oder ich eine Weile allein sein möchte.»

«Wie zum Beispiel gerade eben.» Henrika blickte zu Boden. Sie hatte das eigentlich nicht sagen wollen, denn es ging sie nichts an, was den jungen Mann bewegte. Auf keinen Fall wollte sie Salz in eine Wunde streuen.

«Hast du mich etwa beobachtet?», wollte David wissen. Er schien nicht verärgert, eher besorgt.

«Nun, es hat etwas gedauert, bevor ich wagte, dich anzusprechen», sagte Henrika zaghaft. «Erkannt habe ich dich auf Anhieb. Ich bin schon seit gestern in der Stadt, aber ich habe mich noch nicht getraut, an die Tür deines Meisters zu klopfen. Ich wollte nicht, dass Laurenz mich so sieht.»

David verzog das Gesicht. Laurenz, aber natürlich. Seiner Versprechungen und hübschen Worte wegen war sie nach Straßburg gekommen. Vermutlich war sie dem Festungsbaumeister davongelaufen, oder der Alte hatte sie aus dem Haus gejagt, weil sie immerzu von Laurenz geschwärmt hatte und darüber faul und frech geworden war. Als er sie mit seiner Vermutung konfrontierte, rechnete er mit einem Wutausbruch, doch das Mädchen schüttelte nur den Kopf und sagte traurig: «Der Festungsbaumeister ist tot.»

«Tot?», wiederholte David ungläubig. «Wenn er tot ist, dann kommst du also gar nicht in seinem Auftrag?»

«Nein, und bevor du weiterfragst: Ich habe weder Geld noch eine Druckerpresse in meinem Brotbeutel.»

David presste die Lippen aufeinander. Das hatte er ja wieder fein hinbekommen. Wen wunderte es, dass Laurenz bei den Frauen stets mehr Glück hatte, wenn er so viel Feingefühl besaß wie ein

Maulesel. Henrika hatte ihren Dienstherrn verloren und lebte seither im Elend. Sie musste verzweifelt sein, doch alles, was ihm dazu einfiel, war, dass Carolus nun nicht mehr auf die Unterstützung des Baumeisters zählen konnte.

«Nun wird mir einiges klar», sagte er langsam. «Carolus hat während der Wintermonate ein halbes Dutzend Briefe an den Festungsbaumeister geschrieben, aber keine Antwort erhalten. Vermutlich haben ihn die Briefe gar nicht mehr erreicht, und seine Erben haben anderes im Sinn, als einen Gazettendrucker zu unterstützen.»

Henrika nickte abwesend. «Das überrascht mich nicht.»

«Und wie ist es geschehen? Ein Unfall auf der Festungsbaustelle? Nein? Das Fieber? In Straßburg waren vor dem heiligen Christfest etliche Todesopfer zu beklagen. Die Ratsherren haben versucht, es zu verheimlichen, damit die Angst vor einer Seuche nicht zur Panik heranwächst.»

«Es war weder ein Unfall noch eine Seuche», sagte Henrika unvermittelt. Ihre Stimme begann zu zittern, als kämpfe sie mühsam gegen aufsteigende Tränen an. «Barthel wurde hinterrücks erschlagen.»

«Erschlagen?» David blickte sie erschrocken an. «Aber warum?»

«Frag mich nicht, ich verstehe es doch selbst nicht. Barthel war ein Mann, der nur für seine Arbeit gelebt und niemandem etwas zuleide getan hat. Jedenfalls solange ich ihn kannte, und das war nicht lange. Ich musste ihn manchmal daran erinnern, etwas zu essen oder sich ein wenig Schlaf zu gönnen.»

«Man könnte glauben, er und mein Meister wären Geschwister», versuchte David zu scherzen. Bei Laurenz wirkte das immer. Seine Scherze verwandelten Frauentränen regelmäßig in heiteres Strahlen.

«Seit Wochen verlässt Carolus die Druckerei nur noch, wenn es gar nicht anders geht und …» Er hielt inne; ein Gedanke regte sich, der ihm vielleicht helfen konnte, dem Dilemma zu entkommen, in das er sich selbst gebracht hatte. Möglicherweise war die Ankunft des Mädchens aus Mannheim viel nützlicher, als er zunächst geglaubt hatte.

«Du hast recht, so kannst du dich meinem Bruder nicht zeigen», entschied er nach einem prüfenden Blick auf Henrikas schmutziges Kleid. «Wir werden erst einmal dafür sorgen, dass du ein warmes Bad, eine Mahlzeit und frische Kleider bekommst, ehe ich dich zu Meister Carolus bringe.»

Henrika sah ihn skeptisch an. «Warum willst du mir helfen, David? Verzeih, aber wenn ich in den vergangenen Wochen eines gelernt habe, so ist es, Vorsicht walten zu lassen, wenn ein fremder Mann etwas für mich tun will.»

«Ich bin sicher, Laurenz wird sich deiner annehmen. Sobald du dich gewaschen und saubere Kleider angelegt hast, wird er dich in seine Arme schließen.» David klang nicht gerade so, als ob ihn das erfreuen würde. Doch er ging zielstrebig auf eine der Seitenpforten zu und öffnete die Tür. «Nun komm schon!»

Henrika zuckte die Achseln. Sie warf einen letzten Blick auf die riesige Rosette aus strahlendem Glas, die das Licht der allmählich schwächer werdenden Sonne in ein Meer aus tausend Farben verwandelte. In ihnen lag etwas, das ihr Hoffnung gab. Daher nahm Henrika ihren Wanderstab und folgte dem Druckergesellen hinaus auf den Platz.

12. Kapitel

Es dämmerte bereits, als David vor einem uralten, windschiefen Häuschen stehen blieb und einen Klingelstrang betätigte.

Henrika blickte sich verstohlen um. In dem Gewirr der engen Gassen, durch die sie eine ganze Weile gelaufen waren, hatte sie hoffnungslos die Orientierung verloren. Sie glaubte in der Nähe des Flusses zu sein, weil die Luft ihr feucht und rauchig vorkam und sie einen leichten Geruch von Fisch und Moder wahrnahm. Vor ihr lagen kleine Höfe und winterlich kahle Gärtchen, die fast nie vom Licht der Sonne beschienen wurden. Einige der Innenhöfe waren mit Steinplatten gepflastert, andere mit Kies und Sand bestreut. In schattigen Winkeln standen sorgsam gezimmerte Ställe für Hühner und Gänse. Auch das Haus, vor dessen Tür David geduldig auf Einlass wartete, besaß einen Hof, der allerdings so schmal war, dass nur ein wackeliger Karren und einige kaputte Wagenräder darin Platz fanden. An die Außenwand schmiegte sich eine ausgetretene Stiege, die zu einer Galerie hinaufführte. Ihr Geländer verschwand beinahe unter einem Gestrüpp wuchernder Weinranken. An den gedrechselten Stäben hingen Körbe verschiedener Größe, zwei Ölkrüge und sogar einige Taubenschläge, was Henrika verwunderte. Die Bewohner des Hauses schienen eine stattliche Anzahl dieser Vögel zu halten, davon zeugten nicht nur der weiße Taubendreck auf Treppenstufen, Pflastersteinen und der Galerie, sondern auch ein geräuschvolles Gurren. Henrika sah Tauben auf der Gasse, Tauben auf dem Dachstuhl und

Tauben auf dem Wagen. Nur einige wenige lugten vorsichtig aus der Öffnung des für sie gezimmerten Schlags heraus, um die Ankömmlinge zu begutachten. Von fern drang das Geläut einer Glocke an ihr Ohr. Sie hatte bereits am Tag zuvor erfahren, was es damit auf sich hatte. Jeder Wachtturm der Stadt besaß eine eigene Glocke, die zu einer bestimmten Stunde ankündigte, dass es Zeit wurde, die Stadttore zu schließen. Die Turmwächter betätigten ihren Glockenstrang und gaben somit das Signal an den nächsten Turm weiter.

David fluchte leise vor sich hin. Offensichtlich behagte es ihm nicht, dass er sich zu so später Stunde noch auf der Gasse herumdrücken musste. Es verging noch eine halbe Ewigkeit, bevor über der Tür ein kleines Fenster aufgestoßen wurde und eine mürrische Stimme sie nach ihrem Begehr fragte.

Henrika warf einen zögerlichen Blick zu David, der ihr aufmunternd zunickte. Er sagte leise ein paar Worte, woraufhin rasch die Tür geöffnet wurde und eine Frau auf der Schwelle erschien. Sie war noch nicht alt, wirkte aber aufgrund ihrer Leibesfülle, des sittsamen grauen Kleides und der gestärkten Haube auf ihrem Kopf sehr gesetzt und streng. Die nach unten gezogenen Mundwinkel und der ernste Blick verstärkten diesen Eindruck. Mit rauer Stimme forderte sie David und Henrika auf, ihr ins Haus zu folgen. Nachdem die Tür hinter ihr ins Schloss gefallen war, änderte sich das Verhalten der Frau jedoch schlagartig. Mit einem befreienden Seufzer nahm sie David in die Arme und drückte ihn so fest, dass Henrika befürchtete, jeden Augenblick seine Knochen zerbrechen zu hören.

«Lieber Vetter, warum hast du dich denn so lange nicht blicken lassen?»

Halb besorgt, halb ärgerlich schob die Frau David durch einen Flur, der außer einer Nische für den Schlüsselkasten des Hauses völlig kahl war, in die geheizte Wohnstube. Diese war zu Henrikas Erstaunen so sauber, dass die Fußbodendielen im

Schein der Öllampe zu glänzen schienen. Tauben oder andere Tiere hatten in der Stube offenkundig nichts verloren.

Die Hausfrau befahl David sogleich vor den Kamin, dessen mächtiger Rauchfang mit hübschen Malereien verziert war. Dort musste er sich eine ausgiebige Musterung gefallen lassen, die mit dem Urteil endete, er habe immer noch kein Gewicht zugelegt, sei zu bleich für einen Jungen seines Alters und arbeite zu viel.

«Ich würde ja deinem Meister Carolus, diesem weltfremden Trottel, gern mal die Meinung sagen», meinte die Frau schließlich. «Schließlich bin ich deine und Laurenz' einzige Verwandte auf dieser Welt.» Sie sah Henrika an, als suchte sie eine Verbündete.

«Aber wem würde es helfen? Ich kenne Meister Carolus noch aus der Zeit, als sein seliger Vater uns in der *Confessio Tetrapolitana*, dem heiligen Bekenntnis Straßburgs, unterwies. Er war Geistlicher, und eigentlich hätte sein Sohn ihm im Amt nachfolgen sollen. Der Ärmste hat es nie verwunden, dass sein Junge es sich in den Kopf gesetzt hat, Bücher zu drucken oder in Leder zu binden, anstatt sie zu studieren.» Sie machte eine Pause, um Luft zu holen.

«Und nun hat er sich auch noch diesen Unsinn mit der Gazette in den Kopf gesetzt, der arme Narr. Was kümmert es mich, wenn auf einem Papier gedruckt steht, dass der Kaiser Schnupfen hat? Soll ich ihm dann nach Prag schreiben und Gesundheit wünschen? Ha. Gesundheit könnte sein Reich eher gebrauchen als der Alte in seiner Burg.»

«Emma, ich möchte dir Jungfer Henrika Gutmeister vorstellen», unterbrach David den Redeschwall seiner Verwandten. «Sie ist das Mündel eines Baumeisters, der leider kürzlich unerwartet verstarb.»

«Das arme Geschöpf», sagte die Frau. Sie warf Henrika einen mitfühlenden Blick zu und sah taktvoll über die schmutzige Kleidung ihres Gastes hinweg.

«Du scheinst viel Schlimmes durchgemacht zu haben, armes Kind», wandte sie sich dann direkt an Henrika. «Bist du krank? Fühlst du dich erschöpft? Mein Mann wird nach dir sehen, sobald er wieder zu Hause ist.»

Noch bevor Henrika erklären konnte, dass sie kerngesund war, ergriff David das Wort: «Wo steckt denn Ludwig? Wurde er noch so spät zu einem Kranken gerufen?»

Die Frau winkte unwirsch ab. «Unsinn. Wir verdienen mit unseren Brieftauben und Hühnern mehr Geld als Ludwig zu seinen besten Zeiten als Wundarzt.»

«Euer Mann ist Arzt?», fragte Henrika interessiert. Ihre Erinnerungen kehrten zu Meister Priem zurück, der ihr während ihrer Flucht mit seinem heilkundlichen Wissen geholfen hatte. Es schien ihr Schicksal zu sein, stets in den Häusern heilkundiger Menschen Aufnahme zu finden. Einen Herzschlag lang überlegte sie, ob das wohl an ihren sonderbaren Kräften liegen mochte, verdrängte den Gedanken aber gleich wieder.

«Wundarzt und Chirurg, aber kein Studierter», antwortete Emma in einem Ton, der keinen Zweifel daran ließ, was sie von studierten Medizinern hielt.

«Wird einem Fuhrknecht die Hand von einem Wagenrad zerquetscht, kommt er zu meinem Ludwig, um sie sauber abnehmen und den Stumpf verbinden zu lassen. Das macht ihm keiner nach. Ludwig schient auch gebrochene Arme und Beine, reinigt Wunden, schröpft und treibt ausgekugelte Schultern ins Gelenk zurück. In den letzten Jahren befasst er sich aber hauptsächlich mit der Augenheilkunde. Er hat die Kunst des Starstechens von einem berühmten Meister aus Italien gelernt. Dafür sind nämlich bestimmte Handgriffe nötig, die nicht nur Geschick und Ausdauer, sondern auch ein gutes Augenmaß verlangen.» Sie seufzte. «Nun, gute Augen hat Ludwig, auch wenn er schon einige Jährchen auf dem Buckel hat. Aber bedauerlicherweise ist er nicht mehr so flink auf den Beinen. Er behandelt nur noch, wenn der

Stadtmedicus nirgendwo aufzutreiben ist.» An David gewandt, fügte sie hinzu: «Ludwig hat sich eine Stunde nach dem Angelusläuten zur Apotheke aufgemacht, um von Meister Albrecht ein paar Salben mischen zu lassen. Ich vermute, dass er unterwegs im Wirtshaus gelandet ist. So lange kann es ja nicht dauern, ein paar Arzneien zusammenstellen zu lassen.»

David erwiderte nichts, doch er spürte, wie seine Wangen heiß wurden. Er war heilfroh, dass er dem Verwandten nicht in der Apotheke über den Weg gelaufen war. Vermutlich hatten sie einander nur knapp verfehlt. Ludwig mochte ihn zwar gut leiden, aber von der Patriziersippe Zorn hielten er und Emma noch weniger als von Meister Carolus. Es war besser, wenn auch sie nichts von seiner Unterredung mit dem Ratsherrn erfuhren.

«Das Mädchen kann vorerst bei uns bleiben», entschied Emma mit fester Stimme, während sie einen Kessel aufsetzte, um etwas Ziegenmilch zu erhitzen. «Unsere Magd, dieses liederliche Ding, hat sich vor drei Monaten mit irgendeinem Lümmel aus dem Staub gemacht. Vermutlich hat er ihr ein Kind aufgehalst. Ich könnte daher eine fleißige Jungfer gebrauchen, sofern sie tüchtig und gottesfürchtig ist. Ludwig würde eine helfende Hand in der Chirurgenstube sicher auch guttun. In letzter Zeit ist er ein wenig unleidlich geworden und kläfft seine Kundschaft an wie ein Straßenköter. Kein Wunder, dass ihm die Kranken in Scharen davonlaufen.»

Henrika schluckte. Der Vorschlag der alten Emma mochte freundlich gemeint sein, doch er kam reichlich überraschend. Wenn sie sich hier als Magd verdingte, rückte ihr Ziel, für den Zeitungsdrucker tätig zu werden, in weite Ferne.

«Ich bin nach Straßburg gekommen um für Meister Carolus zu arbeiten», raunte sie David zu. «Ich möchte keinem Wundarzt zur Hand gehen, sondern lernen, wie eine Gazette gemacht wird.»

Doch Emma hatte ihre Worte gehört. «Ein Mädchen als Gazettenmacherin?» Sie rümpfte missbilligend die Nase. «Da hört doch wohl alles auf. David, mein Junge, sag diesem aufmüpfigen Geschöpf, dass so etwas unmöglich ist. Das Druckereihandwerk ist nichts für Frauenzimmer. Sie sollte auf Knien dankbar sein, dass sie am Kronenburgertor nicht dem Bettelvogt in die Arme gelaufen ist. Dann würde sie nämlich jetzt in der Schergenstube hocken und könnte in meinem Haus keine vorlauten Phrasen dreschen.»

«Ich möchte mit dir sprechen», zischte David Henrika zu. Mit einem entschuldigenden Lächeln zog er sie an der zeternden Emma vorbei in ein geräumiges Zimmer, in dem neben einem Behandlungstisch aus blank gescheuertem Holz auch wundärztliche Instrumente, Holzschachteln mit aufgemalten Heilpflanzen und Ballen aufgerollten Leinenstoffes lagerten. Es war die Chirurgenstube, in der Emmas Mann Verwundete zu behandeln pflegte. Der junge Drucker deutete auf eine Bank neben dem Fenster, während er sorgfältig die Tür schloss. Widerwillig nahm Henrika Platz; den Stab legte sie zu ihren Füßen ab.

«Also schön, reden wir offen und ehrlich miteinander.» David baute sich breitbeinig vor der Bank auf und fixierte Henrika mit einem Blick, der nichts Gutes verhieß.

Und wenn schon, dachte Henrika trotzig. Mochte er ihr Vorwürfe machen, weil sie nicht in diesem merkwürdigen Haus mit seinen unzähligen gefiederten Bewohnern bleiben wollte. Sie hatte keine Angst. Sie war nur entsetzlich müde.

«Du brauchst meine und Emmas Hilfe, falls du es nicht vorziehst, weiterhin wie eine Bettlerin durch die Stadt zu irren.»

Henrika fuhr auf. «Habe ich um irgendwas gebeten? Als ich dich vor dem Münster traf, wollte ich nur wissen, wie ich zu Carolus' Haus finde, ohne mir die Füße wund zu laufen. Stattdessen schleppst du mich zu deiner Verwandtschaft.» Vor dem Fenster erklang lautes Gurren, was Henrika mit einem grimmigen Blick registrierte. «Es tut mir leid, aber ich kann Tauben nicht ausstehen. Sie sind laut und machen Dreck!»

«Könntest du mir erst einmal zuhören, bevor du mich anfauchst!» David atmete tief durch, dann fügte er mit gesenkter Stimme hinzu: «Carolus' Druckerei steckt in ernsthaften Schwierigkeiten, Henrika. Und damit ist auch die Gazette in Gefahr. Möglich, dass ihr Erscheinen in naher Zukunft eingestellt und das Privileg einem anderen übertragen wird.»

«Eingestellt?» Henrika blickte erstaunt auf. «Aber warum?»

«Wir haben kein Geld mehr. Zu wenig jedenfalls, um unsere Schulden zu begleichen. Zu wenig, um Boten anzuwerben. Der Straßburger Rat hat uns zwar heute einige Zugeständnisse gemacht, die sich recht günstig auswirken könnten, aber wer weiß schon, wie lange wir auf das Wohlwollen der Ratsherren bauen dürfen. Die Lage im Rat ist genauso angespannt wie die im Reich. Ob Meister Carolus sein Privileg behalten darf und Kuriere aussenden kann, hängt daher zum Teil auch von dir ab.»

«Von mir?», fragte Henrika. «Wieso von mir? Kann ich denn etwas tun, um euch zu helfen?»

David nickte. Ein wehmütiges Lächeln glitt über sein Gesicht. «Jawohl, das kannst du. Alles hängt von deiner Bereitschaft ab, mir zu vertrauen.»

Henrika biss sich beschämt auf die Lippe. Allmählich verstand sie überhaupt nichts mehr, aber es tat ihr leid, dass sie mit David so grob umgesprungen war. Wollte er nun, dass sie bei dem Druckermeister vorsprach oder nicht? Seinen Andeutungen entnahm sie nur, dass er sich um die Finanzierung der Gazette Sorgen machte. Aber wie kam er darauf, dass ausgerechnet sie ihm und seinem Herrn bei der Lösung dieses Problems helfen konnte? Sie besaß doch nicht mehr als das, was sie auf dem Leib trug. Das Geld, das Agatha ihr in Meister Priems Schänke zugesteckt hatte, war draufgegangen, um die Bauern und Gastwirte zu bezahlen, bei denen sie unterwegs übernachtet und gegessen hatte. Fast alle hatten sie dabei übers Ohr gehauen und davongejagt, als sie sich beschwert hatte. Was also erwartete David von ihr?

«Ich weiß, dass du lesen und schreiben kannst», sagte David. «Laurenz hat es mir erzählt. Er ist der Meinung, in dir brenne eine Leidenschaft für Bücher, insbesondere, wenn sie sich mit den Wissenschaften oder der Poesie befassen. Nicht, dass ich viel davon verstünde, aber ich habe schon ein paar Gedichtbände gedruckt. Ansonsten werden in Straßburg hauptsächlich religiöse Abhandlungen, Trostbüchlein, fromme Auslegungen der Heiligen Schrift und dergleichen auf die Presse gelegt.»

«Hat er oft von mir gesprochen?»

«Wer?»

«Kaiser Rudolf, wer denn sonst?» Henrikas Blick senkte sich. «Laurenz natürlich.»

David blickte sie einen Augenblick lang irritiert an, dann hob er in einer Geste der Verzweiflung die Arme und sagte: «Wäre es dir genehm, wenn wir später über meinen Bruder reden würden? Ich möchte wissen, ob du in Mannheim Unterricht erhalten hast.»

Henrika nickte. Monatelang hatte sie sich mit Barthels umfangreicher Sammlung von Büchern auseinandergesetzt, und auch wenn sie nicht alles verstanden hatte, was in ihnen stand, konnte sie doch mit Fug und Recht behaupten, sich in einigen Gebieten Wissen angeeignet zu haben. Ihr Latein war inzwischen passabel, nur mit den griechischen Buchstaben hatte sie nach wie vor ihre Schwierigkeiten.

«Du hast dem Festungsbaumeister auch bei seiner Arbeit geholfen?»

Nun, das entsprach nicht ganz der Wahrheit. Henrika hatte Barthels Haus verwaltet, doch von der Baumeisterei hatte sie so wenig Ahnung wie ein Dachdecker vom Kuchenbacken. Hin und wieder hatte Barthel ihr seine Skizzen gezeigt und erklärt, wie Torsperren und Fallbrücken funktionierten, indem sie von einer Schneckenwelle mit Zapfenrad betrieben wurden. Sie beschloss, die Frage mit einem flüchtigen Nicken zu umgehen.

«Nun, das hört sich alles in allem doch zufriedenstellend an», beendete David seine Befragung. Er klang nicht wirklich begeistert, aber Henrika war ihm dankbar, dass er ihr nicht ganz die Hoffnung raubte.

«Ich werde Meister Carolus informieren, dass du in Straßburg angekommen bist und eine Botschaft von deinem Vormund übermitteln möchtest.»

«Eine Botschaft?»

«Lass mich nur machen», winkte David ab. «Am einfachsten wird es sein, wenn wir sagen, der Festungsbaumeister habe dich zu uns geschickt und bitte Carolus, dich aus alter Freundschaft hier in Straßburg aufzunehmen und nach einer Probezeit in die schwarze Kunst einzuweisen. So nennt man das Druckerhandwerk.»

«Das weiß ich.»

«Weder Carolus noch mein Bruder Laurenz werden ihm diese Bitte abschlagen, zumal sie dich in der Druckerei gewiss gut gebrauchen können. Nachrichtenschreiber sind teuer, und wir können es uns zurzeit nicht leisten, auch nur einen Gulden sinnlos zu verschwenden.»

«Ich habe den armen Barthel immer wieder gebeten, mir die Reise nach Straßburg zu erlauben», sagte Henrika nachdenklich. «Zunächst wollte er davon nichts hören, aber kurz vor seinem Tod schien er es sich anders überlegt zu haben. Er wollte, dass ich …» Sie redete nicht weiter. Wieder wurde ihr schmerzhaft bewusst, dass Barthel sie vermutlich hatte wegschicken wollen, da er nicht mehr an ihre Sicherheit in seinem Haus glaubte.

«Es ist nicht richtig, deinen Meister zu beschwindeln», sagte sie kopfschüttelnd. «Barthel ist tot. Er hat mich nicht nach Straßburg geschickt, schon gar nicht mit einer Empfehlung an Meister Carolus.»

Aber der Drucker muss genau davon überzeugt werden, dachte David. Dann würde er keine Fragen stellen, wenn er mit Jeremias

Zorns Darlehen ankam. Er würde es für das versprochene Geld des Festungsbaumeisters halten und Henrika für seine Botin. Für Gewissensbisse blieben jetzt keine Zeit. Wenn er die Druckerei retten wollte, musste er handeln.

«Willst du nun Gazettenmacherin werden oder nicht?», fragte er mit fester Stimme. «Du hast die Wahl zwischen der Druckerei und dem Bettelvogt.»

Henrika starrte ihn wütend an. Sie stand auf und nahm den Wanderstab ihres verstorbenen Pflegevaters. Ihr Stolz drängte sie, David einfach stehen zu lassen und zu verschwinden. Irgendwo würde sie schon ein Plätzchen finden, auch wenn sie bezweifelte, dass die Handwerker und Kaufleute von Straßburg mit einer Dienstmagd wie ihr gut auskommen würden. Sie hatte einen weiten Weg zurückgelegt. War es da richtig, ihren Traum von der Zeitung einfach zu vergessen, nur weil Davids Angebot ihr zweifelhaft vorkam?

Sie dachte an Laurenz, an das entwaffnende Lächeln, mit dem er sich damals am Tor der Zollschreiberei von ihr verabschiedet hatte. Laurenz war anders als sein mürrischer Bruder, und wie es aussah, hatte er auch in der Druckerei mehr zu sagen als David. Er würde sie gewiss nicht abweisen. In diesem Moment traf Henrika ihre Entscheidung. Sie wandte sich dem jungen Mann zu, der abwartend vor ihr stand, und sagte: «Ich halte dich für einen Falschspieler.»

David schnaubte, gab aber durch nichts zu erkennen, dass ihn Henrikas Vorwurf traf. «Irrtum, ich bin derjenige, der dafür sorgt, dass Träumer wie du und mein Bruder Laurenz überhaupt etwas zum Spielen haben.»

«Mag sein», erwiderte Henrika. «Und vermutlich hast du für deine Heimlichkeiten auch gute Gründe. Daher entscheide ich mich dafür, dir zu vertrauen, auch wenn es mir schwerfällt.»

«Dann wirst du Carolus morgen sagen, dass das Geld des Festungsbaumeisters in Kürze eintreffen wird?»

Henrika nickte. Alles, was du willst, dachte sie erschöpft. Wenn ich nur ein Bett bekomme, in dem ich endlich die Augen zumachen und ausruhen kann. Wie durch einen Nebel beobachtete sie, wie David den Riegel zurückschlug und mit einer galanten Geste auf den engen Flur deutete. Zufrieden sah er nicht aus, fand sie. Hatte er keine Übung im Heucheln und Betrügen? Unwichtig, daran wollte sie nun nicht denken. Vielleicht gelang es ihr ja, sich vor dem Einschlafen das Wiedersehen mit Laurenz auszumalen. Das würde sie für ihren Hunger und die brennenden Füße entschädigen.

Und für Davids merkwürdigen Vorschlag.

Am nächsten Morgen lagen dichte Nebelschwaden über den Dächern der Stadt. Henrika erwachte in einem winzigen Kämmerchen, in dem ihr Davids Verwandte nach viel gutem Zureden ein Bett mit frischem Linnen bezogen hatte.

Obwohl Henrika beim Geläut der Glocken, die zur Frühandacht ins Münster riefen, noch längst nicht ausgeschlafen war, sprang sie auf und tauchte den Schwamm, der neben der tönernen Waschschüssel lag, in das eiskalte Wasser.

Als David wenig später an die Tür klopfte, um sie abzuholen, war Henrikas Haut noch gerötet, so heftig hatte sie ihren Körper mit der Rosshaarbürste abgeschrubbt. Hastig flocht sie ihr Haar zu einem Zopf, glättete den schwach nach Muskatblüte und Anis duftenden Rock ihrer neuen Wirtin und schlüpfte in die viel zu großen Lederschuhe, die ihr Emma vor die Kammer gestellt hatte.

Auf der Gasse hatte sie ihre liebe Not, nicht bei jedem Schritt zu stolpern, doch glücklicherweise verbarg der Saum des langen Rockes, wie abgenutzt das Schuhwerk war.

Schweigend überquerten sie einen schmalen Steg und gingen dann ein Stück an der Breusch entlang, wo zu dieser frühen Morgenstunde schon emsiges Treiben herrschte. Fischer luden Kisten und Körbe fangfrischer Karpfen und Rotbarsche auf Handkarren, um sie hinüber zum Fischmarkt zu bringen. Kinder hasteten mit wehenden Umhängen über das Pflaster zur Schule. Frauen hielten geröstete Mandeln, gebratene Äpfel und Zimtwaffeln feil. Oberhalb der Treppen, die zu den Booten der Gewürzkaufleute und Seidenhändler hinabführten, qualmten dreibeinige Kohlenbecken, an denen sich die Handelsknechte, die für ihre Herren das Verladen und Löschen ihrer Ware beaufsichtigten, die Hände wärmen konnten. Ein Stück weiter flussaufwärts standen die Waschfrauen, aufgereiht wie Perlen an einer Schnur, und droschen mit Feuereifer Wäschestücke auf große Spritzbretter.

Henrika kämpfte sich an Davids Seite durch das Getümmel und fragte sich, ob Carolus und Laurenz hier, an diesem lärmenden Ort, genug Ruhe für die Arbeit an der Gazette fanden. Aber auf ihre Frage winkte David nur ab und zeigte dann auf ein Gasthaus, dessen Eingang nur über eine steinerne Brücke zu erreichen war. Wie der Uferweg war auch die Brücke bereits voller Menschen. Sie strebten dem Markt, dem Flussviertel oder einer der zahlreichen Kirchen zu, die mit ihren Glockenschlägen zu Andachten und Predigten einluden.

Henrika verzog schmerzhaft das Gesicht, als sie ein hölzerner Eimer an der Schulter traf, den eine schlaftrunkene Magd durch die Menge bugsierte. Offensichtlich kam sie gerade vom Brunnen.

«Ich habe meinem Bruder und Meister Carolus erzählt, du seiest im Gasthaus zum Silberberg abgestiegen, weil du erst spät eintrafst und niemanden mehr stören wolltest», sagte David endlich. «Sie müssen vorläufig nicht wissen, dass du bei Ludwig und Emma wohnst.»

Henrika verzichtete darauf, ihn nach dem Grund zu fragen. Emma hatte am Abend zuvor nicht begeistert geklungen, als die Rede auf den Druckermeister und seine Pläne gekommen war. Gemeinsam mit David betrat sie die warme Gaststube und ließ sich dann die deftige Morgenmahlzeit aus Eiern und Hafergrütze schmecken, die der junge Mann bestellt hatte. Eine halbe Stunde später erschienen Meister Carolus und Laurenz.

«Ich konnte es kaum glauben, als David mir die frohe Nachricht überbrachte», rief der Drucker strahlend, während er seinen Hut zog, um Henrika zu begrüßen.

«Ihr habt also die anstrengende Reise nach Straßburg auf Euch genommen, um uns Barthels Unterstützung zu versichern?» Der Drucker hatte einen krebsroten Kopf und war vom Laufen noch ganz außer Atem. Trotz der morgendlichen Kälte rann ihm der Schweiß aus allen Poren. Ächzend ließ er sich auf einen Schemel fallen, den David ihm bereitwillig hinschob, und fächelte sich mit seinem ausladenden Federhut Luft zu. «Meine Güte, ich sollte an mein Gewicht denken und nicht so rennen. Aber ich konnte es nicht abwarten, Euch in Empfang zu nehmen und persönlich in mein bescheidenes Haus einzuladen. Oh, wie ich sehe, habt Ihr bereits gegessen?» Sein Blick fiel auf die leeren Schüsseln, und er schüttelte bedauernd den Kopf.

«Warum hast du dem armen Kind diesen Fraß zugemutet, David? Meine Frau hätte schon für ein zünftiges Frühstück gesorgt.»

«Vorsicht, Buchbinder», ertönte die beleidigte Stimme des Wirts, der die Gäste am Nachbartisch mit warmem Würzwein, Milch und Brot versorgte. «Du hast keinen Grund, meine Küche schlechtzumachen. Gerade du nicht. Bezahl erst einmal deine Schulden, bevor du dein Maul aufsperrst. Du stehst schon mit sieben Batzen, dreißig Kreuzern bei mir in der Kreide. Und die will ich haben, sonst beschwere ich mich bei eurem Zunftbüttel.»

Carolus tat die Bemerkung des Wirts mit einem Achselzucken ab. «Hört nicht auf den geldgierigen Kerl, mein Kind. Er ist viel zu ungehobelt, um zu wissen, dass man im Beisein einer jungen Dame nicht über Geld redet.»

«Ja, wenn man keines in der Tasche hat, redet man nicht gern darüber», höhnte der Wirt. Aber eine drohende Handbewegung von Laurenz ließ ihn verstummen. Henrika warf dem jungen Drucker ein scheues Lächeln zu. Bislang hatte Laurenz noch nicht gezeigt, dass er sich über ihre Ankunft in Straßburg freute. Aber vielleicht wollte er auch in Gegenwart seines Meisters und Davids nicht preisgeben, was in ihm vorging, und das Letzte, was sie im Sinn hatte, war, ihn in Verlegenheit zu bringen. Die Magd hinter dem Ausschank schien ihre Empfindungen nicht zu teilen. Henrika konnte beobachten, wie sie Laurenz mit feurigen Blicken bedachte.

«Wenn ich nun um den Brief bitten dürfte», riss Meister Carolus' Stimme sie aus ihren Gedanken. «Ich bin schon gespannt, was mein alter Freund mir schreibt. Ihr könnt Euch ja gar nicht vorstellen, wie sehr wir um ihn in Sorge waren. Und um Euch natürlich auch.»

Verwirrt blickte Henrika den rundlichen Mann an, doch bevor sie den Mund öffnen konnte, erklärte David: «Der Festungsbaumeister konnte ihr kein Schreiben mitgeben, Meister. Leider hat sich Eure Befürchtung bestätigt. Er ist gestorben.»

Carolus starrte zuerst David und dann Henrika an. Er sagte kein einziges Wort und drückte seinen Hut so fest gegen die Brust, als fürchtete er einen Herzanfall.

«Gestorben, sagst du?», hakte stattdessen Laurenz mit gerunzelter Stirn nach. Er schien über Davids Botschaft eher verärgert als betroffen zu sein. Als sich jedoch seine und Henrikas Blicke kreuzten, lächelte er sie tröstend an. «Ich möchte Euch mein Mitgefühl aussprechen, Jungfer Henrika. Als ich Euch damals einlud, uns in Straßburg zu besuchen, rechnete ich nicht damit, Euch unter diesen traurigen Umständen begrüßen zu dürfen. Dennoch habt Ihr richtig gehandelt, indem Ihr Euch sogleich nach Straßburg begeben habt.»

David legte seine Hand auf die Schulter des Meisters, woraufhin Carolus den Kopf hob und seinen Gesellen verstört anblickte. «Er ist also tot», murmelte er. «Dann können wir also auch von ihm keine Hilfe mehr erwarten. Nicht dass mich der Tod eines Freundes kaltlassen würde, das darf niemand denken. Aber …» Hilflos hob er die Hand. «Insgeheim hoffte ich doch in all den kalten und finsteren Wochen, die hinter uns liegen, dass Barthel sich regen und uns das Geld schicken würde, das er mir versprochen hat. Oder die Druckerpresse.»

David räusperte sich. «Ich habe der Jungfer Henrika mein Wort gegeben, dass wir den letzten Wunsch ihres Vormunds beherzigen werden.»

«Und der wäre?»

«Barthel wollte, dass sie hier in Straßburg in unser Handwerk eingeführt wird. Er scheint sie bestens darauf vorbereitet zu haben, denn sie liest und schreibt besser als so mancher Student. Außerdem hegt sie selbst den brennenden Wunsch zu lernen, wie eine Gazette gemacht und verkauft wird.»

Meister Carolus nickte Henrika zu. «Ihr könnt natürlich bleiben, solange Ihr wollt. Allerdings wird es in meinem Haus recht eng werden. Die Gesellenstuben sind belegt, und ich kann unserer alten Magd nicht zumuten, ihr winziges Kämmerchen mit einer jungen Frau zu teilen.»

«Dafür ist bereits gesorgt.» David grinste, wofür er einen weiteren misstrauischen Blick seines Bruders erntete. «Henrika kann bei unserer Base Emma am Metzgerturm wohnen. Sie und ihr Mann freuen sich, wenn jemand im Haus ist, der ihnen zur Hand gehen kann.»

«Du scheinst ja schon alles in die Wege geleitet zu haben, Bruder», sagte Laurenz. Es klang alles andere als erfreut, was Henrika verwunderte. Regte sich in ihm etwa Eifersucht auf seinen jüngeren Bruder?

David tat so, als bemerke er Laurenz' finstere Miene nicht. Stattdessen gab er Henrika mit einem kurzen Nicken zu verstehen, dass nun sie an der Reihe war. Widerwillig stand sie auf und zog das von Emma geliehene Schultertuch straff. David hatte ihr eingetrichtert, was sie sagen sollte, und jetzt war sie froh darüber. Hätte sie eigene Worte finden müssen, sie wäre restlos überfordert gewesen. Auch so fehlte ihr fast der Mut. Sie schämte sich, als sie die erwartungsvollen Blicke der Männer bemerkte. Doch es gab keinen anderen Weg. Wenn sie zugab, dass Barthel ermordet worden war, würde Carolus Boten nach Mannheim schicken; und sie würden mit der Neuigkeit zurückkehren, dass man in ihr eine flüchtige Mörderin sah. Sie durfte nicht zulassen, dass die Straßburger Erkundigungen anstellten. Nicht, bevor sie einen Beweis für Annas Schuld in Händen hielt und sich von allen Vorwürfen reinwaschen konnte. Bedauerlicherweise war der Einzige, der ihr dabei helfen konnte, nicht Laurenz, sondern David.

«Barthel, mein Vormund, fiel einem bedauerlichen Unglück zum Opfer», log sie schweren Herzens. «Ein Stein brach ihm das Genick, während er auf der Festungsbaustelle seine Berechnungen überprüfte. Doch vor seinem Tod wies er mich an, Euch das Geld zu überbringen, das Ihr für die Gazette braucht.»

Carolus wischte sich mit dem Ärmel über das Gesicht. Er schien gerührt zu sein, und Henrika wäre am liebsten im Boden versunken. Ihre Geschichte war auf fruchtbaren Boden gefallen, niemand zweifelte an ihren Worten. Sie würden nicht weiter in sie dringen und erst recht keinen Boten nach Mannheim schicken, um ihre Angaben zu überprüfen. Insbesondere jetzt nicht, wo ihnen ein willkommenes Darlehen winkte.

Hoffentlich ersticken wir nicht an unseren Geheimnissen, dachte sie, während ihr Laurenz höflich die Wirtshaustür aufhielt.

Carolus' Haus befand sich in einer ruhigen, abgeschiedenen Gasse unweit des Kanals, von dem aus man in wenigen Schritten den Burggraben erreichte. Wie die meisten Handwerkerhäuser des Viertels bestand es zu einer Hälfte aus grauem Lehmputz, zur anderen aus massivem Holz. Das Gebäude besaß zwei Stockwerke, einen kühlen Keller und ein paar geräumige Dachkammern, in denen Säcke mit Mehl und Weizen, Räucherschinken und getrockneter Stockfisch gelagert wurden. Ungeachtet seiner tatsächlichen Größe, wirkte das Haus jedoch beinahe gedrungen.

Trotz der Enge und des Getöses gefiel Henrika die Druckerei auf Anhieb besser als die Wohnung des Wundarztes. Bei Emma und Ludwig hatte jeder Napf seinen angestammten Platz. Alles war aufgeräumt, sogar die Dielenbretter wurden fast täglich mit feinem weißem Sand gescheuert und danach sorgfältig abgekehrt. Nichts durfte in der Stube verändert oder liegen gelassen werden. Emma schüttelte jedes Mal missbilligend den Kopf, wenn Henrika in ihrer Kammer ein Stück Brot aß; sie behauptete, Brosamen lockten Ratten und Ungeziefer ins Haus. Das Einzige, was sie nicht störte, war der Dreck der Brieftauben, die auf dem Hof des Wundarztes ein wahrhaft königliches Leben führen durften. Zu Henrikas Pflichten gehörte es, die Tiere zu füttern, ihre Ställe zu säubern und sich zu vergewissern, dass sie gesund und munter waren. Insbesondere auf die Augen der Vögel, die Ludwig aufmerksam studierte, galt es dabei zu achten. Da Henrika ihre Wirtsleute nicht gegen sich aufbringen wollte, fügte sie sich den Vorschriften und erfüllte ihre Aufgaben mit Sorgfalt.

Dennoch wartete sie in den folgenden Wochen jedes Mal voller Ungeduld darauf, dass Emma ihre Arbeit kontrollierte und ihr die Erlaubnis gab, zur Druckerei zu laufen.

Im Haus der Familie Carolus lernte Henrika völlig andere Verhältnisse kennen. Da der Drucker kein Geld für die Miete weiterer Werkstatträume aufbringen konnte, hatte er seine Druckerpressen kurzerhand in die frühere Wohnstube schaffen lassen. Deren Einrichtung stand nun in den Gängen des Hauses herum. Bereits am Eingang stolperte man über Truhen mit Tischwäsche und Stühle mit geschnitzten Armlehnen, die zum Verweilen einluden, aber jedem Besucher im Weg standen, der sich durch den dunklen, schlauchartigen Korridor einen Weg zur Werkstatt erkämpfen musste.

Überhaupt stand die Haustür die meiste Zeit des Tages offen, weil immer jemand eilig ein oder aus ging: Boten, Papierhändler, Lehrlinge, deren Gesichter verschmiert von der Druckerschwärze waren, gaben einander die Klinke in die Hand oder strapazierten den bronzenen Türklopfer, der das Gesicht eines Löwen hatte, bis spät in den Abend hinein. Stempelschnitzer und Kupferstecher sprachen in dem niedrigen Gelass neben der Wendeltreppe vor, um redselig für ihre Kunst zu werben.

In dem Durcheinander, das Drucker, Setzer, Boten und Knechte verursachten, fielen Meister Carolus' Frau und die beiden Kinder kaum auf. Meisterin Lene, eine hagere junge Frau mit farblosem Gesicht, schlich von Zeit zu Zeit wie ein Geist durch die Räume, brachte den Männern heiße Brühe, plauderte ein wenig mit den Druckern und verschwand dann wieder in ihre Kammer, um zu beten oder zu sticken. Sie schien sich in dem munteren Treiben unwohl zu fühlen.

Henrika tat die Frau leid. Es gab niemand im Haus, der von ihr sprach, ja selbst Carolus schien über seiner Arbeit oft zu vergessen, dass er Frau und Kinder hatte. Manchmal musste die Meisterin sogar übermütige Spottverse der beiden Lehrjungen über sich ergehen lassen:

Die Rüben, die Rüben,
die haben uns vertrieben.
Hätte die Frau Meister Fleisch gekocht,
so wären wir geblieben.

Henrika nahm sich vor, hin und wieder an die Tür ihrer Kammer zu klopfen und zu fragen, ob sie etwas für sie besorgen oder ihr bei kleineren Hausarbeiten helfen konnte, auch wenn ihr klar war, dass es in diesem Haushalt schlichtweg unmöglich war, Ordnung zu halten.

Sie vermutete, dass die Meisterin vor allem darunter litt, im eigenen Haus wie ein Möbelstück behandelt zu werden. Die beiden Kinder des Paares, ein neunjähriger aufgeweckter Junge namens Hans und seine drei Jahre ältere Schwester Barbara, störten sich nicht an den Zuständen in der Druckerwerkstatt. Sie waren die meiste Zeit des Tages außer Haus. Hans besuchte die Lateinschule am Rindermarkt, während seine Schwester von der ältlichen Witwe eines befreundeten Buchbinders am Münsterplatz in Lesen, Schreiben und dem Katechismus unterrichtet wurde. Was die kleine Barbara dabei tatsächlich lernte, blieb ein Geheimnis, doch da sich Carolus keine Hauslehrerin für seine Tochter leisten konnte, stellte niemand das Arrangement in Frage.

Henrika schloss die Kinder des Druckers rasch ins Herz, vor allem Barbara machte ihr Freude, denn das Mädchen war fröhlich und zuvorkommend. Da ihre Eltern stets beschäftigt waren, hatte Barbara bereits früh Verantwortung für ihren kleinen Bruder übernehmen müssen. Sie sorgte dafür, dass die Kleidung, in der er zur Lateinschule aufbrach, keine Risse und Flecken hatte, kontrollierte die Sauberkeit seiner Hände und Ohren und vergaß auch nie, ihm Frühstücksbrote zu richten. Sie selbst verkroch sich, nachdem sie vom Münsterplatz heimgekehrt war, meistens in der Küche, wo sie unter der Aufsicht der alten Magd Äpfel schälte oder Gemüse putzte. Die Meisterin ließ sich in der Küche nur selten blicken. Es war nicht zu übersehen, dass sich das Mädchen nach einer Vertrauten sehnte, der sie von Zeit zu Zeit ihr Herz ausschütten konnte.

Als der Winter sich endlich verabschiedete und die Zeit für den Frühling gekommen war, hatte sich Henrika schon gut an ihr neues Leben in Straßburg gewöhnt; nur selten dachte sie an die Zeit in Mannheim zurück. Manchmal fuhr sie jedoch nachts aus dem Schlaf hoch, weil böse Träume sie quälten. Mannheim war zwar fern, doch die Nacht, in der sie die Leiche des Baumeisters gefunden hatte und aus der Stadt fliehen musste, quälte noch immer ihre Seele. Doch allmählich ertappte sie sich dabei, dass sie anfing, die Geschichte zu glauben, mit der David sie in Carolus' Haus eingeführt hatte.

Zu ihrer Freude hielt Carolus sein Versprechen. Nachdem sie das angeblich von Barthel stammende Geld auf den Tisch in der Werkstatt gelegt hatte, fing der Druckermeister an, sie in die Kunst des Gazettenmachens einzuweihen.

Henrika stürzte sich voller Begeisterung in die ihr zugewiesene Arbeit. Sie übernahm Botengänge, fegte die Werkstatt und sah den Druckern an der Presse zu. So lernte sie allmählich auch die Männer kennen, die bei Carolus in Lohn und Brot standen. Da gab es den dicken Niklas, dessen Kleider stets nach Tabak rochen. Henrika erfuhr, dass Niklas in jungen Jahren auf einem englischen Schiff zur See gefahren und an der berüchtigten Seeschlacht teilgenommen hatte, die zum Untergang der spanischen Flotte geführt hatte. Carolus hatte den Mann, der auf verschlungenen Pfaden in Straßburg gestrandet war, aufgenommen, auch wenn er vom Gewerbe eines Druckers und Buchbinders nicht mehr verstand als eine Nonne von der Seefahrt.

Niklas kümmerte sich um die Buchbinderei, was bedeutete, dass er Kunden vertröstete oder mit seinen unglaublichen Geschichten unterhielt, bis der Meister Zeit hatte, sich ihren Wünschen zu widmen. Er konnte weder lesen noch schreiben, schien sich aber inmitten all der Bücher wohl zu fühlen, die Carolus druckte. Henrika behandelte er zuvorkommend, während die beiden Setzer, die in der Druckstube ihre Arbeitstische hatten, meist griesgrämig vor sich hinbrüteten und kaum ein Wort an sie richteten. Freundlich war dagegen Adam, der Zeitungskrämer, ein buckliges Männlein mit schütterem rotem Haar und einer Hakennase, der jeden Morgen in aller Frühe mit seinem hölzernen Bauchladen gutgelaunt hereinschneite, um die fertigen Zeitungen abzuholen. Zur Belustigung der meist noch müden Gesellen stimmte er von Zeit zu Zeit lauthals sein Krämerlied in der Werkstatt an: «Hört zu, lauft zu, wacht auf und lauscht, was ich euch zu berichten habe!» Dann begann er den Tonfall eines öffentlichen Herolds nachzuahmen und verkündete eine Neuigkeit. Doch er verkündete sie nicht nur, er malte sie regelrecht mit Worten, bis seine Zuhörer zu sehen glaubten, was er wortreich beschrieb. Wie ein Schausteller oder Poet, der Lob für seine dargebotene Kunst erwartet, suchte Adam die Blicke seiner Zuhörer und versuchte von ihren Gesichtern abzulesen, wie seine Botschaft aufgenommen wurde, bevor er sein Krämerlied an der dramatischsten Stelle abbrach. Zuletzt zog er mit einem listigen Lächeln den Hut und schwenkte die Gazette wie eine Fahne.

«Wenn der Kerl es nicht schafft, unsere Zeitungen unters Volk zu bringen, schafft es niemand», verkündete Carolus zufrieden.

Am schönsten fand Henrika die Stunden, die sie gemeinsam mit David und Laurenz verbrachte, um beim Schein einer Kerze Nachrichtenblätter zu sortieren, während der Regen an die Fensterscheiben trommelte und über ihren Köpfen frische Drucke an einem straff gezogenen Seil trockneten.

Sie liebte den Geruch des Papiers, ja sogar der Schwärze, und genoss Laurenz' Blicke, die von Tag zu Tag hungriger zu werden schienen.

Was mochte er von ihr erwarten? Ihre Erfahrungen mit Männern waren kaum der Rede wert, und sie hätte sich lieber die Zunge abgebissen, als Emma ins Vertrauen zu ziehen. Was Laurenz betraf, war sie sich nicht sicher, wie sie sich verhalten sollte, und beschloss, zunächst abzuwarten. Vermutlich schadete es nicht, wenn sie ihn glauben ließ, die Arbeit für Carolus fülle sie so sehr aus, dass ihr keine Zeit blieb, sich nach ihm zu verzehren.

In der Tat brütete sie zuweilen so lange in der Werkstatt über den Papierbogen, dass sie vom Ruf des Nachtwächters überrascht wurde, der auf der Gasse mahnte, die Lichter zu löschen und sich zur Ruhe zu begeben. Laurenz brachte sie dann gern nach Hause; im Schutz der Dunkelheit wagte er, was er sich am helllichten Tag nicht erlaubte. Wenn Henrika schließlich in ihrem Bett lag und die Decke über die Schultern zog, klopfte nicht nur ihr Herz. Ihre Glieder schienen zu zittern, so sehr sehnte sie sich danach, endlich einmal mit Laurenz allein zu sein. Sie wusste, dass er in Kürze von den Straßburger Zunftherren geprüft werden würde, ob er schon so weit war, sich Meister nennen zu dürfen. Gesellen durften weder heiraten noch eine Familie gründen, doch Meistern war es erlaubt.

Nicht alle Botschaften, die das Haus in der Kruggasse erreichten, waren es auch wert, in der Gazette abgedruckt zu werden.

Die Nachrichtensortierer lieferten sich mit den Setzern oft so erbitterte Wortwechsel, dass sie in Handgreiflichkeiten übergingen. Meist beendete Laurenz den Tumult, indem er seine Ärmel aufrollte und ebenfalls die Fäuste sprechen ließ. Er war größer und stärker als die schmächtigen Gesellen in der Werkstatt und scheute sich nicht vor einer tüchtigen Rauferei, während David es vorzog, die Setzer durch gutes Zureden und Argumente zu überzeugen. Henrika hielt sich aus den Konflikten heraus und bemühte sich stattdessen, ein Gespür für den Wahrheitsgehalt einer vorgelegten Notiz zu entwickeln, was nicht einfach war. Viele Briefe, die in der Kruggasse abgegeben wurden, stammten aus den Städten des Reiches und beeindruckten weder Carolus noch seine Helfer sonderlich.

«Mit Neuigkeiten, die schon heute in jedem Wirtshaus der Stadt die Runde machen oder auf dem Münstervorplatz verkündet werden, verdienen wir keinen roten Heller», erklärte Carolus, als er eines Tages Henrikas Notizen durchging.

«Der Brand einer Kirche in Rosheim ist für die Betroffenen durchaus entsetzlich, aber warum sollten sich Sträßburger Kaufleute dafür interessieren?»

Henrika begriff, dass es dem Drucker hauptsächlich darauf ankam, Nachrichten für Händler, den Magistrat und Personen höheren Standes weiterzugeben. Die Meldungen durften nicht kommentiert werden, sondern mussten für sich allein sprechen. Schüchtern zeigte Henrika dem Meister eine Notiz, die sie am Tag zuvor für zwei Batzen, drei Kreuzer von einem Kohlenhändler erworben hatte. Sie handelte von einer gewaltigen Überschwemmung. Wie es aussah, war der Rhein im nördlich gelegenen Flachland aufgrund des anhaltenden Regens der vergangenen Wochen über seine Ufer getreten und hatte die Aussaat der Bauern empfindlich beschädigt.

Carolus las, stutzte kurz und nickte dann zufrieden.

«Die Nachricht von der Überschwemmung werden wir ohne weiteren Kommentar drucken. Sie ist sehr interessant, und wer zwischen den Zeilen zu lesen versteht, wird erkennen, dass uns eine Missernte, ja möglicherweise ein Anstieg der Getreidepreise bevorsteht. Die Kaufleute werden sich bemühen, die Kornspeicher aufzufüllen, und sich damit eine goldene Nase verdienen.»

«Das ist nicht gerecht», wagte Henrika einzuwerfen. «Wenn der Brotpreis steigt, müssen auch in Straßburg viele Arme hungern.» Sie hatte geahnt, dass die erste von ihr persönlich erworbene Nachricht nicht unbedeutend war, verspürte nun aber leichte Gewissensbisse. Sie hatte den Kohlenhändler nicht bezahlt, um die Pfeffersäcke reicher zu machen, sondern weil sie der Meinung war, dass die Nachricht für alle Bürger wichtig war.

«Nein, mein Kind, es ist nicht gerecht», gab Carolus mit betrübter Miene zu. «Aber wir drucken die Gazette nicht, um durch sie eine neue Welt zusammenzuzimmern. Unsere Aufgabe ist es zu informieren. Nicht zu belehren oder gar zu tadeln.»

Auf dem Heimweg dachte Henrika über die Worte des Druckers nach. War sie zu enthusiastisch an die Sache herangegangen, oder hatte sie einfach zu hohe Maßstäbe angelegt? Sie tröstete sich mit dem Gedanken, dass bald jeder in der Lage sein würde, die Zeitung zu kaufen und seine eigenen Schlüsse zu ziehen. Carolus' Werk stellte nicht die Ordnung, in der sie lebten, in Frage. Wäre es so, hätte die Zeitung keine Chance, das Jahresende zu erleben.

Sie würde mitsamt ihrem Drucker an den Pranger gestellt und verboten. Auf der anderen Seite durfte man sich doch die Gelegenheit, aufzuklären und die Menschen mit neuen Erkenntnissen herauszufordern, nicht so ohne weiteres aus der Hand nehmen lassen.

Alles veränderte sich, gleichgültig ob der Drucker seine Presse bediente oder nicht. Erreichten sie nicht jede Woche Nachrichten über neue Bücher, in denen gelehrte Männer ihre Beobachtungen der Natur darlegten oder von Erfindungen berichteten? Was war mit den Entdeckungen, die Seefahrer in der Neuen Welt gemacht hatten? Lohnte es sich nicht, darüber zu berichten? David und Laurenz arbeiteten bereits daran, der Zeitung ein Gesicht zu verleihen, das es Adam leichter machte, Käufer anzuziehen. Doch bislang vermochte keiner ihrer Einfälle, Carolus zu überzeugen.

Zu Hause befreite Henrika ihre schmerzenden Füße von den zu engen Holzschuhen und verspeiste mit wenig Appetit einen Teller Mehlsuppe, den Emma ihr aufgehoben hatte. Aus der Kammer des Wundarztes drangen gleichmäßige Schnarchlaute.

Es war schon spät und das Feuer fast heruntergebrannt. Trotzdem fand Henrika keinen Schlaf. Sie holte sich Papier, Schreibfeder und Tintenfass und begann zu zeichnen und zu schreiben. Carolus hatte recht. Die Zeitung brauchte ein ansprechendes Äußeres, aber auch einen Namen, den die Krämer auf den Märkten und vor den Kirchen ausrufen konnten. Als der Tag anbrach, fand Emma das Mädchen schlafend am Tisch. Es war eiskalt in der Stube. Der Wind blies Graupelschauer gegen die dünnen Fensterscheiben. Kopfschüttelnd rüttelte sie Henrika wach.

«Es ist Zeit zum Aufstehen», sagte sie mit einem leisen Tadel in der Stimme. «Du wirst noch vor Erschöpfung umfallen, wenn du nicht besser auf deine Gesundheit achtest. Glaub mir, kein Mann interessiert sich für ein Mädchen, das bleich ist wie der Tod und zudem nur aus Haut und Knochen besteht.»

Henrika wankte zum Spültisch, auf dem eine Schüssel mit

Wasser stand. Ihre Beine kamen ihr so schwer vor, als bewegte sie zwei Säcke voller Rüben. Benommen suchte sie ihr Spiegelbild und erschrak, als ein kantiges Gesicht mit spitzen Wangenknochen vor ihr erschien.

«Ich sehe furchtbar aus», murmelte sie benommen. Das Bild in der Waschschüssel nickte zustimmend. Emma hatte recht; sie fühlte sich wirklich nicht wohl; in ihren Schläfen hockte ein unbarmherziger gnomenhafter Schmied, dem es Vergnügen bereitete, mit seinem Hammer von innen gegen die Schädeldecke zu schlagen. Sie konnte nur hoffen, dass sie keine Erkältung bekam oder sich gar die Schwindsucht zugezogen hatte. Nach all den Entbehrungen der vergangenen Monate wäre dies nicht verwunderlich gewesen. Sie wischte den unangenehmen Gedanken beiseite. Es gab keinen Grund, sich gehenzulassen. Ihre Entwürfe für die Gazette fielen ihr ein. Meister Carolus und Laurenz würden beide staunen, wenn sie die Zeichnungen erst einmal zu Gesicht bekamen. Rasch trat sie an den Tisch, den Emma gerade mit einigen Schüsseln und Bechern für die Morgenmahlzeit deckte, und rollte das Papier zusammen.

«Hast du Angst, dass ich deine Zeichnung ins Feuer werfe?», spottete die Frau des Wundarztes, verstummte aber, als sie in Henrikas fiebrig glitzernde Augen blickte. «Na, na, so habe ich es nicht gemeint.» Begütigend hob sie die Hand. «Dein Bild ist ganz hübsch, wirklich. Ich wusste gar nicht, dass du so gut zeichnen kannst.» Henrika atmete tief durch; mit spitzen Fingern kniff sie sich in die Wangen, um ihnen zu etwas mehr Farbe zu verhelfen. Sie hatte Barthel zwar einige Male beim Skizzieren seiner Grundrisse über die Schulter geblickt, sich aber nur höchst selten am Zeichenbrett versucht, weil Anna über die Tinte an ihren Fingern gespottet hatte. In dieser Nacht aber hatte sie einen regelrechten Drang verspürt, zur Feder zu greifen. Sie hatte ein Bild vor Augen gehabt, ein Bild, das immer deutlicher geworden war, ja, es war ihr so vorgekommen, als hätte eine leise Stimme ihr eingeflüstert, wie das Titelblatt der Gazette aussehen sollte. Sie hatte so lange gezeichnet, bis die Stimme geschwiegen und der Schlaf sie übermannt hatte. Mit dem Ergebnis war sie zufrieden. Auf dem Blatt war ein hübscher Spiegelrahmen zu sehen, in dessen Mitte der Name der Gazette geschrieben stand: *Relation.* Die Schrift wurde linker Hand von einem geharnischten Boten mit Federhelm, rechter Hand von einem kräftigen Knaben eingerahmt, der eine Steinschleuder schwang. Die Figuren standen auf verzierten Sockeln, im Hintergrund deuteten Säulen ein Haus an, das für Henrika den Tempel der Wahrheit bedeutete. Der behelmte Bote war dafür verantwortlich, Nachrichten zu liefern, während der Knabe dafür stritt, Lügen und Übertreibungen abzuwehren. Drei wohlgenährte, verspielte Knaben tummelten sich im unteren Teil der Abbildung. Sie trugen weder Rüstung noch Helm, sondern wirkten in ihrer Nacktheit unschuldig wie Engel. Im Gegensatz zu dem Mann mit der Schleuder waren sie zu klein und zu schwach, um den Wahrheitstempel mit Waffengewalt oder ausgefeilter Redekunst zu verteidigen. Doch eine Waffe besaßen auch die drei Knaben, vielleicht sogar die wirkungsvollste, die auf der Zeichnung zu finden war: Der Ausdruck auf ihren Gesichtern machte jeden, der ihn bemerkte, nachdenklich, denn er verhieß Zweifel.

«Ein merkwürdiges Bild», fand Emma, die eine Weile schweigend stehen geblieben war. «Wie gesagt, es ist gut gezeichnet, aber die Figuren darauf könnten mich das Gruseln lehren. Ich möchte so etwas nicht in meinem Haus haben, verstanden? Schaff es fort, sonst landet es doch noch im Herdfeuer!»

Henrika rollte das Papier zusammen und lief dann in ihre Schlafkammer, um eine Schnur sowie ein Stück Leder zum Schutz des Papiers zu suchen. Emma hatte recht. Ihr Haus war nicht der geeignete Aufbewahrungsort für das Titelblatt der Gazette. Sie musste dafür sorgen, dass Carolus ihr Werk so schnell wie möglich zu Gesicht bekam. Seine Leidenschaft war wie ein loderndes

Feuer, er würde sich nicht vor den Figuren fürchten, die sie entworfen hatte.

«Du kannst doch bei diesem garstigen Wetter nicht ohne Frühstück aus dem Haus», schimpfte Emma, als sie die Tür zum Flur öffnete.

Ich muss, dachte Henrika und machte sich auf den Weg.

13. Kapitel

Die ersten Frühlingstage blieben verregnet, und es war so dunkel, dass in den Häusern schon mittags die Öllampen brannten.

Ein kalter Windstoß wirbelte Strohhalme und Blätter über das Pflaster, als sich vor der Kirche von St. Peter eine Schar vermummter Reiter in den Sattel schwang. Es waren sechs Männer. Fast alle waren jung, von kräftiger Statur und gelenkig, doch ihre Gesichter zeigten Anzeichen früher Reife.

Ungeduldig warteten die Männer, bis die Glocken der Turmuhr das Zeichen zum Öffnen der Stadttore gaben, dann setzte sich der Zug langsam in Bewegung. Würdevoll ritten die Männer durch die Straßen. Sie folgten ein Stück dem Burggraben, durchquerten die Gasse der Drechsler, der Bürstenbinder und Korbflechter, bevor sie auf das mit Fahnen geschmückte Kronenburgertor zuhielten. Während man von den Gesichtern der Reiter unschwer Vorfreude ablesen konnte, blieben die Mienen derer, die sie zu Fuß zum Stadttor begleiteten, ernst. Manch einer Frau standen Tränen in den Augen, als sie den Männern zum Abschied zuwinkte.

Die feierliche Prozession wurde von dunkel gekleideten Herren angeführt, die alle zur Zunft der Buchbinder und Drucker gehörten. Sie hatten ihre Hüte tief in die Stirn gezogen und lenkten ihre Pferde mit ausdruckslosen Gesichtern an den Häusern und Mauern ihrer Vaterstadt vorbei.

Carolus blickte zum grau verhangenen Himmel empor. Seine Hand krampfte sich um den Zügel des Pferdes, denn er war kein geübter Reiter und fühlte sich im Sattel stets ein wenig unbehaglich. So hatte er auch Mühe, seinen Zunftbrüdern zu folgen. Es gelang ihm nicht, seine Aufregung zu verbergen. Er war verantwortlich für den Zug. Er hatte die Männer ausgewählt, die nun die Stadt verlassen sollten. Die Genossen der Buchbinderzunft standen seinen Plänen gleichgültig gegenüber. Sie fröstelten und wünschten sich nach Hause oder in die Wärme ihrer Werkstätten. Man gab ihnen lediglich das Geleit bis zum Tor, weil der Zunftmeister es so beschlossen hatte. Schließlich hatte der Drucker lange darum gekämpft, bis es ihm erlaubt worden war, Kuriere auszusenden. Nun musste die Zunft zusammenrücken und dem Stadtpatriziat beweisen, dass sie einen der Ihren nicht im Stich ließ.

Vor dem Kronenburgertor wartete eine Abordnung des Straßburger Rats auf die Kurierreiter. Jeremias Zorn war bereits von weitem an seiner knielangen Schecke aus rötlichem Pelz und den fein gewirkten Strümpfen zu erkennen, deren Schlaufen er elegant über die Schaftstiefel gebunden hatte. Selbstbewusst schwang die breitgliedrige Goldkette, die ihn als Ratsherrn der Stadt Straßburg auswies, auf seiner muskulösen Brust.

Zorn bedeutete den fünf jungen Männern, abzusteigen und einzeln vorzutreten. Ein ältlicher Schreiber folgte dem Patrizier, während die Wachsoldaten von den Mauern und Brustwehren derbe Späße zu den Wartenden hinabriefen. Zwei der Reiter blickten grinsend hinauf und machten obszöne Gesten, um die Männer zum Schweigen zu bringen; sie kannten einander gut. Noch vor wenigen Tagen hatten sie Seite an Seite mit den Wächtern ihren Dienst am Stadttor verrichtet.

Nach einer kurzen Musterung durch den Ratsherrn legte jeder der Männer seine Hand auf ein schweres, in Leder gebundenes Buch, auf dem das Wappen der Stadt in goldener Farbe zu sehen war. Im Beisein eines Geistlichen wurde eine heilige Eidesformel verlesen, die den künftigen Kurieren auferlegte, auch in der Fremde die Interessen des Rats und damit ihrer Heimatstadt um jeden Preis zu wahren. Fluch und Strafe sollten jeden treffen, der es wagte, von fremden Landesherren oder kaiserlichen Postreitern Geld anzunehmen und im Gegenzug Auskünfte über die Befestigung und Waffenstärke Straßburgs zu erteilen.

«Noch haben wir im Reich keinen Krieg», sagte Zorn mit ernster Miene, «dennoch sollten wir nicht glauben, dass die Formierung der streitenden Parteien in ein protestantisches und ein katholisches Lager Straßburg unberührt lassen wird.»

Der Schreiber nahm die Namen und den Stand jedes einzelnen Boten auf. Sorgfältig vergewisserte er sich, dass sie tatsächlich Straßburger Familien entstammten, ehelich und ehrlich geboren worden waren und sich niemals etwas hatten zuschulden kommen lassen.

Henrika stand frierend vor der vergitterten Pforte neben dem Stadttor, die durch eine Steintreppe mit dem Bollwerk des Wehrgangs verbunden war, und verfolgte die Prozedur mit gemischten Gefühlen. Laurenz stand neben ihr, doch der junge Mann gab sich keine Mühe, seine schlechte Laune zu verbergen. Er tat so, als ginge es ihn nichts an, was am Stadttor geschah. Seine Haltung war abweisend, seine sonst so heiter blitzenden Augen kalt in seiner Weigerung, ihr auch nur einen Blick zu gönnen. Sein Atem roch nach Wein; zweifellos hatte er am Abend zuvor seinen Ärger im Alkohol ertränkt. Henrika fühlte sich verletzt. Sie fragte sich, warum er zum Stadttor gekommen war, um dem Auszug der fünf Kuriere beizuwohnen, wenn ihm der Anblick so zusetzte. Sie konnte ja verstehen, dass es ihn ärgerte, nicht als Kurier ausgewählt worden zu sein und nun mit ansehen zu müssen, wie stolz die Männer auf ihren Pferden saßen, funkelnagelneue Schaftstiefel an den Füßen und mit Federn geschmückte Hüte auf den Köpfen. Doch warum gab er ausgerechnet ihr die Schuld daran, dass er hier zurückbleiben musste? Carolus hatte ihm seine Bitte mit der Begründung abgeschlagen, er sei Drucker, kein Kurierreiter.

Außerdem werde er in der Werkstatt gebraucht. Dass Laurenz die Absage als Kränkung verstand, war für Carolus kein Grund, seine Meinung zu ändern.

Dabei war es auch zwischen Laurenz und Henrika zu Unstimmigkeiten gekommen, denn Henrika teilte die Meinung ihres Dienstherrn. Anders als Carolus glaubte sie zwar nicht, dass Laurenz in der Werkstatt unersetzlich war, aber der Gedanke, ihn in der Fremde zu wissen, beunruhigte sie.

Laurenz war galant und zuvorkommend, er konnte sich durchsetzen und brachte sie mit seinen Geschichten zum Lachen, doch tief in seinem Innern steckte auch etwas, das ihr Angst machte. Die Berufung zum Kurierreiter setzte Besonnenheit und diplomatisches Geschick voraus. Nein, sosehr es Henrika auch schmerzte, sie musste zugeben, dass Laurenz kaum der Richtige war, um die Aufgaben eines Kuriers gewissenhaft zu erfüllen.

Carolus schien das ebenso zu sehen. Es kam nun öfter vor, dass er David mit Aufträgen in die Stadt schickte, während Laurenz an der Druckerpresse bleiben musste. Für einen Kurierreiter, so hatte Carolus unmissverständlich klargemacht, waren Hahnenstolz und ein hübsches Gesicht unwichtig, Abenteuerlust und Fernweh sogar hinderlich, denn sie machten einen jungen Burschen unbesonnen und vorwitzig.

Ratsherr Zorn schien mit der Auswahl, die der Drucker getroffen hatte, zufrieden zu sein. Er nahm sich die Zeit, mit jedem der jungen Männer zu sprechen, klopfte auf Schultern und nickte freundlich, während sein Schreiber auf seiner Liste Haken machte.

Henrika atmete auf. Die Kurierreiter waren dem Vertreter der Stadt genehm. In wenigen Wochen durften sie auf die ersten Nachrichten aus den von Carolus ausgewählten Städten hoffen. Sie konnte es kaum abwarten, diese Botschaften zu lesen und dann den Setzern zu übergeben. Rom war die prachtvolle Stadt des Papstes, Venedig ein bedeutender Handelsplatz, wo Schiffe mit Waren aus aller Welt anlegten. Was mochten die Kurierreiter von den Kaufleuten und Seefahrern dort in Erfahrung bringen? In Antwerpen … Nun, von Antwerpen hatte sie keine Vorstellung, ihr war lediglich bekannt, dass in den niederländischen Provinzen seit vielen Jahren ein erbitterter Krieg gegen die habsburgischen Spanier tobte, weswegen den aufrechten Rebellen vom Rat des protestantischen Straßburg große Sympathien entgegengebracht wurden.

Als Henrika darüber nachdachte, verstand sie Laurenz' Enttäuschung ein wenig besser. Tatsächlich verspürte sie nun sogar Gewissensbisse, weil sie seinen Wunsch, in die Niederlande zu reiten, abgetan hatte wie die Laune eines unvernünftigen Kindes. Aber Laurenz war ein erwachsener Mann. Er verdiente ihr Vertrauen und ihre Unterstützung. Der Mann, den sie liebte, durfte erwarten, dass sie ihn ernst nahm und nicht nur selbstsüchtig an der Erfüllung ihrer Träume arbeitete. Zaghaft streckte sie die Hand aus und hoffte, die Geste würde ihn versöhnlich stimmen. Aber dem war nicht so.

«Nun hast du erreicht, was du wolltest, nicht wahr?» Laurenz' Gesicht war weiß vor unterdrücktem Zorn. «Du hast den alten Carolus um den kleinen Finger gewickelt. Dir kann er ja nichts abschlagen. Seit dem Tag deiner Ankunft hast du ihn beschwatzt, damit er dir in der Sortierkammer freie Hand lässt. Aber das war der ehrsamen Jungfer noch lange nicht genug. Du musstest ihm auch noch ein Titelblatt für seine Postille zeichnen, um dich hervorzutun. Und als ob das nicht genug wäre, habt ihr auch noch gemeinsam entschieden, mir diese Einfaltspinsel vorzuziehen, deren Hintern beinahe aus dem Sattel rutschen.»

Empört blitzten Henrikas Augen auf. So hatte Laurenz noch nie mit ihr gesprochen. «Du bist ungerecht», verteidigte sie sich. «Ich habe niemals mit Meister Carolus über dich gesprochen. Ich dachte nur …» Ihre Wangen brannten vor Verlegenheit. Hastig senkte sie den Blick, um ihre Gefühle vor Laurenz zu verbergen. Es hatte ohnehin keinen Sinn, auf offener Straße mit ihm zu streiten, nicht, wenn er in dieser Stimmung war. Doch offensichtlich legte er ihr Schweigen als Eingeständnis ihrer Schuld aus. Er verbeugte sich spöttisch und lachte.

Endlich erklang vom Torturm nun das langersehnte Trompetensignal, das die Kurierreiter zum Aufbruch drängte. Viel Volk hatte sich inzwischen vor dem Tor und auf der hölzernen Brücke eingefunden, um dem Auszug der fünf aus der Stadt beizuwohnen. Ratsherr Zorn richtete noch einige letzte Worte an die jungen Männer, dann kam Carolus an die Reihe. Begleitet von seinen Zunftbrüdern, überreichte er jedem Kurier einen Beutel, außerdem ein versiegeltes Beglaubigungsschreiben und ein Felleisen, unter dessen Verschluss die wertvollen Botschaften in die Heimat transportiert werden sollten. «Seid auf der Hut vor herumstreunenden Landsknechten und lasst euch bloß auf kein Scharmützel mit den Postreitern der Taxis ein», mahnte er mit erhobenem Zeigefinger. «Wir wollen keinen Ärger mit den Kaiserlichen.»

«Solange er sich vermeiden lässt», fügte Ratsherr Zorn hinzu. Er zog den Hut und gab das Zeichen zum Aufbruch.

Henrika hob den Blick erst wieder, als die fünf jungen Männer unter den neidvollen Blicken der Torwächter und begleitet vom stürmischen Beifall der Umstehenden über die hölzerne Brücke hinaus aufs freie Land galoppierten.

«Diese Milchbärte wollen Kurierreiter sein», höhnte Laurenz. «Man muss kein Prophet sein, um vorauszusagen, dass keiner von ihnen den Weg nach Straßburg zurückfinden wird.»

«Würdest du dich bitte beherrschen?», bat Henrika leise. «David kann dich hören!»

«Na, und wenn schon? Soll er doch kommen und sein Sprüchlein aufsagen. Dann zeig ich ihm, wer in der Werkstatt das Sagen hat. Ein Milchtöpfchen wie er sollte die Stube ausfegen oder mit der bleichen Lene Wolle kämmen, anstatt einem zukünftigen Meister Widerworte zu geben.»

David, der dem Treiben am Tor ein Stück weiter oben auf der

Treppe zugesehen hatte, kam nun heruntergelaufen und maß seinen Bruder mit einem warnenden Blick. «Du solltest nach Hause gehen, dich hinlegen und deinen Rausch ausschlafen, bevor der Zunftbüttel dich so sieht», mahnte er. «Ansonsten wirst du es in fünf Jahren noch nicht zum Meister gebracht haben. Außerdem machst du dich vor Henrika nur lächerlich, wenn du hier am Stadttor den verschmähten Liebhaber spielst.»

Laurenz starrte seinen jüngeren Bruder ungläubig an. Dann strafften sich seine Muskeln, und er ging drohend auf David zu. War er unbesonnen genug, sich hier, vor den Augen der Torwächter, eine Prügelei mit seinem eigenen Bruder zu liefern?

«Von dir lasse ich mich bestimmt nicht einen verschmähten Liebhaber schimpfen», stieß Laurenz hervor. Er versetzte David einen Schlag gegen die Schulter, der den schmächtigen jungen Mann fast zu Boden beförderte. Laurenz setzte nach, und im nächsten Augenblick wälzten sich die beiden auf der Straße.

«Na los, wo ist dein Mut geblieben?», spottete Laurenz. Er versuchte, den Kopf seines Bruders in eine Wasserlache zu drücken, doch David erwies sich als erstaunlich wendig. Er entzog sich Laurenz' Griff wie ein Aal. Bevor Laurenz zu einem weiteren Schlag ausholen konnte, packte David seinen Arm und drehte ihn auf den Rücken. Ein gezielter Kinnhaken ließ Laurenz aufbrüllen. Seine Lippe platzte, und Blut besudelte sein helles Wams.

«Lass es gut sein, Bruder», keuchte David und spähte zum Turm hinauf, doch die Wächter hatten den Streit bemerkt. Ein paar Gassenbuben und ein zahnloser Holzhändler standen feixend um die kämpfenden Brüder herum. Ihre anfeuernden Worte gingen im Lärm der Menschen unter, die den Kurierreitern winkend nachliefen oder Apfelwein und gesalzenen Stockfisch anpriesen. Fuhrwerke und Ochsengespanne drängten über den Platz.

Benommen fuhr sich Laurenz mit der Hand über den Mund. Sein Blick war überrascht, als er das Blut an seinen Fingern bemerkte. Dann kehrte die Wut zurück. Mit zusammengekniffenen Augen starrte er David an, dem es gelungen war, sich wieder auf die Beine zu kämpfen.

«Das wirst du mir noch büßen», zischte er seinem Bruder zu.

David zuckte die Achseln. «Vielleicht solltest du endlich anfangen, deinen Kopf zum Denken zu gebrauchen. Meister Carolus hat die Männer ausgewählt, weil …» Er wurde unterbrochen.

«Was ist hier los?»

Henrika drehte sich hastig um und sah einen narbengesichtigen Bewaffneten auf sie zueilen. Der Mann sah verärgert aus.

Zu dumm, dachte Henrika. Nun war also doch noch einer der Stadtwächter auf die Auseinandersetzung aufmerksam geworden. Kein Wunder, Laurenz hatte in seinem verflixten Rausch ja auch laut genug geschrien, um die halbe Stadt aufzuschrecken. Mit der strengen Miene eines Ordnungshüters musterte der Büttel zuerst David, dann Laurenz von Kopf bis Fuß. An den Kleidern beider Männer hingen Staub, Blätter und Gassenschmutz. Ihre Haare waren zerzaust, die Haut zerschrammt. Als der Büttel Laurenz' blutende Lippe bemerkte, nickte er kaum merklich. Ohne Vorwarnung packte er David am Hemdkragen. «Hast du den Mann so zugerichtet, Freundchen?»

David erwiderte den Blick des Wächters, sagte jedoch nichts.

«Dein Schweigen wird dir nicht helfen», sagte der Stadtwächter. «Du gehörst doch zur Druckerzunft, nicht wahr?» Sein Narbengesicht verzog sich zu einem höhnischen Grinsen, als er mit ausgestreckter Hellebarde auf die Schar Männer deutete, die am Kronenburgertor beieinanderstanden. «Dann kennst du sicher auch euren Zunftbüttel und die Strafen, die er denjenigen auferlegt, die gegen die Ordnung der Straßburger Drucker verstoßen.»

Henrika fragte sich, warum David sich noch immer so beharrlich weigerte, den Mund aufzumachen und die Sache aufzuklären. War er verrückt geworden? Er, der für gewöhnlich so kühl überlegte und sich nie von Gefühlen leiten ließ, konnte doch jetzt nicht so unvernünftig sein. Laurenz hatte angefangen, also sollte er die Sache auch ausbaden.

«Ihr macht einen Fehler …» Henrika biss sich auf die Zunge, aber die Worte ließen sich nicht mehr zurückhalten. Sie durfte einfach nicht zulassen, dass David wegen eines Fehlers bestraft wurde, den er nicht begangen hatte.

«Dann habt Ihr gesehen, was geschehen ist?», hakte der Büttel argwöhnisch nach. Henrika nickte. Aber noch ehe sie dem Stadtwächter den wahren Sachverhalt schildern konnte, fiel ihr David aufgebracht ins Wort. «Gar nichts hat das Mädchen gesehen, es will sich nur wichtig machen. Ich habe meinen Bruder angegriffen und niedergeschlagen.»

«Na also, es geht doch», sagte der Büttel nun fast freundlich. Er ließ David los und hob das Kinn. «Ihr gehört doch zur Werkstatt Carolus, nicht wahr? Mein Bruder ist einer der Kurierreiter und mächtig stolz darauf, dass er nach Venedig gesandt wurde.» Das Gesicht des Mannes nahm einen verträumten Ausdruck an, der gar nicht zu seinem kriegerischen Äußeren passen wollte. «Venedig soll eine der schönsten Städte der Welt sein.» Er räusperte sich und warf David einen warnenden Blick zu. «Ich werde noch einmal Gnade vor Recht ergehen lassen und eurem Zunftmeister nichts sagen. Aber lass dich nicht noch einmal bei einer Prügelei vor meinem Tor erwischen, sonst setze ich dir persönlich die Schandmaske auf.»

Henrika blickte dem Stadtwächter nach. Erst als er im Getümmel verschwunden war, atmete sie erleichtert auf. Das war gerade noch einmal gutgegangen.

David klopfte sich mühsam den Staub aus den Kleidern, während Laurenz wie betäubt auf der Treppe saß und vor sich hinmurmelte. In Henrika brodelte es. Sie war wütend auf Laurenz, aber auch auf David, der sie gegen ihren Willen zur Mitverschworenen seiner undurchsichtigen Geschäfte gemacht hatte.

Sie fand es unerträglich, dass sie mit dem Bruder des Mannes, den sie liebte, Geheimnisse teilte. Andererseits gefielen ihr Laurenz' besitzergreifendes Verhalten und seine aufbrausende Art ebenfalls nicht. Und nun das.

Was hatte er sich nur dabei gedacht? Hätte er wirklich in Kauf genommen, dass David bestraft worden wäre?

Wie sollte sie in Zukunft mit den Brüdern zusammenarbeiten? Niedergeschlagen blickte sie Meister Carolus entgegen, der sich soeben von den Vertretern seiner Zunft verabschiedet hatte und nun mit einem breiten Grinsen auf sie zuschritt.

«Das ist ein Tag zum Feiern und Prassen», rief er und kniff Henrika voller Übermut in die Wange. «Alles klappt wie am Schnürchen. Wer hätte das gedacht, nachdem sich die Ratsherren zunächst so vehement gegen unser Vorhaben ausgesprochen haben.»

Laurenz schnaubte verächtlich. «Ich würde das Weinfass erst anstechen, wenn Eure Kuriere wieder in Straßburg sind und lohnenswerte Nachrichten mitgebracht haben.»

Doch Carolus hatte nicht vor, sich die Feiertagslaune verderben zu lassen. «Ich weiß schon, was dir fehlt, mein Junge. Du hast in den letzten Wochen zu hart gearbeitet und kaum Zeit gefunden, ein Wirtshaus oder eine Badestube aufzusuchen. Ich glaube, wir alle brauchen ein wenig Zerstreuung.»

Henrika schüttelte nur den Kopf. Sie fand, dass Laurenz schon etwas zu viel Zerstreuung genossen hatte. Er gehörte in seine Kammer, wie David empfohlen hatte. «Sollten wir uns nicht darum kümmern, dass die Zeitung endlich ein hübsches Äußeres bekommt», schlug sie vorsichtig vor.

Carolus lachte amüsiert. «Dein Eifer in allen Ehren, Mädchen. Die Entwürfe, die du mir gezeigt hast, sind hervorragend. Jawohl, nie wäre ich auf den Gedanken gekommen, dass du so vortrefflich zeichnen kannst. Insbesondere die Figur des eilenden Boten kündet von einem tiefen Verständnis für das, was wir mit unserer Gazette erreichen wollen. Wir wollen Boten für alle Menschen sein, die des Lesens mächtig sind.» Er tätschelte ihr väterlich die Wange. «Aber gerade du solltest nicht immer in der Stube hocken, Henrika. Das bekommt dir nicht. Die Frühjahrsmesse steht vor der Tür. Im letzten Jahr fehlten uns leider die Mittel, nach Frankfurt zu reisen, um Bücher einzukaufen und uns über neue Druckschriften zu informieren. Aber ich schätze, in diesem Jahr sollten wir es wagen. Ich möchte, dass die Gazette in der Auflistung der Messeschriften erscheint. Vielleicht gewinnen wir so auf einen Schlag neue Kunden. Was meinst du, Laurenz?» Er klopfte dem Druckergesellen gönnerhaft auf die Schulter. «Es wird dich freuen zu hören, dass Henrika uns begleiten wird. Ich habe meiner Tochter versprochen, sie nach Frankfurt mitzunehmen, und Henrika ist die Richtige, um ein Auge auf die Kleine zu haben, damit sie uns nicht im Trubel verloren geht.»

«Und ob ich mich freue», murmelte Laurenz verdrossen.

14. Kapitel

«Ein Mädchen kann nicht mit drei Mannspersonen und einem Kind nach Frankfurt reisen», entgegnete Emma, als Henrika ihr ein paar Tage später bei der Vorbereitung des Essens zur Hand ging.

Da Emma ihren Kochkünsten nicht traute, war Henrika beauftragt worden, das Brot zu schneiden. Mit gerötetem Gesicht ließ sie die Klinge durch den steinharten Leib gleiten, der geräuschvoll knirschte. Henrika wollte gar nicht zu genau wissen, was dem Mehl alles beigemengt wurde, bevor es aus der Mühle kam. Doch die Zeiten waren schlecht, und so geschah es immer häufiger, dass man auf Sand und trockene Sägespäne biss.

Seit den frühen Abendstunden war der Himmel verhangen und sah aus wie grauer Sauerteig; gleichmäßig prasselte der Regen auf das kleine Vordach des Hauses. Henrika warf einen Blick aus dem Fenster und sah, wie sich die schmale Gasse in einen Sumpf verwandelte. Kein gutes Wetter für eine Reise, dachte sie, als sie einen durchnässten Reiter am Tor vorbeipreschen sah. Gleichgültig, ob sie nach Rom, Venedig oder lediglich in die Reichsstadt Frankfurt führte.

Der Wind rüttelte schon seit der Dämmerung ungestüm an den Fensterläden, die Emma bereits lange vor dem Abendläuten geschlossen und mit einem Eisen gesichert hatte.

«Hast du gehört, was ich eben gesagt habe, Henrika?» Die Stimme der alten Frau klang gereizt. «Da redet man sich den Mund fusselig, und die junge Dame überhört es einfach. Ich sagte, du kannst nicht ohne Begleitung einer zuverlässigen Frau mit den

Männern nach Frankfurt reisen. Nach allem, was du mir berichtet hast, geht es meinen Verwandten eher darum, die Lustbarkeiten der Messe zu genießen, anstatt sich mit anderen Druckern zu unterhalten oder Kunden für das Teufelsblatt zu gewinnen.»

Henrika hörte auf zu schneiden und begutachtete mit gemischten Gefühlen den Berg aus krümeligen Brotbrocken, den sie fabriziert hatte. Dann hob sie den Blick und sagte: «Es wäre mir lieb, wenn du unsere Zeitung nicht immer Teufelsblatt nennen würdest. Mit dem Leibhaftigen und seinen Dämonen hat unsere Arbeit nichts zu tun.» Dämonen sitzen höchstens in der Brust eines Mannes, der sich wie ein kleiner Knabe aufführt, weil man ihm das Spielen verboten hat, fügte sie in Gedanken hinzu.

Emma zuckte die Achseln. Sie lief zum Herd, hob vorsichtig den Deckel von dem brodelnden Kessel und schnupperte. Ein köstlicher Duft von gegartem Hühnerfleisch, Mohrrüben und scharfem Lauch breitete sich in der Stube aus.

«Der alte Diakon von Jung St. Peter, der jetzt als Pfründner im Spital die Aufsicht führt, macht die Leute mit seinem Geschwätz verrückt. Die Siechenmeisterin und ein paar andere Weiber, die nichts Besseres zu tun haben, als zu tratschen, hat er bereits angesteckt. Sie behaupten, es bestünde ein Zusammenhang zwischen dem garstigen Wetter der letzten Wochen und dem Teufels … dieser Gazette.» Sie hielt kurz inne und sah Henrika herausfordernd an.

«Ja, ja. Über solche Dinge reden die Leute. Die Kurierreiter, so behaupten sie, hätten den Auftrag, Straßburg an die Kaiserlichen auszuliefern.»

«Und dieser Unsinn wird in der Stadt verbreitet?» Henrika war fassungslos.

Emma nickte. «Du glaubst, weil Straßburg viele Druckereien hat, in denen gelehrte Bücher entstehen, müssten die Menschen auch klug sein. Hunger und Angst vor der Zukunft waren schon immer schlechte Werber für neue Ideen. Aber keine Bange, mein

Kind, der Pfründner genießt keinen besonders guten Ruf. Die Siechenmeisterin schon gar nicht. Nicht nur ich vermute, dass die zwei Schandmäuler abends die Branntweinflasche kreisen lassen, wenn sie sich unbeobachtet wähnen. Einmal hat die hohe Visitation der Kirche sie bereits in einer zweideutigen Situation angetroffen. Sie konnten sich zwar herausreden, weil sie ein loses Mundwerk haben, aber sollte sich der Verdacht gegen die beiden erhärten, steckt man die Siechenmeisterin ins Frauenhaus, und den Pfründner treibt man mit Ruten aus der Stadt.» Sie lief zum Herd, um dem Eintopf eine Schöpfkelle Wasser und eine Prise Salz hinzuzufügen.

«Andererseits fallen Verdächtigungen manchmal auch auf fruchtbaren Boden», sprach sie nach einer Weile weiter. «Es wäre also nicht schlecht, wenn euer Meister Carolus beschlösse, sich wenigstens einen Teil der Ratsherren gewogen zu machen.»

Henrika blickte ihre Hauswirtin überrascht an. In den vergangenen Monaten hatte sie Emmas mütterlichen Rat durchaus schätzen gelernt. Sie hatte entdeckt, dass ein empfindsames Herz in ihrer Brust schlug. Doch aus ihrer Abneigung gegen die Patrizier hatte Emma nie einen Hehl gemacht. Ihrer Meinung nach war den feinen Ratsherren, insbesondere den verfeindeten Sippen Zorn, nicht zu trauen. Warum nun diese Kehrtwende?

«Eine Dienerin des jungen Ratsherrn Zorn hat mich gestern auf dem Hühnermarkt angesprochen und nach dir gefragt», sagte Emma, als beantworte dies alle Fragen.

«Nach mir?» Henrika zuckte irritiert die Achseln. «Ich kenne weder den Ratsherrn noch sein Gesinde.»

«Mir kam es auch seltsam vor», gab Emma zu. «Sie wollte wissen, wie lange du schon in Straßburg bist, woher du kommst und wer deine Eltern sind. Sie schien mich regelrecht aushorchen zu wollen, aber da biss sie bei mir auf Stein. Ich habe dem neugierigen Ding klargemacht, dass du eine gottesfürchtige Jungfer bist, die viele Bücher gelesen hat und geschickt mit der Schreibfeder umzugehen weiß.» Verlegen zupfte sie an den Schnüren ihrer Haube. «Vielleicht habe ich ein wenig übertrieben. Ich kann nur hoffen, dass die Verleumdungen der Siechenmeisterin nicht schon in die Häuser der Stadtoberen gedrungen sind und dort nun wuchern wie Unkraut. Hexerei … Nun, ich sollte nicht darüber reden, das bringt Unglück. Aber es ist nun mal ein Vorwurf, der tödliche Folgen haben kann. Nach all den Mühen, die Ludwig hatte, um als Wundarzt und Starstecher in Straßburg einen guten Ruf zu erlangen, wäre es höchst unangenehm, wenn über uns hergezogen würde.» Sie band die Schnüre fest zusammen und reckte angriffslustig das Kinn.

«Bist du böse auf mich?», wollte Henrika wissen.

Die Alte schüttelte den Kopf «Doch nicht auf dich, armes Kind. Du hast ja nichts verbrochen. Man sollte vielmehr den dürren Hals der Siechenmeisterin ins Schandeisen zwängen und sie an den Pranger ketten für ihre Unverschämtheit.»

Henrika legte der alten Frau begütigend die Hand auf den Arm. Ihr lag nichts daran, sich die Siechenmeisterin hilflos und verspottet am Pranger vorzustellen. Auch wenn sie inzwischen zu der Überzeugung gelangt war, dass ihre Mutter das Brandmal, an dessen Folgen sie gestorben war, weder auf einer öffentlichen Richtstätte noch durch das Eisen eines Henkers empfangen hatte, war sie doch ihr Leben lang die Tochter einer verurteilten und gedemütigten Ausgestoßenen gewesen. Sie würde es bleiben, solange sie nicht beweisen konnte, was damals, in ihrer Kindheit, wirklich geschehen war.

Bilder ließen sich nicht so einfach aus dem Gedächtnis vertreiben, und sie wünschte, es wäre anders. Ihre Mutter hatte ihr Geheimnis mit ins Grab genommen; vermutlich würde sie, Henrika, die Wahrheit nie ans Licht bringen. Nicht, solange sie in Mannheim für eine flüchtige Mörderin gehalten wurde und Barthels Vermächtnis ihr vorenthalten blieb.

Aber all das war ein Grund mehr, nach vorne zu blicken und

sich ihr neues Leben nicht durch Dummheit und Argwohn zerstören zu lassen. Sie hatte Barthel nicht helfen können, das war schlimm genug. Dafür würde sie ihre ganze Kraft einsetzen, um Meister Carolus und seinen Leuten ein ähnliches Schicksal zu ersparen.

«Weißt du, warum ich Gazettenmacherin werden möchte?», fragte sie Emma, als sie eine Weile später am Tisch saßen und Eintopf aus Holzschalen löffelten. Ludwig war noch nicht zu Hause. Der Gerichtsvogt, ein angesehener Beamter, dessen Frau über stechende Schmerzen im linken Auge klagte, hatte ihn durch einen seiner Diener rufen lassen.

«Als ich von zu Hause fortging, glaubte ich, dass unsere Gazette die Sendbotin einer neuen Zeit werden könnte, einer Zeit, in der nicht nur Männer, sondern auch Frauen Fragen stellen dürfen, ohne dafür verdächtigt, verurteilt oder beschimpft zu werden. Als ein neues Jahrhundert anbrach, habe ich mir vorgestellt, dass nun die Zeit gekommen sei, den Wissenschaften mehr Aufmerksamkeit zu schenken. Überall im Reich entstehen neue Bücher und Schriften, die nahezu alle Wissensgebiete berühren. Gelehrte Männer erforschen den Sternenhimmel oder reisen über das Meer in die Neue Welt, um ihre Entdeckungen in unser altes Europa zu bringen. Die Zeitung wäre für uns alle eine große Hilfe, denn sie könnte zum Nachdenken anregen. Ich glaube nicht, dass Meister Carolus meine Arbeit viel bedeutet. Mir aber bedeutet sie alles. Ich liebe es, Neuigkeiten zu hören und sie niederzuschreiben, ich liebe es, zusammen mit dem Lehrjungen Lettern zu sortieren oder Druckschriften zum Trocknen aufzuhängen. Ich liebe sogar das Geschrei und Gezeter in der Werkstatt und das Geräusch, das die Druckerpresse macht, wenn die Gesellen den Tiegel mit der Spindel auf und ab bewegen.»

Emma seufzte. «Ich muss schon sagen, einem so merkwürdigen Mädchen bin ich noch nie begegnet. An deiner Stelle wäre ich vorsichtig. Überlass es doch den Männern, sich die Köpfe heißzureden. Du bist jung und hübsch. Glaub mir: Frauen, die zu viel denken, haben es nirgendwo leicht. Du willst doch nicht sämtliche Männer vergraulen, die um dich werben, und deine Tage als Magd oder als altes, vertrocknetes Weiblein beschließen? Wenn du erst einmal einen Gatten hast, kannst du immer noch das Regiment im Haus führen. Glaub mir, mein Ludwig weiß genau, wovon ich spreche.»

Henrika lachte; sie hatte in den Monaten, die sie nun schon hier lebte, durchaus mitbekommen, wer im Haus das Sagen hatte.

«Na, siehst du?» Ein mildes Lächeln umspielte den faltigen Mund der alten Frau, die Henrikas Lachen als Zustimmung auffasste.

«Laurenz macht dir den Hof. Ich kann nicht behaupten, dass ich darüber vor Freude in die Luft springe, weil er schon immer schwierig war, sogar als Knabe. Er hat nie gern gehorcht. Aber als seine Eltern erschlagen wurden, warf ihn das völlig aus der Bahn.»

«Aber …» Vor Staunen entglitt Henrika der Löffel. Das war ihr neu. Hatte Laurenz nicht behauptet, es sei David, der noch heute unter Albträumen leide, weil er den Tod seiner Eltern nicht verkrafte? Vermutlich hatte sie ihn missverstanden. Wenn es ihm so schwerfiel, einen derartigen Schicksalsschlag zu verkraften, verdiente er ihr Mitgefühl erst recht. Die Schwierigkeit war nur, dass er es nicht akzeptieren würde. Dazu war er zu stolz und zu aufbrausend.

«Ich hoffe, Laurenz ist dir nicht zu nahe getreten», hörte sie die Stimme der alten Frau wie aus der Ferne. «Der Bursche ist nämlich hinter jedem Rock her, der seinen Weg kreuzt. Weiß der Henker, was er sich damit beweisen will. Aber so sind manche Männer nun einmal.»

Henrika verspürte den plötzlichen Wunsch, Laurenz zu verteidigen. Aber sie hielt sich zurück, denn im nächsten Moment stolperte der alte Ludwig durchgefroren und hustend in die Wohnstube. «Lieber Herr Jesus», rief Emma. «Was ist denn mit dir geschehen?»

Emma beeilte sich, ihrem Mann aus dem nassen Wams zu helfen, während Henrika für den Hausherrn eine Schüssel mit dampfender Brühe füllte.

«Für die Frau des Gerichtsvogts Spielmann konnte ich leider nicht mehr tun, als Salbe auf ihr entzündetes Auge aufzutragen», brummte der Wundarzt wenig später, als er seine Beine vor dem Kaminfeuer ausstreckte.

«Sie wird um einen Starstich nicht herumkommen. Auf einem Auge ist ihre Sicht schon so getrübt, dass sie ihren eigenen Mann nicht mehr von dessen Hausgast unterscheiden konnte.»

«Vielleicht wollte sie das ja gar nicht», meinte Emma schmunzelnd. «So krumm, wie der Vogt inzwischen ist.»

Der alte Mann runzelte die Stirn; doch anstatt auf den Scherz seiner Frau einzugehen, blickte er gedankenverloren auf den buntbemalten Kasten zu seinen Füßen, in dem er sein silbernes Aderlassgerät, einige Ellen Stoff zum Verbinden, Kugelzangen, Wundpflaster aus Kräutern und beschriftete Behälter für Heilsalben, Tinkturen und verschiedene Augenwässer griffbereit verwahrte.

Als Henrika den Kasten aufräumen wollte, legte sich die schwere Hand des Wundarztes auf ihre Schulter. Sie zuckte zusammen, denn für gewöhnlich beachtete er sie kaum. Wenn sie sich nach dem Morgengottesdienst zur Druckerei aufmachte, empfing Ludwig für gewöhnlich schon die ersten Ratsuchenden in der Chirurgenstube oder kümmerte sich um seine Brieftauben.

«Beim Gerichtsvogt wurde heute Abend auch über dich gesprochen», sagte Ludwig. Es klang besorgt. «Er und die anderen Anwesenden wollten von mir wissen, ob das Gerücht wahr sei, dass du für Carolus' Gazette schreibst und zeichnest.»

Emma ließ den Kessel mit Suppenresten, den sie zum Spülstein hinübergetragen hatte, ins Wasser fallen, dass es spritzte.

Erschrocken drehte sie sich zu ihrem Mann um. «Und, was hast du geantwortet?»

Ludwig hob die struppigen Augenbrauen. «Was sollte ich schon sagen? Spielmann hatte Besuch von einem Mitglied der Kupferstecherzunft. Irgendein verdammter Narr muss ihm eine der Skizzen zugespielt haben, die Henrika für das Titelblatt der Gazette gezeichnet hat. Der Mann begutachtete den Entwurf im Beisein des Gerichtsvogts und erklärte, es handele sich um die Arbeit eines gelangweilten Frauenzimmers. Aber ich konnte erkennen, dass er das nur sagte, weil er beleidigt war und sich ärgerte. Die Zunft ‹Zum goldenen Vogel›, zu der die Kupferstecher in Straßburg gehören, hat nämlich auch ihre Entwürfe vorgelegt, und das für einen stolzen Preis. Die Meister rechnen damit, von Carolus den Auftrag zu erhalten. Sie werden es als Demütigung auffassen, wenn er sie nun bittet, den Entwurf seiner Dienstmagd ins Kupfer zu stechen.»

Henrika hörte schweigend zu. Sie konnte sich gut vorstellen, dass es den Handwerkern, deren Kunst weit über die Stadtgrenzen Straßburgs hinaus bekannt war, nicht gefiel, nach fremden Entwürfen zu arbeiten. Warum hatte sie sich überhaupt dazu hinreißen lassen, diese Skizzen anzufertigen? Sie hatte nicht damit gerechnet, dass Carolus so begeistert von ihnen sein würde, auch wenn sie es insgeheim gehofft hatte. Und sie war vor Freude überwältigt gewesen, als er ihr eröffnet hatte, er würde die erste Seite der Gazette mit ihren Bildern zieren. Ratlos blickte sie die alten Leute an.

«Henrika hat nichts getan, was gegen das Gesetz verstößt», sagte Emma nach einer Weile. «Es gibt schließlich viele Frauen, die schreiben und zeichnen.»

Ludwig räusperte sich. «Ja, gelangweilte Edeldamen, die sich die Zeit vertreiben, indem sie Gedichte verfassen und Pflanzen oder Landschaften malen. Aber die tauchen selten aus dem Nichts bei uns auf. Sie sammeln keine Nachrichten und schreiben nicht für eine Gazette, über die sich seit dem Auszug der fünf Kurierreiter halb Straßburg das Maul zerreißt!» Ludwig hatte sich dermaßen in Rage geredet, dass er mit der Faust auf den Tisch schlug. Der sonst so sanfte Mann blickte Henrika scharf an. «Wann möchte Meister Carolus nach Frankfurt reisen?»

«Alle Vorbereitungen für die Messe sind getroffen, und der Wagen steht bereit. Ich denke, morgen früh kann es losgehen. Vorausgesetzt, Emma lässt mich mitfahren.»

Die Frau des Wundarztes stieß einen pfeifenden Laut aus. «Aber natürlich lasse ich dich mitfahren», erklärte sie verwundert, als hätte daran nie auch nur der geringste Zweifel bestanden.

«Vermutlich machen wir uns unnötig Sorgen. Wie gesagt: Henrika hat sich nichts vorzuwerfen, und wenn der Vogt sie nach ihrer Rückkehr aus Frankfurt noch immer befragen will, nur zu. Sie ist ein ehrliches Geschöpf und kann ihm freimütig Rede und Antwort stehen. Vermutlich möchte er nur mehr über sie und ihre Herkunft erfahren. Das stellt doch kein Problem dar, oder?»

Henrika begann unter dem steifen Kleid zu schwitzen.

«Du scheinst damals, als du in die Stadt kamst, nur wenige Angaben zu deiner Person gemacht zu haben», sagte Ludwig. «Für deine Herkunft interessiert sich aber nicht nur der Vogt. Auch dieser flämische Herr Marx van Oudenaarde sperrte die Ohren auf, als die Rede auf dich kam.»

Er räusperte sich. «Wir sollten uns besser beeilen. Emma, hilf dem Mädchen, seine Sachen zusammenzupacken. Ich werde Henrika hinüber zur Druckerei begleiten. Auch wenn ich nicht glaube, dass ihr heute Nacht noch Gefahr durch eine Befragung droht, halte ich es für sicherer, wenn sie bei Carolus übernachtet und sich gleich nach Tagesanbruch mit den Druckern auf den Weg zur Messe macht.»

Emma klatschte geschäftig in die Hände, um Henrika aufzuscheuchen, die sich nicht vom Fleck rührte. Als sie bemerkte, dass das Mädchen wie versteinert neben dem Tisch verharrte, runzelte sie verständnislos die Stirn. «Hast du nicht gehört, was mein Mann gesagt hat? Du sollst mit ihm zur Druckerei gehen.»

Henrika schluckte. Es fiel ihr schwer, Worte zu finden, zu eng erschien ihr plötzlich ihre Kehle, zu schwer die Zunge. Dennoch presste sie heraus: «Du hast doch eben den Namen eines Mannes erwähnt, Ludwig, eines flämischen Gastes?»

«Ein gewisser Quinten Marx van Oudenaarde», bestätigte Ludwig ungeduldig. «Er macht schon seit Jahren Geschäfte mit den Zorns. Aber warum fragst du?»

Ja, warum? Henrika überlegte fieberhaft, welche Antwort den alten Wundarzt und seine Frau wohl zufriedenstellen könnte, aber ihr fiel beim besten Willen keine ein.

Quinten Marx van Oudenaarde.

Kein Zweifel; es war derselbe Name, der sie seit ihrer Flucht aus Mannheim wie eine Decke umhüllte, die manchmal zu ersticken drohte. Der Name des Mannes hatte sich zu tief in Henrikas Gedächtnis gegraben, als dass sie ihn jemals hätte vergessen oder verwechseln können.

Quinten Marx van Oudenaarde war Barthels Freund gewesen.

Durfte sie es wagen, Emma und Ludwig anzuvertrauen, dass ihr ermordeter Gönner diesem Mann Briefe geschrieben hatte? Briefe, die er nie erhalten und die sie gefunden hatte? Sie hatte Emma und Ludwig nur wenig über Barthel und den Ort, an dem sie aufgewachsen war, erzählt. Einzelheiten hatte sie ausgelassen, weil sie nicht sicher war, wie die beiden Alten diese aufgenommen hätten. Ihre Welt war so einfach, so wohlgeordnet.

Der Baumeister hatte vorgehabt, seinem Vertrauten in der niederländischen Heimat etwas mitzuteilen. Etwas, das Henrika betraf, aber möglicherweise auch das Schicksal ihrer Mutter. Vielleicht war er der Mann, der mehr von Menschen wie ihr verstand oder von der vermaledeiten Gabe, die sie in sich trug. Dann würde er wissen, was es bedeutete, in ständiger Furcht vor Entdeckung zu leben. Er konnte ihr womöglich sogar helfen, sie wieder loszuwerden und ein ganz normales Leben zu führen. Sie würde heiraten, Kinder bekommen und nicht mehr in der Angst verharren, dass sich nachts über ihrem Bett unheilvolle Gedanken zusammenballten, die ihr den Schlaf raubten.

Henrika musste den Flamen aufsuchen. Gewiss würde er nicht abstreiten, Barthel gekannt zu haben. Dass er ausgerechnet jetzt in Straßburg auftauchte, erschien Henrika wie ein Wink des Schicksals, selbst wenn es dafür sicher eine ganz einfache Erklärung gab. Immerhin war Straßburg eine wichtige Reichsstadt, in der der Handel blühte. Möglicherweise waren die Beziehungen des Flamen zu bedeutenden Handelshäusern der Stadt ebenso alt wie die Kontakte, die Barthel zu Carolus unterhalten hatte. Wenn sich die Verbindungen nicht sogar überschnitten.

Nur wenig später band sich Henrika zum Schutz gegen Regen und Kälte einen Wollschal um die Schultern. Sie musste es wagen. Rasch eilte sie in die Wohnstube zurück, wo sie Ludwig und Emma von ihrem Vorhaben in Kenntnis setzte, trotz der späten Stunde noch im Haus des Gerichtsvogts Spielmann vorzusprechen.

Der Wundarzt und seine Frau glaubten ihren Ohren nicht zu trauen.

«Ist dir klar, was du da redest, Mädchen?» Ludwig packte Henrika bei den Schultern und schüttelte sie. Sein Kinn mit dem bereits ergrauten, spitzen Ziegenbart hob sich drohend.

«Habe ich dir nicht vor zehn Minuten erst erklärt, dass du dich bereits verdächtig gemacht hast? Meister Carolus hat Feinde in der Stadt. Mächtige Feinde, von denen er in seiner blauäugigen Begeisterung für sein Werk nichts ahnt.»

«Aber wer sind diese Feinde?»

Ludwig warf ihr einen wütenden Blick zu. «Das geht dich nichts an. Du solltest dir nur merken, dass diese Leute jede seiner Schwächen gnadenlos ausnutzen werden, um sein Unternehmen und das seiner Geldgeber zu zerstören. Bricht sein Genick, so sind auch die ruiniert, die ihm helfen.» Er wollte mit seiner faltigen Hand Henrikas Wange berühren, doch trotz der versöhnlichen Geste wich sie zurück.

«Ich weiß ja, dass du auch in Mannheim ähnliche Erfahrungen machen musstest, als du für diesen Baumeister gearbeitet hast. David hat es mir erzählt. Aber in Straßburg hast du es nicht mit ein paar Bauern zu tun, die um ihre Äcker klagen. Es gibt eine Menge einflussreicher Männer, die eure Zeitung ablehnen.»

«Das verstehe ich ja, aber …»

«Aber anstatt dich ruhig zu verhalten und erst einmal abzuwarten, ob die Kurierreiter heil nach Hause zurückkehren, möchtest du Öl ins Feuer gießen und den Vogt aufsuchen? Kein Mensch betritt sein Haus ohne vorherige Aufforderung oder Einladung. Einer der Männer, die heute in der Tafelstube des Vogts bewirtet wurden, ist ein Edelmann aus Wolfenbüttel. Wie ich hörte, trägt er sich ebenfalls mit dem Gedanken, ein Zeitungsprivileg zu erwerben. Sicher sind er und der Flame nicht nur nach Straßburg gekommen, um gemeinsam mit unseren Ratsherrn zu speisen.»

Henrika tat es leid, den Wundarzt aufzuregen, aber es blieb ihr keine andere Wahl. «Ich muss aber in dieses Haus», sagte sie kläglich. «Das hat nichts mit dem Vogt oder dem Ratsherrn zu tun, obwohl Zorn auf mich einen freundlichen Eindruck machte, als er den Kurierreitern am Stadttor den Eid abnahm …»

«Pah! Dieser Zorn ist ebenso freundlich wie eine giftige Viper, in deren Loch dein Fuß geraten ist.»

«Gib schon Ruhe, Ludwig», mahnte Emma, die ahnte, dass in Henrikas Brust verzweifelte Kämpfe tobten. «Du machst nicht dem Mädchen Angst, sondern mir.» Sie zog einen gepolsterten Stuhl über den Dielenboden und forderte Henrika energisch auf, ihr zu erklären, was sie im Haus des berüchtigten Gerichtsvogts zu suchen hatte.

«Als Ludwig vorhin den Namen dieses Fremden erwähnte, erinnerte ich mich, dass mein verstorbener Vormund mit ihm zu tun hatte», sagte Henrika leise. «Ihr könnt das nicht verstehen, aber es ist so wichtig für mich, dass ich den Mann treffe und ihm ein paar Fragen stelle.»

«Du bist ja komplett verrückt worden, Mädchen», krächzte Ludwig. «Meinst du, du könntest den hohen Herrn einfach so aus dem Bett klingeln lassen? Du bist eine ledige Jungfer und hast kein Bürgerrecht, daher zählst du in den Augen des Vogts und des Rates hier in der Stadt wenig mehr als eine fremde Krämerin oder eine Dienstmagd. Eine Magd, über die noch dazu ein paar hübsche Gerüchte im Umlauf sind. Es sind ja nicht nur die verfluchte Siechenmeisterin und ihr Liebhaber, die sich das Maul über dich und deine Arbeit in der Druckerei zerreißen. Denk an den heimlichen Zuträger, der deine Entwürfe für die Gazette weitergereicht hat, ohne Carolus um Erlaubnis zu bitten. Du magst dich entscheiden, ob du lieber für eine Hexe gehalten werden willst, die sich vom Leibhaftigen beim Zeichnen die Hand führen lässt, oder für eine Spionin, die Straßburg für einige Gulden an den Kaiser und seinen Fürstenbund verschachert.»

«Und wie steht es mit dir?», schlug Emma mit verschwörerischer Stimme vor.

Ludwig schaute seine Frau argwöhnisch an. «Wie meinst du das?»

«Nun, du hast doch freien Zutritt zur Gerichtsvogtei. Du könntest Spielmanns Frau zum Beispiel eine Arznei vorbeibringen, an die du bei deinem ersten Besuch nicht gedacht hattest», erklärte Emma.

«Blödsinn, Weib», fuhr Ludwig sie unbeherrscht an. «Welche Arznei soll ich mir denn aus den Rippen schneiden? Ich fürchte, ihr verliert allmählich beide den Verstand.»

Henrika hob beschwichtigend die Hand. Ihr war nicht wohl dabei, dass Ludwig und Emma sich ihretwegen stritten.

«Entschuldigt, es war wirklich ein dummer Einfall. Keinesfalls möchte ich euch in Schwierigkeiten bringen, schließlich wart ihr so nett, mich aufzunehmen, als ich nicht wusste, wohin …»

Sie wurde von einem heftigen Klopfen an der Eingangstür unterbrochen. Emma zuckte zusammen und warf ihrem Mann einen hilflosen Blick zu. Das Klopfen wurde lauter, fordernder. Henrika spürte, wie das Blut aus ihrem Kopf wich; ihre Hände wurden kalt. Waren das die Büttel, die sie zum Verhör abholen wollten? Ludwig schien den gleichen Gedanken zu haben, denn er sah sie voller Sorge an.

Das Pochen hörte nicht auf, im Gegenteil: Nun wurde auch gegen den Laden des einzigen Fensters, das auf die Gasse wies, geklopft.

«Öffnet die verdammte Tür», hörte Henrika schließlich eine Stimme rufen. «Ich bin es, Laurenz.»

Hurtig ging Emma durch den Korridor, schlug den Riegel zurück und zog ihren Verwandten mit einem ärgerlichen Knurren über die Türschwelle.

«Kannst du mir verraten, warum du ein solches Spektakel veranstaltest?», fuhr sie Laurenz an. «Wir sind vor Angst fast gestorben. Und an die Nachbarn hast du wohl auch nicht gedacht.»

Grinsend zuckte Laurenz mit den Schultern. Dann drückte er seiner Base einen feuchten Kuss auf die Stirn und schob sich an ihr vorbei in die Stube. Als er Henrika entdeckte, sprang er auf sie zu, umfasste ihre Taille und wirbelte sie ausgelassen durch die Stube, ohne auf ihren Protest oder Ludwigs entgeisterte Miene zu achten. Irgendetwas musste den jungen Mann in einen wahren Freudentaumel versetzt haben. Henrika hoffte inständig, dass er nicht wieder zur Flasche gegriffen hatte. Allmählich war sie es leid, hinter betrunkenen Männern Scherben aufzukehren. Als er einen Moment innehielt, um nach Luft zu schnappen, nutzte sie die Gelegenheit, sich von ihm zu lösen und eine Erklärung zu verlangen.

«Die Zunft hat mein Meisterstück anerkannt», rief er. «Ist das nicht endlich mal eine gute Nachricht?» Laurenz ließ sich auf einen Stuhl fallen und blickte erwartungsvoll in die Runde. Als die erwartete Reaktion ausblieb, klopfte er sich auf den Oberschenkel und brach in schallendes Gelächter aus.

«Nun kommt schon, ihr dürft mir gratulieren! Bald werde ich Meister der schwarzen Kunst sein. Wisst ihr überhaupt, was das bedeutet?»

Henrika nickte. Sie arbeitete lange genug für Meister Carolus, um über die strengen Regeln der Zunft im Bilde zu sein. Laurenz würde an einem bestimmten Tag, vermutlich an einem Feiertag, nach den Geboten einer exakt festgelegten Zeremonie vom Gesellen zum Meister erhoben werden. Damit war er berechtigt, eine eigene Werkstatt einzurichten, Gesellen zu beschäftigen und Lehrjungen auszubilden. Die Zunft musste ihm dabei finanziell unter die Arme greifen, sofern seine Vorstellungen tragbar waren. Das Privileg des Meisterbriefes beinhaltete jedoch noch einiges mehr. Ein Meister war an die strengen Regeln, die Gesellen betrafen, nicht mehr gebunden. Er brauchte kein Nadelgeld mehr an die Frau seines Meisters abzuführen, damit sie seine Sachen in Ordnung hielt. Er durfte einen eigenen Hausstand gründen und sich eine Frau nehmen, vorausgesetzt, diese war ehelich geboren und entstammte keiner Familie, die als unehrlich galt.

Sie überlegte. Noch vor wenigen Wochen war es ihr sehnlichster Wunsch gewesen, Laurenz zu heiraten, weil sie sich nach Geborgenheit und Ruhe sehnte. Doch sie war sich der Tatsache bewusst gewesen, dass er sie nicht fragen konnte, solange er noch Geselle war und sich in Meister Carolus' Haus mit David eine zugige Dachkammer teilte. So war ihr nichts anderes übrig geblieben, als ihre Schwärmerei für sich zu behalten, sich in Geduld zu üben und auf die Arbeit in der Werkstatt zu konzentrieren. Nun aber, da ihr Traum zum Greifen nahe war, war sie keineswegs so glücklich, wie sie es sich immer ausgemalt hatte. Ohne es zu wollen, musste sie an Laurenz' Verhalten beim Auszug der Kurierreiter denken. Gewiss, er war gekränkt und betrunken gewesen. Immer wieder hatte Henrika sich seitdem einzureden versucht, dass Laurenz nüchtern nie zugelassen hätte, dass sein jüngerer Bruder seinetwegen Ärger bekam. Männer reagieren manchmal so, hatte Emma sie getröstet. Eine Frau darf sich das nicht zu sehr zu Herzen nehmen.

Nun, sie wollte nicht weiter grübeln. Sie wollte ihre Freude über den Erfolg des jungen Druckers zeigen. Immerhin hatte er voller Eifer an seinem Meisterstück gearbeitet, manchmal sogar bis spät in die Nacht, wenn alle anderen im Haus bereits schliefen. Er hatte niemandem verraten, um was es sich dabei handelte, selbst Henrika nicht, die vor Neugier beinahe geplatzt wäre. Aber das war nicht wichtig. Was zählte, war allein das Urteil der Zunftherren, und das schien positiv ausgefallen zu sein.

«Nun, meine Schöne?» Laurenz nahm ihre Hand und berührte die Innenfläche mit den Lippen. Es kitzelte ein wenig und erinnerte Henrika an einen Schmetterling, dessen Flügel zaghaft über ein Blütenblatt streifen.

«Wie würde es der Jungfer Henrika Gutmeister denn gefallen, Meisterin genannt zu werden?»

Henrika versuchte das Lächeln des Druckers zu erwidern, obwohl die Gefühle in ihrer Brust noch immer miteinander im Widerstreit lagen. Sie wagte einen Blick in seine schönen dunklen Augen und fürchtete im gleichen Moment, an ihnen zu verbrennen wie eine Motte, die der Kerzenflamme zu nahe gekommen war.

Verdammt, dachte sie, warum musste Laurenz heute auch so unverschämt gut aussehen? Sein Gesicht war unrasiert, eine Locke fiel ihm lässig in die Stirn, was sein jungenhaftes Aussehen unterstrich. Doch all das war nichts im Vergleich zu Laurenz' Augen. Sie hatten Henrika fasziniert, seit sie den jungen Mann kennengelernt hatte. Heute strahlten sie so erhaben, dass sie den Wunsch verspürte, in ihren Glanz einzutauchen wie in einem Fluss. Sie stellte sich vor, wie mächtige Wellen über ihrem Kopf zusammenschlugen und sie unter sich begruben. Es war kein Gefühl der Liebe, ja nicht einmal besonderer Zuneigung, das sich in ihr regte. Ihre Empfindung glich vielmehr einem Aufschrei unterdrückten Begehrens.

Sie konnte nur hoffen, dass weder Emma noch Ludwig bemerkten, welcher Kampf in ihr tobte, denn als Ziehkind strenggläubiger Calvinisten hatte man sie von Kindesbeinen an gelehrt, dass Gefühle dieser Art sich für eine Frau nicht gehörten.

Laurenz machte ihr keinen Antrag, der eine sofortige Antwort erforderte. Wozu auch? Seit ihrer ersten Begegnung hatte sie gespürt, dass er sie wollte. Und ihre einzige Aufgabe, so gab er ihr zu verstehen, bestand darin, ihm zu zeigen, wie stolz sie auf ihn war. Eine glückliche Frau.

Sie tat nichts dergleichen. Wortlos sah sie ihn an; es kam ihr vor, als würden Minuten verstreichen. Die Locke, die ihm ins Gesicht fiel, kam ihr mit einem Mal lächerlich vor. Als Nächstes wich die Farbe des Flusswassers aus seinen Augen, eine Verwandlung, die sie ohne Bedauern zur Kenntnis nahm. Erst als er vor ihr zurückwich und sie Emmas warmen Arm um ihre Schultern spürte, bemerkte sie, dass Tränen über ihre Wangen liefen.

«Ich dachte, du würdest dich mit mir freuen», sagte Laurenz enttäuscht. «Stattdessen heulst du los wie ein kleines Gör.»

«Und du bist ein grober Klotz!» Emma warf Laurenz einen vernichtenden Blick zu und tätschelte dabei begütigend Henrikas Arm.

«Was hast du denn erwartet, wenn du uns spät am Abend überfällst? Siehst du nicht, wie glücklich das Mädchen ist? Ihre Tränen sind ein Zeichen der Rührung, weil du ihr das schenken willst, was sie sich lange erträumt hat. Ist es nicht so, Kindchen?»

Henrika schniefte herzzerreißend. Nein, so war es nicht. Oder doch?

O mein Gott, dachte sie verzweifelt, warum musste Laurenz ausgerechnet jetzt hier auftauchen? Konnte er nicht sagen, was er zu sagen hatte, und ihr dann Zeit lassen, sich zu entscheiden?

«Wir waren soeben auf dem Weg zu einem Krankenbesuch», ließ sich plötzlich Ludwigs Stimme vernehmen. Unter Tränen sah Henrika den Wundarzt verwundert an. Sie hatte nicht erwartet, dass ausgerechnet Ludwig versuchen würde, sie aus dieser Zwickmühle zu befreien. Aber vielleicht konnte er nicht nur Krankheiten des menschlichen Auges erkennen, sondern auch den Aufruhr in ihrem Herzen.

«Wenn du mich begleiten willst, dann wird es Zeit …»

«Du wirst gewiss auf meine zukünftige Frau und Meisterin verzichten können», rief Laurenz dem Mann seiner Base zu. «Sie ist viel zu aufgeregt, um an ein Krankenlager zu treten.» Er nahm ein Tuch, das Emma an einem Haken über dem Herd aufgehängt hatte, und reichte es Henrika mit einer galanten Verbeugung. «Nun trockne erst mal deine Tränen, Liebste. Ich bin kein grober Klotz, auch wenn meine liebe Base diese Meinung von mir hat. Ich weiß, dass euch Frauenzimmern oft die Augen überlaufen, wenn ihr von Gefühlen überrumpelt werdet.» Er lachte. «Glücklicherweise haben wir Männer uns besser im Griff.»

Der eine oder andere Mann vielleicht, dachte Henrika müde, du aber ganz bestimmt nicht. Doch sie sprach nicht aus, was ihr durch den Kopf ging. Womöglich tat sie Laurenz schon wieder unrecht, und später würde es ihr leidtun. Wenn sie erst einmal … Nein, sie verbot sich diesen Gedanken. Sie sollte besser gar nicht mehr denken, vielleicht würde dann auch das krampfartige Ziehen in ihrem Körper nachlassen. Wenn man den Worten des Pfarrers glaubte, der im Münster predigte, war es für Körper und Seele einer Frau ohnehin gesünder, wenn sie sich keinen überflüssigen Gedanken hingab, sondern wichtige Entscheidungen ihrem Vater, Bruder oder Ehemann überließ.

Allerdings hatte Henrika nie einen Bruder gehabt, ihren Vater kannte sie nicht, und ob sie jemals einen Ehemann haben würde, hing davon ab, welche Absichten Laurenz hegte. Noch war sie frei und ungebunden, wenn man von dem gnomenhaften Schmied absah, der in ihrem Kopf herumtobte. Er zumindest trug unverkennbar männliche Züge.

«Ich freue mich wirklich sehr darüber, dass du Meister wirst», sagte sie schließlich mit einer Stimme, die sie kaum als die ihre erkannte. Sie bemühte sich, heiter zu klingen, und nahm sich vor, lauthals zu jauchzen, falls Laurenz sie auf ihre Worte hin noch einmal packte und stürmisch mit ihr durch die Stube tanzte.

Doch der Tanz blieb aus. Auch gut, dachte sie.

Laurenz beugte sich zu ihr herab. «Dann bist du also nicht mehr böse auf mich?», raunte er ihr zu. «Ich meine wegen meines schlechten Benehmens draußen am Kronenburgertor?»

Henrika schüttelte vorsichtig den Kopf und schenkte dem jungen Mann ein Lächeln, das dieser so bereitwillig erwiderte, als habe sie ihm einen kostbaren Edelstein zugeworfen. Emma atmete erleichtert auf. Obwohl sie flegelhafte Männer nicht ausstehen konnte, war sie sichtlich froh, dass Henrika über das schlechte Betragen ihres Vetters hinwegsah.

«Ich bin glücklich, dass du mir nichts nachträgst», sagte Laurenz mit ernster Miene. «Es war nicht meine Schuld, was an jenem Morgen geschah. David, dieser Narr, hat mich bis aufs Blut gereizt. Und Carolus wird sich noch wünschen, mir die Auswahl der Kurierreiter überlassen zu haben. Denn wenn wir beide, du und ich, erst einmal das Privileg des Rates in Händen halten, werden wir unsere eigene Zeitung in Straßburg drucken.»

«Was willst du damit sagen?»

«Nun, in Mannheim steht noch immer eine Druckerpresse, auf die noch niemand Anspruch erhoben hat. Die könnten wir gemeinsam holen, schließlich bist du das Mündel des Festungsbaumeisters. Er hat bestimmt Vorsorge getroffen und dich bedacht. Eine Aussteuer brauchst du nicht, aber die Druckerpresse will ich haben. Dann können David und der Alte von mir aus wieder Gebetbüchlein und Kalendarien verhökern.»

Emma und Ludwig, die schweigend zugehört hatten, sahen sich erschrocken an, während Henrika sich nicht entscheiden konnte, was sie in diesem Augenblick mehr verabscheute: Laurenz' Pläne oder die unverblümte Weise, wie er ihr diese im Haus seiner Verwandten offenbarte. Konnte er wirklich so undankbar sein und seinem Meister in den Rücken fallen? Nach allem, was dieser für ihn getan hatte? Und was war mit David? Er hatte nach dem Gerangel am Stadttor bereitwillig die Schuld für Laurenz' Entgleisung auf sich genommen. Henrika hatte lange gerätselt, was ihn dazu bewogen haben könnte, seinen Bruder vor einer Strafe zu bewahren; nun aber fiel es ihr wie Schuppen von den Augen. Er hatte Laurenz, der so kurz vor der Erhebung zum Meister der schwarzen Kunst stand, schützen wollen. Ohne David hätte sich die Zunft nach diesem Vorfall gewiss anders entschieden.

«Warum solltest ausgerechnet du ein Privileg bekommen?», sagte Emma schließlich. «Übe dich erst einmal in Gottesfurcht und Bescheidenheit, denn das sind die ersten Tugenden, die einem christlichen Handwerksmeister abverlangt werden.»

In der Stube breitete sich beklommenes Schweigen aus. Betreten zupfte Ludwig an den Schlaufen seines Arzneikastens. Seine Haltung verriet, dass er seiner Frau von ganzem Herzen beipflichtete und sich nur ihr zuliebe eine weitere Bemerkung verkniff. Auch Henrika wusste nicht, was sie sagen sollte. Unvermittelt fing Laurenz zu lachen an, dabei klopfte er mit der Faust auf den blanken Tisch.

«Also wirklich, ihr seid so leicht zu foppen», rief er gut gelaunt. «Glaubt ihr denn, ich würde es übers Herz bringen, meinem armen Meister das Privileg streitig zu machen? Das könnt ihr doch nicht wirklich von mir denken.»

Henrika legte die Stirn in Falten. «Deine Scherze waren auch schon besser», sagte sie nach einer Weile, da Ludwig und Emma beharrlich schwiegen.

Wenn Laurenz eine nützliche Eigenschaft besaß, so war es die Fähigkeit zu erkennen, wann er den Bogen überspannte.

«Ich gebe zu, dass ich übermütig war», erklärte er zerknirscht. «Aber es ist beileibe nicht jeder zum mürrischen Grübler geboren wie mein lieber kleiner Bruder David. Wenn du also jemanden tadeln willst, dann nicht mich, sondern ihn.»

«Was redest du da?», rief Emma. «David ist ein ernsthafter, schwer arbeitender junger Mann, der seine Nächte nicht zechend in den Schänken zubringt! Eure Zunft wird ihm gewiss bald Verantwortung übertragen. Es würde mich nicht wundern, wenn er eines Tages sogar zum Ratsherrn gewählt wird.»

Laurenz lächelte milde. «Na ja, mit den Ratsherrn versteht er sich offenbar ganz gut. Zumindest mit einem. Mir ist nicht entgangen, dass mein Bruder mit Jeremias Zorn geheime Absprachen getroffen hat. Und ich werde auch noch aus ihm herausbekommen, um was es dabei geht.»

Henrika rieb sich die klammen Hände, die Stimme versagte ihr. Niemals hätte sie Laurenz so viel Gerissenheit zugetraut. Wenn ihm schon bekannt war, dass David und der Ratsherr Geschäfte miteinander machten, war es nur noch eine Frage der Zeit, bis er auch darauf stoßen würde, welche Rolle sie dabei spielte. Mehr denn je war sie plötzlich davon überzeugt, dass er keinen Moment zögern würde, Carolus das Privileg abzunehmen, wenn er nur genug gegen ihn in der Hand hatte, um den Rat in dieser Frage auf seine Seite zu ziehen. Sie musste wachsam sein, wenn sie verhindern wollte, dass Laurenz etwas unternahm, das David bloßstellte und Meister Carolus schadete.

«Willst du mich nun zu Spielmanns Frau begleiten?», riss Ludwigs Stimme sie aus ihren Gedanken.

Laurenz funkelte den alten Mann wütend an. «Hatte ich dich nicht gebeten, allein zu gehen und Henrika in Ruhe zu lassen? Ich möchte mich mit meiner zukünftigen Braut unterhalten. Außerdem hat Meister Carolus angeordnet, dass ich sie nachher in die Kruggasse begleite, damit wir uns morgen früh gleich nach Sonnenaufgang auf den Weg machen können.» Sein Blick wanderte an Henrikas Leib herab, als begutachtete er eine Ware auf dem Markt.

«Die kleine Barbara hat in ihrer Schlafkammer einen Winkel für dich freigeräumt.»

Mit wachsender Verzweiflung dachte Henrika an ihr Vorhaben. Viel Zeit blieb ihr nicht mehr, wenn sie mit dem Flamen sprechen wollte. Doch sie durfte Laurenz' Argwohn nicht wecken, und angesichts der bevorstehenden Reise nach Frankfurt gab es keinen glaubhaften Grund, warum sie Ludwig ausgerechnet in dieser Nacht zu einem Krankenbesuch hätte begleiten sollen.

Ehe sie einen vernünftigen Gedanken fassen konnte, hatte sie sich auch schon von Ludwig und Emma verabschiedet und folgte Laurenz hinaus in die Nacht.

Während Laurenz neben Henrika durch die Stadt schlenderte, sprach er über sein Ziel, eine eigene Werkstatt zu gründen.

«Ein Mann muss sein eigener Herr sein», erklärte er. Henrika war zu müde und zu sehr mit ihren eigenen Überlegungen beschäftigt, um seinen Redefluss zu bremsen, daher ließ sie ihn gewähren und hoffte, dass sie bald das Haus von Meister Carolus in der Kruggasse erreichten. Doch plötzlich ergriff Laurenz sie am Arm und schob sie mit eisernem Griff durch ein verwahrlostes Tor auf einen Hof.

Henrika starrte den Drucker entsetzt an, während sie versuchte, sich mit dem Ärmel ihres Kleides vor dem ekelerregenden Gestank nach Fäkalien und verfaultem Obst zu schützen, der ihr entgegenschlug. Verwirrt blickte sie sich um. Der rechteckige Hof, in dem sie stand, war von halb zerfallenen Stallungen und einem Speicher mit Außentreppe umgeben. Der heftige Regen, der noch immer nicht nachlassen wollte, hatte den lehmigen Grund in einen Sumpf verwandelt, in dem Strohhalme und Federn schwammen.

«Warum führst du mich hierher?», wollte Henrika wissen, obwohl sie bereits eine vage Ahnung beschlich. Meister Carolus hatte einmal erwähnt, dass das Haus, in dem die beiden Brüder ihre Kindheit verbracht hatten, seit Jahren unbewohnt dem Verfall preisgegeben war. Nach der Ermordung ihres Vaters, der in Straßburg einen einträglichen Handel unterhalten hatte, war das gesamte Anwesen auf die beiden Brüder übergegangen, doch als Gesellen war es ihnen nicht möglich gewesen, den alten Familienbesitz zu unterhalten.

Henrika verspürte wenig Lust, das Haus der Familie Schlüssel ausgerechnet jetzt kennenzulernen, doch Laurenz ignorierte ihre Einwände und überredete sie, sich wenigstens ein wenig umzusehen, bevor sie sich zur Druckerei aufmachten.

Das Haus war ebenso heruntergekommen wie der aufgeweichte Hof. Während sich dort Ratten und Katzen bekämpften, herrschten im Innern Spinnen und Schaben über die Dunkelheit. Aus irgendeinem Winkel holte Laurenz eine Kerze, damit sie zwischen all dem Unrat nicht stolperten.

Henrika ging voller Unbehagen durch die leeren Kammern. Die Räume im Erdgeschoss waren trostlos und erinnerten sie an eine Gruft. Dazu passte auch der Geruch, der von den Dielenbrettern aufstieg. Henrika wurde übel. Sie zweifelte nicht daran, dass das Haus in früheren Zeiten stattlich gewesen war, davon zeugte nicht zuletzt der prachtvolle steinerne Kamin in der Herrenstube. Über der Feuerstelle war ein Wappen aus schwarzem Erz in die Wand eingelassen worden, aber Henrika war es unmöglich, Einzelheiten darauf zu erkennen. Nur ein geschwungener Schlüssel fiel ihr auf.

«Hier befand sich das Kontor meines Vaters», erklärte Laurenz, als er bemerkte, dass Henrika vor dem Kamin stehen geblieben war. Er sprach so leise, als befänden sie sich in einer Kirche.

«Ich kann mich noch gut erinnern, wie stolz er darauf war, ein Familienwappen führen zu dürfen. Der Rat der Stadt hatte es ihm erlaubt, dabei war sein Großvater noch ein einfacher Dorfweber, der lange sparen musste, um das Bürgerrecht zu erwerben.» Trotz der Dunkelheit bemerkte Henrika, dass Laurenz sie angrinste. «Nicht jedem ist es vergönnt, eine wohlhabende Frau zu heiraten.»

War es das, wofür er sie hielt? Eine wohlhabende Frau? Seine Bemerkung über die Druckerpresse fiel ihr wieder ein. Angeblich nichts weiter als ein dummer Scherz.

«Dafür hat es sein Enkelsohn zum Kaufmann gebracht», bemerkte Henrika trocken. Ihr stand nicht der Sinn nach alten Geschichten, und sie hoffte, dass sie endlich gehen würden. Doch der junge Drucker stellte seine Kerze auf dem Kaminsims ab und trat ein paar Schritte zurück. Der gelbliche Schein beleuchtete den unteren Teil des Wappenbildes. Einen Moment schien Laurenz in Erinnerungen zu schwelgen, dann drehte er sich um und sah Henrika in die Augen.

«Sobald ich Meister geworden bin, werde ich das Haus wieder zum Leben erwecken, das verspreche ich dir. Du wirst hier residieren wie eine Patrizierin, vorausgesetzt, du gehorchst und erfüllst deine Pflichten als Ehefrau.»

«Ich kann mich nicht erinnern, deinen Antrag angenommen zu haben», erwiderte Henrika. «Wenn man es genau nimmt, hast du weder Meister Carolus noch mich gefragt, was wir davon halten.»

Laurenz lachte spöttisch auf. Ohne Vorwarnung zog er Henrika in seine Arme und küsste sie so heftig, dass ihr die Luft wegblieb. Schwindel erfüllte sie, als sie das von Stoppeln übersäte Kinn an ihrem Hals und die heißen Lippen auf den ihren spürte. Es war das erste Mal, dass Laurenz sie auf diese Weise berührte, und obwohl Henrika es sich in den vergangenen Monaten so oft ersehnt hatte, war sie nun enttäuscht. Sie spürte nur einen unangenehmen Druck auf der Lunge, der durch den Geruch des alten Hauses nicht eben gemildert wurde.

Als Laurenz ihr eine kurze Atempause gönnte, versuchte Henrika sich von ihm zu lösen, doch er hielt sie fest in seinen Armen. Seine Hände glitten über ihren Körper, berührten sie schamlos. Sie hörte, wie der Stoff ihrer Hemdbluse mit einem anklagenden Geräusch zerriss. Hastig schob er das dünne Leibchen hoch, das ihre Brüste bedeckte, und grub seine Finger in ihr Fleisch. Bevor sie auch nur ein Wort des Protests von sich geben konnte, hatte er sie schon zu Boden gezogen. Henrika lag inmitten der Spinnweben, ein bebendes Häufchen Unsicherheit, das nicht mehr aus dem Netz der Spinne entkommen konnte.

Laurenz war nicht ungeschickt, das musste sie ihm lassen. Was seine Fingerspitzen erforschten, nachdem er ihren Rock hochgeschoben hatte, löste Gewitterstürme in ihr aus, die sie ängstigten, zugleich aber auch bis ins Mark erregten. Einen Moment fochten in ihr Begierde und die Angst, einen furchtbaren Fehler zu begehen, wenn sie sich ihm hingab, einen heftigen Kampf miteinander aus. Dann hörte sie sein spöttisches Lachen ganz nah an ihrem Ohr, und die Entscheidung fiel. Sie stemmte sich aus Leibeskräften gegen seine breite Brust und stieß ihn mit aller Kraft zurück. Laurenz ließ von ihr ab und starrte sie fassungslos an.

«Bitte nicht, Laurenz», flehte sie. «Wenn du mich wirklich heiraten willst, dann lass mir Zeit.»

«Zeit?» Laurenz runzelte die Stirn. «Haben wir nicht die ganze Nacht? Niemand wartet auf uns. Das habe ich nur erfunden, um mit dir allein sein zu können. Ich wollte dir dein zukünftiges Heim zeigen und meine Erhebung zum Meister feiern, bevor der Alte uns morgen nach Frankfurt ins Getümmel der Messe schleppt.»

Er hielt inne und überlegte, wie er sie umstimmen konnte. Zunächst zierten sich die meisten Weiber, die er nicht für ihre Dienste bezahlte. Das war nicht weiter ungewöhnlich.

Doch Henrika sprang auf und lief zur Tür, ohne sich nach Laurenz umzublicken, der noch immer auf dem Boden saß. In ihrer Hast stolperte sie über geplatzte Mehlsäcke und verbeultes Kupfergeschirr.

«Lauf nur davon, Gazettenmacherin», rief der Drucker ihr hinterher. Seine Stimme hallte von den kahlen Wänden wider. «Aber vergiss nicht: Was ich will, das bekomme ich auch!»

Sein Gelächter verfolgte sie noch, als sie schon durch die Pfützen des Hofes auf die rettende Straße zulief. Ihr Herz klopfte so heftig, als würde es zerspringen. Am Tor drehte sie sich noch einmal um, suchte den flackernden Schein der Kerze dort, wo früher einmal das Handelskontor gewesen war, doch Laurenz musste das Licht gelöscht haben. In ihrem Kopf hallten seine Abschiedsworte wider: Vergiss niemals – Was ich will, das bekomme ich auch.

15. Kapitel

«Warum schaust du dich eigentlich dauernd um?»

Barbara Carolus versuchte seit einer ganzen Weile, Henrikas Aufmerksamkeit zu erlangen. Sie war enttäuscht, dass ihre große Freundin an diesem Morgen so still und in sich gekehrt war und kaum ein Wort mit ihr wechselte. Dabei war Barbara so aufgeregt, dass ihre Wangen glühten. Ausgelassen sprang sie auf dem Boot hin und her, erkundete jeden Winkel bis auf den letzten Zimmermannsnagel und beobachtete voller Freude die Vögel, die mit ausgebreiteten Flügeln sanft über der Wasseroberfläche dahinglitten.

Abgesehen von einem kurzen Ausflug nach Hagenau, wo der Bruder ihrer Mutter lebte, war es das erste Mal, dass das Mädchen seine Vaterstadt verließ. Seit Wochen schon redete Barbara von nichts anderem mehr als von Frankfurt. Henrika verstand ihre Aufregung und bemühte sich, auf sie einzugehen, doch noch immer beschäftigten sie die Ereignisse der letzten Nacht. Sie war verwirrt, dazu kamen wieder stechende Kopfschmerzen, die sie bereits plagten, seit sie über die wackelige Planke auf das Flussschiff geschritten war. Nun hockte sie frierend auf einem Ballen Samt, den einer der mitreisenden Kaufleute ihr großzügigerweise als Sitzgelegenheit überlassen hatte. Am Bug des schlanken Rheinschiffes plauderte Carolus mit David und einem Kannengießer, der jedoch nur bis Mainz reisen wollte, wo er seine Werkstatt betrieb.

«Du hast es schon wieder getan», beschwerte sich Barbara und zog eine Grimasse.

«Verrätst du mir auch, womit ich dir auf die Nerven gehe?»

Das Mädchen schob die Unterlippe vor. «Du zuckst zusammen und schaust dann so komisch, als ob du Angst hättest, jemand könnte sich gleich von hinten an dich heranschleichen und dich über Bord schubsen.»

Henrika streckte die Zunge heraus und rollte mit den Augen, bis das Mädchen glücklich kicherte. Im nächsten Moment brachen auch die Lohnknechte, die unter einem Holzdach würfelten und dabei die Tonpfeife kreisen ließen, in schallendes Gelächter aus. Henrika wagte einen Blick. Laurenz, der es für gewöhnlich unter seiner Würde hielt, mit Knechten zu trinken, hatte sich zu den Männern gesellt, kaum dass die Stadtmauer hinter ihnen verschwunden war. Von Henrika hielt er sich fern, was sie einerseits begrüßte, andererseits aber auch wütend machte. Sie war froh, dass sie nicht allein war. Barbaras kindliches Geplapper lenkte sie von allzu düsteren Gedanken ab. Lächelnd sah sie zu, wie das Mädchen den Männern zuwinkte, die das Flussschiff mit ihren Treidelpferden entlang des Uferwegs begleiteten.

Die Schifffahrt führte sie vorbei an Wiesen, die aufgrund des anhaltenden Regens der vergangenen Tage in sattem Grün aufleuchteten, an kleinen Wäldchen, Burgen und Weingärten. Bauern arbeiteten auf den Feldern, während ein Stück flussabwärts Frauen volle Waschkörbe die Böschung hinabtrugen.

Es war der erste schöne Tag seit langem. Der Himmel hatte seine graue Farbe gegen ein zartes Blau eingetauscht. Von Zeit zu Zeit brachen Sonnenstrahlen durch die Wolkendecke. Allmählich begann Henrika die Reise zu genießen, und sie bedauerte es fast, als ein schrilles Hornsignal ankündigte, dass sich die Reise ihrem Ende zuneigte. Sogleich herrschte an Bord des Treidelschiffes Betriebsamkeit. Der Kaufmann bat Henrika, sich von dem Samtballen zu erheben, damit seine Knechte das kostbare Tuch verladen konnten, und auch der Kannengießer räumte seine Waren zusammen.

Nachdem sie in Mainz ein weiteres Schiff bestiegen und das letzte Wegstück auf dem Main zurückgelegt hatten, erreichten sie Frankfurt kurz vor Schließen der Tore. In der Stadt läuteten die Glocken. Ein endloser Zug von Menschen drängte auf die Brücke zu, die über den Stadtgraben führte. Henrika hielt Barbara an der Hand und passte auf, dass das Mädchen den unzähligen Eselskarren, Kutschen und Gespannen nicht zu nahe kam. Ein unglaubliches Stimmengewirr mischte sich mit dem Geblöke von Schafen und dem Geschnatter von Gänsen, welche Bauersfrauen in hölzernen Käfigen vor sich her bugsierten. Suchend blickte sich Henrika nach Meister Carolus um. Seiner finsteren Miene entnahm sie, dass er nicht mit einem derartigen Andrang gerechnet hatte. Er und David standen bei einer Gruppe von bärtigen Kaufleuten, die Fellmützen und bodenlange Gewänder trugen. Laurenz war nirgends zu sehen, er schien in der Menge untergetaucht zu sein. Während die Kutschen der Adeligen und Geistlichen rasch durchgewinkt wurden, kam es Henrika vor, als würden sie keinen Schritt vorankommen. Doch der Unmut der wartenden Menschenmenge wurde von den Torwächtern energisch niedergebrüllt. Die Hökerweiber, die mit Rapsöl, Bienenwachs für Kerzen und Wolle handelten, wurden ebenso wie die ortsfremden Handwerker einer eingehenden Prüfung unterzogen, bevor der Schlagbaum geöffnet und der Zutritt zur Stadt gewährt wurde.

Barbara, der das alles zu lange dauerte, fing an zu schniefen und sich über ihre kalten Füße zu beklagen.

«Vater war doch schon oft auf der Messe», jammerte sie. «Warum hat er nur keine Kutsche gemietet?»

Henrika blickte auf die Stiefel, die ihr Barbaras Mutter kurz vor der Abreise aus Straßburg mit einem schüchternen Lächeln überreicht hatte. Sie waren nach dem Fußmarsch von der Anlegestelle zum Stadttor mit Schlammspritzern bedeckt, aber zumindest wärmten sie die Füße.

«Habt ihr Herbergsscheine bei euch?», fragte ein junger Bursche, der von Kopf bis Fuß in Rot gekleidet war. Er klopfte auf einen flachen Lederbeutel, den er an einer Schnur um den Hals trug. «Wenn ihr nicht nachweisen könnt, dass ihr eine Herberge habt, lassen euch die Stadtwachen nicht durch.» Er grinste. «Zweimal im Jahr ziehen ganze Völkerscharen in die Stadt, aber die wenigsten interessieren sich für Bücher oder Druckschriften.» Er deutete auf eine üppig gebaute Frau mit dunkler Haut, die einem der Stadtwächter ins Turmhäuschen folgte.

«Warum darf die Frau rein?», nörgelte Barbara aufgebracht. «Vorhin stand die doch noch hinter uns. Sie hat sich vorgedrängt.»

Der rotgekleidete Knabe lachte und sah Henrika an, als wartete er nur darauf, dass sie ihm vorschlug, sich ebenfalls in einen dunklen Winkel zu verdrücken. «Wir brauchen keine Herbergsscheine», antwortete sie kühl. «Mein Meister ist ein bekannter Druckereibesitzer. Er hat Geschäftspartner in der Stadt, die für uns bürgen können.» Sie drehte sich um und richtete den Blick wieder auf das Stadttor. Allmählich setzte sich die Menge in Bewegung, und es ging etwas zügiger voran. Die meisten Menschen wurden durchgelassen, nur einige wandernde Gesellen, die aus Gegenden kamen, in denen die Pest wütete, wurden abgewiesen.

Als Henrika dem Torwächter Rede und Antwort stehen musste, gab sie genau die Auskunft, die Carolus ihr eingeschärft hatte. Mit einem höflichen Lächeln fragte sie nach dem Haus des Buchhändlers Johannes Theodor de Bry, der sie und die Reisenden ihrer Gruppe eingeladen hatte, während der Messe bei ihm zu wohnen. Der Torwächter kannte den Namen des Mannes und ließ sie und Barbara passieren.

«Können wir nicht gleich zu Onkel de Bry gehen?», fragte Barbara. Die Reise und das lange Anstehen auf der Torbrücke hatten das kleine Mädchen mehr Kräfte gekostet, als es zugeben mochte. Für heute hatte es kein Verlangen mehr, die fremde Stadt mit ihren hübschen, steil aufragenden Fachwerkhäusern und den hellerleuchteten Tavernen zu erkunden.

«Wir müssen auf deinen Vater warten», entschied Henrika. Trotz der Erklärungen des jungen Torwächters hatte sie keine Lust, sich in dem Gewirr von Straßen jenseits der Brücke zu verlaufen. Meister Carolus hatte nicht weit hinter ihr gestanden und musste jeden Moment auftauchen. Um Barbara etwas aufzumuntern, winkte Henrika eine Krämerin herbei und erstand einen klebrigen Nusskrapfen, den sie dem Kind lächelnd überreichte.

«Ich habe auch etwas für dich», sagte die Händlerin, während sie Henrikas Münze in ihren Kasten warf. Sie nahm ein Lederband von ihrem Hals, an dem ein zierlicher Engel aus gelblichem Wachs hing.

«Danke, aber ich brauche kein Amulett», lehnte Henrika höflich ab, doch die alte Händlerin ließ sich nicht beirren.

«Das ist kein gewöhnlicher Schutzzauber», behauptete sie beleidigt, «sondern ein *Spiritus familiaris.*» Sofort war Barbaras Neugier geweckt. Das Mädchen betrachtete sich den Wachsengel, während die Händlerin weiter auf Henrika einredete. Sie war klein, nur zwei Handbreit größer als Barbara. Um ihren Mund herum hatte sich die Haut entzündet und warf eitrige Blasen. Die grauen Augen der Alten blickten glasig. Sie schien sich nur mit Mühe auf den Beinen zu halten, war aber dennoch zum Stadttor geeilt, um ihre Gebäckstücke unter das hungrige Volk zu bringen, das zur Messe strömte.

«Was ist denn ein Spiritus …», wollte Barbara wissen.

«Nichts!» Henrika zückte ihren Beutel und entnahm eine weitere Münze, die sie der Krämerin zusteckte. «Hör zu, wir wollen mit deinem Aberglauben nichts zu tun haben, verstanden?»

Die Alte stieß ein meckerndes Gelächter aus. Ehe Henrika es verhindern konnte, legte sie Barbara das Band mit dem Wachsgebilde um den Hals.

«Ich habe es von einem Gaukler, und der bekam es aus der Hand eines Osmanen. Du musst es billiger weiterverkaufen, als du selbst es erstanden hast, Kindchen. Verstehst du? Zu einem niedrigeren Preis. Dann bringt es dir Glück und erfüllt Wünsche. Tust du es nicht, verfällst du dem Teufel, mein Täubchen.» Sie lachte noch einmal heiser auf und verschwand dann mit ihrem Kasten in der Menge.

«Was für eine komische Frau», sagte Barbara.

Es verging noch eine ganze Weile, bis sich Carolus, David und Laurenz zu Henrika und Barbara gesellten. Der Druckermeister war wütend, weil man ihn am Tor festgehalten und seine Habe durchsucht hatte.

«Zwei Gulden musste ich dem unverschämten Kerl in den Rachen werfen, damit er uns endlich gehen ließ», beschwerte er sich, während er sich den Staub von seinem dunkelgrünen Reiseumhang klopfte.

«Zur Messezeit brodelt die Stadt», sagte David, dem Henrikas beunruhigte Miene nicht entgangen war. Sie ärgerte sich noch immer über die alte Krämerin, die Barbara diesen heidnischen Firlefanz aufgedrängt hatte. Am liebsten hätte sie die kleine Figur fortgeworfen, doch davon wollte das Mädchen nichts wissen.

«Leider kommen nicht alle wegen der Bücher und Druckschriften hierher», sagte David, nachdem Henrika kurz berichtete, was sie mit der Alten erlebt hatte.

«Das Gedränge bietet auch Betrügern, Taschendieben und religiösen Eiferern ein leichtes Spiel.» Er schaute sich misstrauisch um, als befürchtete er, jeden Moment hinterrücks niedergeschlagen und ausgeraubt zu werden.

«Wir sollten uns zum Haus des Herrn de Bry aufmachen, bevor wir der Buchgasse einen ersten Besuch abstatten», pflichtete Carolus bei. Mit knappen Worten trug er Laurenz auf, seinem Bruder mit der schweren Bücherkiste zu helfen, in die er ein paar seiner neuesten Bücher, eine Reihe illustrierter Schriften sowie einige Exemplare der Gazette gepackt hatte, um sie auf der Messe anzubieten.

Laurenz warf Henrika einen durchdringenden Blick zu, bevor er mit David und den kostbaren Druckerzeugnissen im Getümmel der Menschen verschwand.

Henrika starrte den beiden nach und fragte sich, ob es nicht richtiger gewesen wäre, unter einem Vorwand auf die Reise zu verzichten. Carolus würde in den nächsten Tagen mit Besuchen bei Buchhändlern und Kupferstechern beschäftigt sein und daher kaum Zeit für sie haben. Barbara sollte im Haus der Frau de Bry lernen, wie ein Haushalt zu führen war, und David würde sich darum kümmern, in der Buchgasse einen günstigen Standort für die Auslage der Schriften zu finden. Da bislang niemand Henrika gesagt hatte, welche Pflichten sie erwarteten, mutmaßte sie, dass der gutmütige Meister es ihr ermöglichen wollte, so viel Zeit wie möglich mit Laurenz zu verbringen. In Straßburg war das nicht möglich, doch hier in Frankfurt kannte sie keiner. Weder ein Geistlicher noch ein Stadtwächter würde sie anhalten, wenn sie gemeinsam mit dem jungen Drucker über die Märkte streifte oder sich ins Getümmel der Buchgasse stürzte, die sich bis zum Mainufer wand.

Das alles hatte nur einen einzigen Schönheitsfehler. Seit der Nacht im Haus der Schlüssels brach ihr allein bei dem Gedanken, mit Laurenz allein zu sein, kalter Schweiß aus. Sie war wütend auf ihn, mehr aber noch auf sich selbst, denn sie war dabei, sämtliche insgeheim gehegten Hoffnungen auf eine glückliche Zukunft mit Laurenz zunichtezumachen. Aber blühte ihr wirklich eine glückliche Zukunft, wenn sie ihm nachgab? Wenn sie seinen Wunsch nach einer eigenen Druckerei in Straßburg unterstützte? Sie konnte ihm die Druckerpresse nicht verschaffen, die er begehrte.

Barbara hüpfte an der Hand ihres Vaters vor ihr her und lachte. Auf einmal schien sie wieder putzmunter zu sein und stellte Fragen über Fragen. Henrika verstand nicht, worum es dabei ging, denn ihre Gedanken ließen sie einfach nicht zur Ruhe kommen. Sie schreckte erst auf, als jemand sie anrempelte. Der Mann, ein hagerer Bursche, dessen spinnenartige Beine in abgewetzten Bundhosen steckten, würdigte sie keines Blickes und stakste pfeifend davon, bevor Henrika auch nur den Mund öffnen konnte, um sich zu beschweren.

Empört starrte sie dem Mann hinterher. Als er in eine Seitenstraße abbog, fiel der Schein einer Pechfackel auf sein Gesicht. Henrika stutzte; noch bevor sie begriff, dass sie den Mann kannte, brannten ihre Wangen vor Aufregung.

Sie kannte dieses Gesicht, zweifellos hatte sie es schon einmal gesehen, doch sie konnte sich nicht erinnern, wo das gewesen war. Nur so viel stand fest: Sie verband mit ihm nichts Gutes. Henrika wollte schon ein paar Schritte in die Richtung machen, in die der Mann verschwunden war, doch Barbara hielt sie zurück.

«Wo willst du denn hin, Henrika? Wir müssen hier lang und uns beeilen. Vater sagt, wir seien spät dran!»

Barbara deutete auf einen mit bunten Fresken und kunstvollen Wappenmalereien geschmückten Torbogen. Jenseits des Tores wurde die Straße, die bislang so eng gewesen war, dass kein Wagen sie passieren konnte, wieder breiter. Ein kleiner Platz mit überdachtem Brunnenaufbau und eine hübsche kleine Kapelle mit bunten Glasfenstern und gotischen Türmchen verliehen dem gesamten Viertel etwas Ehrwürdiges. Zweifellos wohnten hier die reicheren Bürger der Stadt.

Henrika blickte sich staunend um.

«Du siehst aus, als hättest du ein Gespenst gesehen», behauptete Barbara mit großen Augen, während sie sich dem Haus näherten. «Aber Gespenster gibt es nicht, habe ich recht, Vater?»

Carolus strich seiner Tochter liebevoll über die Wange und nickte. «So du im Glauben Gott erkennst, hast du zu fürchten kein Gespenst. Daran habe ich mich mein Lebtag lang gehalten und bin nie schlecht damit gefahren, auch wenn die geistlichen Würdenträger anderer Ansicht sind.»

Henrika blickte den Meister beeindruckt an. Obwohl oder vielleicht gerade weil er der Sohn eines Geistlichen war, lehnte er Aberglaube und Teufelsspuk von Herzen ab. Von einem tiefen Glauben geprägt, betete er und studierte in seinem Haus die Heilige Schrift, doch das hielt ihn nicht davon ab, sich mit der Welt und ihren Geheimnissen zu beschäftigen und eigene Schlüsse zu ziehen. Carolus war kein Gelehrter wie Barthel, der allem auf den Grund gegangen und auf vieles eine Antwort gehabt hatte, aber er war ein Mann mit tausend Fragen und daher wie geschaffen dafür, eine Gazette zu veröffentlichen.

«Ich würde es übrigens begrüßen, wenn du über alle wichtigen Neuigkeiten, die auf der Messe weitergegeben werden, einen Bericht führst», sagte Carolus zu Henrika. «Schau dir morgen die Menschen an, die über den Markt und durch die Buchgasse schlendern. Unterhalte dich mit ihnen. Versuche herauszufinden, woher sie kommen und was sie auf die Messe führt. Vergiss aber auch nicht, dich über neue Bücher und Schriften zu informieren. Straßburg ist weit, und wir würden unseren Magistern an der Universität sicherlich eine Freude machen, wenn wir in einer Ausgabe darüber berichten, welche Gedanken zurzeit im Reich ausgetauscht werden.»

Henrika konnte ihr Glück kaum fassen. Ohne es zu wollen streifte ihr Blick das unförmige Gebilde an Barbaras Hals. Hatte die Alte schließlich doch recht behalten? Barbara musste das merkwürdige Ding so schnell wie möglich weitergeben. Sie konnte Glück gebrauchen.

«Ihr meint, ich darf ohne fremde Hilfe für die Gazette schreiben?»

Carolus nickte. «Es wird höchste Zeit, dass du mehr tust, als Botschaften zu ordnen. Jetzt sollten wir uns aber beeilen, bevor es ganz dunkel wird. Mein alter Freund de Bry wird dir gefallen,

Henrika. Seine Familie stammt wie die deines früheren Dienstherrn aus den niederländischen Provinzen und hat begnadete Künstler hervorgebracht, deren Ruhm durch ganz Europa gedrungen ist.»

Bei der Erwähnung der niederländischen Provinzen wurde Henrika an den Flamen und die versäumte Gelegenheit erinnert, in Straßburg Kontakt mit ihm aufzunehmen. Versucht hatte sie es wohl. Nach dem verwirrenden Erlebnis mit Laurenz war sie im Morgengrauen zum Haus des Gerichtsvogts gelaufen, um mit ihm zu sprechen. Doch ein verschlafener Diener hatte sie mit der Begründung abgewiesen, sein Herr erlaube zu dieser frühen Stunde noch keinem Besucher, sein Haus zu betreten. Wenigstens hatte er versprochen, ein paar hastig dahingekritzelte Zeilen für den Gast seines Herrn entgegenzunehmen, aber sie bezweifelte, dass der Flame sie zu Gesicht bekommen hatte und auf ihre Rückkehr wartete.

Nachdem Laurenz sein Quartier für die Nacht bezogen hatte, streifte er durch die Stadt. Schließlich fand er ein Wirtshaus, aus dem Lärm, Gelächter und die Klänge einer Flöte auf die Straße drangen. In der Schankstube ging es lustig zu. Schüsseln mit dampfenden Bratenstücken wurden gereicht, einige Männer tanzten gar zu den Tönen der Flötenmusik. In einem Winkel hockten drei Männer, die sich dem Genuss des Tabaktrinkens hingaben. Laurenz hatte bereits auf früheren Reisen Bekanntschaft mit dem scharfen Kraut gemacht, das aus Amerika stammte und in den letzten Jahren im Reich immer beliebter geworden war. Er konnte nicht verstehen, was die Männer an dem beißenden Qualm gut fanden, ebenso wenig verstand er, warum man das Einatmen des Rauches als Tabaktrinken bezeichnete. Um eine durstige Kehle zu befriedigen, gab es doch beileibe andere Mittel. Laurenz kniff die Augen zusammen und sah sich nach einem freien Stuhl um, auf dem er seinen Krug Bier leeren konnte.

Obwohl ihm nicht nach Gesellschaft zumute war, quetschte er sich auf eine Bank neben zwei Kaufmannsgehilfen. Wie er aus ihrem Gespräch erfuhr, besuchten sie die Frankfurter Messe zweimal im Jahr, um Pergament zu verkaufen. Sie hatten dem Bier bereits ordentlich zugesprochen und schienen einander an Großspurigkeit und Prahlerei übertreffen zu wollen.

Laurenz hörte ihren Erzählungen eine Weile zu, doch dann befand er, dass das Schankmädchen, das den Männern ihre Getränke an die Tische trug, seine Aufmerksamkeit tausendmal mehr verdiente als die beiden Zechbrüder. Mit ihren schwarzen, zu einem zierlichen Kranz aufgesteckten Zöpfen und dem nicht zu eng geschnürten Mieder fand Laurenz das Mädchen sehr anziehend. Vielleicht bewohnte sie ja eine Kammer im Wirtshaus und war froh, wenn sich jemand wie er erbot, sie heute Nacht ein wenig zu wärmen.

Laurenz wollte schon aufstehen, um die Magd anzusprechen, als sich ein hagerer Mann durch das Gewühl der prassenden Gäste kämpfte und vor Laurenz' Tisch stehen blieb. Er musterte ihn und beugte sich schließlich mit einem schmierigen Grinsen zu ihm.

Laurenz fuhr ungehalten zurück, als der Mann ihn ansprach und dabei Speicheltröpfchen versprühte. Er holte aus, um ihm einen Stoß zu versetzen. Sollte der Kerl sich nur wehren; in der Stimmung, in der sich Laurenz befand, kam ihm eine ordentliche Prügelei nur recht. Doch der Fremde schien auf derlei nicht aus zu sein. Betroffen richtete er sich auf und fuchtelte mit seinen spindeldürren Armen herum.

«He, brauchst du Hilfe, Freund, oder kannst du dir dieses lange Elend allein vom Hals schaffen, bevor es nochmal in dein Bier spuckt?», erkundigte sich einer der Kaufmannsgehilfen spöttisch. Er stieß seinen Freund mit dem Ellenbogen an, und beide begannen zu lachen. Laurenz hasste es, ausgelacht zu werden. Er erhob sich und wandte sich drohend an den hageren Mann, der ihm stammelnd etwas zu erklären versuchte. Wiederholt deutete er zur Decke empor.

Aus seinen Worten wurde Laurenz zwar nicht schlau, aber da er inzwischen neugierig geworden war, packte er den hageren Kerl am Kragen und zerrte ihn aus der Schankstube. Vor der Treppe, die in den oberen Stock des Wirtshauses führte, drückte er ihn brutal gegen die Wand.

«Also los», forderte er ihn auf. «Sag, was du von mir willst. Ich hoffe nur, du hast mich nicht umsonst von meinem Bier weggeholt, denn ich bin heute Abend nicht zu Scherzen aufgelegt und verspüre durchaus Lust, dir alle Knochen zu brechen.»

Der Mann nickte hastig, offenbar hatte Laurenz' Warnung seine Wirkung nicht verfehlt. «Meine Herrin möchte dich sprechen.»

«Deine Herrin? Wer soll das sein? Wir sind gerade erst in Frankfurt angekommen und kennen hier kaum jemanden.»

«Meine Herrin stammt ebenso wenig aus der Stadt wie Ihr», erklärte der Mann mit erstickter Stimme. «Sie besucht die Messe in geschäftlichen Angelegenheiten und hat mich mitgenommen, um ihr dabei zu helfen.»

Laurenz schnaubte verdrossen. Als Nächstes wollte ihm dieses Klappergerüst wohl weismachen, dass es seiner Herrin als Leibwächter diente. Aber wenn das Weib ihn unbedingt sehen wollte, warum nicht? Der Abend versprach doch interessant zu werden, vorausgesetzt, die Herrin dieses Kerls war keine hässliche alte Vettel. Laurenz warf einen letzten Blick in die Schankstube und vergewisserte sich, dass die beiden angeberischen Kaufmannsgehilfen noch immer auf ihrer Bank am Fenster saßen. Sie waren ihm nicht gefolgt, hatten ihn vermutlich längst vergessen. Mit einem strengen Blick forderte Laurenz den Mann auf, ihn zu seiner Herrin zu führen.

Wenig später stand er in einer geräumigen Kammer, die mit einem breiten Bett, mehreren Stühlen und einem Tisch ausgestattet war. Der Wirt, der gut betuchten oder adeligen Herbergsgästen auch einzelne Zimmer vermietete, hatte dafür gesorgt, dass sein Gast Annehmlichkeiten vorfand, von denen die einfachen Krämer, Papierhändler und Buchdruckergesellen, die unten den Humpen herumgehen ließen, nur träumen konnten. Das Bett war mit weißem Linnen bezogen und besaß zum Schutz vor der nächtlichen Kälte bodenlange Vorhänge. Auf dem Tisch, über dem eine mit hübschen Ornamenten bestickte Brokatdecke lag, waren noch die Reste einer Abendmahlzeit zu sehen. Als Laurenz sich geräuschvoll räusperte, trat aus einem Winkel des Zimmers eine Frau hervor, die einen silbernen Kamm in der Hand hielt. Mit einem Blick bedeutete sie ihrem Knecht, der noch immer am Eingang stand, sich zu entfernen.

Laurenz stutzte, als er die Tür hinter sich zuschnappen hörte. Aber er drehte sich nicht um, denn er wollte die junge Frau, die nun den Kamm durch ihr seidig knisterndes Haar zog, um keinen Preis der Welt aus den Augen lassen. Es lag auf der Hand, dass ihn weder eine Schankmagd noch ein unreifes Bürgermädchen zu sich bestellt hatte, dem er ungeniert nachsteigen konnte. Die Augen dieser Frau wirkten anziehend, aber so kalt wie der Stahl einer Damaszenerklinge. Er hätte schwören können, dass er sie schon einmal gesehen hatte. Aber wo?

Doch bevor er sie danach fragen konnte, half sie ihm auf die Sprünge.

«Es ist einige Zeit vergangen, nicht wahr?»

«Wenn Ihr das sagt.» Laurenz beschloss, seine Überraschung herunterzuspielen und sich gelangweilt zu geben, auch wenn ihm das bei ihrem Anblick schwerfiel.

«Ihr scheint Euch keine besonderen Sorgen um Euren Ruf zu machen», brummte er. «Habt Ihr gar keine Angst, dass der Wirt dieses gastlichen Hauses davon erfährt, dass Ihr Euren Knecht in die Schankstube schickt, damit er Euch Männer auf die Kammer holt?»

Amüsiert lachte sie über seine Frage. Dabei hörte sie nicht auf, ihr Haar zu kämmen. Laurenz wurde allmählich wütend. Ihre ganze Haltung verriet ihm, dass seine Anwesenheit für sie keine größere Bedeutung hatte als die einer Magd, die das Bett aufschüttelte. Für wen hielt ihn dieses Weib? Einen Augenblick überlegte er, ob er ihren Hochmut nicht einfach damit bestrafen sollte, dass er schnurstracks den Raum verließ. Aber möglicherweise brachte er sich damit um eine vergnügliche Stunde.

Sein Entschluss zu bleiben wurde belohnt, als die junge Frau den Kamm beiseitelegte und ihm ein hinreißendes Lächeln schenkte.

«Wir sind uns in Mannheim begegnet, als du mit deinem Bruder und eurem Meister meinen Onkel besucht hast», klärte sie ihn kurzerhand auf.

Laurenz erinnerte sich nur dunkel an diesen Besuch. Damals hatte er nur Augen für Henrika gehabt und ihre Freundin nur am Rande wahrgenommen. In einem Veilchenfeld schenkte man Margeriten nun mal keine Beachtung. Vielleicht war das ein Fehler gewesen, dachte er, während er den schlanken Leib der jungen Frau betrachtete. Was sie zu bieten hatte, war durchaus ansprechend. Ihr Gesicht war zwar ein wenig zu spröde für seinen Geschmack, aber darüber ließ sich hinwegsehen. Die Margerite war aufgeblüht. Laurenz setzte ein gewinnendes Lächeln auf und neigte höflich den Kopf. «Aber natürlich, Ihr seid Jungfer Anna, Henrikas Freundin.»

Täuschte er sich, oder verdüsterte sich ihre Miene bei der Erwähnung von Henrika? Die junge Frau fixierte ihn mit einem Blick, in dem Misstrauen und Feindseligkeit sich die Waage hielten. Sie schien Henrika zu hassen, und er wollte erfahren, warum.

«Weißt du, wo Henrika ist?», fragte sie ihn prompt. «Hat sie bei euch in Straßburg Zuflucht gesucht?»

Laurenz stieß die Luft aus. Eine innere Stimme mahnte ihn, vorsichtig zu sein, doch wie so oft ignorierte er das. Nur Schwächlinge, die hinter jedem Baum einen Feind wähnten, ließen sich davon beeinflussen. In knappen Worten bestätigte er, dass Henrika seit einiger Zeit unter dem Schutz des Druckermeisters Carolus in Straßburg lebte und von ihm in die Kunst der Gazettenmacherei eingewiesen wurde.

«Dann hat sie sich also nun das Vertrauen deines Meisters erschlichen wie damals, als mein armer Onkel ihr auf den Leim ging.» Anna sah bestürzt aus, was ihre harten Züge ein wenig weicher machte. Laurenz spürte plötzlich ein heftiges Kribbeln in seiner Lendengegend. Er machte ein paar Schritte auf die junge Frau zu, die sich ihm in ihrem spitzenverzierten Nachtgewand so unverblümt zeigte. Sie sah aufregend aus.

Laurenz versuchte, sich Henrika in derselben Aufmachung vorzustellen: die Haare offen und glänzend frisiert, während das seidene Gewand in aufreizender Natürlichkeit über die Schultern rutschte.

Doch es gelang ihm nicht; wieder einmal entzog sie sich seiner Vorstellung. Sie, die ihn zurückgewiesen hatte und einfach davongelaufen war, schlief vermutlich in dieser Stunde den Schlaf der Selbstgerechten.

«Was wollt Ihr von Henrika?», fragte er nach einem Moment des Schweigens. Er hatte keine Lust mehr, mit dieser Frau artige Worte zu wechseln. Für Worte war Henrika zuständig, ihr bedeuteten sie etwas. Für ihn waren es nur Lettern, die einen Sinn ergaben, wenn er sie in der richtigen Weise auf die Druckerpresse schraubte. Sein Blick fiel auf das Bett, dessen Vorhänge einladend zurückgezogen worden waren und nun von einem leichten Luftzug bewegt wurden.

«Vermutlich hat Henrika deinem Meister nicht gebeichtet, dass sie aus Mannheim geflohen ist, weil sie im Verdacht steht, meinen Onkel getötet zu haben.»

Laurenz erstarrte. Nein, das hatte sie nicht getan, und er war sich absolut sicher, dass auch Carolus ahnungslos war. Einer ersten Regung folgend, wollte er Anna auslachen, ihr erklären, wie abwegig dieser Vorwurf war. Ausgerechnet Henrika, dieser Ausbund weiblicher Tugend, sollte den Tod des Festungsbaumeisters verschuldet haben? Als er jedoch darüber nachdachte, fiel ihm ein, dass ihm die Umstände, unter denen Henrika nach Straßburg gekommen war, tatsächlich merkwürdig vorgekommen waren. Sie hatte scheu gewirkt, verängstigt wie ein Reh, das auf der Flucht vor seinen Jägern ziellos durchs Unterholz hetzt. Im Grunde hatte sich daran nichts geändert.

Laurenz fluchte leise. Wenn Annas Behauptung stimmte und Henrika Gutmeister nichts weiter als eine flüchtige Mörderin war, hatte er sich völlig zum Narren gemacht. Sie war bettelarm, besaß nichts als das, was ihr Carolus und seine Verwandten zusteckten. Sie hatte nicht einmal den geringsten Anspruch auf die Druckerpresse, die noch immer in Mannheim stand. So wie die Dinge dann standen, konnte er auf das Gerät warten, bis er schwarz wurde. Henrika konnte ihm die Presse nicht beschaffen, weil sie es nicht wagen durfte, jemals wieder einen Fuß in ihre Heimatstadt zu setzen.

Wütend stampfte Laurenz zum Fenster hinüber, stieß die Läden auf und sog gierig die kühle Abendluft ein.

David musste davon gewusst haben, schoss es ihm durch den Kopf. Natürlich, es konnte gar nicht anders sein. Er war eingeweiht. Das erklärte auch die verschwörerischen Blicke, die sie sich zuweilen zuwarfen, wenn sie sich in der Druckerei unbeobachtet fühlten. Oh nein, diese Kränkung würde er nicht auf sich sitzenlassen. Die beiden würden das noch bitter bereuen.

Unvermittelt stand Anna neben ihm. Der süße Duft, den ihr Haar, ihr ganzer Körper verströmte, begann ihm zu Kopf zu steigen. Es war ein Gefühl, das er kannte, aber nur selten erlebte. Für gewöhnlich rochen die Frauen, mit denen er ins Bett stieg, weniger gut.

«Und was machen wir nun mit der mörderischen kleinen Hure?», fragte er mit rauer Stimme. «Sie ist hier, müsst Ihr wissen. Hier, in Frankfurt. Mein Dienstherr Carolus war so töricht, sie mitzunehmen. Sie soll sich während der Reise um seine Tochter kümmern und ihm ein wenig beim Verkauf unserer Druckschriften zur Hand gehen.» Er wandte sich Anna zu und hob ihr Kinn mit seinem Zeigefinger an. Dann erklärte er: «Ich könnte Euch helfen, sie nach Mannheim zurückzubringen, damit sie …»

«Du meinst, damit sie demnächst Bekanntschaft mit dem Beil des Henkers macht?» Sie schüttelte lachend den Kopf. «Eine amüsante Vorstellung, aber keine gute Idee. Ich habe einen Plan, der auch dir gefallen wird.»

Anna ging zum Tisch und füllte zwei Gläser mit trübem Apfelwein. Eines davon bot sie Laurenz an. Er leerte es in einem Zug und wischte sich den Mund mit seinem Ärmel ab. «Wie lautet also Euer Vorschlag?»

«Ich bin nach Frankfurt gekommen, weil ich Geld brauche», sagte sie, während sich ihre Mundwinkel verächtlich nach unten zogen. «Die Schriften meines Onkels werden hier in der Buchgasse einen hübschen Preis erzielen. Von ihrem Erlös kann ich meine Schulden bezahlen und noch eine ganze Weile leben. Doch dann muss ich mich nach einer anderen Einnahmequelle umsehen.»

Laurenz' Blick haftete auf Annas kostbarem Nachtgewand. Verwirrt fragte er sich, wie es geschehen sein mochte, dass eine so selbstsichere Frau wie sie in Geldnöte geraten war. Gewiss war er nicht der erste Mann, den sie mit ihren aufreizenden Bewegungen und der luftigen Spitze an ihrem Körper um den Verstand zu bringen drohte.

«Leider ist vom Vermögen meiner Mutter kaum noch etwas übrig geblieben. Es gibt nicht mehr viel, auf das ich Anspruch erheben kann, und so wie es aussieht, komme ich selbst an das Wenige nicht heran, weil mein Onkel so töricht war, es vor seinem Tod in einem Dokument Henrika zu übereignen.»

«Henrika?» Laurenz wurde hellhörig. Vielleicht hatte er sich geirrt, und bei Henrika gab es doch mehr zu holen, als er zunächst angenommen hatte. Er fragte sich, ob sie selbst darüber Bescheid wusste und ihn genarrt hatte oder ob sie ahnungslos war.

Anna nickte mit einem düsteren Lächeln. «Barthel hat ihr ein Stück Land vermacht, einen Gutsbesitz. Ich selbst musste die Urkunde mit meiner Unterschrift beglaubigen. Aber sie ist seit dem Tag seines Todes verschwunden. Leider konnte ich vor Henrikas Flucht nicht persönlich danach suchen, und der Kerl, den ich beauftragt hatte, mir diesen Dienst zu erweisen, hat kläglich versagt. Ich brauche diese Urkunde.»

«Und Ihr glaubt, dass Henrika sie sich unter den Nagel gerissen hat», sagte Laurenz. Was Anna ihm zu erklären versuchte, klang recht abenteuerlich. Zudem war ihm nicht klar, warum Henrika den Festungsbaumeister hätte töten sollen, wenn dieser doch ohnehin vorgehabt hatte, ihr ein Gut zu übereignen. Aber vermutlich kam es darauf nicht an. Was zählte, war einzig und allein die Spur, auf die Anna ihn gebracht hatte. Diese Spur würde ihm zu dem Geld verhelfen, das er brauchte, um seine eigenen Ziele zu verfolgen. Vorausgesetzt, er fing es geschickt an und ließ sich nicht von den Frauenzimmern übers Ohr hauen.

Einen Haken hatte die Sache allerdings. Henrika war misstrauisch geworden. Sie vertraute ihm längst nicht mehr so wie früher, und daran trug er selbst die Schuld. Urplötzlich stieg Wut in ihm auf, doch diesmal war er wütend auf sich selbst.

«Freiwillig wird mir Henrika bestimmt nichts von ihrem Erbe abgeben!» Er holte tief Luft, ehe er missmutig hinzufügte: «Sie hat mich erst gestern zurückgewiesen.»

Wenn Anna von diesem Eingeständnis überrascht war, so gab sie durch nichts zu erkennen, was ihr durch den Kopf ging. «Aber wenn du sie überzeugst …»

«Ihr habt mir wohl nicht zugehört, Jungfer. Ich sagte Euch doch, dass Henrika nichts von mir wissen will. Alles, was sie auf dieser Welt noch zu kümmern scheint, ist diese dämliche Gazette.

Sie ist ihr großer Traum, der Teufel allein weiß, warum. Ich sage Euch: Um die Zeitung in Straßburg zum Erfolg zu bringen, würde sie alles tun.»

«Alles? Ist das dein Ernst?» Lächelnd begab sich Anna zu ihrem Bett und ließ sich auf dem straff gezogenen Laken nieder, das einen angenehmen Duft verströmte.

«Sie wird dir sagen, wo sie die Urkunde versteckt hält. Und sie wird uns den Grundbesitz übereignen, bevor sie … sagen wir, von der Bildfläche verschwindet. Wenn du mir hilfst, sie loszuwerden, wirst du bald ein wohlhabender Mann sein. Dann brauchst du diesen Meister Carolus nicht mehr.»

Laurenz schluckte. Diese Frau war abgebrühter als manche Männer, die er kannte. Ein Gefühl der Beklommenheit schnürte seine Brust zu und drohte, ihm den Atem zu rauben. Es war eine Sache, sich über eine Frau zu ärgern, weil sie die Nase hoch trug und ihn zurückwies. Eine andere Sache aber war es, in der Schlafkammer einer Fremden zu stehen und den Tod eines Menschen zu planen.

Laurenz blickte zur Tür. Beinahe wünschte er sich die Wirtin herbei. Sie würde anklopfen und ein Mordsgeschrei darüber veranstalten, einen fremden Mann in der Kammer ihres Gastes anzutreffen. Aber auf dem Korridor regte sich nichts; die einzigen Geräusche, die Laurenz vernahm, stammten von den Zechern, die unten in der rauchgeschwängerten Schankstube saßen.

«Ich kann dir ansehen, dass du nicht bis in alle Ewigkeit Geselle dieses Gazettenmachers bleiben willst», sagte Anna.

Laurenz wandte seinen Blick von der Tür ab. Kein Geselle, wollte er sagen. Meister war er. Ein Meister der schwarzen Kunst, der außer einem heruntergekommenen Haus keinen Heller besaß. Doch er sagte nichts. Stattdessen ging er auf Anna zu, drückte ihren Oberkörper auf das Bett und presste seine Lippen auf die ihren. Als er den nachtblauen Seidenstoff über die Knie schob, hielt er kurz inne und blickte ihr ins Gesicht. Sie lächelte ihn herausfordernd an. Im nächsten Augenblick fielen ihre und seine Kleider, bis sie einander nackt gegenüberlagen.

«Dann ziehst du meinen Vorschlag in Erwägung?», stieß sie hervor. Ein Stöhnen brach aus ihr heraus, als seine Hände gierig ihre Brüste umfassten. Er nickte. «Du musst mir nur sagen, was du von mir erwartest und … was für dich dabei herausspringen soll. Ich bin nicht so dumm anzunehmen, dass du Henrika aus dem Weg schaffen willst, um mir zu einem Vermögen zu verhelfen.»

Anna krallte ihre Finger in sein Haar und zog seinen Kopf zu sich, bis sein Ohr direkt an ihren Lippen lag. Es tat fast weh, und er stöhnte vor Erregung.

«Wir werden uns einig werden», flüsterte sie ihm zu. «Meinst du nicht auch?»

Davon war Laurenz überzeugt.

16. Kapitel

Am nächsten Morgen konnte Henrika den ersten Hahnenschrei kaum erwarten. Sie hatte nur wenig geschlafen, zu viele Eindrücke geisterten durch ihren Kopf. Dazu kam der Auftrag ihres Meisters. Sooft sie daran dachte, spürte sie ein belebendes Prickeln auf ihrer Haut. Ihr Traum, eine richtige Gazettenschreiberin zu werden, war durch das Vertrauen, das Carolus in ihre Fähigkeiten setzte, in greifbare Nähe gerückt. Sie nahm sich fest vor, Carolus nicht zu enttäuschen. Schon heute Abend sollte der Drucker ihre Aufzeichnungen in seiner Kammer finden. Gut gelaunt ließ sie sich den Eintopf schmecken, den de Brys Köchin ihr vorsetzte, und machte sich dann gemeinsam mit David auf den Weg zur Buchgasse. Wie gewöhnlich war der junge Mann schweigsam und nur schwer zu bewegen, Henrikas aufgeregte Fragen zu beantworten.

Gleich hinter der Leonhardspforte hatte Carolus einen schattigen Winkel gemietet, wo er seine Bücher und auch einige Exemplare der Gazette ausstellen wollte. Henrika fand die Wahl des Standorts ausgezeichnet, denn unweit der Pforte befand sich eine Kirche, vor der Büchertische, Bretterbuden und farbenfrohe Zelte mit flatternden Wimpeln aufgebaut worden waren. Auch der schmale Durchgang zum Markt wurde von zahlreichen Ausstellern umlagert. Auf ihrer Straßenseite herrschte zwar kein so großes Gedränge, dafür gab es vor den Häusern schattenspendende Bäume und Treppen, deren Stufen gegen ein kleines Entgelt ebenfalls mit Büchern ausgelegt werden konnten.

Während Henrika David beim Entladen des Karrens zur Hand ging, erzählte ihr der junge Drucker, dass Carolus die Tische direkt bei der Kirche ganz bewusst mied. Obwohl Laurenz gern einen größeren Stand aufgeschlagen hätte, lag dem Meister mehr daran, dem Streit mit den Nürnbergern, Augsburgern und Kölnern aus dem Weg gehen, die während der Messe oftmals lautstark aneinandergerieten, weil ihre Buden so dicht nebeneinanderstanden.

Henrika ließ ihren Blick über die belebte Gasse schweifen. Eine riesige Bibliothek unter freiem Himmel, war ihr erster Gedanke. In ihrem ganzen Leben hatte sie nicht so viele Bücher, Druckschriften und Pamphlete an einem Ort gesehen. Nichts, was sie aus Straßburg kannte, ließ sich damit vergleichen. Am liebsten wäre sie sogleich von Stand zu Stand gelaufen, um sich alles anzuschauen, aber sie konnte David nicht im Stich lassen, der den Stand aufbaute.

«Wo steckt eigentlich Laurenz?» Rasch eilte sie David zu Hilfe, der gerade eine schwere Kiste mit Büchern vom Karren hob und vor lauter Anstrengung schon gerötete Wangen hatte. «Ich habe ihn seit gestern nicht mehr gesehen.»

«Keine Ahnung», sagte David. «Gestern war ich so müde, dass ich gleich nach dem Abendbrot eingeschlafen bin. Laurenz muss vor mir aufgestanden sein, denn er war nicht mehr in der Kammer, als ich aufgewacht bin.»

Henrika machte ein bekümmertes Gesicht; David verschwieg ihr etwas, das konnte sie von seinen Augen ablesen. Sie war sich im Klaren darüber, wie sehr David an seinem älteren Bruder hing, doch war es richtig, dass er diesen immerzu in Schutz nahm? Meister Carolus war bestimmt nicht damit einverstanden, dass Laurenz sie die ganze Arbeit auf der Messe allein machen ließ. Andererseits durfte sie nicht vergessen, dass Laurenz nun ebenfalls zu den Meistern der schwarzen Kunst gehörte. Als Zunftmeister war er niemandem Rechenschaft schuldig und durfte die

Handreichungen eines Gesellen oder eines Knechts nicht mehr ausführen.

Die plötzlich einsetzende Musik und der Trubel um sie herum rissen Henrika aus ihren Gedanken. Waren bislang nur wenige Schaulustige durch die Buchgasse geschlendert, so strömten nun ganze Scharen von Menschen durch die Pforte, als hätte jemand unbemerkt ein Kommando gegeben. Einige kamen aus der Kirche, wo die Gläubigen für einen günstigen Verlauf der Messe gebetet hatten. In Gruppen oder einzeln zogen sie von Stand zu Stand, wo sie jeweils einige Minuten verweilten, um sich die Bücher anzusehen oder mit den Meistern und Gesellen zu plaudern. Wohin man blickte, sah man stolze Gesichter.

Aufgeregt ordnete Henrika die Bücher auf dem Tisch, den ihr Gastgeber de Bry den Straßburger Druckern freundlicherweise zur Verfügung gestellt hatte. Unsicher stapelte sie viel zu viele Bücher darauf, bis David ihr mit ruhiger Stimme erklärte, dass sie somit den Interessenten die Sicht auf die zweite und dritte Reihe nähme. Rasch räumte sie einige der schweren Folianten ab und legte sie zurück in den Karren.

«Ich fürchte, mit unseren Büchern werden wir in diesem Jahr kaum jemanden begeistern», sagte David, während er ein paar hübsche Holzschnitte am Geländer des Treppenaufgangs befestigte. «Die Bamberger und Kölner sind uns in diesem Jahr meilenweit voraus. Du kannst dir später anschauen, was sie ausstellen, aber vergiss nicht, dass wir wegen der Gazette hier sind. Sie ist unser großer Trumpf und etwas Einzigartiges, das kein anderer Aussteller hier auf der Messe vorzuweisen hat.»

Bevor Henrika etwas sagen konnte, wurde über Davids Kopf ein Fenster geöffnet, und ein älterer Mann mit weißem Bart schaute skeptisch herunter.

«He, Bursche», rief der Mann. «Ihr vergesst nicht …» Anstatt weiterzusprechen, rieb er Daumen und Zeigefinger gegeneinander.

Während David mit dem Hausbesitzer verhandelte, blickte Henrika verstohlen zu den Tischen und Truhen hinüber, die entlang der Kirchenmauer aufgestellt worden waren. Die Buden waren in der Tat mehr als doppelt so groß wie ihr Stand und boten, soweit sie es beurteilen konnte, wahre Kostbarkeiten der Buchdruckerkunst. Unter einem ausladenden Baldachin aus gegerbter Kalbshaut präsentierten die Nürnberger Meister eine stattliche Auswahl englischer und holländischer Land- und Seekarten, die auf teures Pergament gezeichnet und auf poliertes Holz aufgezogen worden waren. Die Straßburger Zunftgenossen stellten indessen Bibeln mit feinem Goldschnitt aus sowie Werke von Ovid, Vergil, Cicero und Cato in lateinischer Sprache. Es gab schwere, in kupferrotes Leder gebundene Folianten, die sich mit Fragen der Jurisprudenz, der Heilkunde und der Astrologie auseinandersetzten.

Ein würdevoll dreinblickender Herr, der einen Stab aus Elfenbein in der Hand hielt, begutachtete aufmerksam das Treiben zwischen Gasse, Pforte und Kirchlein. Als David seine Verhandlungen mit dem Hausbesitzer beendet hatte, erklärte er Henrika, dass es sich bei dem Mann um den Messeherold handelte. Im Auftrag der Stadtväter hatte er dafür zu sorgen, dass jeder Drucker oder Buchhändler, der seine Gebühr in den großen Holzkasten in der Kirche geworfen hatte, seinen Tisch aufschlagen durfte, ohne von anderen Händlern verjagt zu werden. Auch war der Herold dafür zuständig, Streitigkeiten zwischen einheimischen und auswärtigen Druckern, Papier- und Buchhändlern zu schlichten.

Doch an diesem Morgen hatte er offensichtlich nur wenig zu tun. Gelangweilt hörte er den Burschen zu, die vor den Tischen ihre Trommeln schlugen, sangen oder Verse rezitierten, um auf sich aufmerksam zu machen. Dann verschwand er in der Menge.

Kurz darauf erklommen zwei Jungen den Turm der nahen Kirche. Henrika stockte der Atem, als sie behände über das Dach liefen, bis sie schließlich ein von Säulen getragenes Bogenfenster erreichten. Von dort aus warfen sie Pamphlete hinunter auf die Gasse. Ausgelassenes Gelächter und Beifall regten sich in der Menge, als die Blätter weißen Schwalben gleich durch die Luft segelten. Der Wind wehte sie über die Dächer und Zinnen der Stadt; Gassenbuben machten sich jauchzend an die Verfolgung der Druckschriften.

Henrika fing eines der Pamphlete auf und lächelte vergnügt, als sie einen Spottreim über den Kaiser las, der sich in seiner Prager Burg angeblich nur noch von Ofenputzern und Lampenanzündern beraten ließ. Immer wieder hatte sie sich in den schönsten Farben ausgemalt, wie es auf der berühmten Messe zu Frankfurt wohl zugehen würde. Und sie war keineswegs enttäuscht, ganz im Gegenteil. Sie spürte, dass sie hierhergehörte. Hinter dem blankgehobelten Eichentisch, auf dem sich die in duftendes Leder gebundenen Bücher ihres Meisters stapelten, war ihr Platz. Das Gefühl, das sich in ihrem Inneren ausbreitete, war berauschend wie starker Wein, und sie ertappte sich bei dem Wunsch, in den Gesang der Knaben einzustimmen.

Meister Carolus trat erst Stunden später durch die Pforte. Als er seinen Tisch erspähte, winkte er Henrika und David mit zufriedener Miene zu. In seiner Begleitung befanden sich die kleine Barbara, Laurenz und ihr Gastgeber, der Kupferstecher de Bry, der es sich nicht hatte nehmen lassen wollen, den Büchertisch seines alten Freundes und Geschäftspartners zu besichtigen. Doch der grauhaarige Mann konnte nur kurz verweilen, denn die Kupferstecher, Maler und Holzschneider betrieben ihre Tische vor den größeren Kaufmannshäusern, welche tiefe Gewölbe zur Lagerung ihrer Güter besaßen.

«Doch bevor ich Euch verlasse, lieber Carolus, möchte ich mir doch unbedingt das Wunderwerk ansehen, von dem Ihr mir so begeistert geschrieben habt», erklärte de Bry.

Henrika wies auf die vordere Seite des Tisches, auf dem mehrere Exemplare der Gazette lagen. Sie hatte sie in Form eines Fächers ausgebreitet und mit drei kleinen Tintenfässern aus Zinn beschwert, damit sie nicht vom Wind davongeweht werden konnten.

«Leider haben die Kurierreiter, die wir in einige der wichtigsten Städte Europas ausgesandt haben, um Nachrichten einzukaufen, erst vor kurzem die Stadt verlassen», sagte Carolus, während er dem Kupferstecher eine der Zeitungen reichte. «Folglich seht Ihr nur einige Entwürfe vor Euch, aber ich war der Meinung, dass wir keine Zeit verlieren und unsere Gazette schon heute vorstellen sollten. Wie ich hörte, arbeiten die Wolfenbütteler inzwischen an einem ähnlichen Projekt.»

De Bry hob die Augenbrauen und blickte Carolus unverwandt an. «Eure Arbeit ist ausgezeichnet, mein Freund», sagte er anerkennend. «Auch wenn das Deckblatt noch ein wenig zu wünschen übrig lässt, gefällt mir doch der Name, den Ihr Eurer Gazette gegeben habt: Straßburger *Relation.*» Er lächelte, während er eine Seite weiterblätterte und die ordentlich gereihten und sauber gedruckten Blöcke mit Nachrichten überflog. «Ja, das klingt vielversprechend. Habt Ihr an einen eigenen Zeitungskrämer gedacht?»

Carolus schüttelte den Kopf und ärgerte sich über seine Entscheidung, den flinken Adam zu Hause zu lassen. Dessen marktschreierisches Geschick wäre ihm hier gewiss zugutegekommen.

«Du hättest Adam mitnehmen und Laurenz dafür in der Werkstatt lassen sollen, Papa», rief Barbara vorlaut.

De Bry winkte lachend ab. «Nur keine Sorge, Jungfer, ich werde Euch einen meiner Knechte schicken. Er wird sich morgen mit einigen Exemplaren der Gazette auf den Weg durch die Stadt machen. Am besten stellt er sich vor das Haus zum Römer, in dem unsere Ratsherren tagen. Während der Messe herrscht dort ein fleißiges Kommen und Gehen. Ihr werdet sehen, Carolus, in spätestens drei Tagen wird sich in ganz Frankfurt herumgesprochen haben, dass es eine regelmäßig erscheinende Zeitung gibt, die wahrheitsgemäß über alles berichtet, was sich im Reich ereignet. Wir brauchen ein solches Nachrichtenblatt nicht nur in Straßburg, sondern auch in Frankfurt.»

«Meint Ihr wirklich?» Carolus' Augen glänzten vor Freude.

«Aber sicher. Auch wenn es schon vor Eurer Gazette einige Schriften gab, die den Rat über wichtige Neuigkeiten in Kenntnis setzen sollten. Die *Relationen Semestrales* erscheinen hier in Frankfurt seit den achtziger Jahren des vorigen Jahrhunderts. Der Drucker, der sie herausgibt, hat seinen Stand übrigens neben dem Domportal aufgeschlagen. Bedauerlicherweise schlafen seine Berichtsblätter aber stets wieder ein, sobald der letzte Kaufmannswagen das Stadttor hinter sich gelassen hat. Ja, und dann gab es da noch Michael von Aitzing. Allerdings berichtete sein Blatt nur über geistliche Fragen. Das beschäftigt die Menschen zwar auch, insbesondere jetzt, wo die Lage im Reich so angespannt ist. Aber seine Nachrichten waren nie ausgewogen genug, um der Gazette bei den Kaufleuten zum Erfolg zu verhelfen. Sie erscheint schon seit fast fünfzehn Jahren nicht mehr. Ansonsten werden hier nur noch Anschlagzettel gedruckt, die den Postverkehr nach Köln und Antwerpen ankündigen.»

De Bry drehte sich unvermittelt um; sein Blick wanderte zu einem nahegelegenen Büchertisch, hinter dem ein mürrisch dreinblickender Mann Geld zählte.

«Der Bursche beobachtet uns bereits seit einiger Zeit», sagte de Bry mit gedämpfter Stimme. «Der Messeordnung nach, die drüben an der Kirchentür angeschlagen ist, vertritt er die Zunft der Prager Buchbinder, aber wie ein böhmischer Protestant sieht er nicht aus. Eher wie ein Mann, der heimliche Sendschreiben an den Kaiser verfasst.»

«Ihr meint, er ist ein Spion?» Vorsichtig spähte Henrika hinüber zu dem Tisch.

De Bry schnaubte gereizt. «In Frankfurt laufen so manche

Fäden zusammen. Fäden, die nicht nur von Kaufleuten gesponnen und danach von Gelehrten geknüpft werden. Auch Abgesandte verschiedener Fürstenhöfe geben sich ein Stelldichein, um Kontakte herzustellen, Briefe auszutauschen und die Interessen ihrer Herren zu vertreten. Hinzu kommt allerlei lichtscheues Gesindel, das sich in den Gassen herumtreibt, und ich meine damit keine Bettler oder Taschendiebe.»

«Wir können gut auf uns achtgeben», sagte Laurenz.

«Wie Ihr meint. Ich möchte Euch dennoch empfehlen, Eure Bücher und Schriften zeitig zusammenzuräumen und Euch auf den Heimweg zu machen, solange es noch hell ist.»

Barbara bettelte ihrem Vater die Erlaubnis ab, bei David und Henrika am Büchertisch zu bleiben. Da Carolus noch einen Papierhändler aufsuchen wollte, bei dem sich das Mädchen nur gelangweilt hätte, stimmte er nach kurzem Zögern zu.

«Du wirst Henrika gehorchen», mahnte er zum Abschied. «Hast du verstanden?» Das Mädchen nickte eifrig. Beruhigt machte sich der Drucker auf den Weg zu seiner Verabredung.

Laurenz stand währenddessen reglos neben dem Büchertisch und ließ Henrika nicht aus den Augen. Als sie den Blick hob, lächelte er sie an. «Wir sollten miteinander reden.»

«Was du nicht sagst.»

«Du kannst doch unmöglich böse auf mich sein, nur weil ich dir zeigen wollte, wie sehr ich dich begehre.»

Henrika unterdrückte ein Seufzen. Hastig legte sie die Feder, mit der sie gerade eine Notiz im Bücherverzeichnis geschrieben hatte, zur Seite und verbarg ihre Hände hinter dem Rücken. Laurenz sollte nicht sehen, dass sie zitterten.

«Ich würde dich heute Abend gerne unten am Mainufer treffen, um die Sache aus der Welt zu schaffen.» Ehe sie es verhindern konnte, nahm er ihre Hand und hauchte ihr einen Kuss auf die eiskalten Finger.

«Darf ich hoffen, dass du kommst?»

Henrikas Herz klopfte. Er war nicht gut für sie, das wusste sie auf einmal, und es überraschte sie, wie plötzlich diese Einsicht kam. Gewiss besaß Laurenz Eigenschaften, um die ihn andere Männer beneideten. Er sah gut aus und war viel gewandter als Carolus mit seiner schwerfälligen Art, und er war fröhlicher als David, dessen finstere Miene sie oft auch im wärmsten Sonnenschein frösteln ließ.

Dennoch war er nicht gut für sie. Ließ sie sich auf ein Treffen mit ihm ein, dann nur, um ihm zu sagen, was in ihr vorging. Dass sie ihren Frieden finden wollte, dies aber an seiner Seite niemals schaffen würde. Zumindest das war sie ihm schuldig.

«Beim Angelusläuten könnte ich …»

Doch Laurenz schüttelte den Kopf.

«Ich muss einen wichtigen Auftrag für Meister Carolus ausführen», erklärte er und fügte mit einem Lächeln hinzu: «Dieser Auftrag betrifft in gewisser Weise auch dich. Er wird mich für den Rest des Tages in Anspruch nehmen.»

Henrika verstand nicht. Welcher Auftrag sollte sie betreffen?

Auf ihr Drängen hin verriet Laurenz es ihr, nahm ihr aber das Versprechen ab, mit niemandem darüber zu reden. Er führte sie ein Stück vom Tisch weg, damit David, der sich abmühte, für Barbara einen Helm aus Papier zu falten, ihn nicht hören konnte.

«Du hast gehört, wie de Bry das lieblose Äußere unserer Gazette bemängelt hat?»

Henrika nickte. Dieser Punkt lag ihr schon seit geraumer Zeit auf dem Herzen. Es war nicht leicht, auf die Straßburger *Relation* aufmerksam zu machen, solange sie in einer derart nüchternen Form gedruckt wurde. Aber sie hatte bislang nicht gewagt, mit dem Drucker darüber zu reden. Auf keinen Fall sollte er denken, dass sie sich in seine Angelegenheiten einmischen wollte.

«Carolus ist auch noch nicht glücklich damit», fuhr Laurenz lächelnd fort. «Aber was soll ich lange um den heißen Brei herumreden. Er möchte die Skizzen, die du gezeichnet hast, künftig als Titelblatt verwenden, und de Bry hat sich bereit erklärt, die Kupferplatte nach deinen Entwürfen anzufertigen.»

Henrika konnte kaum glauben, was sie da hörte. Ihr Entwurf sollte tatsächlich verwendet werden, um die erste Seite der Gazette zu schmücken? Sie errötete vor Freude und konnte sich trotz ihrer Entscheidung, zu Laurenz auf Distanz zu gehen, nur mühsam zurückhalten, ihm um den Hals zu fallen.

«Heute Abend kann ich dir gewiss schon mehr darüber sagen», versprach der junge Mann eifrig.

«Schön, dann eben heute Abend», sagte Henrika. «Aber bitte, Laurenz, versuche nicht noch einmal, mich so zu überrumpeln wie neulich in Straßburg.»

Laurenz' Lächeln gefror. Er schaute sie kurz an, neigte dann aber betont höflich den Kopf. «Keine Sorge, meine Liebe. Ich weiß inzwischen genau, welche Behandlung du verdienst.»

Barbara wurde es langweilig. Zuerst beklagte sie sich über Hunger und setzte Henrika so lange zu, bis die einen Jungen herbeiwinkte, der köstlich duftende Krapfen mit Zuckerkrümeln verkaufte. Nicht nur für die Drucker und Buchhändler war die Messe ein Ereignis, auch die Schänken und Garküchen der Stadt, die Metzger, Bäcker und Obsthändler kamen auf ihre Kosten.

Kaum war jedoch Barbaras Hunger gestillt, begann sie bereits von neuem zu jammern. Ihr Rücken schmerzte vom vielen Herumstehen. «Ihr habt behauptet, Frankfurt sei eine aufregende Stadt, aber diese Buchgasse ist langweilig. Es kommen ja auch fast nur alte bärtige Männer vorbei. Warum sehe ich keine Edeldamen in eleganten Roben? Vor dem Stadttor haben ihre Sänften uns noch den Weg versperrt, und jetzt lässt sich keine von ihnen blicken. Und warum reden die Leute dort drüben schon seit einer halben Stunde über die Bücher, die sie sich anschauen? Warum kaufen sie nicht einfach, was ihnen gefällt, und lesen es dann zu Hause?»

Seufzend zuckte Henrika mit den Schultern. Sie konnte verstehen, dass die Tochter des Meisters das Interesse an den Büchern der Nachbarstände rasch verloren hatte, zumal die Auswahl an Werken, die ein Mädchen ihres Alters interessieren konnte, bescheiden war. David hatte Barbara verboten, sich dem Tisch des Mannes, den de Bry für einen kaiserlichen Berichterstatter hielt, zu nähern, und zu Henrikas Überraschung hielt sich das lebhafte Mädchen daran. Allerdings tat sie es nicht David zuliebe, sondern weil sie den Buchkrämer mit seinem aufgedunsenen Gesicht und den schweißverklebten Haaren abstoßend fand.

Nach einer Weile erlaubte Henrika dem quengelnden Mädchen, sich auch die Stände und Buden rund um die Kirche anzusehen, wenn sie versprach, sich in regelmäßigen Abständen blicken zu lassen.

«Das werde ich bestimmt tun», versicherte Barbara eifrig, während sie das Band mit dem Engelsanhänger berührte. «Aber ich muss noch den *Spiritus* weiterverkaufen, damit der Teufel mir nicht schaden kann.»

«Also schön, dann verkauf deinen *Spiritus*. Aber komm nicht zu spät, sonst macht mir dein Vater die Hölle heiß.»

Barbara lief mit strahlendem Gesicht los. Die Stände und Tische entlang der Gasse streifte sie nur mit flüchtigen Blicken. Das einzige Werk, das ihr gefiel, war ein Büchlein mit farbenfrohen Holzschnitten, das in verschnörkelter Druckschrift die Abenteuer eines gewissen Till Eulenspiegel erzählte. Eine Weile blätterte sie in dem Buch und amüsierte sich über die derben Scherze des Narren, bis das griesgrämige Weib des Druckers ihr das Buch mit dem Vorwurf aus der Hand nahm, sie hinterließe schwarze Fingerabdrücke auf dem gelblichen Papier. Barbara rannte davon, drehte sich in sicherer Entfernung aber noch einmal um und streckte der Frau die Zunge heraus. Ihr würde sie den *Spiritus* gewiss nicht verkaufen.

Nach diesem Zwischenfall verging Barbara die Lust auf weitere Bücher. Sie hob auch keines der Pamphlete mehr vom Boden auf. Stattdessen beschloss sie, der Buchgasse den Rücken zu kehren und sich ein wenig auf dem Markt umzuschauen. Da sie keine Ahnung hatte, wie sie dorthin gelangen sollte, ließ sie sich einfach mit der Menge treiben, bis sie die Leonhardspforte durchschritten hatte. Unter den Menschen waren Musikanten und Scholaren, aber auch Krämer, die Maulesel mit vollgepackten Satteltaschen am Zaumzeug führten.

Eine halbe Stunde später hatte sich Barbara im Gewirr der Straßen und Gassen verlaufen. Entsetzt blickte sie sich um und versuchte, irgendwo zwischen den Dächern den schlanken Kirchturm wiederzuerkennen, in dessen Nähe sich der Bücherstand ihres Vaters befand. Aber Kirchen und Türme schien es in Frankfurt nicht weniger zu geben als in Straßburg. Voller Unbehagen dachte sie an die Schelte, die sie erwartete, sobald sie in die Buchgasse zurückkehrte. Falls sie überhaupt zurückkehrte. Die Augen des Mädchens füllten sich mit Tränen der Verzweiflung. Henrika würde enttäuscht von ihr sein, und an den Zorn ihres Vaters mochte sie gar nicht denken.

Inzwischen war es kühl geworden. Barbara fröstelte, außerdem brannten ihr die Füße, die sie zur Feier des Tages in ihre schönsten, aber viel zu engen Schuhe gezwängt hatte. Am liebsten hätte sie sich auf den Boden gesetzt und wie ein kleines Kind geheult.

Doch dann erblickte sie plötzlich ein Stück weit von sich entfernt ein bekanntes Gesicht. Es war Laurenz, der schnellen Schrittes über die Straße eilte. Barbara seufzte erleichtert und rieb sich rasch die feuchten Augen. Sie mochte den Gesellen ihres Vaters zwar nicht sonderlich, doch das hatte weniger mit seiner Person zu tun als mit der Tatsache, dass sie dem lauten Treiben in der heimischen Druckerei nur wenig abgewinnen konnte. Seit Henrikas Ankunft hatte sich ihre Abneigung gegen die schwarze Kunst gelegt. Während ihr vorher nie etwas über das Druckerhandwerk erzählt worden war, hatte Henrika sich die Zeit genommen, ihr das eine oder andere zu erklären. Ihre neue Freundin schien sich in der Werkstatt pudelwohl zu fühlen, gerade weil sie ihre Nase ständig in Papiere und Bücher steckte, anstatt zu sticken oder zu kochen, wie normale Frauen es taten. Aber sie hatte ja auch keinen Mann, der ihr den Hof machte. Mit Ausnahme von Laurenz. Barbara hatte nie darüber nachgedacht, ob sie sich über dessen Interesse an ihrer älteren Freundin freuen oder es lieber beargwöhnen sollte, aber das spielte momentan keine Rolle. Sie durfte den Gesellen nicht aus den Augen verlieren, denn mit seiner Hilfe würde sie zur Buchgasse zurückfinden.

Der Drucker schien es ziemlich eilig zu haben. Barbara, die sich keuchend an seine Fersen heftete, beobachtete, wie er eine Bäuerin, die ihm nicht schnell genug aus dem Weg ging, unsanft gegen ihren mit Heu beladenen Karren schob. Das Gezeter der Frau hallte von den hohen Hauswänden der Gasse wider, doch Laurenz tat es mit einer obszönen Geste ab, ohne sich auch nur umzuschauen. Barbara schlüpfte an der zornigen Bäuerin vorbei, die mit roten Wangen den Kopf schüttelte. Sie hatte keine Ahnung, was in Laurenz gefahren war, doch die Erfahrung hatte sie gelehrt, Erwachsene besser nicht anzusprechen, wenn diese schlechter Laune waren. Daher beschloss sie, Laurenz weiter zu verfolgen. Früher oder später würde er sie sicher zu Henrika führen.

Doch Barbara irrte sich. Nach nur wenigen Schritten verschwand Laurenz durch einen Torbogen, der auf einen muffig riechenden Hof führte. Das Haus, das er nach kurzem Anklopfen betrat, machte keinen vertrauenerweckenden Eindruck. Barbaras Herz hüpfte vor Schreck, als sich etwas Weiches um ihre Fußknöchel wand. Doch dann bemerkte sie, dass es lediglich eine Katze war, die um ihre Beine strich.

Besorgt blickte sie sich um. Nur ein Fenster zum Hof hatte geöffnete Läden, die anderen waren trotz der vorgerückten Stunde alle verrammelt. Barbara fand das sehr seltsam. Ihr Vater hatte ihr beigebracht, dass fromme Bürger ihre Fenster nach Sonnenaufgang öffneten, damit die Vorübergehenden sehen konnten, dass in den Stuben und Werkstätten nichts vor sich ging, das gegen Recht und Ordnung verstieß. Wer auch immer hier wohnte, schien etwas verbergen zu wollen.

«Dieser blöde Laurenz», schimpfte sie leise vor sich hin, biss sich aber jäh auf die Zunge, als unvermittelt Stimmen durch das geöffnete Fenster an ihr Ohr drangen. Barbara pirschte sich näher heran und erstarrte, als sie Henrikas Namen fallen hörte. Ihr Mund wurde trocken.

Eine Weile stand sie wie vom Donner gerührt auf dem Hof und glaubte zu träumen. Es konnte nicht wahr sein, worüber sich Laurenz mit der anderen Person unterhielt. Laurenz sprach zögerlich, erging sich in Ausflüchten, doch die Frau wies ihn immer wieder mit harter Stimme zurecht. Sie erteilte ihm einen Auftrag, der Barbaras Hände zittern ließ, auch wenn sie die Tragweite dessen, was sie belauschte, nicht begreifen konnte. Eines jedoch schien auf der Hand zu liegen: Die beiden hatten mit Henrika, ihrer Henrika, nichts Gutes im Sinn.

Jäh wich das Mädchen von dem Fenster zurück, als die Stimmen der Verschwörer verstummten. Sie hörte, wie etwas mit einem schleifenden Geräusch über den Holzfußboden gezogen wurde. Dann hörte sie ein leises Klimpern, so als würde ein Beutel mit Münzen auf den Tisch geworfen. Laurenz sagte etwas, das Barbara jedoch nicht verstehen konnte. Doch das war auch nicht mehr nötig. Sie hatte genug gehört, um zu wissen, dass sie nicht hierbleiben durfte. Als sie sich umwandte, um rasch den Hof zu verlassen, stolperte sie zu ihrem Unglück jedoch über die Katze, die sich von hinten an sie herangeschlichen hatte. Das Tier gab ein so wütendes Fauchen von sich, dass Barbara erschrocken aufschrie. Sie schlug sich die Hand vor den Mund, wusste aber, dass das verräterische Geräusch Laurenz und der Frau unmöglich entgangen sein konnte. Tatsächlich blieb es einen Augenblick lang still im Haus, dann näherten sich eilige Schritte dem Fenster.

Blind vor Angst, stürzte Barbara zum Tor. Aus den Augenwinkeln sah sie einen Schatten, der immer größer zu werden schien, doch sie blieb nicht stehen.

Ich muss Henrika sagen, was ich gehört habe, war ihr einziger Gedanke, als sie die Gasse erreichte und losrannte.

Henrika genoss es, die staunenden Gäste ihres Standes mit der Gazette bekannt zu machen. Voller Stolz erklärte sie ihnen, auf welchen Grundsätzen die Berichterstattung des Druckwerks aus dem Hause Carolus beruhte, und vergaß auch nicht auf die Kuriere hinzuweisen, die ihr Leben in den Dienst der Zeitung stellten. Staunen und Kopfschütteln begleiteten ihre Ausführungen. Als die Turmuhr zum sechsten Mal schlug, hatte sie nahezu alle Exemplare der Straßburger *Relation* an einflussreiche Herren verkauft. Zufrieden lächelte sie David an, der ausnahmsweise mal kein griesgrämiges Gesicht machte, sondern ihre Freude teilte.

«Du hast fast den ganzen Tag am Stand zugebracht», meinte er freundlich, während er die wenigen verbliebenen Zeitungsexemplare auf dem Tisch mit Steinen beschwerte. Der Wind war stärker geworden und drohte, die Druckerzeugnisse davonzuwehen. «Vielleicht möchtest du dir nun aus der Nähe anschauen, was unsere Zunftbrüder ausstellen, bevor Meister Carolus zurückkehrt?»

Darauf hatte Henrika nur gewartet. Sie warf sich ihr Schultertuch über, rückte die Haube zurecht und schlenderte durch die Buchgasse. Zu ihrem Bedauern hatten viele der Händler ihre kostbaren Bücher bereits wieder auf Karren oder in Kisten verstaut. Ein Mann erklärte Henrika, dass die Abendluft so nahe am Main den empfindlichen Seiten eines Buches schade, und tröstete sie damit, dass er ihr zu einem späteren Zeitpunkt gerne alles zeigen würde, was er zu bieten habe.

«Ich denke, mein Planetenbuch dürfte Euren Ehemann begeistern», sagte er mit einem derart verschwörerischen Blick, als biete er unter seinem Schragentisch auch Gift zum Verkauf an.

Henrika überging die Bemerkung und fragte: «Euer Planetenbuch?»

Der Händler machte ein erstauntes Gesicht. «Habt Ihr noch nie von Kepler gehört, dem Hofmathematiker und Astronom Seiner Majestät des Kaisers?»

Henrika zuckte die Achseln. Erinnerungen an Gespräche, die sie vor langer Zeit mit Barthel in seinem Kabinett geführt hatte, kamen ihr wieder ins Gedächtnis. Der Festungsbaumeister hatte den Namen Kepler das eine oder andere Mal erwähnt. Wie sie sich erinnerte, hatte er voller Ehrfurcht von dem Gelehrten gesprochen. Plötzlich erwachte der brennende Wunsch in ihr, das Buch zu sehen, von dem der Händler sprach.

«Ihr macht mich neugierig, Meister», gab sie widerwillig zu. «Was ist denn so besonders an dem Buch dieses Herrn Kepler?»

Der alte Mann zog den Kopf zwischen seine mageren Schultern wie eine Taube und lachte. «Wie sollte eine hübsche Dame wie Ihr denn etwas von diesen Dingen verstehen», rief er. «Keplers Entdeckungen sind faszinierend. Sie bringen uns gewöhnlichen Sterblichen den Sternenhimmel näher und damit auch Gottes Reich, das sich doch zweifellos irgendwo dort oben befinden muss.» Er deutete in die Höhe. Erschrocken blickte sich Henrika um. Auch wenn Frankfurt den Ruf einer freien Stadt genoss, in der Bücher sämtlichen Inhalts diskutiert anstatt verboten wurden, gab es doch Grenzen. So mancher Messehändler geriet in den Verdacht, sich der Ketzerei schuldig zu machen, und dieser Vorwurf hatte oft ernste Folgen für Leib und Besitz des Betroffenen.

«Ich hoffe, Euer Kepler weiß, was er tut», sagte Henrika. Beinahe ärgerte sie sich darüber, dass der Händler ihre Neugier geweckt hatte. Sie durfte nicht zu lange hier verweilen, denn in kurzer Zeit würden Carolus und Laurenz zurück sein und den Stand für heute abschlagen.

«Keine Sorge, Gnädigste.» Der Buchhändler sah sie vielsagend an. «Die Planetengesetze, die Johannes Kepler in seinem neuen Buch beschreibt, haben nichts mit Ketzerei zu tun. Er führt genaue Beweise für seine Behauptungen an und erklärt, nach welchen Gesetzmäßigkeiten sich die Gestirne am Himmel in Bahnen bewegen. Ich werde Euch das Buch morgen gerne zeigen, meine Liebe. Aber vielleicht darf ich Euch schon jetzt zu einem kleinen Umtrunk einladen? Ich habe das Gewölbe des Hauses, vor dem Ihr steht, für die Dauer meines gesamten Aufenthalts in Frankfurt gemietet.»

Henrika lehnte mit einem entrüsteten Kopfschütteln ab. Was erlaubte sich dieser unverschämte Kerl? Glaubte er tatsächlich, sie mit dem Versprechen, ihr ein Buch zu zeigen, in sein Gewölbe locken zu können? Wortlos ließ sie den Händler stehen.

«Wartet doch», rief der Mann ihr hinterher. «Ich wollte Euch nicht beleidigen. Natürlich zeige ich Euch das Buch auch jetzt gleich, wenn Ihr es wünscht. Ich biete auch noch andere Bücher an, die sich mit den Himmelskörpern befassen.»

Lass mich in Ruhe, dachte Henrika und beschleunigte ihren Schritt. Inzwischen wirkte die Gasse wie ausgestorben. Nur noch wenige Besucher standen vor einzelnen Tischen, doch die meisten hatten sich angesichts der Flut von Eindrücken längst zurückgezogen.

Als Henrika an der Kirche vorbeilief, war es bereits so dunkel geworden, dass sie aufpassen musste, nicht über lose Pflastersteine, zerbrochene Wagenspeichen oder Unrat zu stolpern. Eine Schar von Menschen eilte mit Fackeln in der Hand an ihr vorüber, und Henrika stockte, als sie vor dem Stand ihrer Freunde weitere Fackelträger erspähte. Irgendetwas musste geschehen sein, während sie sich mit dem Buchhändler unterhalten hatte. Sie raffte den Saum ihres Rockes, um schneller laufen zu können, und eilte auf das hell erleuchtete Haus zu, vor dem der Tisch der Straßburger stand. Inmitten einer Schar aufgeregt durcheinanderredender Menschen fand sie David, Carolus und dessen Freund, der wild gestikulierend auf den Messeaufseher einredete und dabei anklagend auf den Nachbarstand deutete.

Carolus selbst war leichenblass. Er wirkte verzagt zwischen all den fremden Menschen. Mit besorgter Miene reichte ihm David einen Becher Wasser, doch der Druckermeister schüttelte nur müde den Kopf. Erst als sein Blick auf Henrika fiel, kam Leben in ihn. Energisch drängte er sich an David vorbei.

«Wo ist sie?», fuhr er Henrika an. Wut und Angst verzerrten das für gewöhnlich so gutmütige Gesicht des Druckermeisters. «Du solltest auf sie aufpassen und sie nicht allein in der Stadt herumspazieren lassen.»

Henrika erstarrte. Sie begriff auf Anhieb, dass er von Barbara sprach. Ihre Blicke hasteten zum Stand, als erwarte sie, das Mädchen dort vorzufinden. Sie hatte Carolus' Tochter eingeschärft, sich nicht zu weit zu entfernen und keinesfalls die Buchgasse zu verlassen. Hilfesuchend sah sie David an. Er war doch dabei gewesen, als sie dem Mädchen erlaubt hatte, sich die benachbarten Tische anzuschauen. Doch der junge Drucker zuckte nur die Achseln. Ihm war anzusehen, dass er die Sorge seines Dienstherrn teilte, nicht zuletzt trieb sich während der Messe viel lichtscheues Gesindel in der Stadt herum. Aber natürlich traf David kein Vorwurf. Er war ein Mann, und es gehörte nicht zu seinen Aufgaben, auf die Tochter des Meisters aufzupassen.

«Barbara ist ein aufgewecktes Mädchen», versuchte Herr de Bry seinen Hausgast zu beruhigen. «Vermutlich ist sie so begeistert von alldem, was es hier zu sehen gibt, dass sie einfach die Zeit vergessen hat.»

«Wir sollten nicht hier herumstehen und schwatzen, sondern uns auf die Suche nach dem Mädchen machen», vernahm Henrika plötzlich Laurenz' Stimme. Der junge Druckermeister stand dicht neben ihr; auch er trug eine brennende Fackel, und der Schein des Feuers wärmte Henrikas ohnehin bereits glühende Wangen. Was er sagte, klang vernünftig.

«Wir sprechen uns noch, Jungfer», schnauzte Carolus sie wütend an. Doch er ließ sie gehen, als de Bry ihm beruhigend den Arm um die Schulter legte und die ungeduldig wartenden Männer bat, sich auf die Suche zu begeben.

Mit einem Nicken forderte Laurenz Henrika auf, sich ihm anzuschließen. Ohne zu zögern, folgte sie ihm, denn immerhin machte er ihr wegen Barbaras Verschwinden keine Vorwürfe. Auch wenn sie keinen Schimmer hatte, wo sie nach dem vermissten Kind suchen sollte, lief Henrika los. Die Aufregung schnürte ihr fast das Herz zusammen. Warum hatte sie nicht darauf bestanden, dass Barbara bei ihr und David blieb? Warum hatte sie ihr erlaubt, allein durch die Gassen zu streifen?

Laurenz lief schnell, und Henrika hatte Mühe, ihn einzuholen. Auch er schien keine Ahnung zu haben, wo man ein aufgewecktes Mädchen in Barbaras Alter aufspürte. Von Zeit zu Zeit blieb er stehen, um sich mit gerunzelter Stirn umzuschauen. Mit seiner Fackel leuchtete er in düster aussehende Hofeinfahrten oder sprang behände einige Stufen einer Kellertreppe hinunter, um kurz darauf mit einem Ausdruck des Bedauerns wieder zu Henrika zurückzukehren.

«Es tut mir übrigens leid, was in Straßburg geschehen ist», sagte er nach einer Weile mit einem entschuldigenden Lächeln. Die Gasse, in die sie gerade eingebogen waren, führte zwischen Fachwerkhäusern entlang und machte es ihnen fast unmöglich, nebeneinanderzugehen, so schmal war sie. Das Laub der Weinreben, die an den Fassaden wuchsen, raschelte leise im Abendwind. Henrika blieb stehen, weil ihr vom raschen Laufen die Seite stach. Doch trotz der zunehmenden Kälte wünschte sie sich im Augenblick nicht in das Haus ihrer Wirtsleute zurück. Sie konnte Carolus nicht unter die Augen treten.

«Hast du nicht gehört, Henrika?», drängte Laurenz. Er trat so nahe an sie heran, dass seine dunklen Locken im Schein der Fackel zu glühen schienen. Irgendetwas stimmte nicht mit dem jungen Meister, das konnte Henrika spüren, doch sie war zu aufgewühlt, um darüber nachzudenken.

«Lass das jetzt, Laurenz, ich bitte dich», sagte sie ausweichend und schreckte zurück, als ein winziges Etwas mit dunklem, glänzendem Fell und langem Schwanz keine drei Fingerbreit vor ihr über das Pflaster huschte. «Es ist einfach nicht die richtige Zeit, um darüber zu sprechen.»

Sie lief weiter, obwohl sie kaum die Hand vor Augen erkennen konnte.

Vorsichtig tastete sie die rauen Wände der Mauern ab, als Laurenz sie unvermittelt am Arm packte und herumwirbelte. Seine Lippen zuckten vor Ärger, als er sie anzischte: «Ich habe genug davon, dass du mich einfach stehen lässt, wenn ich mit dir zu reden habe.»

«Wir suchen Barbara. Alles andere hat Zeit, bis …»

Laurenz schüttelte so heftig den Kopf, dass ihm die Haare in die Stirn fielen. «Nein, das, was ich dir zu sagen habe, duldet keinen Aufschub. Du solltest mir dankbar sein, anstatt dich wie ein verwöhntes Balg aufzuführen.»

«Dankbar?»

«Ich weiß alles über dich», flüsterte Laurenz, noch ehe Henrika etwas sagen konnte. Seine Augen blitzten triumphierend auf. «Über dich und diesen Festungsbaumeister.»

«Was weißt du?» Henrikas Stimme zitterte so stark, dass Laurenz fast amüsiert wirkte.

«Nun, zum Beispiel weiß ich, dass du deine Heimat keinesfalls freiwillig verlassen hast. Das stimmt doch, oder? Du bist geflohen, weil man dich in Mannheim des Mordes verdächtigt. Außerdem bist du die Tochter einer Gebrandmarkten. Deinen Vater kennt niemand, nicht einmal du selbst. Oder willst du das abstreiten?» Er lachte höhnisch. «Was glaubst du, was unser sittenstrenger Meister Carolus, dessen Vater immerhin ein Straßburger Geistlicher war, sagen wird, wenn ich ihm verrate, wen er da über all die Monate in seiner Werkstatt geduldet hat?»

Laurenz' Worte trafen Henrika wie ein harter Schlag mitten ins Gesicht. Sie fragte sich, wie um alles in der Welt Laurenz Wind von den Dingen bekommen hatte, die ihr in Mannheim vorgeworfen wurden. Es gab nur eine Möglichkeit, aber an einen derart abwegigen Zufall wollte sie nicht glauben. Und doch lag es auf der Hand, dass er noch nicht lange über ihre Vergangenheit Bescheid wusste, denn noch während ihrer Reise von Straßburg nach Frankfurt hatte er sich damit begnügt, sie missmutig anzustarren.

«Ich habe nichts verbrochen», sagte sie schließlich mit dünner Stimme. «Barthel ist einem gemeinen Anschlag zum Opfer gefallen, der ihn hinterrücks traf. Mich trifft dabei keine Schuld. Es war ein Fehler, Meister Carolus nicht sofort die Wahrheit zu sagen, aber …» Plötzlich hielt sie inne. Wenn sie Laurenz über ihre Beweggründe aufklärte, hinterging sie David.

Laurenz blickte sie erwartungsvoll an. Auf seinem Gesicht lag nicht einmal die Andeutung eines Lächelns. «Von nun an wirst du tun, was ich von dir verlange. Solltest du mir nicht gehorchen, verfrachte ich dich schneller nach Mannheim zurück, als dir lieb ist. Dann kannst du den dortigen Richtern erklären, was für ein Unschuldslamm du bist.»

Henrika rang entgeistert nach Luft. «Was habe ich dir getan? Ich dachte, du liebst mich», sagte sie mit tonloser Stimme. «War das alles nur gelogen?»

«Durchaus nicht. Und um dir zu beweisen, dass mir deine Herkunft gleichgültig ist, werde ich aus dir eine ehrbare Frau machen, sobald wir wieder in Straßburg sind. Damit ist alles, was dir gehört, auch mein.»

Henrika sah hinauf zu den Weinranken, die sich im Wind

bewegten. In wenigen Monaten würden sie pralle, süße Früchte tragen. Alles veränderte sich, nichts ließ sich aufhalten. Es blieb ihr keine andere Wahl, als sich geschlagen zu geben. Sie liebte Laurenz nicht und konnte sich beim besten Willen nicht vorstellen, warum er sie nun, nach allem, was er über sie in Erfahrung gebracht hatte, noch immer heiraten wollte. Doch wenn sie einwilligte, bestand wenigstens der Hauch einer Möglichkeit, dass er sie weiterhin an einer Gazette arbeiten ließ.

«Glaubst du immer noch, dass ausgerechnet ich dir die Mannheimer Druckerpresse beschaffen kann?», fragte sie schließlich.

Er schüttelte den Kopf. «Keine Sorge, ich komme zu meiner eigenen Druckerei. Du solltest dich eigentlich geehrt fühlen, weil ich ausgerechnet dich zu einer Meisterin der schwarzen Kunst machen will und nicht eine der langweiligen Töchter unserer Straßburger Zunftherrn.»

Doch Henrika fühlte sich von seinen Worten weder geehrt noch beruhigt. Zweifellos war Laurenz kein besonders tiefsinniger Mann, und wenn er einen Plan verfolgte, um an eine eigene Druckerpresse zu kommen, so hatte er diesen sicherlich nicht ohne fremde Hilfe ersonnen.

Irgendjemand lauerte hier in der Dunkelheit auf sie, das konnte sie spüren.

Gerade als sie etwas entgegnen wollte, ließ ein Schrei sie plötzlich zusammenzucken.

«Was war das?»

Laurenz hielt seine lodernde Fackel höher. Schritte polterten über das Pflaster. Auf der anderen Seite der Gasse, die sich in einem Gefälle abwärts bog, war ganz deutlich ein Licht zu sehen, das sich auf und ab bewegte. Jemand schwenkte eine Laterne.

«Ich denke, sie haben die kleine Wildkatze aufgespürt», sagte der Drucker. Es klang nervös. Henrika hätte ihn für seine Bemerkung ohrfeigen mögen, aber sie zwang sich, Ruhe zu bewahren. Wortlos ließ sie sich von Laurenz durch die Gasse führen. Ein sanftes Rauschen und die feuchte Luft verrieten ihr, dass sie sich ganz in der Nähe des Mains befanden. Unmittelbar vor ihr erhob sich die Silhouette eines steinernen Gebäudes, auf dem ein spitzer Dachreiter mit einer Wetterfahne thronte. Davor sah sie ein Gewirr von Fischernetzen, die an Pfählen zum Trocknen aufgehängt worden waren. Vermutlich war das Gebäude, dessen vorderer Teil auf die Uferböschung wies, eine Kapelle, errichtet, wo Handelsknechte, Hafenarbeiter und Fischer ihr frühmorgendliches Gebet sprachen.

Vor der Kapelle standen Herr de Bry und David. Die Männer kehrten Henrika und Laurenz den Rücken zu. Sie starrten ins Innere der alten Kapelle. De Bry hatte seinen ausladenden Federhut abgenommen und zerknautschte den teuren Filz mit beiden Händen.

Henrika brauchte nicht erst zu fragen, warum die beiden vor der Kapelle standen und kaum zu atmen wagten. Mit einem verzweifelten Aufschrei drängte sie sich an den Männern vorbei. Zunächst konnte sie nicht mehr als einen Umriss erkennen, doch als die Männer mit ihren Fackeln näher traten, sah sie, dass es tatsächlich Barbara war, die mit ausgestreckten Armen auf einem rechteckigen Sockel aus Sandstein lag. Achtlos zur Seite geschobene Kerzenhalter und eine Oblatenschale ließen erahnen, dass dieser als Altar verwendet wurde. In der Kapelle roch es nach welken Blumen, Moder und Tod.

Das Mädchen lag reglos da. Der dicke Zopf, den Henrika ihr in Straßburg so oft geflochten hatte, hatte sich gelöst; in wirren Strähnen fiel das Haar über den Rand des Sockels. Henrika bemerkte, dass aus einer Wunde am Kopf Blut auf die Steinplatten tropfte. Barbaras Hände waren gefaltet und bedeckten ihre Augen.

Fassungslos warf sich Henrika auf die Knie und nahm das Handgelenk des Kindes, um nach dem Puls zu tasten, so wie Ludwig es ihr beigebracht hatte. Dabei fiel ihr auf, dass Barbara vollkommen durchnässt war. Hatte jemand sie in den Main gestoßen? Aber warum lag sie dann hier, ganz allein an diesem düsteren Ort? Henrika spürte den kalten Boden nicht mehr unter ihren Knien. Mit Tränen in den Augen schmiegte sie sich an den leblosen Körper und versuchte sich verzweifelt an die Worte eines tröstenden Gebets zu erinnern.

«Sie ist tot, nicht wahr?» Davids Stimme klang von draußen sonderbar dumpf, als spräche er durch eine geschlossene Tür mit ihr. «Ich wusste gleich, als wir in die Kapelle sahen, dass sie nicht mehr lebt.»

De Bry schlug die Hand vor den Mund, um ein Schluchzen zu unterdrücken. Er sah aus, als kostete es ihn Mühe, aufrecht zu stehen.

Henrika gab David keine Antwort. Stattdessen streichelte sie das Handgelenk des Mädchens, während sich ihre Augen mit heißen Tränen füllten. Ihr Kopf war so leer wie an jenem Abend, als sie auf Barthels übel zugerichteten Leichnam gestoßen war. Sie war schuld. Sie brachte allen Menschen, die sich mit ihr einließen, Tod und Verderben. Mit Gewalt biss sie die Zähne zusammen, um ihre Verzweiflung nicht in die Nacht hinauszuschreien. Mechanisch rieb sie über die kalten, kleinen Hände, als versuchte sie diesen die Wärme des Lebens zurückzugeben. Keiner der drei Männer vor der Kapelle wagte es, sie davon abzuhalten.

«Sie wurde ertränkt, nicht wahr?», fragte David tonlos. Sein Blick fiel auf eine der langen Stangen, die neben den Fischernetzen lagen. Sie dienten dazu, kleinere Boote vom Anlegesteg abzustoßen, aber in der Hand eines Übeltäters waren sie eine gefährliche Waffe, die ausreichte, um den Kopf eines wehrlosen Mädchens unter Wasser zu drücken.

«In den Main gestoßen und anschließend in diese Kapelle geschleift.» Anklagend ließ der junge Mann die Flammen seiner Fackel über die hölzernen Stangen und den aufgewühlten Erdboden gleiten. Die Schuhe des Mädchens hatten Furchen im Boden hinterlassen, die tatsächlich Richtung Ufer führten. Ihr Peiniger musste einiges an Kraft und Zeit aufgewendet haben, um sie unbemerkt aus dem Wasser zu holen und anschließend in die Kapelle zu schleppen. Ein merkwürdiges Versteck, dachte Henrika. Es sah so aus, als habe es jemand darauf angelegt, dass man Barbara so rasch wie möglich fand.

Plötzlich fuhr sie zusammen. Ungläubig betrachtete sie das bleiche, nur von einer Fackel beleuchtete Gesicht des Mädchens. Aus der Ferne war der Ruf eines Nachtvogels zu hören. Der drückende Geruch, der die Luft der Kapelle beherrschte, verflüchtigte sich, als ein heftiger Windstoß durch die breite Türöffnung drang.

«Was hast du?», wollte David wissen.

Henrika schloss die Augen, als ihre Fingerspitzen ein Flattern wahrnahmen. Es war kaum wahrnehmbar, ähnlich der Bewegung eines Marienkäfers, der über die Hand eines Menschen krabbelt. Aber es war da. Sie bildete es sich nicht ein, nein, sie spürte die Bewegung so deutlich, wie sie Davids verwunderte Stimme hörte.

«Was ist los?», fragte nun auch Laurenz, als Henrika aufsprang, sich an den Kopf griff und einen Schritt zurücktaumelte. Sie stieß scharf die Luft aus und wischte sich die Tränen von den Wangen. «Holt Meister Carolus. Er soll sofort kommen. Beeilt Euch! Und verständigt den Stadtarzt oder wenigstens einen Baderchirurgen.»

Laurenz zögerte, doch als er den drängenden Blick seines Bruders bemerkte, lief er los. Herr de Bry folgte ihm. Der alte Mann schien erleichtert, sich der Totenwache zu entziehen, auch wenn er nicht begriff, warum Henrika plötzlich so energisch nach einem Arzt verlangte. David war der Einzige, der zurückblieb. Als die Schritte seines Bruders verklungen waren, stellte er sich neben Henrika und blickte mit ausdruckslosem Gesicht in die dunkle Kapelle.

«Was zum Teufel hast du vor?», entfuhr es dem Drucker, als Henrika die Hand des Mädchens ergriff. «Mein Gott, du willst sie doch nicht etwa …»

Henrikas Augen blitzten auf, während sie die Kraft spürte, die durch ihren Körper floss. Sie wirkte belebend, ja beinahe tröstend. Sie hatte die Gabe verleugnet und sich dagegen gewehrt, aber hier ging es um ein Kind. Ihr war klar, dass sie ihr Leben riskierte, wenn sie David bleiben ließ. Er war nicht Barthel. Er konnte kein Verständnis für eine Gabe haben, die sie selbst stets als etwas Feindliches betrachtet hatte. Eine Kraft, die durch ein altes Lied heraufbeschworen wurde und über die sie so gut wie nichts wusste.

Ich kann sie gesund machen. Ich kann sie heilen.

Die Worte, längst verdrängt und vergessen, loderten plötzlich in ihrer Brust auf wie ein Meer aus gierigen gelben Flammen. Sie konnte es nicht aufhalten, weil sie die Worte herbeisehnte und nach ihnen rief. In diesem Moment bedeuteten sie alles für Henrika. Mehr als die Gazette, mehr als ihre Freunde, denn sie prophezeiten Erlösung.

Wie von selbst kamen die ersten Worte über ihre Lippen. Anfangs waren sie noch leise wie ein Flüstern. Die undeutlich gemurmelten Worte klangen flehend, beinahe sehnsuchtsvoll, als äußerten sie die Bitte eines Wanderers um Einlass, der nach langem Marsch an die Tür einer Herberge klopft. Dann jedoch wurden sie lauter und entschlossener, trotzten dem Schicksal das Recht auf das Leben dieses Kindes ab.

Fassungslos beobachtete David, wie Henrika nun eine Melodie anstimmte, die ihm eine Gänsehaut auf die Arme trieb. Nach dem Auffinden der kleinen Barbara hatte er nicht für möglich gehalten, dass ihn an diesem Abend noch etwas erschüttern konnte. Doch Henrikas Gesang ließ ihn von Grauen erfüllt zurückweichen, dabei wusste er nicht einmal, was ihn so verängstigte, denn die Melodie klang hübsch und war durchaus angenehm. Sie machte ihn schläfrig und zwang ihn doch zur Aufmerksamkeit. So blieb er einfach stehen und beobachtete mit wachsendem Grauen, wie Henrika das Kind in den Armen wiegte.

Als Barbara plötzlich die Augen öffnete, stieß er einen entsetzten Schrei aus. «Was zur Hölle bist du?», flüsterte er mit bebenden Lippen. «Eine Hexe? Ich hätte niemals geglaubt, dass sie wirklich existieren, aber nun …» Seine Stimme klang in seinen eigenen Ohren wie die eines Fremden. Dann fing er an zu lachen. Unheimlich hallte es von den Mauern der Kapelle wider.

Henrika gab ihm Zeit, sich wieder zu fangen. Sie verstand, dass sie ihm jetzt nicht mit Ausflüchten oder fadenscheinigen Erklärungen kommen durfte. Ihr Leben lag von nun an nicht nur in Laurenz' Hand, sondern auch in der seines Bruders. Behutsam strich sie dem Mädchen die blutverkrusteten Haare aus der Stirn und entfernte mit einem Zipfel ihres Rockes den Schmutz aus ihrem Gesicht. Sie hielt erst inne, als das Mädchen leise stöhnte.

«Hast du aus dem armen Kind eine Wiedergängerin gemacht, eine Tote, die nicht sterben darf?», schrie David. Anklagend deutete er auf die Wachspuppe, die Henrika zu Barbaras Füßen abgelegt hatte. Kein Wunder, dass er an schwarze Magie glaubte. Sie war erschöpft, und ihr Kopf fühlte sich so schwer an, als würde er jeden Moment platzen. «Sie war noch am Leben», sagte sie müde. «Ich habe es gleich gespürt, als ich ihr Handgelenk berührte. Glaub mir, David, keinem Menschen ist es gegeben, Tote zum Leben zu erwecken, aber manchmal schenkt uns Gott in seiner unendlichen Weisheit gewisse Kräfte, die helfen können, das Leben zu verlängern.»

«Gott oder der Teufel?»

Henrika schlug die Augen nieder, denn darauf hatte auch sie nie eine Antwort gefunden. Also begnügte sie sich damit, Barbara, deren Herz zwar stolpernd, aber immerhin kräftig schlug, noch einen liebevollen Blick zu schenken, bevor sie ins Freie hinaustrat. Von fern waren bereits aufgeregte Stimmen zu hören, und die Lichter von Laternen und Fackeln drangen durch die Finsternis der Nacht. Laurenz und de Bry schienen die ganze Stadt geweckt zu haben. Henrika glaubte sogar das Schluchzen ihres Meisters zu vernehmen.

Während sie den Näherkommenden entgegenblickte, ging David in die Kapelle zurück, nahm das Mädchen auf den Arm und trug es an Henrika vorbei, ohne sie auch nur eines Blickes zu würdigen. Der Zustand des Mädchens gab noch immer Anlass zur Besorgnis; obwohl die Kopfwunde nicht mehr blutete, war sie so schwach, dass sie die Augen kaum offen halten konnte. Wer konnte schon wissen, wie lange sie im kalten Wasser verzweifelt um ihr Leben gekämpft hatte? Was sie nun brauchte, waren warme Decken und einen Arzt, der ihre Wunden behandelte.

«Carolus wird froh sein, dass er seine Tochter nicht verloren hat», sagte Henrika. Sie dachte nach. «Aber er wird nicht ruhen, bis der Mann gefunden wurde, der ihr das angetan hat.»

«Weiß der Meister Bescheid über dein …?» David sprach nicht weiter, weil er dem, was er gesehen und gehört hatte, keinen Namen zu geben vermochte. Henrika konnte sich denken, dass Teufelskram oder Hexenwerk vermutlich noch die mildesten Ausdrücke waren, die ihm einfielen. Erschöpft zuckte sie die Achseln; trotz der Freude darüber, dass sie Barbara hatte helfen können, kam sie sich verloren vor.

Verurteilt und verdammt wie einst ihre Mutter.

«Ich werde nicht darüber reden», entschied David unvermittelt. Als Henrika etwas sagen wollte, hob er die Hand, um sie daran zu hindern.

«Wenn das Mädchen noch am Leben war, und daran möchte ich glauben, hast du sie mit deinem Gesang aus tiefer Bewusstlosigkeit geholt. Außerdem konnte ich mich bislang auch auf dein Schweigen bezüglich des Geldes verlassen, das ich zur Rettung der Gazette geliehen habe. Aber das ist der letzte Gefallen, den ich dir erweisen werde, und ich tue es nur, weil ich vermute, dass wir in absehbarer Zeit miteinander verschwägert sein werden.»

Henrika atmete auf. David mochte wütend auf sie sein, aber er war kein Heißsporn wie sein Bruder. Er war auch kein Erpresser, der aus dem Wissen über andere Vorteile zu ziehen versuchte. Wenn er sagte, er würde schweigen, dann war sie in Sicherheit. Vorerst. Doch das half ihr bei ihrem Problem mit Laurenz nicht weiter. Er würde nach wie vor Druck auf sie ausüben, und David hing viel zu sehr an seinem Bruder, um ihr zu glauben.

Wie betäubt beobachtete sie, wie David die kleine Barbara zu ihrem Vater und einem Mann trug, dessen langer roter Mantel ihn als den Stadtarzt von Frankfurt auswies. Die aufgeregten Rufe, die stadteinwärts erklangen, nahm sie zuerst gar nicht wahr. Erst als sich David mit geballten Fäusten zu ihr umdrehte, begriff sie, dass noch etwas geschehen sein musste.

«Wie es aussieht, hat man den Kerl geschnappt», rief er ihr zu und forderte sie auf, ihm zu folgen.

Sie mussten nicht weit laufen. Über einige Seitenstraßen und einen Hinterhof wurden Henrika, David und de Bry zu einem hell erleuchteten Wirtshaus geführt, dessen kunstvoll geschmiedetes Schild den vielversprechenden Namen «Zum goldenen Krug» trug. Die Schankstube befand sich trotz vorgerückter Stunde voller Menschen, die lautstark durcheinanderredeten. Zwei kräftige Stadtbüttel legten einem Mann, der mit gesenktem Kopf auf den Holzdielen kniete, die Fesseln an. Er schrie und fluchte so unflätig, dass die Wirtin ihre junge Schankmagd, die eingeschüchtert in einem Winkel kauerte, augenblicklich hinausschickte.

«Na, habe ich zu viel versprochen?» Einer der Büttel packte den Gefangenen, der sich selbst mit gefesselten Händen erstaunlich heftig zur Wehr setzte, an den Haaren und riss seinen Kopf brutal zurück. Der Mann fluchte noch immer. Seine Lippe war geschwollen, Speichel tropfte auf den zerrissenen Kragen seines Hemdes.

Henrika stellte sich auf die Zehenspitzen, um etwas zu erkennen, was in dem Gedränge gar nicht einfach war. Der Geruch von Knoblauch, ungewaschenen Leibern und schalem Bier verursachte ihr ein flaues Gefühl im Magen. Doch als es ihr endlich gelang, einen Blick auf den Gefangenen zu werfen, der von den beiden Stadtwächtern nun unsanft gegen den Schanktisch geschoben wurde, lief ihr ein Schauder über den Rücken. Sie kannte den hageren Mann, sie hatte mit ihm sogar unter einem Dach gelebt. Er war einer der beiden Stallknechte, die für Barthel gearbeitet und sie des Mordes verdächtigt hatten. Unwillkürlich wanderten ihre Gedanken zurück zu jener Nacht, in der er sie beschuldigt hatte, den Festungsbaumeister ermordet zu haben. Aber was um alles in der Welt mochte ihn nach Frankfurt verschlagen haben? Und warum sollte er sich an der kleinen Barbara vergriffen haben? Das alles ergab keinen Sinn. Es sei denn, jemand hatte den Diener auf sie angesetzt.

Einer der Büttel, ein breitschultriger Mann mit vernarbtem Gesicht, versetzte Barthels ehemaligem Stallknecht einen heftigen Schlag. Ein erstickter Schrei drang durch die Schankstube, aber keiner der Anwesenden gebot dem Stadtwächter Einhalt. Jeder von ihnen wollte hören, wie der Missetäter sein Verbrechen gestand, denn hockte er erst einmal im Kerker, so würde viel Zeit ins Land gehen, bis er das Schafott erklimmen musste. Die Richter handelten Mordtaten für gewöhnlich erst ab, wenn die Messe beendet und das fremde Volk wieder die Stadt verlassen hatte.

«Nun, was ist?», knurrte der zweite Büttel mürrisch. «Warum ist deine Kleidung tropfnass und zerrissen? Wie kommen die Schrammen an deine Hände? Fehlt nur noch, dass du Herumtreiber behauptest, freiwillig ein Bad im Fluss genommen zu haben.» Er lachte freudlos.

«Gesteh gefälligst, dass du das Mädchen unten an der Heinrichskapelle ins Wasser geworfen hast, sonst werden wir dir sämtliche Knochen im Leib brechen.» Ein weiterer Hieb traf den Gefangenen mitten ins Gesicht. Blut schoss dem Hageren aus Mund und Nase, und er schrie auf, als sein Nasenbein barst. Eine Weile wimmerte er vor sich hin. Erst als der Stadtwächter Anstalten machte, mit seinem Stiefel auf ihn einzutreten, schrie er wiederum vor Angst und Schmerzen auf.

«Du vergeudest unsere Zeit.» Die Stimme des Büttels klang drohend. «Siehst du all die ehrbaren Bürger Frankfurts, die sich hier versammelt haben? Dazu kommen die Herren, die unsere Stadt wegen der Messe in der Buchgasse besuchen. Sie haben ebenso wie ihre Frauen, Kinder und das Gesinde am Stadttor ihren Wegzoll bezahlt. Das bedeutet, dass es unsere Pflicht ist, sie vor Mordbuben wie dir zu beschützen. Der Vater des Kindes, das du überfallen hast, ist nicht hier, aber bei Gott, ich schwöre dir, dass ich ihm dein Geständnis bis zum Morgengrauen überbracht haben werde. Ebenso den Stadtrichtern und Schöffen. Also rede schon: Warum hast du der Tochter des Straßburgers nachgestellt? Wolltest du sie bespringen oder einfach nur bestehlen? Hat sie sich gewehrt? Entweder du spuckst es aus, oder deine Zähne werden einzeln über den Dielenboden rollen, bevor du aufs Rad geflochten wirst, das verspreche ich dir!»

Der Knecht kämpfte sich mühsam auf, bis er auf dem Boden sitzen konnte. Dies wurde ihm nicht verweigert, obwohl der Wirt über die Blutflecken auf seinen blank gescheuerten Dielenbrettern jammerte.

«Irgendein Mistkerl hat mir von hinten einen Knüppel über den Schädel gezogen, als ich mich auf der Gasse erleichterte», heulte der Gepeinigte. «Als ich zu mir kam, lag ich in der Pferdetränke hinterm Haus und wurde hier in die Stube gezerrt. Ich wäre doch selbst beinahe ersoffen, versteht Ihr das nicht?»

Die in der Nähe stehenden Männer lachten belustigt auf. Vermutlich waren sie es gewesen, die den Knecht aufgestöbert hatten, und sie glaubten kein Wort von dem, was er stammelnd von sich gab. Der Schankwirt, der mit verschränkten Armen auf der untersten Stufe der Treppe stand, meldete sich zu Wort. «Was ist das für ein Ding, das ihr bei ihm gefunden habt? Na los, zeigt es ihm.»

Henrika hielt die Luft an, als der kleinere Büttel einen flachen Gegenstand aus seinem schwarzen Wams zog.

«Das *Spiritus familiaris*», entfuhr es ihr, als der Mann das Lederband herumreichte. Tatsächlich war es das Band mit dem Engelsanhänger aus Wachs, das die alte Krämerin Henrika am Stadttor aufgeschwatzt und danach Barbara um den Hals gelegt hatte. Allem Anschein nach hatte das Kind vor dem Überfall keine Gelegenheit gehabt, sein Amulett zu einem niedrigeren Preis zu verkaufen. Oder hatte sie es ausgerechnet dem Mann gegeben, der anschließend versucht hatte, sie zu töten?

Henrika fühlte, wie ihre Hände feucht wurden. Sie ahnte, was als Nächstes kommen würde, und tatsächlich irrte sie sich nicht. Mit einem prüfenden Blick wandte sich der breitschultrige Büttel an die Umstehenden. «Hat einer von euch diesen Engel schon mal gesehen?», fragte er streng. Im Gasthaus wurde es still. Einige der Leute zuckten mit den Schultern oder schüttelten die Köpfe. Henrika blickte auf ihre Schuhspitzen. Sie wollte die Hand nicht heben, denn sie fürchtete die Aufmerksamkeit, die sie zwangsläufig auf sich ziehen würde. Doch es ging hier um den Mann, der Barbara beinahe umgebracht hatte. Konnte sie es mit ihrem Gewissen vereinbaren, ihn womöglich davonkommen zu lassen, nur um Unannehmlichkeiten zu vermeiden?

Noch während sie mit sich rang, hob sich ihre Hand wie von selbst. Sie hörte das leise Tuscheln der Männer neben sich und spürte Davids erstaunten Blick.

«Ihr kennt dieses Amulett, Jungfer?» Der Büttel bedeutete den Leuten, die vor Henrika standen, zur Seite zu treten und ihr Platz zu machen, damit sie das sonderbare Ding genauer betrachten konnte. Doch das war überflüssig, für Henrika gab es nicht den geringsten Zweifel. Mit einem knappen Nicken beantwortete sie die Fragen des Stadtwächters und erklärte mit kaum vernehmbarer Stimme, wo und unter welchen Umständen der Anhänger in Barbaras Besitz gekommen war.

«Ich habe dieses Teufelsding nie gesehen», stöhnte Barthels Knecht. «Der Mistkerl, der mir die Beule am Kopf verpasst hat, muss es mir in die Tasche gesteckt haben. Vielleicht ...» Plötzlich hielt er inne und krümmte die Finger beider Hände, bis sie aussahen wie die Krallen eines Raubvogels. Dann neigte er den Kopf zur Seite und hob das Lid seines geschwollenen Auges an.

Henrika trat zurück, aber es war nicht schwer zu erraten, dass der Mann sie erkannt hatte. Tatsächlich stieß er ein kreischendes Gelächter aus und deutete mit dem Finger in ihre Richtung.

«Willst du gestehen?», rief der Büttel.

Barthels Knecht setzte einen Fuß vor den anderen und hinkte auf Henrika zu. Erschrocken wich die Menge vor dem Geschundenen zurück.

«Vielleicht hat der Teufel ja wirklich seine Hand im Spiel», stieß der Knecht hervor, wobei er seinen zitternden Finger drohend auf Henrika richtete. Er verzog schmerzlich das Gesicht und spuckte blutigen Schleim aus.

«Der Satan hat euch betrogen, aber ich ... ich kann ihm die Maske vom Gesicht reißen. Dann bleibt euch nichts mehr übrig, als mir zu glauben!» Er stürzte sich auf Henrika, seine blutüberströmten Hände suchten nach ihrer Kehle. Aber dies ließen die beiden Büttel nicht zu. Sie rissen den Mann zurück, und auch David war zur Stelle, doch der Mann entwand sich den Griffen seiner Bewacher und drang von neuem auf Henrika ein. Ein unerwartet kräftiger Stoß ließ sie taumeln. Entsetzen erfasste sie.

«Sag ihnen, wer ich bin», raunte er ihr zu. «Sonst werde ich ihnen alles erzählen!» Trotz seiner Fesseln umklammerte er ihren Arm, bis seine Nägel ihre Haut zerkratzten. Mit den Kräften eines Wahnsinnigen wehrte er die Schläge der Büttel ab.

Henrika kämpfte verzweifelt, um den Tobenden abzuschütteln, aber es gelang ihr nicht, denn der Angeschuldigte schlug und trat um sich wie ein Besessener.

Endlich mischten sich außer David auch noch weitere Männer in das Gerangel ein, um Henrika beizustehen. Schmerzensschreie erklangen, als gegen Beine getreten und Finger gequetscht wurden. Henrika fand sich alsbald auf allen vieren wieder. Wie betäubt sah sie zu, wie einer der Büttel Barthels Knecht einen Kinnhaken versetzte und dann seinen Spieß ergriff. Er wollte dem Verdächtigen nur damit drohen, um seinen Wutausbruch zu beenden, doch dann tauchte Laurenz aus einem Winkel auf. Henrika stockte der Atem, als Laurenz einen irdenen Krug vom Schanktisch nahm und ihn mit voller Wucht auf den Kopf des am Boden liegenden Knechts schlug. Der Kopf des Mannes sackte zur Seite, sein Blick verschwamm. Dann rührte er sich nicht mehr.

«Du Narr», fuhr der Büttel Laurenz an. Er zog seinen Spieß zurück und stieß die Spitze voller Zorn in den verschrammten Dielenboden. «Glaubst du, ich hätte deine Hilfe gebraucht, um mit dem verdammten Kerl fertig zu werden? Er lag doch bereits am Boden und wäre bestimmt so rasch nicht wieder aufgestanden!»

«Sah mir aber ganz so aus», erwiderte Laurenz unbeeindruckt. Er hielt noch immer den Henkel des zerborstenen Krugs in der Hand. «Ihr habt zugelassen, dass dieser Kindsmörder sich auch noch auf meine Braut gestürzt hat, weil sie ihn belastete. Wollt Ihr mir nun einen Vorwurf daraus machen, dass ich den Mistkerl zur Hölle schickte?»

Unter den Wirtshausbesuchern fand Laurenz' Tat die Zustimmung, die er erwartet hatte. Allgemeiner Beifall erklang. Hände streckten sich ihm entgegen. Einige ältere Männer klopften ihm auf die Schulter und versicherten ihm, sie hätten in dieser Situation ähnlich gehandelt, um ihre Frauen zu beschützen.

Nach Henrika, die mit blutigen Schrammen auf dem Boden

hockte und ihre Kleider ordnete, schien kein Hahn mehr zu krähen. Doch sie war froh darüber. Sie war völlig erschöpft und verstört. Barthels Knecht hatte sie erkannt, und er hatte gedroht, sie zu verraten. Hatte Laurenz ihn deshalb erschlagen? Vermutlich. Sie glaubte ihm nicht, dass er sie nur hatte verteidigen wollen. Er hatte ihr geholfen, weil er sie noch brauchte. Als sie ihren Blick hob, bemerkte sie David. Der junge Drucker beobachtete sie und seinen Bruder, der sich von der Menge feiern ließ, mit zusammengepressten Lippen, doch er sagte kein einziges Wort. Mühsam rappelte sich Henrika auf und betastete vorsichtig ihren Oberarm. Die aufgeschürfte Haut brannte. Außerdem pochte es in ihren Schläfen gefährlich. Sie würde in dieser Nacht kein Auge zutun können, aber daran war nicht nur der Schmerz schuld, der sich über ihre Stirn ausbreitete. Der Schreck über den Angriff des Knechts und dessen abruptes Ende steckten ihr noch in allen Knochen, als sie sich an den umgestürzten Schemeln und den zerbrochenen Bechern vorbeibewegte. Es wurde Zeit, von hier zu verschwinden und nach Barbara zu sehen.

Als sie sich noch einmal umwandte, schien es einen Moment, als wolle David ihr etwas sagen, doch dann wandte er sich ab. Seine ganze Haltung drückte Misstrauen aus. Das stimmte sie traurig, denn nach dem Erlebnis in der Kapelle hatte sie nicht damit gerechnet, dass er so gleichgültig sein konnte. Gern wäre sie noch einmal auf ihn zugegangen, um ihm zu sagen, dass sie Laurenz nicht als Bräutigam ansah. Sie wollte ihm erklären, dass sie seinem Bruder aus Gründen ausgeliefert war, die sie ihm noch nicht offenbaren durfte, und dass Laurenz ihr gedroht hatte, sie und die Gazette zu vernichten, falls sie es wagte, ihm Widerstand zu leisten.

Konnte es möglich sein, dass Barthels Knecht gar nicht gelogen hatte?, schoss es ihr durch den Kopf. Ihre Beine zitterten so stark, dass sie die Tür wieder schloss und auf einen Schemel neben dem Ofen sank.

Was war, wenn der Knecht doch die Wahrheit gesagt hatte und man ihn hinterrücks niedergeschlagen hatte, dann lief womöglich ein unbekannter Ränkeschmied frei in der Stadt herum. Vielleicht war er ganz in ihrer Nähe. Womöglich war Barbara noch immer in Lebensgefahr, auch wenn sich Henrika nicht erklären konnte, warum jemand ihr nach dem Leben trachten sollte.

Henrika vernahm das Getöse in der Schankstube nur noch schwach, als hätte jemand zwischen ihr und der lärmenden Menge eine schwere Tür zugeworfen. Der Gedanke an eine Verschwörung, so abwegig er auch schien, machte Henrika Angst. Vor weniger als einer Stunde hätte sie nie damit gerechnet, Barthels früherem Knecht hier in Frankfurt als Mörder eines Mädchens gegenüberzustehen, das ihrer Obhut anvertraut gewesen war.

Eine Weile blieb sie sitzen und starrte vor sich hin. Erst als sie ihre Gedanken wieder ein wenig geordnet hatte, rief sie den Wirt herbei und stellte ihm einige Fragen. Dass David in der Nähe war und die Ohren spitzte, ließ sich nicht umgehen, doch es störte sie nicht besonders. Er konnte ruhig hören, worüber sie sich Sorgen machte.

«Seht Euch doch nur meinen Boden an», jammerte der dicke Schankwirt, während er sich mit einem Lappen den Schweiß von der Stirn wischte.

«Meine arme Tochter wird sich bis spät in die Nacht die Finger wund scheuern müssen, bis das ganze Blut abgewaschen ist. Ich begreife nicht, warum dieser Kerl ausgerechnet in meinem Schankraum verhört werden musste. Als ob es in Frankfurt weder Kerker noch Schergenstube geben würde. Aber mich ließen die Büttel ja das Maul halten. Ich durfte nur zusehen, wie sie auf ihn eingedroschen haben.»

Bevor eine neue Flutwelle von Klagen über Henrika niedergehen konnte, sagte sie: «Aber wisst Ihr denn etwas über den Mann? Er muss doch die letzten Tage im Wirtshaus ein und aus gegangen sein.»

«Glaubt Ihr, dass ich zur Messezeit alle Gäste in Augenschein nehmen kann? Ich habe weiß Gott genug zu tun. Fragt meine Frau. Sie wird dem hageren Tunichtgut einen Platz in der Gesindestube zugewiesen haben. Den Lohn lässt sie sich im Voraus geben, das habe ich ihr eingebläut.» Er verzog das Gesicht zu einem Grinsen. «Selbstverständlich galt das nicht für seine Herrin. Ein Prachtweib, sage ich Euch. Die hatte keinen Grund, sich zu beschweren, denn sie bekam unser vornehmstes Zimmer.»

Henrika sprang so hastig vom Hocker auf, dass der Wirt erschrocken zusammenfuhr. «Wollt Ihr damit sagen, dass der Mann nicht allein hier abgestiegen ist?», hakte sie nach. «Er begleitete eine Frau?»

«Was denn sonst?» Der Wirt wandte sich wieder dem Treiben am Schanktisch zu und schüttelte erbost den Kopf, als ein üppig gebautes Mädchen, vermutlich seine Tochter, von einem älteren Mann in beide Wangen gekniffen wurde. Das Mädchen quiekte, schien aber Gefallen daran zu finden. Das peinliche Verhör und das rasche Ende des vermeintlichen Mörders hatten das Blut der Wirtshausbesucher zum Kochen gebracht. Nun herrschte allerorts Erleichterung, die übermütig ausgelebt wurde.

«Ich will Euch nicht aufhalten, Jungfer.» Der Wirt warf Henrika einen Blick zu, der ihr klarmachte, dass er keine Lust mehr hatte, sich weiter zu unterhalten.

«Aber das tut Ihr doch gar nicht, Meister.» Ehe der Mann sich abwenden konnte, drückte Henrika ihm einen Silbergroschen in die Hand und schlug unschuldig die Augen nieder. «Ihr hattet heute wahrhaftig eine Menge Unannehmlichkeiten zu verdauen», sagte sie. «Eine kleine Entschädigung dürft Ihr da nicht ablehnen.»

Der Wirt nahm das Geld und steckte es eilig ein.

«Schwierigkeiten mit dem Gesinde hat doch jeder», sagte er schließlich. «Manche Mägde lassen sich von herumziehenden Soldaten oder Handwerksburschen Bälger machen, während die

Kerle das Handgeld nehmen und davonlaufen, sobald ihnen zu Hause etwas nicht in den Kram passt. Sie enden nach Scharmützeln mit zerschossenen Leibern auf dem Schlachtfeld oder nach Wirtshausschlägereien mit gespaltenem Schädel. Das Mädchen, das bei uns im Haus wohnte, hatte bestimmt keinen Schimmer davon, was ihr Diener heimlich trieb, nachdem sie sich zum Schlafen zurückgezogen hatte. Vermutlich kann sie noch froh sein, dass er nicht im Suff über sie hergefallen ist.»

Henrika hatte Grund, dies zu bezweifeln, aber sie hütete sich, mit dem Schankwirt zu diskutieren. Stattdessen bat sie ihn, ihr die Kammer zu zeigen, welche die Frau gemietet hatte.

«Ich möchte nicht, dass Ihr meine Gäste belästigt», mahnte der Mann mürrisch, kam Henrikas Bitte jedoch nach.

Wenige Augenblicke später stand sie in dem schmalen Durchgang zum Dachboden, nicht weit von der Tür des Zimmers entfernt. Zögernd blieb sie stehen und wartete auf David, der es sich nicht hatte nehmen lassen, ihr die Treppe hinaufzufolgen. Der junge Mann musste den Kopf einziehen, um sich nicht an den niedrigen Balken zu stoßen. Es roch unangenehm nach ranzigem Fett und verfaultem Obst. Henrika wunderte sich, wie der Wirt es schaffte, seinen massigen Körper durch diesen engen Flur zu wuchten.

«Darf ich fragen, warum du mir hinterherläufst wie ein Kätzchen?», fragte sie leise, als sie David hinter sich hörte. «Ich brauche niemanden, der auf mich aufpasst.»

«Das bezweifle ich nicht, aber inzwischen habe auch ich ein paar Fragen, die mich nicht in Ruhe lassen. Ich möchte gern wissen, wer diese Frau ist, von der der Wirt gesprochen hat, und woher du sie kennst.»

Henrika zuckte zusammen. David war längst nicht so gleichmütig, wie sie gedacht hatte. «Wieso glaubst du, dass mir die Frau bekannt ist?»

«Das liegt doch auf der Hand. Ihr Diener hat dich erkannt,

darum kam er auf dich zu. Vermutlich klammerte er sich an die Hoffnung, dass du die ganze Sache aufklärst und er mit einem blauen Auge davonkommt.»

«Der Mann schlug seine Krallen in meinen Arm», erwiderte Henrika gereizt. «Wie um Himmels willen hätte ich ihm denn helfen können? Außerdem wurde Barbaras Band mit dem Amulett bei ihm gefunden. Und seine Kleidung war feucht, was durchaus nicht verwunderlich ist, wenn man gerade ein Kind mit einer Stange unter Wasser gedrückt hat.»

«Zu dumm für ihn, dass er beschlossen hat, sie wieder aus dem Wasser zu fischen», spottete David zynisch. «Er schien mir nicht besonders kräftig gewesen zu sein, auch wenn er im Angesicht des Todes wie ein Wilder um sich schlug. Aber glaubst du wirklich, dass er so dumm war, Spuren zu legen, die direkt zu ihm führen?»

«Woher soll ich wissen, was im Kopf eines Mörders vor sich geht?»

«Wenn du ihn für schuldig hältst, warum stehen wir dann hier oben? Was willst du von der Frau erfahren, in deren Diensten der Kerl stand?»

Henrika hob die Augenbrauen. Sie ahnte, worauf Davids Bemerkung abzielte. Sie war selbst nicht mehr davon überzeugt, dass der Knecht Barbara aus eigenem Antrieb überfallen hatte.

«Ist es nicht eigenartig, dass diese Frau ruhig in ihrer Kammer geschlafen haben soll, während ihr Diener unten in der Schankstube zuerst des Mordes beschuldigt und dann getötet wurde? Warum hat der Wirt sie nicht herbeigerufen?»

«Vielleicht hat sie ihm Geld gegeben, damit niemand sie stört», schlug Henrika halbherzig vor, denn sie erinnerte sich an das Leuchten in den Augen des Mannes, als sie ihm einen Silbergroschen zugesteckt hatte. Für Schankwirte galt die eiserne Regel ihres Gewerbes, höhergestellte Personen, die in ihrem Haus abstiegen, auf keinen Fall zu belästigen.

«Und warum hat sie nicht selbst nachgesehen, was der Höllenlärm unten in der Schankstube zu bedeuten hat? Der Mann hat gebrüllt wie am Spieß, aber trotzdem hat sie nicht einmal einen Finger gerührt, um ihm zu helfen. Vermutlich wird sie morgen ein Protokoll unterzeichnen und sich über die Untat ihres Knechts bestürzt zeigen. Zu mehr ist sie nicht verpflichtet.»

Wenn es nur so einfach wäre, dachte Henrika. Ein Teil von ihr sehnte sich danach, David endlich von ihrem Verdacht zu erzählen, ein anderer Teil fürchtete sich davor. Aber blieb ihr überhaupt noch eine Wahl? Wenn sich in der Kammer, auf die sie nun zuschritt, tatsächlich Anna von Neufeld aufhielt, dann gab es ohnehin kein Zurück mehr. Weder für Anna noch für sie.

Beide Frauen würden Vorwürfe erheben. Tödliche Vorwürfe. Doch nur einer von ihnen würde man Glauben schenken.

Auf Henrikas Klopfen antwortete niemand. Die Kammer war leer.

«Die Frau scheint es mit ihrem Auszug eilig gehabt zu haben», bemerkte David, der sich aufmerksam umschaute. In dem Zimmer war es ziemlich kalt. Es gab zwar einen Ofen, aber die Kohle glühte bereits nicht mehr, als Henrika darin herumstocherte. An dem Tisch hatten vor nicht allzu langer Zeit zwei Personen gespeist. Ihre Schüsseln mit den Resten einer kalten Mahlzeit und eine Kerze, die Wachsflecken auf der Tischplatte hinterlassen hatte, waren noch nicht abgeräumt worden.

Henrika schlug den Vorhang des wuchtigen Bettes zurück. Sie war hier, dachte sie, als ihr Blick auf die zerwühlten Laken fiel. Ihre Hand zitterte plötzlich so stark, dass sie sich an dem kunstvoll gedrechselten Pfosten festhalten musste.

«Du siehst aus, als hättest du ein Gespenst gesehen.» David berührte sie behutsam am Arm. Sie ließ es sich gefallen, ohne sich von der Stelle zu bewegen, denn in der Geste des jungen Mannes lag mehr Trost und Verständnis, als er ahnen konnte. Laurenz hätte vermutlich darüber gelacht, aber …

Henrika zog mit einer raschen Bewegung den Vorhang wieder zu. Überrascht kniff sie die Augen zusammen, dann wirbelte sie auf dem Absatz herum und starrte David erschrocken an.

David zog seine Hand zurück. «Was hast du? Etwa wieder eine … Erscheinung?»

«Laurenz war hier, in dieser Kammer», sagte sie.

«Mein Bruder?» David schüttelte seufzend den Kopf. Er kehrte ihr den Rücken zu und ging zum Fenster. Hinter den kleinen, in Blei gefassten Scheibchen lag nichts als Dunkelheit.

«Woher willst du das nun schon wieder wissen? Nein, sag es mir lieber nicht. Ich bin nicht sicher, ob ich es hören will. Wie auch immer dein Problem mit meinem Bruder aussehen mag, kläre es mit Laurenz, aber ziehe ihn nicht in diese schreckliche Sache hinein. Immerhin geht es hier um den Überfall eines verrückten Dienstboten auf die Tochter unseres Dienstherrn. Wir werden unsere Arbeit für die Gazette wieder aufnehmen und nach Straßburg zurückkehren, sobald Barbara sich ein wenig erholt hat. Vielleicht kann sie uns schon morgen berichten, was ihr widerfahren ist, dann wissen wir, ob Laurenz den Richtigen erwischt hat. Darf ich dich daran erinnern, dass er dir beistehen wollte?» David verschränkte die Arme.

Henrika schloss die Augen und rief sich das Bild des am Boden liegenden Mannes in der Schankstube ins Gedächtnis. Laurenz hatte zugeschlagen, bevor der Knecht ausplaudern konnte, woher er Henrika kannte. Ja, wenn man es so nahm, dann hatte er ihr damit geholfen. Und sich selbst, denn er schien so darauf versessen zu sein, sie zu seiner Ehefrau zu machen, dass er jedes Hindernis aus dem Weg räumte.

Etwa auch ein allzu neugieriges Kind?

Eine ganze Weile herrschte betretenes Schweigen in der Kammer. Dann sagte Henrika: «Ich weiß, dass du mir nicht glaubst, aber je länger ich in diesem Raum stehe, desto deutlicher spüre ich es. Laurenz hat … in diesem Bett gelegen.»

«Du verlangst ein wenig viel von mir, findest du nicht? Sei froh, dass ich in dir keine Hexe sehe.»

«Wie großzügig von dir.»

David warf ihr einen scharfen Blick zu. Dann sagte er: «Selbst Laurenz schafft es nicht, innerhalb weniger Stunden eine fremde Edeldame um den Finger zu wickeln, auch wenn sie auf ein Abenteuer mit einem gutaussehenden Handwerker aus war.»

«Aber sie war für ihn ja gar keine Fremde», rief Henrika voller Eifer. Ihre Augen blitzten auf. «Er kennt sie, und du kennst sie auch. Jedenfalls hast du sie gesehen, als du damals mit deinem Bruder und Carolus in Mannheim warst. Sogar den Knecht könntest du schon einmal gesehen haben.» Sie holte tief Luft, ehe sie hinzufügte: «Die Frau heißt Anna von Neufeld.»

David runzelte die Stirn. Allmählich begriff er, von wem Henrika redete. Verwirrt beobachtete er das Mädchen, das gehetzt in der Kammer auf und ab lief. «Sie haben sich hier in Frankfurt getroffen», sagte sie leise. «Zufällig oder nicht, das spielt keine Rolle. Und sie haben ihr Wiedersehen in dieser Schlafkammer gefeiert. In diesem Bett, darauf gebe ich dir Brief und Siegel. Wie blind ich doch gewesen bin. Ich habe Barthels Pferdeknecht sogar noch gesehen, als wir gestern unterwegs zu de Brys Haus waren, aber ich dumme Gans habe mich ablenken lassen. Daher bin ich nicht darauf gekommen, woher ich sein Gesicht kannte. Hätte ich schon früher herausgefunden, dass sich Anna von Neufeld in der Stadt herumtreibt, wäre Barbara vielleicht nichts zugestoßen.»

«Moment mal!» Davids Miene verfinsterte sich. «Willst du etwa andeuten, der Kerl könnte im Auftrag dieser Anna gehandelt haben?»

Henrika konnte David ansehen, dass es ihn quälte, ihren Gedanken länger folgen zu müssen. Die ganze Geschichte wurde aber auch immer verwirrender. Unbestritten blieb allein die Tatsache, dass Anna Barthels früheren Knecht in ihre Dienste genommen hatte. Vielleicht hatte dieser Henrika in der Stadt doch gesehen und seiner Herrin davon erzählt, aber das erklärte nicht den Anschlag auf Barbara. Es war wie verhext. Sosehr sich Henrika auch den Kopf zerbrach, eine überzeugende Erklärung mochte ihr nicht einfallen.

«Wenn Anna dahintersteckt, so hatte sie es auf mich abgesehen, nicht auf Barbara», sagte sie schließlich. «Dabei hat sie es in Kauf genommen, ihren Diener zu opfern, nur um mir eine Warnung zukommen zu lassen.»

«Eine Warnung? Wovor sollte sie dich warnen? Sie wusste doch nicht einmal, dass sie dich hier finden kann.»

Henrika versuchte zu lächeln, um ihr Unbehagen herunterzuspielen. Seit der Nacht, in der sie aus ihrem Heimatort geflohen war, verletzt, hungrig und in Todesangst vor ihren Verfolgern, traute sie Anna von Neufeld alles zu. Sie hatte sie durchschaut, aber das nutzte ihr wenig. So wie es aussah, hatte sich Barthels Nichte rechtzeitig aus dem Staub gemacht.

Ihr Blick fiel auf eine Kleidertruhe, die weder David noch ihr gleich aufgefallen war, weil sie in einer kleinen Nische stand. Einem Impuls folgend, ging Henrika zu der Truhe hinüber und öffnete sie. Ihr Gesicht wurde kreidebleich, als ein schnarrendes Geräusch ertönte. Henrika wich zurück; stöhnend schlug sie die Hand vor den Mund. «Allmächtiger!», war alles, was sie herausbrachte.

David starrte Henrika verwirrt an, doch er war sogleich bei ihr und legte seinen Arm um ihre Schulter, weil er befürchtete, sie könnte auf der Stelle ohnmächtig zusammenbrechen.

«Diese Truhe ...», stammelte Henrika weinend. «Es ist Barthels Truhe. Ich erkenne sie wieder. Sie stand zunächst in seinem Kabinett, später ließ er sie in das kleine Brückenhaus schaffen, wo er ... Sieh selbst nach, wenn du mir nicht glaubst. Auf dem Deckel findest du seine Initialen tief ins Holz geschnitzt.»

David wartete geduldig, bis Henrika sich wieder etwas gefangen hatte, dann kam er ihrer Aufforderung nach und sah sich die Truhe genauer an.

«Du wirst mich für verrückt halten, aber als ich die Truhe wiedererkannte, wurde ich an die furchtbarste Nacht meines Lebens erinnert», sagte Henrika. «Verstehst du, was ich meine?»

David strich Henrika sanft das Haar aus dem Gesicht, und seine Finger kühlten ihre erhitzten Wangen, bevor sie sich auf weitere Erkundungswege begaben. Sie erforschten Henrikas linkes Ohr, zeichneten mit der schwungvollen Bewegung eines Künstlers die feinen Linien ihrer Lippen nach und berührten zärtlich ihr Kinn. Dabei sagte David nicht ein einziges Wort, als befürchtete er, den Zauberbann zu brechen, der urplötzlich über ihnen schwebte.

Henrikas Herz klopfte, nein, es zersprang beinahe, als sie bemerkte, wie nah sie David gekommen war. Sie begann nun ihrerseits, David entgegenzukommen. Sie umfasste seine Hüften und hob langsam den Kopf, um seinem Mund die Suche nach ihren Lippen zu erleichtern. Was sie empfand, war unbeschreiblich. Tiefe Dunkelheit hüllte sie ein, aber diesmal war es keine Dunkelheit, die sie ängstigte, sondern ein Gefühl von Geborgenheit und höchster Wonne. Bis zu dieser Stunde hatte sie in David nur Laurenz' Bruder gesehen, einen gewissenhaften, aber undurchsichtigen Mann, der außer seiner Arbeit nichts zu haben schien, für das sich sein Leben lohnte. Doch nun, während sie sich an ihn schmiegte, begriff sie, dass sie sich in ihm ebenso getäuscht hatte wie in Laurenz. Auch David war fähig, Leidenschaft zu empfinden, auch wenn er sein Herz nicht auf der Zunge trug.

Seine Liebkosungen waren ungewohnt. Als er sie am Ohr kitzelte, traten ihr Tränen in die Augen.

«Warum weinst du?», wollte er flüsternd wissen. «Ist es die Erinnerung an deinen Vormund, die dich traurig macht?»

Sie schüttelte den Kopf, suchte nach Worten, die ihm klarmachen sollten, dass der Moment, den sie miteinander teilten, in Kürze nur eine Erinnerung sein würde.

Sie wischte sich die Tränen aus den Augen und fuhr sich mit einer hastigen Bewegung durch das Haar. Ich darf ihn nicht ansehen, dachte sie. Niemals wieder kann ich ihm in die Augen sehen. Der Traum war vorüber, so schnell wie er gekommen war, und die kalte Wirklichkeit hatte sie eingeholt. In dieser Wirklichkeit gab es keinen Platz für David, dessen Bruder ein übles Spiel mit ihr trieb. David konnte das nicht verstehen, und sie würde ihn niemals überzeugen können. Auch wenn er sich noch so oft mit Laurenz prügelte, er blieb auf ewig sein Bruder. Und Henrika wusste, wie sehr er an ihm hing. Nicht einmal von ihrem Verdacht gegen ihn hatte er hören wollen. Sollte sie ihm da noch erzählen, wie Laurenz sie erst vor wenigen Stunden bedroht hatte? Dass er sie zur Heirat zwingen wollte?

Nein, das war unmöglich. Es gab Entscheidungen, die Menschen einsam machten. Henrika blieb nichts anderes übrig, als ihre zu treffen. Sie würde David schaden, wenn sie ihn zum Verbündeten gegen Laurenz' und Annas Ränke machte. Es war besser für ihn, wenn sie ihm fortan aus dem Weg ging. Keinesfalls durfte sie von ihm verlangen, dass er sich gegen seinen eigenen Bruder stellte.

17. Kapitel

Meister Carolus beschloss, noch einige Tage in Frankfurt zu bleiben, damit sich Barbara erholen konnte. Während dieser Zeit ließ er das Mädchen nur aus den Augen, wenn ihn dringende Geschäfte riefen. Die Nachricht vom gewaltsamen Ende ihres vermeintlichen Peinigers hatte er schweigend, aber doch beruhigt zur Kenntnis genommen. Er war davon überzeugt, dass der Mann im Zustand der Trunkenheit über Barbara hergefallen und sie in den Main geworfen hatte, als sie sich geweigert hatte, ihm Geld oder Schmuck zu geben. Er hatte ihr den Talisman abgenommen, jedoch erst später bemerkt, dass dieser wertlos war. Nach seiner Tat musste ihn die Reue gepackt haben. Darum hatte er Barbara aus dem Wasser gefischt und wie eine Opfergabe in die Kapelle gelegt.

Henrika verstand nur zu gut, dass dies für ihren Meister die einfachste Erklärung war, und sie beschloss, es dabei zu belassen. Zu ihrem Glück hatte sich Carolus' Wut auf sie bald wieder gelegt. Er erlaubte, dass sie Barbara besuchte und an ihrem Bett wachte, wenn er und Herr de Bry geschäftliche Angelegenheiten zu besprechen hatten.

Barbara erholte sich erstaunlich schnell, zumindest körperlich. Die Wunde an ihrem Hinterkopf tat ihr zwar noch bei jeder Bewegung weh, aber ihr Gesicht gewann wieder ein wenig an Farbe. Eines jedoch schien Barbara unwiderruflich abhandengekommen zu sein: die Erinnerung an die Nacht, in der sie um ein Haar gestorben wäre. Henrika verbrachte viel Zeit damit, auf einem Hocker neben dem Bett des Mädchens zu sitzen, ihr Brühe einzuflößen oder einfach ihre Hand zu halten. Dabei fragte sie sich insgeheim, ob Barbara sich wirklich nicht erinnern konnte oder ob sie einfach nicht mehr an die schrecklichen Stunden jener Nacht denken wollte. Wenn Carolus oder sie behutsam versuchten, ihr Fragen zu stellen, fing sie an zu weinen und vergrub ihren Kopf unter der Decke, bis ihr Vater die Kammer verlassen hatte.

«Eines Tages wird sie sich erinnern», erklärte Henrika dem Druckermeister, als sie ihn eines Morgens mit bekümmerter Miene in der Tafelstube fand. «Wir müssen Geduld haben und Gott danken, dass er sie uns nicht genommen hat.»

Carolus nickte, während er mechanisch einige Urkunden auf dem Tisch hin- und herschob. «Ich habe mich zu wenig um sie gekümmert», sagte er. «Der Kampf um unsere Zeitung hat mich völlig in Anspruch genommen. Ich bin unendlich müde, Henrika, dabei stehen wir mit unserem Werk noch ganz am Anfang. Der Herr im Himmel weiß, ob ich es zu Ende führen werde. Ich bin so müde geworden.»

«Bitte, redet nicht so, Meister», sagte Henrika erschrocken. «Ihr seid der Kopf, ohne den die Gazette weder Geist noch Gesicht hätte.»

Er lächelte. «Und du, mein Kind, bist ihr Herz. Das spürte ich, als du zum ersten Mal meine Werkstatt betratst. Du hast in dieser kurzen Zeit nicht nur mein Haus, sondern auch die Zeitung mit Leben gefüllt. Ohne dich könnte ich so viele Boten aussenden, wie ich wollte. Ihre Nachrichten blieben nichts als seelenlose Worte. Du besitzt die Gabe, aus Worten Kunstwerke zu machen.» Er zögerte einen Moment, dann bat er Henrika, sich zu ihm zu setzen. «Aber das soll nicht heißen, dass der Sinn einer Gazette darin liegt, die Menschen mit Äußerlichkeiten zu beeindrucken. Wir wollen ihnen zeigen, was in der Welt geschieht, ohne auf ihre Gedanken Einfluss zu nehmen.»

Henrika nickte. Sie hatten sich schon einmal darüber unterhalten. «Ich könnte ohne die Gazette vermutlich nicht mehr leben, aber wenn Ihr mich wegschicken müsst, dann bleibt mir nichts anderes übrig als …»

«Wegschicken?», unterbrach sie Carolus erstaunt. «Wie kommst du auf diese Idee? Ich möchte, dass du dich in Straßburg künftig um die Kurierreiter kümmerst. Sie werden dir rechenschaftspflichtig sein und keinem anderen.»

Henrika schoss das Blut ins Gesicht. Die Zeitung würde also nicht nur mit dem Bild geschmückt werden, das sie gezeichnet hatte, Carolus bot ihr auch noch einen bedeutenden Posten in seiner Werkstatt an. Überwältigt vor Freude, sprang sie auf.

«Laurenz hat mir übrigens erzählt, dass ihr beide gute Neuigkeiten für mich habt», sagte Carolus.

Henrikas Hochgefühl schwand. Es hatte gutgetan, wenigstens ein paar Augenblicke lang die Gegenwart zu verlassen und in Träumen zu schwelgen, aber wie gewöhnlich verblassten diese, wenn man es am wenigsten vermutete. Sie schluckte schwer.

«Er hat Euch also erzählt …»

Carolus tätschelte ihr begütigend die Hand. «Nur keine Sorge, mein Kind. Warum sollte ich etwas dagegen haben, wenn ihr beide heiratet. Laurenz ist ein aufgeweckter Kerl. Nun, da die Zunft ihn auch noch zum Meister gemacht hat, wird es ihm nicht schwerfallen, eine Familie zu ernähren. Ich werde vor den Zunftgenossen für euch bürgen.»

«Aber …»

Carolus stand auf und nahm die Papiere vom Tisch. «Du brauchst mir nicht zu danken. Ich freue mich für euch.»

Henrika rang sich ein gequältes Lächeln ab. Noch vor wenigen Wochen hätte sie Carolus voller Dankbarkeit die Hand geküsst. Er vertraute ihr sein Lebenswerk an, das war ohne Zweifel ein schönes Gefühl. Nach all der Unruhe, die sie in sein Haus und seine Familie gebracht hatte, war es sein Wunsch, dass sie seine Arbeit weiterführte. Doch das setzte voraus, dass sie sich irgendwie mit Laurenz einigte. Weigerte sie sich, ihm zu Diensten zu sein, blieb ihr nichts weiter übrig, als zu fliehen, denn Carolus konnte einer entlaufenen Dienstmagd, die noch dazu des Mordes an ihrem Herrn und Gönner verdächtigt wurde, niemals die Mitarbeit an der *Relation* gestatten. Er wäre gezwungen, sie den Behörden zu übergeben oder gleich nach Mannheim ausliefern zu lassen. Vermutlich stand Anna dort inzwischen auf gutem Fuß mit sämtlichen Leuten, die in der Stadt und in der Festung etwas zu sagen hatten.

«Wann wollt ihr denn heiraten?» Carolus lächelte gutmütig. «Da weder Laurenz noch du Eltern habt, werden selbstverständlich meine Frau und ich ein Traufest für euch ausrichten.»

Henrika dachte an David und daran, wie wundervoll sich seine Hände auf ihrer Haut angefühlt hatten. Sie konnte nur beten, dass Carolus nicht bemerkte, wie sterbenselend ihr zumute war. Wie, beim Blut Christi, kam sie aus dieser Sache nur heil heraus? Sie konnte auf der Stelle die Stadt verlassen und nie wieder zurückkehren. Sie würden sie gewiss suchen, vielleicht sogar ein paar Tage lang. Aber dann mussten sie nach Straßburg reisen. Und das Reich war groß. Sehr groß. Wie man hörte, wuchs der Konflikt zwischen Kaiser Rudolf, seinem Bruder, Erzherzog Matthias und den protestantischen Landesfürsten. Der Geruch eines Krieges lag in der Luft. Vielleicht war dies die letzte günstige Gelegenheit, um unterzutauchen und seine Spuren zu verwischen.

«Laurenz …», stammelte sie schließlich. «Ihr solltet ihn fragen, Meister. Vermutlich hat er schon Pläne geschmiedet.»

Eine Woche später hatte sich Barbara so weit erholt, dass sie ein Schiff besteigen und die Heimreise antreten konnten. Henrika war erleichtert, denn obwohl Meister Carolus ihr verziehen hatte, fühlte sie sich noch immer schuldig.

Barbaras Erinnerung war nicht wiedergekehrt. Zweimal hatte

Henrika versucht, ihr mit Hilfe ihres Liedes das Gedächtnis zurückzugeben, doch es war umsonst gewesen. Sie konnte die verhängnisvolle Gabe einfach nicht benutzen, so oft sie das wollte. Sie hatte abgewartet, während der Duft des Frühlings und der Lärm der Buchgasse durch das offene Fenster gedrungen waren, aber nichts war geschehen.

Weder Meister Carolus noch die anderen im Haus des Herrn de Bry glaubten noch an eine Gefahr für das Mädchen, doch Henrika spürte, dass der Druckermeister ihre Entscheidung, bei Barbara zu bleiben, guthieß.

Nach ihrer Ankunft in Straßburg begab sich Henrika sogleich zu Emma und Ludwig, die erleichtert waren, sie wohlbehalten wiederzusehen.

«Am Tag deiner Abreise bekam Ludwig Besuch von einem vornehm gekleideten Herrn», eröffnete ihr Emma, während sie einen Topf mit Brühe auf den Herd setzte. «Er kam eigens, um dich zu sehen.»

«War es der Flame, den Ludwig damals im Haus des Vogts getroffen hatte?»

Emma nickte. «Er behauptete, einen Brief von dir erhalten zu haben, und war sehr enttäuscht, als ich ihm sagen musste, dass du nicht in der Stadt bist. Leider zwangen ihn Verpflichtungen zur sofortigen Abreise, aber er bat mich, dir auszurichten, dass er wieder nach Straßburg kommen würde. Eines Tages.»

Henrikas Gedanken wirbelten in ihrem Kopf umher wie Laubblätter im Herbst. War es nicht unglaublich, wie launenhaft das Schicksal mit den Menschen umsprang?

Am nächsten Tag begab sich Henrika bereits im Morgengrauen zur Druckerei. Dort wurde sie stürmisch begrüßt. Der bucklige Zeitungskrämer Adam, der sich einen Becher Buttermilch schmecken ließ, strahlte über das ganze Gesicht. «Habt Ihr es schon gehört, Jungfer?», rief er ihr winkend zu.

Henrika ging zu ihm hinüber und hob fragend die Schultern. «Was ist denn geschehen, Adam?»

«Da fragt Ihr noch? Die Straßburger reden von nichts anderem mehr! Vier eurer Kuriere sind wohlbehalten zurückgekehrt. Sagt selbst, Jungfer, ist das nicht ein Wunder? Sie ritten durch das Kronenburgertor, während die Glocke von St. Ludwig noch schlug. Alle vier zur gleichen Zeit.»

Henrika musste ihm beipflichten. Das war in der Tat eine gute Nachricht. Als sie sich umblickte, sah sie, dass sämtliche Setzer vor ihren Kästen und Laden standen und voller Eifer Lettern sortierten. Auch die Druckerpresse stand nicht still; geräuschvoll wurden die Hebel bedient, während einer der jüngeren Lehrbuben auf einer Trittleiter balancierte und druckfrische Bögen mit Klammern an der gespannten Trockenleine befestigte. Henrikas Herz hüpfte, als sie auf den Bögen das Bild erkannte, das sie für die Titelseite gezeichnet hatte.

Meister Carolus hatte Wort gehalten.

Er musste die in Frankfurt angefertigten Kupferplatten noch in der Nacht in die Werkstatt gebracht haben, und obwohl noch etliche Stunden verstreichen würden, bevor Adam die neugestaltete *Relation* mit seinem Bauchladen unter das Volk von Straßburg bringen konnte, spürte Henrika, wie ihre Hände vor Aufregung zitterten.

«Meister Carolus hat bereits nach Euch gefragt, Jungfer», sagte der bucklige Adam. «Er ist mit den Kurieren in seinem Arbeitszimmer und lässt sich Bericht erstatten. Mir hat ein Vögelchen gezwitschert, dass dies aber bald Eure Aufgabe sein soll.»

Henrika schluckte. Sie hatte nicht vorgehabt, die Männer zu stören, aber wenn Carolus ihre Anwesenheit wünschte … Also lief sie über den schmalen Flur, der die Werkstatt mit der eigentlichen Buchbinderei verband, klopfte kurz an und schlüpfte in den mit Büchern vollgestopften Raum.

Meister Carolus hatte es sich in einem hohen Lehnstuhl mit

grünen Polsterkissen bequem gemacht und knabberte an einem Apfel, während David hinter dem Schreibpult stand und mit Feuereifer Notizen zu Papier brachte. Drei junge Männer standen ihm gegenüber; ihr vierter Kamerad hatte sich ein Plätzchen auf der breiten Ofenbank gesucht. Der Reihe nach überreichten sie Meister Carolus ihre Taschen mit Depeschen. Der Druckermeister warf nur einen kurzen Blick auf die Schriftstücke, bevor er sie an David weiterreichte. Dieser legte die neueingetroffenen Informationen behutsam in einen Holzkasten, der eigentlich der Aufbewahrung von Lettern diente, und bat dann den ersten der Kuriere um seinen Bericht. Es war der Bote, der nach Rom geschickt worden war. Als Carolus Henrika entdeckte, unterbrach er den jungen Mann und bot ihr seinen Stuhl an, damit sie den Erzählungen lauschen konnte. Henrika winkte ab; sie wollte den Meister nicht vertreiben. Daher begnügte sie sich damit, sich auf die blank polierte Lehne des Sessels zu stützen. Dann hörte sie zu, was die jungen Reiter unterwegs erlebt hatten. Was sie erzählten, klang aufregend und verwirrend. Henrika hegte den Verdacht, dass die Männer ihre helle Freude daran hatten, ihre Erzählungen nach allen Regeln der Kunst auszuschmücken. Doch ihre Felleisen und die versiegelten Depeschen bewiesen eindeutig, dass sie die Städte, in die Carolus sie ausgesandt hatte, tatsächlich gesehen und die Informanten getroffen hatten. Was ihnen darüber hinaus während der Reise über die staubigen Landstraßen widerfahren war, hatte für die Gazette keinerlei Bedeutung, auch wenn es sie faszinierte. Während der nächsten beiden Stunden erfuhr Henrika alles über das deutsche Kaufmannsviertel in der Lagunenstadt Venedig, in der täglich Schiffe aus aller Welt eintrafen, über die Verhältnisse, die in der römischen Kurie und in der Burg des Papstes herrschten, und über die Kämpfe, welche die Kaufleute von Köln mit ihrem Bischof und dem Domkapitel ausfochten.

«Und du kannst auf deinen Eid versichern, dass dein Gewährsmann in Wien dir die Wahrheit gesagt hat?» David hob den Kopf und warf dem Mann, der soeben seinen Bericht abgeschlossen hatte, einen forschenden Blick zu.

«Ich kann nur das berichten, was man mir erzählt hat», antwortete der Kurier. Er klang ein wenig beleidigt, aber Henrika verstand, dass David nachhaken musste. Fehlerhafte Meldungen, ja, sogar Übertreibungen konnten der Gazette das Genick brechen, insbesondere zu dieser Zeit, da sie mit dem Anspruch an die Öffentlichkeit trat, Nachrichten aus ganz Europa zu übermitteln. Nicht nur Fürstenhäuser, auch Patriziersippen wie die Zorns würden ungehalten reagieren, wenn sie den Verdacht hegten, getäuscht zu werden. Und Meister Carolus stand mit seinem guten Namen und mit all seiner Habe dafür ein, dass die Informationen, die er druckte und verbreitete, auch der Wahrheit entsprachen.

«Zwei volle Tage vergingen, bevor ich endlich zu diesem Herrn von …»

«Nenne niemals die Namen derer, die dir Nachrichten verkaufen», unterbrach ihn David.

«Unsere Kontaktpersonen müssen sich darauf verlassen können, dass ihr Inkognito gewahrt bleibt und sich nicht wie ein Lauffeuer im Reich verbreitet, wem wir unser Wissen verdanken», erklärte Meister Carolus ruhig.

Der junge Kurier setzte zu einer Erwiderung an, überlegte es sich aber anders, als er Henrikas teilnahmsvollen Blick sah. Stattdessen erklärte er, dass ihm, wie seinen Kameraden, jeder Knochen im Leib schmerze und er keinen anderen Wunsch hege, als die nächste Badestube aufzusuchen und sich den Staub aus den Poren waschen zu lassen.

«Ein hervorragender Einfall», stimmte Meister Carolus zu. «Das habt ihr euch auch redlich verdient.» Er kämpfte sich aus seinem Sessel hoch, verscheuchte David vom Schreibpult und entnahm der Lade eine Handvoll Silbergroschen, die er mit einer gönnerhaften Miene unter seinen Kurieren verteilte. Die Männer stutzten, ehe sie sich höflich, aber ohne wahre Begeisterung bedankten.

«Kommt morgen in die Werkstatt, dann erhaltet ihr den versprochenen Lohn», sagte David. Er lief an den Kurieren vorbei, um sie zur Seitentür zu begleiten, die über den Hof zum Pferdestall führte. Als er die Tür öffnete und über die Schwelle treten wollte, stieß er beinahe mit Jeremias Zorn zusammen. Der junge Patrizier hatte gerade anklopfen wollen und wich irritiert zurück, als er David gegenüberstand.

«Ratsherr Zorn», entfuhr es David. Verblüfft starrte er den jungen Mann an. Überraschung spiegelte sich auch in der Miene des Ratsherrn wider, der einen verlegenen Blick in die Buchbinderei warf. Er war allein gekommen. Vermutlich hatte man ihm in der Druckerei mitgeteilt, wo der Meister und die Kurierreiter zu finden waren.

«Welche Ehre, Euch in unserem bescheidenen Haus begrüßen zu dürfen», sagte David. Widerwillig gab er den Weg frei, da er den Ratsherrn unmöglich vor der Türe abfertigen konnte.

«Ist das der junge Ratsherr Jeremias?» Ohne eine Antwort abzuwarten, lief Meister Carolus zur Tür, ergriff die Hand des Patriziers und zog ihn in die Stube.

«Ich fühle mich geehrt, dass unser Rat Anteil nimmt an unserer Freude über die Rückkehr unserer Kurierreiter», sprudelte es aus dem rundlichen Mann heraus. «Ihr seid gewiss gekommen, um die heldenhaften Kurierreiter zu begrüßen.» Er lachte. «Sicher verrate ich nicht zu viel, wenn ich Euch sage, dass sie wichtige Neuigkeiten nach Straßburg bringen.»

«Nun ja, davon gehe ich aus», sagte Zorn gelassen. Er streifte die Kuriere mit einem flüchtigen Blick. «Wie mir zu Ohren gekommen ist, wurde Eure Tochter in Frankfurt das Opfer eines gemeinen Überfalls. Darf ich fragen, wie es um das Mädchen steht?»

Meister Carolus seufzte. «Bedauerlicherweise nicht zum Besten, Ratsherr. Sie ist wach, träumt aber den ganzen Tag vor sich hin. An den Vorfall selbst vermag sie sich nicht zu erinnern, der liegt wie ein schwarzer Schatten über ihrem Gemüt. Nicht einmal Jungfer Henrika vermag es, zu ihr durchzudringen. Aber wenigstens wurde der feige Anschlag auf mein armes Kind bestraft. Die Frankfurter Büttel verstehen eben ihr Handwerk. Sie stöberten den Schurken auf und überführten ihn in einer Schänke vor Zeugen. Er wurde in einem Handgemenge erschlagen, nachdem er so dreist war, auch noch Jungfer Henrika und meinen früheren Gesellen anzugreifen.»

Jeremias Zorn hob die Augenbrauen. «Ich hoffe, Ihr wurdet dabei nicht auch noch verletzt, Jungfer?»

«Nein, Ratsherr, es geht mir gut», sagte Henrika scheu.

«Ja, ja, es geht ihr blendend.» Meister Carolus lief zurück zu seinem Schreibpult und schlug das schwere Buch auf, in das David die Berichte der Kurierreiter eingetragen hatte. «Ich werde Euch nicht enttäuschen, Ratsherr», sagte er lächelnd. «Mein Geselle und die Jungfer werden sich unverzüglich daran machen, die Nachrichten unserer Reiter zu sortieren, danach können sie auf die Presse gelegt werden. Die Straßburger *Relation* hat eine prachtvolle Titelseite bekommen, die wir ebenfalls Jungfer Henrika verdanken. Sie hat sie sich ausgedacht und eigenhändig eine Vorlage gezeichnet, die der Kupferstecher übernommen hat.»

Jeremias Zorn nickte anerkennend. «Dann darf ich nicht versäumen, auch Euch zu gratulieren, Jungfer. Wie es aussieht, wird man in Kürze noch oft von Euch hören, zumal Ihr Euch offensichtlich dafür entschieden habt, in unserem schönen Straßburg sesshaft zu werden.»

Henrika errötete, fand aber keine Worte der Erwiderung. Wusste Zorn von Laurenz' Absicht, sie zu heiraten? Die Aufmerksamkeit, die der Ratsherr ihr in Davids Beisein zollte, war nicht das, was sie sich wünschte. Emma und Ludwig hatten sie doch davor gewarnt, sich dem Gerede auszusetzen. Zorn jedoch schien seine Augen und Ohren überall zu haben. Ihm entging so leicht nichts, was sich innerhalb der Stadtmauern ereignete. Vermutlich war er, der Carolus' Arbeit insgeheim unterstützte, der einzige Mann in Straßburg, der nicht auf die Informationen einer Gazette angewiesen war.

Der Ratsherr wandte sich zum Gehen, blieb an der Tür jedoch noch einmal stehen. «Wann erwartet Ihr eigentlich den fünften Reiter zurück, Meister Carolus?»

«Er müsste Straßburg noch in dieser Woche erreichen.»

«Und wie kam es dann, dass ihr anderen fast gleichzeitig in Straßburg eintraft?», fragte der Ratsherr und wandte sich an die vier jungen Reiter. «Erzählt mir bloß nichts von einem Wunder, das nehme ich euch nicht ab. Ihr Burschen habt euch doch verabredet, nicht wahr? Heraus mit der Sprache: Wo war euer Treffpunkt?»

Der «Wiener» errötete; verunsichert spähte er zu seinen Kameraden hinüber.

«Wir haben uns nur einen kleinen Spaß erlaubt», verteidigte sich der junge Kurier. «Natürlich haben wir eine Verabredung getroffen, nachdem wir überschlagen hatten, wie lange jeder von uns für seine Reise brauchen würde.»

«Wir haben uns in einem kleinen Marktflecken hinter Weißenburg getroffen», kam der «Venezianer» seinem Freund zu Hilfe. «Dort gibt es ein Gasthaus, dessen Wirtin keine Fragen stellt, solange man sie ordentlich … bezahlt. Der ‹Kölner› war der Erste, wenig später traf ich ein. Insgesamt verbrachten wir etwa eine Woche in dem Dorf, um uns von den Strapazen der Reise zu erholen.»

«Das ist doch unerhört», schimpfte Meister Carolus, doch er konnte sich ein Lächeln nicht verkneifen. Die Geschichte schien ihm zu gefallen. Nur David sah empört aus.

«Aber auf den ‹Antwerpener› habt ihr nicht gewartet?», wollte Zorn wissen.

«Nein, Ratsherr. Wir haben keine Ahnung, was ihn aufgehalten haben könnte. Aber das kann man natürlich im Voraus auch nicht sagen. In Flandern herrscht noch immer Krieg, soweit ich weiß. Als wir schließlich aufbrachen, war von ihm jedenfalls nichts zu sehen.»

«Wir haben unseren Auftrag erfüllt, Ratsherr», sagte der «Wiener» kühl. «Auf ein paar Tage kommt es dabei doch nicht an. Dürfen wir uns entfernen?»

«Ihr dürft. Aber findet euch morgen zum Angelusläuten im Rathaus ein. Keine Angst, Meister Carolus, ich habe nicht vor, Euren Männern Nachrichten abzujagen, die Ihr selbst im Ausland teuer erkaufen musstet. Aber wir leben nun einmal in spannungsreichen Zeiten, und der Rat ist für die Sicherheit Straßburgs verantwortlich.» Zorn warf Henrika einen Blick zu. «Auch mit Euch möchte ich mich gelegentlich unterhalten, Jungfer», sagte er mit einem höflichen Lächeln.

«Ihr erweist mir zu viel Ehre, Ratsherr.»

«Glaubt Ihr?» Der junge Mann strich sich mit dem Finger über den gestutzten Bart. Das Lächeln verschwand aus seinem Gesicht. «Überlasst die Entscheidung darüber besser mir. Ich brenne jedenfalls darauf, mehr über eine so begabte junge Frau wie Euch in Erfahrung zu bringen.»

Laurenz wartete mit wachsender Ungeduld.

Stunden waren vergangen, seit er sein Pferd von der Landstraße geführt und im Wald an einen hohen Baum gebunden hatte, der von sattem grünem Moos umgeben war. Dort gab es auch genug Gras für sein Tier. Die Hauptsache war, dass es stillhielt und seinen Herrn nicht verriet, während dieser die Straße im Auge behielt.

Eine Weile hielt es Laurenz an der Straßenbiegung aus, dann

ließ er das Waldstück hinter sich und ging einen winzigen Trampelpfad hinauf, der zu einer Lichtung führte. Er kannte den einsamen Ort von früheren Ausflügen. Ein paar Mal hatte er auch ein Mädchen überredet, sich mit ihm gemeinsam die Aussicht anzuschauen. Keine Bürgerstöchter, die waren hochnäsig, immer auf ihren guten Ruf bedacht und ließen sich nur auf heimliche Schäferstündchen ein. Es gab aber auch andere, die sich weniger zierten. Laurenz fiel ein, dass er auch mit dem Gedanken gespielt hatte, Henrika die Lichtung zu zeigen. Nun aber war er froh, dass er darauf verzichtet hatte. Die Lichtung musste sein Geheimnis bleiben.

Er ließ sich auf einem Steinblock nieder, der wie ein mächtiger Tisch aus dem Boden ragte, und blickte sich um. Tief unter ihm im Tal erstreckten sich Felder, Wiesen und Wäldchen, so weit er sehen konnte. Es war ein schöner Tag. Der Himmel war blau und von weißen Wolkenknäueln durchzogen. Bienen summten um ihn herum, wichen jedoch jedes Mal geschickt aus, wenn er nach ihnen schlug. Von Zeit zu Zeit lockte das Rattern eines Wagens oder das Schnauben eines Pferdes Laurenz an den Rand der Böschung. Weinfässer wurden Richtung Stadt transportiert. Bäuerinnen schleppten im Schweiße ihres Angesichts Körbe mit Grünzeug die Straße entlang.

Doch derjenige, auf den Laurenz hier oben wartete, ließ sich nicht blicken.

Der Drucker setzte sich wieder auf den Stein. Wieder und wieder spielte er den Plan in Gedanken durch, kam jedoch jedes Mal zu demselben Schluss: Was er hier tat, war nichts als reiner Wahnsinn.

Er war ein Narr, der seinen Hals freiwillig in eine Schlinge steckte und auch noch erlaubte, dass eine Frau, die er kaum kannte, sie mit ihren sanften Händen zuzog. Er lehnte sich zurück und zog die Schnur aus Rosshaar, die er eigenhändig geflochten hatte, aus seiner Jacke. Vorsichtig spannte er sie, dann band er sie blitzschnell zu einer Schlinge. Das hatte er seit jener Nacht, in der er Anna wiedergesehen hatte, so oft geübt, bis seine Finger ihm keinen Widerstand mehr geleistet hatten. Nun kam es nur noch darauf an, dass er keinen Argwohn erregte und sich überwand, alles zu tun, was nötig war, um an das Vermögen zu kommen, das Anna ihm versprochen hatte. O ja, er würde es bekommen. Und er würde Anna bekommen.

Seufzend versuchte er, sich an ihr Lächeln zu erinnern. Für sie schien alles so einfach, aber in diesem Augenblick war sie meilenweit entfernt von ihm. Wollte er jedoch sein Ziel erreichen, dann durfte er nicht schwach werden. Sie hatte ihm zu verstehen gegeben, dass sie schwache Männer verabscheute. Schwächlinge brachten es in dieser Welt zu nichts. Sein Vater war gestorben, weil er schwach gewesen war. Er hatte dem Räuber, der sich über seinen Wagen hergemacht hatte, nichts entgegensetzen können. Also war er erschlagen worden. Seinen Söhnen, die es verdient hätten, im wohlhabenden Haus eines Kaufmanns und Ratsherrn groß zu werden, war nichts übrig geblieben, als beim einzigen Freund des Vaters in die Lehre zu gehen. Nun aber war Laurenz Meister geworden. Die Zeit, in der ihn jeder ungestraft herumgestoßen hatte, war damit zu Ende. Er spuckte zu Boden.

Die Zeit kroch dahin. Laurenz beobachtete, wie die Schatten größer wurden, das Gesumm der Mücken sich allmählich in der Stille auflöste. Der Himmel verlor seinen heiteren Ausdruck und wechselte seine Farbe. Undeutlich konnte Laurenz die ersten Sterne am Firmament erkennen.

Der Kerl kam nicht. Laurenz fluchte leise vor sich hin, spürte tief in seinem Inneren jedoch auch Erleichterung und wusste nicht, ob er sich darüber freuen oder es als eine Form von Schwäche verabscheuen sollte. Während er noch darüber nachsann, versank die Sonne mit einem majestätischen Farbenspiel hinter den Wipfeln der Bäume.

Nun wurde es Zeit zu handeln. Wenn der Mann nicht innerhalb der nächsten Stunde durch das Tal ritt, hatte es keinen Sinn, länger auf ihn zu warten. Laurenz vermutete, dass er ein Gasthaus aufgesucht hatte und seine Reise erst am nächsten Tag fortsetzte. So lange konnte Laurenz nicht warten. Vermutlich würde es ihm gelingen, Carolus eine Geschichte aufzutischen, die sein Ausbleiben erklärte. David jedoch würde ihm kein Wort glauben. Die *Relation* wurde voraussichtlich noch heute Nacht gedruckt, und dabei war seine Anwesenheit vonnöten.

Laurenz griff nach seiner Satteltasche, in der neben einer Decke, einem Messer und einer Zunderbüchse auch eine Flasche mit Wasser steckte. Gierig zog er den Korken heraus und nahm einen großen Schluck. Dann lehnte er sich gegen eine mächtige Eiche und sah hügelabwärts auf das Waldstück, in dem er sein Pferd zurückgelassen hatte. Plötzlich bemerkte er am Horizont einen Punkt, der sich zügig vorwärtsbewegte. Laurenz stutzte. Es musste ein Reiter sein. Ja, es war definitiv ein Reiter, der sein Tier zur Eile antrieb. War das Schicksal ihm etwa doch gewogen? Hatte sich die Warterei am Ende doch noch gelohnt?

Laurenz' Herz begann wild zu klopfen. Er verließ seinen Beobachtungsposten und sprang so rasch er konnte den schmalen Pfad hinab. Er musste sich beeilen. Er rannte durch das kleine Waldstück, ohne sich nach seinem Pferd umzublicken, und erreichte die Straße atemlos, aber noch zeitig genug, um seine Vermutung bestätigt zu finden. Trotz des schwindenden Lichts erkannte er in dem Mann mit dem wippenden Federhut auf Anhieb den letzten Kurierreiter.

Laurenz trat auf die Straße. Als der Reiter ihn sah, zügelte er sogleich sein Pferd, griff aber vorsorglich nach der Pistole in seinem Gürtel. Er richtete die Waffe auf Laurenz, der seinen Hut abnahm und sich zu erkennen gab.

«Laurenz?» Verwundert musterte der junge Kurierreiter den Mann, der ihm so unvermittelt den Weg versperrte. Es lag auf der Hand, dass ihn das Auftauchen des Druckers misstrauisch stimmte, dennoch schwang er sich aus dem Sattel. Die Pistole steckte er im Gehen zurück an ihren Platz.

«Was treibst du denn hier noch so spät?», fragte er, während er Laurenz die Hand reichte. Er blickte sich fragend um, aber außer Laurenz war weit und breit niemand zu sehen. Die Felder lagen einsam und verlassen in der Abenddämmerung.

«Meister Carolus hat mich und meinen Bruder David gebeten, dir das letzte Stück entgegenzureiten», erklärte Laurenz und wunderte sich, wie leicht ihm die Lüge über die Lippen kam. «Das Raubgesindel, das in der verfallenen Burg am Wartstein haust, soll seit einigen Tagen wieder die Straßen und einsame Gehöfte unsicher machen.»

Der Kurier schüttelte ungläubig den Kopf. «Und deshalb schickt Euch der Meister? Ihr konntet doch gar nicht wissen, wann ich eintreffen würde. Außerdem bin ich in der Lage, mich meiner Haut zu wehren, während du unbewaffnet bist.» Er runzelte die Stirn. «Wo steckt dein Bruder?»

Laurenz musste sich beherrschen. Diesem Prahlhans würde die Angeberei schon bald vergehen. «David hat ein merkwürdiges Geräusch gehört. Dort drüben, wo der Pfad in den Wald hinaufführt. Hörte sich an wie der Schrei eines Mädchens. Ehe ich ihn aufhalten konnte, rief er mir zu, ich solle hier auf ihn warten und die Straße nicht aus den Augen lassen. Dann verschwand er im Unterholz, der verflixte Bengel. Kurz darauf hörte ich schon dein Pferd und sprang zur Straße, um dich aufzuhalten.»

Der junge Mann überlegte kurz, dann lief er zurück zu seinem Pferd und kehrte wenige Augenblicke später mit einer kleinen Handlaterne zurück, deren Docht in Öl getränkt war. Während Laurenz das Tier an den Straßenrand führte, entzündete er die Lampe und stapfte auf den Trampelpfad zu, der zwischen den Bäumen noch gut zu erkennen war.

«Nun komm schon», forderte er Laurenz auf. «Vielleicht braucht dein Bruder Hilfe. Du willst ihn doch nicht hier zurücklassen, oder? Und ich möchte rasch nach Hause. Nehme an, dass die anderen längst in Straßburg eingetroffen sind.»

«Keine Sorge», antwortete Laurenz leise. «Du bist zwar der Letzte von euch fünfen, aber der Meister wird froh sein, wenn er dich heil in seiner Werkstatt antrifft.» Mit einem knappen Blick vergewisserte er sich, dass tatsächlich niemand in der Nähe war, dann setzte er sich in Bewegung.

Schweigend folgten die beiden Männer dem Pfad, bis sie die Baumgruppe erreichten, hinter der Laurenz sein Pferd zurückgelassen hatte. Schemenhaft war etwas hinter den Zweigen zu erkennen. Der Kurier hielt die Laterne hoch über seinen Kopf, machte einen Schritt auf das Pferd zu und erschrak, als unter seinem Fuß ein Stück morsches Holz zerbarst. Die Gefahr, die sich hinter ihm zusammenbraute, nahm er nicht einmal wahr. Eine knisternde Spannung legte sich über den Pfad.

«Ich verstehe nicht, warum dein Bruder ganz allein so tief in den Wald gelaufen sein soll», sagte der Kurier. Es klang verärgert.

«David ist in der Stadt geblieben. Er war nie hier draußen.»

Der Kurier stieß einen Fluch aus. «Was hat dieser dumme Scherz zu bedeuten? Ich bin ohnehin spät dran, und nun hältst du mich auch noch auf. Darf ich fragen, warum?»

«Aber natürlich.» Laurenz setzte ein einnehmendes Lächeln auf. «Ich muss dich bitten, einstweilen nicht nach Straßburg zurückzukehren. Ich gebe dir zehn Gulden auf die Hand, das ist mehr, als ein Geselle im Monat verdient. Dafür wirst du mir deine Beglaubigungsschreiben und sämtliche Nachrichten übergeben, die du in Antwerpen abgeholt hast.»

Der Kurier lachte bitter auf. Noch immer glaubte er an einen dummen Scherz. «Und was willst du mit den Nachrichten anfangen? Willst du sie verkaufen, ehe dein Meister sie zu Gesicht bekommt?»

«Ich möchte nur einem Ratsherrn zu Diensten sein, der verhindern möchte, dass die Zeitung mit Jeremias Zorns heimlicher

Unterstützung weiterhin gedruckt wird. Die Spatzen pfeifen doch schon von den Dächern, dass der Kerl die *Relation* kontrolliert.»

Der Kurier spuckte verächtlich aus. «Du lügst. Carolus ist ein Ehrenmann und nicht käuflich.»

«Mag sein. Aber wenn du ausbleibst, muss der Meister jemanden beauftragen, sich auf die Suche nach dem verschollenen Boten zu machen. Ich werde mich anbieten, weil mich in Kürze dringende Geschäfte nach Flandern führen werden. Carolus wird mir dankbar sein, wenn er seine Nachrichten bekommt. Er wird mir sogar mit einem schnellen Reitpferd und der besten Ausrüstung unter die Arme greifen, damit ich mein Ziel bald erreiche.»

«Du Hundesohn willst deinen Meister erst schröpfen, dann ruinieren! Vermutlich willst du dir sein Privileg unter den Nagel reißen. Und mich versuchst du mit jämmerlichen zehn Gulden abzuspeisen? Daraus wird nichts. Bin mal gespannt, was der Drucker und dein Bruder zu deinen Plänen sagen.»

Er stieß Laurenz zur Seite und schlug den Weg zur Straße ein. Doch er kam nicht weit. Noch ehe er begriff, in welcher Gefahr er schwebte, hatte Laurenz ihm auch schon die Schlinge um den Hals geworfen.

Der Kurier röchelte. Sein starrer Blick verfing sich im Leeren, wurde glasig, bis die Augen schließlich aus ihren Höhlen traten. Die Laterne glitt ihm aus der Hand, schlug auf einen Stein und rollte zur Seite.

Mit weit aufgerissenem Mund sank der Mann auf die Knie, schien aber noch nicht bereit, sich seinem Schicksal zu ergeben. Verzweifelt versuchte er, seine Finger unter die Schlinge zu schieben. Laurenz, der selbst völlig außer Atem war, beschloss, die Schlinge ein wenig zu lockern; sein Blut war in Wallung geraten. Nie zuvor in seinem Leben hatte er ein solches Gefühl von Macht verspürt. Es war wie ein schleichendes Gift, das durch seine Adern strömte und an seinen Eingeweiden fraß, gleichzeitig jedoch so berauschend wie schwerer Wein.

Seine Eltern waren gestorben, weil sie hilflos und schwach gewesen waren wie dieser erbärmliche Kurierreiter, der hier vor ihm Staub schluckte.

Laurenz schnaubte. Sein Auftrag und die Waffe hatten dem Mann das Gefühl vermittelt, Laurenz überlegen zu sein. Welch ein Irrtum. Niemand war ihm überlegen. Er gab dem Kurier einen Moment Zeit und ließ sogar zu, dass er mit krampfartigen Bewegungen nach seiner Pistole tastete. Offensichtlich waren seine Sinne noch nicht völlig geschwunden. Das war gut.

Laurenz beugte sich über den Wehrlosen und entledigte ihn seiner Waffe. Es war eine hübsche Pistole, handlicher als jede Muskete. Er spielte mit dem Gedanken, sie mit Pulver und einer Kugel zu laden und dem Kurierreiter ein Loch in den Schädel zu jagen. Aber er verwarf den Einfall. Schließlich war er kein gemeiner Straßenräuber. Er handelte im Auftrag einer wunderbaren Frau, die er nicht enttäuschen durfte, indem er von ihrem Plan abwich.

«Warum … tust du das?», hörte er auf einmal die erstickte Stimme des Kurierreiters. «Gnade … Barmherziger Gott, ich will nicht so … sterben!»

Laurenz nickte, er konnte sich vorstellen, was in dem Todgeweihten vorging. «Es grämt dich, dass du deinen Auftrag nicht beenden kannst, nicht wahr?», fragte er. «Weil niemals jemand erfahren wird, was aus dir und der Depesche geworden ist, die du in Antwerpen in Empfang genommen hast. So kurz vor dem Ziel zu versagen, ist bitter, da stimme ich dir zu. Aber glaubst du, du wärest der Einzige, der mit dieser Erkenntnis zur Hölle fahren muss?» Er hielt kurz inne, um Atem zu holen, dann fügte er hinzu: «Weißt du, dass mein Vater ganz in der Nähe ins Jenseits befördert wurde? Nein, natürlich nicht, woher solltest du auch? Er war Kaufmann, kam von einer Handelsreise zurück und hat die rettenden Stadtmauern schon vor sich gesehen. Im Gegensatz zu dir ließ man ihm und meiner Mutter nicht einmal Zeit für ein letztes Gebet.» Er blickte zum Himmel und zuckte dann beinahe niedergeschlagen mit den Schultern. «Ich wünschte, ich könnte dir einen Ausweg aus der Misere nennen, aber leider fällt mir keiner ein.»

«Hilfe … nein», keuchte der Kurier, als sich Laurenz wiederum über ihn beugte. Doch seine Worte verhallten.

Laurenz zog die Schlinge mit so viel Kraft zusammen, dass der Kehlkopf seines Opfers wie eine reife Frucht zerquetschte, und er ließ nicht eher von ihm ab, bis der letzte Rest Leben aus dem jungen Mann gewichen war.

Nachdem er sich davon überzeugt hatte, dass der Kurier tot war, schleppte Laurenz den Leichnam über der Schulter den Pfad hinauf, bis er wieder auf die Lichtung mit dem Steinblock gelangte. Er musste dafür sorgen, dass die sterblichen Überreste des Reiters nicht so bald gefunden wurden. Auch um das Pferd des Mannes, das noch immer unten am Wegesrand stand, musste er sich wohl oder übel kümmern. Er durfte es nicht behalten, auch wenn es ein stattliches Ross war.

Zunächst faltete er dem Toten die Hände, dann goss er Öl aus der Laterne über ihn. Schließlich raffte er so viel trockenes Holz, Gras und Strauchwerk zusammen, wie er tragen konnte, und bedeckte den Körper des Kuriers damit.

Wenige Minuten später loderte auf der Lichtung ein Feuer auf; Laurenz sah aus sicherer Entfernung zu, wie die Flammen den Leichnam des Kuriers verzehrten.

Nun wird Carolus mich nach Flandern schicken müssen, dachte er, während er das Felleisen mit der wertvollen Botschaft des Reiters zusammen mit dessen übriger Habe auf den Scheiterhaufen schleuderte.

18. Kapitel

Henrika saß noch spät am Abend in der kleinen Schreibstube neben der Druckerei und brütete über den Berichten der vier Kuriere. Neben ihr stand ein Teller mit Buchweizengrütze, die längst kalt geworden war.

Während der vergangenen Stunden hatte Henrika das Nachrichtenbuch gründlich durchgearbeitet und einen Artikel für die Gazette geschrieben, die in Kürze gedruckt werden sollte. Sie war so sehr in ihre Arbeit vertieft, dass sie nur flüchtig aufschaute, als die Tür geöffnet wurde. Am Eingang stand Lene, Meister Carolus' Frau. Sie trug bereits ihr Nachtgewand und hielt eine Kerze in der Hand.

«Gut, dass ich dich allein antreffe», sagte die Frau scheu. Lautlos huschte sie heran. «Ich wollte dir danken. Du hast meiner kleinen Barbara geholfen, das werde ich dir nie vergessen.»

Henrika säuberte die Schreibfeder mit einem Tuch und legte sie zur Seite. Dann stand sie auf, um die Frau ihres Meisters zu begrüßen. Im Schein der Kerze wirkte Lenes Haut fast durchsichtig. Ihr Haar, das für gewöhnlich unter einer gerüschten Haube steckte, fiel ihr über die Schultern.

Henrika wunderte sich, dass Lene sie zu dieser späten Stunde noch aufsuchte. Für gewöhnlich setzte sie keinen Fuß in die Werkstatt ihres Mannes. Nicht einmal die Mahlzeiten nahm sie gemeinsam mit dem Hausherrn und dessen Gesinde ein, sondern zog es vor, in Barbaras kleiner Kammer unter dem Dach zu speisen. Carolus machte seiner Frau keine Vorwürfe, weil sie ihre

Pflichten im Haus vernachlässigte, denn er wusste, dass das Mädchen noch immer schwach war und Pflege benötigte.

Umso größer war Henrikas Überraschung, als die Meisterin sich neugierig in der Werkstatt umschaute. Vorsichtig berührte sie die Hebel der Druckerpresse und strich dann beinahe zärtlich über die Matrizen aus Kupfer, als sähe sie das Handwerkszeug ihres Mannes zum ersten Mal.

«Ihr braucht mir nicht zu danken», sagte Henrika. Sie war verlegen, wusste nicht recht, was sie mit Lene reden sollte, denn bislang waren die beiden Frauen einander eher aus dem Weg gegangen. «Ich habe nichts getan, wofür man mich loben müsste. Dass Barbara mit dem Leben davongekommen ist, war allein Gottes Wille.»

Lene Carolus lächelte abwesend. «Ja, natürlich, mein Mann hat dasselbe gesagt. Aber ich fühle, dass die Sache böse ausgegangen wäre, wenn du nicht eingegriffen hättest.» Sie dachte kurz nach, ehe sie hinzufügte: «Carolus hat mir verboten, über meine Eingebungen zu reden. Er möchte, dass ich in meiner Kammer bleibe, damit niemand merkt, dass ich … gewisse Dinge sehe. Ich weiß nicht, wie ich es beschreiben soll. Ich arbeite zum Beispiel in der Küche, schaue nichtsahnend ins Herdfeuer und weiß plötzlich mit Bestimmtheit, dass jemand, den ich einst gut kannte, gestorben ist. Ein anderes Mal schüttle ich die Federbetten oder sitze hinter dem Spinnrad und sehe ein Unwetter heraufziehen, lange bevor es die Stadt erreicht. Carolus weiß das, aber er …» Sie hob hilflos die Schultern. «Er ist der Sohn eines Pfarrers. Sein Leitsatz lautet: So du im Glauben Gott erkennst, …»

«… so kann dir schaden kein Gespenst», ergänzte Henrika. Sie fühlte sich geschmeichelt, weil die Frau des Meisters ihr so unerwartet Vertrauen schenkte, fragte sich aber gleichzeitig, ob Lene im Gegenzug nicht etwas Bestimmtes von ihr zu erfahren hoffte.

Ob sie meine Gabe auch spüren kann, überlegte sie erschrocken. Sie sah, wie die Meisterin sie einen Moment lang mit einem durchdringenden Blick musterte, bevor sie sich dem Tisch mit dem Nachrichtenbuch zuwandte.

«Carolus hat mir erzählt, mit welchem Eifer du um die Gazette bemüht bist», sagte Lene. «Vermutlich gibt es außer dir kein Mädchen in ganz Straßburg, das sich für das Druckerhandwerk und das Avisenschreiben interessiert.»

«Wenn ich Avisen schreibe, denke ich daran, wie groß die Welt und wie klein und unbedeutend ich selbst bin. Das spendet mir oftmals Trost.»

«Brauchst du denn Trost? Ich dachte, du bist glücklich bei uns.»

Henrika schlug die Augen nieder. Ihr kam es so vor, als bohrte sich der Blick der Meisterin tief in ihre Gedanken und wirbelte sie auf wie einen Haufen trockenes Laub. «Natürlich bin ich glücklich. Wenn Euer Mann mich nicht in seine Dienste genommen hätte, wäre es mir übel ergangen.»

Lene sah sie forschend an. «Du meinst, weil der Mann, dem du früher dientest, ermordet wurde? Der arme Barthel. Gott sei seiner Seele gnädig. Ich mochte ihn.»

«Ihr habt ihn gekannt?», entfuhr es Henrika, bevor ihr klar wurde, wie töricht diese Frage war. Barthel und Carolus waren befreundet gewesen, daher lag es auf der Hand, dass auch die Frau des Druckers sich an ihn erinnerte.

Die Meisterin stellte ihre Kerze auf Henrikas Tisch ab. Die große Tafel, die David an der sauber gekalkten Wand hatte anbringen lassen, schien ihr Interesse zu wecken. Fragend drehte sie sich zu Henrika um. «Was ist das?»

Henrika erklärte es ihr. Die Tafel bestand aus einer massiven runden Eichenplatte, die wie die Spundöffnung eines Weinfasses aussah. In ihre Vertiefungen waren fünf mittelgroße Fächer eingelassen worden, die mit hübschen Schnitzereien verziert waren und verschiedene Farben trugen. Über jedem Fach stand der Name einer Stadt.

«In den Fächern, die Ihr seht, verwahren wir alle Meldungen, Berichte und Briefe, die uns aus den jeweiligen Handelsstädten erreichen», erklärte Henrika bereitwillig. «Meine Aufgabe ist es, die Nachrichten zu studieren, miteinander zu vergleichen und dann auf Abweichungen vom offiziellen Bericht unserer Kurierreiter zu untersuchen. Anschließend ordne ich die Papiere, schreibe die Meldungen ab und versehe sie mit unserem Zeichen, dem geflügelten Götterboten Hermes. Nur eine Schrift, die dieses Zeichen trägt, darf auf den Tisch der Setzer gelegt werden. Nachdem sie einmal zur Probe gedruckt wurde, bringt mir David oder der Lehrjunge ein Exemplar des Blattes. Ich lese es ein weiteres Mal durch, bevor die gewünschte Anzahl von Blättern gedruckt und an den Krämer Adam geliefert wird.»

Lene nickte, wobei sie wie gebannt auf eines der Kästchen in der Holzplatte starrte. Es war leer.

«Wir haben noch keine Nachricht von dem Kurier aus Antwerpen», sagte Henrika mit bekümmerter Miene.

«Das sehe ich.» Die Meisterin schüttelte den Kopf. «Es wird auch keine Nachricht kommen. Ihr braucht nicht mehr auf den Mann zu warten.»

«Aber der Kurier wurde uns als überaus zuverlässig beschrieben. Euer Gemahl hat ihn eingestellt, weil er vom jungen Ratsherrn Zorn persönlich empfohlen wurde.»

Lene Carolus räusperte sich. «Nun habe ich dir Angst gemacht, das wollte ich nicht. Hör mir gar nicht zu und vergiss besser, was ich dahergeredet habe. Carolus hat recht, wenn er behauptet, dass ich am helllichten Tag träume. Das gehört sich nicht für die Frau eines ehrbaren Handwerksmeisters. Wie oft habe ich mir auf den eisigen Platten des Münsters schon die Knie wund gebetet, um von diesem Fluch erlöst zu werden.»

Henrika sah sie verwirrt an. Ihr war, als hörte sie sich selbst sprechen, denn auch sie hatte stets nach Entschuldigungen gesucht, um ihre Gabe herunterzuspielen. Sie war überzeugt davon, dass die Meisterin etwas gesehen hatte, als sie das leere Kästchen an der Wand betrachtet hatte. Henrika nahm Lenes Hand und drückte sie. «Ich möchte Euch nicht länger etwas vormachen, Meisterin.»

Lene lächelte. «Das kannst du auch nicht, Henrika, glaube mir. Niemand kann das. Ich habe längst herausgefunden, dass wir beide aus ähnlichem Holz geschnitzt sind. Nicht, was unser Wesen betrifft, da unterscheiden wir uns sehr. Du bist, trotz allem, was du bislang erdulden musstest, stark und selbstbewusst geblieben. Du hast es geschafft, von den Männern hier in der Druckerei akzeptiert zu werden, was ich mir nicht leicht vorstelle. Sie nehmen dich ernst, hören auf das, was du sagst, und mögen dich dennoch gut leiden, weil du freundlich zu ihnen bist. Von mir würden sie nicht einmal Notiz nehmen, wenn ich auf einem Pfingstochsen durch die Stube reiten und dabei Harfe spielen würde. Ich könnte auch niemals eine solche Arbeit verrichten wie du, selbst wenn Carolus es mir erlaubte. Dafür fehlt mir einfach der Mut.»

«Ihr sagtet eben, wir bräuchten nicht mehr auf den Kurier aus Flandern zu warten. Ist das nur eine Ahnung von Euch, weil sich Meister Carolus um den Mann Sorgen macht, oder habt Ihr …»

«Nenn es, wie du willst», fiel ihr Lene ins Wort. «Ich habe keine Ahnung, was mit ihm geschehen ist, aber ich vermute, dass es mit dem Ort zusammenhängt, an den Carolus ihn geschickt hat.»

Henrika ließ die Hand der Frau los. «Ihr meint Flandern?»

«Ich spreche von dem Land, in dem der Festungsbaumeister geboren wurde. Carolus hätte niemals einen Kurier dorthin senden sollen. Jedenfalls nicht solange, wie du unter seinem Dach arbeitest.»

Henrika blickte sie überrascht an. Was hatten ihr Schicksal und Barthels Ermordung damit zu tun, dass Carolus Nachrichten aus Antwerpen kaufen wollte? Lenes Worte ergaben nicht den geringsten Sinn für sie. Doch dann fiel ihr der Flame wieder ein.

«Was wisst Ihr über Quinten Marx van Oudenaarde, Meisterin? Barthel hat ihm Briefe geschrieben und zwar, nachdem Meister Carolus ihn in Mannheim aufsuchte, um ihn wegen der Gazette um Hilfe zu bitten. Allerdings konnte er die Briefe nicht mehr abschicken.»

Lene Carolus war überrascht. «Marx van Oudenaarde? Ich erinnere mich an einen Mann, der so hieß. Barthel erwähnte ihn einmal. Aber das ist schon viele Jahre her.»

«Der Flame war in Straßburg. Ich wollte mit ihm reden, bevor wir zur Messe nach Frankfurt reisten, wurde aber abgewiesen. Ein Wunder, dass ihn mein Brief erreichte.»

«Du hast ihm geschrieben?», rief die Meisterin scharf. Plötzlich wirkte sie gar nicht mehr zerbrechlich. «Das war ein Fehler, ganz bestimmt sogar. Du weißt ja gar nicht, wie gefährlich diese Leute sind.»

Henrika schüttelte verständnislos den Kopf. «Welche Leute meint Ihr? Den Flamen etwa?»

«Vergiss den Flamen, er wird dir nicht helfen können, wenn du Dinge ausgräbst, die nur Unheil bringen. Barthel Janson ist schon tot, und meine Barbara wäre beinahe gestorben. Die Nächste, die dran glauben muss, könntest du sein. Ich rede von diesen schrecklichen Frauen und von der spanischen Inquisition, deretwegen Barthel damals aus seiner Heimat fliehen musste.»

«Ihr sprecht in Rätseln», brach es aus Henrika heraus. «Genau wie Barthel, der mich stets mit vagen Andeutungen hinzuhalten versuchte. Bei ihm fühlte ich mich wie ein alter Hofhund, dem man einen Knochen vor die Hütte wirft, doch Ihr behandelt mich nicht anders. Ich bin kein Kind mehr, das geschont werden muss.» Sie holte tief Luft, dann fügte sie hinzu: «Laurenz hat es sich in den Kopf gesetzt, mich zu heiraten. Er glaubt, ich könne ihm zu dem Wohlstand verhelfen, auf den er seiner Meinung nach ein Anrecht hat. Wusstet Ihr, dass er mich unter Druck setzt?»

«Aber womit denn?» Lene sah erschrocken aus. «Hat er herausgefunden, dass du …»

Henrika schüttelte den Kopf. «O nein, er ist längst nicht so feinsinnig, wie Ihr denkt. Es ist wahr, dass ich seit meiner Kindheit eine gewisse Fähigkeit mit mir herumtrage, und bevor Ihr mich fragt: Jawohl, ich habe Barbara mit ihrer Hilfe zurückgeholt. Das konnte ich jedoch nur, weil ich noch einen Hauch Leben in ihr spürte. In die Zukunft sehen kann ich nicht. Ich benutze weder Amulette noch Fluchbücher und koche auch keine Salben aus dem Hirn totgeborener Kinder. Was ich bin, habe ich mir nicht ausgesucht. Ich weiß nicht einmal, ob ich diese Gabe bereits von Geburt an habe oder erst später bekam. Ich habe auch keine Ahnung, ob meine Mutter eine ähnliche Fähigkeit besaß und deshalb mit einem eingebrannten Schandmal auf der Schulter endete.»

Die Meisterin blickte besorgt drein. «Dann erpresst dich Laurenz mit dem Wissen um das Schicksal deiner Mutter?»

«Laurenz hat herausgefunden, warum ich wirklich aus Mannheim fortlief. Ich fand Barthels Leiche und wurde von seiner Nichte beschuldigt, ihn im Streit erschlagen zu haben. Dabei war vermutlich sie es, die ihn ermorden ließ. Sie beauftragte einen üblen Schurken, der in meinem Heimatort kein großes Ansehen genoss.»

«Dann wird man seinen Lügen bestimmt nicht glauben», sagte Lene.

Henrika seufzte. «Das ist auch nicht mehr möglich, denn er ist ebenfalls tot. Leider war mein Ruf als Tochter einer Gebrandmarkten im Dorf nicht viel besser als seiner, während Barthels Nichte von adeliger Herkunft ist und sich vermutlich jede Aussage kaufen kann, die glaubhaft klingt. Der Mann, den Laurenz in Frankfurt erschlagen hat, war übrigens Barthels ehemaliger Pferdeknecht, der nach seinem Tod in die Dienste seiner Nichte trat. Ich weiß, das alles muss sich furchtbar verwirrend anhören, aber es ist die Wahrheit, und es ist schön, dass ich endlich einmal mit jemandem darüber reden kann.»

Lene nickte. «Ich bin auch froh darüber. Zumal du bislang keinen Grund hattest, dich ausgerechnet mir anzuvertrauen. Gibt es denn keinen Menschen, der deine Worte bezeugen oder dich entlasten kann?»

Henrika dachte kurz nach, schüttelte dann aber niedergeschlagen den Kopf. «Die Frau, bei der ich aufgewachsen bin, hat mir geglaubt, aber ich möchte sie nicht in Gefahr bringen, indem ich ihr schreibe. Barthels Nichte würde es erfahren.»

«Dann rede wenigstens mit dem jungen Ratsherrn Zorn», schlug die Meisterin vor.

«Wieso ausgerechnet mit Zorn? Er ist ein merkwürdiger Kauz. Am Tag nach unserer Rückkehr aus Frankfurt kam er in die Werkstatt und gab vor, die Kurierreiter begrüßen zu wollen. Hat nicht Euer Gemahl immer davor gewarnt, sich mit den Zorns einzulassen?»

«Inzwischen scheint er seine Meinung zumindest ansatzweise geändert zu haben. Der alte Ratsherr Waldemar ist ein verdrießlicher Widerling, den nur die Aussicht auf einen Streit mit seinen Verwandten am Leben hält. Aber der junge Ratsherr Jeremias ist vernünftig. Er müht sich ab, um Straßburg wieder zu dem Einfluss im Reich zu verhelfen, den die Stadt noch zu Lebzeiten meines Großvaters besaß. Ich bin sicher, dass er dir helfen könnte, den Verdacht gegen dich zu zerstreuen. Zorn ist nicht nur begütert, er hat auch die besten Verbindungen. Und er hält große Stücke auf die *Relation.* Niemals würde er es zulassen, dass jemand das Werk, für das er sich im Rat persönlich eingesetzt hat, in den Schmutz zieht. Da du für Carolus unentbehrlich geworden bist, wird er für dich tun, was in seiner Macht steht. Er kann Auskünfte einholen und auch die Frau befragen lassen, bei der du gelebt hast, bevor du in Barthels Dienste tratst. Bestätigt sie deine Aussage, brauchst du dich nicht mehr vor seiner Nichte und ihren Verleumdungen zu verstecken. Außerdem kennt Ratsherr Zorn auch den Flamen.»

Henrika blickte überrascht auf. «Aber woher wisst Ihr das schon wieder?»

«Oh, es hat durchaus seine Vorteile, wenn man im eigenen Haus wie Luft behandelt wird», antwortete die Meisterin lachend. «Luft ist stets da, aber niemand sieht sie.»

Wie als Antwort auf Lenes Bemerkung fiel die Tür, die Buchbinderei und Werkstatt miteinander verband, zu. Erschrocken wirbelte Henrika auf dem Absatz herum, doch außer ihnen war niemand im Raum. Dafür nahm sie leise Schritte auf der Steintreppe wahr, die hinauf zur Kruggasse führte. Dumpfe Schritte, die sich eilig entfernten. Sie waren belauscht worden.

Lene rieb sich fröstelnd über beide Oberarme. Sie wirkte wieder völlig verschreckt. «Ob jemand gehört hat, worüber wir gesprochen haben?»

Henrika lief hinüber zur Tür, öffnete sie und spähte in die Dunkelheit hinaus. Ein seltsamer Geruch stieg ihr in die Nase, aber sonst war nichts zu entdecken. Langsam wandte sie sich um und kehrte zu der Meisterin zurück, die auf sie gewartet hatte.

«Ich glaube, ich sollte den Besuch im Haus des Ratsherrn nicht länger aufschieben», sagte Henrika. Sie begab sich wieder an ihren Arbeitsplatz, doch anstatt sich auf ihren hohen Stuhl zu setzen, klappte sie das Nachrichtenbuch zu und legte die Berichte, die sie bereits geschrieben hatte, in eine Lade. Anschließend schloss sie das Buch in den wuchtigen Materialschrank ein und löschte die Lampe. Ihren Schlüssel übergab sie Lene.

«Mach kein Gesicht, als würdest du aufs Schafott geführt», mahnte die Meisterin kopfschüttelnd. «Du wirst sehen, Zorn wird dir helfen.»

Auf ihr Klopfen hin öffnete ein Diener Henrika die Tür und ließ sie eintreten. Er schien nicht verwundert, dass ein junges Mädchen vorsprach und nach seinem Herrn fragte. Mit einer höflichen Handbewegung bat er Henrika, ihm die Treppe hinauf zu folgen.

Jeremias Zorn saß lesend in einem geschmackvoll eingerichteten Gemach, dessen riesige Bücherregale an drei Wänden bis zur Decke reichten. An der vierten Wand befand sich ein mit Jagdmotiven geschmückter Kamin und davor eine lange Tafel aus Eichenholz, auf der ein Leuchter aus getriebenem Silber stand. Breite Wandteppiche verliehen dem Zimmer eine behagliche Note.

Der Hausherr trug einen langen Hausmantel aus braunem Samt, der ihm bis zu den Füßen reichte. Sein gestutzter Bart schimmerte im Schein der Kerzen rötlich. Ihm zu Füßen lag ein Jagdhund auf einer farbenprächtigen Decke aus Brokat, der verschlafen den Kopf hob, als Henrika sich näherte.

«Einen gesegneten Abend, Jungfer Henrika», begrüßte Zorn seinen Gast. Er schien keineswegs überrascht, sie zu dieser späten Stunde in seinem Haus zu sehen.

«Wie freundlich von Euch, meiner Einladung so rasch Folge zu leisten.» Während er Henrika neugierig musterte, gab er seinem Diener einen Wink, ihr aufzuwarten. Im nächsten Augenblick schleppte der alte Mann einen bequemen Polsterstuhl herbei und stellte einen Becher und einen Teller mit dick geschnittenen Scheiben Rosinenbrot auf ein kunstvoll gearbeitetes Tischchen. Zu Wein und Brot gab es süßes Pflaumenmus aus einem silbernen Behältnis.

«Greift nur zu, Jungfer», sagte Zorn aufmunternd. Er nahm sich selbst eine Scheibe Brot und biss genüsslich hinein. «Die Pflaumen stammen aus meinem Obstgarten am Fluss und schmecken köstlich.»

«Ich wollte Euch nicht stören, aber ich muss Euch in einer Angelegenheit sprechen, die keinen Aufschub duldet», sagte Henrika. «Es geht um die *Relation.*» Ihr Blick fiel auf das Töpfchen mit Mus. Es duftete in der Tat verführerisch, aber sie war nicht zum Essen gekommen und wusste auch nicht, ob sie auch nur einen Bissen hinunterbekommen würde. Vom nahen Rathaus erklang die Glocke des Nachtwächters, der seinen Rundgang auf dem Platz vor dem Münster begann. Im nächsten Moment drang auch schon die tiefe Stimme des Mannes durch die Nacht. Fensterläden wurden kraftvoll zugeschlagen, Riegel vorgelegt. Der Ratsherr schloss das Fenster und zog die Vorhänge zu, ohne auf seinen Diener zu warten. Dann setzte er sich wieder.

«So, nun sind wir ungestört. Ich hoffe, Ihr bangt nicht um Euren guten Ruf, weil ich meinen Diener weggeschickt habe und Ihr nun allein mit mir seid. Aber so redet es sich nun mal ungestörter.»

Henrika zuckte die Achseln.

«Ihr seid also Meister Carolus' Schützling, die geschickte Nachrichtenschreiberin.» Der Ratsherr wurde ernst. «Zurzeit redet man viel über die Straßburger Druckerzunft. Ein paar böse Zungen behaupten, bei euch gehe es nicht mit rechten Dingen zu. Sie verlangen, Meister Carolus das Privileg für sein vermeintliches Teufelsblatt wieder zu entziehen und die Kurierreiter schleunigst zurückzurufen. Nachdem die ersten Boten unversehrt zurückgekehrt sind, hat sich die Aufregung zwar gelegt, aber ich fürchte, es genügt ein Funke, um die Stimmung wieder kippen zu lassen. Vergesst nicht, dass von dem jungen Burschen, der nach Antwerpen gesandt wurde, noch immer jede Spur fehlt. Sein Vater und sein Bruder wurden heute bereits bei mir vorstellig.»

«Ich gehöre nicht zu den Druckern», entgegnete Henrika.

«Umso schlimmer, Jungfer, umso schlimmer. Da weder Zunft noch Gilde für Euch bürgt, seid Ihr dem Gerede auf den Gassen schutzlos ausgeliefert.»

«Meister Carolus hat doch für mich gebürgt. Er kennt mich und weiß, dass ich nur das Beste für die *Relation* im Sinn habe.»

Der Ratsherr verkniff sich ein Lachen. «Carolus ist ein gutmütiger Mann, der einem schönen Traum nachhängt. Ich bewundere ihn, denn Männer wie er haben Straßburg in der Vergangenheit zu Ruhm und Einfluss im Reich verholfen. Wir profitieren noch heute von ihrem Geschick, ja, wenn Ihr so wollt, auch von ihren Träumen. Denkt an Meister Gensfleisch, der vielerorts auch Gutenberg genannt wird. Er stammte zwar aus Mainz, aber den Druck mit beweglichen Lettern erfand er hier in unserer Stadt. Hat Carolus Euch einmal gezeigt, wo Gutenbergs Druckerpresse stand? Nein? Leider war der Mann im Umgang mit seinen Lettern gewitzter als im Umgang mit Zahlen. Er verschuldete sich hoffnungslos, sodass seine Werkstatt schließlich in den Besitz eines Gläubigers überging. Ich hoffe nur, dass der Straßburger *Relation* dieses Schicksal erspart bleibt.»

Henrika nickte. Lene Carolus hatte ihr schon gesagt, dass dem Ratsherrn das Wohl seiner Stadt sehr am Herzen lag.

«Ich weiß, dass Ihr über Meister Carolus und seine Arbeiter im Bilde sein müsst», sagte sie. «Insbesondere, nachdem Euer ehrenwerter Verwandter, Ratsherr Waldemar Zorn, unserer Gazette keine große Überlebenschance einräumt.»

«Dann seid Ihr wohl zu mir gekommen, um zu erklären, warum in den Büchern und Gerichtsprotokollen der Stadt bis heute nichts über Euch zu finden ist, Jungfer.» Er nahm sich das letzte Stück Rosinenbrot vom Teller, doch er aß es nicht. Stattdessen warf er es seinem Jagdhund vor, der sich schwanzwedelnd daraufstürzte. «Eure Vergangenheit scheint leer zu sein wie dieser Teller.»

«Ich suche Euch auf, um Euch um Hilfe zu bitten», sagte Henrika. «Aber warum ich sie brauche, ist nicht ganz einfach zu erklären. Es ist eine komplizierte Geschichte.»

«Komplizierte Geschichten serviert mir mein Diener bereits zum Frühstück. Ich kaue sie dann gut durch, ehe ich sie schlucke. Also scheut Euch nicht davor, mir Eure zu erzählen.»

Henrika zögerte einen Augenblick, dann gab sie sich einen Ruck und berichtete dem Ratsherrn von Barthel und Anna, warum sie nach Straßburg gekommen war und fürchte, Laurenz könne sein Wissen um ihre Herkunft benutzen, um der *Relation* Schaden zuzufügen.

Nachdem sie mit ihrer Erzählung zu Ende gekommen war, faltete der Ratsherr die Hände und blickte sie an. Er schien nachzudenken, und dabei wollte Henrika ihn nicht stören. Dennoch brannte sie darauf zu wissen, was er nun zu tun gedachte.

«Manche Geschichten sind selbst zum Frühstück schwer zu verdauen», sagte Zorn schließlich. «Ihr glaubt demnach, Opfer einer infamen Intrige geworden zu sein? Einer Intrige, an der selbst zu dieser Stunde noch immer gesponnen wird?»

«Ich hatte Angst davor, mich Meister Carolus anzuvertrauen, aber seine Frau kennt meine Geschichte.»

«Lene?» Zorn hob erstaunt die Augenbrauen. «Warum ausgerechnet die?»

«Es hat sich so ergeben, Ratsherr. Sie hat mir empfohlen, Euch aufzusuchen, denn sie ist der Meinung, dass Ihr immer zum Wohl der Stadt handelt.»

Der Ratsherr blickte verdutzt drein, dann lachte er belustigt. «Ich wusste nicht, dass mir dieser Ruf anhängt. Aber es ist wahr. Ich sehe meine Aufgabe als Ratsherr von Straßburg nicht darin, mir die Taschen zu füllen und Kapital aus meinem Amt zu schlagen wie die anderen. Fragt David, den Gesellen Eures Meisters. Vermutlich hat er Euch nie verraten, woher das Geld für Eure Kurierreiter und die Verbindungsleute in den fünf Städten stammt.»

Henrika hielt dem Blick des Mannes stand. «Da irrt Ihr Euch, Ratsherr. Ich weiß davon, seit ich in der Stadt bin. Offiziell hat mein ehemaliger Dienstherr, der Festungsbaumeister Barthel Janson, Geld für die Kurierreiter zur Verfügung gestellt.»

«Interessant. Und das hat Euer Meister geschluckt?»

«Ich vermute, er wollte einfach daran glauben. Inzwischen scheint er aber dahintergekommen zu sein, aus wessen Börse das Geld in Wahrheit stammt. Er hat kein Wort darüber verloren, aber es ist doch verwunderlich, dass er seine Meinung über Euch geändert hat. Vor gar nicht langer Zeit wäre ihm nichts unangenehmer gewesen, als mit der Familie Zorn Geschäfte zu machen.»

«Glaubt Ihr, ich würde einem anderen Zorn freimütig mein Haus öffnen?», knurrte der Ratsherr. «Vielleicht gar meinem Verwandten Waldemar, der nun beschlossen hat, fremde Zeitungsdrucker zu finanzieren, um mich zu ärgern. Der Narr hat keine Ahnung, wie sehr er Straßburg damit schadet. Er und seine Anhänger denken nur an das Gestern, niemals an das Heute. Sie kleben an der Vergangenheit wie Fliegen an einem Topf mit süßem Mus. Dabei brauchen wir Druckschriften wie die Eures Meisters Carolus, um Verbohrtheit und Aberglauben endlich aus den Köpfen der Bürger zu vertreiben. Darf ich fragen, warum Ihr lächelt?»

«Als ich zum ersten Mal von der *Relation* hörte, habe ich ganz ähnlich gedacht», sagte Henrika. «Je mehr die Menschen von dem wissen, was um sie herum geschieht, desto freier müsste ihr Denken werden und ihre Geduld gegenüber allem, was sie noch nicht begreifen.»

«In welche Richtung wir denken, kommt aber ganz auf den an, der bestimmen darf, was wir lesen», sagte Zorn etwas gönnerhaft. «Überließe man es der Kirche, die Nachrichten auszuwählen, würde das Blut der Heiden und Ketzer bald in Strömen fließen. Die Fürsten würden ihre Landesnachbarn verleumden, und wir Kaufleute ... Ach, lassen wir das. Ein paar Leichen hat jeder von uns im Keller. Die Stimme der *Relation* sollte jedenfalls von keinem weltlichen oder geistlichen Herren erstickt werden. Ich betrachte jeden, der in diesen Tagen der *Relation* Schaden zufügt, als eine Gefahr für Straßburg, die beseitigt werden muss. Ich hoffe, Ihr habt mich verstanden?»

Henrika schluckte, denn der leidenschaftliche Ausbruch des Ratsherrn irritierte sie. Meinte der Ratsherr vielleicht auch sie mit seiner düsteren Drohung? Noch hatte er sich nicht geäußert, ob er gewillt war, Nachforschungen in ihrem Fall anzustellen.

«Wenn ich Euch richtig verstanden habe, glaubt Ihr also, dass die Nichte Eures früheren Dienstherrn Euch in böswilliger Absicht nachstellt», sagte Zorn nach einigen Momenten des Schweigens.

«Ich bin davon überzeugt.»

«Aber was will sie von Euch? Geld? Rache? Angenommen, sie glaubt, dass Ihr für den Tod des Festungsbaumeisters verantwortlich seid ...»

«Aber nein», brauste Henrika auf. «Ich habe ihn gefunden, nicht getötet. Schon gar nicht, weil ich etwas von ihm haben wollte. Ich meine ... Ich habe nie Geld von ihm verlangt.»

«Wie erfrischend», spottete der Ratsherr. «Verzeiht, wenn ein Mitglied der Familie Zorn dafür kein Verständnis aufbringen kann. Aber Spaß beiseite, Jungfer. Besteht denn nicht doch die Möglichkeit, dass Euer Vormund Euch etwas hinterlassen hat? Er war doch gewiss ein wohlhabender Mann.»

«Von einer Erbschaft war aber nie die Rede, es sei denn ...» Sie stockte, weil ihr ein Gedanke kam. Möglicherweise hatte Barthel vorgehabt, sein Schweigen zu brechen und ihr anzuvertrauen, was er über ihre Mutter wusste. Aber welchen Grund hätte ausgerechnet Anna haben können, ihn daran zu hindern?

«Ihr kennt Quinten Marx», wechselte sie unvermittelt das Thema. «Ein Flame, nicht wahr? Er hielt sich vor einiger Zeit hier in Straßburg auf, aber als ich ihn sprechen wollte, wurde ich abgewiesen.»

Jeremias Zorn sprang von seinem Stuhl auf. «Was zum Teufel wisst Ihr über den Flamen?»

Henrika beschloss, sich nicht in die Rolle des gejagten Hasen drängen zu lassen, wenngleich Zorn sie anfunkelte wie ein Wolf seine Beute.

«Mein früherer Dienstherr hat ihm mehrmals geschrieben. Ich

fand die Briefe nach seinem Tod. In einem von ihnen erwähnte er auch meinen Namen, daher …»

Doch Zorn unterbrach sie. «Schon gut, Jungfer», sagte er. «Bitte folgt mir nun, ich werde Euch an einen Ort bringen, an dem ich Eure Fragen beantworten kann.»

Er führte Henrika hinab in die weitläufigen Kellerräume des Hauses. Dabei musste sie sich beeilen, so schnell schritt er aus. Beklommen sah sie sich um. Was mochte er ihr wohl hier unten zeigen wollen? Sie durchquerten ein geräumiges Gelass mit Nischen, in denen eine stattliche Anzahl Weinfässer sowie Ölkrüge und Kisten mit Handelsware standen. Von fern war ein leises Plätschern zu hören, das auf einen Hausbrunnen oder eine Zisterne hindeutete, doch Henrika konnte nicht ausmachen, wo sich diese befand.

Schließlich blieb der Ratsherr vor einer Tür stehen, öffnete sie und winkte Henrika herbei. «Na los, ziert Euch nicht, sondern tretet ein!»

«Darauf könnt Ihr lange warten.» Henrika verschränkte die Arme. «Ich werde mich nicht von der Stelle rühren, bevor Ihr mir sagt, was das zu bedeuten hat.»

Zorn gab einen grollenden Laut von sich. Ohne Vorwarnung packte er Henrika und zog sie unsanft in den Kellerraum, ohne dass sie sich wehren konnte. Sie stolperte, versuchte sich im Fallen abzustützen, konnte jedoch nicht verhindern, dass sie mit dem Knie auf die Steinplatten schlug. Schmerz und Ärger trieben ihr die Tränen ins Gesicht, doch noch wütender war sie auf sich selbst, als sie erkannte, dass der Ratsherr sie hintergangen hatte. Sie rappelte sich auf, stürzte zum Eingang, sah jedoch nur noch, wie Zorn ihr die Tür vor der Nase zuschlug und den Riegel vorlegte.

Sie saß in der Falle.

«Ihr doppelzüngiger Lügner», schrie sie. «Wie konnte ich nur so dumm sein, einem Zorn zu vertrauen? Lasst mich auf der Stelle raus hier. Hilfe!»

«Schreit, so viel Ihr wollt», drang die Stimme des Ratsherrn dumpf durch die Tür. «Aber ich sage Euch gleich: Hier unten hört Euch keine Menschenseele, also spart Eure Kräfte und vertraut mir. Es ist nur zu Eurem Besten. Ihr werdet in der Kammer Decken gegen die Kälte finden. Außerdem einen Topf mit trockenem Fleisch, Brot und ein paar Winterfrüchte. Das sollte fürs Erste genügen. Eine Lampe werde ich Euch später an das kleine Fenster stellen lassen. Seht Ihr es? Es befindet sich gleich gegenüber der Tür. Wollt Ihr auch ein reformiertes Gebetbuch?»

Henrika stampfte mit dem Fuß auf, was ihrem geschundenen Knie nicht gerade guttat. Als sie den Blick senkte, fand sie einen schwachen Lichtschein, der unter dem Türspalt in die Kammer fiel. Im benachbarten Weinkeller hatte sie einige Pechfackeln gesehen, welche die Dienerschaft anscheinend Tag und Nacht brennen ließ. In ihrem Gefängnis war es jedoch so dunkel wie in einer Grabkammer.

«Warum tut Ihr das?», schrie sie, da sie vermutete, dass Zorn noch immer vor der Tür stand und lauschte. Sie hatte seine Schritte jedenfalls nicht auf der Treppe gehört.

«Nun, ich finde es sicherer, Euch eine Weile in Gewahrsam zu nehmen, wenigstens so lange, bis ich Auskünfte in Mannheim eingeholt habe. Wenn Ihr mir die Wahrheit gesagt habt, wird Eure Stiefmutter, diese Agatha Hahn, zu Euren Gunsten sprechen. Zunächst aber werde ich Euren Wirtsleuten, dem alten Ludwig und seiner Frau, einen kleinen Besuch abstatten. Ich gehe davon aus, dass die Briefe, von denen Ihr gesprochen habt, noch in Eurem Besitz sind?»

Henrika errötete. Warum war ihr nicht sofort aufgefallen, wie erschrocken Zorn auf ihre Erwähnung der Briefe an den Flamen reagiert hatte? Er hielt sie nicht fest, weil er sie für eine Mörderin auf der Flucht hielt, die sich im Haus eines Zeitungsdruckers versteckte. Nein, sein Interesse galt einzig und allein Barthels Zeilen. Die Briefe schienen etwas zu enthalten, was Barthel und den Flamen mit den Straßburger Zorns verband. Aber was konnte das sein? Der Ratsherr war doch noch ein Knabe gewesen, als Barthel seine Heimat hatte verlassen müssen. Was also fürchtete er so sehr, dass er glaubte, Henrika einsperren zu müssen?

«Ihr werdet keine Briefe finden», rief sie mit heiserer Stimme. «Hört Ihr mich? Sie wurden während meiner Flucht verbrannt. Nichts ist von ihnen übrig geblieben.»

Hinter der Tür blieb es eine ganze Weile still. Zorn schien nachzudenken. Dann fragte er unvermittelt: «Könnt Ihr das beschwören?

«Ich schwöre es.»

«Dann freut Euch, Jungfer, denn dieser Schwur rettet möglicherweise Euer Leben.»

19. Kapitel

Es wurde bereits hell, als Henrika in einen traumlosen Schlaf fiel. Sie erwachte erst, als der Lärm des nahen Münsterplatzes an ihr Ohr drang. Hastig kämpfte sie sich auf die Füße und spähte durch die winzige Luke, doch deren Gitter gestattete ihr nur einen Blick auf den schattigen Winkel eines Innenhofs, in dem weder Mensch noch Vieh zu sehen war.

Enttäuscht nahm Henrika die Lampe und das in Leder gebundene Büchlein an sich, das der Ratsherr durch die Stäbe geschoben haben musste, während sie geschlafen hatte. Lustlos begann sie in dem Gebetbuch zu blättern. Sie bedauerte, dass sie nie den richtigen Zugang zur Welt des Glaubens gefunden hatte. In ihrer Kindheit war ihr Bild von Gott das eines strengen Mannes mit verkniffener Miene gewesen, der einen weißen Spitzenkragen über dem schwarzen Wams trug und sich über Mädchen wie sie entsetzlich ärgerte. Dabei hatte sie nie geglaubt, dass es wirklich Gott gewesen war, der sie auf die Armesünderbank gesetzt hatte. Im Haus der Hahns waren viele Gebete gesprochen worden. Gebete, die sie ebenso wenig verstanden hatte wie Agathas glühendes Bestreben, zur Schar der Auserwählten zu gehören. Ob ihre Mutter auch eine Calvinistin gewesen war? Vielleicht hätte sie ihr die Geheimnisse des Glaubens besser erklären können als die Dorfbewohner, die Geboten einfach gehorchten, weil bereits ihre Eltern es getan hatten.

Henrika schlug das Gebetbuch zu und starrte auf den schwarzen Ledereinband, bis sich der Tag seinem Ende zuneigte, doch nichts geschah. Weder Zorn noch ein Vertreter der Obrigkeit kamen, um sie zum Verhör abzuholen. Ob der Ratsherr ihren Fall noch gar nicht zur Anzeige gebracht hatte? Aber nicht einmal er durfte es wagen, Beschuldigte über einen längeren Zeitraum im eigenen Haus festzuhalten. Falls er jedoch nach ihrer Unterredung zu dem Schluss gekommen war, dass sie ihm gefährlich werden konnte, war sie verloren.

Zorn würde nicht zögern, sie hier unten verhungern zu lassen. Lene Carolus wusste zwar, dass sie ihn hatte aufsuchen wollen, doch gegen einen der mächtigsten Ratsherrn der Stadt konnte auch sie nichts ausrichten.

Am nächsten Morgen fand Henrika den Eimer, in den sie ihre Notdurft verrichtete, geleert und ausgespült. In einem geflochtenen Körbchen gleich neben der Tür lagen zwei saftige Fleischpasteten, ein Stück Käse, Äpfel und ein Krug mit Most. Zorn oder sein alter Diener mussten die Kammer betreten haben, als sie geschlafen hatte.

Von den Vorräten, auf die der Ratsherr Henrika hingewiesen hatte, hatte sie nichts angerührt, doch beim Anblick der Speisen im Korb spürte sie, wie sehr ihr der Magen knurrte. Sie nahm eine Pastete und biss herzhaft hinein. Entgegen ihrer Befürchtung hatte Jeremias Zorn offenbar nicht vor, sie verhungern zu lassen. Sie fragte sich, was Meister Carolus und David wohl inzwischen taten. Ob sie die Stadt nach ihr absuchten? Hatte Lene Carolus ihnen etwas gesagt, oder schwieg sie? Ein Schluchzen entwich Henrikas Kehle, als sie an ihren gemütlichen Platz in der Druckerwerkstatt dachte. Längst mussten die Kuriere wieder unterwegs sein, um neue Nachrichten einzukaufen, aber ob sie diese jemals zu Gesicht bekam, war fraglich.

Als sie am nächsten Tag aus dem Schlaf hochfuhr, erlebte sie eine Überraschung. Neben dem wiederum gefüllten Proviantkorb lag eine sorgfältig verschnürte Anzahl eng beschriebener Druckschriften. Mit klopfendem Herzen löste Henrika den Knoten und lief dann mit den Seiten zum Fenster. Es war eine Ausgabe der *Relation*, wie die prächtig gestaltete Titelseite unschwer erkennen ließ.

Henrika vertiefte sich in die Zeilen, die sie selbst nach den Meldungen der Kuriere verfasst hatte. Aus Venedig wurde vom Anstieg der Preise für Wolle und Seidenstoffe berichtet, ferner von einem tapferen Vorstoß der Flotte von San Marco, die ein osmanisches Kaperschiff aufgebracht hatte. In Rom hatte ein Italiener ein Rohr erfunden, das die Sterne am Himmel angeblich größer erscheinen ließ.

Henrika blätterte weiter, bis sie auf die Nachrichten aus Köln und Wien stieß. Der Herzog von Kleve war gestorben, was Anlass zu der Befürchtung gab, dass es zwischen den benachbarten Fürstentümern zum Kampf um seine Besitzungen kommen könnte. Auf der nächsten Seite ganz unten rief Herzog Maximilian von Bayern alle Fürsten und Reichsstädte auf, die dem römisch-katholischen Glauben treu geblieben waren, sich mit ihm zu verbünden.

Aus der Handelsstadt Antwerpen gab es keine Nachricht.

Drei Tage, nachdem Henrika die Gazette erhalten hatte, hörte sie eines Abends ein Geräusch auf der anderen Seite der Tür. Offensichtlich machte sich jemand am Riegel zu schaffen. Sie hob den Kopf und erstarrte, als sich eine dunkel gekleidete Gestalt leichtfüßig in die Kammer schob.

Es war ein Mann, der eine Laterne vor sich hielt und die kahlen, grauen Wände des Raums ableuchtete. Das Licht blendete Henrika so sehr, dass sie die Augen schloss und in den Schatten des Lagers zurückwich, das sie sich aus Decken gerichtet hatte.

«Steh auf», flüsterte der Mann ihr mit rauer Stimme zu. «Wir müssen auf der Stelle verschwinden.»

Henrika blinzelte verwirrt, denn noch immer tat das Licht ihren Augen weh. Die Stimme kam ihr indessen bekannt vor, auch wenn sie nicht begriff, was der Mann hier unten zu suchen hatte.

«David?», rief sie zögerlich. «Bist du es?»

«Natürlich, wer sonst? Ich habe Tage gebraucht, um dich hier aufzuspüren.»

Also ein neuer Fluchtversuch, dachte Henrika. Müde strich sie eine Strähne ihres verfilzten Haars hinter das Ohr. Zorns Diener hatte sie zwar während der letzten Tage mit Nahrungsmitteln versorgt, doch an Wasser zum Waschen hatte er nicht gedacht. Am liebsten hätte sie die Augen geschlossen und sich eingebildet, David sei ihr lediglich im Traum erschienen.

«Wo steckt Ratsherr Zorn?», murmelte sie mit schwacher Stimme. «Warum schickt er ausgerechnet dich, um mich …» Sie zog ihren Zeigefinger quer über die Kehle, um einen Schnitt anzudeuten.

«Zorn ist bereits seit dem Morgengrauen im Rathaus. Er und die übrigen Ratsherren beraten sich mit dem Stadtvogt und den Gerichtsschöffen.» Er hustete leise. «Nicht weit von der Stadt wurde ein verkohlter Leichnam gefunden. Auf einer Waldlichtung, oberhalb des Wegs, der vom Gewann der sieben Herrgottsacker zur Stadtbrücke führt. Der Hund eines Schäfers hat ihn aufgestöbert. In der Stadt geht das Gerücht um, der Teufel habe einen armen Wanderer geholt, aber wir beide wissen es besser, nicht wahr? Auf die Nachrichten aus Flandern werden wir wohl noch lange warten müssen. Laurenz hat sich persönlich nach Antwerpen aufgemacht. Angeblich, um den vermissten Kurier zu suchen. Carolus hat ihn freigestellt und ihm Geld gegeben, damit er sich ein schnelles Pferd kaufen kann.»

Henrika öffnete die Augen. «Warum erzählst du mir das?»

«Weil du aus Straßburg fliehen musst und ich mit dir gehen werde. Genauer gesagt hat Ratsherr Zorn mir persönlich aufgetragen, dich zu begleiten. Er bangt um die Gazette, weil einige Tratschmäuler im Rat, darunter sein Verwandter Waldemar

Zorn, ausgerechnet in ihr die Wurzel des Übels sehen. Diese Narren begreifen einfach nicht, welche Bedeutung die Gazette für die Entwicklung ihrer Stadt haben kann.»

«Auch wenn die Zeitung von einer des Mordes und der Hexerei verdächtigten Magd geschrieben wird?» Henrika legte den Kopf in den Nacken und begann hysterisch zu lachen.

«Sei still», mahnte David. «Du bist weder eine Hexe noch eine Mörderin, aber ...»

«Aber was?», unterbrach ihn Henrika. «Dein Freund Zorn hält mich seit Tagen in seinem Keller gefangen, und nun schickt er dich, ausgerechnet dich? Warum sollte ich nicht lachen, wenn mir einmal danach zumute ist.»

«Zorn hat Nachricht aus Mannheim, deiner früheren Heimat.»

Henrika verstummte. Mit aufgerissenen Augen starrte sie den Druckergesellen an und kam sich vor wie ein Kind, das sich vor der Rute des Schulmeisters fürchtet.

«Er hat einen Kaufmannsgehilfen losgeschickt, um deine Angaben zu überprüfen.» Er senkte den Blick. «Dir wird nicht gefallen, was er herausfand.»

«Bitte sag es mir trotzdem.»

«Es gibt vermutlich nur einen Menschen, der bestätigen könnte, dass der Mörder des Festungsbaumeisters beim Versuch, deine Flucht zu vereiteln, ums Leben kam.»

«Die Hutmacherin Hahn», bestätigte Henrika mit klopfendem Herzen. «Und? Lass dir doch nicht jedes Wort aus der Nase ziehen.»

«Nun, ich fürchte, sie kann sich nicht mehr für dich verbürgen, denn sie ist tot. Sie starb in einem Feuer, das bald nach deiner Flucht in einem Mannheimer Wirtshaus ausbrach. Dem Bericht zufolge gelang es niemandem im Haus, den Flammen zu entrinnen. Es tut mir leid.»

Henrika verbarg ihr Gesicht in den Händen. Agatha, Elisabeth und Lutz – alle tot. Aber warum? Agatha hatte ihr geholfen; hatte sie damit ihr Todesurteil unterschrieben? Henrika konnte die Tränen nicht aufhalten, die ihr in die Augen schossen. Trotz allem, was ihr in Mannheim widerfahren war, hatte sie die beiden Frauen geliebt, die ihr einst ein Zuhause gegeben hatten.

Sanft zog David sie vom Boden hoch und legte ihr den Arm um die Schultern. Sie gehorchte seinen Anordnungen, doch ihre Beine knickten beim Gehen ein wie Zunderhalme. Erst als sie auf der obersten Stufe der Kellertreppe angekommen waren und Henrika den frischen Luftzug auf den Wangen spürte, begriff sie, dass David sie wirklich in die Freiheit führte.

Es waren nur wenige Menschen unterwegs, als sie auf die Gasse traten. Dennoch mied David die Straße, die zum Münsterplatz führte, und wandte sich stattdessen gen Osten. Eine Weile liefen sie an der Stadtmauer entlang, vorbei am Barfüßerplatz, bevor sie hinter der Armsünderkapelle in ein schäbiges Viertel einbogen. Henrika war hier noch nie gewesen. Ärmliche Hütten mit baufälligen, gefährlich weit über die Gasse ragenden Balkonen drängten sich aneinander, sodass der Durchgang zwischen den Häusern bald nur noch wenige Handbreit zählte. Eingänge, die in dunkle Flure führten, Treppen, die auf halber Höhe endeten, und Dächer, die jeden Moment einzustürzen drohten, verschmolzen zu einem einzigen Labyrinth, aus dem Flüche und Schimpfwörter ins Freie drangen. Eine Frau beklagte sich lautstark über die Faulheit ihrer Tochter. Im nächsten Moment wurde die Tür aufgerissen, und ein Mädchen in einem zerlumpten Kleid floh wie von Furien gehetzt die Straße hinunter.

Henrika blickte ihr mit offenem Mund nach, doch David zerrte sie am Handgelenk weiter die Gasse hinunter. In dieser Gegend konnte es gefährlich sein, stehen zu bleiben oder sich in fremde Angelegenheiten zu mischen. Dies bekam wenige Schritte weiter ein angetrunkener Abdecker zu spüren, der schimpfend aus einer verlotterten Taverne torkelte. Er schleifte einen Sack über den sandigen Boden, von dem ein bestialischer Gestank ausging. Eine Schar Gassenkinder, die vor einem der Häuser gespielt hatten, wurde auf den Mann aufmerksam. Sie bückten sich, um Erdklumpen zu sammeln, dann setzten sie dem Betrunkenen nach, bis dieser schimpfend unter einem mit wuchernden Ranken bewachsenen Torbogen verschwand.

Henrika drückte sich gegen eine Mauer, die einen Garten einfriedete, und verharrte dort, bis die lärmende Kinderschar verschwunden war. In der Ferne sah sie den Metzgerturm, von dessen Dach bunte Fahnen mit dem Stadtwappen wehten. Obwohl sie keine hundert Schritte mehr vom Münsterplatz trennten, kam sie sich vor wie in einer anderen Welt. Hier wohnten die Ärmsten der Armen, aber auch Beutelschneider und Bettler hatten hier ihre Unterkünfte. Niemand stellte Fragen, kaum einer kannte den Namen seines Nachbarn. Erst nach Einbruch der Dunkelheit erwachte die Gegend an den Stadtmauern zum Leben. Dann wiesen Laternen aus rotem Glas den Besuchern den Weg zu den Dirnenhäusern, die in dieser Gasse ebenso zu finden waren wie das Haus des städtischen Henkers.

David wartete noch einen Moment, dann sprang er über die Mauer. Henrika tat es ihm gleich. Ein Garten lag vor ihnen, der bis hinunter zu einem Seitenarm der Breusch reichte. Henrika erblickte ein Grüppchen von etwa fünf Wäscherinnen, die mit Feuereifer auf Wäschestücke eindroschen.

Während sie sich der Breusch näherten, setzte David ein Lächeln auf und griff nach Henrikas Hand. Ungestüm zog er sie mit sich zu einem Anlegesteg, hinter dem ein kleiner Kahn im Wasser auf- und abschaukelte.

«Was soll das?», fragte Henrika. «Wo sind wir hier?»

«Die Boote werden oft von Liebespaaren entführt, die sich ein paar nette Stunden auf dem Kanal machen wollen», klärte David sie auf. Er wandte den Kopf zu den Wäscherinnen, die kichernd miteinander flüsterten.

«Siehst du die Bäume am Uferweg?» Er wies auf eine Reihe hochgewachsener Weiden, die so dicht beieinanderstanden, dass ihre Zweige die Wasseroberfläche berührten. Ein Boot, das sich nahe am Ufer hielt und zwischen dem Laub vorwärtsbewegte, konnte von der Böschung aus kaum gesehen werden.

«Der Bursche, der heute das Steinstrassertor bewacht, ist Mitglied unserer Zunft und brennt darauf, eines Tages selbst für Meister Carolus Kurierdienste zu verrichten. Er wird keine Fragen stellen, wenn wir die Stadt verlassen. Und, was noch wichtiger ist, er wird sich nicht an uns erinnern, falls man ihm Fragen stellt. Dafür habe ich gesorgt.»

Eher Jeremias Zorns Geldbörse, dachte Henrika, doch sie hütete sich, es auszusprechen. Ihr war nicht wohl dabei, sich noch einmal auf Gedeih und Verderb dem Ratsherrn anzuvertrauen, schließlich hatte er sie schon einmal hinters Licht geführt und ihr eine fürchterliche Woche beschert. Aber wenigstens hatte er sie nicht öffentlich angeklagt. Vermutlich hielt er es für besser, sie ohne weiteres Aufsehen aus Straßburg zu verbannen.

«Und wohin soll ich nun gebracht werden?», fragte Henrika, nachdem ihr David ins Boot geholfen hatte. Sie stieß mit dem Fuß gegen ein Bündel und entdeckte daneben einen Wanderstab. Es war Hahns Stab. David musste bei Ludwig und Emma gewesen sein, um ihre Habseligkeiten zusammenzuraffen. Henrika hätte zu gern gewusst, was er den beiden Alten über ihre plötzliche Abreise erzählt hatte, aber statt ihn zu fragen, warf sie einen Blick auf die wenigen Dinge, die ihr geblieben waren. Sie fand Barthels Tabakspfeife. Wenigstens die hatte man ihr gelassen.

Grimmig schob Henrika das Bündel unter das Brett, das ihr als Sitzbank diente.

«Ich gehe davon aus, dass ich Meister Carolus und die Werkstatt nicht noch einmal wiedersehen darf?»

Sie musste ihre Frage zweimal wiederholen, denn das plötzlich einsetzende Geläut der Münsterglocken übertönte ihre Stimme. Vielleicht wollte David sie aber auch nicht hören. Schweigend ruderte er durch den sich windenden Kanal, bis der Kahn das Alte Zollhaus, eines der städtischen Lager für Wolle, Seide und Tuch, passiert hatte. Schließlich blickte er auf.

«Ratsherr Zorn hat mich gebeten, dich nach Flandern zu bringen. Zu einem Mann, dessen Namen du aus einigen Briefen kennst. Er ist der Meinung, dass er dir einiges erklären und dich auch vor den Nachstellungen dieser Anna beschützen kann.»

Henrika nickte langsam. Sie hatte schon seit langem geahnt, dass ihr Weg sie eines Tages nach Flandern führen würde. Plötzlich verspürte sie eine tiefe Gewissheit, dass nicht nur Barthel, sondern auch ihre Mutter, ja, vielleicht sogar sie selbst, in den Niederlanden geboren worden waren.

Es war Abend. Henrika preschte auf einem braunen Rappen über einen Wassergraben und genoss den Wind, der durch ihr langes Haar fuhr. Zum ersten Mal im Leben glaubte sie, richtig atmen zu können, und es war ein herrliches Gefühl. Von fern hörte sie Davids Rufe. Er mahnte sie, nicht zu wild daherzugaloppieren, doch sie verlangsamte ihr Tempo nicht. Eine Wiese mit blühendem rotem Klatschmohn flog an ihr vorüber.

Sie legte den Kopf in den Nacken und jauchzte vor Freude. Ihr einziger Kummer war, dass es bereits dämmerte und sie bald anhalten würden. Die Eindrücke überfluteten ihre Sinne, aber oben, auf dem Rücken ihres Pferdes, verspürte sie Freiheit und eine unbändige Lust zu leben.

David holte auf. Als sie sich kurz nach ihm umdrehte, sah sie ihn aufrecht im Sattel wie ein Dragoner. Er trug eine aufgebauschte grüne Schärpe, sein Hut war mit bunten Federn geschmückt, die seinem blassen Gesicht einen verwegenen Ausdruck verliehen.

Eine ganze Weile ritten sie hintereinander her, ohne ein Wort miteinander zu wechseln. Plötzlich bemerkte Henrika, dass sich über ihnen die Wolken zusammengeschoben hatten. Der Wind wurde stärker, entwickelte sich fast zu einem Sturm, der die Blätter der Bäume am Wegesrand zum Murmeln, dann zum Rauschen brachte.

Nachdem der erste Donnerschlag ertönt war, erfasste eine sonderbare Stille den Wald. Kein Tier, nicht einmal ein Vogel, sprang noch raschelnd durchs Unterholz.

Henrika zog die Zügel an und ließ sich vom Rücken des Pferdes gleiten, was nicht schwer war, da sie kein Kleid, sondern Männerhosen trug.

Ein weiterer Donnerschlag ließ sie zusammenzucken. Sie blickte sich nach David um, doch der schien plötzlich mitsamt seinem Pferd vom Erdboden verschlungen zu sein. Unsicher lief sie den Weg zurück, den sie gekommen war. Hinter jeder Biegung hoffte sie, den jungen Drucker zu finden. Aber er blieb verschollen, nicht einmal Hufspuren schien sein Ross hinterlassen zu haben. Es war, als hätte es ihn nie gegeben, als hätte sich Henrika alles nur eingebildet.

Plötzlich stieg ihr ein beißender Rauch in ihre Nase. Henrika schauderte, doch sie durfte nicht zurückweichen, sie musste herausfinden, wo David steckte und woher der Qualm kam. Mit Händen und Füßen schlug sie sich durch das immer tiefer werdende Dickicht, das den Weg auf einmal zu überwuchern drohte. Aber wie konnte das möglich sein?

Die Donnerschläge wurden lauter; grelle Blitze erschienen am Nachthimmel. Auch der Rauch wurde zunehmend dichter, er reizte Henrika so stark im Hals, dass sie husten musste. Weiter ging es, Schritt um Schritt durch das raschelnde Unterholz; ihre Haut wurde von Dornenranken zerkratzt, die in ihren Kleidern und Haaren hängen blieben.

Und dann stand sie unvermittelt auf einer Lichtung, keine zehn Schritte von einem Fachwerkhaus entfernt, das sie kannte wie kaum ein anderes, weil sie in ihm so viele Stunden ihrer Kindheit verbracht hatte. Es war Elisabeths Wirtshaus in Mannheim.

Und es brannte lichterloh.

Henrika wurde von grenzenlosem Entsetzen gepackt. Ohne zu zögern, rannte sie los, geradewegs auf das brennende Gebäude zu, aus dem schrille Hilfeschreie drangen. Doch schon nach wenigen Schritten prallte sie gegen eine Wand aus heißer Glut, die ihr das Gesicht versengte. Übelkeit schnürte ihr die Kehle zu, als ihr klar wurde, dass jede Hilfe zu spät kam. Stöhnend sank sie auf die Knie. In diesem Moment teilte der Wind die Rauchschleier vor ihr wie einen Vorhang.

Vor dem Haus lag ein bis zur Unkenntlichkeit verkohlter Leichnam, der sie aus leeren Augenhöhlen anklagend anzustarren schien.

Stöhnend fuhr Henrika von ihrem Kissen auf; mit zitternden Fingern strich sie sich das Haar aus der Stirn; es war nass vor Schweiß.

Die Waldlichtung war plötzlich verschwunden, das brennende Haus auch. Wie war das möglich?

Benommen blickte sie sich um, bis sie den schwachen Schein einer Bootslaterne bemerkte. Erst allmählich kehrte die Erinnerung zurück. Sie und David waren seit gestern an Bord eines schwankenden Lastkahns, dessen schlanker Bug die Wellen des Rheins durchpflügte.

David warf ihr einen besorgten Blick zu. «Du hast geträumt», sagte er leise. «Kein angenehmer Traum, wie ich vermute.»

Henrika seufzte, während sie sich mit einem Zipfel ihres warmen Schultertuches Schweißperlen von der Stirn tupfte. Ihre Glieder und Gelenke fühlten sich taub an und schmerzten bei jeder Bewegung. Das Geschaukel des Kahns brachte zudem ihren Magen völlig durcheinander. Seit gestern weigerte sie sich, etwas anderes zu sich zu nehmen als Wasser und ein paar Bissen Brot.

«Wo sind wir?», wollte sie von David wissen.

«Wenn alles gutgeht, werden wir bald Köln erreichen. Von dort ist es nicht mehr weit bis zur Grenze.»

Henrika lehnte sich zurück und beobachtete die Männer, die ein Stück von ihnen entfernt beisammensaßen und den Weinkrug kreisen ließen. Sie musste daran denken, dass ihre letzte Reise auf einem Rheinkahn noch gar nicht lange zurücklag. Wie sehr hatte sie sich damals auf Frankfurt und die berühmte Messe der tausend Bücher gefreut, und wie übel war der Familie ihres Meisters stattdessen mitgespielt worden. Nun befand sie sich auf dem Weg in die spanischen Niederlande, ein Gebiet, von dem sie nur undeutliche Vorstellungen hatte. Ein Land, das David als wunderschön und reich beschrieben hatte, obwohl dort nach wie vor Krieg herrschte und die Inquisition Scheiterhaufen lodern ließ. Noch mehr als die spanische Besatzungsmacht fürchtete sie sich jedoch vor dem, was sie gegebenenfalls von dem Flamen zu hören bekommen würde. Falls es ihr überhaupt gelang, ihn aufzustöbern. Noch hatte sie keine Ahnung, wie sie es anstellen sollte, ihn oder Laurenz zu finden. Davon abgesehen galt es, vor Anna auf der Hut zu sein. Möglicherweise hatte Barthels Nichte ihre Spione überall, selbst in Flandern, und wusste über jeden ihrer Schritte Bescheid.

«Du hättest mich nicht begleiten müssen», sagte sie, als David ihr zum wiederholten Mal ein Stück Käse aus seinem Proviantbeutel anbot. «Ohne dich schafft Meister Carolus die Arbeit in der Werkstatt nicht.»

«Kannst du die Gazette nicht einmal für fünf Minuten vergessen?», brauste David auf. «Meister Carolus ist geschickter, als du glaubst. Er wird schon zurechtkommen.» Er schwieg eine Weile und begnügte sich damit, aufs Wasser zu starren. Seine schulterlangen gewellten Haare wurden vom Wind zerzaust. Dann stand er unvermittelt auf. «Außerdem muss ich wissen, warum Laurenz so versessen darauf war, den verschollenen Antwerpener

Kurier zu ersetzen. Carolus blieb nichts anderes übrig, als ihn gehen zu lassen, so energisch hat er darauf bestanden. Und dann verschwand er. Einfach so, ohne sich von mir zu verabschieden. Er hat nicht einmal nach dir gefragt, obwohl er doch schon überall herumerzählte, dass er dich bald heiraten will.»

Henrika nickte. Davids Worte beunruhigten sie, bestätigten aber auch den Verdacht, der sich seit langem in ihr regte. Laurenz musste eine andere Möglichkeit aufgetan haben, um an Geld zu kommen. Carolus' Werkstatt interessierte ihn nicht mehr.

«Du glaubst auch, dass Laurenz etwas Furchtbares getan hat, nicht wahr?» David stieß scharf die Luft aus. «In Frankfurt ahnte ich es bereits, wollte es aber nicht glauben. Wie die Dinge nun liegen, bleibt mir nichts anderes übrig, als die Wahrheit endlich zu akzeptieren.» Er wartete einen Moment lang, bevor er hinzufügte: «Weißt du noch, wie wir Barbara in der Schifferkapelle auffanden?»

«Nein, das habe ich vergessen.» Henrika schnitt eine Grimasse. «Natürlich erinnere ich mich, aber ich verstehe nicht ...»

«Es war die Art, wie das Mädchen auf dem Rücken lag, die mich stutzig machte», unterbrach er sie. «Beide Beine leicht angewinkelt und die Hände über dem Gesicht gefaltet. Unsere Eltern, die von Straßenräubern erschlagen wurden, fand man damals in derselben Haltung.»

Henrika fühlte, wie ihr schwindlig wurde. «Also hat Laurenz Barbara das angetan?», keuchte sie. «Der Knecht war unschuldig?»

David zuckte die Achseln. «Das habe ich nicht gesagt. Ich bin mir nur ziemlich sicher, dass Laurenz sie wieder aus dem Wasser geholt und in die Kapelle gebracht hat. Vermutlich glaubte er, sie sei schon tot.»

«Barbara ist ein aufgewecktes Kind, das seine Augen und Ohren überall hat. Vielleicht hat sie während ihres Streifzugs durch Frankfurt etwas aufgeschnappt, was sie nicht hören durfte.

Aber wenn Laurenz sie aus dem Weg schaffen wollte, hätte er es dann nicht noch einmal versucht, nachdem klar war, dass sie überleben würde?»

David zuckte die Achseln. «Das Mädchen wird zurzeit schärfer bewacht als die Insignien des Kaisers. Außerdem hat sie das Gedächtnis verloren. Nein, Barbara kann dem Vorhaben dieser Anna zurzeit nicht gefährlich werden. Dafür musste ein anderer sterben.»

«Der Bote aus Antwerpen ist tot, nicht wahr?»

«Wer sonst sollte draußen vor der Stadt verbrannt und verscharrt worden sein? Der Antwerpener wird Straßburg niemals erreichen.» David schlug mit der Faust gegen die Bootswand. Rasch wandte er sich ab, damit Henrika nicht sah, dass er mit den Tränen kämpfte.

«Wir müssen herausfinden, was Laurenz und diese Anna in Flandern vorhaben», sagte er schließlich in entschlossenem Ton. «Jemand muss meinen Bruder aufhalten, bevor er seine Seele dem Teufel opfert.»

Vermutlich hat er das bereits getan, dachte Henrika bei sich. Sie war traurig, denn sie war überzeugt, dass sich Laurenz in Frankfurt mit Anna eingelassen hatte. Und, dass die beiden bereit waren, über Leichen zu gehen. Auch sie war einmal gutgläubig auf Barthels Nichte hereingefallen und hatte bitter dafür büßen müssen.

«Liebst du ihn noch?», fragte David sie aus heiterem Himmel. Henrika verschlug es buchstäblich die Sprache. Überrascht hob sie den Kopf. Wie konnte er sie das fragen? Warum nahm er sie nicht einfach in den Arm oder erlaubte ihr, dass sie ihren Kopf gegen seine Schulter lehnte? In dem Frankfurter Wirtshaus hatte es einen Augenblick der Nähe zwischen ihnen gegeben, der Henrika vor Augen geführt hatte, wie groß ihr Irrtum doch gewesen war. Nein, einen Menschen wie Laurenz zu lieben war ebenso unmöglich für sie, wie den Rhein schwimmend zu überqueren.

Wenn David nicht spürte, für wen ihr Herz wirklich zu schlagen begonnen hatte, tat es ihr leid.

«Ich bin aus einem Traum erwacht, der mich länger gefangen gehalten hat als der Albtraum vorhin», sagte sie schließlich. «Aber im Grunde kommt es nicht darauf an, wie lange man träumt, solange man nur zur rechten Zeit aufwacht, oder?»

Davids Antwort nahm Henrika den Boden unter den Füßen, denn nun tat er das, was sie sich gewünscht hatte. Sie versank in der Wärme seiner Arme, spürte, wie seine Lippen ihren Hals berührten. Er küsste sie, zunächst zärtlich, dann etwas leidenschaftlicher und ließ sich nicht von dem stürmischen Gegröle der Flussschiffer stören, die kichernd in die Hände klatschten und derbe Zoten über sie rissen. Henrika hatte ihre Augen geschlossen, um die Blicke der Männer nicht sehen zu müssen. Es war ihr gleichgültig, ob die Männer sie für eine leichtfertige Dirne hielten, denn kein Vorwurf konnte in diesem Moment das Glücksgefühl in ihr trüben.

Wenig später erreichten sie Köln.

David kannte die Stadt noch aus der Zeit seiner Gesellenwanderung, die ihn durch das ganze Rheintal geführt hatte. So war es für ihn nicht weiter schwierig, das Haus des von Carolus angeworbenen Nachrichtensammlers zu finden. Der Mann, ein Pelzhändler mittleren Alters, unterhielt sein Kontor direkt an einem Platz, der Alter Markt genannt wurde. Dort, zwischen Dom und Rathaus, entging ihm nichts, was sich in der Stadt ereignete. Gegen ein Entgelt übergab er David einen Schwung Papiere, schüttelte aber auf seine Frage nach Laurenz den Kopf. Offenkundig hatte dieser nicht im Haus des Nachrichtensammlers Quartier genommen, was der Mann sehr bedauerte, denn er versicherte David mehrmals, wie groß seine Wertschätzung für das Werk von Meister Carolus sei und dass er gemäß ihrem Vertrag nur Boten des Straßburgers mit Nachrichten aus der Stadt Köln belieferte. Obwohl weder David noch Henrika dem Pelzhändler diese Beteuerung abnahmen, lehnten sie seine Einladung, über Nacht zu bleiben, nicht ab.

Am nächsten Morgen machten sie sich wieder auf den Weg. Der Pelzhändler hatte bereits in der Früh einen Handelsmann aufgetrieben, der ihnen einen Platz auf seinem Wagen zur Verfügung stellte.

Trotz der Hitze des Tages trieb der Händler seine Pferde zur Eile an, er wollte bis zum Einbruch der Dämmerung den Einflussbereich des Kölner Erzbischofs hinter sich wissen. Henrika und David wurden kräftig durchgeschüttelt, denn der Mann auf dem Kutschbock schien kein Schlagloch auszulassen. Als sie gegen Abend die Brücke erreichten, die über die Maas führte, stieß Henrika einen Seufzer der Erleichterung aus.

Sie übernachteten in einem Bauerndorf, das schon auf flämischem Boden lag und vom Krieg verschont geblieben war. Die Einwohner des Marktfleckens begegneten den beiden Fremden zunächst zwar etwas misstrauisch, legten ihren Argwohn jedoch rasch ab. Henrika staunte nicht schlecht, als nach Einbruch der Dunkelheit der Gastraum der Herberge, in der sie untergekommen waren, zu einem Tanzboden umgerüstet wurde. Wenig später erklang die Musik von Flöten und Sackpfeifen. Musikanten und feierndes Volk schienen aus allen Ecken des Dorfes hinauf zur Schänke zu strömen. Der Dorfplatz, der gerade noch einsam und staubig in der Abendsonne gelegen hatte, wurde zum Mittelpunkt des geselligen Treibens. Knechte und Mägde schleppten unter Gelächter lange Bänke aus den Häusern, und auf dem Dreschboden schürten zwei Frauen ein Feuer, über dem alsbald ein riesiger Kessel mit dampfender Fleischsuppe brodelte.

Vor der Dorfkirche zog derweil unter großem Getöse eine Gauklergruppe auf, die zur Unterhaltung der Menge ein Possenspiel aufführte. Die Bauern schlugen sich vergnügt auf die Schenkel; ihr Lachen dröhnte über den Platz.

Obwohl Henrika nach der anstrengenden Fahrt über die steinigen Landstraßen müde war, ließ sie sich von der Feiertagsstimmung rasch anstecken. Flandern gefiel ihr. Während David nicht zu bewegen war, den Tisch am Fenster zu verlassen, verließ sie die Herberge im Strom der ausgelassenen Männer und Frauen. Auf dem Dorfplatz kostete sie von der dicken Suppe aus Fleisch, Butterrahm und Kräutern, die eine rotwangige Frau ihr freundlich anbot, und fand sich schließlich inmitten der Sackpfeifer und Fiedler wieder, die zum Tanz aufspielten. Ehe sie protestieren konnte, packten sie auch schon zwei Burschen bei den Händen und zogen sie auf den festgestampften Platz, wo sich bereits zahlreiche Dorfbewohner zum Reigen eingefunden hatten. Auch die Mädchen, die noch abseits standen und zuschauten, wurden alsbald auf den Tanzboden geholt. Dieser war mit Wald- und Wiesenblumen sowie mit Kräutern bestreut, die einen würzigen Duft absonderten.

Henrika tanzte, bis ihr der Atem ausblieb. Inzwischen war es dunkel geworden. Der Mond tauchte die Schindeldächer des Dorfes in ein silbernes Licht. Fackeln wurden in den Boden gerammt, Hausfrauen und Mägde stellten Kerzen und Öllampen in die Fenster. Als es Henrika endlich gelang, sich vom Tanzboden zu stehlen, schlug die Kirchturmuhr zum zehnten Mal, doch noch war kein Ende des fröhlichen Treibens in Sicht. Henrika lief zur Herberge zurück, vor deren Tür inzwischen mehrere Greise mit grauen und weißen Bärten auf Bänken beisammensaßen, Karten spielten und dunkles Bier tranken.

Sie fand David in Gesellschaft eines Mannes, der trotz seines fortgeschrittenen Alters lebhaft wirkte. Er schien im Dorf hohes Ansehen zu genießen, denn als einziger der Männer saß er in einem hohen, mit weichen Kissen gepolsterten Sessel. Sein linker Fuß war verbunden und ruhte auf einem Fußbänkchen. Vermutlich litt er an der Gicht. Von Zeit zu Zeit streckte eine hübsche blonde Magd ihren Kopf aus dem Fenster und erkundigte sich, ob es ihrem Herrn und seinen Gästen auch an nichts fehlte. Henrika betrachtete den Alten mit unverhohlener Neugier. Seine Kleidung und das Barett auf seinem Kopf sahen weder neu noch kostbar aus, zeugten aber von einem bescheidenen Wohlstand. Er trug das glatte, noch immer dichte Haar streng gescheitelt und im Nacken mit einer Lederschnur zusammengebunden. Zu dem schmalen Gesicht mit den intelligenten Augen passte das nach spanischem Vorbild gestutzte Spitzbärtchen, denn es untermalte die würdevolle Haltung des Greises auf formvollendete Weise. Vermutlich zählte der Mann zu den Dorfältesten und Schöffen oder nahm zumindest eine ähnlich bedeutsame Stellung im Ort ein.

Als David Henrika bemerkte, stellte er sogleich seinen Bierkrug ab und erhob sich, um sie seinem Gesprächspartner vorzustellen.

«Das ist Herr Jan van Sneek, der Besitzer dieser Herberge und zudem Mitglied des Schöffengerichts der Provinz, durch die wir gerade reisen. Ich habe ihm erzählt, dass wir in geschäftlichen Angelegenheiten nach Antwerpen müssen.»

Henrika deutete eine kleine Verbeugung an, die in einem eleganten Knicks endete. Der alte Mann schmunzelte. Er winkte die Magd aus seinem Haus herbei und bestellte bei ihr eine Kanne Wein sowie einen weiteren Becher für Henrika.

«Ihr seht durstig aus, Jungfer», erklärte er höflich. «Setzt Euch doch und trinkt ein Schlückchen mit uns. Hier in Flandern gilt der alte Brauch der Gastfreundschaft. Wir feiern gern fröhlich, wie Ihr seht, während unsere Brüder in den nördlichen Provinzen im Tanzen und dem Klang der Sackpfeife ein sündiges Übel sehen.»

David rückte ein Stück auf, sodass Henrika neben ihm auf der Bank Platz fand.

«Ich verstehe, was Ihr meint, Herr», sagte Henrika. «Ich verbrachte meine Kindheit in der Obhut von Calvinisten und kenne ihre Einstellung zu weltlichen Vergnügungen genau. Dorffeste gab es bei uns nur zu seltenen Anlässen. Niemals aber versprühten sie so viel Lebensfreude, wie ich sie heute bei Euch erleben durfte.»

«Es ist eine unterdrückte Freude, die Ihr wahrnehmt, Jungfer», sagte der alte Mann. Das Lächeln verschwand aus seinem Gesicht, und seine Lippen wurden schmal. «Der unselige Krieg, der nun schon seit so vielen Jahren zwischen den Spaniern und Niederländern tobt, hat viel Leid und Elend verursacht. Und er hat uns gelehrt, dass wir niemals preisgeben dürfen, was wir wirklich empfinden. Zu viel Offenheit könnte uns jederzeit Verderben bringen. Seht Ihr den Pfad, der aus dem Dorf führt? Eine Meile hinter der Wegbiegung befindet sich ein spanisches Feldlager. Die Soldaten haben den Befehl, Gesandten auf dem Weg nach Brabant bewaffneten Geleitschutz zu geben. Sie trauen uns nicht. Im Augenblick lassen sie uns zwar in Ruhe, weil der Statthalter in Brüssel seinen Soldaten verboten hat, die Dörfer zu plündern, in denen die Messe von einem katholischen Pfaffen gelesen wird. Doch das Misstrauen sitzt auf beiden Seiten sehr tief. Es genügt schon ein unbedachtes Wort oder ein Fremder, der Argwohn weckt, und wir haben das Dorf voller spanischer Waffenknechte.»

«Ich war der Meinung, der Süden habe nichts mehr zu befürchten», warf David ein. Er sah verwundert aus. «Haben sich Flandern und Brabant nicht inzwischen endgültig den Habsburgern und der römischen Kirche unterworfen?»

Der Alte schob seinen bandagierten Fuß mit Schwung von dem Bänkchen herunter, dann beugte er sich vor, um David in die Augen zu schauen.

«Der Kampf gegen Spanien ist noch lange nicht beendet, junger Mann. Auch unsere Provinz hat Widerstand geleistet, denn wir empfanden die Eroberung Antwerpens durch fremde Truppen als unerträglich. Die Blockade des großen Hafens hat unseren

Handel mit Tuch und Seide empfindlich gestört, dabei war er Flanderns bedeutendste Macht. Aber was hätten wir gegen die Truppen des Alexander Farnese ausrichten sollen, die in meiner Jugend sengend und mordend durch das Land zogen, um eine Provinz nach der anderen zu besetzen? Zu dieser Zeit erklang hier im Dorf keine einzige Sackpfeife mehr. Es herrschte eine Grabesstille wie auf dem Friedhof. Das ganze Land war ein einziger großer Friedhof. Die Menschen flohen verzweifelt in die Wälder oder schlugen sich zu den Rebellen im Norden durch.»

Henrika schaute den alten Mann mitfühlend an. Er musste im Lauf seines Lebens viel durchgemacht haben, und sie spürte, dass sie und David ihm vertrauen konnten. Daher gab sie sich einen Ruck und erkundigte sich, ob vor kurzem Fremde durch das Dorf gekommen seien. Ein Mann und eine Frau. Um ihn nicht misstrauisch zu machen, erklärte sie knapp, dass sie ursprünglich zusammen gereist seien, einander jedoch beim Überqueren der Maas aus den Augen verloren hätten.

«Gestern ritt ein junger Mann auf den Hof, der seinem Dialekt nach wie ihr aus dem Süden des Reiches stammte», bestätigte van Sneek. «Er tauschte sein Pferd gegen ein frisches aus meinem Stall, nahm im Haus eine Mahlzeit ein und verschwand dann so rasch, wie er gekommen war. Offensichtlich hatte er es sehr eilig, denn ich hörte, wie er sich von meiner Magd einen bestimmten Weg erklären ließ.»

Van Sneek hob mit einem nachsichtigen Lächeln die Arme. «Das einfältige Ding war recht angetan von dem Burschen und hätte ihm gewiss gern länger aufgewartet, aber er beharrte darauf, weiterreiten zu müssen.» Er winkte die junge blonde Frau herbei, die mit einem Krug frisch gezapften Biers auf den Tisch der Kartenspieler zuhielt.

«Greetje, wohin wollte der Kerl mit dem braunen Rappen gestern? Er hat dich doch nach dem Weg gefragt?»

Die Magd nickte eifrig. «Er wollte nach Oudenaarde, Herr.»

«Nach Oudenaarde?», wiederholte Henrika ungläubig. «Bist du dir sicher? Wollte er nicht nach Antwerpen?»

Greetje verzog ihr hübsches Herzgesicht zu einer Grimasse und maulte: «Bin weder taub noch begriffsstutzig. Der Mann wollte bestimmt nach Oudenaarde, das kann ich beim heiligen Vitus beschwören. Ich riet ihm daraufhin, Brüssel zu meiden und auch um Mechelen einen Bogen zu machen, weil dort doch der große Rat tagt.»

«Der große Rat?», hakte nun David nach. Er errötete, weil die Magd ihm ganz ungeniert feurige Blicke zuwarf.

«Der große Rat von Mechelen ist das höchste Gericht, das wir hier in den südlichen niederländischen Provinzen haben», sagte van Sneek. «Ich weiß nicht, was Euch und diese Jungfer in die Provinz Brabant geführt hat, aber glaubt mir, mein Freund, Ihr möchtet die Richter dieses Rates nicht kennenlernen. An ihren Händen klebt Blut.»

Henrika hörte nur mit halbem Ohr zu, weil sie etwas ganz anderes beschäftigte. Oudenaarde war also eine Stadt und nicht bloß der Name eines Mannes, wie sie bisher angenommen hatte. Wie hatte sie diese wichtige Einzelheit nur übersehen können? Vielleicht war es gar nicht nötig, bis nach Antwerpen zu reisen. Vielleicht fand sie den Mann, nach dem sie forschte, in der Stadt Oudenaarde.

Und Laurenz, fügte sie in Gedanken hinzu.

«Darf ich jetzt gehen, Mijnheer?», fragte die Magd. Ungeduldig strich sie sich über ihre Schürze. «Das Wiegen wird bald beginnen. Man führt die Frauen schon auf den Kirchplatz. Das Los ist auf Joos und Karel gefallen. Sie werden sie nachher zu den Spaniern ins Lager bringen.»

Van Sneek fuhr dem Mädchen mit einem unwilligen Laut über den Mund, gab ihr aber die Erlaubnis, sich zu entfernen.

Henrika sah Greetje nach, die gemeinsam mit anderen Schaulustigen hinüber zur alten Kirche ging. Van Sneek seufzte zwar und murmelte etwas über die Ungeduld der Jugend, die immer Angst habe, etwas zu versäumen, doch auch er erhob sich. Er war unruhig geworden und schien sogar die Schmerzen in seinem bandagierten Fuß vergessen zu haben.

«Was geht dort bei der Kirche vor sich?», fragte Henrika. Sie verspürte plötzlich ein ungutes Gefühl. Die brennenden Pechfackeln, die überall im Boden staken, sowie das schrille Aufkreischen der Sackpfeifen jagten ihr einen Schauer über den Rücken. Es war sonderbar, wie rasch die Stimmung auf dem Dorfplatz umgeschlagen war. Der Reigentanz wurde jäh unterbrochen, ebenso das Possenspiel auf dem Kirchplatz, wo sich das Bauernvolk nun um die hölzerne Tribüne scharte. Als Letzter wurde der Harlekin mit barschen Worten die Leiter hinuntergetrieben und stand nun in seinem mit Glöckchen bestückten Narrengewand ein wenig verloren abseits der Menge.

Neben der Kirchentür befand sich ein Fachwerkhaus mit Strohdach, vermutlich der Wohnsitz des Priesters. An der Hofseite schloss sich ein geräumiger Heuschober an. Ein paar Männer verschwanden darin und kehrten kurz darauf mit einem Gerüst auf Rädern zurück, das Henrika mit seinen Seilen und festgezogenen Holzplatten an eine Mehlwaage erinnerte. Während die Menge lärmte, blickte sie ratlos von David zu van Sneek.

«Ihr werdet diesen Brauch aus Eurer Heimat nicht kennen», flüsterte der Alte ihr zu. «Er ist harmlos, aber für die Frauen, die gleich gewogen werden sollen, von großer Bedeutung. Sie strömen aus allen Provinzen in unser Dorf: aus Luxemburg, Limburg und Brabant, ja, manche kommen sogar aus Ostflandern. Freiwillig und ohne jeden Zwang lassen sie sich gegen eine Figur aufwiegen, die wir die *dulle Griet* nennen.»

«Und wer soll das sein?» Henrika hatte diesen Namen nie zuvor gehört.

Van Sneek zupfte verlegen an seinem gestärkten Spitzenkragen herum. Es schien ihm unangenehm zu sein, eine Fremde aus dem Süden in die Sitten und Gebräuche seiner flämischen Dorfgemeinschaft einzuweihen.

«Während der ersten Kriegsjahre tauchten allerorts Frauen auf, die im Widerspruch zu Gottes Geboten Waffen ergriffen, um die Spanier zu bekämpfen, wo immer sie konnten. Sie nannten sich Bluttöchter und gaben vor, dem Beispiel der biblischen Judith nachzueifern, die durch List und Tücke einen feindlichen Feldherrn bezwang. Ihre Kommandantin nannte sich *dulle Griet*, was so viel wie …» Er dachte kurz nach … «wahnsinnige Grete bedeutet. Die Spanier und bald darauf auch die Niederländer vermuteten, dass die Bluttöchter einen Pakt mit dem Teufel geschlossen hatten, um ihm zu dienen. Daher haben die Menschen in den Dörfern auch heute noch Angst vor ihnen. Manchmal des Nachts ertönen draußen auf den Feldern grauenvolle Schreie und irres Gelächter. Dann wissen die Bauern, dass die Bluttöchter wieder unterwegs sind, um Spanier und flämische Verräter zu töten. Man erzählt sich, dass einige der Bluttöchter Kinder geboren haben, die mit sonderbaren magischen Zeichen versehen waren. Einige waren hellsichtig, andere besaßen die Gabe des Heilens, die sie später, als sie älter waren, in den Dienst der dämonischen Gemeinschaft stellen mussten.»

Erschrocken schlug Henrika die Hand vor den Mund. Hatte Barthel nicht in seinen Briefen die Bluttöchter im Zusammenhang mit ihrem Namen erwähnt? Sie hoffte, dass van Sneek ihre Aufregung nicht bemerkt hatte.

«Und was hat das mit der Waage zu tun?», wollte David wissen. Inzwischen hatten die Bauern das Gerüst mitsamt Wiegevorrichtung neben der Holztribüne abgestellt. Ein kräftiger Mann im bunten Ornat eines Priesters näherte sich einer Schar Frauen, die vor einem Heiligenbild knieten. Er wurde von zwei Kapuzinermönchen begleitet. Der Priester befahl den Frauen, aufzustehen und mit ihm hinüber zur Waage zu gehen.

«Die Frauen müssen sich auf das Wiegebrett knien und ein

Vaterunser sprechen. In der Zwischenzeit schafft Claes, unser Dorfbüttel, die Figur herbei. Seht Ihr, da kommt er schon.» Van Sneek deutete auf einen hochaufgeschossenen Mann, der mit Hilfe zweier Knechte einen in dunkles Leintuch gehüllten Gegenstand über den Platz trug. Den Männern stand der Schweiß auf der Stirn, so sehr plagten sie sich ab, aber keiner der Dorfbewohner kam ihnen zu Hilfe. Im Gegenteil, die Menge wich vor dem Büttel und seiner Last zurück, als fürchtete sie, sich mit einer Seuche anzustecken. Manche bekreuzigten sich sogar oder berührten das mit Blumen geschmückte Heiligenbild, das den Schutzpatron der Dorfkirche darstellte.

Henrika beobachtete mit wachsender Aufregung, wie das unförmige Gebilde auf eines der Wiegebretter geschoben wurde. Es zählte nicht weniger als sieben Fuß. Ein Stöhnen rann durch die Reihen der Menschen, als schließlich das Leintuch von dem Gegenstand gezogen wurde.

Die sogenannte *dulle Griet* war ein Schnitzbild aus Holz, das eine weibliche Person mit hagerem Leib, wildem Haar und plumpen Gliedmaßen darstellte. Der Künstler hatte sich keine Mühe gegeben, seiner Figur überzeugende Proportionen zu verleihen, denn sowohl Arme als auch Beine wirkten grotesk verformt. Das aufgedunsene Gesicht des Standbildes wirkte dagegen auf furchterregende Weise lebendig. Bösartig dreinblickende Augen signalisierten Kampfbereitschaft und Grausamkeit. Die Nase war dick und zu den Lippen hin leicht gebogen; der Mund war geöffnet, als versuchte die Figur etwas zu sagen. Insgesamt ließ der Gesichtsausdruck des hölzernen Weibes auf beginnenden Wahnsinn schließen.

Die Frau, die als Erste gewogen werden sollte, war eine weißhaarige Bäuerin, die sich nur mühsam aufrecht hielt. Gestützt von einem Mädchen, trat sie an die Waage und erbleichte, als sie den Kopf hob, um dem starren Blick der *dulle Griet* zu begegnen. Zitternd vor Angst, griff sie nach einem der vier gespannten Seile, an denen das Brett befestigt war, und zog sich an ihm hinauf, was mehrere Male misslang. Ein Knecht des Büttels musste schließlich behilflich sein, damit die Frau auf die Waage gestellt werden konnte.

«Das ist Gertrud, eine Rechenmacherin aus Averbode», sagte van Sneek, der dem Spektakel fasziniert zusah. «Sie wohnt nahe der Abtei und geriet schon voriges Jahr in den Verdacht, zu den Bluttöchtern gehört zu haben, nachdem man bei einer Durchsuchung ihrer Kammer eine Pulverflasche und zwei Dolche entdeckt hatte. Sie schwört Stein und Bein, dass die Dinge ihrem verstorbenen Mann gehörten und sie selbst nie eine Waffe in die Hand genommen hat. Die Mönche der Abtei haben sie hierhergebracht.»

«Und ihr glaubt, die Wahrheit herauszufinden, indem ihr die alte Frau vor den Augen des ganzen Dorfes gegen das Gewicht dieser hässlichen Holzfigur aufwiegt?», fragte Henrika trotzig. Sie hatte lauter gesprochen, als sie vorgehabt hatte, aber der Anblick der schlotternden Frau, die versuchte, auf dem wackeligen Wiegebrett Halt zu finden, löste Unmut in ihr aus.

«Glaubt mir, es ist durchaus zu ihrem Besten», sagte van Sneek betont ruhig. «Falls sie mehr oder weniger wiegt als die Figur, ist die Krämerin von dem Verdacht befreit, eine Teufelsanbeterin und Bluttochter zu sein. Sie bekommt eine Urkunde ausgestellt und ist künftig vor allen Nachstellungen sicher.»

«Und wenn sie und dieses komische Holzstück einander die Waage halten?»

Der Alte zuckte die Schultern. «Der große Rat von Mechelen hat kein Interesse an Teufelspakt und Hexenwerk, denn er möchte nicht an die unseligen Zeit erinnert werden, in der die *dulle Griet* und ihre Anhängerinnen kreischend durch die Lande zogen und Unruhe stifteten. Dafür nimmt die Inquisition in Brüssel die Berichte aus den Provinzen sehr ernst. Insbesondere dieser Tage, da die Verhandlungen wegen eines Waffenstillstands zwischen Spanien und unseren rebellischen Verwandten im Norden kurz vor einem Abschluss stehen. Jeder, gleichgültig ob Frau oder Mann, der in diesen Tagen als Ketzer oder Teufelsknecht entlarvt wird, muss an die Spanier ausgeliefert und nach Brüssel gebracht werden. So fordert es das Gesetz.»

«Ich sehe gleich weiße Mäuse tanzen», knurrte David, wofür er sich einen weniger feurigen als vielmehr vorwurfsvollen Blick der Magd Greetje gefallen lassen musste. Das Mädchen stand inmitten seiner Freundinnen vor ihnen, drehte sich aber von Zeit zu Zeit um, um Henrika aus den Augenwinkeln zu beobachten.

Henrika wollte etwas erwidern, als der Wägmeister das erlösende Zeichen gab. Mit einem Schluchzen faltete die Rechenmacherin die Hände. Sie hatte die Wiegeprobe bestanden und durfte sich zurückziehen.

Nach und nach folgten nun die anderen Frauen, die sich eingefunden oder von ihren Verwandten hergebracht worden waren, um sich der Probe zu unterziehen. Sie hatten Glück. Jede Einzelne von ihnen erhielt die erhoffte Bestätigung. Als Letzte bestieg die Fleischsuppenköchin das Wiegebrett, die Henrika von ihrem Eintopf hatte kosten lassen. Sie war rund wie ein Butterfass und stemmte mit ihrem Gewicht die *dulle Griet* mühelos in die Höhe. Zaghaftes Gelächter erklang, als die dicke Köchin ihre Backen aufblies und der unheimlichen Holzfigur die Zunge herausstreckte.

Der Dorfbüttel ließ das derbe Treiben eine Weile zu, bevor er die Hand hob, um das Ende der Prozedur zu verkünden. Doch da erhob sich plötzlich die Stimme einer jungen Frau aus der Menge, die in flämischer Sprache rief: *«De vreemdeling op de waag!»*

Köpfe wurden gedreht; ein Raunen wanderte durch die Reihen, doch der nächste Ruf ließ nicht lange auf sich warten. Diesmal kam er von der Rechenmacherin aus Averbode. Die Frau, die wenige Augenblicke zuvor noch zitternd vor Angst auf das Urteil des Wägmeisters gewartet hatte, ballte angriffslustig die Fäuste.

«De vreemdeling op de waag!»

«Wir sollten uns besser aus dem Staub machen», flüsterte David. Obwohl er kaum ein Wort Flämisch sprach, hatte er ebenso wie Henrika verstanden, was der Satz bedeutete: die Fremde auf die Waage. Wen die Rufer damit meinten, war nicht schwer zu erraten.

Henrika blickte David an und nickte. Es war sicher eine gute Idee zu verschwinden. David schlang den Arm um ihre Taille, dann hielten sie auf die Straße zu, die am Dorfanger vorbeiführte. Doch sie erreichten sie nicht. Auf einen Ruf des Dorfbüttels hin versperrten ihnen einige Burschen mit Knüppeln und Stäben den Weg. Henrika hörte van Sneek hinter sich keuchen. Der Alte war ihr hinterhergelaufen und funkelte sie nun argwöhnisch an. «Fürchtet Ihr Euch etwa vor der Wiegeprobe, Jungfer?»

Henrika presste die Lippen aufeinander. O ja, sie fürchtete sich, entsetzlich sogar. Und das zweifellos aus besserem Grund als die Alte mit ihrem Pulverfläschchen in der Kammer oder die fette Suppenköchin, von der sie sich nicht vorstellen konnte, dass sie einen spanischen Feldherrn betören oder enthaupten konnte, es sei denn, der Mann ließe sich von Fleischmassen ebenso beeindrucken wie von Fleischsuppen.

Im Unterschied zu den Dorffrauen war sie ihr ganzes Leben lang eine Ausgestoßene gewesen, ebenso ihre Mutter, deren Spur sie in dieses Land geführt hatte.

Was geschah mit ihr, wenn sie wirklich eine Bluttochter war und ihre Mutter einen Pakt mit dem Leibhaftigen geschlossen hatte?

«Ich werde nicht zulassen, dass Henrika zu diesem Possenspiel gezwungen wird», protestierte David. «Behandelt ihr fremde Durchreisende immer so? Wir kommen aus Straßburg und haben mit eurer blöden Grete und ihren wilden Weibsbildern nichts zu schaffen.»

Doch Davids Einspruch wurde von den Dorfbewohnern niedergebrüllt, er selbst unsanft zur Seite gedrängt. Henrika streckte in ihrer Verzweiflung die Hand nach ihm aus, griff jedoch ins Leere. Seine ärgerlichen Rufe verhallten.

Wie betäubt bewegte sich Henrika auf die Waage zu, die ihr wie ein Schafott erschien. Die kalten Holzaugen verursachten ihr eine Gänsehaut. Sie bemühte sich, ihren Blick von dem grauenvollen Schnitzbild abzuwenden, und suchte stattdessen die Kirche mit dem Heiligenbild auf seinem gemauerten Sockel. Aber es gelang ihr nicht. Der Figur schien eine Macht innezuwohnen, der sie sich nur schwer entziehen konnte. Es blieb ihr gar nichts anderes übrig, als den Kopf zu wenden und sie anzuschauen.

Die halb geöffneten Lippen des Weibes raunten ihr zu, dass sie sich nicht fürchten solle. Sie erklärte sanft, dass sie endlich zu Hause angekommen sei, bei der Familie, nach der sie so lange gesucht hatte. Sie schien plötzlich zu lächeln.

Henrika ließ das Seil los und hielt ihre Hand vor die Augen, weil sie es nicht länger ertragen konnte, in das starre Gesicht zu blicken. Du darfst keine Angst vor ihr haben, befahl sie sich streng. Du darfst nicht zeigen, was in dir vorgeht. Sie hörte, wie der Priester, der neben dem Wägmeister stand, ihr etwas zurief, verstand aber nicht, was er meinte. Die Stimme der *dulle Griet* war lauter als seine. Sie mischte sich mit dem Murmeln des Dorfbaches, der zwischen den Hecken dahinplätscherte.

Ein schauriges Gelächter hallte über den Kirchplatz; im nächsten Moment wichen die Dorfbewohner von der Waage zurück. Die beiden Mönche aus Averbode rafften ihre Kutten und stürzten die Treppe zur Dorfkirche empor, als würden sie von Scharen geflügelter Dämonen verfolgt.

Henrika hielt noch immer das Gleichgewicht; sie blickte zu dem Mäuerchen mit der schmalen Pforte, die hinaus aus dem Dorf auf die Felder führte. Am Horizont waren schwache helle Punkte zu erkennen, die vermutlich von Lagerfeuern herrührten.

Das Lager der spanischen Soldaten, ging es ihr durch den Kopf. Dorthin würde man sie bringen, falls …

Die Menge hielt den Atem an, als der Wägmeister die beiden Bretter ausbalancierte und die Abstände mit einem verknoteten Seil maß. Die *dulle Griet* befand sich nun fast auf gleicher Höhe mit Henrika, die sich mit aller Kraft an den beiden Halteseilen festklammerte, um nicht zu straucheln. Dann, nach quälenden Momenten, gab ihr Brett etwas nach und bewegte sich abwärts.

«Die Fremde ist schwerer als das Teufelsholz», verkündete der Wägmeister in mürrischem Ton. «Nicht viel, aber ein oder zwei Pfund dürften es sein.»

Enttäuschtes Gemurmel war zu hören. Die freundlichen Menschen, die Henrika noch eine Stunde zuvor auf dem Tanzboden gedreht, mit ihr gelacht und gescherzt hatten, blickten nun betreten zu Boden. Die Ersten machten sich bereits davon. Für sie war der Spaß vorüber.

«Ihr bekommt noch Eure Urkunde, Jungfer», rief der Büttel Henrika nach, die von der Waage sprang und sich suchend nach David umschaute.

«Die könnt Ihr behalten. Steckt sie Euch an den Hut!»

«Nehmt sie besser an», empfahl der alte van Sneek. «Sie ist in Flämisch, Latein und Spanisch abgefasst und könnte Euch nützlich sein, falls Ihr vorhabt, länger durch die südlichen Provinzen zu reisen.»

Henrikas Herz klopfte bis zum Hals, als sie die Pergamentrolle entgegennahm. Wie bei allen Heiligen hatte sie die Wiegeprobe bestehen können? Einen Herzschlag lang hatte sie der *dullen Griet* in die Augen geblickt, also mussten sie einander doch die Waage gehalten haben. Dann aber war sie ohne ersichtlichen Grund abgesunken, als hätte das leblose Schnitzbild entschieden, sie zu schonen, anstatt sie dem Verderben preiszugeben.

David kam auf sie zugelaufen. Sein Kinn zitterte vor Erleichterung, als er sie in die Arme schloss und ihr einen Kuss auf die Lippen drückte.

«Ich habe gewusst, dass du es schaffst», raunte er ihr mit einem verschmitzten Grinsen zu, während er Henrika zur Herberge begleitete. «Du bist zwar ein bisschen verrückt, aber längst nicht so wie diese Bluttöchter, die nur in der Phantasie abergläubischer flämischer Bauern existieren.»

Henrika seufzte. War dem wirklich so? Woher war aber das sonderbare Gelächter gekommen, das die Mönche so erschreckt hatte? Sie hatten es so deutlich gehört, wie Henrika David hörte.

«Gibst du mir meinen Beutel wieder?», fragte er.

Henrika hob die Augenbraue. «Von welchem Beutel sprichst du?»

«Na, von dem Beutel mit meiner Barschaft. Ich habe ihn dir zugesteckt, damit du ein wenig zusätzliches Gewicht auf die Waage bringst. Du bist ja ohnehin nur Haut und Knochen, da dachte ich ... Jedenfalls hat keiner dieser Einfaltspinsel bemerkt, dass es zwischen den Falten deines Rockes ganz schön geklimpert hat. Offensichtlich nicht einmal du selbst.»

20. Kapitel

Schon wieder ein Fluss, war Henrikas erster Gedanke, als sie zwei Tage später die Schelde erreichten.

Sie war müde, ihr Nacken schmerzte, und sie sehnte sich nach dem Gasthaus, vor allem aber nach dem sauberen Bett zurück, in dem sie die vergangene Nacht verbracht hatte. An den Namen des Dorfes konnte sie sich schon nicht mehr erinnern, wohl aber an das hübsche Wasserschloss ganz in seiner Nähe. Ob es in Oudenaarde auch ein Schloss wie dieses gab?

David lenkte das Fuhrwerk, das er mitsamt Gespann von van Sneek gemietet hatte, die Straße hinunter, an deren Ende ein mächtiges Brückentor aus grauem Stein zu sehen war. Um nach Oudenaarde zu gelangen, so hatte ein Bauer ihnen unterwegs erklärt, war es nötig, an dieser Stelle den Fluss zu überqueren.

Versonnen blickte Henrika dem Tor mit seinem Wachhäuschen entgegen, während David seine Börse zückte, um einige Münzen für den Wegezoll abzuzählen. Dabei musste sie an van Sneek denken. Der Alte hatte sich geweigert, Geld für den Wagen und das Pferd anzunehmen, doch David hatte darauf bestanden, ihn zu bezahlen. Keinesfalls wollte er in der Schuld des Herbergswirts stehen.

Am Ufer des Flusses warteten bereits zahlreiche Fuhrwerke, Wanderer und Reiter darauf, dass man sie den Brückenzoll entrichten und ihre Reise fortsetzen ließ, doch die Kontrollen zogen sich in die Länge, bis die Leute in der Schlange schimpften und klagten. Nur die Schar spanischer Soldaten, die sich mit ihren glänzenden Harnischen hoch zu Ross an den Wartenden vorbeidrängte, wurde von den Brückenwächtern anstandslos durchgelassen. Sie mussten weder warten noch bezahlen und galoppierten mit hochmütigen Mienen über die Brücke, ohne sich an den missbilligenden Mienen der Bauern, Marktfrauen und Händler zu stören, die sich mit ihren Körben und Säcken die Beine in den Leib standen.

Den Reitern folgte eine prunkvoll verzierte Kutsche, die von Pagen begleitet wurde.

Geschickt reihte sich David in die Schlange ein, ohne dem Zug der Spanier zu nahe zu kommen. Van Sneek hatte ihm eindringlich geraten, den allerorts aufgeschlagenen Feldlagern aus dem Weg zu gehen, da die Kriegsknechte manchmal Reisende aufs Korn nahmen und sie stundenlang festhielten.

«Die reiten alle nach Antwerpen», rief ein Mann im dunklen Trauergewand. «Dann werden wir ja bald erfahren, ob der verdammte Krieg weitergeht oder ob wir endlich Frieden im Land haben werden.»

«Frieden, dass ich nicht lache.» Eine rundliche junge Frau, die auf dem Kutschbock eines beladenen Leiterwagens saß, spuckte im hohen Bogen aus. Dann deutete sie auf zwei Jungen, die hinter ihr einen kläffenden Hund streichelten.

«Weder meine Kinder noch ich haben jemals erfahren, wie Frieden schmeckt. Dreimal wurde mein Heimatdorf niedergebrannt. Jawohl, dreimal. Zuerst von Herzog Alba, dem ich wünsche, dass seine Gebeine in seiner spanischen Gruft verfaulen, danach von aufständischen Rebellen aus dem Gefolge des Prinzen von Oranien. Zuletzt kamen die Dorfschöffen auf die glorreiche Idee, selbst Feuer zu legen, um den nahenden Feind zu verwirren. Nur an die Scheunen, hatten sie gesagt, aber ihr Plan ging schief, wir verloren alles. Jetzt bin ich auf dem Weg nach Antwerpen. In der Stadt werden meine Kinder wenigstens nicht hungern müssen. Vorausgesetzt, ich finde Arbeit bei reichen Pfeffersäcken.»

«Hör auf zu schwatzen und fahr weiter, Weib», brummte der Schwarzgekleidete griesgrämig. «Siehst du nicht, dass der Kerl auf der Brücke dich heranwinkt?» Im nächsten Augenblick gab einer der Brückenwächter auch schon ein Signal mit seinem Horn. Der Zug setzte sich stockend in Bewegung.

Eine Stunde später erreichten auch David und Henrika das Nordufer der Schelde. Vor ihnen lag nun flaches Land, so weit das Auge reichte: kleine Dörfer, vor denen das Vieh im Sonnenschein weidete, und verträumt daliegende Seen zwischen Kornfeldern.

Die Straße, die sich wie ein gelbes Band dahinzog, erschien Henrika endlos. Sie hatte während der Fahrt kaum ein Wort mit David gewechselt, zu viele Gedanken wanderten ihr durch den Kopf.

«Was hast du?», erkundigte sich David nach einer Weile. «Fehlt dir etwas?» Er zog die Zügel an und griff nach seiner Lederflasche, um einen Schluck Wasser zu trinken. Die Sonne brannte bereits heiß vom Himmel herab, und nicht das kleinste Lüftchen wollte sich regen.

«Das fragst du noch?» Henrika setzte sich auf. «Hast du nicht gehört, worüber die Leute vorhin am Brückentor gesprochen haben? In Antwerpen werden Beschlüsse getroffen, die über das Schicksal Tausender entscheiden. Wird der Krieg weitergehen, oder werden die Waffen bald schweigen? Ich weiß ja, dass es töricht ist, aber ich wünschte, ich könnte dabei sein, zuhören und alles niederschreiben, was während der Verhandlungen beschlossen wird. Für die Straßburger *Relation.*»

«Du hast also immer noch nicht mit der Gazette abgeschlossen», seufzte David. «Deine Leidenschaft für die schwarze Kunst in Ehren, aber du solltest nicht vergessen, warum wir hierhergekommen sind.»

Als ob ich das auch nur für eine Stunde vergessen könnte, dachte Henrika. Je mehr Meilen sie zurücklegten, desto stärker wurde ihr Gefühl, dass sie nicht zum ersten Mal durch die flämische Provinz reiste. Doch sosehr sie sich auch den Kopf zerbrach, es gelang ihr nicht, sich an irgendetwas zu erinnern.

Ihr Leben hatte in einem verfallenen Haus nahe den Stadtmauern von Heidelberg begonnen. Was auch immer davor geschehen sein mochte, lag unter einem dichten Schleier begraben. Daran gab es nichts zu rütteln.

Oudenaarde war eine kleine Stadt. Sie lag direkt an der Schelde und war von starken Befestigungen aus dunklem Stein umgeben. In den Schießscharten des Mauerwerks und zwischen den wie Stacheln aufragenden Zinnen der Türme wuchsen Gras und Strauchwerk. Ein breiter Graben mit schmutzigem braunem Wasser umschlang den Mauerring wie ein straff geschnürter Gürtel. In der Ferne waren Kirchtürme zu sehen, aus deren Fenstern lange Fahnenstangen ragten.

Auf den Wehrgängen hoch über der Stadt patrouillierte etwa ein Dutzend Männer, bewaffnet mit Hellebarden und Musketen, doch alarmbereit wirkten sie trotz ihrer kriegerischen Aufmachung nicht.

Im Osten Flanderns hatte es schon lange keine Kämpfe mehr gegeben. Zuweilen kam zwar ein Tross spanischer Artillerie auf dem Weg nach Gent an der Stadt vorbei, doch seit Herzog Albrecht das Amt des Statthalters ausübte, hatte es keine nennenswerten Zwischenfälle gegeben. Eine einzige Kanone thronte als Warnung und zur Abschreckung vor Angriffen hoch oben auf dem größten Wehrturm, doch ihre Mündung war auf den blauen Himmel gerichtet, nicht auf die Straße.

Der Stadtwächter nickte artig, als Henrika das Gefährt mit der müden Schindmähre durch das Torgewölbe in die Stadt lenkte.

Da David schlief und Henrika ihn nicht wecken wollte, fühlte sich der Wächter ermutigt, ein wenig mit ihr zu plaudern. Sie schien dem jungen Mann zu gefallen, was sie ihrer neuen Kleidung zuschrieb. David hatte in einem Marktflecken, durch den sie gezogen waren, tief in seine Börse gegriffen, um Henrika neu einzukleiden. Sie hatte sich zunächst dagegen gesträubt, dass er so viel Geld für sie ausgab, doch der junge Mann hatte darauf bestanden. Sie sollte Oudenaarde nicht wie eine Vagabundin betreten müssen. So trug sie nun einen Schnürrock aus kirschrotem Tuch, der mit winzigen weißen Rosen aus geklöppelter Spitze bestickt war. Dazu eine Bluse mit bauschigen Ärmeln und einen Leinenschleier. Das Mieder war ausgepolstert und mit Fischbein versteift.

Zu Henrikas Bedauern konnte der Wächter ihr nicht sagen, ob es in der Stadt einen Mann namens Quinten Marx gab, denn er kam von einem entlegenen Bauernhof und verrichtete den Dienst am Stadttor von Oudenaarde erst seit wenigen Wochen. Daher empfahl er ihr, zum Rathaus zu gehen, das direkt am Marktplatz lag und schwerlich zu übersehen war. Dort würde man ihr gewiss weiterhelfen können.

Es war bereits dunkel, als sie vor dem Rathaus ankamen. Die Tür war verschlossen, und auf Henrikas Rufen antwortete niemand. So blieb ihnen nichts anderes übrig, als die Nacht in einem Gasthof zu verbringen, der mit einem besonders schmackhaften Wein aus dem Herzogtum Burgund warb. Die Wirtin empfing sie herzlich und konnte ihnen sogar weiterhelfen.

«Gewiss kenne ich die Familie Marx», sagte sie, während sie David und Henrika zwei Schüsseln mit dampfendem Hammeleintopf vorsetzte. Im hinteren Teil des Schankraums polterte es; ein kleines Mädchen heulte erschrocken auf.

«Ein älterer Herr, der mit seiner Schwester im *Goedmeesterhuis* wohnt. Sie gehören zur Gilde der Verdürenmacher.»

«Was sind Verdürenmacher?» Henrika kostete von dem Eintopf. Es war heiß und stark gewürzt, schmeckte aber köstlich.

David wusste es. «Sie stellen große Wandbehänge her, nicht

wahr? Hauptsächlich in Blau- und Grüntönen. Verdüren sind im ganzen Reich begehrt, aber es gibt nur wenige Meister, die sich auf diese besondere Webkunst verstehen.»

«Ganz recht, junger Herr», bestätigte die Wirtin erfreut. «Marx van Oudenaarde ist für seine kostbaren Behänge weit über die Grenzen unseres Städtchens hinaus bekannt geworden. Die Tapisserien kosten ein Vermögen. Erzherzog Albrecht, der Statthalter des Königs, schmückt seine Gemächer in Brüssel mit ihnen, und der halbe Adel von Flandern und Brabant folgt seinem Beispiel. Aber auch nach Prag und nach Straßburg, ja, bis ins ferne Fürstentum der Pfalz werden die edlen Stücke verkauft. In Heidelberg residiert nämlich eine Niederländerin, die sich mit Hilfe der Verdüren an ihre Heimat erinnern möchte. Eine Tochter des Prinzen von Oranien, soweit ich weiß.»

Oudenaarde. Straßburg. Heidelberg.

Henrika legte den Löffel aus der Hand und versuchte, sich an das Prunkgemach zu erinnern, in dem Zorn sie empfangen hatte. Waren ihr dort nicht auch Wandbehänge aufgefallen? Nach dem, was die Wirtin sagte, reiste der Flame kreuz und quer durch Europa. Was aber verband ihn mit Zorn und Barthel? Oder mit ihr selbst?

Die Gastwirtin beschrieb ihnen den Weg zu dem Haus, in dem der Verdürenmacher Quinten Marx seinem Handwerk nachging. Es lag ein wenig abseits vom Gewirr der Gässchen und Straßen der Stadt, nahe der Kirche *Onze Lieve Vrouw van Pamele* am rechten Ufer der Schelde und besaß eine gewisse Ähnlichkeit mit dem Stadthaus der Zorns in Straßburg. Auch das *Goedmeesterhuis* war aus grauem Stein erbaut und besaß Stufengiebel, die bis zum Schornstein hinaufstiegen. Die Tür zur Straße war schmal; von einem Querbalken hing eine brennende Laterne an einer Kette herab. Das Anwesen wirkte unscheinbar, aber behaglich.

Auf Henrikas Klopfen erschien eine Magd, die sie und David

misstrauisch beäugte, ehe sie mit einem gnädigen Nicken entschied, die Fremden einzulassen.

«Der Herr ist aber nicht zu Hause», sagte sie, während sie in einem düsteren Flur verschwand. «Wartet in der Halle, ich frage nach, ob Frau Katharine Euch empfangen will.»

David suchte nach Henrikas Hand. Sie zitterte und war kalt wie Eis. «Da haben wir also das Gutmeisterhaus», flüsterte er. «Kannst du dich an etwas erinnern? Bist du jemals hier gewesen?»

Henrika sah sich um, ließ nach einer Weile jedoch ratlos die Schultern sinken. Sie konnte es nicht sagen. Die vom Ruß der Lampen geschwärzten Wände verrieten ihr ebenso wenig Erhellendes wie der knarrende Holzboden oder der Eichenschrank, auf dem ein schwarzer Federhut lag. Er gehörte vermutlich dem Hausherrn. Für einen reichen Mann, der mit seinen kostbaren Wandbehängen ein Vermögen verdiente, wirkte diese Diele geradezu spartanisch. Außer einem Kruzifix neben der Tür gab es keinerlei Zierrat. Eine geschnitzte Bank ohne Kissen und Polster rundete die Einrichtung ab.

Es verging eine Weile, bis die Magd zurückkehrte. Aber sie kam nicht allein. Eine hochgewachsene Frau in einem dunklen, nach spanischer Mode geschnittenen Kleid folgte ihr in gemessenem Abstand. Ihr Haar steckte unter einem altmodischen Gebende aus weißem Leinen, was es schwer machte, ihr Alter zu schätzen. Die Haut der Frau saß zwar straff über den hohen Wangenknochen, war jedoch von auffallender Blässe, als vermeide sie es, tagsüber aus dem Haus zu gehen. Ihr Kinn ruhte auf einer steif abstehenden, gefältelten Halskrause. Der einzige Schmuck, den sie trug, war eine Halskette mit dem Medaillon eines Schutzheiligen, möglicherweise des Patrons der Seidenweber.

«Ihr wolltet mich sprechen?» Die Frau sprach langsam, doch fast ohne Akzent. «Ich bin Katharine Marx, die Schwester des Hausherrn.» Sie bedeutete ihrer Dienerin, sich zurückzuziehen.

Henrika machte einen Schritt auf die Hausherrin zu. «Mein Name ist Henrika Gutmeister, und ich habe einen weiten Weg zurückgelegt, um mit Eurem Bruder, dem Verdürenmacher Quinten Marx van Oudenaarde, zu sprechen.»

Katharine Marx schnappte nach Luft. «Gutmeister nennt Ihr Euch, Jungfer? Sagt, wollt Ihr Euch über mich lustig machen oder …» Sie hob drohend den Zeigefinger, wich aber vor Henrika zurück, als habe ihr diese einen gehörigen Schrecken eingejagt. «Ich heiße wirklich Gutmeister», sagte Henrika. «Jedenfalls ist das der einzige Name, an den ich mich erinnere.»

«Das kann nicht sein.» Die Schwester des Verdürenmachers sank auf die Holzbank und musterte Henrika von Kopf bis Fuß. Dann stieß sie einen tiefen Seufzer aus. «So hat sie sich und ihr Kind also nach dem Haus benannt, in dem sie zur Welt kam.»

«Sprecht Ihr von meiner … Mutter?»

«Von wem denn sonst? Folge mir, ich möchte dir etwas zeigen!» Unvermittelt kam Leben in die Frau. Sie sprang auf, packte Henrika am Handgelenk und zog sie durch den dunklen Flur, bis sie zur Rückseite des Hauses gelangten. Dort gab es ein kleines Gärtchen, das von stacheligen Brombeerhecken umzäunt war. Katharine Marx führte Henrika zu einem Schuppen, vor dem sich rechteckige Käfige mit hölzernen Stäben befanden.

«Kaninchen», entfuhr es Henrika, als ihr Blick auf eines der pelzigen Tiere fiel, das sich neugierig gegen die Stäbe drückte. «Ich … erinnere mich. Bei Gott, ich kann mich an sie erinnern.» Mit zitternden Händen öffnete sie den Stall und nahm das Kaninchen behutsam auf den Arm. Tränen schossen ihr in die Augen, als ihre Finger durch das weiche Fell glitten.

«Du konntest kaum laufen, da warst du schon vernarrt in die Biester. Deine Mutter musste dich stundenlang rufen, bevor du dich von ihnen trennen konntest.»

Henrika verharrte eine Weile, unfähig, sich zu rühren oder nur ein Wort zu sagen. Dann drückte sie David, der ihr sogleich gefolgt war, das Kaninchen in den Arm und wandte sich der Frau zu. «Ihr seid also …»

«Ich bin deine Tante, mein Kind», sagte Katharine Marx mit leiser Stimme. «Es tut mir so leid, ich hätte dich gleich erkennen müssen, denn du siehst meiner armen Schwester Maria so ähnlich. Aber wer hätte ahnen können, dass du ausgerechnet heute vor unserer Tür stehen würdest? Nach all den Jahren? Das heißt, eigentlich hätte ich vorbereitet sein müssen, denn Quinten deutete erst kürzlich an, dass ich bald mit einer Überraschung zu rechnen hätte. Ich dachte, er redete mal wieder von einem Wandbehang, den er im Auftrag irgendeines Fürsten weben müsse.» Katharine strich Henrika sanft über die Wange. «Du bist also tatsächlich nach Hause gekommen.»

Sie kehrten ins Haus zurück. Im oberen Stockwerk brannte ein Feuer im Kamin, das behagliche Wärme spendete. Der Wohnraum war fast ebenso bescheiden eingerichtet wie die Diele im Erdgeschoss, verfügte jedoch über bequeme Ledersessel und einen weichen Teppich auf dem Steinboden, den vermutlich der Hausherr gewebt hatte.

«Und wo finde ich Meister Marx, Euren Bruder?» Henrika nahm den Becher Milch, den ihr die alte Magd reichte, dankbar entgegen.

«Er wurde heute früh in dringenden Geschäften aus dem Haus gerufen und ist noch nicht heimgekehrt. Vermutlich macht er noch einen Abstecher zum Gutshof am See, um dort nach dem Rechten zu sehen. Fast jeden Tag geht er dort hin.»

«Ihr besitzt einen Hof an einem See?», fragte David. Henrika bemerkte, dass er ungeduldig wurde. Er freute sich mit ihr darüber, dass sie ihre Verwandten gefunden hatte, aber das löste noch nicht sein Problem mit Laurenz. Wenn die Dorfmagd die Wahrheit gesagt hatte, so war Laurenz nicht nach Antwerpen geritten, sondern drückte sich irgendwo in der Gegend von Oudenaarde herum. Im Haus der Verdürenmacher war er nicht gesehen worden, doch was besagte das schon?

Unruhig rutschte David auf seinem Sessel auf und ab. Als es Zeit wurde, sich zu verabschieden, stand er sogleich auf und öffnete die Tür.

«Ich würde euch gerne hier im *Goedmeesterhuis* unterbringen», erklärte Henrikas Tante mit einem bedauernden Kopfschütteln. «Aber vermutlich ist es besser, wenn ihr im Gasthof auf Quintens Rückkehr wartet. Als Oberhaupt der Familie gebührt ihm das Recht, dir deine Fragen nach Maria und deiner Herkunft zu beantworten. Ich fürchte nur, er hat zu viel Zeit verstreichen lassen.»

«Ich kann dir gar nicht sagen, wie glücklich ich bin!»

Im Gasthaus warf sich Henrika stürmisch in Davids Arme. Er umfing sie, warf sie auf den Boden der Kammer, die er gemietet hatte, und küsste sie mit einer Hingabe, die sie ihm niemals zugetraut hätte.

Irgendwann schob Henrika ihn lachend von sich, weil ihr die Luft wegblieb. «Mein ganzes Leben habe ich mich nach den Menschen gesehnt, zu denen ich gehöre», sagte sie vergnügt. «Es erscheint mir wie ein Wunder, dass ich sie endlich gefunden haben soll.»

«Ja, so scheint es wenigstens.»

Henrika blickte David mit großen Augen an. Sie bemerkte, dass seine Miene sich mit einem Schlag verdüstert hatte. «Was ist denn nun schon wieder nicht in Ordnung, du Schwarzseher? Hast du meiner Tante nicht zugehört?»

«O doch, ich habe ihr genau zugehört, auch wenn sie nicht mehr preisgab als das, was wir schon längst wussten. Allmählich habe ich genug von der Geheimniskrämerei dieser Flamen. Warum konnte Frau Katharine dir nicht einfach erklären, warum deine Mutter mit dir das Land verließ?»

Henrika schlug die Bettvorhänge zurück und sank in den weichen Berg aus Leinen und Daunen, der über dem Strohsack lag. Sie verspürte keinerlei Gewissensbisse, weil sie die Wirtin beschwindelt und sich als Davids Weib ausgegeben hatte. Sie liebte ihn doch. Jawohl, sie spürte mit jeder Faser ihres Körpers, dass er zu ihr gehörte, so wie sie zu ihm. Trotz seiner dauernden Schwarzseherei. Ihn an ihrer Seite zu wissen gab ihr die Kraft, die sie brauchte, um auch noch den Rest ihres Weges zu gehen. Sie fürchtete sich nicht mehr vor Annas gemeinen Ränken oder Laurenz' Drohungen.

«Ich habe meine Familie gefunden und weiß nun, woher ich komme und … zu wem ich gehöre», sagte sie lächelnd.

David musste sie missverstanden haben, denn er starrte sie verdutzt an, bevor er seinem Ärger mit harschen Worten Luft machte.

«Na prächtig, dann weiß ich ja, woran ich bin. Ich vermute, ich werde hier nicht mehr gebraucht.» Ehe Henrika ihn zurückhalten konnte, verließ er die Kammer und polterte die Treppe zur Schankstube hinunter.

Katharine Marx lag auf ihrem Bett und lauschte dem Wind, der an Fensterläden und Dachziegeln rüttelte.

Als Kind hatte sie das Bett mit Maria geteilt, der großen Schwester, die sie wie keinen anderen Menschen bewundert hatte und die zu ihrem Bedauern allzu früh aus ihrem Leben verschwunden war. Eine Flut von Erinnerungen suchte sie heim. Schöne, aber auch solche, die sie traurig stimmten. Sie dachte an heiße Sommertage zurück, welche die Geschwister mit fröhlichen Spielen auf dem Landsitz am See verbracht hatten, dann aber kamen die Erinnerungen an düstere, mondlose Nächte, in denen die unheimlichen Frauen an ihre Tür geklopft hatten, um Maria abzuholen. Katharine hatte sich vor der wilden Schar gefürchtet und nur ein einziges Mal gewagt, heimlich und mit pochendem Herzen aus dem Fenster zu spähen, um ihre Anführerin zu sehen. Die Kommandantin. Die Frau, über die damals in ganz Flandern geredet worden war.

Doch das lag schon viele Jahre zurück. Die Frauen, die von den Spaniern oder der Inquisition erwischt worden waren, hatten für ihren Widerstand schwer gebüßt: in Folterkellern und auf brennenden Scheiterhaufen, in allen Teilen Flanderns. Allein das Weib, das sie *dulle Griet* genannt hatten, war nie gefasst worden.

Katharine blickte zu den schwarzen Balken der Zimmerdecke hinauf und stellte sich vor, wie es wohl wäre, wenn das alte Haus an der Schelde wieder zum Leben erwachte. Wenn Frauenstimmen außer der ihren und der ihrer Magd durch die Räume hallten. Oder gar fröhliches Kindergelächter? Quinten und sie hatten sich nicht vermählt, aber Henrika war noch jung, und der Bursche, der sie begleitete, schien ihr sehr zugetan zu sein.

Sie sah hinüber zu der Kerze, die sie auf den Tisch vor ihrem Wandschirm gestellt hatte. Ein kalter Lufthauch ließ die Flamme erzittern. Auf dem Korridor vor ihrer Schlafkammer knarrte der Boden. Ob die alte Toetja auch nicht schlafen konnte? Oder war Quinten nach Hause gekommen?

Katharine erhob sich, obwohl ihr nicht danach zumute war, jetzt noch aufzustehen. Mit einem geübten Handgriff glättete sie ihr Haar, das nach einem Fieber vor fünf Jahren dünn geworden war, und warf sich das Gebende über. Sie ergriff die Kerze und verließ die Kammer.

Wieder spürte sie den kalten Luftzug an den Beinen.

Hatte sie versäumt, die Tür zum Garten zu verriegeln? Sie wurde alt. Vergesslich. Quinten würde sie für ihre Nachlässigkeit schelten, denn nebenan, in der Weberei, lagerten zahlreiche Ballen wertvollsten Brokats. Eine Einladung für jeden Dieb.

Hastig stieg sie die Treppe hinunter. Den Schatten, der plötzlich wie eine Wand hinter ihr aufragte und ihr einen heftigen Stoß zwischen die Schulterblätter versetzte, sah sie erst, als sie mit dem Fuß einknickte. Mit einem Schmerzensschrei ließ sie die Kerze fallen, die vor ihr die Treppe hinunterrollte.

Als Katharine Marx wieder zu sich kam, saß sie am Tisch des Wohngemachs. Es war dunkel; ihr Kopf schmerzte, und Blut lief ihr in die Augen, sodass sie kaum etwas sehen konnte. Sie musste sich bei ihrem Sturz eine Platzwunde an der Stirn zugezogen haben. «Quinten?», sagte sie schwach. «Bist du es, Bruder? Ich brauche Hilfe.»

Als die Benommenheit langsam nachließ, sah sie, dass vor ihr auf dem Tisch Papier und Schreibzeug lagen, was sie verwunderte, da die Tafel nie als Schreibtisch genutzt wurde. Dann fuhr sie zusammen, weil sie einen Laut hörte. Er kam unten aus der Diele und klang nach Toetja.

Einer sterbenden Toetja.

Wenige Augenblicke später sah Katharine, wie die schattenhafte Gestalt, die sie auf der Treppe zu Fall gebracht hatte, geräuschlos in den Raum schwebte. Sie näherte sich ihr mit winzigen Schritten, bis sie direkt neben Katharines Stuhl stehen blieb.

«Und nun, meine Beste», flüsterte der Schatten, «werdet Ihr mir gut zuhören und niederschreiben, was ich Euch diktiere!»

Als Henrika am nächsten Morgen erwachte, war David noch immer nicht zurück. Benommen schlüpfte sie in ihre Kleider, band ihre Haare zurück und wusch dann Stirn und Wangen mit kaltem Wasser.

Eine Stunde später erschien ein Botenjunge im Gasthaus, der ihr eine Nachricht von Katharine Marx überbrachte. In gestelzter, altmodischer Schrift teilte sie ihr mit, dass seine Geschäfte ihren Onkel wohl länger als erwartet auf dem Hofgut an der Schelde aufhalten würden, das die Familie verwaltete. Sie beschrieb ihr den Weg und bat sie, ihren Bruder dort aufzusuchen.

Nachdenklich ließ Henrika das Schreiben sinken. Wo steckte David nur? Hatte er wirklich geglaubt, sie wolle nichts mehr von ihm wissen, nur weil sie sich über die wiedergewonnenen Verwandten freute? Sie konnte nicht glauben, dass er aufgrund eines Missverständnisses derart beleidigt reagierte.

Auf ihre Frage nach David zuckte die gutmütige Wirtin lediglich die Schultern. Jawohl, der junge Herr sei noch spät in der Stube gesessen und habe über einem Krug Bier gebrütet. Dann über dem nächsten und so weiter, bis seine Augen glasig wurden. Aber gleich nach dem Zapfenstreich habe er sich davongemacht. Wo er jetzt steckte, konnte sie nicht sagen.

«Wie bedauerlich für Euch, gute Frau.» Die Wirtin zeigte sich mitfühlend. «Ihr seid bestimmt noch nicht lange vermählt.»

«Wie kommt Ihr darauf?», fragte Henrika zerstreut.

«Nun, ich kenne doch die Blicke, die ein verliebter Mann einem Mädchen zuwirft. Eurer würde Euch auf Händen tragen und Rosenblätter vor Eure Füße streuen, wenn Ihr das nur zuließet.»

Henrika spürte einen feinen Stich in der Brust. Na wunderbar. Wem sollte sie sich nun zuerst widmen? David, der sich dem Trunke ergab, weil er glaubte, sie liebte ihn nicht mehr, oder dem Flamen, ihrem Onkel, dem sie schon so lange vergeblich nachspürte?

Sie beschloss, sich auf dem Weg zu dem Gutsbesitz nach David umzusehen, hatte damit aber keinen Erfolg. Er war nirgends zu entdecken. Zu ihrer Überraschung öffnete auch im Haus ihrer Tante niemand auf ihr Klopfen. Nachdem sie eine Weile unschlüssig gewartet hatte, streckte einer der Webergesellen, die für Quinten im Nebengebäude arbeiteten, den Kopf aus dem Fenster und erklärte ihr, dass Frau Katharine um diese Zeit oft mit der alten Toetja auf den Markt ginge, um Einkäufe zu tätigen. Von seinem Meister hatte der Mann keine Nachricht erhalten, aber als Henrika ihm Katharines Brief durchs Fenster reichte, bestätigte er, dass es sich um die Handschrift seiner Dienstherrin handelte.

Henrika schulterte ihr Bündel, das sie nicht im Gasthaus hatte zurücklassen wollen, und machte sich auf den Weg. Es war ihr nicht ganz wohl dabei, ohne David die Stadt zu verlassen, aber ihre Tante würde ihm gewiss sagen, wohin sie gegangen war. Sie ließ Wagen und Pferd vor dem *Goedmeesterhuis* zurück, damit er sie schneller einholen konnte.

Zunächst folgte sie der Straße, die zum Ufer der Schelde führte. Im Gegensatz zu den Gassen rund um den Markt war sie ungepflastert und von zahllosen Radspuren und Hufabdrücken zerfurcht. Dann verließ sie die Stadt durch eines der kleineren Tore und wanderte etwa eine halbe Stunde lang in südlicher Richtung über die Felder. Inzwischen hatte sich der Himmel verdunkelt; es fing an zu regnen. Der Boden wurde unter Henrikas Füßen weicher, sodass sie sich vorsehen musste, um im Morast nicht auszugleiten. Ein stürmischer Ostwind blies ihr die Haare ins Gesicht. Henrika band sich ihr Schultertuch um den Kopf, ging jedoch unbeirrt weiter, bis sie schließlich vor einem Wegkreuz stand, unter dem eine Statue der heiligen Jungfrau Maria und einige Kerzenstummel zu sehen waren.

Zögernd blickte sich Henrika um. Geradeaus führte der Weg in ein Laubwäldchen, links durch die Weizenfelder. Rechter Hand lagen ein paar verstreute Bauernkaten und umzäunte Wiesen, doch keines der Häuser hatte Ähnlichkeit mit einem Hofgut. Auch einen See konnte Henrika nicht entdecken.

Sie entschied sich für den Weg durch den Wald und gelangte nach einem strammen Fußmarsch vor eine Mauer mit Pforte, die von Schlehdornhecken und Lorbeerbüschen umgeben war. Die Pforte wurde offensichtlich selten benutzt, denn ihr Holz war von Feuchtigkeit aufgequollen und mit schmierigen, grünlichen Flechten bedeckt.

Da Henrika kein größeres Tor fand, rüttelte sie so lange an der

Pforte, bis diese mit einem ächzenden Geräusch aufschwang und ihr den Weg freigab. Kurz darauf stand sie auf einem Hof, um den sich in Hufeisenform ein ansehnliches Haus mit Stallung, Heuschober und verschiedenen Nebengebäuden wanden. Das Gutshaus war größer, als sie erwartet hatte. Es wirkte mit seinen beiden Türmchen, der hohen Mauer und dem Bogentor wie der Landsitz eines Edelmannes.

Die Arme vor der Brust verschränkt, ging Henrika auf das Haus zu, das unbewohnt wirkte. Sie empfand eine Mischung aus Neugier und Beklommenheit. Sie sehnte sich nach David und schalt sich eine ungeduldige Närrin, weil sie so überstürzt aufgebrochen war.

Sie hätte doch auf ihn warten sollen. Sie brauchte ihn doch.

Was, wenn er sich gar nicht betrunken hatte, wie sie annahm, sondern überfallen worden war? Anstatt weiter nach ihm zu suchen, lief sie hier mutterseelenallein über einen verlassen wirkenden Hof, um einen Mann zu treffen, von dem sie nicht mehr wusste, als dass er augenscheinlich der Bruder ihrer Mutter gewesen war. Aber zählte er damit auch zu ihren Freunden? Ihre Mutter hätte diese Frage beantworten können, aber sie war tot. Und David … O David, dachte Henrika mit wachsender Panik. Wo bist du nur?

Der Regen wurde heftiger; gleichmäßig prasselte er auf das dichte Laubdach der Bäume hernieder, unter deren Schutz sie sich über den stillen Hof bewegte.

Ganz in ihrer Nähe brach ein Vogel mit schrillen Warnrufen aus dem Gebüsch.

Ängstlich blieb Henrika stehen und suchte mit Blicken das Dickicht ab, aber alles, was sie sah, war eine zerborstene Vogeltränke aus Marmor, aus der das Regenwasser auf ein paar Steine plätscherte. Sie war allein, dennoch konnte sie sich des Gefühls nicht erwehren, beobachtet zu werden.

Wenn hier draußen jemand auf sie lauerte, hatte sie keine

Chance zu entkommen. Unterwegs hatte sie sich vergewissert, dass ihr niemand aus der Stadt gefolgt war. Nun aber zerbrach das Gefühl der Sicherheit, das sie auf der breiten Landstraße noch verspürt hatte, in tausend Stücke.

Suchend blickte sie sich nach ihrem Onkel oder einem anderen Menschen um. Der Flame erwartete sie nicht, denn die Zeit hatte nicht ausgereicht, um ihm ihre Ankunft mitzuteilen.

Im oberen Stockwerk des Gutshauses hoben sich drei Fenster in einem Erkervorbau von der strengen dunklen Backsteinfassade ab. Henrika blickte hinauf, glaubte einen Moment lang sogar, hinter den dünnen Butzenscheiben ein Gesicht zu sehen. Das Gesicht eines Mannes, der teilnahmslos auf die Wasserlachen des Hofes starrte. Doch es war verschwunden, ehe sie sich bemerkbar machen konnte.

Als Henrika das Haus betrat, schlug ihr der muffige Geruch von abgestandener Luft und alten Möbeln entgegen. Unwillkürlich musste sie an das verlassene Haus denken, in das Laurenz sie in Straßburg geführt und in dem es vor Ratten nur so gewimmelt hatte. Auch diese Halle war offensichtlich lange nicht mehr gelüftet worden. Eine breite, mit verblichenen Webteppichen belegte Treppe, neben der ein Spinnrad stand, wand sich hinauf zu einer herrschaftlichen Galerie. Ihre Wände waren mit Verdüren geschmückt, die vermutlich ihr Onkel in seiner Weberei hergestellt hatte. Wenngleich verstaubt und an manchen Stellen zerschlissen, waren sie noch immer atemberaubend schön.

«Mijnheer Marx?», rief Henrika mit zittriger Stimme. Sie erhielt keine Antwort. «Mijnheer Marx, seid Ihr hier?»

Hinter ihr fiel die Tür ins Schloss. Eine Falle, dachte Henrika, während sie sich auf dem Absatz herumdrehte.

«Guten Morgen, Henrika.»

Laurenz' kräftiger Körper füllte den Türrahmen aus. Er war ebenfalls durchnässt und wirkte abgekämpft, als habe er soeben eine schwere Arbeit verrichtet. Sein Atem ging schwer und keuchend. Aber er ließ Henrika nicht aus den Augen.

«Du», war alles, was Henrika herausbrachte. Sie hätte sich ohrfeigen können, weil sie nicht besser aufgepasst hatte. Nicht einmal eine Waffe hatte sie in ihrem Bündel mit Habseligkeiten versteckt.

Laurenz funkelte sie kalt an, verzog aber die Lippen zu einem Grinsen. «Natürlich, mein Schatz, wer sonst als dein Bräutigam sollte dich hier empfangen? Hier, wo alles seinen Anfang nahm.»

«Du bist nicht mein Bräutigam, Laurenz», rief Henrika. «Du bist nichts weiter als ein Mörder, der den Boten aus Antwerpen auf dem Gewissen hat. Wir haben dein Spiel durchschaut.»

«Wir?» Plötzlich wirkte Laurenz nervös. Er sprang auf Henrika zu und packte sie bei der Schulter. «Du meinst David, diesen verdammten Narren, nicht wahr? Ich wollte ihm ebenso wenig etwas antun wie Barbara Carolus, die in Frankfurt hinter mir hergeschnüffelt hat.»

«Barbara wird sich eines Tages an dich erinnern.»

Er lachte gehässig. «Niemand würde dem kleinen Biest glauben. Und selbst wenn, was kümmert es mich dann noch? Mit dem Geld, das mir noch heute in den Schoß fallen wird, kann ich in der Neuen Welt ganze Heere von Sklaven für mich schuften lassen.»

«Und wo ist David?»

«Erst nimmt er mir mein Mädchen weg, dann wagt er es auch noch, meine Pläne zu durchkreuzen. Was nun geschieht, habt ihr beide euch selbst zuzuschreiben.»

«Ich war nie dein Mädchen und werde es auch niemals sein», widersprach Henrika, während sie versuchte, sich aus Laurenz' Griff zu befreien. «Du hast doch Anna, die dir zu Willen ist. Oder willst du leugnen, dass du dich mit ihr verschworen hast? Was brauchst du mich da noch?»

«Aber Laurenz, geht man so mit einer wohlhabenden Erbin

um?», tönte plötzlich eine geschmeidige Stimme von der Galerie herab.

Henrika holte tief Luft und gab es auf, sich gegen Laurenz zu wehren. Sie brauchte sich gar nicht erst umzudrehen, um zu wissen, dass Anna von Neufeld hinter ihr auf der Treppe stand und sie mit einem sanften Lächeln beobachtete.

«Guten Tag, Henrika. Es ist eine ganze Weile her, nicht wahr?»

Anmutig wie eine Fürstin schritt Anna die Stufen hinunter. Ihre Schritte waren auf der steinernen Treppe nicht zu hören.

Sie hatte sich nicht verändert; wie gewöhnlich war sie elegant gekleidet und frisiert. Ihr schwerer, in Orangetönen gehaltener Brokatrock spannte sich, ohne ein Fältchen zu schlagen, über ein Drahtgestell und stand an den Hüften weit ab. Eine wertvolle Kette aus purem Gold schmückte ihren schlanken Hals. Über den Schultern trug sie einen weiten Kapuzenumhang aus nachtblauer Seide.

Annas Kleider waren trocken, was darauf hinwies, dass sie bereits vor dem Regen auf dem Gutshof angekommen war.

«Was willst du von mir?», fragte Henrika. «Warum verfolgst du mich? Genügt es nicht, dass du mich aus Mannheim vertrieben hast?»

Anna verzog abschätzig das Gesicht. «Dieser Ort war niemals deine Heimat. Die Menschen dort mochten dich nicht. Sie fürchteten sich vor dir, was dich eigentlich mit Stolz hätte erfüllen sollen. Insbesondere nachdem du dich aus dem Staub gemacht und zwei Leichen zurückgelassen hast.»

«Du weißt genau, dass ich Barthel nicht ermordet habe», schrie Henrika die junge Frau an. «Du bist es doch selbst gewesen. Du oder dein Helfershelfer, der schmierige Schuhmacher. Ihr habt dem Kräuterbier, das ich mit zur Brücke genommen hatte, ein Schlafmittel beigemengt, damit ich nicht hören sollte, wie du dir Zutritt zum Haus verschafftest. Aber warum, Anna? Sag mir doch, was hat Barthel dir zuleide getan?»

Anna schnitt ihr mit einer Handbewegung das Wort ab. «Später, meine Liebe. Du wirst noch erfahren, was du wissen musst, um mir das zurückzugeben, was Barthel mir stehlen wollte. Ja, du hast richtig gehört. Er war im Besitz von Diebesgut oder wusste zumindest, wo es sich befand. Die Diebin selbst war deine gebrandmarkte Mutter, diese Hure.»

«Das ist eine Lüge!»

Anna hob die Hand, sie war nicht gewillt, sich noch länger mit Henrika auseinanderzusetzen. Stattdessen wies sie Laurenz an, ihre Gefangene zunächst einzusperren, bis sie bereit war, sich ihr erneut zu widmen.

Der Raum, in den Laurenz sie brachte, befand sich am Ende eines dunklen kleinen Flurs. Vermutlich schien er Anna als Kerker geeignet, weil er vergitterte Fenster und eine schwere Eichentür hatte. Zu entkommen war unmöglich. Henrika wehrte sich verbissen, konnte aber nicht verhindern, dass Laurenz sie mit einem heftigen Stoß über die Schwelle beförderte. Hässlich knirschte der Riegel, als er von außen vor die Tür geschoben wurde.

Als Henrika sich umwandte, bemerkte sie, dass sie nicht allein im Raum war. Vor dem spitz zulaufenden Fenster stand ein gut gekleideter Mann mittleren Alters. Er war groß und wirkte trotz eines leichten Bauchansatzes schlank. Sein ergrautes Haar, das unter einer schwarzen Seidenkappe hervorlugte, war ein wenig zu kurz geschnitten, um der herrschenden Mode zu entsprechen. Noch bevor der Mann ein Wort sagen konnte, wusste Henrika, dass sie den Verdürenmacher Quinten Marx vor sich hatte. Anna und Laurenz hielten ihn in seinem eigenen Haus gefangen.

«Wisst Ihr, wer ich bin, Mijnheer?», fragte Henrika, nachdem sie sich ein wenig gefangen hatte.

Der Mann nickte. «Du bist die kleine Henrikje, Marias Tochter. Ich wollte dich in Straßburg aufsuchen, nachdem ich deine Nachricht erhielt, doch man sagte mir, du seiest auf Reisen.»

«Ich stehe im Dienst des Straßburger Zeitungsdruckers Johannes Carolus. Vielleicht habt Ihr von seiner Gazette gehört? Sie heißt *Relation.*»

Quinten Marx lächelte nachsichtig, aber ihm war anzusehen, dass ihm die Gazette nichts sagte.

«Also bist du den weiten Weg bis nach Flandern gereist, um mich zu sehen», sagte er in einem Ton, der Henrika verriet, dass ihr Onkel dies für eine große Torheit hielt.

«Wir folgten Eurer Spur, aber auch der des Mannes, der mich hier einsperrte. Er ist einer von Meister Carolus' Druckern. Das heißt, er war es, denn wie die Dinge liegen, wird er gewiss keinen Fuß mehr nach Straßburg setzen.» Sie machte einen Schritt auf den Verdürenmacher zu. Im Unterschied zu ihrer Tante Katharine machte ihr Onkel einen äußerst wortkargen Eindruck. Er sah aus, als bliebe er mit seinen Gedanken am liebsten für sich.

«Ich besaß Briefe, die mein früherer Dienstherr Barthel Janson Euch geschrieben hat», sagte sie. «Ich konnte sie weder lesen noch jemandem zeigen, denn er erwähnte die Bluttöchter im Zusammenhang mit meinem Namen. Leider kann ich Euch die Briefe nicht mehr übergeben. Wie ich bereits einem Ratsherrn in Straßburg sagte, wurden sie vernichtet.»

«Ratsherr Zorn?» Der Verdürenmacher seufzte. Dann deutete er auf einen Hocker und bat Henrika, sich zu setzen, während er selbst am Fenster stehen blieb.

«Zorn ist ein Politiker und Handelsmann. Er wollte dir sicher nicht schaden, aber zum Wohl seiner Stadt und des Namens seiner Familie musste er dafür sorgen, dass nicht bekannt wird, in welche Unternehmungen sein Vater vor zwanzig Jahren verwickelt war. Ich nehme an, er half dir dennoch, nach Flandern zu kommen.»

Henrika war verwirrt. «Nun ja, er stellte David die finanziellen Mittel zur Verfügung, aber …»

Quinten Marx drehte sich um. Seine breiten Schultern bebten

leicht, was in Henrika die Vermutung weckte, dass die Erinnerung an längst verdrängt geglaubte Ereignisse ihm zusetzten.

«Wollt Ihr mir nicht endlich erklären, wer meine Mutter war und wer sie mit dem Schandmal gezeichnet hat? Bitte, Onkel, Ihr müsst Euer Schweigen brechen, ehe es zu spät ist. Die Frau, die uns hier einsperren ließ, ist gefährlich. Sie behauptet, ich sei eine wohlhabende Erbin und meine Mutter eine Diebin.» Sie sprang auf und legte ihre Hand auf die Schulter ihres Onkels. «Ich beschwöre Euch bei der Heiligen Jungfrau, der Ihr und die Tante ergeben seid, sagt mir, was Barthel mir verschwieg.»

Er wandte sich um, doch anstatt sie anzusehen, starrte er an einen Wasserfleck an der Wand der Kammer. «Es gibt ein altes Gemälde, das von der Hand eines flämischen Landsmannes namens Pieter Bruegel stammt», begann er zu erzählen. «Es zeigt eine Frau, die mit Helm und Harnisch versehen durch ein Kriegsgetümmel schreitet. Sie ist die Herrin einer Schar Weiber, die gegen Dämonen und furchteinflößende Unholde kämpft.»

«Die *dulle Griet* und ihre Anhängerinnen», entfuhr es Henrika.

Quinten Marx zuckte überrascht zusammen. «Du kennst ihre Geschichte?»

«Ich hatte bereits das Vergnügen, der tollen Grete Aug in Aug gegenüberzustehen, aber das tut nichts zur Sache. Wer war die *dulle Griet* wirklich?»

«Es gab nicht nur *eine* Anführerin. Im Laufe der Jahre wählte man immer wieder neue, dennoch entstand der Mythos, dieses Weib sei unsterblich und würde so lange mit ihrem irren Blick durchs Land ziehen, bis die Spanier geschlagen seien. Doch es sollte ganz anders kommen. Die südlichen Provinzen entschieden sich vor etwa dreißig Jahren mehrheitlich dafür, im Reich zu verbleiben und Spaniens Oberhoheit anzuerkennen. Dafür wurden ihnen großzügige Privilegien zugesprochen. Es gab sogar manche Flamen, die anfingen, die Spanier im Land nicht nur als

Ungeheuer und Tyrannen zu sehen. Zu ihnen gehörte auch deine Mutter.»

«Aber sie war eine Bluttochter?»

Der Verdürenmacher nickte. «Sie hat einige Jahre lang an der Seite der *dulle Griet* gekämpft. Gemeinsam verübten sie Anschläge auf spanische Soldaten, die flämische Dörfer geplündert oder Menschen misshandelt hatten. Niemand ahnte, dass sie zu den Bluttöchtern gehörte, selbst ihre eigene Familie nicht. Maria war klein, zierlich und sanft. Kein Mensch wäre auf den Gedanken gekommen, sie zu verdächtigen. Aber dann, von einem Tag auf den nächsten, muss sie sich dazu entschieden haben, den Bund zu verlassen. Das war gefährlich, denn die Bluttöchter bestraften Verrat mit dem Tode. Die damalige *dulle Griet* wird sich die Zunge wund geredet haben, um deine Mutter zu überreden, aber sie wollte nicht hören. Wochenlang schloss sie sich in ihrem Schlafgemach ein und kam selbst dann nicht heraus, wenn nachts Frauen mit Fackeln und in schwarzen Umhängen vor der Tür standen, um sie zu holen. Ich ahnte damals schon, dass sie ein Kind erwartete, und vermutete, dass sie diesem zuliebe darauf verzichten wollte, weiterhin die Rächerin zu spielen.»

«Ihr meint, sie verließ die Bluttöchter, weil ich unterwegs war?», fragte Henrika bewegt. Sie war ihrer Mutter also nicht gleichgültig gewesen; sie hatte sie geliebt.

«Deinetwegen, aber auch um deines Vaters willen.»

«Und wer war mein Vater?»

Der Verdürenmacher begann unruhig in der Kammer umherzulaufen. Es quälte ihn, dass er die alten Geschichten ausgraben musste, aber Henrika fand keine Möglichkeit, es ihm zu ersparen. Sie wollte endlich die Wahrheit erfahren.

«Maria hat uns nie verraten, mit wem sie eine heimliche Liebschaft unterhielt, aber ihre versteckten Andeutungen legen den Schluss nahe, dass dein Vater Spanier war.»

«Ein Spanier?»

«Vermutlich ein einfacher spanischer Soldat, den keine Schuld an den Gräueltaten traf, welche die Feldherrn des Königs in den niederländischen Provinzen anrichteten.»

«Mit einem spanischen Geliebten wäre meine Mutter wohl endgültig als Verräterin abgestempelt worden», sagte Henrika nachdenklich. «Die Bluttöchter hätten sie ohne Gnade umgebracht, wenn sie nicht geflohen wäre.»

Quinten Marx schnaubte. «Aber ihre feine Anführerin floh doch auch. Gleich nach der Eroberung Antwerpens verließ sie das Land, vermählte sich mit einem Edelmann, der nichts von ihrer Vergangenheit ahnte, und zog mit ihm an den Hof des Kurfürsten von der Pfalz, wo schon andere niederländische Adelige eine neue Heimat gefunden hatten. Sie gab vor, für den Freiheitskampf zu werben, aber in Wahrheit versuchte sie nur, ihre eigene Haut zu retten. Was Friedrich IV. und sein Vater unternahmen, um die aufständischen Provinzen im Norden zu unterstützen, taten sie, weil sie wie deren Anführer dem calvinistischen Glauben anhingen. Sie ließen ja auch den Protestanten in Frankreich Hilfe zukommen, als diese um ihr Leben kämpften.»

«Kennt Ihr auch den Namen des Edelmannes, mit dem sich diese Frau vermählte?»

Quinten Marx nickte. «Barthel, der ein alter Freund und Bewunderer deiner Mutter war, hat es bald darauf herausgefunden. Der Mann hieß Heinrich von Neufeld.»

Von Neufeld. Henrika starrte ihren Onkel an, als habe sie ein Blitz getroffen. Allmählich lichtete sich der Nebel in ihrem Kopf. Anna von Neufeld war die Tochter der letzten *dulle Griet*, der Anführerin einer ketzerischen Geheimsekte in Flandern. Sie begriff, dass die ehrgeizige Anna es nicht zulassen konnte, dass dieses Geheimnis jemals an die Öffentlichkeit drang. Barthel hatte sie als Ersten mundtot gemacht. Nun waren Henrika und ihr Onkel an der Reihe. Als sie den Verdürenmacher mit ihrem Verdacht konfrontierte, zuckte er nur mit den Achseln und sagte: «Das mag ein Grund sein, warum sie es auf dich abgesehen hat, aber ich könnte dir noch einen weiteren nennen.»

«Ihr spielt auf ihre Bemerkung von vorhin an. Offensichtlich ist Anna der Meinung, meine Mutter habe ihrer Mutter etwas gestohlen. Aber was kann das sein? Dieses Gut etwa?»

«Das Landgut am See gehörte Maria. Es stammte aus dem Vermächtnis unserer Großmutter, die jedes ihrer Enkelkinder großzügig bedachte. Aber Maria musste das Land verpfänden, ich vermute, auf Druck ihrer Anführerin. Die Bluttöchter brauchten immerzu Geld, um Waffen, Pulver, Proviant und Pferde zu kaufen oder um die Bauern zu bestechen, damit die wegschauten, wenn eine Schar dunkel gekleideter Frauen nachts durch die Dörfer oder um die Garnisonen herumschlich. Maria rechnete nicht damit, dass das Landgut, das sie so liebte, ausgerechnet in den Besitz der edlen Dame von Neufeld übergehen würde. Ich kann mich noch erinnern, wie wütend sie war, als sie davon erfuhr. Vermutlich gelang es Barthel erst viel später in Heidelberg durchzusetzen, dass du, als Marias Tochter, das Haus und den See als dein rechtmäßiges Erbgut zurückbekommst. Soviel ich weiß, ist die alte Gräfin von Neufeld nicht mehr ganz bei Sinnen. Der Wahnsinn, dem sie sich in ihrer Jugend aus purem Fanatismus hingab, hat sie zuletzt doch noch eingeholt.»

Henrika hauchte sich in die Hände, um sie etwas zu wärmen. In der Kammer wurde es immer kälter. Und dunkler. Der Regen hatte noch nicht nachgelassen, im Gegenteil, er schien stärker zu werden.

Sie lief zu dem schmalen Fenster und versuchte durch die Gitterstäbe ein Stück vom Himmel zu erhaschen. Dort draußen, irgendwo hinter dem trüben Schleier aus Regen und Wind, musste der grüne See liegen, den sie im Traum so oft gesehen hatte.

Es gab ihn also wirklich, er existierte nicht nur in ihrer Einbildung. Vermutlich hatte ihre Mutter sie dorthin mitgenommen und ihr seine Schönheit gezeigt. Hatte sie ihr dort auch das Lied beigebracht, nachdem sie bemerkt hatte, welche Gabe in ihrem Kind schlummerte? Möglich war das schon. Die Bauern in den Dörfern munkelten nicht von ungefähr, dass manche Kinder, die von Bluttöchtern geboren wurden, über sonderbare Kräfte verfügten. Offensichtlich besaßen die Legenden einen wahren Kern.

Nach einer Weile wandte sich Henrika wieder ihrem Onkel zu. «Ich glaube nicht, dass Anna und Laurenz es nur auf dieses Landgut abgesehen haben. Es mag meiner Mutter am Herz gelegen haben, aber ein Vermögen ist es nicht wert.» Sie hob die Augenbrauen. «Ihr verschweigt mir doch etwas, Onkel!»

Der Verdürenmacher seufzte. «Dir kann man nichts vormachen, du bist genauso hartnäckig wie deine Mutter. Wenn sie auf etwas beharrte, gab man besser klein bei. Ich wollte dich eigentlich mit dem Rest der Geschichte verschonen, aber …»

«Erzählt mir, warum sie sterben und ich bei fremden Leuten aufwachsen musste!»

«Wie du meinst. Bevor Maria mit dir aus Flandern floh, nahm sie die Kriegskasse der Bluttöchter an sich und brachte sie an einen geheimen Ort. Sie war der Ansicht, dass das Abschlachten endlich ein Ende finden und keine weiteren Provokationen den Zorn der Besatzungsmacht entfachen sollten. Außerdem war sie enttäuscht und fühlte sich von Annas Mutter wegen des Landguts hintergangen. Sie nahm das Gold nicht mit ins Ausland, und im *Goedmeesterhuis* ließ sie es auch nicht zurück. Daher vermute ich, dass Maria es irgendwo hier auf dem Besitz versteckte.»

«Und danach ging sie mit mir nach Heidelberg, weil sie mit Barthels Hilfe rechnete. Was geschah dort? Begegnete sie ihrer früheren Kommandantin wieder?»

«Es war nur eine Frage der Zeit, wann sich die beiden Frauen über den Weg laufen würden. Als deine Mutter aber erkannte, in welcher Gefahr ihr beide schwebtet, war es bereits zu spät.»

«Ich nehme an, Annas Mutter fürchtete, schließlich doch noch entlarvt zu werden?» Henrika konnte sich vorstellen, wie erschrocken beide Frauen gewesen sein mussten, als sie einander wieder gegenüberstanden. Aber die ehemalige Anführerin der Bluttöchter war zu einer Edeldame aufgestiegen, die am Hof des Kurfürsten in Saus und Braus lebte, während ihre Mutter in Heidelberg weder über Geld noch über nennenswerten Einfluss verfügte.

«Barthel, unser Freund aus Jugendtagen, half ihr, aber er stand noch am Anfang seiner Karriere und konnte nicht viel ausrichten», fuhr der Verdürenmacher fort. «Als die Gräfin von Neufeld sah, wie viel sie zu verlieren hatte, trat sie die Flucht nach vorne an. Sie verlangte sowohl die Auslieferung der Kriegskasse als auch ein Schweige- und Treuegelübde von Maria. Außerdem befahl sie ihr, nach Flandern zurückzukehren. Sie wollte sie aus dem Weg haben. Andernfalls drohte sie damit, Maria wegen Hexerei oder Teufelsanbetung anzuklagen.»

«Aber hätte sie sich damit nicht selbst ans Messer geliefert?»

Quinten Marx schüttelte betrübt den Kopf. «Die flandrischen Bluttöchter trugen ein Erkennungszeichen auf dem Schulterblatt, kaum größer als ein Muttermal. Es zeigte das Haupt einer Frau. Sie nannten es das Bildnis der Judith oder so ähnlich und waren stolz darauf, dabei hätten sie doch wissen müssen, dass es sie ins Verderben reißen konnte, falls sie der Inquisition in die Hände fielen. Die Einzige, die das Bildnis der Judith nicht trug, war die *dulle Griet.* Frag mich nicht, warum.»

«Dann hätte dieses merkwürdige Zeichen meine Mutter jederzeit verraten können», sagte Henrika grimmig. «Annas Mutter hatte sie in der Hand.»

«Maria ging aber nicht auf ihre Forderungen ein. Sie schrieb mir und bat mich, nach Heidelberg zu kommen. Dort traf ich auf Barthel, den Grafen Otto zu Solms und auf ihren Freund Emanuel Zorn aus Straßburg. Zorn war der Vater des jungen Ratsherrn, den du kennengelernt hast. Wir beratschlagten, wie wir Maria und dir helfen könnten, ohne uns mit den Männern des

Kurfürsten, rachedürstenden Bluttöchtern oder gar der spanischen Inquisition anzulegen. Maria nahm uns die Entscheidung ab, indem sie …»

Henrika schloss die Augen und hätte sie am liebsten nie mehr geöffnet. Sie hörte ihren Onkel weiterreden, aber was er noch zu sagen hatte, erreichte sie nicht mehr. Sie wusste plötzlich, wie sich die Geschichte abgespielt hatte, als sei sie selbst dabei gewesen. Vermutlich war sie das sogar. Ihre Mutter hatte in ihrer Verzweiflung einen Schürhaken oder etwas Ähnliches genommen und sich das verräterische Zeichen eigenhändig von der Schulter gebrannt, ehe die Männer sie davon abhalten konnten. Damit hatte sie sich zu einem Leben als Gebrandmarkte verurteilt, um ihr Leben und das ihres Kindes zu retten. Was hatte sie danach wohl vorgehabt? Hatte sie ihren Bruder angefleht, sich ihrer Tochter anzunehmen? Doch auch in Oudenaarde wäre sie nicht sicher gewesen. Zu viele Menschen hatten davon erfahren, dass die Schwester des Verdürenmachers mit einem unehelichen Kind niedergekommen war.

«Wir brachten Maria und dich in ein abgelegenes Haus vor die Stadtmauern. Von dort aus plante ich, euch außer Landes zu schaffen, sobald sich deine Mutter erholt hatte. Aber es ging ihr von Stunde zu Stunde schlechter, das Wundfieber verzehrte sie, ohne dass wir etwas tun konnten, um ihr zu helfen. In meiner Sorge beschloss ich, nach Heidelberg zurückzureiten, um einen Wundarzt aufzutreiben. Barthel, Zorn und der Graf begleiteten mich, denn wir hörten Geräusche in der Nähe des Hauses und fürchteten, man könnte uns entdeckt haben. Ich wollte Maria und dich nicht allein zurücklassen, das musst du mir glauben, aber sie selbst bestand darauf. Trotz ihrer Schwäche behauptete sie immer wieder, es würde ihr bessergehen, sobald sie mit dir allein wäre. Keine Ahnung, was sie damit meinte.»

Ich schon, dachte Henrika wie betäubt.

Ich kann sie wieder gesund machen.

«Als wir im Morgengrauen mit Arzneien und frischen Verbandstoffen zu dem alten Haus zurückkehrten, fanden wir Maria tot, und du warst spurlos verschwunden. Meine Schwester schien aber noch vor ihrem Tod Vorkehrungen für den Fall getroffen zu haben, dass wir auf der Flucht voneinander getrennt würden und du in fremde Hände kämest. Bevor wir Heidelberg verließen, bat sie mich, einmal im Jahr einen Boten zur Heidelberger Heiliggeistkirche zu senden. Dieser sollte warten, ob jemand kommen und Geld für deinen Unterhalt entgegennehmen würde. Und tatsächlich tauchte nach Ablauf jedes Jahres ein älterer Mann auf, dem das Geld übergeben wurde. So wussten wir, dass Maria sich noch jemandem anvertraut hatte und du am Leben warst.»

«Das war mein Vormund, der Hutmacher Hahn, unter dessen Dach ich aufwuchs», sagte Henrika leise. Sie dachte nach. Anna musste von der Vergangenheit ihrer Mutter erfahren haben, auch von der verschwundenen Kriegskasse der Bluttöchter. Hinter ihr waren sie und Laurenz also her. Gewiss hatte Anna nach ihrer Flucht aus Mannheim geflucht, weil sie ihre Spur verloren hatte. Oder hatte sie geahnt, dass sich Henrika nach Straßburg durchschlagen würde? Immerhin hatte Henrika wochenlang von nichts anderem geredet als von Meister Carolus, seinen Druckergesellen und der Gazette. Anna war es gelungen, Laurenz für das Gold der Bluttöchter zu begeistern. Demnach verband beide dieselbe Gier nach Reichtum.

«Und wie kommen wir nun hier heraus?», fragte Henrika. Aufmerksam schaute sie sich in der Kammer um, fand aber nichts, was ihnen hätte nützlich sein können. Mit flinken Bewegungen löste sie die Schnur, mit der sie sich ihr Bündel um die Hüfte gebunden hatte. Laurenz hatte es ihr nicht abgenommen. Sie begann, die Dinge, die sie aus Straßburg mitgebracht hatte, auf dem Fußboden auszubreiten.

Quinten Marx runzelte die Stirn. «Das Herrenhaus ist sehr alt, Henrika. Es hat dicke Mauern, und vor den Fenstern befindet sich festes Gitterwerk. Tut mir leid, aber wir kommen hier nicht raus. Es bleibt uns nichts anderes übrig, als abzuwarten und zu beten, dass wir uns irgendwie mit diesen Leuten einigen können. Wenn Anna von Neufeld aber nach ihrer Mutter kommt, habe ich offen gestanden wenig Hoffnung. Sie wird uns nie entkommen lassen. Vermutlich hat sie sich in den Kopf gesetzt, ausgerechnet du könntest sie zu der Kasse … O, heilige Maria Mutter Gottes!» Der Verdürenmacher redete nicht weiter; irgendetwas hatte ihm die Sprache verschlagen. Stumm starrte er auf Henrika herab. Ehe die ihren Onkel fragen konnte, was ihn erschreckt hatte, wurde die Tür aufgerissen.

«Streckt eure Hände aus», befahl Laurenz scharf. Er hatte zwei Stricke bei sich. Anna stand mit einer Pistole bewaffnet hinter ihm. Henrika hätte aufschreien wollen, als sie erkannte, dass es sich um Barthels Waffe handelte. Sie selbst hatte sie schon einmal in der Hand gehalten, damals, als die Menge vor der Zollschreiberei gegen die Pläne des Festungsbaumeisters protestiert hatte.

Hilflos mussten Henrika und ihr Onkel sich die Hände fesseln und aus der Kammer stoßen lassen.

«Lasst wenigstens meinen Onkel gehen», bat Henrika, als sie wieder in der Halle mit den hübschen Wandbehängen standen. «Er weiß nichts von deinem verfluchten Gold.»

Anna lachte höhnisch. «Trotz deines unschicklichen Fluchs hast du ein wahres Wort ausgesprochen. Es handelt sich tatsächlich um *mein* Gold.» Sie machte einen Schritt auf Henrika zu und berührte ihren Hals mit dem kühlen Metall der Waffe. Angewidert drehte Henrika den Kopf zur Seite. Anna konnte sie bedrohen, ja, sie sogar foltern. Aber sie konnte sie nicht zwingen, ihr in die Augen zu sehen.

«Barthel bestand darauf, dass du das Landgut bei Oudenaarde bekommen solltest, das hat mich misstrauisch gemacht. Er beschwatzte sogar meine arme geistesverwirrte Mutter, die mit ihren Jugendtorheiten um ein Haar mein Leben ruiniert hätte, bis er sie so weit hatte zuzustimmen. Ich fragte mich, warum er wohl so darauf drängte, bis ich im Kabinett der Zollschreiberei den Grund herausfand. Er wollte mich, seine einzige Verwandte, mit einer wahrhaft lächerlichen Summe abfinden, während du, meine liebe Henrika, eine reiche Gutsherrin werden solltest.»

«Ich weiß dennoch nichts von dieser dämlichen Kriegskasse. Und selbst wenn ich wüsste, wo sie zu finden ist, wollte ich das Geld der Bluttöchter nicht haben. Meine Mutter wandte sich von ihnen ab, weil sie für sich und ihr Kind Frieden suchte.»

«Einen Frieden, wie er zur Stunde in Antwerpen beschlossen wird?», warf Laurenz ein. «Jawohl, du hast richtig gehört. Die Unterhändler Spaniens und der Niederlande haben einen Waffenstillstand für die nächsten zwölf Jahre ausgehandelt.» Er lachte spöttisch. «Du siehst, Henrika, ich erfülle meine Pflichten als Kurierreiter für Meister Carolus und seine Zeitung vorbildlich. Wenn die Nachricht bis zur nächsten Woche nach Straßburg gelangt und sofort gedruckt wird, könnte das die *Relation* über Nacht berühmt machen. Dann ist ihr Herausgeber ein gemachter Mann, und kein Neider kann mehr etwas gegen seine Zeitung unternehmen.»

«Nicht einmal Waldemar Zorn?», fragte Henrika. «Was hat er dir versprochen? Carolus' Druckerei oder eine neue?»

«Du unverschämtes kleines Biest. Ich werde dir …» Er verstummte, als Anna ihn säuerlich anblickte.

«Je eher wir die Sache hier hinter uns bringen, desto schneller kannst du mit den neuesten Nachrichten im Gepäck nach Straßburg zurückreisen», sagte die junge Frau, ohne mit der Wimper zu zucken. Henrika spürte, dass die beiden logen. Laurenz hatte sich endgültig von Meister Carolus losgesagt. Er würde weder ihren Onkel noch sie lebend davonkommen lassen.

«Laurenz», sagte Anna ungehalten. «Meine Geduld ist jetzt zu Ende. Dort drüben, auf der Kleidertruhe, findest du noch ein Seil.» Ihr Blick wanderte zu den Deckenbalken empor. «Leg dem Kerl einen Strick um den Hals und zieh ihn hinauf. Vielleicht löst es ja Henrikas Zunge, wenn sie den Bruder ihrer Mutter vom Gebälk herabhängen sieht.»

Quinten Marx versteifte seinen Rücken; aus seinen Augen sprühte Verachtung für die Tochter der letzten Kommandantin der Bluttöchter, mehr aber noch für ihren Handlanger, der gehorsam das Seil von der Truhe nahm und eine Schlinge knüpfte.

«Du wirst schweigen», befahl der Verdürenmacher Henrika. «Kein Wort mehr zu diesem Gesindel!»

«Ich kann doch nicht zulassen, dass Anna meine ganze Familie auslöscht», meinte Henrika traurig. «Ich denke, ich weiß, wo meine Mutter die Kriegskasse versteckt hat.» Sie nickte Quinten Marx zu, dem Laurenz in diesem Augenblick die Schlinge über den Kopf zog. «Du hast es doch auch herausgefunden, nicht wahr?»

«Barthels Tabakspfeife», flüsterte der Verdürenmacher. «Ich hatte auch einmal eine solche Pfeife.»

«Aber Barthel hat sie nie geraucht. Er hat das lange Röhrchen benutzt, um wichtige Dokumente darin zu verstecken.»

Anna machte ein verdutztes Gesicht, doch dann hellte sich ihre Miene auf. «Er war wirklich ein schlauer Fuchs. Und ich habe in seinem Mannheimer Haus sogar die Holztäfelung von den Wänden reißen lassen, um das Schriftstück zu finden. Na los, Laurenz, du hast gehört, was Henrika gesagt hat. Geh hinauf in die Kammer und …»

«Bemüh dich nicht», rief Henrika. «Ich brauche Barthels Aufzeichnungen nicht, um euch zu der Geldkasse zu führen. Sie liegt draußen. Im See.»

«Im See?», fragten Quinten und Anna zugleich.

Henrika nickte. Sie konnte sich keinen anderen Ort vorstellen, an dem ihre Mutter die Kasse versteckt haben sollte.

Der Regen fiel nicht mehr so stark, als Henrika und ihr Onkel über den Hof und dann quer über ein verwildertes Rasenstück gescheucht wurden.

Der See befand sich nahe der Mauer und war von hohen Weiden umgeben. Er war kleiner, als Henrika ihn sich vorgestellt hatte, und wirkte mit seinem bemoosten Ufer wie ein glasiges Auge, das den näher kommenden Menschen voller Aufmerksamkeit entgegenstarrte.

Ob der See tief war, konnte Henrika nicht ausmachen. Das Wasser hatte die trübe Farbe der Büsche und Sträucher angenommen, und die Steine, die das sanft abfallende Ufer säumten, waren glitschig und mit schleimigen Flechten überzogen. Leise schlugen die Regentropfen auf die Oberfläche, die bei schönem Wetter gewiss spiegelglatt war. Nun aber war sie bewegt. Geräuschvoll klatschten Wellen an die Steinblöcke am Ufer. Windböen trieben Blätter hin und her.

«So etwas konnte auch nur deiner Mutter einfallen», nörgelte Anna, deren hübsche Lederschuhe im Morast versanken. «Aber anders als ihre Tochter hatte sie Mut.»

«Schön und gut, aber wie bekommen wir das Gold nun aus dem See? Sollen wir den ganzen Grund abtauchen lassen?» Energisch zerrte Laurenz an dem Seil um Quinten Marx' Hals und schnürte ihm dabei die Luft ab. Der Verdürenmacher rang nach Atem. «Ich will meinen Anteil, hörst du? Mit ihm und dem Geld, das mir der alte Waldemar Zorn gezahlt hat, werde ich keine von euch jämmerlichen Gestalten mehr brauchen, um meine eigene Zeitung zu veröffentlichen.»

«Lass meinen Onkel in Frieden, dann werde ich euch die Kriegskasse herausholen», fuhr Henrika den Drucker an.

Sie fürchtete Wasser, solange sie denken konnte, hatte ihr davor gegraust. Aber mit dem See war es etwas anderes. Er war ihr Freund und jagte ihr keine Angst ein. Sie sah das glasige Auge direkt vor sich; es schien zu zwinkern, als sie zunächst ihre Beine, dann den Oberkörper langsam in den grünlich glitzernden Schlund gleiten ließ, der sich auftat, um sie zu verschlingen. Sie klammerte sich an einen der langen Pfähle, die den Steg zusammenhielten. Dann holte sie Luft und hangelte sich Stück für Stück abwärts, geradewegs in die Finsternis.

Als sie endlose Momente später wieder auftauchte, war ihr Kopf leicht wie eine Daune; sie hatte keine Ahnung, wie lange sie die irdische Welt verlassen hatte.

«Ich habe die Kasse gesehen», keuchte sie erschöpft. «Sie liegt etwa eine Handbreit unter dem Schlick begraben und ist mit einer Kette befestigt, die durch einen eisernen Dorn zusätzlich beschwert wird.»

Anna beugte sich zu ihr herab. «Hast du die Kette lösen können?»

«Nein, dafür wäre Werkzeug nötig. Aber der Eisendorn ließ sich abstreifen. Trotzdem fürchte ich, dass …»

Henrikas letzte Worte verhallten im aufgebrachten Getöse Dutzender von Vögeln, die, von ihren Brutstätten im Dickicht aufgeschreckt, einer schwarzen Wolke gleich in den Himmel flatterten. Sie sah eine Gestalt zwischen den Büschen hervorspringen, die sich mit einem Schrei auf Laurenz stürzte.

David, durchfuhr es Henrika. Er hat mich gefunden.

Sie kämpfte sich auf den Steg hinauf und griff nach Annas Beinen. Die junge Frau strauchelte, überrumpelt von dem Schrecken; das morsche Holz zersplitterte unter ihren Füßen, doch Henrikas Plan, Anna zu Fall zu bringen, ging nicht auf. Mit einem wütenden Fluch befreite sie sich und floh schwankend über den halb zerfallenen Steg, geradewegs auf die Männer zu. Henrikas Onkel hatte noch immer die Schlinge um den Hals und kämpfte kniend gegen den Tod durch Strangulieren, denn Laurenz hatte sich das Ende des Seils um sein Handgelenk gebunden.

«Schluss jetzt!» Annas Stimme dröhnte gefährlich durch den

Regen. Längst war auch sie nass bis auf die Haut. Das Kleid klebte ihr am Körper. Drohend richtete sie die Pistole auf David.

Mein Gott, sie wird ihn töten, schoss es Henrika durch den Kopf. Mit gerafftem Rock jagte sie Anna hinterher, bereit, sich zwischen David und Barthels Pistole zu werfen. Doch da löste sich ein Schuss, und Henrika starrte fassungslos in Laurenz' vor Schreck geweitete Augen. In seiner Kehle prangte ein Loch; Blut sprudelte aus der zerfetzten Halsschlagader. Laurenz stöhnte noch einmal kurz auf, dann regte er sich nicht mehr.

«Er hat seine Seele verkauft», sagte David. Vorsichtig zog er sein Bein unter dem Körper seines toten Bruders hervor. Dann bedachte er Anna mit einem hasserfüllten Blick. «Aber du ... du hast meinen Bruder einfach ...»

«Trau niemals deinen Bundesgenossen!» Anna bückte sich flink und hob Laurenz' Pistole auf, die ihm bei dem Kampf aus dem Gürtel gerutscht war und einige Schritte neben seinem Leichnam im Gras lag.

«Ich brauchte ihn nicht mehr, also Friede seiner Asche. Und erspar mir dein vorgeheucheltes Bedauern, es sah eben nicht so aus, als wolltest du mit Laurenz einen Humpen Bier stemmen.»

«Ich wollte Henrika beschützen!»

«Dann hast du versagt. Dein Bruder erzählte mir, dass du darin Erfahrung hast.»

Sie befahl David, aufzustehen und den Strick vom Hals des Verdürenmachers zu lösen. Anschließend trieb sie die Männer und Henrika zurück auf den Steg.

«Ihr werdet mir nun die Kriegskasse aus dem Wasser holen. Es ist das Vermächtnis *meiner* Mutter. Henrika wird doch wohl kein Geld beanspruchen, an dem Blut klebt, oder? Also macht schon!»

Henrika ließ sich wiederum in das grünliche Wasser hinabgleiten, um die beiden zu Schlingen geknüpften Seile aufzufangen, die David ihr nun zuwarf. Dann füllte sie ihre Lungen mit

Luft und ließ sich langsam am Pfahl abwärts unter Wasser gleiten. Eilig kratzte sie die zähe Schicht aus Algen und Gestrüpp vom Deckel des Kastens und schob mit letzten Kräften die Schlingen unter den Kassettenboden.

Als sie bemerkte, dass die Seile straff saßen, zupfte sie daran, um David und ihrem Onkel ein Zeichen zu geben. Im nächsten Augenblick schwebte die Kriegskasse der Bluttöchter an ihr vorbei durch das trübe Seewasser.

Henrika spürte, wie ihre Lungen sie verrieten. Sie musste dringend auftauchen.

«Na los, komm raus, bevor ich dich erschießen muss», drang Annas Stimme an ihr Ohr.

«Ich schaffe es nicht, ich habe mich verletzt.» Henrika schlang den rechten Arm um den Pfahl, machte aber keine Anstalten, sich auf den Steg hinaufzuziehen. Aus einer Wunde am Oberarm tropfte Blut ins Wasser.

Anna streifte die Männer mit einem Seitenblick, der sie überzeugte, dass der eisenbeschlagene Kasten schon eine Spanne weit über dem Wasser in den Seilen hing. Dann bewegte sie sich vorsichtig an den Rand des Stegs vor, ging in die Knie und streckte die Hand aus, um Henrika aus dem Wasser zu helfen.

«Ich warne dich, Henrika, falls du es wagen solltest, mich … großer Gott, bist du schwer …» Sie sprach nicht weiter, stattdessen starrte sie auf ihren rechten Fuß, den ein scharfer rostiger Eisendorn durchbohrte. «Was hast du getan?», brüllte sie und richtete die Pistole auf Henrika. Doch bevor sie den Abzug betätigen konnte, packte Henrika ihren Arm und schlug ihr die Waffe aus der Hand.

Dann ging alles sehr schnell. David ließ sein Ende des Seils los, worauf die schwere Kasse aus einer ihrer Schlingen rutschte und mit einem heftigen Aufklatschen zurück ins Wasser fiel.

«Nein», rief Anna, als sie den Kasten wieder versinken sah. Wild schlug sie um sich, dann kämpfte sie sich mit den Ellenbogen den Weg frei, der zum Wasser führte. Blut rann über ihre Hände, als sie den Dorn aus ihrem Fuß zog und sich, ohne zu zögern, in den See stürzte.

Henrika und David blickten sich an, bevor sie erschöpft auf die morschen Bretter sanken. Henrika barg ihren Kopf an Davids Brust und überließ sich dem Klopfen seines Herzens.

Niemand wagte sich von der Stelle zu rühren.

Die Zeit versank in den leichten Wellen des grünen Sees mit der Gemächlichkeit einer Raupe, die über ein Blatt kriecht. Einen Augenblick lang hätte Henrika schwören mögen, einige Gesichter im Wasser gesehen zu haben.

Hübsche weibliche Gesichter und Körper, die sich geschmeidig und mit schnellen Bewegungen durch das trübe Wasser ihres Reiches bewegten. Aber es war wohl doch nur eine Täuschung gewesen.

Anna von Neufeld tauchte nicht wieder auf.

Epilog

Oudenaarde in Flandern, August 1609

Henrika lief durch die Halle, die bei Sonnenschein viel freundlicher aussah als an dem Regentag, an dem sie das Haus vor zwei Monaten zum ersten Mal betreten hatte. In ihrer Hand hielt sie eine dünne Aktenmappe aus feinem Schweinsleder.

Um sie herum herrschte emsige Betriebsamkeit, jeder schien an diesem Morgen auf den Beinen zu sein. Ein ganzes Heer von Mägden lag auf den Knien und schrubbte die Holzdielen, bis sie im Licht der Sonnenstrahlen wie goldgelber Honig leuchteten. Zwei Frauen aus einem benachbarten Dorf nahmen die Verdüren von den Wänden, um sie zu säubern. Wenig später erklang das Geräusch von Teppichklopfern, während dicke Staubwolken über den Hof wehten.

Katharine Marx stand auf der Treppe, die mit einem funkelnagelneuen roten Läufer belegt worden war. In befehlsgewohntem Ton gab sie ihre Anweisungen. Um ihren Kopf trug sie noch einen Verband, und zuweilen klagte sie über Schmerzen im Nacken. Der Sturz auf der Treppe ihres Hauses hatte ihr Beulen und Prellungen eingebracht, aber nichts Ernstes. Henrika war dankbar, dass ihre Tante mit dem Schrecken davongekommen war. Anna hatte sie gezwungen, Henrika mit einem Brief auf das Landgut zu locken. Danach war sie gefesselt und geknebelt zurückgelassen worden.

«Ich hätte nie für möglich gehalten, dass der alte Besitz wieder aufblühen könnte», sagte Katharine Marx, als sie mit einem breiten Lächeln zu ihrer Nichte trat. «Aber seit du nach Hause zurückgekehrt bist, scheint selbst das Unkraut nicht mehr so rasch zu wuchern wie bisher. Es ist, als ob alles in deiner Nähe zu neuem Leben auferstehen möchte.»

«Sagt das nicht zu laut», wehrte Henrika erschrocken ab. Aber die gute Laune ihrer Tante wirkte ansteckend. Sie freute sich ja selbst über die Veränderungen, die ein paar Kübel Wasser und Scheuersand, frische Farbe und ein geschickter Zimmermeister im Gutshaus zuwege gebracht hatten. Andererseits fragte sie sich, ob Katharine Marx mit ihrer Bemerkung, sie sei nach Hause gekommen, wirklich richtiglag. Noch war das Anwesen für sie nicht mehr als eine Ansammlung von Steinen und Holz, zwischen denen fremde Menschen wie Bienen umherschwirrten. Ein richtiges Heim, fand sie, brauchte eine Seele und ein Herz, und ob es ihr gelingen würde, dem einsamen Haus beides zu geben, stand in den Sternen.

Ihre Verwandten bestanden natürlich darauf, dass sie in Flandern blieb, was nach den vielen Jahren der Trennung und Ungewissheit durchaus verständlich war.

«Ihr sollt den Wandbehang vom Staub befreien, aber nicht in Fetzen schlagen», rief Katharine Marx den Mägden auf dem Hof zu. «Keinen Moment kann man euch aus den Augen lassen.»

Während die ältere Frau mit einer Entschuldigung auf den Lippen zur Tür eilte, stieg Henrika die Treppe hinauf und suchte den Raum, den sich David als Quartier ausgesucht hatte. Die geräumige Kammer lag jener gegenüber, in die Laurenz sie gesperrt hatte, besaß aber zu ihrer Erleichterung ein unvergittertes Fenster. Trotzdem verspürte Henrika Unbehagen, als sie den Raum betrat. Die bangen Stunden, die sie als Gefangene in Todesangst verbracht hatte, lasteten noch schwer auf ihr.

David saß am Tisch und bemerkte sie nicht. Erst als sie ihn sanft an der Schulter berührte, drehte er sich lächelnd um, nahm ihre Hand und küsste sie zärtlich.

«Du bist schon zurück aus Antwerpen?», fragte er munter.

Henrika nickte. Sie hatte den jungen Mann lange nicht mehr so befreit und fröhlich gesehen. Genau genommen hatte sie ihn noch nie so fröhlich erlebt und wunderte sich, wie sehr er sich hier, fernab von Straßburg, veränderte. Seine Augen blitzten geradezu übermütig, als er sie auf seinen Schoß zog und ihr die Briefe zeigte, die er geschrieben hatte. Sie ahnte, dass er sich vorstellen konnte, hier draußen zu leben. Inmitten von kleinen Dörfchen, Wäldern und einem Netz aus Bächen, die im Herbst über ihre Ufer traten und die Felder überschwemmten.

Warum also zögerte sie noch? Vermisste sie Straßburg mehr als David, der dort geboren und aufgewachsen war?

«Mein Onkel hat mich durch die Stadt geführt, bis mir die Füße wehtaten», antwortete sie schließlich. «Danach stellte er mir einen Pfefferhändler, einen Maler und eine hübsche Dame vor, mit der er sich vermutlich bald verloben wird. Ist das nicht aufregend, in seinem Alter? Er hat es übrigens bedauert, dass du uns nicht begleiten konntest, aber nach deinem Fieberanfall neulich …»

David winkte ab, weil er nicht daran erinnert werden mochte. Seiner Meinung nach erkälteten sich Männer nicht beim Baden, während Frauen gesund blieben. Nachdem er jedoch mit Hilfe eines treuen Knechts aus Quintens Weberei Anna von Neufelds Leichnam aus dem See geborgen und ihn zusammen mit Laurenz' sterblichen Überresten auf dem Friedhof eines nahen Dorfes beerdigt hatte, war er mit Schwindel und Fieber zusammengebrochen.

Henrika hatte um sein Leben gebangt. Tagelang war sie nicht von seiner Seite gewichen, selbst als ihr vor Erschöpfung die Augen zufielen, hatte sie sich geweigert, ihren Platz an Davids Bett zu verlassen. Sie hatte ihm die Stirn gekühlt und eine kräftige Brühe eingeflößt. In ihrer Angst, ihn zu verlieren, hatte sie sogar Abend für Abend das Lied für ihn gesungen, sobald ihre Verwandten sich zurückgezogen hatten. Die Melodie war ihr jedes Mal leichter von den Lippen gegangen, auch an den Text erinnerte sie sich inzwischen mühelos, doch erholt hatte sich David deswegen nicht schneller.

War es möglich, dass ihre Gabe sie ausgerechnet an dem Ort im Stich ließ, an dem sie das heilende Lied zum ersten Mal gehört hatte? Es blieb ihr nur, darüber zu mutmaßen, denn eine Antwort konnte ihr niemand geben.

Zu ihrer Erleichterung war David ein zäher junger Mann, der viel zu dickköpfig war, um sich so rasch geschlagen zu geben. Nach einer Woche Pflege hatte er das Fieber besiegt und durfte aufstehen. Im Schein der Kerzen wirkte er noch ein wenig blass und sein Gesicht noch schmaler als sonst, aber seine klugen Augen verkündeten Tatkraft und eine Menge neuer Pläne.

«Dann ist es dir auch gelungen, ein paar Leute zu befragen, wie die Verhandlungen zwischen den Spaniern und den Abgesandten der Niederländer verlaufen sind?», erkundigte er sich, nachdem er einen Hustenkrampf niedergekämpft hatte.

Henrika sprang auf und schenkte ihm ein Glas Wasser ein. Danach wies sie auf die Aktenmappe, die sie vor ihm auf den Tisch gelegt hatte.

«Dieses eine Mal hat Laurenz die Wahrheit gesagt», erklärte sie. «Die streitenden Parteien konnten sich tatsächlich auf einen Waffenstillstand einigen, wenn auch nicht auf einen Friedensschluss. Philipp von Spanien fürchtet sich vor einer Anerkennung der niederländischen Republik. Auch in der Frage des Glaubens sind sich die hohen Herren nicht einig geworden. Die nördlichen Provinzen wollen nur die calvinistische Predigt im Land dulden, nicht aber die römische Messe. Hier im Süden sollen die katholischen Priester ihren Einfluss behalten.»

«Dann gehe ich mal davon aus, dass dein ausführlicher Bericht unser geliebtes Straßburg längst erreicht hat?»

Henrika errötete; ihr Herz klopfte, als sie die Aktenmappe öffnete und David ein zerknittertes Exemplar der Straßburger *Relation* überreichte. Sie konnte es selbst kaum fassen, dass Carolus so schnell auf ihre Botschaft reagiert und die Druckerpresse in Bewegung gesetzt hatte. Die Kurierreiter zogen schon längst wieder durch die Lande. In Straßburg und vielen anderen Städten des Reichs konnten die Menschen seit einigen Tagen lesen, was Henrika aus der Stadt Antwerpen über den Waffenstillstand geschrieben hatte. Die Zeitung war in aller Munde.

«Meister Carolus lässt dich von Herzen grüßen», sagte Henrika, während David die Druckschrift einer fachmännischen Prüfung unterzog.

«Er schreibt, dass ich zurückkehren könne, wann immer mir danach sei. Waldemar Zorn schäumt vor Wut darüber, dass die Zeitung so erfolgreich ist. Eine zweite kann er in Straßburg nicht etablieren. In Wolfenbüttel soll ein Nachrichtenblatt entstanden sein, aber ihr Begründer lehnte den alten Zorn als Geldgeber ab.»

«Das sind tatsächlich erfreuliche Neuigkeiten. Aber wie steht es um deinen Fall?»

«Jeremias Zorn und der Graf Otto zu Solms haben die Vorwürfe gegen mich entkräftet, daher dürfte ich sogar wieder in die Kurpfalz reisen. Aber Carolus meint, er würde es verstehen, wenn ich …»

David ließ die Gazette sinken und blickte sie an. «Du meinst, wenn *wir* uns dafür entscheiden würden, in Flandern zu bleiben. Henrika, ich liebe dich. Du bist für mich der wichtigste Mensch auf der Welt. Ich möchte, dass wir diesem Haus gemeinsam eine Seele geben.»

Sie zuckte zusammen. Eine Seele, hatte er gesagt. Konnte er ihre Gedanken lesen?

«Ich wünsche mir auch, dass wir keine Gastwirtin mehr täuschen müssen, wenn wir irgendwo eine gemeinsame Kammer beziehen, während …»

«Während wir für die Gazette durch die Lande ziehen und Nachrichten sammeln?», fragte sie vorsichtig. «Du würdest mir erlauben, mich weiterhin mit der schwarzen Kunst zu befassen?»

«Du bist unverbesserlich», sagte David. «Aber von mir aus, warum nicht? Ich reise gern mit dir umher, wenn wir nur einen Platz haben, an den wir zurückkehren können, um uns die kalten Füße am Kamin zu wärmen.» Er streichelte sanft über ihre Wangen, dann berührte er ihre Lippen und ihr Kinn.

Seine Finger waren so warm, dass Henrika einen Augenblick lang Angst hatte, sein Fieber könnte zurückgekehrt sein. Doch dann begriff sie, dass die Hitze, die sie spürte, nichts mit einer Krankheit zu tun hatte. Jedenfalls mit keiner, die sie fürchten musste. Sie barg ihren Kopf an seiner Brust. Ja, sie liebte ihn auch.

«Was du sagst, klingt verlockend», sagte sie. «Erzähl mir mehr davon. Ich werde auch brav zuhören und dich nicht unterbrechen.»

«Habe ich dir jemals anvertraut, wie anziehend ich verheiratete Frauen finde, die sich für mein Handwerk begeistern und deren Finger auch manchmal mit Tinte oder Druckerschwärze beschmiert sind?»

«Nein.» Sie hob den Kopf, suchte seinen wärmenden Blick. «Das wusste ich nicht. Wie viele solcher Frauen kennst du denn?»

Wiederum lachte er. Als er ihr seine Antwort ins Ohr flüsterte, musste sie lächeln.

Überzeugend, dachte sie mit geschlossenen Augen. Sehr überzeugend.

Nachwort des Autors

Die Geschichte der Henrika Gutmeister ist frei erfunden, beruht aber auf einer Reihe von historischen Begebenheiten, von denen ich drei besonders hervorheben möchte.

Im Jahr 1606 gründete Kurfürst Friedrich IV. von der Pfalz am Zusammenfluss von Rhein und Neckar eine Festungsanlage, die nach ihm Friedrichsburg genannt wurde. Ferner ließ er das damals schon bestehende Dorf Mannheim niederreißen, um am selben Ort eine neue Handelsstadt gleichen Namens anzulegen. Bei der Gründung von Mannheim spielten politische, wirtschaftliche und religiöse Gründe eine Rolle, denn die Festung sollte den Truppen des Kurfürsten, der ab 1608 den Zusammenschluss protestantischer Reichsfürsten anführte, als strategisch günstiger Stützpunkt dienen.

Der Bau der Festungsanlage und der Stadt erfolgte nach den Plänen des gebürtigen Niederländers Barthel Janson, der als «Reißbaumeister des Fortifikationsbaus von Mannheim» bis zum Tod Friedrichs IV. im Jahr 1610 in kurfürstlichen Diensten stand. Oberaufsicht über die Bauarbeiten führte jedoch nicht er, sondern Graf Otto zu Solms.

Der historische Festungsbaumeister Barthel Janson wurde demzufolge auch nicht ermordet. Überliefert sind aber die heftigen Konflikte, welche die Beamten der kurfürstlichen Kanzlei mit der aufsässigen Dorfbevölkerung ausfechten mussten, wobei es auch zu Morddrohungen und gewaltsamen Übergriffen gekommen sein soll. Schließlich gelang es dem Kurfürsten von der

Pfalz, die erhitzten Gemüter durch die Zahlung großzügiger Entschädigungen zu besänftigen.

Die Straßburger *Relation,* deren turbulente Gründungszeit die Heldin des Romans miterlebt, gilt nachweislich als die erste Zeitung der Welt. Sie entstand auf Betreiben des Buchbinders und Druckereibesitzers Johannes Carolus, der bereits im Jahr 1604 drei Druckerpressen erwarb und in seinem Wohnhaus aufstellen ließ. Im Jahr darauf bekam er vom Rat der Stadt die Erlaubnis, eine Zeitung zu veröffentlichen. Wie im Roman beschrieben, sandte Carolus Kurierreiter aus, die entlang der Postrouten des Heiligen Römischen Reiches Nachrichten für die Zeitung einkauften und nach Straßburg weiterleiteten. Dort wurden sie gedruckt und von Zeitungskrämern unters Volk gebracht.

Der Begriff «Zeitung» war übrigens schon im 16. Jahrhundert gebräuchlich, wurde aber anfangs noch für Nachrichtenzettel, fliegende Blätter und Pamphlete jeder Art verwendet, die auf Marktplätzen und an anderen belebten Orten feilgeboten wurden.

Die *Relation* berichtete in ihrer Gründungszeit noch weitgehend unkommentiert über Piratenumtriebe im Mittelmeer, über kaiserliche Erlasse, den Papst und über die Spannungen im Reich, die etwa zehn Jahre später zum Ausbruch des Dreißigjährigen Kriegs führen sollten. Auch die wunderliche Erfindung eines gewissen Italieners namens Galileo Galilei, mit deren Hilfe man die Sterne beobachten könne, findet in der *Relation* Erwähnung, allerdings erst einige Jahre nach den im Roman geschilderten Ereignissen. Für solche und ähnliche Neuigkeiten interessierten sich immer mehr Leser. Nicht nur Kaufleute und Fürsten, und auch nicht nur Straßburger, denn Informationen, die über das Geschehen innerhalb der eigenen Stadtmauern hinausreichten, waren begehrt. So verwundert es kaum, dass in den folgenden Jahren im ganzen Reich ein dichtes Netz von Zeitungen entstand. Im 17. Jahrhundert betrug der Preis für ein Jahresabonnement einer Zeitung ungefähr zwei Gulden, was dem Wochenlohn eines Handwerksgesellen entsprach.

Zu den Lesern der *Relation* gehörten vermutlich auch Mönche des altehrwürdigen Klosters Salem am Bodensee, denn dort wurde die älteste bekannte Ausgabe der Straßburger Zeitung entdeckt. Sie stammt aus dem Jahr 1609 und kann somit ihren 400. Geburtstag feiern. Im Vorwort bittet Carolus seine Leser, etwaige Fehler, die bei der eiligen Zusammenstellung der Nachrichten in der Nacht entstanden sein könnten, zu entschuldigen.

Wie lange die Zeitung existierte, ist nicht genau bekannt, doch soll sie vom Sohn des Johannes Carolus weitergeführt und bis zur Einnahme der freien Reichsstadt Straßburg durch die französischen Truppen des Sonnenkönigs Ludwig XIV. gedruckt worden sein.

Die Namen der Drucker, die Carolus beschäftigte, tauchen in keiner Urkunde auf, folglich hat es auch die Brüder Laurenz und David Schlüssel nicht gegeben. Dafür ist das Straßburger Patriziergeschlecht Zorn historisch belegt. Über Jahrhunderte hinweg hatten Vertreter dieser einflussreichen Familie das Amt des Ratsherrn inne und lenkten die Geschicke der Stadt. Ratsherr Jeremias Zorn sah im Werk des Meisters Carolus wohl ein Unternehmen, das Straßburgs Interessen dienlich war. So stimmte auch er für die Erteilung des Zeitungsprivilegs und unterstützte es nach Kräften.

In der erhalten gebliebenen Ausgabe von 1609 wird auch auf den Waffenstillstand zwischen Spanien und den Niederlanden Bezug genommen. Nachdem der spanische König Philipp II. die reichen niederländischen Provinzen von seinem Vater, Kaiser Karl V., geerbt hatte, fühlten sich deren Bewohner zunehmend ihrer alten Rechte und Privilegien beraubt. Zudem entbrannte ein Glaubenskrieg, in dem Tausende ihr Leben verloren oder zu Flüchtlingen wurden. Dieser Umstand führte zu einem erbitterten Freiheitskampf mit dem Ziel, das Joch Spaniens abzuschütteln. Der Krieg hatte aber eine Teilung des Landes zur Folge. Die nördlichen Provinzen vereinigten sich in einer Republik, während die südlichen Provinzen den spanischen Habsburgern untertan blieben. Doch auch im Süden regte sich noch lange Widerstand gegen die verhasste Besatzungsmacht.

Eine Geheimsekte von Frauen, die sich *Bluttöchter* nannten und in Flandern gegen spanische Soldaten vorgingen, hat es in dieser Form vermutlich nie gegeben, auch wenn unter den Aufständischen, die Kampfhandlungen und Anschläge auf spanische Truppen unterstützten, nicht selten auch Frauen waren.

Die Geschichte der unheimlichen *dulle Griet* geht auf Legenden und ein Gemälde des berühmten flämischen Malers Pieter Bruegel d.Ä. zurück. Das Bild, das in seiner phantasievollen Ausdrucksform den Werken des Hieronymus Bosch nachempfunden ist, zeigt eine Frau mit verstörtem Gesichtsausdruck, die sich bewaffnet ihren Weg durch eine von Krieg und Zerstörung geprägte Umgebung freikämpft. Hinter ihr sind mehrere Frauen zu erkennen, die sich gegen Dämonen und monströse Fabelwesen zur Wehr setzen.

Bis heute konnte der tiefere Sinn des Gemäldes nicht ganz gedeutet werden, doch vermutlich stellt es in verschlüsselter Form den Aufstand einer weiblichen Minderheit gegen eine tyrannische Obrigkeit dar. Das Gemälde kann im Museum van den Bergh in Antwerpen besichtigt werden. Eine spezielle Waage, auf die Personen gestellt wurden, die man der Zauberei verdächtigte, gab es tatsächlich in der niederländischen Stadt Oudewater.

Was die Annahme betrifft, Krankheiten könnten durch magische Formeln oder besondere Lieder geheilt werden, so finden wir entsprechende Überlieferungen in verschiedenen Kulturen, hauptsächlich unter Anhängern von Naturreligionen.

Die ostflämische Stadt Oudenaarde an der Schelde, in der die Heldin des Romans schließlich ihre Wurzeln finden darf, war bis ins 18. Jahrhundert hinein berühmt für ihre Wandteppiche, besonders für die in Blau- und Grüntönen gehaltenen Verdüren. Die Familie Marx van Oudenaarde hat es wirklich gegeben. Einer ihrer Nachkommen wanderte gegen Ende des 17. Jahrhunderts in die Kurpfalz aus, vielleicht, um bessere Arbeit zu finden, vielleicht aber auch, um der religiösen Verfolgung zu entgehen. In seiner neuen Heimat heiratete er und bekam Kinder, darunter ein Sohn – ich darf mich zu seinen Nachfahren zählen.

Guido Dieckmann, März 2009